www.tredition.de

Gib mir Deine Hände.
Ich werde sie halten, wenn Du Angst hast.
Ich werde sie wärmen, wenn Dir kalt ist.
Ich werde sie streicheln, wenn Du traurig bist.
Und ich werde sie loslassen,
wenn Du gehen musst.

Unbekannter Verfasser

Buch

Das Kapitel Erzsébet ist für die Etanaer auch nach deren „Tod" nicht vorbei. Wie es scheint, haben sie kein Opfer, sondern den letzten Magier der Untoten gerettet. Er erholt sich dank ihrer Pflege überraschend schnell. Und plötzlich stellt sich die Frage, ob er ihre Hilfsbereitschaft nicht nur ausnutzt, um Erzsébet ins Leben zurückzuholen.

Doch er ist nicht der Einzige, der Tomás und seiner Familie Kopfzerbrechen bereitet. Arslan, der Menschen im Allgemeinen verachtet und nicht mehr als lebensnotwendige Nahrung in ihnen sieht, wird mit seinem Hunger zu einer unkalkulierbaren Gefahr für alle. Selbst für die Weisen Frauen und Eme-biuri[1]. Denn in seinem Hunger nähert er sich Deidre und Alisha mehr als allen lieb sein kann. Sein Verhalten zwingt die Familie zum Handeln. Falls er es nicht schafft, seinen Hunger in den Griff zu bekommen, muss er sterben.

Hal hat zwar ebenfalls immer Appetit. Doch seine Art, sich zu nähren, hat bis jetzt dafür gesorgt, dass er nie wirklichen Hunger bekommt. Das ändert sich schlagartig, als er feststellt, dass in Aimée neben einer tüchtigen Assistentin auch eine überaus appetitliche Frau steckt. Leider merkt er das erst, als sie dabei ist, aus seinem Leben zu verschwinden. Beim Versuch sie aufzuhalten, begeht er einen Fehler, der nicht nur Aimées Leben für immer verändert.

Auch Douglas' Zukunft befindet sich im Umbruch. Die Eme-biuri in Tribeca und seine untreue Blutwirtin haben in ihm den Wunsch nach Alleinsein ausgelöst. Er zieht sich nach Moloka'i zurück. Doch anstelle der erhofften Ruhe und dem damit verbundenen Frieden findet er Hailey, die gerade dabei ist, ihrem Leben ein Ende zu setzen. Ohne nachzudenken, hält er sie davon ab. Und obwohl er eigentlich gar nichts mit diesem gerupften Huhn anfangen kann, bekommt er sie nicht aus seinem Kopf.

Autorin

Die 1967 in Baden-Württemberg geborene Autorin kam nach eigenen Aussagen mehr durch Zufall zum Schreiben. Etanas Söhne ist ihr erster (Fortsetzungs-)Roman.

Weitere Informationen unter www.antjejuergens.de.

Antje Jürgens

Etanas Söhne

Teil 2

Arslan, Halil & Douglas

Band 3
Ewige Verdammnis

Roman

Dt. Originalausgabe

www.tredition.de

Das Werk, einschließlich aller seiner Teile, ist urheberrechtlich geschützt. Jede Verwertung ist ohne Zustimmung des Verlages und des Autors unzulässig. Dies gilt insbesondere für Vervielfältigungen, Übersetzungen, Mikroverfilmungen und die Einspeicherung und Verarbeitung in elektronischen Systemen.

© 2010 Autorin: Antje Jürgens
Verlag: tredition GmbH
www.tredition.de
Printed in Germany

ISBN: **978-3-86850-796-6**

Bibliografische Information der Deutschen Nationalbibliothek
Die Deutsche Nationalbibliothek verzeichnet diese Publikation in der Deutschen Nationalbibliografie; detaillierte bibliografische Daten sind im Internet über http://dnb.d-nb.de abrufbar.

Für meine Eltern

Danke dafür, dass Ihr immer da seid.

Danke dafür, dass Ihr jede Idee von mir nach Kräften unterstützt. Egal, ob sie gut oder schlecht, erfolgreich oder von Anfang an zum Scheitern verurteilt ist.

Danke, von ganzem Herzen, für Eure Geduld, Euren Humor und Eure Unterstützung.

Juli 2010

Vorwort

Bis heute kann ich nicht glauben, dass der erste Teil von „Etanas Söhne" tatsächlich in gedruckter Form auf dem (Buch-)Markt ist und ver- bzw. gekauft wird. Und das, obwohl mir bei der Veröffentlichung Dutzende Anfängerfehler unterlaufen sind. Ich hoffe, dass mir das jetzt bei Teil 2 besser gelingt, und möchte mich gleichzeitig bei meinen Lesern für ihr Verständnis bedanken.

Nach der Veröffentlichung habe ich etliche gute Kritiken und Kommentare bekommen, für die ich an der Stelle ebenfalls „danke" sagen möchte. Doch natürlich blieben die weniger guten, bis harschen Stimmen nicht aus. Jemand schrieb mir, dass ich „Etanas Söhne" doch bitte als (einmalige) Schreibübung betrachten und sowohl ernsthafte Leser als auch meinen sicher bereits deutlich geschmälerten Geldbeutel nicht mit weiteren Veröffentlichungen quälen solle. So etwas regt natürlich zum Nachdenken an. Andererseits – die Geschichte ist schon seit einer kleinen Ewigkeit fertig. Teil 1 hat sich einige Male verkauft und ich habe nach wie vor Freude am Schreiben (anderer Geschichten) und allem, was damit verbunden ist. Und da gibt es noch Leser, die sich ernsthaft nach dem Folgeband erkundigt haben. Allein schon deshalb habe ich Etanas Söhne nicht in den Schredder gepackt, sondern mich erneut an die tredition GmbH gewandt. Und in diesem Zusammenhang hoffe ich, dass die Leser dieses Buches genauso viel Freude am Lesen haben, wie ich 2008 am Schreiben.

Neben meinen Eltern (denen dieser Band gewidmet ist), neben Sabrina (die natürlich wieder maßgeblich an der Entstehung der Geschichte von Arslan, Halil & Douglas beteiligt war), neben meinen Lesern (die nach der Fortsetzung fragten), möchte ich auch Jadlm, Rami und Nora und Joschi für ihre schnelle Hilfe bei Erklärungen und der Lösung sprachlicher Fragen herzlich danken.

Juli 2010

Götterdimension

Aufgebracht blickte Ninnuah ihren Vetter En-Eri-Gal an. Die fröhlich-gelöste Stimmung war – wie so oft in den letzten Dekaden von ihm gestört worden. Gerade behauptete er wieder, seinen Schwur bald einlösen zu können. Einen Schwur, an den schon lange niemand mehr glaubte. Einfach, weil zu viel Zeit vergangen war.

Vor ewigen Zeiten stritten sich En-Eri-Gal - der nach seiner Hochzeit seiner Frau die Macht entrissen und sich selbst zum Gott der Unterwelt und der Toten gemacht hatte - und ihr Vater En-Ki - der dritte Hauptgott der Shumerer, der Herr der Erde, der List, des Wassers und der Meere - heftig. Es ging nur um eine Kleinigkeit, aber die Gemüter der Götter waren hitzig. Nach diesem Streit schwor En-Eri-Gal, der ihren Vater nie leiden konnte, die von En-Ki geschaffene Rasse der Etanaer zu vernichten und einen Teil der Menschen noch dazu.

Etwa zeitgleich gerieten die Mitglieder der shumerischen Götterfamilie bei den Menschen in Vergessenheit. Diese wandten sich anderen Göttern zu oder verfielen der Gottlosigkeit. An, der erste Hauptgott, der Vater aller Götter und des Himmels, erboste sich ob des Verhaltens der Menschen sehr. Voller Zorn über ihre Undankbarkeit verbot er allen Mitgliedern seiner Götterfamilie, sich bis auf Weiteres in die Belange der Menschen einzumischen. Nicht in ihre Belange und nicht in die der Etanaer, die alle eine menschliche Mutter hatten. Sie zogen sich allesamt zurück. Sollten die Menschen doch sehen, wie sie alleine zurechtkamen.

Auf den ersten Blick hielten sich alle an diese Weisung. Doch dann fand En-Ki - der nicht nur die Etanaer, sondern im Anbeginn der Zeit auch die Menschen schuf und ihnen trotz allem, was geschehen war, nach wie vor wohlwollend gegenüberstand - heraus, dass En-Eri-Gal sich keineswegs an die Vorgaben hielt. Stattdessen beauftragte er die Galla[3], seine gefühlskalten Dämonenwächter der Unterwelt, den Menschen Mittel und Wege zur Vernichtung der Etanaer zu zeigen.

Gleichermaßen empört wie entsetzt umging daraufhin auch En-Ki vorsichtig die Weisungen Ans. Klug schaffte er es, ein gutes Gleichgewicht zwischen Menschen und Etanaern zu halten und über sie zu wachen.

Und nach all den Äonen, die vergangen waren, glaubte eigentlich niemand mehr daran, dass En-Eri-Gal seinen Schwur tatsächlich noch erfüllen wollte. Bis heute. Gerade eben bestätigte er zum fünften Mal sehr überzeugend, dass es bald so weit wäre und die Rasse der Etanaer aus dem Weltenlauf verschwinden würde.

Wütend wandte sich Ninnuah an Namtillaku. Er würde mit Sicherheit sagen können, ob En-Eri-Gals Behauptungen zutrafen oder einfach aus der Luft gegriffen waren, wie früher. Niemand ging in den Tod, ohne dass er es wusste. Doch als sie den betrübten Blick Namtillakus bemerkte, überfuhr sie ein eisiger Schauer. Eilig machte sie sich auf, den Himmelsgott zu suchen. Er würde wissen, ob und was man gegen En-Eri-Gals Bösartigkeit unternehmen konnte und was im Einzelnen passiert war, dass ihn gerade jetzt so siegessicher machte.

Es dauerte nicht lange, bis sie An fand. Er saß in seinem großen Wolkensaal und starrte aufmerksam in seine Kristallschale. Diese Schale nutzte er, um hin und wieder einen Blick in den Weltenlauf zu werfen. Neben ihm stand Bēlet-sēri, die eine der Tontafeln in Händen hielt, ohne die sie nie anzutreffen war. Sie verewigte darin das Schicksal der Toten. An war wütend. Das konnte man sofort an den grell aufleuchtenden Farben der ihn umgehenden Wolkenschicht sehen. Sein Zorn steigerte sich, während er weiter den Weltenlauf betrachtete.

Ninnuah war sich fast sicher, dass der Himmelsvater die Sache betrachtete, wegen der sie so dringend mit ihm sprechen wollte. Dennoch zögerte sie, ihn anzusprechen. Und auch Bēlet-sēri bedeutete ihr zu warten und schüttelte leicht den Kopf, als sie merkte, das Ninnuah vortreten wollte. Still setzte sich Ninnuah auf eine der Bänke in dem hellen Wolkensaal und harrte, dass An Zeit für sie fand. Äonen, wie es schien.

Als der Himmelsgott schließlich den Kopf hob und sie ansah, erschrak sie über den traurigen Ausdruck seiner Augen, der im krassen Gegensatz zu seiner gerade eben noch vorhandenen Wut stand. Mehrfach wiederholte er fassungslos, dass En-Eri-Gal es getan hatte. Er hatte seine Weisungen missachtet und die Vernichtung der Etanaer in die Wege geleitet.

Bēlet-sēri, die eine Unstimmigkeit auf einer ihrer Tontafeln entdeckte, informierte An umgehend. Die Unstimmigkeit betraf eine Menschenfrau. Zwar lebte diese in einem anderen Land und hatte keinerlei Bezüge zu Ken-Gir[2], auch betete sie nie einen der Götter der Familie an. Da sie jedoch zu Lebzeiten vorübergehend Kontakt mit der Rasse der Etanaer pflegte, wurde auch ihr Leben in den Tontafeln festgehalten. Ihr Ableben war angekündigt worden, allerdings kam sie nie im Reich der Toten an. Ein aufmerksamer Blick in die Kristallschale reichte, um aufzuzeigen, warum das so war.

An reagierte sofort. Obwohl in ihrer Dimension Zeit etwas anderes als auf der Erde war, konnte er das Geschehen nicht mehr vollkommen umkehren. Doch er konnte die Zukunft verändern, indem er den Etanaern Frauen an die Seite stellte, die mutig genug waren, das Schicksal zu ändern, was sie, wie aus den Bildern der Zukunft in der Schale ersichtlich wurde, auch prompt machten.

Wie Ninnuah von An und Bēlet-sēri erfuhr, hatte En-Eri-Gal eine Art Gidim[3] geschaffen, indem er über seine Galla verschiedene Schwarzmagier zusammenbrachte und zusammenarbeiten ließ. Außerdem überlistete er Namtillaku, der die Fähigkeit besaß, Tote dazu zu bringen, sich zu erheben. Das Wissen aus dieser List teilten seine Galla den Magiern mit, worauf es der Gidim gelang, in einen Körper zu schlüpfen, der nahezu unsterblich schien.

Noch während An und Bēlet-sēri davon erzählten, veränderte sich das Bild in der Schale. Es zeigte eine Frau, die verbrannte. Einen Arm hatte sie zu einem am Boden liegenden, gefesselten Etanaer ausgestreckt. Ein erleichtertes Lächeln umspielte Ans Mundwinkel. Jetzt musste er sich nur noch eine Strafe für En-Eri-Gal ausdenken.

Doch dann wandte er sich erneut Ninnuah zu. Durch das Gespräch abgelenkt, entging ihnen das Bild, das die Kristallschale in diesem Augenblick bot. Ein verschwommener Lichtblitz schoss aus der brennenden Gestalt und fuhr in einen von vier kopfüber an Seilen hängenden, menschlichen Männern hinein. Der Mann krümmte sich in seiner Bewusstlosigkeit zusammen und man sah die Qual in seinem Gesicht. Doch all dies entging An, Bēlet-sēri und Ninnuah in diesem einen kleinen Moment.

Der oberste Gott hatte sich eingemischt und das Schicksal verändert, indem er die von En-Eri-Gal gesponnenen Fäden etwas entwirrte. Wäre Ninnuah nicht erschienen, hätte An vielleicht gleich erkannt, dass er noch nicht genug getan hatte. So jedoch verwischte er in diesem Augenblick die Oberfläche der Flüssigkeit in der Kristallschale und verlor das Schicksal der Etanaer vorübergehend wieder aus den Augen ….

Boston, Mai 2006
Vor Schreck blieb ihr kurz der Mund offen stehen, als sie sah, wer das Lokal betrat. HAL? HEUTE? HIER? Automatisch machte Aimée sich etwas kleiner und suchte hinter der viel zu kleinen Tischdekoration Schutz. Bertrams Gegenwart rückte flüchtig etwas in den Hintergrund, während sie Hal beobachtete. Er bewegte sich wie immer – mit ruhiger Eleganz. Und wie üblich erinnerte etwas an ihm sie an eine Raubkatze, die zum Sprung ansetzte. Was – ebenfalls wie immer – kurzzeitig zu akuter Atemnot und Herzrasen bei ihr führte. Als sie sich wieder etwas beruhigte, seufzte Aimée leise ohne es verhindern zu können. Dass ER ausgerechnet heute hier vorbei kam, brachte sie etwas aus dem Konzept. Sicher, es war sein Lokal und normalerweise pflegte er schon mal mit der einen oder anderen Freundin aufzutauchen. Manchmal auch mit mehreren. Aber ausgerechnet heute? Eigentlich wähnte sie ihn ja in New York. Das hatte er zumindest gestern am Telefon angedeutet. Na ja, vielleicht sah er sie ja gar nicht – schließlich war sie seit Jahren unsichtbar für ihren Chef. Es sei denn, er wollte etwas von ihr.

Sich wieder auf ihren Begleiter konzentrierend, neigte sie den Kopf leicht zur Seite und hörte Bertram aufmerksam zu. Dabei nahm sie auch jedes Detail in sich auf, das sich ihren Augen bot. Er war … nun ja, weder Prince Charming noch Mr. Right. Allerdings war er auch nicht hässlich und erfreulicherweise überaus zuvorkommend. Soweit sie wusste, arbeitete er als Anlageberater und war in diesem Zusammenhang einer der besten Kunden des Restaurants. Sie kannte ihn als ruhigen, aber sehr souverän auftretenden Mann. Jedenfalls soweit man in diesem Zusammenhang von „Kennen" sprechen konnte. Er verfolgte sie zwar durchaus bei ihren gelegentlichen Besuchen im Restaurant mit seinen Blicken, sprach sie aber nie direkt an. Vor einiger Zeit hatten sie zufälligerweise zur selben Zeit im gleichen Supermarkt eingekauft. Dabei rannte sie ihn beinahe über den Haufen, weil sie in Gedanken bei ihrem Chef war und nicht darauf achtete, wo sie ihren Einkaufswagen hinschob. An dem Tag bat Bertram sie um ihre Telefonnummer. So schüchtern, dass sie sie ohne Zögern herausgab.

Zwischenzeitlich wusste sie, dass er zwei Mal verheiratet gewesen, ohne Kinder und in gewisser Weise nicht sehr aufregend war. Aber wer war sie, dass sie allzu wählerisch sein konnte? Immerhin war er der erste Mann seit mehreren Jahren, der sie um ein Date bat. SIE! Statt froh darüber zu sein, versuchte sie mühsam ein Gähnen zu unterdrücken und träumte von ihrem Sofa und ihrer kuscheligen Wolldecke.

Oder von dem Mann in der kleinen Nische, ein paar Meter entfernt. Was auch keine besonders gute Alternative war. Bertram war vielleicht auf den ersten Blick kein Traummann. Er würde vermutlich auch nie die Wahl zum sexiest man alive gewinnen, sondern wahrscheinlich bereits beim Ausfüllen eines Anmeldebogens ausscheiden, sofern es so etwas gäbe. Aber er war eindeutig männlicher Natur und vor allem äußerst real mit ihr hier. Und was noch viel besser war – er interessierte sich offenbar wirklich für sie. Immerhin hatte er sie auf der Fahrt von ihrer Wohnung hierher über ihr Leben ausgequetscht, als würde er einen innerlichen Fragenkatalog abarbeiten.

Seit Betreten des Restaurants allerdings hatte er ein neues Lieblingsthema – sich selbst. Das war zugegebenermaßen nicht ganz so interessant. Aber die Art, wie er sie seit dem zufälligen Zusammentreffen vor etwa drei Wochen umwarb, gefiel ihr. Es geschah auf eine ansprechend altmodische Art. Mit kleinen Aufmerksamkeiten. Blumen etwa, Pralinen, kleinen E-Mails mit Gedichten. Selbst wenn er die einfach von irgendeiner Internetseite kopierte, waren sie nett. Genau wie die etwa 120 SMS, die sie diese Woche von ihm erhalten hatte. Und heute die Einladung zum Essen. Dass er sie ausgerechnet hierher einlud, war ein dummer Zufall. Dass Hal heute hier auftauchte leider auch. Obwohl sie sich innerlich resolut dazu aufforderte, sich auf Bertram zu konzentrieren, der gerade erneut von seiner zweiten Scheidung erzählte, schweiften ihre Gedanken und Augen immer wieder verstohlen zu Hal.

Gerade griff Bertram nach ihrer Hand und zog sie kurz an seine Lippen. Der Boden bebte bei dieser kleinen Geste nicht, eigentlich fand sie sie sogar eher lästig, weil er sie so lange festhielt. Dennoch fühlte sie sich ziemlich wohl mit ihm, auch wenn er sie mit seinen Standardkomplimenten nicht allzu sehr vom Hocker riss. Doch ja, genau genommen genoss sie den Abend. Nicht so sehr wie die gelegentlichen Abende mit ….

Aimée setzte sich aufrecht hin, als sie sich bei diesem Gedanken ertappte. War sie von Sinnen? Sie saß hier mit einem Mann, der sich für sie interessierte und dachte an ihren Chef? Träumte von Geschäftsessen und na ja, sonstigen Aktivitäten mit, nein für ihren Chef. Gemeinsam hatten sie ja nie wirklich etwas gemacht. Nicht richtig jedenfalls. Entschlossen schob sie eine Haarsträhne hinter ihr linkes Ohr und zwang sich, Bertram strahlend anzulächeln. Wenn sie sich nicht endlich zusammenriss, wurde dieses Date garantiert zu einem Fiasko. Und das hatte Bertram nicht verdient.

Resolut schob sie den Gedanken an Hal beiseite. Was schwierig war, weil er genau in ihrer Blickrichtung saß. Aimée schielte kurz hinüber und zuckte zusammen. Sah er sie etwa gerade an? Sie drehte den Kopf etwas mehr in seine Richtung. Tatsächlich. Er blickte sie gerade direkt an und ein kurzes Leuchten ging über sein Gesicht. Garantiert nicht, weil er froh war, sie zu sehen. Jedenfalls nicht sie als Frau. Das mit Sicherheit nicht. Genau genommen hegte Aimée immer den Verdacht, dass er in ihr eine Art Stenoblock sah oder Laptop. Ein praktisches Büroutensil eben. Oder einen Automaten oder etwas Ähnliches.

Gerade stand er auf. Er würde doch wohl nicht etwa …. Die Gabel in ihrer Hand zitterte etwas. Doch er würde! Sein Blick, seine ganze Haltung zeigte eindeutig, dass er an ihren Tisch kommen wollte. Wieder erinnerte sein Gang sie an eine Raubkatze – an eine verdammt große Raubkatze. Das Schlucken fiel ihr schwer. Eigentlich war es gerade unmöglich und prompt fiel ihr der Bissen Foie gras von der Gabel. Genau auf das Artischockenherz, auf dem er eben zuvor noch so kunstvoll drapiert lag. Ein Spritzer Balsamico-Jus bewegte sich blitzschnell in

Bertrams Richtung und zierte seinen Handrücken, ohne dass er etwas davon mitbekam. Er ließ sich gerade ziemlich engagiert über ein Schlupfloch für Geschiedene im Steuersystem aus.

Irgendein überaus appetitlicher Geruch, der garantiert nichts mit der Speisekarte zu tun hatte, brachte ihn dazu, den Kopf zu heben. Sein ohnehin schwaches Interesse an seiner Begleiterin ließ rasant nach und er ließ seinen Blick verstohlen, aber sehr aufmerksam über die Menschen gleiten. Ein Lächeln schlich sich in seine Mundwinkel, als er seine Assistentin entdeckte. Vielleicht sollte er sie bitten, an ihren Tisch zu kommen. Leider hatte er bei der Wahl seiner Begleitung heute kein allzu kluges Händchen bewiesen. So schön, wie Kathy aussah, so langweilig erwies sie sich bereits. Und sie liebte Monologe. Bis jetzt war er nur einmal kurz zu Wort gekommen. Aimée könnte dazu beitragen, dass so etwas wie eine Unterhaltung aufkäme. Er redete gerne mit ihr. Allerdings ... saß da noch jemand bei ihr?

Ohne sie wirklich anzusehen, ließ er seinen Blick aus zusammengekniffenen Augen zu ihrer Begleitung wandern. Leider verdeckte eine große Topfpflanze das Gesicht. Aber es handelte sich eindeutig um einen Mann. Halil blinzelte verblüfft. Er beugte sich etwas nach vorne, um vielleicht einen besseren Blick zu erhaschen und sich davon zu überzeugen, dass ihm seine Augen keinen Streich spielten. Aber hallo! Das war ja das erste Mal, dass er sie zusammen mit einem Mann sah. Also Männer waren schon um sie herum. Halil runzelte automatisch die Stirn, als ihm einfiel, dass im Büro in letzter Zeit eigentlich immer jemand um sie herum war, wenn er mal vorbei kam. Aber im Büro war Aimée quasi ein Neutrum. Das hier schien privat zu sein. Geradezu intim. Gerade prosteten sich die beiden zu. Und wie sie den Typen dabei ansah. Er konnte sich nicht erklären warum, aber etwas an der Art, wie sie ihn gerade anlächelte, störte ihn gewaltig. Und dann dieser Geruch. Kam der etwa von ihr? Nein, unmöglich! Dennoch konnte er seinen Blick nicht abwenden.

Halil verfluchte einen Moment die langen Tischdecken und verbot sich sofort vorzustellen, was man unter dem Tuch alles machen konnte, ohne dass jemand etwas davon mitbekam. Warum er auf so einen Gedanken kam, war ihm schleierhaft. Schließlich war Aimée nur seine Assistentin. Eine perfekte Assistentin, aber das war es dann auch schon. Doch wenn er nicht aufpasste, war sie unter Umständen schneller schwanger, als er eine Neue fand. Und so wie sie sich stellenweise um seine Belange kümmerte, war sie vermutlich das reinste Muttertier und damit sofort ein Totalausfall für ihn. Allein die Vorstellung war verstörend.

Fast automatisch murmelte er eine Entschuldigung und erhob sich. Seine Begleiterin sah überrascht aus und er spürte, wie ihr Handrücken versehentlich gegen die Unterkante des Tisches prallte, weil sie ihre Hand nicht schnell genug von seinem Oberschenkel zurückzog. Er küsste kurz entschuldigend ihre Fingerspitzen und ging, ohne sich weiter um sie zu kümmern, zu Aimée und ihrem Begleiter. Den konnte er leider immer noch nicht ganz sehen, weil diese verdammte Topfpflanze ihm nach wie vor die Sicht versperrte.

Als er jedoch näher kam, war er überrascht. Sicher Aimée war nicht besonders auffällig. Aber so jemand hätte er an ihrer Seite jetzt auch nicht erwartet. Der war fast noch eine grauere Maus als sie selbst. Dennoch störte ihn die Art und Weise gewaltig, wie der Mann gerade in ihre Richtung prostete und sie anlächelte. Was wollte sie denn von DEM?

Fieberhaft überlegte er, was er zu ihr sagen konnte – den Typen konnte er ja schlecht als Gesprächsthema nehmen. Als er sich nach vorne beugte, um sich auf den Tisch zu stützen, knisterte die dünne Broschüre, die Cathy ihm, sobald sie an ihrem Tisch saßen, in die Hand gedrückt hatte. Ein neues Hotel, das sie gerne mit ihm ausprobieren wollte, wurde darin beworben. Erleichtert zog er das Ding aus der Brusttasche seiner Smokingjacke. Lächelnd versuchte er, das aufdringliche Parfum zu ignorieren, in dem ihr Begleiter anscheinend gebadet hatte.

Aimée verschluckte sich fast an ihrem Wein, als ihr Chef tatsächlich an ihrem Tisch stand und sie mit diesem atemberaubenden Lächeln, das sein Gesicht für gewöhnlich zierte, begrüßte. Es gab eine noch atemberaubendere Version – aber die bekam sie nicht zu sehen. Jedenfalls nicht aus der Nähe. Die waren seinen wechselnden Frauenbekanntschaften vorbehalten. Was gut war, denn sonst müsste sie permanent mit einem dieser mobilen Sauerstoffversorgungsgeräte arbeiten.

„Hallo Aimée. Schön Dich zu sehen."

Sie schaffte es, nur innerlich mit den Zähnen zu knirschen und ihre Mundwinkel oben zu behalten. Wie immer kam ihr Chef natürlich sofort zu dem Grund, warum er das so schön fand. Normalerweise ein Ausbund an guten Manieren, stellte er sich ihrem Begleiter nicht einmal vor. Aimée vermutete, dass Hal ihn genauso wenig als Mann wahrnahm, wie er sie als Frau sah.

„Könntest Du morgen das Hotel …", er hielt ihr eine bunte Broschüre unter die Nase „… buchen? Zwei Personen, eine Suite, mit dem üblichen Drum und Dran. Vier Tage, vom 15. Juli an."

Natürlich konnte sie, das wusste er auch, selbst wenn er seine Anweisung als Frage formulierte. Bevor Aimée antworten konnte, kam jemand vom Personal zu ihr und flüsterte etwas in ihr Ohr. Gequält schloss sie die Augen. Es war ein Fehler gewesen, ausgerechnet dieses Lokal aufzusuchen. Ihr Leben verlief eigentlich schon immer nach Murphys Gesetzen – was schief gehen konnte, ging meist schief. Das Problem, über das sie gerade flüsternd informiert worden war, war das beste Beispiel dafür. Mit so etwas hätte sie im Vorfeld rechnen sollen. Aber was sollte sie auf Bertrams Vorschlag entgegnen, als er sie hierher einlud, nachdem er so begeistert vom Essen geschwärmt hatte. Ein „Nein" hätte ja irgendwie so gewirkt, als ob genau dieses Essen vielleicht nicht so gut war, wie er dachte. Aber es war eindeutig ein Fehler gewesen, keine Alternative vorzuschlagen. Und alles nur, weil sie absolut aus der Übung war, was Dates betraf.

Nachdem sie Hal kurz über das eben Erfahrene informierte und versicherte, dass sie sich am nächsten Tag gleich als Erstes um seine Bitte kümmern würde, erhob sie sich eine Entschuldigung in Bertrams Richtung murmelnd. Momentan schien sich Hal auf seine Manieren zu besinnen, denn er streckte Bertram die Hand hin und begrüßte ihn. Einigermaßen entsetzt stellte Aimée fest, dass er sich zeitgleich einen Stuhl heranzog und sich setzte. Ohne zu wissen warum, ließ sie ihren Chef mit einem etwas unguten Gefühl bei Bertram zurück.

Während sie sich in der Küche äußerlich völlig ruhig um das aufgetretene Problem kümmerte, schielte sie immer wieder durch die Schwingtür. Wenn sie sich etwas reckte, konnte sie den Tisch gerade noch so sehen. Ihre Unruhe wuchs, wenngleich sie nach wie vor nicht wusste, warum. Anscheinend unterhielten sich die Männer blendend. Bertram hing geradezu an Hals Lippen und Hal redete wie ein Buch. Was nichts Neues war. Die meisten Leute hörten äußerst fasziniert zu, wenn ihr Chef loslegte. Und das lag nicht nur daran, dass er mit seiner Stimme eine Speisekarte in einen Abenteuerroman verwandeln konnte. Er verfügte zudem über fundiertes Wissen in unzähligen Themenbereichen. Wenn er redete, sagte er wirklich etwas. Nicht wie so viele, die zwar auch ohne Punkt und Komma den Mund bewegten, aber es genau genommen ohne Probleme schafften, absolut nichts dabei zu sagen.

Als sie etwa eine viertel Stunde später wieder zu dem Tisch spähte, schwiegen sich die beiden Männer an. Mit künstlichem Lächeln im Gesicht. Was sollte das denn jetzt bedeuten? Leider war das Problem zu schwerwiegend, als dass sie es einfach beiseiteschieben und zu den beiden zurückeilen konnte.

Während sie eilig einige Dinge koordinierte, schickte sie einen der Kellner mit einer kleinen Aufmerksamkeit des Hauses zu Bertram und registrierte verdutzt, dass Halil noch immer bei ihm saß. Wieso war er nicht längst zu seiner Begleiterin zurückgekehrt? Und vor allem: Worüber redeten die beiden jetzt schon wieder? Oder vielmehr Hal. Denn Bertram saß schon wieder nur da und hörte aufmerksam zu. Sein Blick drückte Missbilligung aus. Hatte Hal nichts Besseres zu tun? Wie immer gestikulierte er ziemlich dabei und sie seufzte träumerisch, als sie in sein Gesicht sah. So gut sollte kein Mann aussehen dürfen. Kopfschüttelnd über sich selbst wandte sie sich wieder ihrem Gesprächspartner am Telefon zu.

Der Kellner kam zurück und orderte für den Chef, was Bertram bekommen hatte. Was seltsam war, denn normalerweise, gehörte das nicht zu seinen Leibspeisen – das wusste sie ganz genau. Vermutlich kannte sie die Lieblingsgerichte von Hal besser als ihre eigenen. Und er ließ den Kellner ausrichten, dass Aimée den Teller persönlich bringen sollte. Womöglich entwickelte ihr Chef doch noch so etwas wie Aufmerksamkeit ihr gegenüber. Immerhin schien ihm aufzugehen, dass sie an ihrem freien Abend arbeitete, während er mit ihrem Begleiter bei Tisch saß. Wo war eigentlich seine Begleiterin abgeblieben?

Während sie zum Tisch lief, konnte sie die Frau deutlich ausmachen. Der gleiche Frauentyp wie immer; das nächste Telefonat mit ihrem Chef wurde garantiert langweilig. Vermutlich kannte sie so ziemlich jede seiner Bemerkungen über das Treffen mit der Frau im Voraus auswendig. Er jammerte ihr nicht gerade vor, dass er trotz der vielen Frauen solo war. Aber er hatte die seltsame Angewohnheit, ihr Details zu erzählen, die sie lieber nicht hören wollte. Leider hatte sie in den vergangenen Jahren jedoch keinen Weg gefunden, ihm das zu sagen. Aimée seufzte. Obwohl es sie in gewisser Weise beruhigte, verblüffte es sie immer wieder, dass er sofort nach dem Kennenlernen Fehler suchte und meist sehr schnell fündig wurde. Die Frauen bekamen gar keine Chance, ihn von ihren wirklichen Vorzügen zu überzeugen. Wie ein so kluger Mann geradezu stupide den gleichen Fehler immer wiederholen konnte, war ihr ein absolutes Rätsel. Aber gut, das war seine Sache.

Sobald sie an ihrem eigenen Tisch stand, wurde klar, dass sie sich getäuscht hatte und wie so oft in letzter Zeit verletzte sie diese Missachtung extrem. Außerdem fühlte sie Wut in sich aufsteigen. Sie wurde nicht oft wütend. Doch als ihr bewusst wurde, dass es Hal nicht die Bohne interessierte, dass sie arbeitete, obwohl sie hier mit jemandem verabredet war, fühlte sie eindeutig auch Wut in sich. Nur mühsam gelang es ihr, nach außen hin völlig ruhig zu bleiben. Er ließ sich ausführlich über das Problem informieren, klopfte auf ihre Schulter, murmelte etwas wie ‚ich bin sicher, Du bekommst das in den Griff' und ging, nachdem er kurz in dem Teller herumgestochert hatte. So viel zum Thema Verständnis. Sie mochte vielleicht für ihn schwärmen, aber sein Verhalten ließ sie innerlich vor Wut beben.

Aimée blieb nichts anderes übrig, als sich erneut bei Bertram zu entschuldigen, der das mit erstaunlichem Gleichmut hinnahm, und verschwand wieder in der Küche. Der Rest des gemeinsamen Abends war ein Fiasko – er endete ziemlich schweigsam. Und Aimée hatte so den leisen Verdacht, dass Hal etwas damit zu tun hatte.

Das Glas Black Pearl, das sie als kleine Entschuldigung bei ihrer Rückkehr für Bertram mitbrachte, leerte er in einem Zug. Sie kam gar nicht dazu, ihm zu sagen, dass er da was ganz Besonderes in seinen Händen hielt. Er schüttete den wohl teuersten, bislang auf den Markt gekommenen Branntwein einfach in seine Kehle. Branntwein aus einer Flasche von gerade mal 786 Flaschen weltweit. Branntwein abgefüllt aus einem einzigen 100 Jahre alten Fass. Branntwein, der mal eben so 2007 mit einem Ausgabepreis von 7.000 Euro pro Flasche von dem französischen Hersteller auf den Markt gebracht worden war. Branntwein, aus einer Flasche, die laut Küchenchef ein Verwandter von Hal einen Tag vorher vorbeigebracht hatte, weil Hal sie weiterverschenken wollte. Branntwein, den sie aus einer plötzlichen unbezwingbaren Wut auf Hal und sein Verhalten Bertram einfach so eingeschenkt hatte. Vermutlich würde ihr Chef sie dafür irgendwann in naher Zukunft massakrieren. Und Bertram schüttete ihn in seine Kehle und schluckte ihn einfach wie Wasser.

Dennoch war sie überrascht, dass er sie ein weiteres Mal einlud, als er sie bis zur Tür ihrer Wohnung brachte. Auch wenn die Einladung seltsam distanziert klang.

Diese zweite Verabredung – nun ja, sie endete ziemlich feucht für Bertram und ernüchternd für sie selbst.

Eigentlich langweilte sie sich tödlich. Das Ghost Abbey, in das sie immer gerne gegangen war, entwickelte langsam die Tendenz seltsam zu werden. Wo war nur die sectret-sanctum-Ausstattung mit den herrlichen violetten Samtsofas geblieben? Die viktorianischen Lüster? Die DJs??? Lediglich diese blöden Go-Go-Stangen an der Bar waren noch da. Der Rest? Sogar der Dress-Code schien aufgehoben zu sein. Früher war hier niemand hereingekommen, der nicht ein Kostüm einer bestimmten historischen Epoche anhatte oder fetischmäßig angezogen war. Und jetzt? Zwischen Leuten, die den Club bereits früher im richtigen Outfit besuchten, wandelten plötzlich normale Jeans und Tanktops herum. Und am schlimmsten - sie hatte sogar einen Schlipsträger gesehen. Himmel, was war hier passiert? Die Wände waren schwarz gestrichen worden, die Sofas weggeschafft, die Lüster entfernt. Kellnerinnen und Barkeeper waren im theatralisch-einheitlichen Draculalook geschminkt. Ihre Plastikgebisse wirkten eher amüsant als gruselig. Zumal sie ihnen beim Sprechen öfter aus dem Mund fielen. Das einzige richtig Gruselige war der DJ, der seit Neuestem hier arbeitete. Momentan lief zum bestimmt 10. Mal ein Song aus dem Soundtrack von irgendeinem Vampirfilm. Der Titel fiel ihr gerade nicht ein. Der war ihrer Meinung zwar nicht unbedingt grauenvoll – wenn man es einmal hören musste oder dazu strippen wollte. Mit der Musik, die man hier für gewöhnlich hörte, hatte das jedoch rein gar nichts zu tun.

Was war nur aus den bisherigen DJs geworden. Oder aus den Leuten mit der Violine und der Harfe. Was hatte der Neue gegen Musik von Ensiferum? Versailles? After Forever? Emily Autumn? Möglicherweise hatte er einfach noch nicht gehört, dass es diese Bands gab. Ihrer Meinung nach zwar unwahrscheinlich, aber Wunder gab es schließlich immer wieder. Aber selbst Ignoranten müsste doch wenigstens der Name schon mal zu Ohren gekommen sein. Die alten DJs hatten immer Unmengen an Gothic oder Symphonic Metal aufgeboten. Vorwiegend aus Europa, aber wirklich gut.

Der Soundtrack war jedenfalls absolut daneben. Falls der DJ öfter kam, gehörte sie garantiert nicht mehr zu den Stammgästen. Ein paar der anderen meuterten auch schon. Zumindest das schien schon mal nicht an ihrer abgrundtief schlechten Laune heute zu liegen. Der Rest schon.

Verdammt, sie nervte heute alles. Dabei unterschied sich das Verhalten ihrer Clique nicht von dem, wie sie sich sonst eben so verhielt. Abgesehen von diesem grässlichen DJ waren die gleichen Leute wie immer um sie herum. Und genau genommen machten die auch nichts anderes als sonst. Wieso kam ihr dann das Schweigen heute so übel vor? Oder die entrückten Blicke? Normalerweise sah sie wahrscheinlich nicht anders aus und genau genommen verhielt sie sich für gewöhnlich auch wie sie. Trotzdem war es heute eindeutig nicht ihr Ding.

Missmutig starrte sie in ihr Glas Tomatensaft. Der nervte sie auch. In dem Licht sah der Saft überhaupt nicht rot und appetitlich aus – stattdessen wirkte er genauso grau und trübe wie ihre Gedanken. Überhaupt wie der ganze Club. Oder der Mann an ihrer Seite.

Und alles nur, weil zwei Striche sichtbar wurden, nachdem sie über den Teststreifen pinkelte. Zwei Striche!!!! Das bedeutete, sie hatte einen Braten in der Röhre. Unbewusst legte sie ihre flache Hand auf ihren Bauch. Kaum vorstellbar aber ganz offensichtlich war es tatsächlich so. Eigentlich hatte sie sich immer Kinder gewünscht. Am liebsten ein ganzes Basketballteam. Doch statt Freudensprünge zu vollführen, als sie endlich das Ergebnis unmittelbar vor ihre Nase hielt, war sie mit Tränen in den Augen auf den Boden gesackt. Mist. Wieso ausgerechnet jetzt?

Sie war nicht sicher, ob ein Kind in dieser Umgebung das Richtige war. Noch dazu mit River als Vater. Himmel, selbst ihrer blühenden Fantasie waren Grenzen gesetzt. Sicher, River war sexy, und wenn er sich so wie jetzt zurechtgemacht hatte, würde sie ihn am liebsten sofort hier auf dem Tisch flachlegen. Aber ein Baby in die Welt zu setzen, weil man den Vater geil fand und ihn am liebsten permanent vernaschen würde?

River war niemand, mit dem man sich eine gemeinsame Zukunft aufbauen konnte. Dazu war er viel zu abgedreht, zu unbeständig, zu … Gerade sah er sie unergründlich an. Himmel sah er gut aus.

Allerdings - als er mit seiner bleichen Hand und den schwarz lackierten, spitz gefeilten Fingernägeln über ihren Arm strich, überfuhr sie ein unangenehmer Schauer. Und das nicht zum ersten Mal heute. Wieso hatte er eigentlich schon wieder diese abartigen Kontaktlinsen drin, die seine Augen einfach nur weiß mit einem schwarzen Punkt in der Mitte wirken ließen? Der Schauer wiederholte sich, als er mit seinen grellweiß leuchtenden Zähnen über ihren Handrücken strich. Die Dinger sahen scheußlich aus. Vielleicht lag der Schauer aber auch an diesen albernen Glöckchen, die er seit Neuestem trug. Also Gothiclook und Glöckchen passten ihrer Meinung nach nicht zusammen, aber anscheinend wurde das der neue Renner. Um sie herum klingelte und bimmelte es wie auf dem Weihnachtsmarkt. DAS war gruselig.

Ein Kind brauchte ihrer Meinung nach einen Vater. Sie war jetzt schon auf seine Reaktion gespannt, wenn sie ihm die Sache beichtete. Um Verhütung hatte er sich nie Gedanken gemacht, das war immer ihre Sache gewesen. Allerdings vermutlich nur, weil er zu bequem dazu war, weniger aus der Überzeugung heraus, ein Kind zu wollen. Sie wusste bis jetzt noch nicht, was schief gelaufen war. Vielleicht war eines der Kondome nicht dicht gewesen. Himmel, sie war auf seine Reaktion wirklich gespannt.

Bloß war es für ein Kind wirklich so gut bei jemandem aufzuwachsen, der an ihrem Hals saugen wollte?? Oder an zahlreichen anderen Stellen ihres Körpers? Wohl kaum. So langsam aber sicher entwickelte River eine fatale Angewohnheit. Anfangs machte sie das ja noch an. Richtig an. Aber mittlerweile biss er sie bei jeder Gelegenheit. Bei absolut jeder – egal ob es gerade passte oder nicht. Nicht mal mehr beim Ficken verzichtete er darauf. Wenn er kam, vergrub er seine Zähne ziemlich fies in ihrer Schulter.

Bisher war kein Blut geflossen. Aber sie hatte schon tierische blaue Flecke davon bekommen und momentan spürte sie noch überdeutlich den Biss an ihrer linken Brust. Ein Stützstab ihres Korsetts drückte zudem noch direkt darauf. Der Biss heute hatte verdammt wehgetan und fühlte sich jetzt völlig verhärtet an. Dafür hatte sie ihn zum ersten Mal, seit er damit vor etwa drei Monaten begonnen hatte, aus dem Bett geworfen. Bevor er noch wusste, was geschah, saß er auf seinem knochigen Hintern auf dem schäbigen Teppich. Einen roten Fußabdruck Größe 71/2 auf seiner bleichen Brust. Was, wenn er diese neue lästige Angewohnheit auf das Baby übertrug? Klare Frage, klare Antwort. Das würde er unter Garantie nicht überleben.

Was sie zum nächsten Problem brachte. Die Wohnung, in der sie derzeit lebten, war nicht schlecht. Genau genommen hatte sie es sogar geschafft, sie halbwegs gemütlich einzurichten. Was störte war Rivers zunehmende Aversion gegen Licht. Überall hing mittlerweile schwarzer Samt. Der schloss nicht nur das Tageslicht aus, was River genau wie sie selbst bleich und bleicher werden ließ, sondern leider auch die Möglichkeit zu lüften. River hatte die Fenster nämlich zusätzlich mit schwarzem Lack gestrichen, so genial, dass die Farbe die Riegel verklebte. Die wenige Luft, die durch die undichten Ritzen strömte, wurde spätestens durch den Samt abgefangen. In der Wohnung roch es recht muffig, egal was sie dagegen machte. Nicht dass es in dem Viertel New Yorks, in dem sie lebten, viel frische Luft gab. Aber ab und zu ein wenig Sauerstoff wäre nicht schlecht. Und außerdem brauchte ein Kind Licht.

Oh Gott. Falls River sich zu dem Kind bekannte – was sie trotz allem irgendwo hoffte - würde er vermutlich losgehen und einen Kindersarg kaufen, damit es darin schlafen konnte. Immerhin kam er vor knapp vier Wochen mit einem XXL-Sarg an und sie konnte gerade noch verhindern, dass er ihr Metallbett entsorgte. Da hatten sie zum ersten Mal richtig Streit. Vor allem weil er die fixe Idee hatte, dass sie beide in diesem gruseligen Teil schlafen sollten. Leider war er auch sehr überzeugend. Sie wusste selbst nicht mehr, wie er es geschafft hatte, aber eine Woche später lagen sie eng aneinander gekuschelt in dem Teil. Zum Glück war er neu. Bei seiner ständigen Geldnot hätte sie ihm durchaus zugetraut, mit einem gebrauchten Modell aufzutauchen.

Wenn sie alleine war, was leider viel öfter vorkam, als ihr lieb sein konnte, schlief sie genau wie früher im Bett. Das war noch völlig okay. Gut, es quietschte tierisch. Aber das war ja wohl zweitrangig. Wenigstens hatte sie sich durchgesetzt, was den Sex anging. In dem Sarg lief gar nichts – insoweit war vermutlich auch River froh, dass sie verhindert hatte, dass er das Bett entsorgte.

Leider ging die Sargphase genauso wenig vorbei wie die Bissphase. Falls er aber irgendwann auf den Einfall kam, den Deckel zum Schlafen zu schließen würde sie garantiert streiken. Da machte sie absolut nicht mehr mit. So viel stand fest.

Außerdem war da noch seine ebenfalls neue, aber absolut lästige Angewohnheit alles zu essen, was Blut enthielt. Und zwar nur noch so Zeug. Fast rohe

Steaks. Oder beispielsweise Blutwurst. Sogar eine Suppe aus Blut stand seit einiger Zeit auf seinem Speiseplan. Manchmal aß er die kalt, direkt aus der Dose, dann war sie nämlich fest. Beim bloßen Gedanken daran schüttelte es sie von oben bis unten. Ekelhaft. Aber noch ekelhafter wurde es, wenn er das Zeug erwärmte. Es roch säuerlich und sah klumpig aus. Wollte er sie danach küssen, sorgte er regelrecht für Brechreiz bei ihr, egal ob sie nun schwanger war oder nicht. Das Zeug hing an seinen Zähnen und es war einfach w.i.d.e.r.l.i.c.h! Er bezog es für teures Geld irgendwo aus Europa. Was daran so teuer war, war ihr rätselhaft, denn in dem Fraß war fast nur Blut enthalten. Schweineblut zwar, aber eben Blut.

Und genau genommen war es ihr Geld, das er so großzügig dafür ausgab. Denn River konnte sich gerade mal so mit Gelegenheitsjobs über Wasser halten. Wenn er eine Nacht hier im Club durchmachte, verschlief er den ganzen nächsten Tag und das ließ sich kein Chef auf Dauer gefallen. Kaum dass er ein paar Dollar zusammenhatte – also eigentlich nur dann, wenn er ausbezahlt wurde – kam er mit irgendwas absolut Unnötigen an. Etwas wie dem Sarg oder dem Samt beispielsweise. Dabei blieb ohnehin viel zu wenig Geld von ihren beiden eigenen Jobs übrig, wenn sie die Miete, den Strom und die Lebensmittel bezahlte. Egal wie sehr sie versuchte, etwas auf die Seite zu legen. River fand es immer. Und wenn er es selbst nicht fand, bettelte er herzerweichend, bis sie ihm idiotischerweise etwas davon gab. Und dann verpulverte er es neben all dem anderen Kram auch noch für Scheißdrogen. Sie verstand sich selbst nicht, wieso sie ihm immer wieder nachgab. Daran, dass sie zwei Mal an seiner Seite war, während er einen kalten Entzug durchmachte, konnte es nicht liegen. Gerade weil sie DAS miterlebt hatte, sollte sie ihm eigentlich nichts mehr geben. Aber er hatte echt eine Betteltechnik drauf, mit der sie schneller als in jedem Dampfkochtopf weich wurde.

Sich etwas zur Seite beugend, teilte sie River mit, dass sie gehen wollte. Es war halb zwei morgens. In zwei Stunden begann ihre erste Schicht im Blumenladen. Sie war diese Woche dran, mit auf den Großmarkt zu fahren und die Ware zu holen. Eigentlich lohnte es sich nicht mehr, ins Bett zu gehen. Aber hier bleiben wollte sie definitiv auch nicht. Sie brauchte dringend Luft. Nicht zum ersten Mal heute fiel ihr auf, wie muffig es im Club roch – oder vielmehr wie muffig der Mann an ihrer Seite.

Wie so oft fand River kein Ende. Er war in seinem Element und wollte noch bleiben. Gerade stieg er auf den Tisch und wedelte theatralisch mit seinem Mantel, was den Geruch leider unangenehm verstärkte. Himmel, wenn er das machte, hatte sie doch sonst nichts dagegen. Das war die Pose, in der sie ihn zum ersten Mal gesehen und ungeheuer attraktiv gefunden hatte. Seine schlanke, fast schon hagere Gestalt in dem weiten Cape – das definitiv ein Mantel war, auch wenn er das vehement abstritt – sah doch normalerweise zum Anbeten aus.

Jetzt allerdings nicht. Jetzt wollte sie nur weg hier. Sie brauchte Luft. Das musste an der Schwangerschaft liegen. Woran sonst? Hastig erhob sie sich und winkte ihm zu. Er beachtete sie gar nicht und rezitierte irgendwelche Verse in einer unverständlichen Sprache. Vielleicht war es auch nur schrecklich verstümmeltes Englisch, das machte er manchmal. Hailey verließ den Club und atmete tief durch.

Ihr schwarzer Rock schleifte über den Dreck auf der Straße. Ihre Netzstrümpfe hatten ein weiteres Loch. So langsam sollte sie sich Neue zulegen, weil die Teile nur noch aus Löchern und kaum noch aus Netz bestanden. Das Korsett, welches River so gefiel, drückte ihre Brust unangenehm nach oben und sorgte dafür, dass ihre Brustwarzen sich taub anfühlten. Auf das Ding würde sie künftig auch verzichten und sie würde es garantiert nicht vermissen. Erstens war sie sowieso klapperdürr und zweitens schadete es bestimmt dem Baby. Ihre schwarz gefärbten Haare wehten in ihr Gesicht und streiften über ihre weiß gepuderten Wangen. Ein paar verfingen sich in den dick getuschten Wimpern. Hailey erinnerte sich daran, wie River früher am Abend hinter ihr im Schlafzimmer stand und das Korsett an ihrem Körper festzurrte. Genau wie sonst auch ging er dabei ab wie eine Rakete. Dass sie jedes Mal vor Atemnot am Rand einer Ohnmacht entlang schlitterte, schien ihn nicht die Bohne zu interessieren. Ginge es nach ihm, wäre ihre Taille noch schmaler. Vor einer Woche hatte er ihr doch tatsächlich vorgeschlagen sich die unteren Rippenbögen entfernen zu lassen, damit ihre Figur sanduhrförmiger wurde. Er kannte sogar einen Arzt, der das machte, und der ihm noch einen Gefallen schuldete. Aber darauf konnte er lange warten, so ließ sie sich garantiert nicht verstümmeln. Von den Kosten für so einen idiotischen Eingriff einmal ganz abgesehen. Wenn sie eins gelernt hatte, dann, dass man nichts im Leben geschenkt bekam, ohne hinterher teuer dafür zu bezahlen. Das Korsett war schon das oberste der Gefühle. Sie war jedes Mal froh, wenn sie dieses Gefängnis aus Metall und Satin wieder ablegen konnte. Allerdings bat River immer öfter darum, dass sie es anzog. Klar – er hatte ja auch keine Ahnung, wie einengend es sich anfühlte, wenn er die Schnüre kräftig anzog. Vermutlich verhinderten lediglich die Metallösen, dass der Stoff um die Ösen herum zerriss. Und die starren Streben, dass sie vornüber zusammenbrach.

Eine Gruppe junger Männer kam ihr entgegen und rief ihr schon aus ein paar Metern Entfernung Dinge zu, die sie zur Weißglut brachten. Sie knurrte sie ungehalten an und warf ihnen verbal so einiges an den Kopf. Einer konnte es sich trotzdem nicht verkneifen, sie festzuhalten und in den Hintern zu kneifen. Gleichzeitig versuchte er, seine Hand in ihr Oberteil zu schieben. In der Gruppe fühlten sich solche Idioten immer stark. Sie war auch ohne Gruppe stark und ließ ihn das schnell spüren, indem sie ihm mit ihren schweren Stiefeln vors Schienbein und einem Knie in seine Weichteile trat. Das hatte dieser elende Flachwichser jetzt davon. Sicherheitshalber rannte sie den restlichen Weg zu dem Haus, in dem sie mit River, seit sie ihn kennengelernt hatte, wohnte.

Das Haus hatte eindeutig schon bessere Tage gesehen, war aber allemal besser als das Abbruchhaus, in dem sie bis vor drei Jahren gelebt hatte. Die Kakerlaken hielten sich genauso in Grenzen wie die Ratten. Vermutlich waren die Ratten der

Mieter zahlreicher als die, die sich durch das marode Mauerwerk nagten und einen in den unmöglichsten Situationen überraschten. Außer ihnen wohnten noch zwei Gothic- und ein Punkerpärchen da. Und der Vermieter selbst mit seiner Freundin, die beide erstaunlich normal aussahen. Es war nicht das Hilton und ihre Erzeuger würden einen hysterischen Schreikrampf kriegen, wenn sie sie hier sehen könnten, aber die Miete war billig. Warum sie ausgerechnet jetzt an sie denken musste, war ihr allerdings schleierhaft. Schließlich hatte sie mit ihrer Erzeugerfamilie seit Jahren keinen Kontakt und vermisste das auch absolut nicht.

Granny hingegen schon. Es war schon wieder einen Monat her, dass sie miteinander telefoniert hatten. Sie wusste, dass Granny ihren derzeitigen Lebensstil nicht mochte, oder vielleicht war es auch nur River. Es war das erste Mal, dass sie ihren Freund nicht so akzeptierte, wie er war. Letztes Mal hatte sie ihr sogar gesagt, dass er nicht gut für sie war und sie sich wünschte, dass die Beziehung bald zu Ende ging. Das war absolut neu. Normalerweise mischte Granny sich nie ein.

Doch obwohl sie River nicht mochte, würde sie sich garantiert über das Baby freuen. Deshalb würde sie sie gleich morgen anrufen. Granny geriet bestimmt völlig aus dem Häuschen, wenn sie von der Schwangerschaft erfuhr. Vielleicht sollte sie eine Weile zu ihr gehen. Der Gedanke nistete sich plötzlich, dafür aber sehr gemütlich in ihrem Kopf ein. Genau, das wäre vermutlich das Beste. Granny war schon immer ihr Fels in der Brandung. Und sie half ihr bei allem, was sie in Angriff nahm. Und wie es aussah, musste sie ihr Leben neu in Angriff nehmen. Immerhin bekam sie ein Baby. Ein Grinsen glitt über Haileys Gesicht. Das erste Mal, seit sie fassungslos auf den Teststreifen gesehen hatte. Ein Baby!

Ihr Vermieter kam hinter ihr durch die Haustür. Den hatte sie schon ewig nicht mehr gesehen, weil er genau wie sie zu den unmöglichsten Zeiten arbeitete. Ziemlich hart und mehr als ihm gut tat. Er konnte gerade mal 30 oder so sein, sah aber mindestens 20 Jahre älter aus. Obwohl er dringend auf die Miete angewiesen war, hielt er den Preis in einem erträglichen Rahmen. Hier in der Stadt bekam man selbst für die schlimmsten Löcher richtig viel Kohle. Aber Paul war da echt human. Sogar als sie anfangs Probleme bei den Zahlungen bekamen.

Dummerweise wollte er das Geld immer bar. Und weil sie sich so selten sahen, war sie gezwungen, River mit der Bezahlung zu beauftragen. Leider verpulverte der das Geld oft genug für andere Dinge. Aber wenigstens das schien nach anfänglichen Schwierigkeiten zu klappen. Jedenfalls hatte ihr Vermieter seit einem halben Jahr keine Nachricht mehr unter ihrer Tür durchgeschoben.

Offenbar kam er gerade von seiner Arbeit nach Hause. Er sah müde und abgekämpft aus. Nachdem sie sich gegrüßt hatten, merkte Hailey, dass er noch etwas sagen wollte, und blieb automatisch stehen. Das Lächeln von eben wich aus ihrem Gesicht, weil ihr der Gedanke durch den Kopf schoss, dass das, was sie gleich zu hören bekam, bestimmt nicht angenehm war.

„Hailey. Hi, gut, dass ich Dich treffe. Es gibt da ein Problem mit der Miete. Ich warte seit fünf Wochen auf die Zahlung. River hat gemeint, dass Du Dich darum kümmerst. Das war vor drei Wochen. Sei mir nicht böse, ich habe ihn wirklich schon mehrfach angesprochen und keiner von euch hat reagiert. Und da draußen warten haufenweise Leute, die eine bezahlbare Wohnung suchen. Wenn ich bis Montag kein Geld sehe, seid ihr raus aus dem Haus. Ist das klar?"

Ein Fausthieb direkt in den Magen konnte auch nicht schlimmer wirken, als die paar Sätze, die sie gerade hören musste. Hailey stand immer noch wie erstarrt auf derselben Stufe, als Paul bereits durch die Tür seiner eigenen Wohnung gegangen war.

Hatte sie das … gerade geträumt? Bestimmt! Und wenn nicht? Das … war nicht möglich. Das durfte gar nicht sein! Das … musste ein Irrtum sein. Ein absoluter Irrtum! Das … wäre typisch River! Absolut typisch und damit leider durchaus im Bereich des Möglichen!

Ihre Stiefel knallten auf den Stufen, als sie eilig nach oben und in ihr Appartement stürmte. Dort drehte sie sich ein paar Mal hilflos im Kreis, weil sie nicht wusste, was sie als Erstes machen sollte. Hailey japste förmlich nach Luft, was nur zum Teil an diesem idiotischen Korsett lag, aus dem sie ohne Hilfe nur langsam herauskam. Mist, River hatte doch tatsächlich die Schnüre richtig verknotet und nicht nur zugebunden. Allein dafür könnte sie ihn glatt umbringen.

Während sie mit einer Schere an der Verschnürung arbeitete und sich dabei beinahe ihre Arme ausrenkte, ging Hailey zu ihrem neuesten Versteck. Mühsam versuchte sie, sich zu beruhigen. Aufregen konnte sie sich später noch – wenn River da war. Jetzt würde sie erst mal Geld zählen. Vielleicht reichte es ja für die fehlende Miete. River hatte es bestimmt nicht gefunden und es reichte zweifellos. Es musste einfach reichen. Wo sollte sie denn sonst so schnell hin? Danach würde es eben ein paar Wochen Makkaroni mit Ketchup geben. Wäre ja nicht das erste Mal. Und einen Streit mit River, auch nicht zum ersten Mal. Falls es nicht ganz reichte, ließ Paul sicherlich mit sich reden. Sie würde einfach mehr arbeiten, damit er den Rest bald bekam. Zur Not könnte sie auch den Sarg verkaufen. Das geschähe River recht. Viel war er zwar mit Sicherheit nicht wert, aber besser als nichts. Und sie könnte diesen schrecklichen schwarzen Samt von den Fenstern reißen. Irgendeine aus der Clique hatte bestimmt Verwendung dafür und würde vielleicht sogar genügend dafür abdrücken, dass sie den Strom bezahlen konnte, um die Makkaroni zu kochen.

Ein wütender Schrei zerriss die Stille ihres Appartements. Dabei hatte sie wirklich geglaubt, dass sie dieses Mal ein sicheres Versteck gefunden hatte. Aber das Versteck hinter einem der Mauersteine neben der Feuerleiter, in das sie jeden sorgfältig auf die Seite gelegten Penny deponiert hatte, war leer. Er war sogar ins Tageslicht gegangen, um sie zu beklauen. Scheiße, Scheiße, Scheiße. Dabei jammerte er ihr immer vor, dass das Tageslicht in seinen Augen und auf seiner Haut schmerzte. Dieser abartige Spinner.

Gerade als sie sich etwas beruhigt hatte, klopfte es an die Tür. River! Vermutlich hatte er wieder einmal seinen Schlüssel vergessen. Eigentlich sollte sie ihn stehen lassen. Einfach nicht öffnen. Auf den Mond schießen. Zum Teufel jagen.

Aber genau genommen wollte sie ihm viel lieber ein paar Dinge an den Kopf werfen, bevor sie ihm die Tür wieder vor der Nase zuknallte. Tief durchatmend riss sie die Eingangstür auf.

Der wütende Wortschwall, den sie River entgegen schleudern wollte, verstummte jedoch abrupt, als sie Paul vor der Tür stehen sah. Es war ihr völlig schleierhaft, warum sie sofort glaubte, dass jetzt eine wirklich schlechte Nachricht auf sie zukam. Aber leider lag sie mit ihrer Ahnung völlig richtig. Das Telefon, das Paul kurz zuvor in ihre eiskalten und zitternden Finger drückte, landete noch vor ihr auf dem Boden, als sie begriff, was passiert war.

Mit gleichmäßigen Bewegungen wusch Shannon nach dem Füttern Caras blasses Gesicht und erzählte ihr – wie auch in den letzten beiden Stunden – was sie die letzten drei Wochen erlebt hatte. Na ja, nicht ganz. Sie erfand alles, weil sie genau genommen nichts erlebte. Es sei denn, man betrachtete es als Highlight der Woche, wenn man zwei Mal zum Supermarkt musste, weil man das Toilettenpapier beim ersten Mal vergessen hatte. Schließlich war ihre kleine Schwester bestimmt nicht erpicht darauf, Klatsch von ihrer Arbeitsstelle zu hören – oder von den Problemen, die sie dort hatte.

Becky, eine der Pflegerinnen, kam herein und sah ihr lächelnd zu. Das Lächeln wirkte traurig. „Wir müssen uns bald darauf einstellen, sie gehen zu lassen, glaube ich."

Die Stimme war nur ein Flüstern. Trotzdem zuckte Shannon automatisch zusammen. ‚Gehen lassen' bedeutete nicht, dass Cara aus dem Pflegeheim hinaus marschieren und ihr Leben weiterleben konnte, als wäre nie etwas gewesen. Leider bedeutete es, sie sterben zu sehen. Mühsam schluckend hielt sie ihre Tränen zurück. Alles in ihr schrie ‚nein', auch wenn ihr Verstand genau das Gegenteil sagte. Vorsichtig tupfte sie die feuchte Haut trocken. Auch wenn es nur geflüstert war, Shannon regte sich darüber auf, dass Becky so etwas in Gegenwart ihrer Schwester sagte. Nur weil sie im Koma lag, bedeutete das nicht, dass sie nichts um sich herum mitbekam. Heute war ihr Geburtstag. Sie wurde 25 – das war einfach kein Alter, in dem man sterben müssen sollte. Tanzen wäre eine gute Beschäftigung. Kinder bekommen. Reisen. Von ihr aus auch Zeitung austragen – alles war besser als das, was Cara seit Jahren machte. Still und fast reglos liegen. In Raten sterben. Statt Kerzen auf einem Kuchen auszublasen und einen albernen Partyhut zu tragen, kämpfte sie gegen hohes Fieber und eine Entzündung, die ihr geschwächtes Immunsystem nicht mehr in den Griff bekam. Ihre Organe versagten immer wieder und Becky hatte leider recht, das konnte Shannon erkennen, auch wenn sich alles in ihr sträubte und sie Cara auf ewig bei sich behalten wollte. Shannon räusperte sich und ihr Tonfall hörte sich fröhlich an, auch wenn sie kurz traurig in Beckys Richtung nickte.

„Ich muss jetzt leider wieder los, Kleine. Wir sehen uns bald wieder. Dann erzähle ich Dir, wie es mit meinem Nachbarn gelaufen ist. Vermutlich machst Du

Dir genauso vor Lachen in die Hosen wie ich, weil er wieder irgendetwas total Süßes aber absolut lächerliches gemacht hat."

Sich vorbeugend gab sie ihrer Schwester einen Kuss und packte die Sachen zusammen, die noch auf dem Nachttisch standen. Becky nahm sie ihr ab.

„Ich rufe Montag wieder an. Falls dazwischen etwas passiert …"

Mit den Tränen kämpfend verstummte Shannon und Becky drückte kurz mitfühlend ihren Arm.

„Natürlich. Wir rufen an, wenn etwas ist."

Genau so, wie sie es in den vergangenen Jahren immer gemacht hatten.

Die knapp 30 Meilen von Wayne in die Bronx dauerten ewig und waren doch viel zu kurz für die Gedanken, die Shannon durch den Kopf schossen. Zwei Mal war sie so abgelenkt, das sie verpasste an der richtigen Station auszusteigen. Dadurch kam sie zu spät zu ihrer Arbeit; einer Putzstelle in einer Arztpraxis. Die Arbeit an sich war okay. Allerdings war der Chef ein Tyrann und außerdem stand sie dort sowieso schon auf der Kippe, weil sie wegen ihrer eigentlichen Arbeit im Krankenhaus öfter zu spät kam. Dort konnte sie nicht einfach alles aus der Hand fallen lassen, wenn sie Feierabend hatte. Doch obwohl sie die Praxis immer blitzsauber hinterließ, indem sie die Stunden einfach hinten anhängte, war ihr Chef natürlich nicht begeistert, dass er sich nie wirklich darauf verlassen konnte, wann sie genau kam. Da er wusste, dass sie heute in der Klinik freihatte, war er besonders ekelhaft. Nicht zum ersten Mal drohte er ihr, Ersatz zu suchen, wenn sie nicht fähig war, pünktlich zu ihrer Arbeit zu erscheinen. Heute ging er so weit, den Schlüsselbund zurückzufordern. In Zukunft würde sie kommen müssen, wenn jemand in der Praxis war.

Drei Stunden später hatte sie die Arbeit dort erledigt und war, ohne zuhause vorbeizuschauen, auf dem Weg in die Bar, in der sie stundenweise kellnerte. Der Laden war wie meistens brechend voll, die Gäste schon ziemlich angeheizt. Die Schicht war die Hölle. 20 blaue Flecken, weil mehr als einer der Gäste sie kniff und leider kein Trinkgeld, weil das für die Gläser draufging, die sie dummerweise fallen ließ. Da war Hank, der Barbesitzer, knallhart. Als Shannon gegen halb zwei morgens ihre Schicht beendete, war sie todmüde. Um fünf würde ihre Arbeit im Krankenhaus beginnen. Und ihr grauste jetzt schon davor, weil sie nicht wusste, wie sie die Zeit bis zum Feierabend überbrücken sollte. Momentan war sie seit knapp 20 Stunden auf den Beinen, weil ihre Nachbarin sie morgens noch vor fünf herausgeklingelt hatte, nachdem sie irgendwelche Geräusche zu hören glaubte. Weil Katie Mendelson nicht mehr die Jüngste war, hatte sie ihr wie immer an ihrem freien Tag die Wohnung geputzt, Sachen zur Reinigung gebracht, ihre Wäsche gewaschen. Anschließend war sie durch ihre eigene Wohnung gefegt und hatte dort sauber gemacht, bevor sie ins Pflegeheim aufgebrochen war.

Statt nach Hause zu gehen, machte Shannon sich gleich auf den Weg in die Klinik. Sie würde sich in einem der Bereitschaftszimmer hinlegen, bis die Arbeit begann. Es war nicht das erste Mal, dass sie das machte und es würde mit Sicherheit nicht das letzte Mal sein. Denn mit keiner ihrer Arbeitsstellen kam sie auf einen grünen Zweig. Sie brauchte jeden Penny, den sie verdiente, und war froh, dass man ihr in der Klinik vor einiger Zeit eine besser bezahlte Stelle in der Pädiatrie angeboten hatte. Leider war sie damit in das Visier einiger Kolleginnen und Kollegen gerückt, die sie ziemlich mobbten.

Wenn Katie soweit war, in ein Pflegeheim zu kommen, sollte sie ihre eigene Wohnung vielleicht aufgeben. Sie verbrachte sowieso kaum Zeit dort und schlafen konnte sie notfalls auch eine Weile in einem der Bereitschaftsräume oder im Lager der Bar – auch das hatte sie in der Vergangenheit schon mal gemacht. Aber das mit der Wohnungsaufgabe konnte sie garantiert erst machen, wenn Katie soweit war. Sie konnte sie unmöglich allein in dem leeren Haus zurücklassen. Auf diese Weise könnte sie allerdings das Geld für eine Wohnung wenigstens eine Weile sparen und vielleicht ein paar dringend fällige Rechnungen bezahlen, damit ihr Bankkonto nicht mehr so desolat aussah. Vielleicht sollte sie künftig auch ihre seltenen Bummel über den Basar vergessen. Immer wieder kam sie in Versuchung, kleine Mitbringsel für Katie oder Cara zu kaufen – Ausgaben, die sie sich eigentlich gar nicht mehr leisten konnte. Wenn sie nicht mehr auf den Basar ging, käme sie garantiert nicht mehr in Versuchung. Andererseits war das so ziemlich das einzige Vergnügen, das sie sich noch leistete.

Gähnend lief Shannon durch die relativ ruhige Stadt Richtung Krankenhaus. Die spitzen Bemerkungen, die Art und Weise wie man ihre Arbeit sabotierte, das war übel – aber da sie das Geld brauchte, würde sie eben verdammt noch mal die Zähne zusammenbeißen. Irgendwann würden diese Leute schon wieder Ruhe geben. Die Spekulationen über die Art und Weise, wie sie ihren derzeitigen Posten ergattert hatte, würden einschlafen. Einfach weil sie jeder Grundlage entbehrten.

Ein eng umschlungenes Pärchen kam ihr entgegen und einen Moment musste Shannon neidvoll schlucken. Es war eine Ewigkeit her, dass sie wirklich mit jemandem zusammen gewesen war. Genau genommen erinnerte sie sich kaum noch daran, wie sich so was anfühlte. Die körperliche Komponente vermisste sie gar nicht mal so – dazu war sie einerseits sowieso viel zu groggy und andererseits war es mit ihren bisherigen Freunden auch nicht wirklich toll gewesen. Was ihr fehlte, waren die stillen Momente, die Vertrautheit. Sich einfach mal kurz an jemanden anlehnen. Ein Lächeln. Verständnis. Kleinigkeiten. Aber wenn sie noch eine Weile wartete, würde sie garantiert auch vergessen, wie sich das anfühlte. Sie wusste ehrlich gesagt nicht, ob das gut oder schlecht war. Vermutlich ein wenig von beidem.

Als sie in der Klinik ankam, herrschte trotz der frühen Stunde Hochbetrieb. Shannon schloss kurz die Augen und atmete nochmals tief durch. Dann zog sich um und fing früher als geplant mit ihrer Schicht an. Obwohl sie einige seltsame Blicke trafen, waren ihre Kolleginnen doch ziemlich froh, sie so früh zu sehen.

Moloka'i, Juli 2007

Genießerisch schloss Douglas seine Augen und legte sich in seinen Liegestuhl zurück. Endlich Ruhe. Seit er und die anderen vor einigen Wochen aus dieser grässlichen Bostoner Villa zurückgekehrt waren, war alles und nichts passiert. Falls sich noch ein Wesen aus dem Dunstkreis von Erzsébet retten konnte, hielt es - gut versteckt - still. Die Vermissten- und Misshandlungsfälle in den Datenbanken, die er zweimal täglich abrief, waren auf ein normales Maß gefallen. Sofern man in diesem Zusammenhang überhaupt von ‚Normal' sprechen konnte. Aber genau genommen würde sich das erst auf Dauer wirklich zeigen. Denn Beth und ihr Truppen des Schreckens, wie er sie insgeheim nannte, hatte schon vorher einmal längere Zeit Ruhe gegeben.

Der Mann, den sie aus Boston mitgebracht hatten, erwies sich als erstaunlich zäh und war, nachdem sie ihn einige Tage beobachtet und versorgt hatten, in ein Pflegeheim überstellt worden, wo er bestens betreut und gefördert wurde.

Jetzt könnte eigentlich alles normal sein. Frustriert öffnete Douglas die Augen wieder. Es war ja auch alles normal. Sogar León, Alejandro und Nathan hatten es endlich geschafft, sich mit ihren Frauen offiziell zu verbinden. Ein leichter Schauer überlief ihn, als er daran dachte, wie León Alisha beinahe verloren hatte. Hoffentlich kam er selbst nie in eine solche Situation. Für einen Augenblick glaubte er, dass sein Onkel vor Schmerz wahnsinnig wurde. Glücklicherweise war ihm das erspart geblieben, weil Alisha überlebte. Tja, zumindest bei ihnen war jedenfalls im Moment alles eitel Sonnenschein. Seit sie am Samstag die Verbindungszeremonien zelebriert hatten, waren die drei Paare jedenfalls nur kurzzeitig wieder aus ihren Appartements aufgetaucht.

Gut, das konnte auch daran liegen, dass die Hormonimplantate drei Wochen zuvor entfernt worden waren, sobald bekannt war, dass alle drei Verbindungszeremonien tatsächlich stattfinden würden. Wenn er das richtig mitbekommen hatte, hatten Alejandro und Carmen bereits Nachwuchs angesetzt. Abartig. Er selbst hätte darauf bestanden, erst einmal eine ganze Weile alleine mit seiner Frau zu sein. Tragzeiten waren erstens nie ganz ungefährlich für die Frauen und außerdem … Himmel, gerade verbunden und schon trächtig.

Auch Alisha hatte während der Zeremonie leicht fértil gerochen. Es hätte nicht viel gefehlt, und er hätte ihr in den Hals gebissen. Glücklicherweise standen Nico und Samuel noch zwischen ihm und ihr. Sonst hätte er vielleicht eine Dummheit gemacht. Und er hatte so den leisen Verdacht, dass es Arslan ähnlich gegangen war. Verflucht, warum hatte Arslan auch schon alle Implantate entfernt? Hätte Alisha während der Zeremonie nicht so verlockend gerochen, hätte er in South Orange mit Sicherheit keine unangenehme Überraschung erlebt, als er außerplanmäßig dort auftauchte. Dann hätte er nämlich seine mittlerweile Ex-Blutwirtin Steph auch nicht in den Armen dieses haarigen Affen gefunden, während sie mit verdrehten Augen unter ihm stöhnte. Und Mann, hatte der Typ dämlich ausgesehen, als er genau in dem Augenblick kam, in dem er selbst das

Schlafzimmer betrat. Blieb nur zu hoffen, dass er in einem solchen Moment nicht auch so ein bescheuertes Gesicht zog.

Missmutig nippte er an seinem Cocktail. Eigentlich kränkte es mehr seine Eitelkeit, sie in so einer Situation vorzufinden. Steph war eine normale Frau und damit beliebig austauschbar. Ehrlicherweise musste er sich eingestehen, dass er bereits seit Wochen überlegte, sich etwas Neues zu suchen. Deshalb hatte er sich auch, statt seinem Unmut über ihre Untreue Luft zu machen, selbst aufgelöst und seinen Hintern nach Tribeca zurückbefördert. Nach einem kurzen Zwischenstopp, bei dem er eine Sporttasche mit dem Nötigsten packte und seinen Eltern über seine Pläne informierte, war er schleunigst wieder aus dem Haus verschwunden. Flitternde Ehepaare waren kaum auszuhalten und leider hatte sich keines der drei frisch verbunden Paare dazu entschieden, ihre Flitterwochen woanders zu verbringen. Tja, und jetzt war er hier im Nordosten von Moloka'i, der kleinsten der acht vulkanischen Hauptinseln von Hawai'i. Nirgendwo auf Moloka'i wurde man vom Massentourismus überfallen - aber hier auf der Halbinsel Kalaupapa, auf der sein Häuschen stand, herrschte eine geradezu himmlische Ruhe. Das war vermutlich darauf zurückzuführen, dass auf Kalaupapa 1866 eine Leprastation beheimatet war. Noch lange Zeit danach wurde Moloka'i von Besuchern gemieden wie die Pest und konnte sich dadurch ziemlich ursprünglich erhalten. Zwischenzeitlich gab es zwar Touristen, aber die hielten sich vorwiegend an der Westküste auf. Einerseits tat es Douglas für die knapp 100, zumeist auch noch älteren Bewohner der Halbinsel leid, dass der Aufschwung im Tourismus wegen dieses kleinen Geschichtsdetails nicht wirklich bei ihnen ankam. Andererseits war er sich nicht mal sicher, ob sie überhaupt erpicht darauf waren, Heerscharen von Touristen hier zu haben. Und ihm selbst war es genau genommen sowieso gerade recht. Hier auf dieser kleinen bananenförmigen Insel konnte er in aller Ruhe surfen, schnorcheln, tauchen und wandern. Bereits jetzt merkte er den gleichen beruhigenden und ausgleichenden Effekt, den die Insel immer auf ihn ausübte.

Wieder nahm er einen Schluck von seinem Cocktail. Vielleicht würde er morgen einen kleinen Ausritt auf dem Jack London Trail machen. Ein kleines Grinsen schlich sich in seine Mundwinkel, als er an seinen letzten Versuch dachte.

Damals fand er das Ganze nicht wirklich zum Lachen, aber jetzt aus der Distanz mehrerer Wochen heraus betrachtet, war es doch eigentlich ganz amüsant. Als er damals zusammen mit seiner Ex-Blutwirtin - denn von Steph würde er nach dieser wenig erfreulichen Überraschung nie mehr trinken - einen Maultierritt machen wollte, vergaß man ihnen gegenüber zu erwähnen, dass ihre Reittiere etwas eigenwillig waren. Jedenfalls rasten die Viecher irgendwann los, nachdem sie zunächst eine viertel Stunde einfach nur bewegungslos herumstanden und weder durch gutes Zureden noch durch Schenkeldruck dazu gebracht werden konnten, überhaupt einen Schritt zu machen. Obwohl er sich für einen guten Reiter hielt, schaffte er es nicht, sein Maultier dorthin zu lenken, wo sie eigentlich hin wollten. Steph ging es genauso. Die beiden Maultiere jagten stattdessen einen gewundenen Pfad hinauf. Zu Fuß mochte der zum Krater des Kauhako führende

Weg ziemlich malerisch sein. Für Bergziegen war er vermutlich optimal. Für die Maultiere passabel. Für sie selbst jedoch … Genau wie die gut 40 Zentimeter kleinere Steph hatte er mit diversen herunterhängenden Ästen und Ähnlichem zu kämpfen. Dadurch wurde die erste Etappe der insgesamt nach oben führenden 480 Höhenmeter zu einer absoluten Tortur. Und während er selbst wenigstens noch etwas Widerstand bieten konnte, saß Steph hilflos durchgeschüttelt auf dem Rücken ihres Maultiers. Die Krönung war jedoch, als beide Maultiere nach zweieinhalb Stunden wie auf Kommando anhielten. Steph und er stiegen ziemlich unelegant ab, weil ihnen jeder Knochen wehtat und während sie noch versuchten, sich von dieser kleinen Foltereinlage zu erholen, machten sich die beiden Maultiere aus dem Staub. Der Rückweg wurde also auch nicht besser. Steph jammerte in einem fort, bis er sie auf den Rücken nahm und selbst Maultier spielte. Nein, das stimmte nicht. Sie hörte deswegen ja nicht auf. Genau genommen jammerte sie den gesamten Rückweg. Aus den ausgedehnten Liebesspielen, die er sich in der Zeit mit ihr erhoffte, wurde danach nichts mehr. Steph wurde auch nach einer Woche noch von einem extrem schmerzhaften Muskelkater geplagt. Sie konnte sich nur mühsam zwischen dem Liegestuhl am Strand und seinem Bungalow hin und her bewegen und weigerte sich strikt auch nur einen weiteren Ausflug, geschweige denn etwas anderes, zu machen. Eigentlich hatte sie schon immer viel genörgelt oder gejammert – wieso fiel ihm das erst jetzt auf?

Verhalten gähnend streckte sich Douglas etwas. Dann schaute er träge Richtung Meer. Ob er noch ein wenig schnorcheln sollte? Aber eigentlich war er im Moment zu faul. Lieber würde er heute Nacht wandern. Die Sonne schien angenehm warm auf ihn herab und er schloss irgendwann die Augen. Diese Ruhe war einfach himmlisch.

Nach einer Weile öffnete er sie stirnrunzelnd wieder. Was zum Teufel war das für ein Geräusch. Mit zusammengekniffenen Augen sah er sich um. Er wollte gerade seine Augen wieder schließen, als er plötzlich etwas im Meer sah. Ruckartig setzte er sich auf. Das Geräusch vorher konnte nichts mit dem zu tun haben, was er jetzt gerade wahrnahm. Denn es hatte sich wie aneinander reibendes Leder angehört. Bloß: Wer hatte denn hier bei diesen Temperaturen so etwas an? Außerdem war der Strand ja leer gewesen. Und das, was er jetzt eben im Meer wahrgenommen hatte, war der Haarschopf einer Person gewesen, die etwa siebzig bis achtzig Meter von seinem Liegeplatz entfernt im Meer … Schwamm? Tauchte? War da ein Schnorchel gewesen? Nein. Warum tauchte der Schopf nicht wieder auf, verdammt noch mal. Douglas erhob sich aus seinem Liegestuhl und legte die Hand über die Augen. Kein Schwimmer, keine Flossenspitzen, nichts. Seine Alarmdetektoren sprangen an und er rannte ins Wasser zu der Stelle, an der er den Haarschopf zuletzt gesehen hatte. Das Meer fiel dort an einer Stelle schlagartig auf etwa sechzig Meter ab. Als er untertauchte, sah er ein ganzes Stück unter sich jemanden treiben. Luftblasen stiegen auf, die aber keineswegs von einer Pressluftflasche stammten.

Obwohl die Person sich wehrte, als er sie unerbittlich an die Oberfläche und den Strand zog, hatte sie keine Chance gegen ihn. Und dabei konnte er seine eigentliche Stärke wegen des hellen Sonnenlichts gar nicht einsetzen.

Schwer atmend strich sich Douglas mit der linken Hand das Wasser aus dem Gesicht und den Haaren. Was zum Teufel sollte das? Wer ging denn so im Meer schwimmen? Die langen Haare waren schwarz gefärbt, die ganz kurzen Fingernägel schwarz lackiert. Der Lippenstift fast schwarz, das fürchterlich verschmierte Augenmake-up grauschwarz. Es war eine Frau und sie trug einen langen, schwarzen, völlig zipfeligen Rock mit lächerlichen Spitzen, eine schwarze Bluse mit einem ebenfalls schwarzen Top darüber, klobige Stiefel, keine Strümpfe, wenn er das richtig sah, und einen fast bodenlangen Mantel – auch schwarz. Und dann das riesige Kreuz aus schwarzem gehämmertem Metall mit blutroten Steinen. Himmel, selbst tot würde er sich weigern ins Licht begleitet zu werden, sollte jemand so auf seiner Trauerfeier erscheinen. Wie konnte man nur so herumlaufen? Damit wäre sie astrein abgesoffen. Wenn die im nassen Zustand vermutlich mindestens eine Tonne wiegenden Klamotten sie nicht in die Tiefe gezogen hätten, wäre es mit Sicherheit das ganze Metall gewesen, das sie im Gesicht und - wie er vermutete - auch an anderen Körperstellen trug. Piercings. Er verdrehte kurz die Augen. Warum sich jemand damit verschandeln konnte, hatte er noch nie verstanden, aber allein an einem Ohr zählte er vier Ringe und einen Stecker. Im Wasser bekam Heavy Metal in diesem Zusammenhang damit eine völlig neue Bedeutung.

Noch immer hustete sie. Aber zwischenzeitlich schob sich auch schon der eine oder andere Fluch dazwischen. Momentan war ihr kleines herzförmiges Gesicht etwas gerötet. Aber er vermutete, dass es sonst genauso leichenblass wie der kümmerliche Rest ihrer Haut war, den er stellenweise geradezu grell in der Sonne aufblitzen sah. Kurz das Wasser aus seinen Haaren schüttelnd, ließ er sich in den Sand neben sie fallen.

„Bevor Du weiter sämtliche verbalen Fäkalien zusammenträgst, die Du je in Deinem Leben kennengelernt hast: Was zum Teufel sollte das eben?"

Nach einem letzten Husten fuhr die Frau schwer atmend zu ihm herum. Er konnte sie schlecht schätzen, aber sie musste so etwa Mitte zwanzig sein. Allerdings - unter diesem gruseligen Make-up könnte durchaus eine weitaus jüngere Person stecken.

„Was das sollte? Hey Du Penner, nur für den Fall, dass Du das nicht richtig gecheckt hast. Für gewöhnlich nennt man das Selbstmord! Was natürlich nicht geht, wenn so ein dahergelaufener Supermann wie Du dazwischenfunkt."

Mühsam rappelte sie sich auf und stolperte wieder in Richtung Wasser. Mit einem Satz war Douglas auf den Beinen und überholte sie. „Selbstmord – soso. Also sei mir nicht böse, aber falls Du das jetzt gleich noch mal versuchen willst, muss ich Dich enttäuschen. Ich werde Dich wieder rausziehen, das ist Dir doch hoffentlich klar, oder?"

Mit geballten Fäusten und funkelnden Augen, die ihn dank des verlaufenen Make-ups irgendwie an einen Waschbär erinnerten, stand sie vor ihm.

„Was zum Geier geht Dich das an? Warum stemmst Du Deinen Wohlstandshintern nicht in Deine Liege und lässt mich in Ruhe?"

Ihre Stimme klang giftig. Etwas, was er gar nicht mochte. Mit einer Hand kratzte sich Douglas am Kopf und legte die andere an seine Hüfte. „Mhm, lass mich überlegen. Ich weiß, es klingt schrecklich oberflächlich, aber es könnte mir meinen Urlaub verderben! Oder okay, ich habe heute noch keine gute Tat vollbracht, das kommt alle Jubeljahre mal vor, widerspricht aber meinen Grundsätzen. Oder …?"

Den Kopf in den Nacken legend, starrte er kurz in den Himmel. Dann senkte er ihn wieder und zwinkerte ihr zu. „Jetzt weiß ich es! Ich wollte schon immer mal wissen, wieso jemand sein Leben einfach so wegwirft. Na ja, und wenn Du tot bist, kannst Du meine Neugier nicht mehr befriedigen. Such Dir eine Antwort aus – es passt alles."

Mit einem fassungslosen Gesichtsausdruck wollte sie kopfschüttelnd an ihm vorbei und weitergehen. Douglas streckte einfach einen Arm aus und hielt sie fest.

„Im Ernst. Ich meine, wenn Du es wirklich machen willst, kann ich es sowieso nicht verhindern. Aber könntest Du damit warten? Ein paar Stunden, einen Tag oder vielleicht auch, bis ich wieder abgereist bin. Du erklärst es mir. Sagen wir bei einem kleinen Imbiss, ich habe nämlich etwas Hunger. Und wenn Du es dann immer noch durchziehen willst, dann …."

„Du arrogantes Arschloch. Meinst Du es interessiert mich, was Du willst? MEIN Leben ist im Arsch. Nicht Deins! ICH weiß nicht weiter. Nicht du! Also lass mich jetzt vorbei und …."

Da sie ihm offenbar nicht zuhören wollte, legte er eine Hand auf ihre Stirn und eine auf ihren Rücken und versetzte sie augenblicklich in eine Trance. Die Tiefe, die er gleich bei ihr erreichte, überraschte ihn etwas. Sie musste völlig erschöpft sein. Anschließend warf er sie sich über seine breite Schulter und brachte sie zu dem kleinen Bungalow, den er sich vor ein paar Jahrzehnten hier gekauft hatte. Es war nichts Besonderes, aber er fühlte sich sehr wohl hier.

Den Versuch ihre Stiefel aufzuschnüren gab er postwendend wieder auf. Vorsichtig zog er ihr stattdessen die restlichen nassen, schweren Klamotten aus und hüllte sie in einen Sarong, den er irgendwann einmal für seine Mutter besorgt, aber nie mit nach Hause genommen hatte. Eins war sicher: Abgesehen davon, dass sie offenbar nicht an ihrem Leben hing, hatte sie ein ernsthaftes Figurproblem und ein Faible sich bewusst zu verschandeln – neben Piercings und schlecht gemachten Tattoos fand er das eine oder andere Branding. Grauenvoll. Behutsam legte er sie auf einen Korbstuhl auf der Veranda und begann mit der Vorbereitung eines kleinen Essens.

Während er die Zutaten für das hawaiianische Poke und den Haupia zusammenmischte, betrachtete er sie durch die Tür. Vermutlich sah sie ganz niedlich aus. Zumindest wenn sie nicht wie jetzt grade eine fatale Ähnlichkeit mit einem Waschbären hatte. Wahrscheinlich hatte sie vorher ziemlich geheult, denn das Augenmake-up sah nicht nur verlaufen, sondern auch verschmiert aus. Er überlegte, warum sie so verzweifelt sein konnte. Und wie verzweifelt man sein musste, um sich so umzubringen.

Nachdem er das fertige Essen auf den Tisch gestellt hatte, löste er ihre Trance. Sie fuhr so erschrocken auf, dass sie mit dem Hintern voran auf dem Verandaboden landete. „Hi, ich habe gerade das Essen auf den Tisch gestellt. Dein Timing ist also spitze." Mit einer einladenden Geste deutete er auf den gedeckten Tisch hinter sich.

„Was zum Teufel …." Verwirrt musterte sie ihre Umgebung. „Wie komme ich hierher? Ich …, wir waren doch am Strand und …."

Mühsam rappelte sie sich auf. Der Sarong löste sich etwas und sie schrie erschrocken auf. „Wo sind meine Kleider? Du perverses Schwein, was hast Du gemacht?"

Sie fixierte das Tuch wieder etwas und ging mit ihren kleinen Fäusten auf ihn los. Douglas stand gerade mit dem Rücken zu ihr und bekam es erst mit, als sie ihn lachhaft leicht in die Nierengegend boxte. Dennoch drehte er sich schnell und hielt ihre Handgelenke fest. Im nächsten Moment verzog er schmerzerfüllt sein Gesicht. Dummerweise hatte er ihr die Schuhe nicht ausgezogen. Nicht nur, weil er sie nicht aufbekam. Immerhin wollte er sich in seinem Strandhaus erholen und nicht den Rettungsschwimmer für verkrachte Existenzen spielen. Er ging einfach davon aus, dass sie in den nassen, schweren Dingern nicht so schnell davonlaufen konnte, um einen weiteren Versuch zu starten. Zutreten konnte sie damit jedoch leider ziemlich gut.

„Lass mich los, Du perverse S…."

Okay, er mochte es nicht, wenn er so genannt wurde, wie sie ihn vermutlich gleich nennen wollte. Das Erste, was ihm einfiel, war ihr seine große Hand auf den Mund und die andere auf den Hinterkopf zu legen und sie gespielt böse anzusehen. Augenblicklich gab sie Ruhe. Etwas erstaunt zuckte er zurück. Normalerweise gelang ihm das nie so wirklich. Bei Jasmin jedenfalls hatte er sich mit diesem Blick in den Wochen davor die Zähne ausgebissen und es hatte sie nicht die Bohne interessiert. Und auch seine bisherigen Blutwirtinnen hatten eher losgelacht und ihn nicht so erschrocken wie dieser kleine Waschbär angesehen. Langsam löste er seine Finger wieder von ihr. Wobei er mit einem Zeigefinger auf den Tisch und mit einem auf sie deutete. Er musste grinsen, als er sah, wie sie sich postwendend auf den nächsten Stuhl plumpsen ließ und nochmals den Sarong um sich festzurrte. Noch immer wortlos löffelte er ihr etwas Poke auf den Teller. Als er ihn vor ihr abstellte, schien sie ihre Stimme wiedergefunden zu haben, denn sie fragte reichlich mürrisch, ob das Fisch war.

„Mhm, Thunfisch um genau zu sein und noch ein paar andere Kleinigkeiten. Guten Appetit."

Er nahm sich selbst etwas aus der Schüssel, während sie ihren Teller angewidert von sich schob.

„Ich esse doch keinen Flipper! Bist Du wahnsinnig?"

Mit einem leisen Seufzen setzte er sich neben sie an den Tisch und arrangierte seine langen Beine darunter. Sie musste älter aussehen, als sie war, immerhin war das, was sie von sich gab, reichlich pubertär. „Also: Ich habe keine Ahnung, ob der Thun, den ich heute gekauft habe, Flipper hieß oder Cäsar …"

„Jedes Kind weiß heutzutage, dass unzählige Delfine beim Thunfischfang draufgehen, also verschon mich mit Deinem Gelaber."

Unbeirrt fuhr Douglas fort. „Aber falls Du annimmst, dass es ein Delfin ist, bist Du auf dem Holzweg. Ich weiß nämlich ganz genau, dass die völlig anders aussehen, als das Teil, dass bei dem Fischer heute Morgen auf Eis lag und von dem er mir direkt etwas gegeben hat. Guten Appetit!"

Ihr Magen knurrte laut und deutlich, aber noch immer nahm sie keinen Bissen zu sich. „Das stinkt nach Knoblauch!"

Douglas kaute genüsslich, schluckte, schloss kurz genießerisch die Augen und lächelte sie dann strahlend an. „Hey Du hast recht, und ich dachte schon, ich hätte vergessen, ihn dazuzugeben. Willst Du?"

Er hielt ihr eine Gabel voll direkt vor den Mund. Die nassen, schweren Stiefel hinderten sie nicht wirklich am weglaufen. Genau genommen sprang sie erstaunlich schnell auf. Die Hand vor den Mund geschlagen, rannte sie ans Ende der Veranda. Dort tat sie so, als ob sie sich übergeben müsste. Während sie laut keuchend und überaus theatralisch würgte, aß Douglas in aller Ruhe weiter. Eigentlich fand er es fast etwas beleidigend. Immerhin hatte sie noch keinen Bissen probiert. Und auch wenn er kein Meisterkoch war – ihre Reaktion war definitiv übertrieben und unnötig.

Nach einer Weile kam sie keuchend und sich an der Hauswand entlang tastend wieder zu ihm zurück. Sie sah zum Erbarmen aus. Betroffen sah Douglas auf seine Gabel, die er gerade in den Mund stecken wollte. Okay, vielleicht hatte sie gar nicht nur so getan? Dummerweise befand sich das Verandaende um die Ecke und er konnte ihre Aktion deshalb nicht wirklich sehen. Die Luft roch jetzt allerdings ziemlich säuerlich. Schnell stand er auf und brachte Schüssel und Teller in die Küche. Er spülte sich den Mund aus, trank einen Liter Milch und kaute etwas Petersilie, bevor er sich einen Kaugummi in den Mund steckte und nach draußen ging.

Die Frau lehnte immer noch aschfahl an der Stuhllehne. Fürsorglich legte er ihr das feuchte Handtuch in den Nacken, das er mit nach draußen gebracht hatte, und wischte mit einem Ende leicht über ihr schmales Gesicht. Dann drückte er ihr das ebenfalls mitgebrachte Glas Eiswasser in die Hand. „Hier, aber nur in kleinen Schlucken, okay?"

Der Blick, den sie ihm zuwarf, war dankbar. Und traf ihn irgendwo zwischen längster Haarspitze und kleinem Zeh. Wenn er sich selbst gegenüber ehrlich war, spürte er ihn überall und bekam kurzzeitig Atemnot davon. Aber nur für einen klitzekleinen Augenblick. Ihr völlig reales und deutlich lauter gewordenes Magenknurren holte ihn augenblicklich auf den Boden der Tatsachen zurück. Ebenso wie ihr Blick, der sich gierig auf den Haupia richtete.

„Ist da etwa auch Fisch drin? Oder Knoblauch?"

Douglas wackelte mit dem Kopf hin und her. „Nein, ich habe mir gedacht, dass zu den Erdbeeren und den Bananen auf dem Teller eher nur Kokosmilch und Stärke und so was passen. Willst Du probieren?"

Ruhig setzte er sich wieder hin und sah überrascht zu, wie sie erst ihre und dann seine Portion gierig verschlang. Die Übelkeit schien sie definitiv nicht mehr zu plagen. Überraschenderweise machte es ihm Spaß, ihr beim Essen zuzusehen. Dabei hatte sie eigentlich fürchterliche Tischmanieren. Und Kauen schien ein Fremdwort für sie zu sein. Kein Wunder, dass ihr Magen hin und wieder streikte. Douglas nahm einen großen Schluck von seinem Eistee und kratzte sich mit der linken Hand an seiner Schulter. Langsam glitt sein Blick über sie. Eigentlich sah sie ja aus wie ein kleiner gerupfter Vogel. Zerzaust, schmal und fürchterlich zurechtgemacht. Und er stand absolut nicht auf Intim- oder sonstige Piercings und von denen hatte sie viel zu viel, das hatte er sogar durch ihre Unterwäsche gesehen. Außerdem diese Tattoos und Brandings ... Versonnen fuhr er mit der Zunge über seine Zähne. Dennoch, die Kleine hatte eindeutig etwas an sich. Wieder nahm er einen Schluck Eistee.

„Glotz nicht so blöd!"

Das klang ziemlich giftig. Offenbar war sie doch nicht nur auf das Hinunterschlingen des Nachtisches fixiert gewesen und hatte seine Musterung mitbekommen. Schnell setzte er sich etwas aufrechter hin und warf einen scheinbar brennend interessierten Blick über das Verandageländer in Richtung Meer. Und verfluchte sich innerlich, weil er fühlte, wie er rot wurde.

„Hast Du noch mehr davon?"

Douglas schüttelte den Kopf und sah wieder zu ihr. „Nein, tut mir leid. Das war alles."

Auf ihrer Unterlippe kauend sah sie auf den leeren Teller. „Okay, ah, kann ich dann, ah, was von dem anderen Zeugs haben?"

Seine Augenbrauen gingen fragend nach oben. „Von Flipper?"

Ein giftiger Blick streifte ihn, bevor sie ihm auffordernd den Teller hinhielt. Achselzuckend ging er in die Küche. Wenn sie es probieren wollte, wäre er der Letzte, der sie davon abhielt. Als er mit einem vollgehäuften Teller wieder auf die Veranda trat, war sie eben dabei ihre klobigen Stiefel aufzuschnüren und auszuziehen. Überraschung – ihre Zehennägel waren ebenfalls schwarz lackiert. Sah das vielleicht schaurig aus. Douglas schüttelte sich leicht. Die Frau brauchte Sonne. Sonne und Farbe und was zu essen. In umgekehrter Reihenfolge natürlich.

Auch der Teller mit dem Poke war innerhalb von zwei Minuten leer und so wie sie ihn ansah, wollte sie mehr. Mit einem Grinsen im Gesicht holte er die Schüssel mit dem Rest und stellte sie vor sie hin. Sie machte sich nicht einmal die Mühe, das Zeug auf ihren Teller zu häufen. Doch danach schien sie endlich satt zu sein. Mit einem Stöhnen lehnte sie sich zurück und hielt sich den Bauch. Seine Stirn runzelte sich, als sie ungeniert aufstieß und sich breitbeinig hinsetzte. Seine Mutter würde bei solchen Manieren glatt der Schlag treffen. Douglas sah, wie sich ihre Augen müde schlossen und sie einschlief. Stundenlang beobachtete er sie aufmerksam. Vielleicht waren die Schatten gar nicht alle von dem verschmierten Make-up. Vielleicht war sie wirklich völlig erschöpft. Sogar ihre Mundwinkel wirkten leicht grau.

Als es dunkel wurde, nahm er sie auf seinen Arm und brachte sie ins Haus. Er legte sie vorsichtig aufs Bett und sie rollte sich zusammen wie ein kleiner Igel. Ihre Haare fühlten sich vom Salzwasser fürchterlich steif und klebrig an. Sanft deckte er sie zu. Als er merkte, wie sich seine Fänge zu regen begannen, zog er seine Wanderschuhe an und ging los. Er brauchte dringend Abstand und Bewegung. Leichtfüßig sprang er in der Dunkelheit über diverse Hindernisse am Boden.

Überdeutlich spürte sie, wie die schützenden Helfer, um die sie gebeten hatte, sich an ihre Seite stellten. So stark war ihre Präsenz noch nie gewesen und sie war unendlich dankbar dafür. Die Bildfolge, die sich Francesca offenbarte, war auch dieses Mal rasant. Und – wie es auf den ersten Blick schien – ohne jeglichen chronologischen Zusammenhang. Und wie die übrigen Male kostete es sie unendlich viel Kraft, sich nicht zurückzuziehen. Einfach weil die sich ihr bietenden Bilder zu brutal waren. Etwas Vergleichbares war ihr in all den Jahren, die sie jetzt schon lebte, nicht passiert. Sicher, sie wusste, dass es diese Arten von Wahnsinn gab, diese unkontrollierbaren Gewaltausbrüche, diese Form von Sadismus – aber sie war nie direkt damit in Berührung gekommen.

Tage- und nächtelang hatte sie in ihren Büchern nachgesehen, wie sie dem Mann, den sie aus der Villa in Boston befreit hatten, am Besten helfen konnte. Mit den Formeln, die sie üblicherweise bei Traumaopfern einsetzte, kam sie bei ihm nicht weit. Mit ihnen allein konnte sie die irreversiblen Änderungen seines Lebens nicht in seine Zukunft integrieren, um ihm ein erträgliches Weiterleben zu ermöglichen. Viele Erinnerungsbereiche in seinem Kopf waren dicht. So fest verschlossen, dass sie anfangs nicht herankam. Bevor sie es das erste Mal schaffte, musste sie ein immenses Vertrauenspolster aufbauen. Als es dann endlich so weit war, überlegte sie hinterher, ob es nicht besser gewesen wäre, diese Bereiche für immer verschlossen zu halten. Zu schrecklich waren die Dinge, die sich ihr offenbarten. Hinterher brauchte sie Stunden und ein Reinigungsritual nach dem anderen, bevor sie sich auch nur andeutungsweise sauber fühlte. Gegen die dabei entstandene Hilflosigkeit half keines der Rituale, die sie kannte. Sie konnte ihre Ängste bekämpfen, aber nicht die Hilflosigkeit. Sie wusste, dass sie keiner einzigen der jungen Frauen, keinem einzigen Mädchen und auch keinem einzigen der Männer, die darin vorkamen, helfen konnte.

Dieses Wissen raubte ihr den Schlaf. Und wenn sie doch einmal schlief, und sei es auch nur ein paar Minuten, träumte sie von den Qualen der Mädchen und Frauen und Männer. Da waren so viele Gesichter, so viele Geschichten hinter den Gesichtern. Hilferufe, ausgestreckte Hände. Oft erwachte sie schweißgebadet und in Tränen aufgelöst. Ihr Leben lang hatte sie stille Begleiter gehabt, nie hatte einer von ihnen sie außerhalb ihrer eigentlichen Arbeit um den Schlaf gebracht. Doch ihre bisherige Arbeit war etwas völlig anderes gewesen, als das was sie jetzt erlebte. Francesca fiel über die Erinnerungen des Mannes in ein Meer von gequälten Seelen, die hilflos in einer Art Zwischenebene fest hingen. Das Einzige, was sie für diese Seelen noch tun konnte, war ihnen Begleiter zu verschaffen, die sie aus der Zwischenwelt in ihre Heimat zurückbrachten. Diese Arbeit war die Hölle. Und doch tauchte sie Tag für Tag in seine Erinnerungen ein, in der Hoffnung, ihm durch die Abmilderung derselben, sein künftiges Leben zu erleichtern.

Denn sie wusste auch, dass er sich genauso hilflos fühlte. In dem schrecklich zugerichteten Körper war ein relativ wacher Geist gefangen. Ein Verstand, der lautlos schrie und weinte, der zitterte und zusammenbrach. Der nicht wusste, wo er war und wie es weitergehen sollte. Unendlich müde und doch übererregt. Er war nicht einfach nur ein Opfer wie alle anderen, wenngleich er ihrer Meinung nicht zu jeder Zeit unfreiwillig gehandelt hatte. Er war nicht unschuldig – das konnte niemand sein, der solche Dinge zuließ. Sie sah aber auch, dass der Mann die allermeiste Zeit gezwungen worden war. Zum einen durch seine Hörigkeit gegenüber Erzsébet, zum anderen durch seine Erziehung und letztlich auch durch seine Todesangst – resultierend aus ihrer Gewalt und Macht, der er wenig entgegenzusetzen hatte. Und ganz weit in ihm fühlte sie, dass noch eine weitere Verbindung bestehen musste, die sich nicht nur mit diesen drei Dingen erklären ließ. Allerdings war sie bei allen bisherigen Anstrengungen noch nicht dahintergekommen, was es war.

Das runzlige Gesicht der alten Weisen Frau zuckte. In ihren Ohren gellten die schrillen Schreie eines jungen Mädchens. Die von seinen Schreien abgelöst wurden. Die Szenerie hatte gewechselt. Auf ihrer Stirn sammelte sich Schweiß und sie atmete abgehackt und keuchend. Obwohl sie völlig ruhig auf ihrem Platz saß und lediglich seine Füße in ihren kleinen Händen hielt, spürte sie fast körperlich jeden der Schläge und Tritte, die die nur für sie hörbaren Schreie ausgelöst hatten. Fast spürte sie den rauen, rissigen Putz, als sein zum damaligen Zeitpunkt bereits bewusstloser Körper gegen die Mauer prallte. Fast konnte sie den fauligen Atem Erzsébets riechen und ihre klauenartigen Finger auf sich spüren. Es kostete sie große Überwindung, bei ihm zu bleiben. Ihn zu trösten, zu halten und zu versuchen, seine Verletzungen physisch wie psychisch zu heilen. Und es kostete sie unendlich viel Kraft. Dadurch entging ihr fast, dass etwas aus ihm glühend heiße Finger nach ihr ausstreckte, und versuchte sie festzuhalten und in ihn hineinzuziehen. Aber nur fast. Ihre geistigen Helfer hielten und warnten sie noch rechtzeitig. Sie versprach seinem Hohen Selbst wiederzukommen und zog ruckartig ihre Hände zurück.

Der Mann auf der Liege rollte seinen Kopf rastlos hin und her, beruhigte sich aber schnell wieder, nachdem die alte Frau ihre Hände von seinen Füßen genommen hatte. Auch Deidre, die am Kopfende seiner Liege saß und die Hände unter seinen Schultern liegen hatte, zog diese schleunigst zurück. Ihr war fürchterlich übel. Selbst wenn sie keines der Bilder sah, die sich Francesca offenbarten, spürte sie, dass er Schreckliches durchgemacht haben musste. Es war das erste Mal, dass Deidre von Francesca gebeten worden war, sie zu dem Mann zu begleiten und sie bei der Behandlung zu unterstützen. Als sie sah, wie die alte Frau leicht schwankte, stand sie rasch auf und trat auf sie zu. Fürsorglich tupfte sie ihr mit einem feuchten Tuch den Schweiß von der Stirn.

„Francesca, Du musst aufhören. Du musst Dich schonen. Wenigstens für eine Weile. Bitte, ich mache mir große Sorgen um Dich."

Doch ihre Lehrmeisterin schüttelte nur den Kopf. „Ich kann nicht Kleines. Ich kann nicht aufhören. Er braucht dringend meine Hilfe."

Trotz dieser Worte zog Deidre Francesca an sich. „Das weiß ich. Doch wie willst Du ihm helfen, wenn Du zusammenbrichst? Lass Dich wenigstens selbst von Morag und Arslan behandeln."

Wieder schüttelte die alte Frau den Kopf.

„Dann lass uns bitte wenigstens für heute Schluss machen. Die Behandlung kostet Dich zu viel Kraft. Bitte Francesca."

Das Gesicht ihrer Lehrmeisterin verzog sich, als sie liebevoll lächelte. „Natürlich mein Kleines. Bring mich nach Tribeca. Glaub mir, die Behandlungen fordern mir nicht mehr ab, als ich geben kann. Das hat alles seinen Sinn. Aber streich noch einmal seine Aura aus, bevor wir gehen."

Als Deidre in kurzer Entfernung zu seinem Körper über seine Aura strich und an seinem Kopf ankam, öffnete der Mann die Augen. Bis heute wussten sie nicht, wie er hieß, woher er kam oder was mit ihm passiert war. Jedenfalls alle außer Francesca. Doch die hatte bisher noch keinen Ton erzählt, von dem was sie in Erfahrung gebracht hatte. Er musste jedoch Schreckliches erlebt haben. Sein Körper war entsetzlich misshandelt worden und immer wieder überlief sie ein eiskaltes Gefühl, wenn sie sich vorstellte, was seine Psyche hatte erdulden müssen. Doch er hatte sich als erstaunlich zäh und stark erwiesen und zumindest körperlich schon sehr gut erholt. Seine Wachphasen wurden zunehmend länger. Sprechen konnte er noch nicht. Er war von Arslan und seinen Kollegen bereits mehrfach operiert und in diesem Zusammenhang war sein Kiefer gerichtet und verdrahtet worden. Diese Verdrahtung wurde frühestens in drei Wochen wieder entfernt. Auch ansonsten war in seinem Körper vermutlich mehr Titan eingesetzt worden, als sich Stahl in dem von ihnen bewohnten Gebäude befand. Das war natürlich nur gegangen, weil dieser Mann ein immens starkes Herz und einen noch stärkeren Überlebenswillen hatte. Die spastischen Lähmungen und Krampfanfälle, die ihn aufgrund seiner Schädel- und Hirnverletzungen plagten, konnte Francesca recht gut abmildern. Vermutlich wäre er ohne ihre Behandlungen sowieso noch nicht so weit wiederhergestellt, wie er es im Moment war. Das behauptete jedenfalls Arslan steif und fest.

Sein Blick, der sie zunächst nur halb betäubt getroffen hatte, veränderte sich. Ein unbehagliches Gefühl kribbelte in ihrem Nacken. Zumal als sich sein Blick zunehmend klärte. Zunächst hatte sie den Ausdruck seiner Augen dahin gehend interpretiert, dass er sie fast liebevoll und dankbar ansah. Jetzt allerdings hätte sie schwören können, dass er sie böse anblickte. Sie beendete rasch das Ausstreichen seiner Aura und wandte sich zu Francesca um, die sie ruhig betrachtete.

„Lass uns gehen Francesca, bitte."

László schluckte und schloss seine Augen, als er hörte, wie die Frauen den Raum verließen. Für einen Moment hatte er geglaubt, Tabea vor sich zu haben, wenngleich auch in deutlich älterer Ausführung. Er wusste nicht, wie lange er hier schon lag. Er wusste nur, dass er gut versorgt wurde. Eine Schwester kam herein und regulierte seinen Tropf. Er versuchte sie anzulächeln, was für sie allerdings eher aussah wie eine Höllenfratze. László sah das Unbehagen in ihrem Blick und ihren leichten Ekel, als sie ihn betrachtete. Wut kochte in ihm hoch. Was bildete sie sich eigentlich ein?

Mit großen Schritten ging Arslan durch die Straßen. Sein Magen knurrte wie ein aufmerksamer Wachhund. Der Hunger plagte ihn schon seit Wochen und er war momentan auf der Suche nach einem Imbiss, damit er dieses Magenknurren endlich einmal wieder für längere Zeit los wurde. So lästig er sein Bad in der Menschenmenge auch fand. Es war nötig, denn er trank viel zu unregelmäßig. Eigentlich nur, wenn es absolut nötig war. Und jetzt wurde es gerade sehr nötig. Zu dem überaus lästigen Knurren der letzten Zeit gesellte sich manchmal ein Stechen, als ob sich eine wild gewordene Hornisse in seinen Magen verirrt hätte. Eindeutig ein Zeichen, dass er dringend trinken musste, bevor sich andere Auswirkungen einstellten. Im Gegensatz zu den meisten seiner alleinstehenden Cousins und Onkel stillte er seinen Bluthunger nicht über einen längeren Zeitraum regelmäßig an ein und derselben Blutwirtin.

Zum einen mochte er das Gefühl der Jagd. Zumindest im übertragenen Sinn, schließlich tötete er seine Opfer nicht. Aber er mochte es, ihnen ein unangenehmes Gefühl zu geben, wenn sie sich beobachtet glaubten. Meist zog er sein Spielchen über drei, vier Tage hin, bevor er dann zuschlug. Schon allein, um sicher zu sein, dass er den richtigen Frauentyp ausgesucht hatte. Ihr Aussehen war ihm relativ egal. Ihm waren bestimmte Eigenschaften lieber. Impulsiv, zornig, unbeherrscht, rücksichtslos sollten sie sein. Sie mussten auch nicht wählerisch sein, was Männer betraf. Auch wenn er selbst nicht von ihnen angemacht werden wollte. Wenn er sich über sie hermachte, bekamen die Frauen sowieso nichts davon mit. Er versetzte sie in Trance, sättigte seinen größten Hunger, schlief mit ihnen und machte sich aus dem Staub, bevor sie wussten, was passierte. Mehr aus Gewohnheit als aus Besorgnis, wie es ihnen danach gehen könnte, löschte er sämtliche Erinnerungen an das Gefühl des Beobachtetseins und der kurzen Begegnung. Nein, er trank nicht immer von der gleichen Blutwirtin über einen längeren Zeitraum. Dazu verachtete er die Menschen zu sehr. Auch wenn er zugegebenermaßen erst kürzlich mit dem Gedanken gespielt hatte, sich eine langfristige Wirtin zu suchen. Die müsste dann allerdings eher sein wie ... wie Alisha. Ja, eine Frau wie Alisha wäre nicht schlecht. Sie konnte er ja leider nicht haben.

Arslan blieb einen Moment stehen und schloss die Augen. Als er tief durchatmete, schien die Zeit einen winzigen Augenblick für ihn stillzustehen. Kurz bevor er seine Augen wieder öffnete, wurde er angerempelt. Eine Flutwelle von Empfindungen strich über seine Haut. Einsamkeit, Verzweiflung, Ohnmacht – alles nicht unbedingt sein Geschmack. Er schüttelte kurz den Kopf. Etwas davon berührte ihn irgendwo tief in seinem Inneren. Das konnte er absolut gar nicht brauchen. Aber der Geruch – trotz dieses schalen Verzweiflungsaromas sagte der ihm außerordentlich zu. Ein fast böses Lächeln erschien in seinem Mundwinkel, als er die verlockende Spur aufnahm.

Langsam schlenderte Shannon durch den Basar zwischen der Delancey und Houston Street. Im Gegensatz zu sonst sah sie sich jedoch heute nicht wirklich um. Die Augen größtenteils blind auf den Boden gerichtet, rempelte sie immer wieder versehentlich jemanden an. Und im Gegensatz zu sonst bemerkte sie es nicht einmal wirklich und entschuldigte sich demzufolge auch nicht.

Die Schicht im Krankenhaus letzte Nacht war fürchterlich gewesen. Der Magen-Darm-Virus, der die Stadt zurzeit plagte, hatte in der Säuglingsstation, in der sie arbeitete, zwei weitere Opfer gefordert. Die Arbeit im St. Raphael in der Bronx hatte sie schon immer viel Kraft gekostet, auch wenn sie gleichzeitig paradoxerweise Energie daraus schöpfen konnte. Dennoch, seit sie in der Entbindungs- und Säuglingsstation dort arbeitete, war sie mit ihrer Kraft fast am Ende. Jeden Tag das gleiche Elend, das gleiche Leid, die gleiche Brutalität. Allein im letzten Monat hatte sie fünf Kinder verloren und dieser Monat fing auch nicht besser an. Zwei an einem Tag und alles nur, weil diese Leute zu große finanzielle Probleme hatten, um sich die notwendigen Medikamente und Behandlungen rechtzeitig zu leisten. Erst als es fast zu spät war, hatten die Eltern die bereits völlig dehydrierten Babys zu ihnen gebracht und sie hatten nicht mehr helfen können.

Doch während sie sonst ein Ausflug in den knapp zwölf Meilen entfernten größten Basar von New York in der Lower East Side immer ablenkte und aufmunterte, blieb diese Wirkung heute völlig aus. Normalerweise liebte sie dieses Viertel, in dem sich das Leben größtenteils auf der Straße abspielte. Gedankenverloren ging sie weiter. Vielleicht war es Zeit für einen Neuanfang. Irgendwo anders. In einer Stadt, in der der Arbeitsalltag nicht von Notfällen und mittleren Katastrophen geprägt war. Irgendwo, wo sie lachen konnte, ohne im Schlaf von den schrecklichen Bildern des Alltags heimgesucht zu werden. Bitter lachte sie über diesen albernen Wunsch in sich hinein. Leider konnte sie nicht von heute auf morgen ihre Zelte abbrechen. Sie brauchte den Job im Krankenhaus genauso dringend wie ihre beiden anderen Stellen. Auch wenn es an die Grenzen ihrer Kraft ging, alle drei nebeneinander zu erledigen und sich noch um Cara zu kümmern. Der sie unendlich viel schuldete. Cara, die ihre Familie darstellte. Die Einzige, die sie noch hatte. Und die absolut auf ihre Hilfe angewiesen war.

Sie war schon eine ganze Weile unterwegs, als sie sich entschloss, im La Isla Café eine Kleinigkeit zu essen. Während sie die Delancey Street überquerte, hatte sie auf einmal das Gefühl, beobachtet zu werden. Kurz sah sie sich um. Die Menschen um sie herum drängten sich ziemlich dicht, aber ihr fiel niemand wirklich auf. Achselzuckend setzte sie ihren Weg fort, betrat das Café und setzte sich an einen kleinen Tisch. Nachdem sie sich ein Truthahn-Schinken-Sandwich bestellt hatte, nahm sie ein Buch aus der Tasche und setzte sich bequem zurück. An ihrem Kaffee nippend, begann sie zu lesen. Doch selbst das konnte sie heute nicht von ihren trüben Gedanken ablenken. Nach einer viertel Stunde merkte sie, dass nach wie vor die gleiche Seite aufgeschlagen war, wie blind darauf starrte und keine Ahnung hatte, was genau dort stand. Wieder hatte sie das Gefühl, einen durchdringenden Blick auf sich zu spüren. Ihre Nackenhaare stellten sich auf, als sie sich mit einem leichten Kribbeln im Genick umdrehte. Wieder nichts. Verwirrt schüttelte sie über sich selbst den Kopf. Sie legte kurz das Buch zur Seite und rührte Zucker in ihren Kaffee. Dann nahm sie es erneut auf, griff nach ihrem Sandwich und hob es an ihren Mund.

Allerdings legte sie es unberührt wieder weg. Unter diesem Blick konnte sie nicht essen. Der Mann saß lässig und mit gespreizten Beinen keine zwei Meter von ihr entfernt. Möglichst unauffällig schielte sie über den oberen Buchrand. Der Typ war groß, das konnte sie erkennen, obwohl er saß. Und er war gut angezogen. Schwarze Hose, graues Seidenhemd, die Ärmel waren nach oben gekrempelt. Am linken Handgelenk trug er ein Armband mit blauen Steinen. An jedem anderen hätte das affig gewirkt - zu ihm passte es und ließ ihn eigentlich noch maskuliner wirken. Im Gegensatz zu den anderen Männern im Café strahlte er eine so große physische Überlegenheit aus, dass es fast schon arrogant wirkte. Dennoch beneidete sie ihn beinahe darum – er schien sich in seinem Körper rund herum wohlzufühlen.

Seltsamerweise wirkte er recht … isoliert. Ja, das traf es genau. Die Kellnerinnen schwirrten um ihn herum, als wäre er gar nicht da. Und auch die anderen Gäste schienen ihn nicht wirklich wahrzunehmen. Gerade stolperte einer fast über eines seiner langen Beine. Abgesehen davon hatte er eine fatale Ähnlichkeit mit ihrem Lieblingsschauspieler. Bloß dass er es definitiv nicht sein konnte. Erstens war der kleiner als der Mann da drüben. Zweitens hatte Robert Downey jr. mehr graue Haare. Drittens war sein Gesicht vom Leben gezeichneter – was ihn ja ihrer Meinung nach so interessant machte. Obwohl, wenn sie den Mann da drüben genauer ansah, war durchaus zu erkennen, dass er einiges erlebt hatte, auch wenn das keine tiefen Falten im Gesicht hinterlassen hatte. Shannon legte den Kopf schief. Und seine Ohren waren schöner und das Kinn etwas ausgeprägter. Leider war sein Gesichtsausdruck einfach nur grimmig. Ja genau, einen besseren Ausdruck gab es nicht – na ja verdrossen vielleicht.

Als sie seinen Bart genauer betrachtete, leckte sie sich unbewusst mit der Zunge über ihre Lippen. Eigentlich mochte sie keine Bärte, noch nicht mal bei ihrem Lieblingsschauspieler, aber dem Mann dort drüben stand das akkurat ausrasierte Teil ganz ausgezeichnet. Es betonte seinen Mund auf geradezu erregende Weise ebenso wie die Konturen seines Gesichts. Am Auffallendsten waren jedoch seine Augen. Sie wirkten neugierig, waren leuchtend blau und erschreckend intensiv direkt auf sie gerichtet. Unruhig rutschte Shannon auf ihrem Stuhl herum. Was zum Teufel war los mit ihr? Ein Blick und sie würde am liebsten ihre Bluse aufreißen, den Rock hochschieben und zu ihm hin stürmen? Ihr Mund fühlte sich völlig ausgetrocknet an. Wie er wohl küsste? Schmeckte?

Etwas lauter durchatmend schielte sie an ihrem Buch vorbei auf seine Hände. Hände waren ihr bei Männern immer am wichtigsten. Sie mochte keine haarigen Finger – gut, die hatte er schon mal nicht. Aber liebe Güte waren diese Dinger lang. Und sie wirkten gepflegt. Das da vorne war schon mal niemand, der sein Geld mit grobem Werkzeug verdiente. Bei dem Gedanken, was diese Hände alles machen konnten, nahm sie hastig einen Schluck Kaffee und verbrannte sich prompt die Zunge. Verflucht tat das weh. Wieder warf sie einen verstohlenen Blick über den Rand ihres Buches zu dem Mann.

Mittlerweile lächelte er - doch es war kein fröhliches Lächeln. Shannon wurde augenblicklich kalt bei dem Anblick, der sich ihr jetzt bot. Der Mann strahlte pure Verachtung aus. Schlagartig wich jedes Gefühl der Erregung aus ihr. Da der Mann die Blickrichtung nicht verändert hatte, musste diese Verachtung ihr gelten. Angriffslustig reckte sie ihr Kinn und senkte das Buch. Wobei ihr auffiel, dass sie es die ganze Zeit verkehrt herum gehalten hatte. Gott wie peinlich. Wenn er nicht gerade blind wie ein Maulwurf war, musste er es mitbekommen haben. Hastig suchte sie das Geld für die Rechnung heraus und zahlte. Dann verließ sie mit großen Schritten das Café und stürmte in Richtung U-Bahn. In knapp einer Stunde konnte sie in ihrem Appartement in der Amsterdam Ave, Ecke W 180. Straße, sein und sich verkriechen. Einfach verkriechen. Heute war nicht ihr Tag.

Was bildete sich dieser Typ eigentlich ein? Sie so anzusehen. Eilig rannte sie die Stufen zur Station hinunter und erwischte gerade noch die Bahn. Aufatmend ließ sie sich auf einen freien Sitz sinken, nur um im nächsten Moment wie elektrisiert hochzufahren. Keinen Meter vor ihr war er wieder. Die Hände locker in den Taschen seiner schwarzen Hose vergraben, lehnte er an einer Haltestange. Seine langen Beine hatte er leicht gespreizt und sie konnte sehen, wie er die Bewegungen der Bahn locker abfederte. Und wieder drängte sich ihr der Eindruck auf, dass ihn niemand außer ihr wirklich wahrnahm. Nein, jetzt sah es eher so aus, als würde er gemieden werden. In seiner unmittelbaren Umgebung befand sich niemand außer ihr, obwohl die Bahn ziemlich voll war.

Sein Blick glitt unverschämt ungeniert über ihren Körper. Ihr Atem, der sich gerade wieder beruhigt hatte, beschleunigte sich unwillkürlich und sie klemmte automatisch die Knie etwas zusammen. Idiotischerweise wünschte sie sich auch noch, etwas anderes anzuhaben. Ihre Bluse und ihr Rock hatten schon bessere Tage gesehen. Sie waren ausgebleicht und saßen viel zu locker, weil sie in letzter Zeit wenig Appetit hatte. An dem leichten Zucken seiner Mundwinkel konnte sie erkennen, dass er ihre Reaktion durchaus mitbekommen hatte. Vorher war ihr gar nicht aufgefallen, wie voll seine Lippen wirkten. Hastig sah sie nach unten, als würde er sie nicht weiter interessieren. Doch so oft sie auch einen verstohlenen Blick durch ihre langen Ponyfransen warf, er sah sie unverwandt an. Was zum Teufel wollte er von ihr?

Die sieben Minuten Fahrzeit bis zum Umsteigen kamen ihr endlos vor. Obwohl sie fünf Minuten zum Umsteigen hatte, rannte sie schleunigst Richtung Linie drei und sprang in den nächsten einfahrenden Zug ohne sich wirklich umzusehen. Diesmal bekam sie keinen Sitzplatz. Dafür konnte sie ihn unmittelbar hinter sich spüren. Er stand nur einen Lufthauch von ihr entfernt. Und roch schrecklich. Schrecklich gut. Atemberaubend gut. Shannon bekam Probleme beim Atmen, beim Denken, beim Festhalten. Ihre Knie fühlten sich weich an. Beinahe hätte sie in der 96. Straße das Umsteigen vergessen. Eigentlich dachte sie, sie würde die U1 nicht mehr erreichen. Wenn sie ehrlich war, hatte sie keinen Schimmer, wie sie es geschafft hatte, aber Fakt war, dass sie sich plötzlich in der richtigen Bahn wiederfand und wieder war der Mann da. Er saß ihr direkt gegenüber und grinste sie geradezu unverschämt frech an. Seine Beine waren so lang, dass sich ihre Knie immer wieder berührten. Und wieder war es, als wäre eine Art Bannkreis um sie beide gezogen. Die Bahn war so voll, dass die Leute stehen mussten, trotzdem waren die Sitze neben ihnen leer.

Krampfhaft richtete sie ihren Blick auf einen Gitarrenspieler, der gerade ein Ständchen gab. Es hörte sich fürchterlich an. Aber sie tat so, als ob sie weder die Augen noch die Ohren von ihm lösen konnte. Bedauerlicherweise stieg er viel zu schnell wieder aus. Als sie selbst die Bahn an der 181. Straße verließ, um den Rest der Strecke zu Fuß zu gehen, atmete sie erleichtert auf. Der Fremde fuhr offenbar weiter und sah ihr nur nach. Sobald sie über den Bahnsteig rannte, lachte sie leise und leicht hysterisch, sodass zwei Passanten sie etwas seltsam musterten. Aber hey, was wollten die eigentlich? In New York traf man öfter Leute, die mit sich selbst lachten oder sprachen.

Vermutlich war der Fremde nur in Gedanken gewesen, vermutlich hatte er sie gar nicht beobachtet oder angesehen. Gut, die Chance, dass Santa Claus tatsächlich existierte, war ungleich größer. Aber immerhin schaffte sie es auf dem Weg zum Ausgang der Station fast, sich selbst davon zu überzeugen, dass sie sich den Mann nur eingebildet hatte. Alles war besser, als das seltsam bedrohliche und doch erregend-sinnliche Gefühl, das sie seinetwegen verspürt hatte. Umso größer war ihr Schock, als sie ihn kurze Zeit später als Spiegelung in einer Schaufensterscheibe erneut bemerkte. Das konnte kein Zufall sein. Shannon fuhr herum, aber hinter ihr war niemand. Sie schloss kurz die Augen und versuchte sich zu beruhigen. Das hier war gerade wirklich unheimlich. Sie hätte schwören können, sein Spiegelbild zu sehen. Entweder war sie auf dem besten Weg verrückt zu werden oder hier ging etwas nicht mit rechten Dingen zu.

Als sich ihre Atmung etwas beruhigt hatte, ging sie bewusst langsam weiter. Immer wieder sah sie sich suchend um, sah jedoch nichts Verdächtiges mehr. Dennoch zitterten ihre Hände, als sie im zweiten Stock die Tür ihres kleinen Appartements öffnete und sich schnell hindurchzwängte, bevor sie das Schloss wieder verriegelte. Hastig schloss sie alle Jalousien, weil sie nach wie vor das Gefühl nicht los wurde, beobachtet zu werden. Wirklich sicher fühlte sie sich in ihrem Appartement schon lange nicht mehr. Aber heute war es besonders schlimm. Was mit Sicherheit nicht nur daran lag, dass nur noch sie und die alte Mrs. Mendelson hier wohnten. Der Laden im Erdgeschoss war schon seit einem Jahr zu und die Büros im ersten Stock waren ebenfalls gähnend leer. Nur noch die beiden Appartements im zweiten Stock waren vermietet. Und es war schon mehrere Male vorgekommen, dass jemand über die Feuerleiter ins Haus eingestiegen war. Immer wieder stapelte jemand Einwegpaletten direkt unter der Feuerleiter. Das war nicht besonders beruhigend. Glücklicherweise lag gegenüber eine Tankstelle. Und der Pächter, der alte Joe, warf zusammen mit seinen beiden Angestellten und seinem Enkelsohn immer einen wachsamen Blick auf das Haus – weil Shannon ihm gefiel und weil er seit über dreißig Jahren in ihre Nachbarin verliebt war.

Nach einer Weile ging sie unruhig in ihrer Wohnung auf und ab. Mit den heruntergelassenen Jalousien kam sie sich eingesperrt vor. Sie schimpfte sich selbst eine hysterische Zicke und zog die Dinger wieder hoch. Dann griff sie sich ihren Geldbeutel. Nachdem sie das Sandwich nicht gegessen und aufgrund ihres überstürzten Aufbruchs auch nicht mitgenommen hatte, knurrte ihr Magen. Was ungewöhnlich war. Dieses Geräusch war sie von ihm schon seit ein paar Wochen nicht mehr gewöhnt. In letzter Zeit musste sie sich für gewöhnlich förmlich zum Essen zwingen. Glücklicherweise verkaufte Joe auch Donuts und Sandwiches. Und ihr war gerade nach einer Überdosis Zucker und Salz. Shannon ging kurz bei ihrer Nachbarin vorbei und fragte, ob sie etwas mitbringen sollte. Doch die alte Dame wollte – wie so oft – nichts. Seufzend ging Shannon nach unten. Katie Mendelson war einfach zu viel alleine. Katie ging nicht vor die Tür und aufgrund ihrer eigenen Arbeit blieb nicht genug Zeit sich richtig um ihre Nachbarin zu kümmern. Joe sah ebenfalls regelmäßig vorbei, aber auch das war bei Weitem nicht genug. Man konnte förmlich sehen, wie die alte Dame jeden Tag ein wenig mehr abbaute.

Mittlerweile war es draußen dunkel geworden. In der Tankstelle begrüßte sie Joes Enkelsohn Miguel, griff sich einen Korb und begann Snacks und Süßigkeiten ohne jeden erkennbaren Plan hineinzuwerfen. Fasziniert beobachtete Arslan, wie sie neben Krabbenchips, sauren Chips und Zwiebelringen Unmengen an Schokoladenriegeln und Nüssen einpackte. Sie musste einen Magen aus Granit haben. Er bekam vom bloßen Ansehen der Verpackungen Sodbrennen. Noch hatte sie ihn nicht bemerkt. Gerade als sie nach einem Sechserpack Limonade griff, sah sie jedoch seinen Oberkörper wie von ihm gedacht in einem der gewölbten Spiegel, die die Verkaufsgänge einsehbar machen sollten. Erschrocken ließ die Frau den Korb fallen und bückte sich schnell, um alles wieder einzusammeln. Der leicht panische Blick, den sie dabei erneut in den Spiegel am Ende des Ganges warf, gefiel ihm. Vor allem da sie ihn nicht mehr darin sah und das, obwohl er nach wie vor unmittelbar hinter ihr stand. In sich hineinlachend dachte er an die Versuche zurück, als León und Isabel ihm diesen Unsichtbarkeitszauber beigebracht hatten. An seine Unfähigkeit sich ganz unsichtbar zu machen. Einmal hatte er seine Beine sichtbar gelassen, einmal den Kopf, einmal eine Hand. Er hatte fast 100 Jahre gebraucht, um so wie jetzt völlig durchsichtig zu sein.

Doch dann schien die Frau am Boden etwas in dem Spiegel zu entdecken, was sie fast noch mehr in Panik versetzte als sein Anblick. Sie duckte sich tief. Ihr Gesichtsausdruck weckte ein sonderbares Gefühl in ihm und er blickte ebenfalls schnell in den Spiegel. Im selben Moment, als ein Schuss das Glas der Schaufensterscheibe zersplittern ließ, warf er sich über sie. Splitter regneten auf ihn herab und automatisch presste er sich enger an die Frau, die panisch unter ihm wimmerte. Der entsetzte Ausdruck in ihren Augen sorgte fast dafür, dass er den kleinen Unsichtbarkeitszauber nicht mehr aufrecht erhalten konnte. Er konnte sich gerade noch rechtzeitig konzentrieren. Lediglich seine Hand auf ihrem Mund verhinderte vermutlich, dass sie zu schreien begann. Sein Blick wurde für einen Moment von dem wild hämmernden Puls an ihrem Hals angezogen. Wahrscheinlich bekäme sie auf der Stelle einen Herzanfall, wenn er sich jetzt sichtbar machen würde. Seine Fänge machten sich gerade eindeutig bemerkbar. Obwohl er ihr gar nicht allzu lange vorher ein unbehagliches Gefühl verursachen wollte, schickte er jetzt beruhigende und tröstende Gedanken in ihre Richtung. Gleichzeitig hörte Arslan eine junge, verdammt ernst klingende Stimme aus dem Kassenbereich.

„Die Kohle, rück' die Kohle raus, sonst puste ich Dir den Schädel weg."

Dem Rascheln zufolge kam der Kassierer der Aufforderung umgehend nach. Allerdings schien das den Räuber nicht sonderlich zu befriedigen.

„Scheiße. Ist das alles? Willst Du mich verarschen, Mann?"

Durch eines der Regale sah Arslan, wie der Mann hinter der Kasse hastig den Kopf schüttelte und sich stotternd entschuldigte. Dann öffnete er fahrig das Armband seiner Uhr und warf sie dem maskierten Mann zu.

„Bist Du alleine hier?"

Gerade als Arslan sich erheben wollte, sah er den Kassierer nicken. Der Täter schien ihm zu glauben und stopfte einige Dinge aus dem ersten Regal in die Tüte. Offenbar hatte der Typ gar nicht mitbekommen, dass sich noch jemand in der Tankstelle befand. Momentan befand sich Arslan in einer kleinen Zwickmühle. Er bohrte sich in die Gedanken des maskierten Mannes, damit der schnellstmöglich den Laden verließ, ohne weiteren Schaden anzurichten. Leider hatte der jedoch etwas eingeworfen, denn der gedankliche Befehl schien nur verzögert zu ihm durchzudringen. Statt zu tun, was er von ihm wollte, kramte er in aller Seelenruhe in einem der Regale herum, während er sich murmelnd über die Stimme in seinem Kopf wunderte. Obwohl Arslan sich diesen kleinen Mistkerl am liebsten kurz vornehmen würde, wollte er andererseits nicht, dass die Frau unter ihm noch mehr in Panik geriet. Er konzentrierte sich etwas mehr auf den Mann, wurde jedoch im nächsten Moment von der Frau unter sich abgelenkt. Trotz seiner Hand hörte man ihr Wimmern. Er zischte ihr fast lautlos zu, dass sie ruhig sein sollte. Da sie ihn jedoch nur fühlen und nicht sehen konnte, hatten seine Worte nicht ganz den Effekt, den er sich gewünscht hatte. Allerdings lenkte ihn im nächsten Moment die Stimme des maskierten Mannes ab und er warf einen weiteren schnellen Blick Richtung Kasse. Der Mann knurrte den Kassierer gerade an.

„Du bewegst Dich hier nicht weg, ist das klar? Dann passiert Dir nichts."

Erleichtert atmete Arslan auf. Offenbar wollte er jetzt tatsächlich gehen. Vorsichtig verlagerte er sein Gewicht etwas, um die Frau unter sich etwas zu entlasten.

Shannon hatte das Gefühl, zu ersticken. Und verrückt zu werden. Die Gedanken schossen panisch durch ihren Kopf, während sie krampfhaft zu atmen versuchte. Sie konnte das Spiegelbild des Mannes aus dem Café vielleicht als Halluzination abtun. Doch genauso, wie sie Glassplitter in der Luft hängen sah, spürte sie eine Hand auf ihrem Mund. Und einen harten Körper, der sich gegen ihren presste. Und gerade eben hatte sie ein Zischen gehört, das sich eindeutig nach „Halt endlich die Klappe und lieg still" anhörte. Beides war vermutlich eine ganz normale Reaktion von jemandem, der erlebte, was hier gerade passierte. Allerdings sah sie alles um sich herum und vor allem über sich und nichts davon sah entfernt nach einem großen Körper oder einer Hand aus.

Die Hand löste sich gerade etwas von ihrem Mund und für einen Augenblick hatte sie auch den Eindruck, dass das Gewicht etwas weniger auf ihr lastete. Automatisch stieg ein Schrei in ihrer Kehle hoch, den sie nicht zurückhalten konnte. Er war nicht sehr laut und wurde sofort wieder von der Hand auf ihrem Mund gedämpft. Gleichzeitig konnte sie ihre Hände frei bewegen und sie hob sie automatisch an, nur um gegen etwas Hartes zu stoßen. Shannon tastete sekundenlang über etwas, das sich wie harte Muskeln anfühlte. Und über feinen Stoff. Doch verdammt noch mal da war nichts über ihr. Sie blinzelte panisch nach oben sehend und versuchte wimmernd, was immer das auch war, von sich zu schieben.

Der maskierte Mann fuhr bei dem unterdrückten Schrei herum. Seine Schritte knirschten auf den Splittern der zerborstenen Scheibe, als er um das Regal herumging, hinter dem Shannon und Arslan lagen. Das Bild, das sich ihm bot, verblüffte ihn zunächst. Die Frau sah aus, als wollte sie jemanden abtasten und dann von sich schieben. Nur war da niemand außer ihr. Dann schien sie ihn zu bemerken und erstarrte förmlich. Er sah die Angst und dann das Erkennen in ihrem Blick aufflackern. Im selben Moment ging ihm auf, dass er sie schon mal gesehen hatte. Erst am Morgen in der Notaufnahme, als er seine Kleine dort hingebracht hatte. Die Frau hatte sich mit um Chelsea gekümmert. Sie war dabei gewesen, als man ihnen sagte, dass man nichts mehr für sie tun konnte. Dabei hatte sie seine Tattoos genauso aufmerksam betrachtet, wie sie das jetzt tat. Tattoos in Form des Namenszuges seiner Kleinen, die heute Morgen in diesem Scheißkrankenhaus verreckt war. Wut und Verzweiflung kochten in ihm hoch und ohne weiter nachzudenken, drückte er ab.

Im nächsten Moment wurde er mit einem wütenden Knurren von irgendwas fast einen Meter über den Boden gehoben. Er sah Blut auf den Boden tropfen, aber vor ihm war nichts, absolut nichts. Etwas, das sich wie ein Unterarm anfühlte, drückte erbarmungslos gegen seinen Hals und rote Flecken tauchten vor seinen Augen auf. Die Pistole wurde ihm aus der Hand gerissen und landete seltsam verformt auf dem Boden. Er griff verzweifelt nach dem Ding an seiner Kehle. Seine panisch tastenden Finger fühlten etwas Hartes, etwas wie ein Armband, und eine Hand, eine große Hand, mit langen Fingern. Für einen Moment hatte er das Gefühl ein paar leuchtend blaue Augen vor sich zu sehen, die ihn mörderisch anblickten. Japsend schnappte er nach Luft. Sein Bewusstsein begann sich gerade zu verabschieden, als er Sekundenbruchteile später über die gut drei Meter entfernte Verkaufstheke flog.

Mit weit aufgerissenen Augen sah Shannon, wie aus dem Regal mit den Snacks sämtliche Packungen herausgefegt und über den Boden verteilt wurden. Sie platzten zum Teil auf und ihr Inhalt landete verstreut im ganzen Laden. Gleichzeitig hörte sie ein Knurren, das ihr das Blut in den Adern gefrieren ließ. Auch das Regal mit den Getränken wurde leer gefegt und sie hob schützend die Hände, um nicht von herumfliegenden Flaschen, Dosen oder Splittern getroffen zu werden. Und dann kippten die schweren Regale, einfach so, wie von Geisterhand bewegt. Unmittelbar davor fühlte sie, wie sie vom Boden gerissen und aus dem Laden gezogen wurde. Sie war so entsetzt, dass sie nicht einmal schreien konnte.

Nur unbewusst nahm Shannon wahr, dass Miguel gar nicht auf sie achtete, sondern den Notruf wählte. Der maskierte Mann lag bewusstlos am Boden und regte sich nicht.

Kurze Zeit später fand Shannon sich vor ihrem Appartement wieder und wusste nicht, wie sie dort hingekommen war. In ihrer Hand hielt sie immer noch den Korb. Wieso war das Zeug in keiner Papiertüte? Sie wusste, sie sollte umdrehen, um zur Tankstelle zurückzugehen, aber sie war so müde. Sie musste sich erst hinlegen. Hinlegen und schlafen.

Shannon hörte die Sirenen, aber sie war unfähig sich zu rühren, nachdem sie auf ihrem Bett lag. Wie zum Teufel war sie dort hingekommen? Und warum schmerzte ihr Hals so? Und überhaupt, sie schlief doch nie auf dem Bauch, noch dazu mit einem Kissen unter sich. Aber bevor sie diese Gedanken weiter verfolgen konnte, flogen sie schon wieder davon und sie fühlte nichts als Wärme, die sich langsam zu Hitze steigerte und dann ein gnadenloses Gefühl der Leere.

Hailey erwachte mit einem kratzigen Gefühl im Hals und dem Verdacht schrecklichen Mundgeruch zu haben. Kurz hauchte sie in ihre hohle Hand. Knoblauch, igitt! Sie hasste Knoblauch. Dennoch erinnerte sie sich lebhaft daran, wie sie eine riesige Portion von etwas mit Thunfisch und Knoblauch gegessen hatte. Thunfisch kam auf ihrer Beliebtheitsskala gleich nach Knoblauch. Gott, sie musste völlig umnachtet sein. Warum schlug sie sich den Bauch voll, wenn sie eigentlich sterben wollte? Stirnrunzelnd stellte sie fest, dass ihre flache Hand auf ihrem noch flachen Bauch lang. So als wollte sie das kleine Leben darin beschützen. Schnell zog sie die Hand weg. So ein Blödsinn. Sie wollte nichts und niemand beschützen. Sie wollte sterben. Mit einem kleinen Aufstöhnen schwang sie die Beine vom Bett. Der Mond schien ins Schlafzimmer. Hailey sah aus dem offenen Fenster und konnte das Meer erkennen. Die kleinen Wellen leuchteten seltsam und schienen sie zu rufen. Sie machte den Sarong wieder etwas fest, der sich völlig gelockert hatte, und schlich vorsichtig aus dem Schlafzimmer. Von diesem verkappten Helden, der sie heute gegen ihren Willen aus dem Wasser gezogen und zum Essen genötigt hatte, war weit und breit nichts zu sehen. Ihre Füße tapsten leise über den Holzboden, als sie durch den kleinen Flur ging.

Dann stand sie an den Rahmen der Verandatür gelehnt. Eigentlich ein wunderschöner Ausblick, doch ihr Blick hing leer über der kleinen Bucht. Das Meer war ruhig, kaum ein Windhauch. Der Mond streute sein Licht über den direkt hinter der Veranda beginnenden Strand, irgendwo im Hintergrund konnte man ein paar Wolken erkennen. Hailey fühlte sich miserabel. Wenn jetzt plötzlich eine Riesenwelle die Bucht heimsuchen, sie mit sich reißen und ins offene Meer spülen würde - es wäre ihr scheißegal gewesen. Sie hatte alles verloren, was ihr etwas bedeutete. Vor drei Tagen war Granny an den Folgen eines Unfalls gestorben. Die einzige Person aus ihrer Familie, für die sie Gefühle gehegt und den Kontakt nach ihrem Umzug nach New York aufrecht erhalten hatte. Sie war nicht mehr rechtzeitig nach New Orleans gekommen, weil sich ihr Ex-Freund mit ihrer gesamten, mühsam zusammengesparten Kohle, einen netten Abend machte. Sich und etwa zwanzig seiner Kumpels und irgendwelchen billigen Schlampen. Als er morgens total bedröhnt nach Hause kam, hatte sie ihm eröffnet, dass sie schwanger war. Seine Reaktion war überaus aufschlussreich gewesen. Abgesehen davon, dass sie das von ihm ach so heiß geliebte Korsett, in dem ihre Taille gerade mal noch einen Umfang von 14,5 Zoll maß, seiner Meinung nach völlig grundlos zerstört hatte, fragte er lediglich, ob sie denn wüsste, wer der Vater sei. Bereits im nächsten Moment wandte er sich wieder fassungslos diesem dämlichen Gefängnis aus Stoff und Metall zu und rannte gleich danach zu ihrem Regal, um zu sehen, ob das andere Korsett auch ihrer Wut zum Opfer gefallen war. Als wäre das Ding das Wichtigste auf der Welt. Der Unfall ihrer Granny interessierte ihn überhaupt nicht. Und er wunderte sich darüber, dass sie sich aufregte, weil er sie beklaut hatte. Kein ‚Es tut mir leid.', kein ‚Ich komme mit Dir zu Deiner Granny.', kein ‚Ich bin an Deiner Seite.', kein ‚Ein Baby? He, das ist doch kein Untergang. Ich freue mich darauf.'. Auch der Umstand, dass ihr Vermieter sie quasi rausschmiss, machte ihm absolut nichts aus. Und er brachte zunächst nicht eine Silbe hervor, die erklärte, wo das Geld, das sie ihm dafür gegeben hatte, abgeblieben war. Stattdessen lächelte er sie an und wollte sie dazu überreden ein anderes Korsett anzuziehen, weil er sie darin so scharf fand. Er wollte doch tatsächlich eine Nummer mit ihr schieben. Dieser Vollidiot! Als würde das alles in Ordnung bringen. Damit konnte sie sich wohl eine gemeinsame Zukunft mit ihm abschminken. Wutentbrannt hatte sie eine Tasche gepackt und war gleich am Tag nach Michaels Anruf, dem neuen Freund ihrer Granny, ohne einen Cent in der Tasche bis nach New Orleans getrampt.

Was leider zu lange dauerte. Als sie endlich dort war, musste sie erfahren, dass ihre Großmutter keine zwei Stunden zuvor gestorben war. Dabei wollte sie doch eigentlich mit Michael nach Molokaʻi, um dort zu heiraten. Nach der zwei Tage später stattfindenden Beisetzung drückte Michael ihr Grannys Flugticket und den Hotelgutschein in die Hand, und fragte, ob sie vielleicht dort hin wollte. Er brauchte das ja nun nicht mehr. Da ihr sowohl der Besitzer des Plattenladens als auch der des Blumengeschäfts, für die sie in New York jobbte, sie noch an dem Tag gefeuert hatten, als sie sich auf den Weg nach New Orleans machte, nahm sie das Ticket dankend an.

Auf dem Weg zum Flughafen war ihr dann ihre Tasche geklaut worden. Mit allem, was ihr wichtig war. Ein paar Fotos, ein paar von Grannys Schmuckstücken, etwas Bargeld, das ihr Michael gegeben hatte, und ihre Kleider. Und alles nur, weil sie nicht aufpasste und einem kleinen Mädchen aufhalf, das gerade vor ihr hingefallen war und nach seiner Mutter schrie. Dummheit wurde im Leben sofort bestraft. Aber hätte sie die Kleine schreien lassen sollen? Tja, und damit waren nur noch das Ticket und ihre Papiere in ihrer Manteltasche da und die Klamotten, die sie anhatte. Der Rest von ihrem Leben war innerhalb einer Woche irgendwie den Bach hinunter gegangen. Die Leute, die im Flugzeug um sie herumsaßen, musterten sie skeptisch und herablassend, als ein Weinkrampf sie plagte. Die gesamte Flugdauer heulte sie ohne Unterlass. Jemand vom Hotelpersonal holte sie am Flughafen ab. Obwohl der Fahrer freundlich war, betrachtete auch er sie reichlich seltsam. Der Entschluss, Schluss zu machen, nistete sich schlagartig in ihrem Kopf ein. Sie bat den Fahrer, sie aussteigen zu lassen und er war ihrer Bitte beleidigend erfreut nachgekommen. Danach war sie querfeldein gestolpert und irgendwann an einer kleinen Bucht über den Strand gegangen. Fast hypnotisiert vom leisen Geräusch der Wellen lief sie ins Wasser. Immer weiter, bis das Meer plötzlich unter ihr abfiel und sie mit einem erschrockenen Aufkeuchen und kleinen Husten in die Tiefe sank.

Mit einem Stirnrunzeln erinnerte sie sich an die Stärke des Typen, der sie einfach wieder an Land gezogen hatte. An seine Freundlichkeit. Schade eigentlich, dass sie nicht wusste, wie er hieß. Sie machte den Sarong auf und legte ihn zusammen. Seine Frau würde sich bestimmt freuen, wenn er gewaschen wieder im Schrank lag und nicht um sie gewickelt mit im Meer unterging. Waschen konnte sie ihn zwar nicht mehr, aber na ja, das konnte sie ja dann zur Not auch selbst machen. Nackt wie sie war ging sie mit weit ausgreifenden Schritten über den Strand und ins Wasser. Kurz erschauderte sie. Es fühlte sich kühl an, war aber nicht unangenehm. Bald war das Wasser etwa hüfttief und sie ging in die Knie und begann gleich drauf zu schwimmen. Kurz registrierte sie das sinnliche Gefühl auf ihrer nackten Haut und für ein paar Momente drehte sie sich auf den Rücken, um den Mond über sich zu betrachten. Die Wolken hatten sich verdichtet, allerdings waren sie noch ein ganzes Stück davon entfernt, den Mond zu verdecken. Sie dachte noch einmal liebevoll an Granny und beschloss dann, ihren Entschluss sich selbst umzubringen in die Tat umzusetzen; einfach ins Nichts zu schwimmen, bis ihr die Kraft ausging.

Gerade, als sie sich wieder umdrehen wollte, wurde sie von etwas angerempelt. Sie ließ die Beine absinken und sah sich um. Da war eigentlich nichts, aber sie hatte es doch ganz deutlich gespürt. Sie strich sich mit einer Hand etwas Salzwasser aus dem Gesicht, das plötzlich gegen sie schwappte. Da, da war es wieder gewesen. Ein eisiger Schauer fuhr über ihren Körper, als sie gleich darauf keinen Meter von sich eine Flosse auftauchen sah. Eine dreieckige Flosse. Scheiße. Das hatte ihr gerade noch gefehlt. Sie hatte keine Ahnung von Haien, aber ihrer Meinung nach deutete diese Rückenflosse auf keinen ganz Kleinen hin. Ihr Herz klopfte bis zum Hals, als sie leichte Schwimmbewegungen in Richtung Strand machte.

„Bitte, bitte nicht beißen." Das tonlose Flüstern schien den Hai nicht sonderlich zu erschrecken, denn die Rückenflosse blieb beharrlich an ihrer Seite.

„Du bist ein braver Fisch. Und sicherlich pappsatt. Ich bin es gar nicht wert, dass Du meinetwegen den Mund aufmachst. Ich schmecke gar nicht. Das sind mehr Knochen als Fleisch. Braver Fisch. Ganz lieb sein, ja?"

Als die Flosse näher kam, fing Hailey an zu kreischen. Sie schwamm etwas schneller, aber da sie nicht in Übung war, hatte sie das Gefühl keinen Meter voranzukommen. Übelkeit machte sich in ihr breit, die von dem einen oder anderen unfreiwilligen Schluck Salzwasser und der damit verbundenen Angst zu ertrinken noch verstärkt wurde. Mittlerweile hatte sie knietiefes Wasser erreicht. Das merkte sie allerdings erst, als sie mit ihrem Knie an einem Stein hängen blieb und erschrocken aufschrie. Das fehlte ihr gerade noch, dass sie anfing, zu bluten und der Riesenfisch neben ihr auf den Geschmack kam. Schnell rappelte sie sich auf und rannte aus dem Wasser. Immer noch schreiend und blind vor Angst stolperte sie voran und rannte in Douglas hinein, der gerade von seiner Wanderung zurückkam und noch ein kurzes Bad im Meer nehmen wollte, als er sie loskreischen hörte. Sein fester Griff um ihre Ellbogen ließ Hailey noch lauter aufschreien. Dann erst merkte sie, dass sie sicher ans Land gelangt war. Mit weit aufgerissen Augen starrte sie Douglas an. Ihr Zungenpiercing blitzte kurz auf, als sie hilflos stotternd von dem Hai erzählte.

Douglas Hände lösten sich von ihren Ellbogen und fuhren suchend über ihren nackten Körper. Gut, verletzt war sie schon mal nicht. Trotzdem ließ er seine Hände kurz auf ihren Hüften liegen, während er vor ihr kniete. Er bräuchte bloß den Kopf etwas zu drehen und könnte … Seit wann machten ihn Bohnenstangen an? Jetzt klangen ihre Schreie nicht mehr panisch, sondern wütend und die Flut an Schimpfwörtern die auf ihn runter prasselte war fast schmerzhafter als ihre kleinen Fäuste, die seinen Kopf trafen. Hatte er etwa laut gedacht? Schnell erhob er sich und trat ein paar Schritte zurück. Mittlerweile war der Mond hinter den Wolken verschwunden und die Nacht ziemlich dunkel geworden. Ein etwas stärkerer Wind war aufgekommen. Trotz der Dunkelheit konnte er sehen, dass Hailey eine Gänsehaut bekam und still vor sich hin zitterte.

„Wie wäre es, wenn wir zum Haus zurückgehen, und Du Dir etwas überziehst? Damit Du nicht so frierst."

„Pah, sag mir einen Grund, warum ich ausgerechnet mit Dir mitkommen sollte, Du geiler Sack."

Douglas konnte sich bei dieser Antwort ein Grinsen nicht verbeißen. „Na ja, also so ein richtiger Grund fällt mir nicht ein. Außer natürlich, dass Du abgesehen von Deinen Piercings nicht allzu viel trägst. Aber klar, das muss einen natürlich nicht wirklich stören, wenn …"

Bei ihrer Reaktion konnte er sich gerade noch ein Auflachen verkneifen. Sie kniff die Beine zusammen und ging etwas in die Knie, während sie einen Arm um über ihre Brust und die andere Hand über ihre Scham legte. Dann warf sie einen Blick aufs Wasser zurück. Der etwas sehnsüchtige Gesichtsausdruck ließ vermuten, dass sie sich ernsthaft überlegte, rückwärts in Wasser zu tapsen. „Ähm, nur mal so nebenbei bemerkt. Ich bin zwar absolut überzeug davon, dass Dein Geschrei den Hai erfolgreich bis nach Alaska rauf verjagt hat, aber ich bin nicht sicher, ob er nicht vielleicht noch irgendwelche schwerhörigen Artgenossen hat, die sich da draußen herumtreiben. Andererseits, ich meine, ich will Dich natürlich nicht davon abhalten, noch mal baden zu gehen – wolltest Du Dich nicht sowieso umbringen? Vielleicht wirst Du ja bis morgen an eine andere Insel gespült. Oder jedenfalls das, was von Dir übrig ist."

Ruckartig fuhr die Frau wieder herum. Das letzte Argument schien bei ihr angekommen zu sein.

„Richtig: Ich will mich umbringen. Aber deshalb will ich noch lange nicht als Haifischfutter enden. Das tut nämlich bestimmt weh! Okay, Du gehst voraus. Der Sarong liegt auf dem Stuhl neben der Verandatür. Ich wäre Dir dankbar, wenn Du ihn mir herauslegen und selbst wieder im Haus verschwinden würdest."

Hoheitsvoll hob sie ihren Kopf. Douglas nickte automatisch, was sie aber natürlich nicht sehen konnte. Vermutlich sah sie im Moment nicht einmal die Hand vor Augen, da der gesamte Himmel zwischenzeitlich wolkenverhangen war. Grinsend ging er drei Schritte rückwärts und sah ihr zu, wie sie sich vorwärts tastete. Er sah noch den Stein im Sand, aber bevor er etwas sagen konnte, stieß sie schon mit ihrem nackten Fuß dagegen. Douglas verzog das Gesicht, als er das Knacken hörte. Dabei war es ihre Zehe und nicht seine, die dem Geräusch nach gerade gebrochen war. Doch außer einem schmerzerfüllten Stöhnen gab sie keinen Ton von sich und humpelte mit den Händen durch die Luft tastend weiter. Die Kleine war hart im Nehmen.

Sogar zum Umbringen war sie zu dämlich. Am liebsten hätte Hailey laut aufgeschrien. Jetzt war sie nicht nur noch am Leben, nein jetzt hatte sie sich auch noch den Fuß so angestoßen, dass sie die Schmerzen bis in die Haarspitzen spürte. Verdammt tat das weh. Im nächsten Moment trat Hailey in ein etwas tieferes Loch und landete auf allen Vieren. Prustend strich sie sich den Sand von den Lippen.

Douglas seufzte. „Beweg Dich nicht. Ich bin gleich wieder da."

Ihr Brummen konnte man durchaus als Zustimmung auffassen, also spurtete er los und war innerhalb kürzester Zeit wieder bei ihr. Mit dem Sarong. Zwischenzeitlich hatte sie sich wieder aufgerappelt und sich so gut es ging vom Sand befreit. Er drückte ihr das Tuch in die Hand und sie wickelte sich schleunigst darin ein.

„Hast Du vielleicht eine Lampe mitgebracht?" Sie hatte die Augen zusammengekniffen, um in der Dunkelheit irgendetwas zu erkennen. Doch mehr als seinen Umriss konnte sie nicht sehen. Wo war dieser verdammte Mond, wenn man ihn brauchte? Erschrocken quietschend merkte sie, wie Douglas sie auf seine Arme hob und loslief. „Hey, was soll das, ich kann gut alleine gehen. Lass mich runter."

Ungerührt lief Douglas weiter. „Ich weiß, dass Du das kannst, aber so sind wir schneller am Haus."

In ihrem Gesicht arbeitete es und sie waren schon fast auf der Veranda, als sie mit ihrer Frage herausplatzte. „Sag mal, hast Du Röntgenaugen?"

Douglas setzte sie auf der Veranda ab und machte das Außenlicht an. „Nein, warum?" Schade eigentlich, netter Gedanke, dann hätte er zuvor sehen können, ob sie immer noch so nett unter dem Sarong fror.

„Na, weil Du durch die Dunkelheit gelaufen bist, als hättest Du welche. Ich habe da draußen nichts gesehen, so sehr ich mich auch angestrengt habe."

Er konnte ihr ja schlecht sagen, dass die Männer seiner Familie über eine perfekte Nachtsicht verfügten. „Ähm, nein, ich bin blind, also fast meine ich, mir macht die Dunkelheit nichts aus, und ich kenne den Weg."

Ihre kleine Hand fuchtelte so überraschend vor ihm herum, dass er automatisch zurückzuckte.

„Sagtest Du nicht eben, dass Du blind bist? Willst Du mich verarschen?"

Kopfschüttelnd suchte Douglas nach einer halbwegs logischen Antwort für sie. „Nein will ich nicht – ich sagte ja auch nur fast. Schatten und so sehe ich schon noch."

Das ‚und so' musste er ihr ja nicht näher erläutern. Es wäre ihm auch äußerst schwer gefallen, denn aus irgendeinem Grund wollte er dieses Häufchen Mensch nicht wirklich anlügen.

Sie spielte mit dem Piercing an ihrer Unterlippe. Dieser Tick war ihm schon unmittelbar, nachdem er sie aus dem Wasser gezogen und sie wieder ausreichend Luft bekommen hatte, aufgefallen. Er störte ihn gewaltig und zeigte gleichzeitig deutlich, dass sie nicht mal andeutungsweise so cool war, wie sie sich das vermutlich einbildete. Man konnte das in ihrem Kopf herumspukende ‚und jetzt', förmlich hören. Douglas bekam Mitleid.

„Du kannst das Bett haben, ich nehme die Hängematte hier auf der Veranda, okay? Soll ich mir Deinen Fuß noch ansehen?"

Er sah sie erst nicken und dann den Kopf schütteln.

„Behalt Deine Pfoten gefälligst bei Dir! Auf Deine Fummelei kann ich echt verzichten. Der Fuß tut zwar weh, aber damit komme ich schon klar." Dann drehte sie sich um und humpelte Richtung Tür. Dort wandte sie sich noch einmal zu ihm um. „Warum bist Du so nett zu mir?"

Douglas schwang sich gerade in die Hängematte. Er drehte den Kopf in ihre Richtung und Hailey wurde bei seinem Anblick leicht schwindlig. Diese Augen waren der pure Wahnsinn. Das Blau leuchtete geradezu unnatürlich. Pure Einbildung vermutlich. In letzter Zeit war einfach zu viel auf sie eingestürmt. Genau - so ein Blau gab es einfach nicht. Und so eine Stimme auch nicht. Sie bekam vom bloßen Zuhören Gänsehaut.

„Ich bin nicht nett zu Dir. Ich bin bloß gerade hier – genau wie Du. Alles andere ist pure Selbstsucht. Ich mag es nicht, wenn Leichen in meiner Bucht schwimmen. Das ist alles. Schlaf gut."

Mit diesen Worten machte er die Augen zu. Einen Moment später hörte er ein leise geflüstertes „Gute Nacht. Danke, ach und ich bin übrigens Hailey." Doch sie sprach so leise, dass er sich ernsthaft fragte, ob er sich das Ganze nicht eingebildet hatte.

Mit einem mentalen Befehl löschte er das Licht auf der Veranda. Sobald es dunkel war, öffnete er die Augen wieder. Eigentlich war es schon blöd, dass sie hier war. So konnte er nicht im Haus herumwerkeln. Vielleicht sollte er doch noch schwimmen gehen. Oder noch eine Runde laufen.

Ein leises Geräusch war zu hören, was ihn sofort die Ohren spitzen ließ. Weinte sie etwa? Vielleicht schmerzte der Fuß doch mehr als sie ihm eingestehen wollte. Leise erhob er sich und schlich zum Schlafzimmerfenster. Vorsichtig spähte er hinein. Sie lag mit dem Rücken zum Fenster und er konnte erkennen, dass ihre schmalen Schultern zuckten. Mist - sie weinte tatsächlich. Der Fuß lag allerdings ganz normal auf dem Bett, sie umklammerte ihn nicht. Deswegen weinte sie also mit Sicherheit nicht. Lautlos stieg er ins Schlafzimmer und legte, fast unbemerkt von ihr, die Hände auf ihre Stirn und ihren Rücken. Douglas überschwemmte ihren Verstand mit einer Flut an beruhigenden Gedanken, was dazu führte, dass sie sich fast augenblicklich beruhigte. Er befahl ihr, zu schlafen. Kurz darauf waren ihre gleichmäßigen Atemzüge zu hören.

Obwohl er sich danach eigentlich zurückziehen wollte, konnte er sich nicht davon abhalten, auf die Matratze zu gleiten. Vorsichtig legte er sich hinter die Frau. Genüsslich atmete er ein und bemerkte irritiert, dass seine Fänge pochten. Nicht sehr, aber sie pochten. Hailey … der Name passte zu ihr. Sanft strichen seine Finger durch ihre Haare. Die würden morgen steif wie die Borsten eines Wildschweines sein. Hailey seufzte leicht und kuschelte sich näher an ihn heran. Vermutlich suchte sie seine Wärme. Seine Lippen verzogen sich zu einem leichten Grinsen, als sie leise zu schnarchen begann. Jetzt fing auch noch sein Magen zu knurren an. Auch das war etwas ungewöhnlich, andererseits jedoch … Schnüffelnd holte er Luft. Himmel, sie roch nach Marshmellow Fluff. Automatisch legte er seine Lippen an ihren Hals und leckte behutsam über ihre Haut. Okay, salziges Fluff, aber eindeutig Fluff. Kein Wunder, dass er da Hunger bekam. Erleichtert legte er sich zurück.

Eine Weile später merkte Douglas, wie ihm die Augen immer wieder zufielen. Das war wirklich seltsam. Normalerweise schlief er nie. Doch irgendwie war er momentan zu k. o. um die Augen zu öffnen. Er sollte das nicht tun. Er sollte viel lieber dafür sorgen, dass sie einen ganz normalen Mann in ihm sah, wenn sie erwachte. Aber seine Augenlider fühlten sich gerade zentnerschwer an. Und sie roch viel zu gut. Die Nase in ihre salzverkrusteten, noch feuchten Haare vergraben, schlang er seinen Arm fester um sie.

Während er aufmerksam die Zahlen des letzten Monats durchging, fühlte Halil den Blick von Aimée auf sich. Seine Assistentin hatte etwas auf dem Herzen, so viel war sicher. Während sie in den ersten vier Jahren täglich eng zusammengearbeitet hatten, reichte es heutzutage normalerweise, wenn er zwei Mal pro Woche kurz vorbei sah. Heute hatte sie ihn außerplanmäßig angerufen und gefragt, wann er vorbeikam. Das war deshalb ungewöhnlich, weil er eigentlich erst gestern im Büro gewesen war. Doch bislang war sie nicht mit der Sprache herausgerückt.

Der Umsatz der Restaurants war gut, das Personal zufrieden. Die Fehlzeiten okay. Was plagte Aimée? Er hatte so den leisen Verdacht, dass es eher in ihrem privaten Umfeld zu suchen war. Und gleichzeitig keinen blassen Schimmer, was es sein konnte. Liebeskummer? Unwahrscheinlich, sie lebte für ihre Arbeit. Diese Frau war seit sechs Jahren ein Buch mit sieben Siegeln für ihn. Von Anfang an hatte er es nicht geschafft, irgendeinen ihrer Gedanken zu lesen, nicht den kleinsten oder unbedeutendsten. Jedenfalls nicht einfach so. Sicher er könnte sich darauf konzentrieren, dann würde es garantiert klappen. Aber im Gegensatz zu anderen, deren Gedanken er oft im bloßen Vorbeigehen mitbekam, war bei ihr nichts in der Richtung drin. Sie hatte eine Art an sich, die ihn faszinierte. Innerhalb kurzer Zeit erzählten ihr die meisten Menschen ihre Lebensgeschichte. Er hatte sich selbst schon ertappt, wie er ihr von seinen kleineren Alltagsproblemen erzählte. Und er hatte es genossen, wie sie ihren Hals zur Seite neigte und ihn konzentriert ansah. Wenn sie aufmerksam zuhörte, erschien zwischen ihren Augen eine steile Falte und ihre Lippen bildeten fast einen Kussmund. Wäre sie nicht so schrecklich trist, was ihr Äußeres betraf, hätte er sich allein deshalb vielleicht in der Anfangszeit überlegt, sie zu seiner Blutwirtin zu machen. Aber da sie rein äußerlich absolut nicht seinem Geschmack entsprach, hatte er diesen Gedanken damals schnell wieder verworfen. Und war froh darüber. Als Assistentin war sie perfekt. Und er trennte Arbeit und Privatleben nun einmal mehr oder weniger strikt. Dank ihrer Arbeitswut war die Leitung der sechs Restaurants ein Kinderspiel und er langweilte sich damit bereits zu Tode. Demnächst musste er etwas anderes machen. Aber er war sicher, dass sie ihm auch dabei äußerst erfolgreich und kompetent zur Seite stehen würde. Ganz nebenher war sie auch im privaten Bereich dann und wann sehr hilfreich. Wenn Veranstaltungen anstanden, er eine Begleitung brauchte, aber kein hirnloses Anhängsel an seiner Seite haben wollte, sprang sie ein. Wenn er ein Geschenk brauchte, ihm aber absolut nichts einfiel, war sie zur Stelle. Wenn er Frust hatte und jemanden zum Zuhören brauchte, an ihrer Schulter respektive ihrem Ohr konnte er sich auskotzen. Sie kannte vermutlich alle seine kleinen Vorlieben und Schwächen und ihr Gedächtnis war besser als jeder Computer.

Nachdenklich runzelte er die Stirn, während er flüchtig in ihre Richtung blickte, ohne sie wie immer wirklich wahrzunehmen. Und eigentlich wusste er gar nichts über sie persönlich. Während sie zielsicher Kleidung in den von ihm bevorzugten Farben heraussuchte, als er sie kürzlich darum bat ihm eine Frühjahrsgarderobe zusammenzustellen, konnte er nicht einmal sagen, was ihre Lieblingsfarbe war. Im Büro trug sie immer die gleichen langweiligen grauen Kostüme und die mausbraunen Haare waren stets hochgesteckt. Grauenvoll. Und dann diese fürchterlichen Brillen. Die ersten vier Jahre war sie mit wahnsinnig dicken Brillengläsern durch sein Büro gestolpert und dann auf einmal auf eine dunkel getönte Brille umgestiegen. Angeblich hatte sie lichtempfindliche Augen bekommen. Seiner Meinung nach benötigte sie eher einen Blindenhund. Er wusste nicht, was sie gerne aß, was sie gerne trank, welchen Sport sie mochte, welche Musik sie hörte, und so weiter. Jetzt saß sie ihm angespannt, sich nach außen aber entspannt gebend, mit übereinandergeschlagenen Beinen gegenüber. Dazu musste er nicht einmal hinsehen. Ihre Anspannung war fühlbar. Halil schloss den Ordner und legte die Fingerspitzen aneinander. Die Ellbogen legte er auf den Lehnen seines Stuhls ab.

„Okay, schieß los."

Für einen kurzen Moment war absolute Ruhe im Raum. Dann griff Aimée nach der Unterschriftenmappe, die rechts auf dem Tisch lag und kam zu ihm.

„Ich brauche noch ein paar Unterschriften."

War sie erkältet? Ihre Stimme klang reichlich belegt. Wie immer unterschrieb er die Papiere, ohne weiter darauf zu achten, was vor ihm lag. Statt dessen dachte er darüber nach, wie lange er noch mit ihr zusammenarbeiten konnte. Seine persönliche Obergrenze bei Menschen lag bei 20 Jahren. Sie arbeiteten dann natürlich noch weiter für ihn, aber nicht mit ihm. Kurz seufzte er lautlos. Das waren nur noch 14 Jahre. Eine lächerliche Zeitspanne. Mit einem wehmütigen Lächeln lehnte er sich zurück. Er würde sie vermissen. Sie war so tüchtig. Er war so in diesen Gedanken verstrickt, dass er den versteinerten Gesichtsausdruck, mit dem sie die Unterschriftsmappe an sich nahm, nicht bemerkte. Als sie allerdings wieder um den Schreibtisch herumging, fiel ein Sonnenstrahl auf ihre Haare. Die Reflexion führte dazu, dass er das Gefühl hatte, einen elektrischen Schlag zu bekommen. Halil kniff die Augen zusammen.

„Was zum Teufel hast Du mit Deinen Haaren gemacht?"

Die knurrend hervorgestoßene Frage schien sie zu verwirren und sie sah ihn fragend an. Fast so, als erwarte sie, dass was Ekliges drin saß oder hing. „Was soll damit sein?"

Nachdem sie kurz vorsichtig darüber tastete und nichts fand, ging sie jedoch unbeirrt weiter Richtung Tür.

„Sie sind ROT!?!?!"

War das tatsächlich seine Stimme? Das war doch bloß ein Krächzen gewesen, was vermutlich daran lag, dass sein Mund sich völlig ausgedörrt anfühlte. Entgeistert blickte er ihr nach. Hatte sie etwa ihre Haare gefärbt? Verdammt, er mochte rote Haare, aber doch nicht an ihr. Assistentinnen sollten keine roten Haare haben. Jedenfalls nicht seine. Er sah, wie sie kurz, aber tief einatmete. Offenbar gefiel ihr seine Antwort nicht besonders. Der Tonfall, in dem sie „Ja und?" sagte, hatte so gar nichts von seiner tüchtigen Assistentin, die trotz aller Diskussionen immer den perfekten Ton bewahrte. Momentan klang ihre Stimme scharf und es schwang eindeutig ein rebellischer Unterton mit. Halil sprang auf, kam mit großen Schritten um seinen Schreibtisch und drückte die Tür, die sie gerade aufmachte, über ihren Kopf hinweg mit einem Arm wieder zu. Er konnte sehen, dass sie das etwas verunsicherte, denn sie schluckte nervös.

Genau wie er, denn zum ersten Mal fiel ihm die Linie ihres Nackens auf. Augenblicklich drückten seine Fänge vehement gegen sein Zahnfleisch und er riss erstaunt die Augen auf. Das war ein definitiv neues Gefühl in ihrer Gegenwart. Aber warum reagierte er heute so auf sie? Er schnupperte kurz und schloss dann geradezu erleichtert die Augen. Sie roch nicht fértil. Hatte sie das überhaupt je getan, seit sie sich kannten? Er konnte sich beim besten Willen nicht daran erinnern. Verstörenderweise fiel ihm im selben Moment etwas anderes ein. Ein Abend vor ein paar Wochen, sie mit einem Mann an ihrer Seite. Er war nur auf die beiden aufmerksam geworden, weil er etwas überaus Appetitliches gerochen hatte. Etwas, das garantiert nicht auf der Speisekarte seines Lokals stand. Verwirrt fragte er sich, wie er diesen Geruch an jenem Abend nur kurz bewusst wahrnehmen und bis eben erfolgreich aus seinem Verstand verdrängen konnte. Himmel, Aimée roch definitiv zum Anbeißen. Irritiert öffnete er die Augen wieder, als sie ihn anstupste. Offenbar hatte sie ihn angesprochen und er hatte nicht reagiert.

„Darf ich jetzt bitte in mein eigenes Büro. Ich würde das gerne noch fertigmachen, bevor ich gehe."

Halil verdrehte wortlos die Augen. Sie sprach vom Gehen? Normalerweise war sie die Erste, die kam, und die Letzte, die ging. Und sie hatten gerade mal vier Uhr nachmittags. Außerdem waren es nur drei Unterschriften gewesen. „Wieso sind sie ausgerechnet ROT?"

Aimée starrte ihn an, als hätte er den Verstand verloren. Jedenfalls vermutete er es, denn diese verflixte Brille verbarg ihre Augen total. Entnervt nahm er sie ihr ab. Und zuckte zurück. Wie vom Donner gerührt stand er vor ihr und konnte seinen Blick nicht abwenden. Ihre Augen waren mandelförmig geschnitten, schimmerten in intensivem smaragdgrün und besaßen zudem die längsten und dichtesten Wimpern, die er je gesehen hatte. Dabei trug sie mit Sicherheit noch nicht mal Wimperntusche. Wie durch Watte hörte er ihre Stimme.

„Hal? Könnte ich jetzt bitte meine Brille zurückhaben und gehen?"

Mittlerweile klang ihre Stimme absolut befehlend. So hatte sie definitiv noch nie mit ihm gesprochen. Die Hand vor seinen Mund gelegt, um seine Fänge, die sich gerade nachdrücklich bemerkbar machten, zu verbergen, ließ er sich mit dem Rücken gegen die Tür fallen. So schnell würde sie nirgendwo hingehen. Glücklicherweise sah sie schlecht. Da würde ihr seine veränderte Mundpartie und die Erektion in seiner Hose nur auffallen, wenn sie versehentlich damit in Berührung kam. Er konzentrierte sich krampfhaft darauf, seine Fänge auf ein erträgliches Maß schrumpfen zu lassen. Wieso hatte er sich bei ihr nie die Mühe gemacht, sie dauerhaft mental so zu beeinflussen, dass er erst gar nicht in so eine verfängliche Situation wie jetzt kam? Weil es nie nötig gewesen war! Aimée war so farblos gewesen, dass er nie auf den Gedanken gekommen wäre, sich an ihrer Halsvene zu bedienen, verdammt noch mal. Wer sollte denn ahnen, dass ...

Mit der freien Hand schnappte er sich ihr Handgelenk und führte sie zu der großen Sitzgruppe. Dort drückte er sie auf den Sessel und nahm auf dem Sofa daneben Platz. Vorsorglich legte er sich eines der Designerkissen über den Schoß.

„Was soll das Hal?"

Die Frage war mit Sicherheit berechtigt. Wenn er das nur selbst wüsste. „Gute Frage. Wieso hast Du Dir die Haare gefärbt? Und warum ausgerechnet in der Farbe? Musste das sein?"

Aimée schnappte ungläubig nach Luft. „Ich wusste nicht, dass ich bei so einer Nichtigkeit ausgerechnet Dich um Erlaubnis fragen muss. Zu Deiner Info. Meine Haare waren schon immer rot, allerdings habe ich in den letzten Jahren immer eine braune Tönung benutzt. Zufrieden?"

Sein Blick war verdrossen. „Hahaha, Du solltest ein Seminar für Witze besuchen. Die Pointe eben war etwas dürftig. Aimée: Du hattest noch nie rote Haare, seit Du für mich arbeitest. Und außerdem sind Deine Augen grün."

Der letzte Satz hörte sich ziemlich anklagend an. Aimée setzte sich kerzengerade auf. „Zu Deiner Info, auch wenn es Dich nicht das Geringste angeht: Ich habe seit vier Monaten meine Haare nicht mehr braun getönt. Und meine Augen waren schon immer grün. Tut mir ja fürchterlich leid, wenn Dir ausgerechnet diese Farbe nicht gefällt, aber damit musst Du wohl leben."

Empört ließ sie sich in ihren Sessel zurückfallen. Halils lange Beine wippten nervös auf und ab. Noch immer hielt er sich die Hand vor den Mund, weil er sich nicht sicher war, sie in seiner Überraschung tatsächlich soweit beeinflussen zu können, dass sie seine Fänge nicht bemerkte. „Tut mir leid. Ich wollte damit eben Deine Gefühle nicht verletzen, aber …"

Der Schreck darüber, dass er sie unmöglich bei sich behalten konnte, fuhr ihm in die Knochen und ließ seine Fänge glücklicherweise etwas schrumpfen – aber nur kurz. Er würde seine Finger nicht bei sich behalten können, weil er wusste, was sich hinter dieser schrecklichen Brille verbarg. In diesen Augen konnte man sich verlieren, selbst wenn sie so sauer aussahen wie jetzt gerade. Prompt klang das, was er danach sagte, etwas spröde. „Sag mal, hast Du Deine Tage oder warum bist Du so kratzbürstig? Es muss ja wohl erlaubt sein, dass mir auffällt, wenn Du eine neue Haarfarbe trägst. Noch dazu so eine." Sein Zeigefinger deutete auf ihren Kopf. „Und dann noch grüne Augen, wie eine Hexe. Hast Du seit Neuestem etwa auch noch irgendwo einen schwarzen Kater versteckt."

Mit einem Satz sprang Aimée auf und baute sich vor ihm auf. Halils Kehle wurde eng, als er sah, wie sich ihre Brust gegen die Bluse drückte. Wo war ihr graues Kostüm? Sie trug heute nur eine ärmellose weiße Bluse mit hohem Kragen. Wo verdammt noch mal war das graue Kostüm? Sein Blick glitt tiefer, was dafür sorgte, dass seine Augenbrauen zusammen mit seinem Blutdruck augenblicklich in die Höhe schossen. Hatte sie sich irgendwie umgezogen? Das konnte sie doch unmöglich vorher schon getragen haben, ohne dass es ihm auffiel. Wo zum Geier war der formlose Rock? Das Teil, das sie gerade anhatte, saß viel zu perfekt und war viel zu kurz. Es war das erste Mal, dass er ihre Knie sah. Und selbst die sahen sexy aus. Was zum Teufel war hier los? Wie schaffte sie es, sich vor seinen Augen in einen Vamp zu verwandeln? Ihre Haare sahen aus, als würden Glühwürmchen darin tanzen, so sehr leuchteten sie. Dieses Rot konnte vorher unmöglich da gewesen sein. Wie konnte sie sich von einer grauen Büromaus in eine solche Schönheit verwandeln? Noch dazu eine, die selbst wütend so … erregend war. So was gab es einfach nicht.

Doch natürlich gab es das. Er sah – wie fast alle Etanaer - die meisten Menschen für gewöhnlich nicht richtig an. Sie irrten wie leicht verschwommene Farbkleckse durch sein Blickfeld. Er blendete das Aussehen der meisten unterbewusst ebenso aus wie ihren Geruch oder ihre Stimmen und Gedanken. Anders ging es nicht, sonst würde er auf Dauer verrückt werden. Lediglich wenn ihn etwas oder jemand interessierte, sah, hörte, roch oder fühlte er genauer hin. Für gewöhnlich geschah das nicht bei Menschen, die er schon längere Zeit kannte. Und Aimée kannte er jetzt schon länger. Umso verstörender war das, was momentan passierte. Der Gedanke, dass sie plötzlich so war, irritierte und störte ihn gewaltig. Es war …. widernatürlich. Fast so, als würde er einer der Weisen Frauen gegen ihren Willen begehrliche Blicke zuwerfen. Was seine Augen automatisch auf ihren Busen lenkte. Dann auf ihre Taille, die Hüften, ihre Beine. Und Himmel, diese Haare waren einfach der Hammer. Und sie strahlte plötzlich eine schreckliche Verwundbarkeit aus, was vielleicht das Erregendste überhaupt war. Sie wirkte nicht länger langweilig kompetent, sondern einfach nur …

„Zu Deiner Information. Mein schwarzer Kater ist nicht versteckt. Der wartet, wie jeden Tag, zuhause auf mich." Dass es ein Plüschtier war, brauchte er ja nicht zu wissen. „Meine Haar- oder meine Augenfarbe geht Dich nicht das Geringste an. Doch wenn Du Dir in den vergangenen sechs Jahren einmal die Mühe gemacht hättest, einen Blick auf mich und nicht nur auf meine Arbeit zu werfen, dann hättest Du diese Dinge schon viel früher bemerken können. Allerdings gehe ich jede Wette ein, dass Du Deinen Schreibtisch da drüben aus dem Stehgreif viel besser beschreiben kannst als mich! Und deshalb hast Du auch nicht die geringste Veranlassung mich kratzbürstig zu nennen und mich zu fragen, ob ich meine Tage habe."

Er schluckte trocken. Das klang jetzt etwas beleidigt. „Wieso bist Du so wütend? Ich habe doch nur …"

Aimée unterbrach ihn sofort. „Weil ich Lust dazu habe! Und jetzt würde ich gerne meine restliche Arbeit erledigen, bevor ich gehe. Ich möchte Deiner neuen Assistentin keine offenen Aufgaben hinterlassen!"

Bumm, das saß. Seine Fangzähne zogen sich schlagartig zurück. Also gut, er hatte sich vielleicht eben etwas idiotisch aufgeführt, aber musste sie deshalb gleich das Handtuch hinwerfen? Seit wann war sie so empfindlich? Er sprang auf und ging ihr nach, weil sie sich schon wieder auf den Weg zur Bürotür machte.

Nach zwei Schritten hatte er sie eingeholt und riss sie an ihrem Arm zu sich herum.

„Jetzt beruhige Dich mal wieder. Ich bin sicher, Du hast einen Grund so sauer zu sein, wenngleich ich nicht ganz verstehen kann, warum Du das ausgerechnet an mir auslässt, aber gut. Bloß den Gedanken, dass ich mir eine neue Assistentin suche, den kannst Du Dir abschminken. Ich bin ganz zufrieden mit Dir." Er lächelte sie an. Extra nett. Doch ihr Gesichtsausdruck blieb wütend. „Hey, jetzt beruhig Dich mal wieder. Wie kann ich Dich besänftigen? Mhm?"

Sich leicht nach vorne beugend sah er sie von unten herauf an. Sein Blick erinnerte dabei an den Kater aus Shrek. Bloß, dass er damit bei ihr überhaupt nichts erreichte.

„Indem Du mich meine Arbeit fertigmachen lässt, damit Deine neue Assistentin morgen ganz regulär übernehmen kann! Ich habe es satt, mein Leben nach Deinen Wünschen auszurichten!"

Jetzt riss Halil der Geduldsfaden. „Verdammt noch mal, jetzt hör doch mit dem Schwachsinn auf! Dein Vertrag beinhaltet glaube ich eine Kündigungsfrist. Schon mal davon gehört? Bestimmt. Denn soweit ich mich erinnern kann, hast Du damals genau darauf bestanden. Du kannst nicht so einfach auf und davon. Was ist denn bloß los mit Dir? So kenn ich Dich ja überhaupt nicht."

Aimée verschränkte die Arme und starrte ihn böse an. Die sonst so sanfte Stimme klang eiskalt. Statt abgeschreckt zu sein, merkte er, wie ihn ihre Art erneut anmachte.

„Das, mein lieber Chef, liegt aller Wahrscheinlichkeit nach daran, dass Du mich überhaupt nicht kennst! Und mit mir ist gar nichts los, außer der Tatsache, dass ich es ziemlich trostlos finde, dass Du an meinem letzten Tag nicht mal zu dem kleinen Umtrunk, den ich gebe, erscheinst."

Letzter Tag? Hilfe, irgendwas war ihm da gehörig entgangen.

„Nein, Du kommst ja erst, wenn alles vorbei ist."

Sie holte tief Luft und sah nach oben. Sie würde sich jetzt nicht die Blöße geben und vor ihm losheulen wie ein Schulmädchen.

„Immerhin gehe ja auch nur ich. Sogar von den Spülmädchen, hier im Restaurant unten, habe ich einen klitzekleinen Blumenstrauß bekommen. Und von meinem Chef? Nichts, absolut nichts - aber warum denn auch? Lass mich raten, vermutlich hättest Du mir nachher beim Rausgehen einen Umschlag in die Hand gedrückt und mir aufgetragen mir eine nette Kleinigkeit zu besorgen. Oder hast Du das als erste Aufgabe meiner Nachfolgerin angedacht? Aber nein, das ist ja völliger Unsinn! Warum denn so ein Aufwand? Ich bin ja sowieso unsichtbar, solange ich funktioniere. Und warum sollte ausgerechnet ein Mann wie Du …", ihr Zeigefinger stieß gegen seinen Brustkorb und er hatte ernsthafte Probleme stehen zu bleiben, weil seine Knie augenblicklich watteweich waren, „… jemand Unsichtbarem wie MIR etwas schenken? Das hast Du ja in den letzten sechs Jahren auch nicht getan. Jeder, absolut jeder hier hat in Deinem Auftrag ein Geschenk bekommen. Bloß für mich hast Du nie etwas besorgen lassen. Nie – an keinem Geburtstag, an keinem Weihnachten, an keinem Valentinstag, an keinem Namenstag. Warum auch? Warum sollte jemand wie mir so etwas wie Respekt gezollt werden, hä?"

Mit einer Hand löste sie die Haarspange und eine Flut von Haaren ergoss sich über ihre Schultern. Das tat vielleicht gut. Endlich dieses straff gespannte Gefühl an den Schläfen weg.

Halil starrte sie sprachlos an. Gerade als er sich soweit gefangen hatte, dass er sie fragen konnte, ob sie die Gratifikationen die ALLE bekamen, bei ihrer kleinen Tirade gerade vergessen hatte, ging ihm auf, dass sie sich nicht darauf bezog. Und außerdem musste er etwas Dringendes klären.

„Gehen?" Seine Stimme war ein tonloses Flüstern und er räusperte sich schnell. Seine Stimme wurde dadurch zwar hörbar, klang aber vor Schreck eher nach einem Teenager im Stimmbruch als nach ihm. „Wieso gehen, wieso letzter Tag – ich dachte, Dir gefällt es bei uns. Ich dachte Deine Arbeit macht Dir Spaß. Und ich habe Dich immer respektiert! Ich würde nie …"

Aimées Finger bohrte sich wieder in seinen Brustkorb. „Respektiert – soso. Das war Respekt? Toll! Super! Ich bin begeistert!!!"

Da Aimée ohne Punkt und Komma weiterredete, schloss Halil seinen Mund wieder, ohne das zu sagen, was er eigentlich sagen wollte – was vielleicht auch besser war. In seinem Kopf herrschte ein heilloses Durcheinander und außer „ähm" wäre vermutlich nichts herausgekommen.

„Oh ja, und es macht mir natürlich riesigen Spaß Deine ... bescheuerte Assistentin zu sein, die Du zu nachtschlafender Zeit aus dem Bett klingeln kannst, wann immer Dir gerade danach ist."

Musste sie ihn gerade jetzt an ein Bett erinnern? Er würde ja schon mit einem Schreibtisch vorlieb nehmen, weil gerade ein weiterer Sonnenstrahl auf sie fiel, was ihre Figur dermaßen beleuchtete, dass er feuchte Handflächen und ein weiteres Mal puddingweiche Knie bekam. Davon bekam Aimée anscheinend jedoch absolut nichts mit. Die Worte sprudelten noch immer förmlich aus ihr heraus.

„Vielleicht, weil Deine neue Flamme Dich nicht rangelassen hat. Oder vielleicht weil Du Frust hast. Oder weil Dir grade mal langweilig ist. Ach ja, und ich bin ja auch nur die bescheuerte Assistentin, die Du losschickst, damit sie in ihrer Freizeit neue Klamotten für Dich besorgt. EINSCHLIESSLICH UNTERWÄSCHE!"

„War es das jetzt? Hör mal ...."

„Nein, das war es noch nicht. Hab ich schon die bescheuerte Assistentin erwähnt, der Du den einzigen Mann vergrault hast, der sich in den letzten Jahren für sie interessiert hat? Warum sollte ausgerechnet so jemand einen Blumenstrauß an seinem letzten Arbeitstag bekommen?"

An dieser Stelle unterbrach sie sich abrupt. Ihr Kinn zitterte und sie fuhr sich schnell mit der Zunge über ihre Unterlippe. Um sich von dieser kleinen, aufreizend auf ihn wirkenden Bewegung abzulenken, überlegte Halil, wann das gewesen sein sollte. Er konnte sich nur an einen Buchhaltertypen vor knapp zwei Monaten erinnern. Wobei er nicht ganz nachvollziehen konnte, was Aimée an DEM fand. Der war sterbenslangweilig und hatte eindeutig eine Vorliebe für billiges Parfum. Was ihm seine Befürchtung, Aimée könnte wegen dem ihre Stelle bei ihm aufgeben, völlig absurd vorkommen ließ und ihn soweit beruhigte, dass er liebend gerne wieder zu seiner eigenen Begleiterin ging. Aber Himmel, er hatte ja nicht ahnen können, dass ihr an dem Typen wirklich etwas lag, sonst hätte er sich doch mehr Mühe gegeben, ihre Vorzüge zu preisen. Sogar auf die Gefahr hin, dass sie und diese Schlaftablette auf zwei Beinen tatsächlich mit dem Gedanken spielten, Kinder in die Welt zu setzen.

Als sie weitersprach, klang Aimées Stimme müde. „Aber weißt Du, was das Schlimmste ist? Ich war so blöd und habe das mit mir machen lassen. Und als Dank kriegst Du nicht einmal mit, dass ich gehe." Ihre Stimme wurde etwas höher. „Du musst Dir keine neue Assistentin suchen!!!! Das habe ich schließlich bereits für Dich erledigt. Schon vor zwei Monaten. Unmittelbar, nachdem ich Dir meine Kündigung vorgelegt und in Deinen Kalender meinen letzten Tag eingetragen habe. Erinnerst Du Dich an das Schaulaufen von etwa 20 Gazellen? Mit 14 dieser Frauen bist Du ausgegangen. Die anderen hatten dieses fragwürdige Vergnügen nicht. Die hast Du gleich von vornherein aussortiert und ihnen keinerlei

Chance gegeben. Genau wie den männlichen Bewerbern. Ich habe nicht nur dieses geradezu unwürdige und lächerliche Affentheater über mich ergehen lassen - ich habe damit meine Kündigungsfrist mehr als genug eingehalten. Vor einem Monat hast Du auch Janice, Deine neue – letztlich von mir ausgesuchte - Assistentin, kennengelernt und nett begrüßt und sie abends gleich auf einen Drink eingeladen. Erinnerst Du Dich?"

Wütend warf sie die Unterschriftenmappe, die sie immer noch in der Hand hielt, auf den Boden. Die darin befindlichen Papiere verteilten sich über das Parkett. „Falls Du Dich nicht erinnerst, ich tue es!" Ihre Stimme kippte fast. „Immerhin hast Du sie noch in der gleichen Nacht flachgelegt und Dich hinterher bei mir darüber ausgeheult, wie langweilig das war. Am nächsten Tag hast Du trotzdem ihren Vertrag unterschrieben. Nur mal so zur Info! Und weißt Du was? Ich habe gerade beschlossen, dass ich ganz unprofessionell meinen Arbeitsplatz verlasse. Die zwei offenen Vorgänge kriegt ihr mit Sicherheit ohne mich hin. Immerhin haben wir ja die beste Assistentin herausgesucht, oder nicht?"

Sie gab der harmlosen Unterschriftsmappe einen Tritt und stürmte aus dem Raum.

Mit seiner Zunge über die Lippen leckend, zog sich Arslan ruckartig wieder zurück und stand schnell auf. Seine Finger zitterten leicht, als er seine Hose hochzog und verschloss. Schnell breitete er eine Decke über die Frau und warf das von ihm benutzte Kondom in die Toilette. Der Kerl dort unten hatte ihm seine Jagd gründlich verdorben, so viel war sicher. Und dabei hatte der Spaß für ihn gerade erst angefangen. Dumm nur, dass er nicht zwei Mal von der gleichen Frau trank. Aber er hatte das Blut gebraucht.

Vorsichtig bewegte er seine linke Schulter. Sie schmerzte immer noch etwas und er würde die Hilfe seines Cousins brauchen, da die Kugel noch im Knochen steckte. Aber statt hier fast verträumt auf die tief schlafende Frau herunterzublicken, sollte er seinen Hintern in diese Tankstelle bewegen und dafür sorgen, dass wirklich alle Spuren von ihm verwischt waren. Und falls ihn eine Überwachungskamera doch durch einen dummen Zufall im Spiegel des einen Verkaufsganges aufgezeichnet haben sollte, sollte er sich schleunigst daran machen, diese Spuren zu vernichten.

Lautlos verließ er die Wohnung und ging zur Tankstelle zurück. Es wimmelte vor Polizisten, aber da er unsichtbar durch ihre Reihen ging, machte ihm das nicht allzu viel aus. Er durchforstete Miguels Erinnerungen an den Vorfall, der jedoch nichts von ihm mitbekommen hatte. Die Videoaufzeichnung war schnell gelöscht, denn gleich anfangs konnte man ihn kurz sehen. Und der kleine, miese Typ, dem er die Kugel in seiner Schulter verdankte, erhielt eine Komplettradierung bezüglich des Vorfalls im Verkaufsgang und den Drang ein Geständnis abzulegen, sobald er wieder zu sich kam, bevor er in einen Krankenwagen verladen wurde. Jetzt musste er nur noch die Polizisten bearbeiten, damit sie eventuelle Blutspuren von ihm übersahen oder, sofern sie sie schon gefunden hatten, ganz schnell vergaßen.

Nachdem er alles zu seiner Zufriedenheit erledigt hatte, warf er nochmals einen Blick über die Straße. Der Anblick des Hauses beruhigte ihn nicht gerade. Und der Umstand, dass sie dort offenbar fast alleine wohnte auch nicht. Er legte kurz den Kopf in den Nacken und starrte in den dunklen Himmel. Verwundert, dass er sich überhaupt darum Gedanken machte. Schließlich war sie nur eine x-beliebige Frau.

Allerdings eine, deren ängstlicher Blick, als sie die Waffe auf sich gerichtet sah, ihm durch Mark und Bein geschossen war und sich so ähnlich angefühlt hatte, wie die Kugel, die er sich auf ihr liegend einfing. Achselzuckend setzte er sich in Bewegung. Sobald niemand mehr zu sehen war, dematerialisierte er sich um seinen Cousin Ben aufzusuchen, der in St. Louis als Arzt für seine Familie praktizierte. Hoffentlich war er zuhause. Die Schulter pochte ziemlich und die Kugel würde von alleine nicht wieder herauskommen, so viel war sicher. Ben würde mit Sicherheit weniger Fragen stellen, als alle anderen Ärzte in der Familie.

Als er gegen Mitternacht wieder in Tribeca eintraf, war ihm die Frau keine Sekunde aus dem Sinn gegangen. Und das, obwohl er sich ausführlich mit Ben unterhalten und von diesem erfahren hatte, dass er einen Umzug zu ihnen plante. Einfach weil er zur Zeit etwas Stress mit seinem Vater Noah hatte, der ihn lieber heute als morgen mit einer verwitweten Eme-biuri aus seinem Familienzweig verbinden wollte – was übrigens weder Ben noch Brianna wirklich wollten. Aber Noah konnte in dieser Hinsicht manchmal recht eigenwillig sein. Möglicherweise machte ihm auch nur die latente Gefahr zu schaffen, die mit einer ungebundenen Eme-biuri und mehreren ungebundenen Etanaern im Haus vorhanden war.

Kopfschüttelnd fragte er sich, warum die Familienoberhäupter auf den Gedanken gekommen waren, verwitwete Eme-biuri nicht mehr in ein normales Leben zurückzulassen. Normale, x-beliebige Frauen, bei denen aus irgendwelchen Gründen die Erinnerung an seine Rasse nicht völlig gelöscht werden konnte – okay, sie laufen zu lassen, barg ein gewisses Risiko. Aber Himmel, Brianna war eine Eme-biuri und vierundsechzig Jahre lang glücklich mit ihrem Mann verheiratet gewesen, bevor dieser am 11. September in New York zur falschen Zeit am falschen Ort und in einem der Zwillingstürme ums Leben gekommen war. Brianna wollte doch nur noch ihren normalen Alterungsprozess durchlaufen und sterben. Warum ließ man sie das nicht tun, an einem Ort ihrer Wahl. Ihrer wirklichen Wahl. Nein - stattdessen bot man ihr drei oder vier fast identische Alternativen oder wollte sie so wie Noah einfach wiederverheiraten.

Auch wenn Arslan auf Menschen an sich nicht gut zu sprechen war, sie war eine Eme-biuri und er war sich sicher, dass sie seine Familie nicht verraten würde. Manchmal schämte er sich dafür, dass einige der Eme-biuri im Laufe der Zeit zu einer Art Gefangenen wurden. Gefangene in einem goldenen Käfig mit allen Schikanen und den meisten durchaus auch mit Freigang – schließlich konnten sie zum Shoppen in die Stadt, Urlaubsreisen machen und so weiter. Aber nichtsdestotrotz konnte sie nur ihr eigener Tod von der Familie trennen. War das wirklich die Wertschätzung, die diese Frauen verdienten?

In seinem Appartement zog er sich müde aus und warf das Hemd in den Müll. Nach einer kurzen Dusche stand er mit einem Handtuch um die Hüften vor dem Waschbecken. Er fuhr sich mit einer Hand über das Gesicht und betrachtete sich im Spiegel. Für einen kurzen Moment rief er sich die Panik ins Gedächtnis, die er in den Augen der Frau wahrgenommen hatte, als sie ihn in dem runden gewölbten Spiegel am Ende des Verkaufsganges entdeckt hatte. Normalerweise würde diese Erinnerung ausreichen, ihm eine Erektion zu bescheren. Normalerweise würde er sich einen runterholen und normalerweise wäre damit die Sache gut, bis er wieder einmal Lust auf einen kleinen Imbiss bekam.

Er ging langsam zum Schlafzimmer, um sich ein paar Minuten hinzulegen. Immer wieder rief er sich einzelne Szenen der Verfolgung der Frau ins Gedächtnis. Doch als er schließlich auf seinem Bett lag, war von einer normalen Reaktion weit und breit weder was zu sehen noch zu spüren. Stattdessen hatte er ein ziemlich schlechtes Gewissen. Weil er die ängstlichen Blicke dieser Frau brauchte, um auf Touren zu kommen. Er streichelte sich mehr aus Gewohnheit als aus Lust mit einer Hand. Womit er aber relativ schnell wieder aufhörte.

Verdammt, was war heute nur los mit ihm? Normalerweise machte es ihm doch nicht das Geringste aus, wenn die Frauen nicht bei sich waren, während er von ihnen trank und sie von hinten nahm. Im Gegenteil. Die eigentliche Befriedigung zog er doch immer erst hinterher aus der Sache – wenn er alleine mit sich war. Doch heute ging gar nichts. Er sah frustriert an sich hinunter.

Wieder erschien das Bild ihrer hellen grauen Augen in seinem Gedächtnis. Bloß dass er sich einbildete, dass sie ihn jetzt anklagend ansahen. Als er die Augen schloss, schob sich ein anderes Bild davor. Wie sie sich trotz Trance unter ihm gewunden hatte, so als wolle sie näher an ihn herankommen. Der kleine Laut, der ihr entschlüpft war, als sich seine Fänge in ihrem Hals vergruben, hallte augenblicklich in seinen Ohren wider. Und unmittelbar danach das ängstliche Wimmern, als sie in der Tankstelle unter ihm lag, ihn spürte aber nicht sehen konnte, als sie die Augen öffnete. Das Bild, als sie in der U-Bahn vor ihm stand und sich fast an ihn gelehnt hatte, schob sich vor das Geräusch. Der Moment, als sie tief Luft geholt hatte, fast als würde sie seinen Duft aufnehmen wollen.

Fassungslos über seine Gedanken schüttelte Arslan unwillig den Kopf und öffnete seine Augen wieder. Natürlich wollte sie das. Sie war eine stinknormale Frau, so wie sie da draußen zu Abertausenden herumliefen und die reagierten nun mal so auf seine Rasse. So was passierte ihm doch nicht zum ersten Mal.

Warum also erinnerte er sich explizit daran, wie sich ihre Nasenflügel kurz geweitet hatten? An das kurze Zittern und Beben, das ihren Körper dabei durchlief? Wieso erinnerte er sich an den Anblick ihrer Augenlider, die sich genießerisch senkten. Und warum zum Teufel war ihm der kleine Leberfleck auf ihrem rechten Augenlid so im Gedächtnis? Das Teil sah aus wie ein Stern und konnte unmöglich größer sein als die Spitze einer Stricknadel. Warum wusste er das noch so genau?

Genervt von sich selbst stand er wieder auf und tigerte unruhig durch seine Wohnung. Er kam an dem Gemälde seiner ersten Frau vorbei und blieb kurz ruhig davor stehen. Warum hatte er plötzlich das Gefühl, sie betrogen zu haben? Meryem war so lange tot, aber über so etwas hatte er sich nie vorher Gedanken gemacht. Wenn er sich eine Frau nahm, war das in etwa so intim wie Geld holen am Automaten. Das war nichts Erhabenes, so wie es mit Meryem gewesen war. Zögernd berührte er das Gemälde. Schloss seine Augen und fühlte über die Oberfläche.

Im nächsten Moment zuckte er erschrocken zurück. All die Jahrhunderte hatte das Bild eine unerklärliche Wärme ausgestrahlt, wenn seine Fingerspitzen leicht und spielerisch darüber hinweg glitten. Er hatte stets das Gefühl gehabt, die Haut seiner Frau zu spüren, die kleine Narbe an ihrem Schlüsselbein. Doch heute war nichts davon zu spüren. Meryem war nicht mehr da. Das Lächeln ihrer Augen war das gemalte Lächeln eines Künstlers, da war kein warmer Schimmer mehr, kein Glanz, kein Erkennen.

Während er rückwärts an die gegenüberliegende Wand taumelte, biss er seine Zähne fest zusammen. Sie fehlte, war endgültig fort. Seine leuchtend blauen Augen schimmerten unnatürlich feucht. Und dann merkte er, was noch fehlte: Das Schuldgefühl damals trotz allem einfach überleben zu wollen. Das Schuldgefühl sich an sein Leben geklammert zu haben. Was noch da war, war das Schuldgefühl sie nicht retten zu können und für ihren Tod verantwortlich zu sein, weil er war, was er war. Er rutschte die Wand entlang zu Boden und starrte mit geballten Fäusten auf das Gemälde. Einen kurzen Moment glaubte er Meryems fröhliches Lachen zu hören und für einen noch kürzeren Moment hörte er ihre beruhigend sanfte Stimme in seinem Kopf. ‚Es ist alles gut. Sie ist gut für Dich.' Stundenlang war Arslans Blick aus brennenden Augen auf das Gemälde gerichtet.

Als Halil auch nach dem vierten Klopfen keine Antwort bekam, öffnete er die Tür zu Arslans Appartement und trat besorgt ein. Er wusste, dass er zuhause war, schließlich hatte er ihn selbst hereingehen sehen. Beinahe über Arslan fallend fand er ihn in seinem Trauerraum. Egal wo sie waren, Arslan hatte immer einen Raum, in dem er sich zurückziehen und um seine eigene kleine Familie trauern konnte.

Im ersten Moment bekam er einen riesigen Schrecken, denn sein Cousin saß völlig erstarrt an der Wand gegenüber dem Bildnis seiner Frau. Er wirkte wie tot. Als er jedoch sah, wie sich Arslans Brustkorb leicht hob, atmete Halil erleichtert aus. Normalerweise würde er ihn in so einem Moment nicht stören. Aber es war ein Notfall. Vorsichtig legte er ihm die Hand auf die Schulter. Dennoch musste er ihn mehrere Male ansprechen, bevor Arslan reagierte. Sobald er jedoch hörte, dass Francesca hilflos in ihrem Appartement lag und nicht mehr sprechen konnte, war er schneller auf dem Weg in den ersten Stock, als Halil aufspringen konnte.

Hailey erwachte langsam und bewegte sich vorsichtig. Zum ersten Mal seit einer Woche fühlte sie sich ausgeruht und zum ersten Mal seit ewigen Zeiten auch sicher und behütet. Dieses Gefühl hatte ihr sonst nur Granny vermitteln können, entsprechend kostbar und selten war es. Doch Granny lebte nicht mehr. Als sich der Gedanke in ihrem noch etwas schlaftrunkenen Verstand einnistete, öffnete sie die Augen. Eine kleine Lampe spendete schwaches Licht. Sie lag auf der Seite in einem Bett und sie war nicht alleine.

Überdeutlich nahm sie den großen, warmen, dicht an sie geschmiegten Körper wahr. Den warmen Atem, der ihren Nacken streifte. Das schwere Bein, das zwischen ihren Schenkeln ruhte und den ebenfalls schweren Arm, der um ihre Hüfte geschlungen war.

Und ebenso deutlich konnte sie spüren, dass der Mann hinter ihr seinen Unterkörper leicht und rhythmisch an sie drückte. Und er war geil, das konnte sie ebenfalls deutlich spüren. Ruckartig drehte sie den Kopf und versuchte gleichzeitig, seinen Arm von sich zu schieben. Er hatte gesagt er würde draußen in der Hängematte schlafen. Diese Scheißkerle waren doch alle gleich. Machten auf edlen Helfer und kamen dann mit der deutlich übertreuerten Rechnung für ihre Hilfe, wenn man schlief oder nicht damit rechnete.

Gerade als sie ihm ihre Meinung sagen wollte, darüber was sie von notgeilen Typen wie ihm hielt, hielt sie verblüfft inne. Was bei allen Heiligen war das? Seine vollen Lippen waren leicht geöffnet. Er schlief tatsächlich noch und hatte sich vermutlich nur unbewusst an sie gepresst. Aber gestern hatte er doch noch ganz normal ausgesehen. Da waren diese Dinger hundertprozentig noch nicht da gewesen. Mit aufgerissenen Augen versuchte sie, sich unbemerkt von ihm wegzuschieben. Hailey warf einen kurzen Blick auf seinen Arm und hob ihn vorsichtig an.

Als sie danach zurück in sein Gesicht blickte, stockte ihr augenblicklich der Atem. Er war aufgewacht, auch wenn er im Moment noch etwas schlaftrunken und desorientiert wirkte. Seine Augen strahlten in diesem unnatürlichen Blau. Aus der Nähe wirkte das definitiv noch verwirrender. Erneut versuchte Hailey, etwas Abstand zwischen ihn und sich zu bekommen. Er verzog den Mund zu einem kleinen Lächeln und räusperte sich. Sie sah seine Zunge kurz über seine Zähne huschen, bevor er sich die Hand vor den Mund schlug und sie entsetzt ansah.

„Ich finde die Zähne geil, vor mir brauchst Du die nicht zu verstecken."

Im nächsten Moment spürte sie diese Hand an ihrer Stirn und er fasste mit der anderen Hand auf ihren Rücken. Dort wo seine Hände sie berührten, wurde es augenblicklich warm – um nicht zu sagen kochend heiß.

„Vergiss was Du eben gesehen hast."

Mit diesen etwas herrisch klingenden Worten war er so schnell aus dem Schlafzimmer verschwunden, dass sie sich ernsthaft fragte, ob sie das Ganze eben nicht nur geträumt hatte. Wenn nicht hatte sie es geschafft, von einem Vampirfreak abzuhauen und beim Nächsten zu landen, ohne es darauf anzulegen.

Verblüfft über den Vorfall, blieb sie noch eine Weile liegen. In der Szene, in der sie sich normalerweise bewegte, gab es einige Spinner und gerade ihr Ex war einer von den ganz Verrückten gewesen. Mehr als einmal hatte River sie darum gebeten, ihr Blut trinken zu dürfen, was sie kategorisch abgelehnt hatte. Aber sie fand es sexy, wenn er sich wie ein Vampir zurechtmachte und sich zumindest bis zu einem gewissen Grad auch so verhielt. Träumerisch dachte sie einen Moment an ihren Ex. Und verbot es sich im selben Moment wieder. Der Scheißkerl war keinen einzigen Gedanken wert.

Außerdem spielte der Typ hier in einer anderen Liga. Sie hörte, wie nebenan die Dusche abgestellt wurde. Der machte ziemlichen Lärm im Bad. Während man bei River – verdammt, warum dachte sie schon wieder an ihn – sofort sah, dass das Plastikteil in seinem Mund billige Ramschware war, hatte das bei dem Mann hier erstaunlich echt ausgesehen. Und er schien es öfter zu tragen, denn er hatte bis auf ein kaum wahrnehmbares Zischeln keine Probleme beim Sprechen gehabt wie ihr zu ihrem Leidwesen schon wieder in ihrem Verstand auftauchender Ex.

Dennoch, Vampirfreaks zogen sich normalerweise an Orte zurück, an denen sie andere Freaks trafen. Orte, an denen man davon ausging, Vampire, sofern es sie gab, auch tatsächlich treffen zu können. New Orleans etwa, Transsilvanien oder so. Aber sie hatte noch nie gehört, dass es eine Kolonie davon auf den Inseln von Hawai'i gab. Das war lachhaft. Hier war viel zu viel Sonne, zu viel Licht. Außerdem sah er aus wie ein Surfer. Offenbar war er noch nicht lange auf diesem Trip.

Sobald sie hörte, dass er über den Flur lief, stand sie achselzuckend auf. Vielleicht fehlte ihm noch die Kohle, um nach New Orleans zu kommen. Das Häuschen hier war zwar ganz nett, aber gleichzeitig recht einfach. Obwohl sie sich noch am Vortag und in der Nacht wirklich umbringen wollte, war sie relativ froh, dass der Typ keine Dummheiten machte, während sie tief und fest schlief und trotz seines Spleens reichlich normal war. Sie hätte noch nicht mal gewusst, wer sie dann in einem Anfall von geistiger Umnachtung womöglich getötet hätte. Vielleicht sollte sie ihn gleich mal fragen, wie er hieß? Hastig ging sie in das kleine Bad und machte sich etwas frisch. Ohne einen Blick in den Spiegel zu werfen, der viel zu weit oben hing, ging sie danach in die Küche.

Er stand neben dem Spülbecken und schnitt verschiedene Früchte klein, die er in seine Frühstücksflocken gab. Das war gut - offensichtlich war er noch nicht so weit wie River, was seine Ernährungsgewohnheiten betraf. Ein Umstand, für den sie im Moment äußerst dankbar war.

Douglas spürte, wie sie den Raum betrat. „Willst Du auch?"

Ohne sich umzudrehen, registrierte er ihr Nicken. Und musste sich innerlich zur Ruhe zwingen. Es war nichts passiert. Er hatte vorher im Bett ihr Gedächtnis manipuliert. Was sie in einem Satz hörte, war in Wirklichkeit ein komplexer Vorgang. Mit so etwas hatte er schließlich wie jeder Etanaer Erfahrung. So etwas wurde ihm seit frühester Jugend beigebracht. Wieso war er also in ihrem Fall so beunruhigt? So etwas machte er schließlich tagtäglich, seit er erwachsen war. Kein Mensch, nicht mal seine Blutwirtinnen, hatte je etwas bemerkt. Wieso erschreckte ihn dann der Gedanke, dass ausgerechnet bei diesem kleinen Waschbär hier seine Gedankenmanipulation nicht anschlagen könnte?

Als sie sich anschickte, sich an den Tisch zu setzen, fauchte er sie etwas gereizt an. „Willst Du nicht erst mal duschen?"

Überrascht blickte sie ihn an. „Bitte??? Ich habe mir die Hände und das Gesicht gewaschen."

Der zweifelnde Blick, mit dem er sie ausführlich musterte, war für Hailey nicht sonderlich schmeichelhaft.

„Das ist ein Witz, oder? Dein Make-up, von was weiß ich wann, hängt immer noch in Deinem Gesicht. Außerdem bestehst Du ja wohl aus mehr als Händen und Gesicht. Weißt Du eigentlich, dass Du wie alter Seetang riechst?"

Ihr verletzter Gesichtsausdruck traf ihn bis ins Mark. Er war aber auch ein Idiot. *Alter Seetang?!?!* Was Schmeichelhafteres fiel ihm nicht ein? Sie war im Meer gewesen und hatte sich danach nicht geduscht. Da konnte die Haut schon mal salzig riechen. Aber wenn er ehrlich war, war es auch nicht der Meeresgeruch – sie roch nach Fluff und das löste eindeutig eine Reaktion in ihm aus, auf die er lieber verzichten würde. Das Dumme war, dass eine Dusche da vermutlich wenig helfen würde. Wenn er nicht aufpasste, hing er schneller nuckelnd an ihrem Hals als sie die Augenbrauen zusammenziehen konnte. Der äußerst appetitliche Geruch verstärkte sich, als sie erschrocken aufsprang. Douglas griff automatisch nach dem Spülbecken, damit er sich nicht herumdrehte und nach ihr griff, als sie mit zusammengeklemmten Schenkeln aus dem Raum eilte.

Noch NIE in all den Jahren, die sie jetzt schon mit irgendwelchen Typen zusammenkam, hatte einer die Unverschämtheit besessen, sie darauf hinzuweisen, dass sie wie gammeliger Fisch roch. Denn das hatte er doch vermutlich gemeint. ‚Seetang, pah!' Aber sie hatte ja auch noch nie zwei Tage am Stück mit kurzen Aufenthalten im Meer im selben Slip gesteckt. Jedenfalls nicht, solange sie sich daran erinnern konnte. Egal, in welcher Szene sie sich herumtrieb. Das war noch nie vorgekommen. Dann verzichtete sie lieber ganz auf Wäsche. Dieser Schwachmat. Den hatte seine Mutter doch bestimmt nur zur Welt gebracht, damit der Hund etwas zum Spielen hatte. ‚SEETANG!?!?!?'

Mit rotem Gesicht zog sie im Bad ihren String aus und schnüffelte kurz daran. Na ja, ganz frisch war er nicht mehr, aber Gestank konnte man das auch nicht nennen. Dennoch stieg sie rasch unter die Dusche und schrubbte eine halbe Stunde wie eine Verrückte an sich herum. Das Wasser hatte sie so heiß eingestellt, dass ihre Haut Ähnlichkeit mit einem gekochten Hummer aufwies. Jetzt roch sie nicht mehr nach was auch immer. Jetzt stank sie nach irgendeiner Nobelmarke von Duschgel und er würde sich Nachschub besorgen müssen, denn die Flasche war leer. Ihren String hatte sie damit auch ausgewaschen und er trocknete gerade über dem Rand der Badewanne. Das hatte er jetzt von seinem blöden Gesülze. Da sie nicht mehr Kleidung im Bad hatte, wickelte sie sich wieder in den Sarong und ging in die Küche zurück. Sie war leer.

Rasch warf sie einen Blick auf die Veranda. Draußen dämmerte es gerade erst. Er saß mit lang ausgestreckten Beinen im schwachen Schein der Verandalampe auf einem der Korbsessel und schaufelte Müsli in sich hinein. Anders konnte man das nicht nennen. Obwohl sie noch gar nicht draußen war und dort eine leichte Brise *GEGEN* das Haus wehte, sah sie, wie er schnuppernd die Nase hob und dann mit diesen wahnsinnig blauen Augen in ihre Richtung sah.

Sofort verspürte Hailey den Wunsch, ins Bad zurückzulaufen und nochmals zu duschen. Obwohl sie unmöglich noch nach SEETANG riechen konnte. Andererseits, vielleicht stank sie ja wirklich – nach Duschgel. Ihr war selbst schon ganz schwindelig davon. Gleich darauf seufzte sie erleichtert auf und wunderte sich darüber, dass sie nicht gleich daran gedacht hatte. Er sah doch fast nichts - auch wenn das fast nicht zu glauben war, so sicher, wie er sich bewegte - aber wenn ein Sinn ausfiel, das hatte sie erst kürzlich gelesen, sprangen die anderen Sinne ein und prägten sich stärker aus. Bei ihm offenbar der Geruchssinn.

Douglas zog seine Beine an, damit sie an ihm vorbei kam. Überdeutlich registrierte er, dass sie unter dem Sarong nichts anhatte. Es konnte nicht nur an dem vom Duschgel nur schlecht unterdrückten Fluff-Geruch liegen. Womöglich litt er noch unter den Nebenwirkungen von Alishas fruchtbarer Phase während der Zeremonie. Immerhin wurde er sofort scharf auf die Kleine hier. Normalerweise hatte er sich diesbezüglich doch recht gut im Griff. Normalerweise würde ihn so etwas wie sie nicht mal andeutungsweise reizen. Es musste wirklich an Alishas Geruch während einer fruchtbaren Phase liegen. Und an ihrem … er hob die Nase noch etwas an und schnüffelte … Fluff hin oder her - irgendwie roch sie wirklich so ähnlich wie Alisha.

Unbehaglich rutschte er auf seinem Korbsessel herum und verfluchte die abgeschnittenen Hosen, die er anhatte. Als er kurz zu ihr schielte, sah er, wie sie den Sarong schon wieder befestigen musste. Es wäre besser, wenn sie etwas anderes anhätte. Besser für seinen Seelenfrieden und besser für sie. Also sprang er auf, lief ins Haus und kam mit einem seiner Hemden zurück, das er ihr zuwarf. Ein dankbares Lächeln streifte ihn, bevor sie schnell hineinschlüpfte und den Sarong darunter hervorzog.

Douglas schloss kurz resigniert die Augen. Das wäre jetzt nicht nötig gewesen. Wieso ließ sie das Ding nicht einfach an? Er hätte doch das schwarze Hemd nehmen sollen. Ihm war nie aufgefallen, wie durchsichtig das Weiße war. Und er wusste überhaupt nicht, was ihm an diesem Paradebeispiel für Hungerhaken gefiel. Diese Frau war ja so mager, dass man einen Schlüssel an ihrem Schlüsselbein befestigen konnte, ohne dass er runter fiel. Das Müsli in seinem Mund fühlte sich wie eine Ladung Reißnägel an und er kaute hektisch darauf herum. Als sie ihre Arme nach der Schüssel ausstreckte, die er für sie hergerichtet hatte, sah er die Brandings. Obwohl, wenn er es recht betrachtete ... Mit zusammengekniffenen Augen starrte er die Dinger genauer an. Das waren tatsächlich Brandings, aber darunter glaubte er Narben zu erkennen. Narben, wie von ausgedrückten Zigaretten. Wieso war ihm das gestern nicht schon aufgefallen? Am liebsten würde er den, der das gemacht hatte, in Stücke reißen. Oder sie übers Knie legen, falls sie das in einem Anfall geistiger Umnachtung selbst gewesen war. Krachend zerbiss er eine der Nüsse, die ihm heute besonders hart vorkamen.

Hailey bemerkte seinen Blick und zog schnell ihren Arm zurück. Bis jetzt hatte sie die Brandings für eine gute Idee gehalten, die bleibenden Erinnerungen an das schlimmste Wochenende ihres Lebens zu verstecken. Bei ihm hatte sie fast den Eindruck, dass er durch die künstlichen Brandnarben hindurch, auf das, was darunter verborgen lag, starrte. Fast verschämt winkelte sie die Arme eng an und verbarg ihre Unterarme so vor seinem wütenden Blick. Hungrig begann sie ihr Müsli zu essen. Immer wieder fühlte sie seinen verstohlenen Blick auf sich ruhen.

Nach einer Weile siegte ihre Neugier und sie sah ihn an. „Wie heißt Du eigentlich?"

Als er sie daraufhin anlächelte, machte ihr Herz kurz einen Hüpfer. Sie war nie auf schnöselige Beachboys abgefahren. Genau genommen zog sie geheimnisvolle dunkle Männer vor. Noch dazu solche, die lange Haare hatten. Seine waren viel zu kurz und blond gesträhnt. Vermutlich hatte da ein Friseur nachgeholfen. Außerdem fand sie es edel, wenn ein Mann schlank war, schmal und blass wie ein ... wie man sich eben einen Vampir vorstellte. Zumindest der, der was von Vampiren verstand. Diese ganze neumodische Erfindung von Blutsaugern, die sogar bei Tag draußen rumspazieren und lieb und nett waren, war doch gequirlte Scheiße.

Der Typ vor ihr verkörperte alles, was ihr nicht gefiel. Er war zwar kein Arnold Schwarzenegger, aber so durchtrainiert, dass man vermutlich jeden einzelnen Muskel unter seiner Haut wahrnahm. Sie konnte sich vorstellen, wie er ganz lässig als Freeclimber unterwegs war oder von irgendwelchen Klippen sprang. Und er war so gebräunt wie der Chef eines Sonnenstudios, für den sie mal gejobbt hatte und von dem sie annahm, dass er in seinem Solarium lebte. Bloß dass seine Bräune echt wirkte. Und im Gegensatz zu River, der seine Nägel an den Händen spitz feilte und schwarz lackierte, waren die Nägel dieses Mannes kurz geschnitten und seine Finger sahen aus, als könnten sie verdammt gut zupacken.

Aber obwohl sein Aussehen ganz ihren normalen Bedürfnissen widersprach, sah sie jetzt den Mann vor ihr verträumt an und seufzte verhalten. Als er endlich antwortete, ließ sie vor Schreck fast den Löffel in ihre Müslischüssel fallen.

„Ich heiße Doug. Gefällt Dir, was Du siehst? Soll ich aufstehen und mich mal kurz umdrehen - wegen der Rückseite und so?"

Peinlich. Sogar ihr Bauch krampfte sich vor lauter Peinlichkeit über ihr Verhalten zusammen. Er hatte ganz genau mitbekommen, dass sie ihn wie ein Schulmädchen angestarrt hatte. Innerlich schimpfte sie sich eine Idiotin.

Eine Weile starrten sie anschließend beide wie blind über die kleine Bucht, während sie ihr Müsli aßen. Bemüht darum, den anderen nicht zu offen zu mustern. Seine Frage, wie es nun weiterging, schien sie völlig zu überraschen. Sie kaute verlegen auf ihrem Piercing und krümmte sich etwas.

„Na ja, wie stellst Du Dir vor, wie es weitergeht? In Anbetracht der Tatsache, dass Du grade isst, als hättest Du seit fünf Wochen nichts bekommen, gehe ich davon aus, dass Deine Pläne für den Selbstmord erst mal auf Eis liegen." Er lächelte sie kurz an. „Was ich super finde, wenn ich ehrlich sein soll." Schnell trank er einen Schluck Milch. „Aber hast Du vielleicht irgendwo noch einen Koffer mit ein paar Klamotten? Ein Bude, wo Du übernachten kannst? Du kommst nicht von hier, oder?"

Hailey schüttelte den Kopf. Wieder sah er sie verlegen mit dem Piercing ihrer Unterlippe spielen und wieder krümmte sie sich etwas. Anscheinend Gewohnheitsgesten von ihr und beide gefielen ihm nicht.

„Welche Frage betraf dieses kleine Kopfschütteln eben genau?" Er sah sie mit schräg gelegtem Kopf an. Seine Augen funkelten neugierig. „Lass mich raten. Ah, ich glaube alle."

Schon spielte ihre Zunge wieder mit dem Piercing. Und wieder wurde ihr schmaler Rücken rund. Das war eine echt üble Angewohnheit von ihr. Damit ging sie ihm jetzt schon auf die Nerven. Wenn er so was ständig erleben müsste, würde er spätestens am ersten Abend Amok laufen. Geruch hin oder her.

Am liebsten würde er ihr das Teil in ihrer Zunge gleich raus machen. Und danach eins nach dem anderen. Er musste wieder an das Intimpiercing denken, das er durch den String gesehen hatte. Innerlich schüttelte er sich kurz. Und früher hätte man sie mit einem Band an den Stuhl gebunden, damit sie aufrecht saß. So zusammengekrümmt könnte man glatt denken, dass sie Schmerzen hatte.

„Keine Kleider, keine Bude, kein Geld?" Letzteres vermutete er nach einem gestern riskierten Blick in die Taschen des langen Mantels, der noch immer leicht feucht über dem Geländer der Veranda hing. Die momentane Luftfeuchtigkeit verhinderte, dass er wirklich trocknete.

„Wo kommst Du her?" Das kaum lesbare und völlig durchnässte Rückflugticket war auf New Orleans ausgestellt. Er hatte es vorsorglich in der Küche zum Trocknen hingelegt.

Noch immer sagte sie nichts, hielt den Kopf gesenkt und er konnte sehen, wie eine Träne lautlos ihre Wange hinunterrollte. Irgendwo in ihm krampfte sich bei diesem Anblick etwas zusammen. Einen Sekundenbruchteil später sah er plötzlich, wie sie ihr Gesicht schmerzerfüllt verzog und sich erneut zusammenkrümmte. Verdammt, sie roch nach Schmerzen! Wieso war ihm das nicht gleich aufgefallen? Was zum Teufel war mit ihr los? Ein leises Stöhnen kam über ihre Lippen. Sofort war er auf den Beinen und kniete sich vor sie hin.

„Hey, alles okay?"

Mit zusammengebissenen Zähnen nickte sie, nur um sich gleich darauf erneut zu verkrampfen und zusammenzukrümmen. „Scheiße tut das weh!"

Sie stieß die vier Worte abgehackt keuchend hervor und presste wieder die Hände auf den Bauch. Dann schrie sie schmerzerfüllt auf und sah ihn mit ängstlich aufgerissenen Augen an. Der Blick erschreckte ihn so, dass er sie in seine Arme riss. Sie schlang die Beine um ihn und biss, als eine erneute Schmerzwelle sie traf, in seine Schulter. Dann begann sie zu weinen.

Douglas presste mit einer Hand ihren Kopf an seine Schulter und innerhalb weniger Augenblicke waren sie in Tribeca im Familienanwesen. Es kostete ihn Energie, weil die Sonne seit Minuten zunehmend an Kraft gewann. Schweißüberströmt vor Anstrengung und laut nach Arslan und Jack brüllend, rannte Douglas die Treppe hoch zur Krankenstation. Arslan, der dort gerade Francesca versorgte, die nur einen Tag vorher einen leichten Schlaganfall erlitten hatte, betrat alarmiert den Flur. Ein Blick auf Hailey und Douglas genügte und er deutete mit dem Kopf auf das Untersuchungszimmer am Ende des Flurs. Dann hatte er alle Hände voll zu tun, Douglas aus dem Untersuchungsraum zu drängen. Dessen Blick war starr auf Haileys Oberschenkel gerichtet, an denen Blutspuren zu sehen waren.

Während er sie untersuchte und behandelte, fragte er sich, was los war. Die Männer seiner Familie konnten wohl keine Frau auf normalem Weg kennenlernen. Jede der Frauen, die in den letzten Monaten mit ins Familienanwesen gebracht worden war, musste ärztlich behandelt werden.

Aimée warf einen leeren Blick aus dem Fenster ihres Wohnzimmers, bevor sie sich entschlossen umdrehte und den Schrank weiter ausräumte. Überall in der Wohnung stapelten sich Umzugskartons. Der unangenehme Kloß in ihrer Kehle, den sie nicht mehr los wurde, seit sie sich zu diesem Schritt entschlossen hatte, zeigte ihr deutlich, dass sie auch diese Wohnung hier vermissen würde. Aber da sie Bestandteil ihres Arbeitsvertrages gewesen war, konnte sie nicht bleiben. Außerdem wäre, bei aller Liebe zu ihrem kleinen, gemütlichen Nest hier, der Anfahrtsweg zu ihrer neuen Arbeitsstelle viel zu weit. Mit Tränen der Frustration und des Selbstmitleids, so ehrlich war sie zu sich, erinnerte sie sich an ihren letzten Arbeitstag.

Auch wenn sie nicht wirklich geglaubt hatte, dass Hal rechtzeitig kommen würde; damit, dass er nur nach einem Anruf von ihr auf der Bildfläche erschien, hatte sie nun auch nicht gerechnet. Frustriert schnaubend wickelte sie ein paar Gläser ein, bevor sie sie in die Transportboxen stapelte.

Wieso eigentlich? Sie wusste doch, dass Hal alles, was sie persönlich betraf, geflissentlich übersah. So war es immer gewesen und sie war selbst schuld, dass sie je etwas anderes geträumt hatte. Vor sich hinschimpfend, ließ sie die Transportbox fallen, als sie sie vom Tisch auf den Boden stellen wollte. Es klirrte leise und das Geräusch sorgte dafür, dass sie dem unschuldigen Ding einen Tritt versetzen wollte.

„Ahhhh, wie kann man so blöd sein. Hat der Typ mir jemals Hoffnungen gemacht?"

Die Transportbox gab natürlich keine Antwort. Die kleine hoffnungsvolle Stimme in ihrem Kopf schon. Sie erinnerte Aimée gerade etwas atemlos an einen Kuss nach einer Wohltätigkeitsveranstaltung, die sie gemeinsam besucht hatten. Wie lange war das her? Zwei Jahre? Egal. Sie starrte die Box böse an und spielte nach wie vor mit dem Gedanken ihr einen Tritt zu versetzen, weil sie weder sich selbst noch Halil treten konnte.

Statt zuzutreten, zeigte sie mit zitternden Fingern auf das blaue Ding, das sie – obwohl der Farbton ganz anders war – fatalerweise an die Augen ihres Chefs erinnerte.

„Bin ich noch zu retten? Kuss? Darf ich mal lachen? Möglich, dass meine Beine danach gezittert haben. Seine mit Sicherheit nicht. Der Mann hat vermutlich mehr Frauen geküsst, als ich jemals Tasten an einer Computertastatur berühren kann. Ich sollte froh sein, dass es nie zu mehr gekommen ist."

Stattdessen stiegen ihr Tränen in die Augen und der Kloß in ihrer Kehle schwoll an. Hal hatte ihr nie Hoffnungen gemacht, dass sie mehr als eine rechte Hand für ihn sein könnte. Allenfalls eine platonische Freundin, wie er ihr nicht lange nach dem überaus keuschen Kuss vor ihrer Wohnungstür ganz nebenbei sagte. Dass sie den einen Kuss höher bewertete als er, war ihr an dem Tag klar geworden, als er wieder im Büro auftauchte. Er war wie immer und erzählte ihr, was für einen langweiligen Abend er mit irgendeiner Frau verbracht hatte. Sie erinnerte sich noch an sein Lachen, als er sie treuherzig ansah und völlig taktlos feststellte, dass es schade war, dass ihr Verstand und Humor nicht im Körper dieser Frau vom Vortag verpackt war. Er hatte zwar noch hinzugefügt, dass er andererseits ganz froh war, weil er sie als „platonische Freundin" sehr schätzte und platonische Beziehungen genau genommen ja viel länger hielten als nichtplatonische, aber der Stachel saß eindeutig. Die Frau, von der er kurz zuvor gesprochen hatte, war rothaarig, schlank und trug vermutlich zwei Kilogramm Silikon mit sich herum, verteilt auf ihre Schlauchbootlippen und ihren Busen.

Bei dieser Bemerkung hatte es irgendwo tief in ihr Klick gemacht. Sie sah sich abends aufmerksam im Spiegel an und stellte fest, wie sehr sie sich in den vergangenen Jahren hatte gehen lassen. Nicht dass sie ungepflegt war. Aber sie hatte zu Beginn ihrer Assistenzkarriere einen Chef, der zu sehr an ihrer Figur und ihren roten Haaren interessiert war, als dass er besonderen Wert auf ihre Intelligenz legte. Sie durfte bei ihm alles machen, nur nicht denken. Idiotischerweise war auch ihr nächster Chef so eingestellt. Vor ihrem nächsten Wechsel tönte sie ihre Haare mausbraun. Gut, der Hersteller nannte den Farbton anders. Aber in ihren Augen war er mausbraun! Sie aß sich 20 Pfund Übergewicht an und ersetzte ihre figurbetonten Kostüme durch teure, aber eindeutig unvorteilhafte Stücke. Und sie setzte eine Brille auf, die zwar sehr dick, aber reine Täuschung war. Mit der Zeit musste sie jedoch feststellen, dass sie vom Gewicht der dicken Gläser Kopfschmerzen bekam. Vor ein paar Jahren, bereits bei Hal, war sie deshalb auf eine dunkel getönte Brille umgestiegen.

Und irgendwie war ihr dieses Tarn-und-Täuschen-Spiel so in Fleisch und Blut übergegangen, dass sie sich selbst gar nicht mehr wahrnahm. Nach der wenig taktvollen Bemerkung von Hal verschwand sie ein Jahr lang Tag für Tag für zwei Stunden in einem Fitnessstudio und trainierte auf Teufel komm raus. Doch selbst das konnte die Speckrolle an ihren Hüften nicht mehr ganz wegzaubern und außerdem musste sie feststellen, dass die Schwerkraft langsam über die Spannkraft ihrer Haut siegte. Mit etwas wackligen Knien hatte sie einen Termin bei einem Schönheitschirurgen gemacht und sich Brust und Bauch straffen und etwas Fett absaugen lassen. Als alles abgeheilt war, hatte sie sich ein Kostüm gekauft, das ihr förmlich auf den Leib gemalt zu sein schien. Hal hatte nichts bemerkt. Nicht einmal, als sie herausfordernd mit den Hüften wackelnd förmlich vor ihm herumgehüpft war.

Vor Monaten hatte sie damit begonnen, die Intervalle zwischen den Haartönungen hinauszuziehen, bis ihre Haare irgendwann wieder ihren ganz natürlichen Farbton hatten. Ihre Frisur änderte sie nur unwesentlich. Sie probierte neue Hochsteckfrisuren aus, aber während der Arbeit trug sie die Haare nach wie vor aufgesteckt. Als sie nach und nach all die einheitsgrauen und formlosen Jacken, Blazer, Röcke und Hosen gegen maßgeschneiderte Kostüme und Hosenanzüge austauschte und sich nach einer Ewigkeit von zehn Jahren wieder zu schminken begann, hagelte es von allen Seiten Komplimente. Nur von Hal kam nichts, was ihre Theorie, dass sie als Frau unsichtbar für ihn war, nur untermauerte.

Und dann war da der Vorfall mit Bertram. Sie wollte nicht wirklich etwas von ihm, aber sie hatte seine Aufmerksamkeit genossen. Bis zu jenem Moment, an dem Hal sich in diesem verdammten Restaurant an ihren Tisch setzte. Während sie sich – wie üblich - um seine Belange kümmerte, stieß ihr Chef Bertram so vor den Kopf, dass sie danach nur noch einmal miteinander ausgingen. Und dass auch nur, weil Bertram ihr sagen wollte, dass er keine benutzte Frau wollte. Nach einer ersten kleinen Sprachlosigkeit über seine Wortwahl hatte sie ihm die Blumenvase über seine beginnende Glatze ausgegossen und war hoch erhobenen Hauptes aus dem Lokal gestürmt. Benutzt, also wirklich! Glaubte der tatsächlich, dass es heute noch Frauen gab, die 40 Jahre unberührt durchs Leben gingen?

„Die Kündigung am nächsten Tag war das einzig Richtige, was ich jemals im Bezug auf Hal gemacht habe."

Kraftlos ließ sie sich zu Boden sinken und starrte die blaue Box an.

„Freundschaft, also bitte. Der weiß doch gar nicht was Freundschaft ist. Lässt man Freunde einfach so gehen? Schon damals hätte ich bemerken müssen, dass ihm meine „Freundschaft" gar nichts bedeutet. Freunde nehmen eine Kündigung nicht einfach wortlos hin. Sie fragen nach, warum man weg will. Oder?"

Transportboxen konnten wunderbar zuhören. Leider gaben sie keine Antwort, was Aimée allerdings nicht am Weiterjammern hinderte.

„Aber er doch nicht. Er setzt nur sein Kurzzeichen darunter und bringt es nicht mal fertig, den letzten Tag selbst in seinen Kalender einzutragen. Verliert nie ein Wort darüber. Und so was will ein Freund sein."

Das Schweigen der Transportbox wurde langsam frustrierend.

„Das tut verdammt weh. Ebenso wie der Umstand, dass er seine neue Assistentin an dem Tag, als sie den Vertrag bei uns unterschrieben hat, gleich ausgeführt und flachgelegt hat. Und jetzt tut er so, als wäre ihm das alles völlig entgangen. Dieser elende Mistkerl."

Ein anbetungswürdig aussehender Mistkerl. Stellenweise auch ein überaus liebenswürdiger und netter und toller Mistkerl. Aber Mistkerl blieb Mistkerl. Wieso sie sich ausgerechnet in so jemand verlieben musste, war ihr bis heute ein absolutes Rätsel. Das grenzte ja schon fast an Masochismus.

Sie erhob sich seufzend und schob die Transportbox an die Wand. Dann wandte sie sich den Bergen von Altkleidersäcken zu, die sie heute noch bei der Gemeinde abgeben wollte. Die Stücke waren alle noch so gut, dass andere vielleicht froh waren sie zu bekommen. Sie schnappte sich den Wohnungsschlüssel und beim Verlassen der Wohnung drei der Säcke. Sorgfältig verschloss sie die Eingangstür und drehte sich zum Aufzug um.

„Aua." Erschrocken zurückzuckend rieb sie sich ihre Nase, in der sich eindeutig der Duft von Hals unverkennbarem Aftershave befand. Was daher kam, dass ihre Nasenspitze kurz zuvor schmerzhaft Bekanntschaft mit seinem Brustkorb gemacht hatte.

„Frühjahrsputz? Du bist ein bisschen spät damit dran, findest Du nicht?"

Der Blick, mit dem sie ihn kurz musterte, konnte man nur giftig nennen. Bislang hatte sie ihren Chef immer für halbwegs intelligent bis genial gehalten. Diese Frage fiel allerdings unter die Kategorie absolut dämlich.

Halil bemerkte, dass sie ihm nicht in die Augen sah und ihn auch nicht begrüßte. Stattdessen hob sie die drei Säcke wieder hoch und wollte sich an ihm vorbeischieben. Seine Arme ruckten automatisch hoch und er hinderte sie am Weglaufen.

„Hallo übrigens." Mit einem seiner Meinung nach aufmunternden Lächeln wedelte er mit dem Blumenstrauß in seiner linken Hand. „Sieh mal, was ich Dir mitgebracht habe."

Aimées Augen blieben stur auf den Boden gerichtet. Halil hatte sie bis eben noch nie in Jeans gesehen, aber sie stand ihr ausgezeichnet und ihm lief das Wasser im Mund zusammen.

„Redest Du nicht mehr mit mir?" Halil ging etwas in die Knie und hob mit dem Zeigefinger ihr Kinn an. Unwillig entzog sie sich ihm und tauchte unter seinem Arm durch. Die drei Kleidersäcke nach wie vor fest umklammernd stapfte sie in Richtung Aufzug. Halil starrte ihr etwas ratlos nach. Wieso verstand er diese Frau nicht? Dieses Problem plagte ihn doch bei keiner anderen. Warum gerade bei ihr? Und warum war sie von heute auf morgen sauer auf ihn? Wenn sie in den vergangenen sechs Jahren einmal angedeutet hätte, dass ihr etwas nicht passte, hätte er vielleicht reagieren können. Aber so?

Bevor sich die Fahrstuhltüren schlossen, schlüpfte Halil noch durch die Tür. Die Blumen schafften dieses Kunststück nicht und wurden zerquetscht. Ihrem Blick konnte er entnehmen, dass sie sich am liebsten an ihm vorbeizwängen und flüchten wollte. Doch das konnte sie vergessen. Sobald sich die Tür geschlossen hatte, drückte er auf den Stoppschalter und legte seine Hand darüber. Ihre Forderung sie augenblicklich aus dem Fahrstuhl zu lassen, ignorierte er völlig. Was ihr allerdings erst nach etwa fünf Minuten bewusst zu werden schien. Sie ließ die Säcke los und lehnte sich mit geschlossenen Augen gegen die Fahrstuhlwand. Die Arme hielt sie demonstrativ vor der Brust verschränkt.

Augenblicklich wurde sein Blick magisch davon angezogen. Glücklicherweise war ihm vorher nie aufgefallen, wie aufregend sie eigentlich war. Sonst hätten sich ihre Wege vermutlich schon früher getrennt. Gespräche mit anderen hatten ihn gelehrt, dass enge Mitarbeiterinnen, die nebenbei als Geliebte fungierten und irgendwann abgelegt wurden, selten gute Mitarbeiterinnen blieben. Also ließ er seine Finger von den Angestellten, die enger mit ihm zusammenarbeiteten. Wobei ihm das leicht fiel, denn die Frauen, die er einstellte, waren grundsätzlich nicht sein Typ. Die alte Aimée war das beste Beispiel dafür. Die Neue hingegen …

Und jetzt hatte er gleich zwei Fehler bemerkt. Im Fall der neuen Assistentin hatte er sich keinerlei Gedanken gemacht, wo genau diese Janice eingesetzt wurde. Er konnte unmöglich so mit ihr zusammenarbeiten, wie er das mit Aimée gemacht hatte. Sie hatte ihn heute bereits so angeschmachtet, dass er sofort den emotionalen Rückwärtsgang einlegte. Statt sich eingehender mit ihr zu beschäftigen, hatte er sich lieber Gedanken um seinen zweiten, gravierenden Fehler gemacht. Wieso war ihm entgangen, was für einen Rohdiamanten er in unmittelbarer Nähe hatte? Wie hatte er jahrelang mit ihr zusammenarbeiten können, ohne davon etwas mitzubekommen? An ein Fortbestehen ihrer Arbeitsbeziehung im bisherigen Stil war absolut nicht zu denken, nicht nachdem er Aimée so gesehen hatte. Aber ihre Kündigung konnte und wollte er einfach nicht ernst nehmen. Seine Augen glitten über ihre Hüften und wanderten wie von selbst an ihren Beinen entlang. Als er wieder in ihr Gesicht blickte, fiel ihm die Lösung ein und er strahlte über das ganze Gesicht, wobei er peinlich genau darauf achtete, seine Zähne nicht zu zeigen. Was allerdings unnötig war.

„Verdammt noch mal Aimée, jetzt sieh mich endlich an."

Die Augen blieben zu. Offenbar hatten sie hier ein ernsthaftes Autoritätsproblem. Glücklicherweise kannte er Mittel und Wege JEDE Frau dazu zu bringen nur ihn anzusehen.

Bevor sie es richtig wahrnahm, war er unmittelbar vor ihr. Und damit eindeutig zu nah. Sie hatte sein Rasierwasser immer gemocht, aber das heute … Aimée spürte seinen warmen Atem in ihrem Gesicht und ihre Brustwarzen richteten sich augenblicklich auf. Ihr Körper reagierte absolut verräterisch. Genau wie bei diesem einen, an sich harmlosen Kuss. Aber falls Hal glaubte, das wiederholen zu können, war er falsch gewickelt. Das würde sie jetzt auf keinen Fall mehr zulassen, egal ob ihr Körper sofort in Jubelschreie über seine Nähe ausbrach oder nicht.

Verstört riss sie die Augen auf, weil ihre Fantasie ihr in Verbindung mit seinem Geruch eindeutige Bilder vorgaukelten, die sie gerade überhaupt nicht sehen wollte. Allerdings war sein Gesicht vor ihr auch nicht sehr beruhigend. Seine Lippen wirkten heute so voll. Fast so, als hätte er sich auch so Silikonzeugs spritzen lassen. Na ja gut, Schlauchbootmaße hatten sie nicht. Und es waren weniger die Lippen allein, es war die gesamte Mundpartie. Mit einem unbehaglichen Gefühl registrierte sie, dass er seine Unterarme links und rechts neben ihr an der Fahrstuhlwand legte und sie unverwandt ansah. Seine Augen leuchteten dabei in diesem völlig unnatürlichen Blau. Das war ihr schon früher aufgefallen, wenn er andere Frauen angesehen und gestern in seinem Büro, als er sie an der Tür abgefangen und aufgehalten hatte. Es kostete sie unheimlich viel Kraft, sich von seinem Blick zu lösen, aber dieses alarmierende Gefühl …

Verstört warf sie einen Blick auf seine Hände. Die lagen ganz ruhig an der Fahrstuhlwand, aber sie hatte das Gefühl sie auf ihrem Körper zu spüren. Und zwar unter ihrem Shirt. Streichelnd. Krampfhaft blinzelnd starrte Aimée auf den Mund ihres Ex-Chefs. Seine Stimme klang anders als sonst, was – sie riss die Augen entsetzt auf – daran lag, dass seine Lippen geschlossen waren und sein Mund überhaupt gänzlich unbewegt blieb, als er mit ihr sprach.

Sie wurde verrückt, das war es. Irgendwann zwischen dem Betreten des Fahrstuhls und jetzt war sie verrückt geworden. Jetzt brachte sie ihre Wunschvorstellungen mit der Realität durcheinander. Beide Hände fest auf ihre Ohren pressend, kniff sie auch schnell die Augen fest zusammen. Doch nach wie vor war diese Stimme zu hören - tief, erotisch, vielversprechend sinnlich. Und da waren seine schlanken Finger auf ihrer Haut, obwohl ihr gleichzeitig klar war, dass seine Arme unbeweglich neben ihr an der Wand lagen und die Hände deshalb gar nicht da sein konnten, wo sie sie zu spüren glaubte. Hal sagte etwas, das nicht nur in ihrem Kopf zu hören war, denn da ging das Gerede, von dem was er gerne mit ihr tun würde, währenddessen weiter.

„Gefällt Dir das? Fühlt sich das gut für Dich an?"

Sein Mund kam ganz dicht an ihr Ohr. Es war als würden ihre Hände gar nicht existieren – was vielleicht daran lag, dass sie sie sofort wegnahm, als er mit seinen Lippen dagegen stieß.

„Was hältst Du davon, das jeden Tag zu bekommen? Das und noch ein wenig mehr?"

Verblüfft öffnete sie die Augen wieder. Was hatte er da gerade gesagt? „Was genau meinst Du mit mehr?"

Halil lachte leise. Jetzt hatte er sie. Seine Zungenspitze strich leicht über ihren Hals. Sie würde eine gute Blutwirtin abgeben. Eine verdammt gute Blutwirtin.

„Ich rede davon, dass Du in einem schönen Haus leben wirst und wir uns jeden Tag sehen werden. Ich rede davon, dass wir viel Spaß miteinander haben werden. Ich rede davon, dass Du für den Rest Deines Lebens versorgt sein wirst."
Halil zog sich etwas zurück und sah ihr lächelnd in die Augen.
„Für den Rest meines Lebens versorgt?" Verwirrt schüttelte sie ihren Kopf. „Das hört sich aber nicht wirklich nach einem Heiratsantrag an, finde ich. Abgesehen davon, wie kommt es zu diesem plötzlichen Stimmungswechsel? Bisher war ich doch nicht mehr für Dich als ein praktisches Büroutensil."
Halb belustigt, halb beleidigt lachte Halil auf. „Nein! Nein, das warst Du nie für mich. Du warst schon immer etwas Besonderes, aber jetzt ... Aber Du hast recht, es ist natürlich kein Heiratsantrag. Dafür ... kennen wir uns dann vielleicht doch zu wenig. Aber es ist fast genauso gut. Du wirst diese Zeit genießen. Glaub mir, dafür werde ich persönlich sorgen."
Jetzt lächelte auch Aimée, auf eine Art die Halil etwas irritierte.
„Ach sooooooooooon, Du willst mich zu so einer Art Geliebten machen. Für wie lange denn? Eine Nacht? Zwei? Länger hast Du doch noch nie durchgehalten."
Ihr Tonfall war geschäftsmäßig geworden, was Halil kurz noch mehr verwirrte. Aber sie war schon immer für klare Zahlen und Daten gewesen, so viel wusste er von ihr. Außerdem kränkte es ihn etwas, dass sie ihm offenbar unterstellte, nur auf ein überaus kurzes Abenteuer aus zu sein. Er hatte sehr wohl Blutwirtinnen gehabt, die er längere Zeit besucht hatte.
„Du Schäfchen. Woher soll ich denn wissen, wie lange das gut geht. Aber Du hast mein Ehrenwort: Du wirst den Rest Deines Lebens versorgt, nachdem Du so ziemlich die beste Zeit Deines Lebens gehabt hast."
Etwas befremdet betrachtete er den kleinen Freudentanz, den sie aufführte. Der war nun wirklich etwas übertrieben. So geldgeil hätte er sie nicht eingeschätzt. Nach einem letzten kleinen Hüpfer blieb sie ruhig stehen. Die Hände wie zum Gebet direkt vor der Nase gefaltet. Ihre Stimme klang übertrieben enthusiastisch.
„Danke!!! Danke, danke, danke."
Im nächsten Moment veränderte sich ihr Verhalten schlagartig. Der Ausdruck ihrer Augen wurde eiskalt, ebenso ihre Stimme. „Ich fühle mich außerordentlich geschmeichelt, dass Du mir diese sicherlich sehr begehrte ... Stellung anbietest. Aber ich bin nicht interessiert. Nimm das jetzt nicht allzu persönlich – aber weißt Du, Du bist nicht mein Typ. Weißt Du, ich ...." Sie wedelte unbestimmt mit den Händen. „Ich dachte Du wüsstest das ..." Verflixt wie sollte sie jetzt weitermachen. Der Kerl hier vor ihr brauchte einen Dämpfer, immerhin hielt er sich für das reinste Gottesgeschenk. „Also weißt Du, um es kurz zu machen: Ich stehe auf Frauen! Und jetzt lass mich aus diesem verdammten Fahrstuhl. Ich habe heute noch einiges zu erledigen!"
Irgendwie schien die Verbindung von seinem Gehörgang zum Hirn unterbrochen zu sein, denn Halils Körper bewegte sich keinen Zentimeter vom Fleck.

„Hast Du mich verstanden, ich will sofort hier heraus."

Unwillig schüttelte sie seine Hand ab, als er sich eine Strähne ihres Haares um die Finger wickelte. Wieder senkte sich seine Stimme etwas herab. „Hey, ich bin sicher, Dir hat das gerade eben gefallen und ich bin sicher, dass Dir der Rest noch viel mehr gefallen wird. Warum gehen wir nicht in Deine Wohnung zurück und probieren es einfach mal aus?"

Aimée schüttelte sich. Wie hatte sie je für so einen Mann schwärmen können? Das war ja wohl allerunterste Schublade. „*WIR* probieren gar nichts aus. Es sei denn, ich darf Dich in Zukunft Lily statt Hal nennen und Du lässt Dich umoperieren. Hast Du mir grade nicht zugehört? Ich bin lesbisch – wusstest Du das nicht?"

Verunsichert sah er auf sie herunter. Dann stahl sich ein erleichtertes Grinsen in seine Mundwinkel. „Du nimmst mich auf den Arm! Was war denn mit dem Buchhalter? Das war ja wohl keine Lesbe, oder?"

Aimée schloss kurz die Augen und atmete tief durch. Dieser Volltrottel vor ihr konnte nicht Hal sein. Irgendjemand musste ihn heimlich ausgetauscht haben. Als sie die Augen wieder aufschlug, lächelte sie ihn strahlend an. „Aber nein, so ein Unsinn. Er ist Anlageberater und kein Buchhalter. Abgesehen davon ist er natürlich ein Mann." Sie verdrehte träumerisch die Augen. „Und was für einer – auch wenn er auf den ersten Blick nicht so aussieht. Aber der ist abgegangen wie eine Rakete und um ehrlich zu sein, es hat mir tierisch gefallen."

Halil spürte einen brennenden Stich in seinem Magen, als sie genießerisch seufzte. Der Blick, der ihn gleich darauf traf, war eiskalt und verstärkte das Brennen in ihm noch.

„Aber um ehrlich zu sein, das war ein einmaliger Ausrutscher: Er war lediglich ein Samenspender. Ich wollte ein Kind und ich wollte keins aus einem Gefrierbehälter einer Samenbank. Es wird schon schwierig genug, meinem Kind zu erklären, warum es seinen eigenen Vater nicht einfach so kennenlernen kann. Soll ich ihm vielleicht sagen, dass es mir quasi tiefgekühlt geliefert wurde?"

Eine kühle Hand legte sich auf seine Wange. Was ihn einigermaßen auf den Beinen hielt. Das wurde ja immer schlimmer. Und irgendwie klang Aimée gerade so schrecklich überzeugend. Erst ihr verändertes Aussehen, dann das hier? Lesbe? Samenspender? Was für Überraschungen hatte diese Frau noch parat?

„Also Lily, darf ich jetzt hier raus? Falls Du weiter Lily von mir genannt werden möchtest, sollte ich Dir vielleicht noch sagen, dass ich immer die Hosen in so einer Beziehung anhabe. Klar, LILY?"

Ein unbehagliches Zucken schlich sich zwischen seine Schulterblätter. „Ein Samenspender. Bist Du etwa …?"

Die Vorstellung, dass sie das Kind eines anderen Mannes in sich trug, sorgte dafür, dass sich sein Magen kurz hob. Vorsichtig trat er einen Schritt zurück.

Aufatmend setzte Aimée den Fahrstuhl durch das Umlegen des Notschalters wieder in Bewegung und stellte sich direkt vor die Tür, nachdem sie unter seinem

Arm weggetaucht war. „Du hast es erfasst. Ich bin schwanger. Einer der Gründe, für meine Kündigung."

Sobald die Fahrstuhltür sich unten öffnete, verließ sie die Kabine. Im Weglaufen drehte sie sich nochmals um, weil sie ein warnendes Kribbeln in ihrem Nacken spürte. Doch Hal stand nach wie vor völlig paralysiert im Fahrstuhl. Er hatte sich nicht einmal umgedreht sondern nur den Kopf zu ihr umgewandt. Das Gesicht allein war die Lügen wert, die sie ihm eben aufgetischt hatte. Sein Gesichtsausdruck war einfach unbeschreiblich und sie musste an sich halten, nicht laut aufzulachen. Mit einem kurzen Winken steuerte sie auf den Ausgang des Gebäudes zu und verließ es so schnell als möglich, während sie seinen Blick heiß und durchdringend in ihrem Rücken spürte.

Ein Klopfen an der Tür schrecke Alisha aus ihrem leichten Dämmerschlaf. Schnell legte sie Çem in sein Gitterbettchen. Es war so herrlich beruhigend ihn zu halten. Dumm nur, dass sie dabei meist eindöste. Zärtlich strich sie über seine Wange.

Dann ging sie rasch in den Flur und öffnete die Tür. Arslan stand draußen. Alisha musterte ihn aufmerksam. Er sah heute nicht besonders gut aus.

„Ist Leòn da?"

Alisha schüttelte den Kopf. Leòn war wegen eines Auftrags in Europa und würde vermutlich nicht vor Ende der Woche zurückkommen. Es sei denn, seine Sehnsucht nach ihr wurde zu groß. Immerhin hatte er auch die letzten beiden Tage behauptet, nicht ohne sie leben zu können. Es konnte also gut sein, dass er irgendwann mitten in der Nacht auftauchte.

„Nein. Er ist noch in Madrid bei Santos und seiner Familie. Kann ich Dir irgendwie helfen."

Der Blick mit dem Arslan sie kurz musterte, rief - wie schon öfter seit Çems Taufe - für einen Sekundenbruchteil ein unbehagliches Gefühl in ihr wach.

„Nein, nein danke, mhm, ich geh dann mal wieder."

Verwirrt sah Alisha ihm nach. Etwas an ihrem Verhältnis zueinander hatte sich seit der Taufe verändert. Früher war Arslan immer völlig unbeschwert mit ihr umgegangen. Abgesehen von Leòn war er neben Sam derjenige gewesen, den sie am meisten mochte. An ihren Gefühlen für ihn hatte sich nichts geändert. Außer eben dem Umstand, dass sie sich in letzter Zeit etwas unbehaglich in seiner Gegenwart fühlte.

Rachels Stimme riss sie aus ihren Gedanken. Sie kam gerade die große Treppe herauf, die alle Etagen über eine über alle Stockwerke offene Halle verband. Sie wollten zusammen nach einem Geburtstagsgeschenk für Isabel suchen. In Momenten wie diesen war es praktisch, dass Leòn seine Ankündigung mit dem Kindermädchen wahrgemacht hatte. Bei dem schwülen Wetter mit dem Kleinen draußen herumzulaufen wäre weder für sie noch für ihn besonders lustig. Vor allem weil keine von ihnen einen blassen Schimmer hatte, was sie Isabel als Kleinigkeit noch schenken konnte. Vermutlich hatte sie in der Zeit, in der sie lebte, schon so ziemlich alles geschenkt bekommen, was man sich nur vorstellen konnte.

Gut, sie wollte einen ihrer Räume im asiatischen Stil einrichten lassen und Alisha war von der Familie damit beauftragt worden das zu erledigen. Den bekam sie quasi als Geschenk. Alisha hatte sowohl von Isabel, was die Gestaltung anging, als auch von der Familie, was die Kosten betraf, völlig freie Hand bekommen. Aber Alisha hatte trotz aller Helfer und finanziellen Möglichkeiten leider den Verdacht, dass der Raum nicht rechtzeitig fertig wurde - einfach weil sie sich nicht entscheiden konnte.

Seit sie die Kataloge der Kostbarkeiten, die ein Mitglied eines asiatischen Familienzweiges vertrieb, erhalten hatte, fiel es ihr unendlich schwer. Es war eine Sache mit wenig Geld so viel als möglich zu machen. Zu improvisieren. Eine andere war es, einen Raum wirklich authentisch einzurichten. Und selbst wenn Geld keine Rolle spielte, erleichterte das kein bisschen. Eigentlich wurde es sogar noch schwerer, denn damit konnte sie auf alles im Angebot zurückgreifen. Und da war die Auswahl einfach viel zu groß. Vor allem, wenn sie auf wirklich sehr alte und wundervoll gearbeitete Stücke Zugriff bekam. So schwer wie in diesem Fall, war es ihr noch nie gefallen, einen Raum einzurichten. Sie wollte, dass er perfekt wurde und das bremste sie fatalerweise völlig.

Und, weil das einfach noch dauern würde, brauchte im Moment jeder noch ein kleines Geschenk für Isabel. Rachel und Alisha wollten ihr gemeinsam etwas schenken. Momentan schwankten sie zwischen einem Dinner in luftiger Höhe an einem Kran oder einem Mondgrundstück, zwischen einem Kurzaufenthalt in einem Eishotel oder einer Walbeobachtungstour. An allem hatte Isabel Interesse bekundet, als die Gespräche wie zufällig darauf gekommen waren. Dummerweise machte das ihre Entscheidung auch nicht leichter.

Vielleicht sollten sie doch eher etwas wie ein Service nehmen – das wäre dann vermutlich Service 496 im Anwesen oder so, das meiste davon lagerte im Keller. Oder Schmuck – soweit Rachel wusste, hatte Isabel Körbe voll davon. Schuhe – ihr Ankleidezimmer hatte eine extra Schuhabteilung. Nicht mal ein Wellnesswochenende konnte man ihr schenken, weil sie sowieso jeden Tag mindestens eine Anwendung genoss.

Gott sei Dank wurde bei allen Paaren, die länger als 100 Jahre miteinander verbunden waren, nur noch alle 10 Jahre Geburtstag gefeiert. Tomás und die anderen überlegten zwischenzeitlich sogar, ob sie das Intervall auf 50 Jahre verlängern sollten. Oder einfach ganz davon absehen sollten und nur noch feiern, wenn einem danach war. Aber soweit war es noch nicht. Irgendwo stieg immer eine riesige Feier, weil jemand gerade mal wieder 10 Jahre hinter sich gebracht hatte.

Die anderen Geburtstage überging man einfach. Also man saß natürlich innerhalb der Familienanwesen zusammen und feierte im kleinen Rahmen. Aber man schenkte sich dabei nichts – jedenfalls nichts, was 10 Dollar überstieg oder nicht auch an jedem beliebigen anderen Tag verschenkt werden konnte.

Zwar wurde Isabel dieses Jahr eigentlich 557 Jahre, aber nach dem riesigen Streit damals, nach dem sie sich weigerte, sich weiterhin von Tomás zu nähren und beinahe starb, hatten sich die beiden entschieden, künftig nur noch den Tag ihrer Versöhnung zu feiern – anstelle des eigentlichen Geburtstages im Frühling. Und der Jahrestag stand jetzt vor der Tür.

Alisha seufzte. 557 Jahre – dabei sah Isabel keinen Tag älter als 25 aus. Wahnsinn.

Isabel, die nach Francesca sehen wollte, sah Douglas nervös über den Flur der Krankenstation gehen. Und er sah fürchterlich aus. Kurz schloss sie die Augen und sprach ein Stoßgebet, dass nicht schon wieder jemandem aus der oder um die Familie etwas zugestoßen war.

Da er nicht vor Francescas Zimmer hin und her tigerte, konnte mit ihr glücklicherweise schon mal nichts sein. Sie ging zu ihrem Sohn und begrüßte ihn mit einer Umarmung. Douglas war immer derjenige, der am schnellsten wieder lachte, wenn etwas war. Und derjenige, der am meisten in sich hineinfraß, wenn ihn etwas beschäftigte. Derjenige, der eine Umarmung, wie sie sie jetzt gerade erhielt, nur austeilte, wenn es ihm ziemlich dreckig ging. Aber was um Himmels willen war passiert?

Wie immer in solchen Situationen sagte er nichts. Er hielt sie fest und legte sein Kinn auf ihren Kopf. Mehrere Minuten standen sie eng umschlungen da. Dann legte Isabel den Kopf in ihren Nacken. „Hey Kleiner, was ist los?"

Wortlos schüttelte Douglas den Kopf. Es dauerte eine ganze Weile, bevor er antwortete. „Ich hab keine Ahnung. Sie hat auf einmal solche Schmerzen bekommen und na ja, Arslan untersucht sie gerade."

Sie??? Als sie ihren Sohn vorgestern zum letzten Mal gesehen hatte, hatte er sich doch von Steph getrennt. War er wieder zu ihr zurück? Er wollte doch nach Moloka'i und dort ein paar Tage Urlaub machen, oder hatte sie da etwas falsch verstanden? „Wieso bist Du noch mal zu Steph zurück?"

Einen Moment sah Douglas sie verwirrt an. So als müsste er überlegen, von wem sie sprach. „Nein, nicht Steph, ich … ich hab da jemanden kennengelernt – mehr oder weniger jedenfalls. Und sie ist auf meiner Veranda gewesen, als es losgegangen ist."

Douglas zog sie wieder in seine Arme und für einen Unbeteiligten sah das so aus, als wolle er sie trösten und ihr Halt geben. Doch an dem Gewicht seiner Arme und dem Kinn auf ihrem Kopf konnte Isabel spüren, dass ihr Nesthäkchen sich an ihr festhielt. Manchmal war es echt übel, dass die Männer der Familie so groß waren und sie dankte ihrem Schöpfer dafür, dass ausgerechnet ihr Mann grade mal fünf Zentimeter größer war als sie selbst.

Und manchmal sprach das, was nicht gesagt wurde, Bände. Douglas sagte nur, dass er jemanden kennengelernt hatte. Mehr nicht. Typisch. Aber an seinem Griff erkannte sie, dass ihm dieser Jemand an die Nieren ging. Besser gesagt der Zustand, in dem sich dieser Jemand gerade befand. Auch wenn der Anlass vielleicht unpassend war, jubelte sie innerlich.

Womöglich hatte Douglas eine Frau gefunden, auf die er mehr als ein wenig Appetit verspürte. Womöglich bekam sie wieder eine Schwiegertochter. Während sie ihm tröstend über den Rücken fuhr, malte sie sich aus, wie die wohl sein würde. Douglas hatte einen etwas seltsamen Frauengeschmack, zumindest ihrer Meinung nach. Er mochte Frauen, die wie Barbiepuppen aussahen und vermutlich genau so viel Plastik in sich hatten. Aber würde eine Frau, an der er ernsthaft interessiert war, auch so aussehen? Bestimmt. Na ja, wenigstens waren seine bisherigen Barbie-Blutwirtinnen, die er sich quasi zum Spielen anschaffte, humorvoll und verfügten über eine gute Bildung. Manchmal war sie entsetzt, was aus den Frauen von heute geworden war.

Die Tür hinter Douglas öffnete sich. Verdammt, warum war er so groß? Wäre er so klein wie sein Vater hätte sie locker einen Blick auf seine Neue erhaschen können. So jedoch ... Douglas löste sich von ihr und drehte sich zu Arslan um, der gerade auf den Flur trat und ihrem Sohn beruhigend auf die Schulter klopfte.

„Ich habe die Blutung stillen können."

Isabels Kopf ruckte schlagartig nach oben. Blutung? Was zum Teufel hatte ihr Sohn da angestellt? Erst jetzt bemerkte Arslan sie und umarmte sie kurz.

„Ähm, Francesca geht es besser, Du kannst ruhig zu ihr gehen – sie ist schon den ganzen Morgen wach und hält alle auf Trab. Deidre fallen schon fast die Finger ab, weil sie alles aufschreibt, was Francesca so von sich gibt."

Sich wieder zu Douglas wendend fuhr er fort. „Sie wird die nächste Zeit öfter liegen müssen. Und braucht momentan vor allem strikte Ruhe. Dem Baby geht es soweit gut. Das mit dem Liegen fällt natürlich flach, wenn sie Blut bekommt. Falls Du das willst: Nehmen wir Deins, oder ...?"

Augenblicklich vergaß Isabel ihre Sorge um Francesca wieder. Immerhin ging es der besser. Aber die Worte Blut, Baby und liegen sorgten für einen Wirrwarr an Gefühlen. Sie riss den überraschten Douglas an sich.

„Ein Baby, ein Enkel – oh Douglas, warum hast Du denn nicht gesagt, dass ihr schon so weit seid. Himmel. Und ich dachte, Du warst bis zuletzt mit Steph zusammen, also wirklich ..."

Sie lachte Arslan strahlend an, der etwas betreten zu Boden sah.

„Ähm, also ..."

Was immer er sagen wollte – Isabel ließ ihn gar nicht ausreden. „Das müssen wir Francesca unbedingt erzählen. Die springt vor Freude aus dem Bett. Und sobald es – wie heißt sie eigentlich – etwas besser geht, musst Du sie mir unbedingt vorstellen. Ich mhpmf."

Ihr Wortschwall verstummte abrupt unter Douglas großer Hand, die sich quer über ihren Mund legte. Er hatte ja öfter so eine Tour, in der er es etwas an Respekt mangeln ließ, aber ... Isabels Augenbrauen zogen sich zusammen. Verdammt noch mal, reihte er sich jetzt etwa in den Kreis derer ein, die sich nicht gleich entschließen konnten, dass zu tun, was für sie eine Selbstverständlichkeit sein sollte? Sich um ihre Frauen zu kümmern, sich an sie zu binden, für sie zu sorgen. Davon hatten sie schon drei Stück im Haus, auch wenn die letztlich doch zur Vernunft gekommen waren. Aber sie hatte es nicht für möglich gehalten, dass einer ihrer Söhne auch so verantwortungslos war. Böse blickte sie ihn an. Augenblicklich nahm er seine Hand etwas runter.

„Was ist hier los?"

Ihr Sohn und Arslan wechselten kurz einen Blick. Mit einem Schulterzucken bekam sie von ihrem Sohn überraschend schnell eine Antwort. Gefallen fand sie keinen daran.

„Nichts ist los. Das heißt etwas schon. Das Baby ist nicht von mir. Da hast Du was falsch verstanden. Du kriegst keinen Enkelsohn. Nicht jetzt jedenfalls. Ich kenne die Frau erst seit gestern."

Sie blinzelte und sah zu Arslan. Der sah sie flüchtig an und fügte mit schräg gelegtem Kopf hinzu. „Na ja, wenn er sie erst seit gestern kennt, kann er nicht der Vater sein. Sie ist garantiert schon in der 12. Woche."

Überrascht und gleichzeitig etwas enttäuscht glitt ihr Blick zu Douglas zurück. Ihr Douglas, der schon als Kind jeden aus dem Nest gefallenen Vogel aufhob und aufpäppelte, der streunende Kätzchen und Hunde mitbrachte und seinen Vater einmal fast in den Wahnsinn trieb, als er von einem Ausflug nach Sibirien einen verletzten, halb verhungerten Tiger mitbrachte. Eigentlich hatte sie ja gedacht, dass er diese Phase irgendwann vor 100 Jahren hinter sich gelassen hatte. Aber eine trächtige Frau mit Blutungen dürfte ja wohl auch irgendwie in diese Kategorie fallen. Aber sie schien ihm etwas zu bedeuten. Und es wäre nicht das erste Mal, dass ein Etanaer eine trächtige, alleinstehende Frau in die Familie brachte. So etwas hatte es schon öfter gegeben. Meistens endeten die Töchter dann auch irgendwann an der Seite eines weiteren Etanaers.

Oder … sie runzelte kurz die Stirn. Vielleicht eine Frau aus einem anderen Familienzweig? Das wäre vielleicht nicht ganz so gut. Denn wenn es da noch einen eifersüchtigen Etanaer im Hintergrund gab … Himmel, Douglas war manchmal so schrecklich naiv und das schien irgendwie ein Signal an sämtliche ihm bekannte Frauen aus anderen Familienzweigen zu sein, ihm ihr Herz auszuschütten. Das hatte ihn schon mehr als einmal in Schwierigkeiten gebracht. Obwohl er nur helfen wollte. Soweit sie wusste, hatte er nie wirklich etwas mit genau diesen Frauen angefangen. Aber soweit sie wusste, hatte er auch noch nie so besorgt reagiert, wie bei der Frau, die hinter der verschlossen Tür genau gegenüber lag.

Mhm, sie musste es einfach wissen, schließlich konnte ein eifersüchtiger und wütender Etanaer alles Mögliche anrichten.

„Wer ist es? Von welchem Familienzweig ist sie? Mit wem ist sie verbunden?"

Douglas sah sie an und verzog seinen Mund. „Yaya[4]…. Was Du gleich wieder denkst. Das ist eine ganz normale Frau. Da taucht schon kein wildgewordener Cousin oder Onkel oder Neffe oder was auch immer auf!" Mit mürrisch verzogenen Mundwinkeln trat er einen Schritt zurück. „Und bevor Du schon wieder die Hochzeitsglocken läuten hörst – sie ist nicht an mir interessiert und ich nicht an ihr. Sie hatte bloß tierische Schmerzen und ich habe sie zu Arslan gebracht. Punkt!"

Um ein Lächeln zu kaschieren, presste Isabel die Lippen zusammen. Wenn ihr Sohn so vehement reagierte, war etwas im Busch. Fremde Frauen, die kein Interesse an einem Etanaer zeigten, gab es einfach so gut wie nicht. Fremde und ungebundene Eme-biuri dagegen schon. Seltsamerweise konnten sie Etanaern sehr gut widerstehen und es war schon mehr als einmal vorgekommen, dass sich einer der Männer der Familie die Hacken nach einer von ihnen abgelaufen hatte, die partout nichts von ihm wollte. Und, das musste eine Art biochemisch ausgelöster Fluchtreflex sein, sie besaßen die Gabe, Etanaern in ihren fruchtbaren Phasen aus dem Weg zu gehen, wenn man ihnen genug Zeit und Platz dazu ließ. Deshalb konnte einer von ihnen jahrelang neben einer Eme-biuri wohnen, ohne es wirklich zu merken. Zumal heute auch die medizinische Entwicklung in der Empfängnisverhütung eine Rolle spielte. Und es gab Eme-biuri auf der Welt, die ungebunden waren und trotzdem verhüteten.

Die Reaktion ihres Sohnes war jedoch weitaus aufschlussreicher. Die deutete wirklich daraufhin, dass er Interesse an ihr hatte. Je mehr er es abstritt, desto sicherer war es. Außerdem hätte er die Frau mit Sicherheit in ein normales Krankenhaus gebracht, wenn er einfach so helfen wollte. Dass ihm zuerst Arslan und die Krankenstation hier eingefallen waren, war mehr als bezeichnend. Dennoch zuckte sie mit den Schultern, als würde sie seine Antwort akzeptieren. Ihr Sohn hing am Haken, darauf würde sie freiwillig ihren Hintern verwetten, auch wenn ihm das selbst noch nicht so bewusst war. Eine kleine Melodie summend machte sie sich danach wortlos auf zu Francesca. Die würde Augen machen, wenn sie ihr diese Neuigkeit erzählte. Und es würde ihr helfen, schneller gesund zu werden.

Nachdem Isabel in Francescas Zimmer verschwunden war, sah Arslan ihn entschuldigend an. „Tut mir leid. Ich habe nicht nachgedacht. Es war blöd von mir, einfach so los zu quatschen."

Douglas klopfte ihm auf die Schulter. „Mach Dir mal keinen Kopf. Ich kenne meine Mutter. Sie hätte sowieso so lange gebohrt, bis ihre Neugier befriedigt gewesen wäre. Spätestens heute Abend hätte sie Bescheid gewusst. Auch wenn es gar nichts Wichtiges zu wissen gibt. Machen wir die Sache mit dem Blut gleich?"

Fragend sah er Arslan an. Der winkte mit dem Kopf in Richtung Krankenzimmer.

Innerhalb kurzer Zeit hatte Hailey zwei Liter von Douglas Blut in sich und fühlte sich total vollgedröhnt. Was eine dumme kleine Nebenwirkung war, wenn man zu viel davon erwischte. Es schadete nicht wirklich. Der dadurch entstehende Rausch verflog auch relativ schnell innerhalb eines Tages wieder. Andererseits hatte sie diese Menge gebraucht, weil sie zuvor einiges von ihrem

Blut verloren hatte. Arslan fixierte sie zu ihrer Sicherheit, damit sie keine Dummheiten machte.

Jedenfalls lag sie singend im Bett. Zwar konnte niemand verstehen, was sie im Einzelnen sang, weil sie ziemlich lallte. Aber das war vermutlich auch besser so. Sie sang erst sämtliche Lieder über Tote und den Tod im Allgemeinen die ihr so einfielen und fing dann irgendwann an, irgendwelche Lieder zu singen, die sie seit frühester Kindheit von ihrem ziemlich oft betrunkenen Vater und seinen ebenfalls zugedröhnten sogenannten Freunden gehört hatte.

Der Schock war für Isabel auch so schon groß genug, die irgendwann zwei Stunden, nachdem sie von ihr erfahren hatte, neugierig in das Krankenzimmer huschte.

In dem Bett lag ... frustriert schloss sie die Augen. Vorsichtshalber ging sie nochmals aus dem Zimmer, um gleich darauf wieder hineinzugehen. Keine Fata Morgana, kein Traumgespinst. Als sie die Tür wieder öffnete, bot sich ihr nach wie vor das gleiche Bild und einen Moment fragte sie sich verzweifelt, was sie je an dem Barbiepuppengeschmack ihres Sohnes auszusetzen hatte. Die waren allesamt besser als das, was sie jetzt sah.

Piercings. In den Ohren, der Nase, den Augenbrauen, den Lippen. Das Hemd, das sie anhatte, war verrutscht und hatte sich etwas geöffnet. Der bloße Gedanke ein Brustwarzenpiercing zu bekommen, ließ Isabel schützend die Hände vor ihre eigene Brust heben. Die Finger- und Fußnägel der Frau waren schwarz lackiert, die Haare fürchterlich schwarz gefärbt. Sie waren lang, sahen aber schrecklich trocken und splissig aus. Und das, obwohl sie jetzt verschwitzt waren. Und die Stimme klang wie die einer kettenrauchenden Säuferin. Außerdem war sie ziemlich dünn. Mager um ehrlich zu sein. Das waren keine Arme, das waren Ärmchen und die waren, wie sie jetzt beim Näherkommen feststellte, ziemlich vernarbt.

Hailey sah Isabel auf sich zukommen und fing mit dem Finger auf sie zeigend an zu lachen. „Du hasss ja ga keine Haare auffffer Glasse."

Arslan, der gerade in der anderen Ecke des Raumes stand und weder von Hailey noch von Isabel so richtig bemerkt wurde, legte die Hand über die Augen. Das war kein guter Auftakt. Er hoffte bloß mal, dass Isabel das nicht richtig verstanden hatte. Immerhin nuschelte Hailey reichlich. Die reagierte aber auch extrem auf Douglas Blut. Hätte er bloß die Infusion früher abgedreht.

Ein Seitenblick auf Isabel zeigte ihm, dass sie die Bemerkung allerdings sehr wohl verstanden hatte. Ihre Glatze war seit Neuestem wieder ein extrem neuralgischer Punkt. Zwar bekam Isabel, nachdem sie damals im 15. Jahrhundert wieder gesund wurde und nicht mehr im Kloster lebte, wieder Haare. Weil es jedoch nur ein dünner, unregelmäßig wachsender Flaum war, rasierte sie sich seither regelmäßig freiwillig alles ab. Und weigerte sich auch größtenteils, eine Perücke zu tragen.

Normalen Fragen oder Feststellungen zu ihrer fehlenden Haarpracht begegnete sie schon immer relativ reserviert, weshalb das Thema bis vor Kurzem in der

Familie völlig ausgeklammert wurde. Dann jedoch kamen Carmen, Alisha und Rachel idiotischerweise auf den Gedanken, ihr den Floh einer Haartransplantation ins Ohr zu setzen. Und ausgerechnet Isabel, die sich nach anfänglichen Versuchen jahrhundertelang gegen Perücken und Ähnliches gesträubt hatte, ließ sich überreden. Als die implantierten Haare wie erwartet und angekündigt auszufallen begannen, war sie noch relativ ruhig geblieben. Eine Woche danach merkte man ihr jedoch bereits eine deutliche Anspannung an. Und die würde sich garantiert noch steigern, falls sich nicht bald der ebenfalls bereits angekündigte neue Haarwuchs zeigen würde.

Bemerkungen über ihre nicht vorhandenen Haare ließ sie nicht bei jedem durchgehen. Wer jetzt etwas Dummes zu dem Thema Glatze sagte, riskierte mit ein paar Haarsträhnen weniger aufzuwachen. Tomàs musste diese unschöne Erfahrung kürzlich machen, nachdem er die Geduld mit seiner Frau verloren hatte, die den dritten Tag in Folge heulend vor dem Spiegel saß und nicht begreifen wollte, dass selbst die heutigen Methoden keine Wunder im Zeitrafferformat vollbringen konnten. Dabei hatte Tomás keinen blassen Schimmer, in welches Wespennest er da versehentlich stach – Isabel hatte alle Beteiligten zur Verschwiegenheit verdonnert.

Was bei normalen Menschen mehrere Monaten benötigte, würde bei Isabel nur zwischen zwei und drei Monate brauchen. Aber selbst diese lächerlich geringe Zeitspanne war ihr zu lang. Arslan hoffte bloß für seinen Cousin Jeromé, dass das Ergebnis hinterher nicht zu wünschen übrig ließ.

Momentan sah Isabel so aus, als ob sie Hailey am liebsten ein Kissen ins Gesicht drücken würde. Das konnte noch interessant werden. Arslan schloss ebenso wie Isabel aus Douglas Verhalten, dass er an der Frau interessiert war. Auch er war der Meinung, dass er sie nicht hierher gebracht hätte, wenn er einfach nur so helfen wollte. Wenn Isabel sie nicht mochte, stand ihr vermutlich ein Abschied von Douglas bevor. Der würde mit Sicherheit nicht zulassen, dass diese Frau schlecht behandelt wurde.

Gerade pöbelte Hailey wieder herum. Isabel drehte sich daraufhin mit versteinertem Gesicht um. Sie entdeckte Arslan in der Nähe der Tür und verließ mit einem hoheitsvollen Nicken den Raum. Hailey würde es mit Sicherheit schwer haben, Isabels Zuneigung zu gewinnen. Und dabei verteilte sie die recht großzügig.

Auch Arslan verließ, nachdem er Hailey nochmals untersucht hatte, das Zimmer und das Anwesen. Die Schussverletzung vorgestern musste ihn mehr Energie gekostet haben, als er sich eingestehen wollte. Jedenfalls knurrte sein Magen schon den ganzen Tag leise vor sich hin. Er konnte essen, was er wollte. Und in jeder ruhigen Minute schob sich das Bild der Frau vor seine Augen. Sein Handy klingelte. Als er einen schnellen Blick darauf war und die Nummer erkannte, schob er den Gedanken an einen kleinen Snack aus einer saftigen Vene weit weg.

Das hier dürfte ein Notfall sein, mit dem er eigentlich schon länger gerechnet hatte.

Müde warf Shannon einen erneuten Blick auf die Uhr. So langsam aber sicher erwachte der Verdacht in ihr, dass das Teil nicht richtig funktionierte. Es konnte doch wohl nicht wahr sein, dass gerade erst wieder eine viertel Stunde vergangen war. Der Zeiger kroch bloß und der Tag schleppte sich heute endlos dahin. Irgendwas war im Anzug. Seit zwei Tagen wollte sie nur noch eins: Schlafen.

„Ich bin wirklich froh, dass Du uns heute aushilfst. Es ist schön, wieder mal mit Dir zusammenzuarbeiten. Ich bin zwar froh darüber, dass man Dir den Posten angeboten hat und Du ihn auch angenommen hast, aber ich vermisse Dich hier auf Station wirklich."

Dianas Stimme rauschte an Shannons Ohr vorbei. Sie richteten gerade Medikamente zusammen und sie musste sich schwer konzentrieren, keinen Fehler dabei zu machen. Auf der Station war die Hölle los, weil gleich fünf Kolleginnen und Kollegen aufgrund eines Virusinfektes ausfielen. Außerdem ging es auf Vollmond zu, was mit schöner Regelmäßigkeit, auch wenn man nicht daran glaubte, zu vermehrt einsetzenden Wehen führte. Da war es nicht ganz passend, sich Gedanken um die Depression zu machen, die sie anscheinend gerade plagte. Die Anzeichen waren gar nicht mehr zu übersehen, auch wenn sie das selbst vielleicht nicht wahrhaben wollte. Immerhin war sie schon eine ganze Weile erschöpft. Diese Erschöpfung ging mittlerweile so weit, dass sie losheulen könnte, wenn jemand sie freundlich grüßte. Das permanente, teilweise feindselige Getuschel der Kolleginnen und Kollegen und der an sich schon stressige Beruf zeigten schon seit einiger Zeit Wirkung. Von ihren Nebenjobs einmal ganz abgesehen. Und im Moment erreichte alles offenbar einen Höhepunkt in ihrer Niedergeschlagenheit.

Darin und in ihrer Müdigkeit. Denn obwohl sie seit zwei Tagen bei jeder sich bietenden Gelegenheit schlief wie eine Tote, ließ diese Müdigkeit nicht nach. Zugegebenermaßen waren das nicht viele Gelegenheiten, aber es war wirklich seltsam, dass sie nicht das Geringste von dem Überfall auf Joes Tankstelle mitbekommen hatte. Gott sei Dank war Miguel, der zu diesem Zeitpunkt dort arbeitete, nichts passiert. Im Gegensatz zu dem jungen Mann, der ihn überfallen hatte - den hatte es offenbar ganz schön erwischt. Zumal es auch noch irgendeine kleinere Explosion gegeben haben musste, immerhin waren mehrere Regale umgefallen und der Laden hatte offenbar wie ein Schlachtfeld ausgesehen. Aber obwohl Shannon normalerweise selbst in Tiefschlafphasen wie eine straff gespannte Sprungfeder reagierte und beim leisesten Geräusch aufschreckte, hatte sie absolut nichts davon mitbekommen.

Was sie aber wirklich erschreckte, war der Umstand, dass sie sich zusätzlich an die vergangenen zwei Tage kaum erinnern konnte. Das Letzte, was sie wirklich bewusst in ihre Erinnerung rufen konnte, war der Besuch auf dem Basar. Der

Mann, der sie dort in dem Café beobachtet hatte. Der hatte sie anscheinend so beeindruckt, dass er sie bis in ihre Träume verfolgte. Sowohl gestern als auch heute war sie völlig verschwitzt und in ihre Decken verwickelt aufgewacht. Sie wusste, dass sie von ihm geträumt hatte, aber selbst unter Folter wäre ihr nicht eingefallen, was das gewesen sein könnte.

Mühsam versuchte sie, sich zusammenzureißen. Dianas Stimme rauschte nach wie vor an ihrem Ohr vorbei und sie hoffte, dass sie nichts Wichtiges verpasste. Fast erleichtert registrierte sie, dass das Telefon klingelte und Diana sich abwandte, um das Gespräch entgegen zu nehmen. Gleich darauf fühlte Shannon ihre Hand auf ihrer Schulter.

„Lass liegen, das müssen wir später weitermachen. Die Notaufnahme schickt eine Patientin rauf. Anscheinend ist sie auf der Straße zusammengebrochen und es geht ihr sehr schlecht. Der Wehenschreiber kommt kaum mit den Aufzeichnungen nach."

Die Fahrstuhltür öffnete sich im selben Moment, als sie davor standen. Ein Bett wurde in den Flur geschoben, auf dem eine zusammengekrümmte, hochschwangere Frau lag, die mehr tot als lebendig aussah. Diana hörte aufmerksam zu, was der junge Arzt aus der Notaufnahme ihr eilig über die Frau sagte, bevor er wieder im Aufzug verschwand. Shannon war schlagartig aus ihrer Benommenheit gerissen und kümmerte sich bereits um die Frau.

„Super, außer dem Namen haben wir erst mal nicht viel. Und wie so oft sind weit und breit weder ein Arzt noch eine Hebamme in Sicht, weil sie alle schwer beschäftigt sind. Außerdem weigert sie sich, auch nur eine Ultraschalluntersuchung machen zu lassen. Und zwar mit Händen und Füßen. Sogar eine einfache Phonokardiografie lehnt sie ab."

Diana sprach zwar leise und Shannon bezweifelte, dass die Frau wirklich mitbekam, worüber sie sprach, aber sie schüttelte mit gerunzelter Stirn den Kopf und brachte ihre Kollegin so zum Schweigen. Dann warf sie einen kurzen Blick auf die Krankenakte, die am Fußende des Bettes hing. Diana hatte recht. Viel mehr als den Namen, das Geburtsdatum und die Blutgruppe gab die Akte nicht her. Sie ließ die Kladde fallen, die mit einem leisen Geräusch gegen das Fußteil des Bettes prallte, und holte ihr Stethoskop aus der Brusttasche ihres Kittels.

„Keine Sorge, Samantha, es wird alles gut. Ich werde Sie jetzt gleich abhören, ja? Aber zuvor bringen wir Sie in ein Zimmer."

Ihre Hand, die zielsicher auf die Sieben deutete, entlockte Diana ein Lächeln. „Fast wie in alten Zeiten, was?"

Bevor Diana jedoch die Bremse des Bettes lösen konnte, griff die Frau ziemlich fest und schmerzhaft nach Shannons Hand und krallte sich förmlich daran fest. Sie zog Shannon zu sich herunter. Ihre Lippen waren rissig und aufgesprungen. Mundwinkel und Zungenschleimhaut sahen ähnlich aus. Außerdem hatte die Frau tiefe Augenringe und wirkte müde und erschöpft. Fast als könnte sie sich nur mühsam wach halten. Shannon musste sich tief über sie beugen, um zu verstehen, was sie immer wieder fast tonlos vor sich hinflüsterte, während sie sie eindringlich anstarrte.

„B… B… Bitte. Tasche. B… Bitte ru-rufen Sie Arslan …. Wichtig …."
Die Stimme verlor sich völlig und die Frau sah sie nur noch flehend an.

Beruhigend strich ihr Shannon über die verschwitzte Stirn und griff erneut nach dem Bett, um es in das Zimmer zu schieben.

„Bitte … wichtig. A…r...s…."
Die Anstrengung zu sprechen, raubte der Frau fast die letzte Kraft. Die Berührung der Tasche, die bis dahin am Fußende des Bettes lag und die Diana ihr nun in die Hand drückte, ließ Shannon die Hände wieder vom Bett nehmen.

„Mach schon, ich hab den Namen nicht verstanden. Es war zu leise. Aber Du hast ihn doch gehört, oder? Ruf an. Auf die fünf Sekunden kommt es jetzt auch nicht mehr an."

Dianas alarmierter Gesichtsausdruck, die gerade den Blutdruck der Frau maß, der verzweifelte Blick der Frau und ihr eigenes ungutes Gefühl ließen Shannon entgegen aller Gewohnheit in der Tasche herumwühlen. Das Handy war schnell gefunden und sie zeigte es der Frau. Sobald diese es wahrnahm, flüsterte sie wieder den Namen und bat erneut abgehackt, kaum verständlich und genau dadurch sehr eindringlich wirkend darum, diesen anzurufen. Entschlossen klappte Shannon das Handy auf und suchte im Telefonbuch nach der entsprechenden Nummer. Sie kam gleich als erster Eintrag. Diana verfrachtete die Frau alleine in das Behandlungszimmer, während Shannon dem Freizeichen lauschte.

Als sich eine tiefe Männerstimme meldete, wurde Shannon von einem kurzen Schwindelgefühl gepackt. Erst als die Stimme mehrmals besorgt fragte, was denn los sei, riss sie sich zusammen und schilderte dem Mann kurz den Sachverhalt.

Sie war davon ausgegangen, dass es sich um Samanthas Partner handelte, aber offenbar war es ihr Gynäkologe. Und der war offenbar gerade in unmittelbarer Umgebung des Krankenhauses, denn keine Minute später stand er in der Klinik und teilte kurz und bündig mit, dass er seine Patientin zu verlegen gedachte. Shannon stemmte die Hände in die Hüfte. Der Typ hatte vielleicht Humor. Sie konnte zwar gut verstehen, dass Schwangere lieber in einer ausgesuchten Umgebung ihr Kind zur Welt bringen wollten, aber dass was er sagte, war einfach lächerlich. Statt hier auf dem Flur über eine Verlegung zu sprechen, sollten sie die Frau lieber sofort behandeln. Die zusammengekrümmte Gestalt auf dem Bett in der Sieben brachte sie dazu, ihm genau das zu sagen. Seine blauen Augen blitzten einen Moment ungehalten auf und wie ein Stromstoß schoss die Erinnerung an den Mann aus dem Café und an das Gefühl von einem unsichtbaren Körper auf den Boden gepresst zu werden durch ihren Kopf. Gleichzeitig überkam sie eine fürchterliche Übelkeit und ein so starkes Schwindelgefühl, dass sie sich nur mühsam aufrecht halten konnte. Mühsam wandte sie ihren Blick von ihm ab und starrte stattdessen die Wanduhr an.

Der Hunger, der ihn seit Tagen unerbittlich quälte verstärkte sich, sobald er sah, wen genau er da vor sich hatte. Und, obwohl eine Steigerung fast undenkbar war, er steigerte sich noch mehr, als sie sich wegen Sammys Verlegung querzustellen begann. Sein Hunger wurde so groß, dass er seine Umgebung und selbst Sammy darüber zu vergessen drohte. Bevor es jedoch soweit kam, stieß er die Frau in einen Arbeitsraum voller Bettwäsche, Babywindeln und Desinfektionsmittel, ohne dass jemand etwas davon mitbekam. Nicht einmal sie selbst. Er sorgte dafür, dass ihr Verstand für geraume Zeit nur die Wanduhr wahrnahm, die längst nicht mehr in ihrem Blickfeld war.

Er machte sich nicht die Mühe, die Tür zu schließen, weil er sowieso gleich wieder bei ihr sein würde. Blitzschnell bewegte er sich in den Behandlungsraum, schnappte sich Sammy und brachte sie im Bruchteil einer Sekunde ins Anwesen. Er drückte sie dem völlig verblüfften Jack in die Arme und blaffte ihm ein paar Anweisungen zu, bevor er seinen Hintern wieder in die Klinik in der Bronx zurückverfrachtete und sich darum kümmerte, dass niemand sich mehr an Sammy oder ihn erinnerte.

Die rebellische Krankenschwester, die nach wie vor stocksteif am selben Platz stand und die nicht vorhandene Wanduhr anstarrte, nahm er sich als allerletzte vor und sie erwies sich auch dabei als erstaunlich widerspenstig.

Frustriert knurrend biss er die Zähne zusammen, während er in ihre starren Augen blickte. Er wollte nicht zu tief in ihren Verstand und vor allem in ihre Erinnerungen eintauchen. Nicht weil er nichts von ihr sehen wollte. Das konnte er im Normalfall leicht ausblenden und schnell vergessen. Nein, mit einigem Erstaunen stellte er fest, dass es ihm widerstrebte, ihr die Erinnerung an ihn selbst zu verschütten. Etwas in ihm stellte sich gerade absolut quer. Er wollte nicht, dass ihre Augen so starr durch ihn hindurchblickten, wie es gerade der Fall war. Er wollte etwas sehen. Ein Wiedererkennen, irgendwas, alles – nur nicht diese starre Leere.

Und außerdem wollte er gerade noch etwas ganz anderes. Sein Magen knurrte nicht nur schmerzhaft, er brüllte geradezu. Sein Hunger war so groß, dass seine Fänger hyperempfindlich waren und weit aus seinem leicht geöffneten Mund ragten. Vergeblich versuchte er sich von dem Gedanken abzubringen, von ihr zu trinken. Die Erinnerung an ihren Geschmack erschwerte ihm sein Vorhaben absolut.

Ein Zucken ihrer Augenlider verriet, dass sie nicht mehr lange in diesem Zustand der Starre verharren würde. Der Mann in ihm wollte nicht, dass sie ihn so hungrig sah, und drängte darauf, zu verschwinden. Der Etanaer dagegen … Arslan beugte sich etwas nach vorne und lehnte seine Stirn an ihre. Ihre Haut fühlte sich kühl und seidig an und er genoss das Gefühl genauso wie den berauschenden Duft, der von ihr ausging. Er spürte das Pulsen ihres Blutes in seinem Körper und alles in ihm schrie nach mehr. Sein Verstand riet ihm, so schnell wie möglich zu verschwinden, doch seine Lippen glitten wie von selbst zu ihrem Hals. Bevor er es sich noch einmal anders überlegen konnte, versenkte er seine Fänge in ihrer Vene und trank in gierigen Schlucken. Er hörte sich selbst tief und anhaltend knurren, vor Hunger, weil er wusste, dass er aufhören musste, dass er zu viel nahm. Und vor Entsetzen, weil ihn fast augenblicklich Erregung überflutete und seine Finger, wie von selbst, zu seinem Hosenbund glitten. Das war an und für sich nur eine biologische Reaktion, der sich kaum einer von ihnen widersetzen konnte. Sein Entsetzen beruhte jedoch auf der Intensität der Lust, die er empfand. Nicht auf einen irgendeinen Körper, sondern auf genau den dieser Frau. Und nicht nur auf ihren Körper. Auf die ganze Frau. Lust, die anders war, als alles, was er seit Meryem empfunden hatte. Er wollte sich in der Frau verkriechen, mit ihr verschmelzen, nie mehr aus ihr auftauchen.

Abgrundtiefer Ekel vor sich selbst kroch in ihm hoch, die sich mit seiner Gier nach dieser Krankenschwester, nach der Sehnsucht, die er nicht genauer benennen konnte und die gerade jede seiner Zellen erfüllte, einen erbitterten Kampf lieferte.

Fast kam er sich vor, als ob er neben sich stehen würde, denn er sah ihre Augenlider erneut zuckten. Außerdem hörte er eine undeutliche Stimme. Sie rief den Namen der Frau, von der er nach wie vor trank. Gierig und in großen Schlucken und vor allem viel zu viel. Er spürte, wie sie schwächer wurde. Wie ihr Herz leicht zu stolpern begann. Beides sorgte dafür, dass er seine Hose geschlossen ließ und seine Zähne ruckartig aus der Vene zog. Er musste allerdings an sich halten, nur über die Bisswunde zu lecken, damit die Blutung gestillt wurde. Am liebsten hätte er sofort wieder zugebissen. Es fehlte nicht viel und er hätte sie völlig ausgesaugt.

Es kostete ihn immense Überwindung, ihre Erinnerungen erneut zu manipulieren. Es war ein Fehler gewesen, sich von ihr zu nähren, das merkte er spätestens, als er zärtlich über ihre Wange strich, über die trotz der Trance Tränen gelaufen waren, weil er sich viel zu brutal in ihrem Hals verbissen hatte. Etwas an ihr berührte ihn mehr, als ihm lieb sein konnte. Arslan schluckte heftig und wünschte sich zum ersten Mal seit langer Zeit, etwas ungeschehen machen zu können.

Die Augenlider zuckten wieder und ihre Augen blickten schon nicht mehr ganz so starr, wie noch gerade eben. Etwas wie Erkennen flackerte in ihrem Blick auf, als sie zunehmend erwachte, und Arslan zuckte erschrocken zurück. Entsetzt auch darüber, dass er immer noch hier war und die Frau festhielt, wie etwas extrem Kostbares. Am liebsten hätte er sie mit ins Anwesen genommen.

Wütend auf sich selbst, wühlte sich Arslan ein weiteres Mal in ihren Kopf, bevor er sich eilig ins Anwesen zurückbegab, um sich mit Jack um Sammy zu kümmern. Er war so vorsichtig gewesen, wie es nur irgendwie ging, aber eine solche Manipulation zum dritten Mal in so kurzer Zeit war einfach zu viel. Er hoffte inständig, dass die Krankenschwester nicht den Verstand verlor, denn in ihrem Kopf herrschte hoffnungsloses Chaos.

Das Schwindelgefühl ließ endlich nach. Verblüfft blinzelte Shannon. Die Uhr hatte doch gerade noch eine ganz andere Zeit angezeigt. Und warum saß sie auf einem Stuhl und erledigte Papierkram?

„Hier bist Du. Wir brauchen Dich in der Sieben. Los komm schon. Ein Notfall."

Shannon schluckte. Ihr Hals fühlte sich seltsam trocken und schrecklich wund an. Sie bewegte den Kopf. Auch keine gute Idee. Ihr wurde sofort wieder furchtbar schwindelig und der Raum schien sich wie in Zeitlupe kurz um sie zu drehen. Die Sieben, ja richtig. Heftige Wehen. Hastig stand sie auf und krallte ihre Finger um die Schreibtischplatte, um auf den Beinen zu bleiben. Dann setzte sie sich wie ein Automat in Bewegung. Heute war wirklich nicht ihr Tag. Sie überquerte den Flur und versuchte sich krampfhaft daran zu erinnern, was eben passiert war. Das verschwommene Bild einer hochschwangeren Frau huschte durch ihren Kopf und wurde sofort von etwas anderem überlagert. Das Bild des Mannes aus dem Café drängte sich mit Macht dazwischen. Er hatte fatale Ähnlichkeit mit … ja mit wem eigentlich? Wieso dachte sie in diesem Zusammenhang an einen Arzt? Hier arbeitete garantiert keiner, der so aussah.

Während sie durch die Tür des Behandlungsraumes trat, verblasste das Bild des Mannes zusehends. Trauer machte sich in ihr breit und ihr stiegen die Tränen in die Augen, weil sie ein immenses Verlustgefühl verspürte. Während sie ans Bett trat, klärte Diana sie über die darin liegende Patientin auf. Etwas war falsch und Shannon versuchte krampfhaft, sich zu konzentrieren. Das Gesicht der Frau war falsch. Sie sah … zu gesund aus. Nicht wie … wie wer? Es wollte ihr partout nicht einfallen, aber das Gesicht der Frau hier war falsch. Der Gedanke, dass das so war, raubte ihr die Luft zum Atmen. Vielleicht war es auch das pochende Gefühl an ihrem Hals, die Erinnerung an einen scharfen, kaum auszuhaltenden Schmerz oder an einen seltsam verlorenen Blick aus blauen Augen, die sie nicht zuordnen konnte, obwohl ihr gleichzeitig ein Arzt einfiel, mit dem sie sich gestritten hatte. Sie keuchte wie eine Asthmakranke, was ihr verwunderte Blicke ihrer Kollegen einbrachte. Jemand griff nach ihr, aber das bekam Shannon nur vage mit, weil das Gefühl von Kälte durch ihren Körper strömte und ihre Beine bleischwer wurden. Der Raum schwankte erneut. Immer stärker. Die Geräusche kamen ihr überlaut vor und doch verstand sie absolut nichts.

Wieder geisterte ihr das Bild des Mannes aus dem Café durch den Kopf und kurz schob sich das Bild einer schwangeren Frau mit bleichem Gesicht, in dem die rissigen Lippen überdeutlich zu sehen waren, dazwischen. Der Mann beugte sich über die Frau, er sah sehr besorgt aus. Aber etwas war falsch. Sie sah das Bild aus der Entfernung. Ein Windelpaket versperrte ihr halb die Sicht. Und etwas, dass wie ein durchsichtiges Zifferblatt aussah. Die ebenfalls transparenten Zeiger standen auf 20 vor 10.

Hämmernde Kopfschmerzen machten ihr das Denken schwer, nein unmöglich, und ein hysterisches Schluchzen stieg in ihrer Kehle auf. Rasch presste sie ihre Hände auf den Mund, als könnte sie es so zurückhalten. Dianas Gesicht tauchte unnatürlich verzerrt vor ihr auf. Dann verschob sich ihre Perspektive schlagartig, und bevor sie registrieren konnte, dass sie zu Boden gestürzt war, wurde es dunkel um sie.

„Hallo, da bist Du ja wieder. Wie fühlst Du Dich?"
Dianas Stimme hörte sich sehr besorgt an und Shannon fragte sich verwirrt, was geschehen war.
„Du hast uns einen ganz schönen Schrecken eingejagt, als Du da plötzlich wie ein gefällter Baum umgekippt bist. Sherman hat gemeint, dass es daran liegen könnte, dass Du ziemlich blutarm bist."
Dianas Gesicht wurde für einen Moment unscharf und Shannon hatte Mühe, ihre Augen in eine Richtung blicken zu lassen. Sie befeuchtete ihre trockenen Lippen. „Was ist passiert?"
„Also, Du hast gestern ja schon den ganzen Tag ziemlich k. o. ausgesehen. Aber als Du da in der Sieben umgekippt bist, warst Du weißer als weiß. Dagegen siehst Du jetzt geradezu blendend aus."
Immer noch mitgenommen, aber deutlich besser, wie Diana fand. Außerdem brabbelte ihre Kollegin jetzt nicht mehr vor sich hin. Die letzten fünf Stunden, die sie nach Schichtende am Bett von Shannon verbracht hatte, waren ziemlich erschreckend gewesen. Wenn sie es nicht besser wüsste, könnte man fast denken, dass ihre Kollegin im Drogendelirium gewesen war. Fast ununterbrochen hatte sie wirres Zeug von einem Mann, einem Überfall, einem Geist, einer schwangeren Frau und einem Telefon von sich gegeben. Niemand in der Station war schlau daraus geworden. Eine eilig durchgeführtes Screening hatte jedoch keinerlei Anhaltspunkte für Drogen gegeben. Das Einzige, was man herausgefunden hatte, war, dass Shannon an einer ausgeprägten Anämie litt.
Vorsichtig sprach Diana ihre Kollegin auf das an, was sie die letzten Stunden von sich gegeben hatte. Ihre Frage nach dem Überfall sorgte dafür, dass Shannon die Stirn runzelte und sich aufsetzte. „Ich weiß nicht. Ja, Joes Tankstelle wurde überfallen, soweit ich weiß. Aber, ich weiß nicht, was da genau passiert ist. Ich war zuhause."
Das Stirnrunzeln vertiefte sich, als sich das Bild umstürzender Regale und schwebender Glassplitter in ihre Erinnerung drängte. Sie schüttelte den Kopf, um das Bild los zu werden. Allerdings bekam sie dafür glasklar eine Erinnerung an eine schwangere Frau, die sie bat, jemanden anzurufen. Aufgeregt griff sie nach Dianas Hand.
„Die Frau, der es so schlecht ging. Ist mir ihr alles in Ordnung. Sag mir, dass er sie nicht mitgenommen hat."
Behutsam versuchte Diana, Shannons Klammergriff an ihrer Hand zu lösen.
„Welche Frau meinst Du? Wer wollte sie mitnehmen?"
Sobald Shannon zu einer Antwort ansetzen wollte, geisterte ihr ein Name durch den Kopf.

„Arslan. Er ist Arzt, ihr Gynäkologe, wenn ich das richtig verstanden habe. Aber ihr ging es so schlecht. Ein Transport wäre doch gar nicht möglich gewesen."

Der fragende Blick, der sie traf, machte Shannon nervöser als ihr lieb war.

„Erinnerst Du Dich nicht? Du bist doch dabei gewesen."

Noch bevor sie das Kopfschütteln ihrer Kollegin sah, begann Shannon ihren Oberkörper hin und her zu schaukeln. Ihre Finger waren weiß, so sehr umklammerte sie ihre eigenen Schultern.

„Du bist doch dabei gewesen."

Den Satz mehrmals wiederholend, versuchte sie die Bilder in ihrem Kopf festzuhalten, die in einem undurchdringlich schmerzhaften Nebel zu versinken drohten. Dianas mitfühlende, tröstende Worte lösten das genaue Gegenteil von dem aus, was sie bewirken wollte. Shannon geriet in Panik und hatte das Gefühl auseinanderzubrechen. Tränen begannen über ihr Gesicht zu laufen und sie schaffte es nicht, sie zurückzuhalten. Mittlerweile war einer der Ärzte aufgetaucht, weil er ihren hysterischen Anfall vom Flur aus mitbekam. Alle Versuche, eine halbwegs normale Erklärung zustande zu bringen, endeten in einem weiteren hysterischen Weinkrampf. Ein weiterer Arzt kam herein und innerhalb kurzer Zeit hatte sie einen Betäubungscocktail in sich, der sie für die nächsten Stunden in Tiefschlaf versetzte.

Als sie wieder wach wurde, dauerte es eine Weile, bis sie wusste, wo sie sich befand oder was vorgefallen war. Ein Blick auf den Flur zeigte ihr, dass sie sich nach wie vor in der Geburtsabteilung befand. Das Kaleidoskop an Bilder in ihrem Kopf sorgte dafür, dass Shannon ihre Beine aus dem Bett schwang und vorsichtig aufstand. Sie fühlte sich zwar müde, aber so fit, dass sie sich in dem Krankenhausnachthemd loswerden wollte, welches man ihr übergestreift hatte. Eilig öffnete sie die Bänder, streifte es ab und schlüpfte in ihre eigenen Kleider, die zusammengefaltet neben dem Bett lagen.

Diana tauchte in der Tür auf und lächelte sie an. „Hey, nicht so hastig. Fühlst Du Dich denn schon wieder fit genug, um aufzustehen."

Nickend drückte sich Shannon sich an ihr vorbei.

„Wo willst Du denn hin?"

Zitternd Luft holend, deutete Shannon auf den Tresen. „Die Frau, erinnerst Du Dich? Sie heißt Navaro. Samantha Navaro. Wir haben Unterlagen hier. Es stand nicht viel drin, aber der Name war vermerkt. Auf dem Laufzettel der Aufnahme unten. Ich will einfach wissen, wie es ihr geht."

Alarmiert – so konnte man Dianas Gesichtsausdruck eindeutig beschreiben. Ohne sich davon irritieren zu lassen, wühlte sich Shannon durch die Ablagefächer und Krankenblätter. Erst Dianas Hand, die sich behutsam auf ihren Unterarm legte, sorgte dafür, dass sie innehielt. Mit aufgerissenen Augen sah Shannon ihre Kollegin an.

„Shannon, bitte, hör auf. Wir haben keine Patientin, die so heißt. Ich weiß nicht, wovon Du redest, aber ich mache mir wirklich Sorgen um Dich. So kenne ich Dich nicht."

Obwohl sie für gewöhnlich nicht hysterisch reagierte, spürte Shannon erneut Panik in sich hochsteigen und dieses beklemmende Gefühl in ihrer Kehle. „Du warst doch dabei. Das kann ich mir doch nicht einbilden. Sie war doch hier."

Das kaum merkliche Kopfschütteln und Dianas Blick über ihre Schulter sorgte dafür, dass Shannon sich umdrehte. Ihr Chef, der Leiter der Geburtsabteilung und jemand aus der Personalabteilung standen unmittelbar bei ihnen. Ihre Gesichter drückten gleichermaßen Besorgnis wie Entschlossenheit aus.

„Shannon, wie ich sehe, geht es Ihnen etwas besser. Wir würden gerne mit Ihnen reden, kommen Sie bitte mit?"

Das Gespräch verlief nicht sehr gut. Obwohl sie sich dagegen wehrte, wurde sie zu einer Zwangspause verdonnert, weil man verhindern wollte, dass sie Fehler machte und völlig zusammenbrach. Erleichterung und Fassungslosigkeit tobten in Shannon, während sie das Büro in der Personalabteilung verließ.

Einerseits war Shannon fast froh darüber, dass man ihr die Entscheidung abnahm und ihr so Gelegenheit gab, sich zu erholen. Andererseits fühlte sie sich bestraft und der Gedanke, plötzlich freie Zeit zu haben, jagte ihr Angst ein. Zeit bedeutete, dass sie nachdenken konnte.

Etwa über diesen seltsamen Vorfall. So schemenhaft, wie die verwirrenden Bilder in ihrem Verstand auftauchten und wieder verschwanden, so glasklar standen sie ihr zwischendurch vor Augen. Genauso glasklar, wie Dianas verständnisloser Blick und die deutliche Besorgnis in ihren Augen. Einerseits glaubte sie ihr unbesehen, wenn sie sagte, dass nichts gewesen war. Diana hatte sie noch nie angelogen. Doch andererseits sah sie sich überdeutlich mit Diana am Bett der zusammengekrümmten Frau. Es war zum verrückt werden. Und außerdem war da dieses bedrohliche Gefühl gewesen, als ob sie gelähmt wäre. Sie konnte nicht einmal die Augen bewegen und durch das Bild einer Uhr hindurch sah sie immer wieder etwas anderes.

Außerdem würde die Pause ihre Situation auf ihrer Station nicht erleichtern, weil ständig Personalmangel herrschte und jeder permanent Überstunden schob. Das würde ihren ohnehin schon schwierigen Stand unter den Kolleginnen noch erschweren. Dummerweise gingen die meisten davon aus, dass sie ihren momentanen Posten nur bekommen hatte, weil sie ihr ein Verhältnis mit einem der leitenden Ärzte unterstellten. Dass das nur teilweise richtig war, interessierte sie gar nicht. Einer von ihnen hatte zwar vor über zwei Jahren eindeutiges Interesse an ihr bekundet, aber da war nie etwas gewesen, auch wenn die Gerüchte seither nicht verstummten.

Müde schlich sie zu ihrem Spind und wechselte ihre Schuhe. Ohne sich umzuziehen, zog sie ihren Rucksack aus dem Schrank und verschloss die schmale

Tür dann sorgfältig. Als sie die Umkleide verlassen wollte, wurde sie von Diana aufgehalten, die am Türrahmen lehnte.

„Hör mal Shannon. Vielleicht war einfach in letzter Zeit alles ein wenig zu viel. Du kommst ja gar nicht mehr runter. Immer arbeiten. Und dann das mit Deiner Schwester. Vielleicht brauchst Du tatsächlich Ruhe, damit sich alles wieder einrenkt. Aber versprich mir, dass Du Dich meldest, wenn Du reden möchtest. Du hast mir da echt einen riesigen Schrecken eingejagt und ich mache mir wirklich Sorgen um Dich."

Shannon spürte, wie ihr eine Visitenkarte in die eiskalte Hand gedrückt wurde. Etwas ratlos starrte sie auf die schlichte weiße Karte.

„Das ist der Schwager meiner Schwester. Als Psychologe ist er wirklich gut und er hat gemeint, dass er Dir noch diese Woche einen Termin geben kann, wenn Du möchtest. Bitte ruf wenigstens ihn an, wenn Du nicht mit mir über alles reden möchtest oder kannst. Ich bin sicher, er kann Dir helfen."

Steif stand Shannon da, während Diana sie in ihre Arme zog und fest umarmte.

„Soll ich Dir ein Taxi rufen?"

Kopfschüttelnd machte sie sich frei und lächelte schief. So viel Aufmerksamkeit war sie gar nicht mehr gewohnt und es war ihr etwas unangenehm, solch einen Wirbel verursacht zu haben. „Nein, ich denke der kleine Fußmarsch tut mir gut." Die Hand leicht hebend, winkte sie kurz und verließ dann eilig den Personalraum.

Der Heimweg lag wie in dichtem Nebel. Sie musste sich mehrmals an einer Hausmauer festhalten, weil das Schwindelgefühl wieder einsetzte, wenn sie zu schnell ging. Was sie wieder auf das brachte, was Diana erzählt hatte. Eine Anämie? Vor nicht mal zwei Wochen waren ihre Blutwerte absolut normal gewesen. Gut, ihr Magen zickte in letzter Zeit herum, aber richtige Schwierigkeiten machte er nicht. Außerdem waren die Entzündungswerte völlig normal, also konnte er eigentlich schon mal nicht der Auslöser für diese Blutarmut sein. Andererseits würde eine Anämie diese bleierne Müdigkeit erklären, die sie in den letzten Tagen plagte.

Etwas überrascht bemerkte sie, wie sie vor ihrer Haustür stand und in ihre Tasche starrte. Es dauerte einen weiteren Moment, bis sie nach ihrem Schüssel zu suchen begann. Außerdem brauchte sie eine Ewigkeit, bis sie die Treppe geschafft hatte.

Aus purer Gewohnheit klingelte sie bei ihrer Nachbarin, um zu fragen, ob sie etwas brauchte. Und wie meistens war das nicht der Fall. Allerdings teilte Katie Mendelson ihr mit, dass sie sich entschlossen hatte, in ein Pflegeheim zu gehen. Ihre Überlegung, ihre eigene Wohnung zu kündigen, fiel Shannon wieder ein. Sobald ihre Nachbarin ausgezogen war, konnte sie das in Angriff nehmen. Ganz allein im Haus zu leben, war keine sehr beruhigende Vorstellung und das eingesparte Geld konnte sie wirklich brauchen.

Während sie ihre Wohnungstür aufschloss, öffnete sie einen Brief der Hausverwaltung. Sobald sie ihn gelesen hatte, sank sie erschöpft gegen die Wand. Das mit der Kündigung konnte sie vergessen. Der plötzliche Entschluss ihrer Nachbarin hatte mit Sicherheit damit zu tun, dass sie ein identisches Schreiben erhalten hatte. Der neue Besitzer ließ mitteilen, dass die Wohnung aufgrund umfangreicher Sanierungsarbeiten innerhalb eines Monats geräumt werden und sie sich eine neue Bleibe suchen musste, weil er das Mietverhältnis kündigte.

Der Weg ins Schlafzimmer kam ihr endlos vor. Als sie sich erschöpft auf den kleinen Futon in ihrem Schlafzimmer sinken ließ, schielte sie zu ihrer Tasche, die sie achtlos auf den Stuhl neben der Tür geworfen hatte. Darin befanden sich Schlaftabletten. Nicht dass sie irgendetwas Dummes damit vorhatte. Sie wollte einfach noch mal schlafen, ohne Traum, ohne Unterbrechung, ohne das endlose Gedankenkarussell verwirrender Bilder in ihrem Kopf. Einfach nur schlafen, schlafen, schlafen …

Müde zwang sie sich aufzustehen und schlich geradezu zu dem Stuhl hinüber. Als sie die kleine Dose mit den Tabletten aus der Tasche zog, fuhr vor dem Haus ein Auto mit Fehlzündungen vorbei. Durch die offenen Fenster hörte es sich an, als ob es direkt neben ihrem Ohr losknallte. Fahrig ließ Shannon die Pillendose fallen. Kraftlos ächzend sank sie auf die Knie und beugte sich nach vorne, um sie wieder aufzuheben. Ein Sammelsurium an Dingen fiel aus der Brusttasche ihres Oberteils. Himmel, sie trug immer noch die gleichen Klamotten wie gestern. Erschöpft sank sie auf ihre Fersen zurück. Bevor sie sich schlafen legte, musste sie dringend duschen.

Mit einer Hand tastete sie unter dem Stuhl herum, um alles aufzusammeln, was aus der Tasche gefallen war. Sie legte ein paar Kaugummis auf den Stuhl, zwei Kugelschreiber, ihr Stethoskop, zwei Haarklammern, ein Handy. Ihre Hand, die bereits unter dem Stuhl war, um noch ein paar Notizzettel aufzuheben, erstarrte mitten in der Bewegung. Und Ihre Augen wurden geradezu magnetisch von der Sitzfläche des Stuhles angezogen.

Der Vorfall war keine Einbildung gewesen. Das Handy bewies es. Sie hatte ihr Handy nie bei der Arbeit dabei. Das lag immer im Spind in ihrer Umhängetasche. Und außerdem hatte sie ein ganz anderes Modell von einem ganz anderen Hersteller. Das hier war ein supermodernes Teil, kein so altes zerschrammtes Ding, wie sie es besaß. Verschwommen kam ihr der Augenblick in Erinnerung, in der sie den Telefonanruf für die Frau getätigt hatte. Als das Gespräch beendet war, hatte die Patientin vor Schmerzen erneut fest nach ihrer Hand gegriffen und sie hatte auf die Schnelle nicht gewusst, wohin mit dem Handy, also hatte sie es in die Tasche ihres Oberteils gesteckt und dann wegen der Ereignisse vergessen, es in die Handtasche zurückzulegen.

Wie vom Donner gerührt, kniete sie mehrere Minuten vor dem Stuhl und starrte darauf. Dann griff sie mit zitternden Fingern danach. Als sie es aufklappte und die Rufnummernliste aufrief, sah sie den Namen des Mannes, der angeblich nur in ihrer Einbildung existierte. Wie von selbst drückte ihr Finger auf Wahlwiederholung. Ihr Herz klopfte zum Zerspringen, als das Freizeichen ertönte. Nach dem zweiten Klingeln meldete sich die gleiche Männerstimme wie beim ersten Mal, auch wenn sie jetzt eher erstaunt als besorgt klang. Und wie beim ersten Mal wurde ihr schwindelig, als sie die Stimme hörte. Sie atmete schwer und legte schnell wieder auf.

Die Gedanken schossen wirr durch ihren Kopf, als sie das Handy hektisch völlig ausschaltete. Ein ungutes Gefühl beschlich sie. Es war nicht normal, dass man alle Spuren verwischte, nur weil man jemand aus dem Krankenhaus holte. Aber irgendjemand hatte großen Wert darauf gelegt, dass die schwangere Patientin aus der Krankenhausdatei verschwand. Sie hatte keine Ahnung, was der angebliche Gynäkologe getan hatte, dass Diana so tat, als ob sie nicht wüsste, wovon sie sprach. Aber es musste etwas Gravierendes gewesen sein. Denn Diana war so ziemlich die einzige Kollegin, die immer zu ihr gehalten hatte, egal was alle anderen über sie sprachen.

Dateien zu löschen war eine Sache, jemanden dahingehend zu beeinflussen, dass er plötzlich unter Gedächtnisschwund litt, etwas ganz anderes. Sie musste einen Drogencocktail erhalten haben – nur so waren die verwirrenden Bilder in ihrem Kopf zu erklären. Aber warum nur sie und nicht Diana. Die hatte doch völlig normal gewirkt, wenn man mal von ihrer Verwirrung absah, sobald sie von der Frau anfing. Verwirrt, aber seltsamerweise nicht verängstigt.

Wer machte so etwas? Verbrecher oder Regierungsbeamte. Ihr wurde eiskalt. War die Schwangere in Gefahr oder hing sie da selbst mit drin? Noch immer starrte sie auf das Handy in ihrer Hand. Dann warf sie es auf die Sitzfläche, als wäre es ein ekliges Insekt. Sie rieb ihre feuchten Handflächen an ihren Oberschenkeln trocken. Krampfhaft versuchte sie, sich selbst zu beruhigen. Wie hatte die Schwangere diesen Mann begrüßt? War sie ängstlich gewesen? Nein, eigentlich schien sie sich eher sofort zu beruhigen und er hatte sich auch sehr fürsorglich über die Frau gebeugt. Shannon schloss die Augen und schluckte mehrmals. War sie nur davon ausgegangen oder hatte die Frau den Mann, der auftauchte und sie mitnehmen wollte, wirklich gekannt?

Vor Nervosität knabberte sie an ihren Fingernägeln. Wenn die Frau ihn gekannt hatte, bräuchte sie sich keine weiteren Gedanken machen und könnte so tun, als würde auch sie plötzlich nicht mehr wissen, was passiert war. Aber wie sollte sie es mit ihrem Gewissen vereinbaren, wenn die Frau in Gefahr war und sie dazu schwieg? Und wenn bei den Leuten die dafür verantwortlich waren herauskam, dass sie sich so aufgeführt hatte, wie sie sich nun einmal aufgeführt hatte, was passierte dann?

Gelächter schallte aus der Gemeinschaftsküche, als Arslan das Haus betrat. Mit gesenktem Kopf ging er über die Treppe nach oben. Ihm war jetzt nicht sonderlich nach Gesellschaft zumute. Er wollte nur noch nachsehen ob León schon wieder zurück war, vielleicht die Sauna aufsuchen und dann auf die Jagd gehen. Sein Magen knurrte schon wieder unaufhörlich. Das wurde langsam echt lästig. Er klopfte an die Eingangstür zu Leóns Appartement und wartete darauf, dass jemand öffnete. Und schloss, als es soweit war, die Augen. Das hier hatten sie doch schon mal. Alisha stand in der Tür und begrüßte ihn lächelnd und sagte ihm erneut, dass León noch nicht wieder im Haus war. Und wiederum fragte sie ihn, ob sie ihm nicht helfen könnte. Natürlich könnte sie das. Aber erstens würde sie schreiend davonlaufen, wenn er ihr sagte, wie. Und zweitens würde er dadurch ernsthafte Probleme mit León bekommen.

Verdammter Mist. Seit Çems Taufe wusste er andeutungsweise, wie sie schmeckte – ihr Geschmack erinnerte ihn an Meryem und fast ein bisschen an diese Krankenschwester, der er heute zufälligerweise wieder über den Weg gelaufen war, als er eine seiner Patientinnen aus einem Krankenhaus in der Bronx holen musste. Und bei der er sich wider besseres Wissens erneut bedient hatte. Er hatte sich nicht auf Sammy und diese andere Schwester konzentrieren können, bevor er einen tiefen Schluck von dieser Shannon genommen hatte. Ach was einen - er hatte weitaus mehr als einen Schluck genommen und viel zu viel. Erst danach konnte er sich richtig um Sammy kümmern, auch wenn er schrecklich erregt war und am liebsten etwas ganz anderes gemacht hätte. Das war vielleicht knapp gewesen. Also nicht, dass er sie da herausholen konnte. Das war kein Problem. Die wenigen Leute, die etwas von ihr wussten, waren schnell manipuliert und dank des trüben Wetters konnte er Sammy schnell in die hauseigene Station bringen. Die weitaus größere Herausforderung war, sie am Leben zu erhalten. Eine der Blutverbindungen zu ihrem Sohn hatte sich gelöst. Und da ihr Mann seit drei Monaten irgendwo in der Welt herumgondelte, anstatt ihr permanent zur Seite zu stehen, wäre sie beinahe verblutet. Glücklicherweise erreichte ihn der Anruf aus dem Krankenhaus noch rechtzeitig und glücklicherweise hatten Samuel und Nico diesen Schwachkopf von Ehemann aufgetrieben und ihm sehr deutlich gezeigt, wo sein Platz war.

In diesem Moment registrierte er, dass Alisha ihn abwartend ansah. Hatte er ihr noch nicht geantwortet? „Ähm, nein, alles ok, ich warte einfach, bis er kommt." Kaum ausgesprochen, drehte er sich auf dem Absatz um und ging in sein eigenes Appartement. Er verfluchte sich selbst, dass ihm gerade jetzt eine Umgestaltung eines seiner Häuser in New Orleans durch den Kopf ging und er sich einbildete deshalb dringend mit León sprechen zu müssen. Zumal er genau wusste, dass León diese Woche gar nicht da war. Der alte Kasten war seit 150 Jahren nicht großartig umgebaut worden. Warum zum Teufel war es ihm jetzt gerade so wichtig, dass in dem Haus, das er so gut wie nie aufsuchte, etwas verändert wurde?

Frustriert tigerte er durch sein Appartement. Wem wollte er hier etwas vormachen? Seit der Taufe sah er Alisha mit anderen Augen. Er bekam richtig fiesen Hunger, sobald er sie auch nur anblickte. Nicht bloß leichtes Magenknurren. Nein – ihn plagte abgrundtiefer Hunger, auch jetzt, obwohl er vorher erst Blut zu sich genommen hatte. Genauso wie ihn abgrundtiefer Neid plagte, wenn er sich vorstellte, dass León jederzeit von Alisha kosten konnte. Neid, weil León sie jederzeit umarmen konnte. Richtig umarmen, nicht so eine 0-8-15-Umarmung, wie er selbst sie sich herausnehmen durfte. Aber all das wäre erträglich, wenn da nicht dieser Hunger wäre, der ihn in ihrer Gegenwart stets überkam. Hunger, der umso gravierender war, weil er Menschen verachtete und sich nur nährte, wenn es absolut sein musste. Allein bei dem Gedanken an Menschen krampfte sich sein Magen zusammen. Auch wenn er sich sagte, dass nicht alle so waren wie …

Bevor er es verhindern konnte, wurde er von Bildern und Geräuschen aus der Vergangenheit überrollt, die die Gegenwart samt Alisha in einem Strudel an Empfindungen untergehen ließen. Erinnerungen, die ihn direkt in das Jahr 1509, in die Zeit des großen Bebens zurückversetzten. An den Tag, an dem er nicht nur seinen Sohn Murat, sondern auch seine Frau Meryem mitsamt ihrem ungeborenen Kind verloren hatte. Dabei hätten die Menschen ihnen nach diesem verheerenden Beben helfen können. Es wäre ein Leichtes gewesen, seine Familie aus den Trümmern zu bergen. Als sie jedoch bemerkten, was sein gerade 42 Jahre gewordener Sohn war, hatten sie ihn und seine Frau qualvoll verrecken lassen. In seiner Panik, aus Angst und vor Schmerz waren Murats Fangzähne gewachsen und er konnte sie nicht vor den Menschen, die eigentlich vorbeikamen, um zu helfen, verbergen. Die Männer waren wieder gegangen - die Fäuste erhoben, Verwünschungen ausstoßend. Die Verletzungen waren schlimm, aber sie hätten sie überleben können. Was sie umbrachte, waren der Durst, der Hunger, die im Tageslicht wagemutigen Menschen und letztlich die Ratten und streunenden Hunde, die irgendwann durch die Trümmer des Hauses krochen. Die schrillen Schreie, das Kreischen und Wimmern seiner Frau und seines Jungen suchten ihn noch heute nachts regelmäßig in seinen Träumen heim. Es brachte ihn beinahe um, weil er sich kaum noch an ihr Lachen erinnern konnte, aber diese schrecklichen Schreie würde er niemals vergessen. Er selbst, verletzt und eingeklemmt in einem eingestürzten Teil des Hauses liegend, konnte ihnen nicht helfen. Aber er konnte sehen, wie ein hungriger Hund den Arm seines Sohnes im Maul hatte und zwei andere sich um den Kopf balgten. Und er würde nie die Sarggeburt seiner Frau vergessen, die Gerüche, die Geräusche, als ihre Leiche durch die bakterielle Fäulnis und die entstandenen Faulgase, allmählich seinen ebenfalls toten, ungeborenen Sohn austrieb.

Nur mühsam gelang es Arslan, sich auf die Gegenwart zu konzentrieren. Das Bild der Krankenschwester half ihm seltsamerweise dabei, warum auch immer. Mit dem Unterarm wischte er hastig über sein feuchtes Gesicht. Seine Augen spiegelten die Qual wider, die er auch nach 500 Jahren noch bei der Erinnerung an diese Zeit empfand. Und die Qual, weil er das Lachen, den Geruch seiner Familie und den Geschmack seiner Frau im Laufe der Zeit fast vergaß. Sein Magen knurrte jetzt nicht mehr vor Hunger. Jetzt war er, vor Schmerz und Wut, Ekel und Abscheu, zu einem verkrampften Klumpen geworden, der Arslan das Atmen so sehr erschwerte, dass er glaubte, ersticken zu müssen. Er musste aus seinem Appartement raus. Sauna. Ein, zwei Saunagänge würden ihm sicher guttun. Und bis die warm war, konnte er eine Runde schwimmen, oder aufs Laufband. Etwas tun. Wenn er allein in seinem Appartement blieb, würde er durchdrehen und irgendeine Dummheit machen.

Kopfschüttelnd war Alisha in die Wohnung zurückgegangen, während Arslan unverrichteter Dinge wieder abzog. Sie nahm sich vor, mit León zu sprechen. Offensichtlich hatte sein Neffe ein Problem und offensichtlich suchte er Hilfe.
Das Klingeln des Telefons unterbrach ihre Überlegungen. Sie nahm ab und meldete sich.
„Hi Alisha. Nathan und ich lassen die Sauna anheizen und wollten fragen, ob Du Lust hast, auch runterzukommen. Samuel und Rachel sind auch mit von der Partie, ebenso wie Halil und vielleicht noch Doug. Komm doch auch." Jasmin sprudelte noch mit der einen oder anderen Neuigkeit hervor, bevor sie Alisha erneut fragte. Alisha überlegte nur kurz. Eigentlich sprach nichts dagegen. Das, was sie sich für den heutigen Abend vorgenommen hatte, konnte sie auch gut morgen erledigen und Çem hatte kurz vorher sein Blut bekommen. Da hatte sie ein paar Stunden Freizeit. Sie besprach sich kurz mit seinem Kindermädchen und ging dann nach unten in den Fitness- und Wellnessbereich des Anwesens. Sie könnte ja auf einiges im Haus verzichten, aber darauf nicht wirklich. Es war einfach herrlich, jederzeit wenn einem danach war, irgendwas dort unten zu machen oder machen zu lassen. Auch wenn sie in ihrem früheren Leben nie wirklich Zeit gefunden hatte, es sich auf diese Art und Weise gut gehen zu lassen – an diesen Luxus gewöhnte man sich sehr, sehr schnell.
Nach dem ersten Saunagang verabschiedeten sich Jasmin und Nathan schon wieder. Mit einem Grinsen und einer anzüglichen Bemerkung kommentierte Halil ihren Abzug. Wohlig seufzend streckte er seine langen Beine aus. Allerdings musste er sie gleich wieder anziehen, denn Arslan betrat den Schwitzraum.

Wieso hatte er sich eigentlich gefreut, dass jemand ihm zuvorgekommen war und die Sauna bereits Betriebstemperatur hatte. Jetzt zuckte Arslan prompt unmerklich zusammen, als er bemerkte, wer alles anwesend war. Gleichzeitig dankte er im Stillen Tomás und seinen mitunter recht willkürlichen Anweisungen, wonach schon seit einer Ewigkeit der Saunabereich nur noch mit umgebundenen Tüchern aufgesucht werden durfte. Als er sich hinsetzte, hob er kurz witternd seine Nase. Wie es schien, war Rachel mal wieder fast soweit. Ein Umstand, denn Samuel offenbar soeben auch mitbekommen hatte, denn sein Blick änderte sich schlagartig und man konnte bereits die Spitzen seiner Fangzähne an den Lippen sehen. Arslan fluchte innerlich. Wie war er nur auf den bescheuerten Einfall gekommen, sich hier noch etwas zu entspannen? Hoffentlich zogen die beiden bald ab, er hatte keine Lust Samuel in einer wie auch immer gearteten Aktion zu erleben. Tief durchatmend schloss er die Augen und versuchte sich etwas herunter zu bringen. Sein Magen knurrte laut und für alle vernehmlich. Unbewusst nahm er wahr, wie Halil neben ihm ebenfalls unruhig herumzurutschen begann.

„Hey ihr beiden. Könntet ihr uns einen Gefallen tun und hier verschwinden?" Halils Stimme klang heiser, als er sich mit seiner Bitte an Rachel und ihren Mann wandte. Alisha öffnete ein Auge und sah ihn verblüfft an. Was war denn in ihn gefahren? Im nächsten Moment erreichte ein zitrusartiger Duft ihre Nase und sie musste lächeln. Aha, bei Rachel war es also wieder einmal so weit. Schon komisch. Früher war ihr so etwas an anderen Frauen nie aufgefallen. Und jetzt empfand sie es ganz normal mitzubekommen, wann eine von ihnen kurz vor ihrem Eisprung war. Wieder ertönte Halils heisere Stimme. „Jetzt macht schon, bitte."

Mit einem Murren erhob sich Rachel, während Samuel Halil beinahe dankbar anblickte. Alisha dankte im Stillen dafür, dass alle hier Handtücher umgebunden hatten. Es war eine Sache zu riechen, wenn eine der Frauen ihre fruchtbaren Tage hatte. Eine ganz andere war es bis in jede Einzelheit zu sehen, wie die Männer darauf reagierten. Kaum hatten die beiden den Schwitzraum verlassen, machte Halil einen Aufguss. Weder Alisha noch er konnten danach ein kleines wohliges Stöhnen unterdrücken. Und es dauerte einen Moment, bis sie wieder richtig atmen konnte. Danach sah sie sich suchend um. „Hört ihr das auch?"

Ein Brummen war zu hören. Wenn sie es nicht besser wüsste, würde sie steif und fest behaupten, dass hier irgendwo ein Kater saß, der sich die Seele aus dem Leib schnurrte. Arslan reagierte gar nicht auf ihre Frage. Der lag sowieso, seit er hereingekommen war, stumm wie ein Fisch in seiner Ecke. Von da schien das Brummen allerdings zu kommen. Seine Augen waren fast ganz geschlossen – wobei sie keine Ahnung hatte, ob er schlief oder irgendetwas sah. Den Mund hatte er fest zusammengepresst. Ein Bein hatte er aufgestellt. Wenn man von seiner Mundpartie absah, wirkte er völlig entspannt. Wobei Alisha darauf wetten würde, dass er alles andere als das war.

Sie bemerkte, wie Halil zustimmend auf ihre Frage brummte und meinte, dass vermutlich eines der Heizelemente bald seinen Geist aufgab. Das Geräusch wurde etwas lauter und Halil fluchte leise. Alisha fand seine Reaktion etwas übertrieben. Das Heizelement brummte zwar, aber es hörte sich nicht so an, als ob es im nächsten Moment ausfiel. Genüsslich holte Alisha Luft.

„Mhm, was ist das für ein Aufguss gewesen? Das riecht ja gut."

Wieder reagierte nur Halil. Sein Tonfall klang seltsam sarkastisch. „Arslans Spezialmischung, vermute ich mal."

Rachel, die kurz vorher aus dem Tauchbecken draußen gestiegen war, machte nochmals die Tür auf, während sie ein Handtuch um sich wand, und Halil stöhnte.

„Nein, also bitte Rachel, tu uns das nicht an!"

Rachel grinste ihn kurz an. „Keine Sorge – ich wollte nur Alisha sagen, dass Isabel nach ihr sucht. Tut mir leid, dass mir das jetzt erst einfällt, aber irgendwie bin ich heute völlig verpeilt. Sie hat schon vor einer Stunde nach Dir gefragt, weil sie ein kleines Problem hat und offenbar Deine Hilfe braucht."

Seufzend erhob sich Alisha. „Kein Problem. Mir ist es heute sowieso irgendwie zu heiß hier drin. Viel Spaß noch ihr beiden." Mit einem kurzen Winken verabschiedete sie sich von den beiden Männern und folgte Rachel in den Umkleidebereich.

Sobald die Tür wieder zu war, wandte sich Halil an Arslan. „Du kannst aufhören, Kater Mikesch. Was sollte denn das eben?"

Arslan machte ein Auge etwas weiter auf und sah ihn an. Das Blau leuchtete intensiv. „Was?"

Halil schnaubte. „Na Dein Brummen eben. Bloß gut, dass Alisha nicht wirklich mitbekommen hat, dass Du das warst. Und selbst wenn ich so naiv wäre wie sie, Deine Zähne verraten Dich, ebenso wie Deine Augen und Dein Geruch, schon vergessen? Und ich bin nicht blind. Also raus mit der Sprache, was war das eben?"

Arslan schloss sein Auge wieder und ignorierte ihn einfach.

„Du weißt aber schon, dass Du deswegen Ärger mit León bekommen kannst?"

Wieder reagierte Arslan nicht im Geringsten. Halils Rechte klatschte unsanft auf seine Brust. Genervt blickte Arslan ihn an. „Was?!?"

Sein Gesichtsausdruck hätte vermutlich alle anderen abgeschreckt. Halil jedoch war nicht besonders schreckhaft. „Wie was? Das will ich ja eben von Dir wissen. Was für einen Blödsinn ziehst Du hier ab?"

Arslan stellte seine Beine auf den Boden und stand auf. Ziemlich sauer sah er auf Halil herab, der jetzt auch noch so weit ging, ihn an seinem Arm festzuhalten. „Jetzt reg Dich ab. Du hast doch selbst Rachel gerochen und bist sogar so weit gegangen, sie und Sam rauszuschicken. Also was willst Du von mir?"

Das Lachen das Halil ausstieß klang nicht besonders fröhlich. „Wem willst Du hier was vormachen. Du hast erst wie ein riesiger Kater geschnurrt, als Rachel draußen war. Das hatte also gar nichts mit ihr zu tun. Wohl aber mit Alisha. Und Deine Zähne sind jetzt noch gut sichtbar. Also hör mich zu verarschen und sag mir lieber, was los ist."

Unwillig schüttelte Arslan seinen Arm ab. „Mann, Du nervst. Dann sind sie halt ausgefahren. Schon mal daran gedacht, dass ich sauer sein könnte, weil Du Dich aufführst wie eine Glucke? Alisha ist bei mir so sicher wie ein Pitbull vor einem Salatkopf. Also nerv mich nicht!" Er stieß die Tür auf und sprang schnell in das Tauchbecken. Das eiskalte Wasser kam ihm jetzt gerade recht.

Nachdem er sich etwas abgekühlt hatte, zog er sich an und verließ das Anwesen. Sein Magen knurrte. Gedankenverloren zog er durch die Stadt. Als ihm bewusst wurde, wo er gelandet war, schüttelte er über sich selbst den Kopf. Ohne darauf geachtet zu haben, war er zum Haus dieser Krankenschwester gegangen. Das durfte ja wohl nicht wahr sein. Wie hatte er 695 Jahre alt werden und so bescheuert bleiben können? So dämlich wie in diesen letzten Tagen hatte er sich noch nie verhalten. Jedenfalls konnte er sich nicht daran erinnern. Was war aus seinen Grundsätzen geworden?

Was zum Geier wollte er hier? Er hatte von ihr getrunken. Dass er sie danach wiedersah, war nicht vorgesehen gewesen. Und heute hatte er sie nicht nur zufällig wiedergetroffen und fast leergesaugt; nein - jetzt stand er erneut vor ihrem Haus. Doch obwohl ihm diese Gedanken durch den Kopf gingen, war er innerhalb kurzer Zeit in dem Haus und direkt vor der Eingangstür ihrer Wohnung. Witternd hob er seine Nase. Soweit er es riechen konnte, befand sie sich in einem der Räume dahinter. Seine Fangzähne verlängerten sich und pochten schmerzhaft. Und sein Magen gab ihm erneut recht laut zu verstehen, dass er Hunger hatte. Frustriert drehte er sich ruckartig um und verließ das Viertel fluchtartig.

Während sie den Esstisch abwischte, hielt sie ihren Sohn auf. Isabel liebte den Luxus von Bediensteten, aber bestimmte Dinge tat sie auch sehr gerne selbst. Vielleicht um nicht vor Langeweile zu sterben. Momentan stellte sie jedoch fest, dass es eher hinderlich war, dass sie heute selbst gekocht hatte. „Warte Douglas. Wir müssen reden."

Wenn seine Mutter in diesem Tonfall mit ihm sprach, kam was auf ihn zu. Zuerst wollte er so tun, als ob er nichts gehört hätte. Dummerweise durchschaute sie ihn sofort und griff in dem Moment nach ihm, als er durch die Tür entwischen wollte.

„Komm mit." Sie zog ihn über den Flur ins Wohnzimmer und schubste ihn auf eines der Sofas.

Tomás schlenderte nach ihnen ins Zimmer und setzte sich neben ihn. Douglas musste an sich halten, seine Augen nicht zu verdrehen. Offenbar sah seine Mutter in Hailey ein Problem, dass es genau genommen gar nicht gab. Momentan setzte sie sich ihm gegenüber auf einen Sessel.

„Also: Klärst Du uns bitte auf, was es mit dieser …, dieser …, dieser Person auf sich hat?" Abwehrend verschränkte sie ihre Arme und musterte ihn prüfend.

„Die Person heißt Hailey, yaya."

Leicht verärgert kniff Isabel ihre Lippen zusammen. Tomás musste an sich halten, nicht loszulachen. Seine Frau hatte bereits den ganzen Nachmittag so viel über die Frau in der Krankenstation lamentiert, dass er selbst neugierig geworden dorthin gegangen war. Zwar hatte das Aussehen und Verhalten der Frau auch ihn mehr als überrascht. Allerdings hatte er sich schneller wieder von ihren Pöbeleien erholt und sah das Ganze wegen ihres blutbedingten, rauschähnlichen Zustands etwas gelassener als Isabel.

„Es ist mir egal, wie sie heißt. Ich will wissen, was es mit ihr auf sich hat."

So gern er seine Mutter auch hatte, er konnte es partout nicht ab, wenn sie sich in alle Bereich seines Lebens einmischen wollte. „Sie heißt Hailey und es hat gar nichts mit ihr auf sich."

Jetzt Tomás blinzelte überrascht. Damit hatte er nicht gerechnet. „Wie es hat nichts mit ihr auf sich? Wieso hast Du sie denn dann hergebracht?"

Douglas drehte sich zu seinem Vater um. „Ich hab sie hergebracht, weil sie tierische Schmerzen hatte. Mehr hat das wirklich nicht zu bedeuten. Sobald es ihr besser geht, bringe ich sie von hier weg."

Bevor Tomás darauf antworten konnte, fuhr Isabel ihn scharf an. „Und nur weil Du ihr einfach mal so helfen wolltest und sie Dir nebenbei bemerkt überhaupt nichts bedeutet, bringst Du sie ins Familienanwesen? Das glaubst Du doch wohl selbst nicht. Das hast Du bislang noch nie gemacht - und falls das tatsächlich das erste Mal gewesen sein sollte, will ich eine Wiederholung in Zukunft nicht erleben. Bist Du Dir eigentlich darüber im Klaren, dass Du uns alle in Gefahr bringst?"

Genervt sah Douglas auf. „Yaya, bei allem Respekt, aber das ist nicht wahr. Wieso sollte ich uns dadurch in Gefahr bringen? Sie weiß momentan weder was wir sind, noch wo sie ist, noch wie sie hergekommen ist. Ich hab ihr Gedächtnis manipuliert und sie wird hinterher nicht mehr wissen, als dass sie in einem Krankenhaus gewesen ist. Sie brauchte einfach Hilfe, verdammt noch mal. Und Du hast mich dazu erzogen, dass ich Schwächeren meine Hilfe anbiete und nicht noch auf jemanden eintrete, der sowieso schon am Boden liegt. Worüber regst Du Dich jetzt also auf?"

Auch wenn sie nicht gleich antwortete, an ihren übereinandergeschlagenen Beinen und ihren verschränkten Armen konnte er entnehmen, dass sie mit seiner Antwort nicht einverstanden war. Tomás beugte sich nach vorne und tätschelte beruhigend ihr Knie, was ihm aber nur einen wütenden Blick seiner Frau einbrachte. Er wandte sich zu seinem Sohn um.

„Na ja: Also das mit der Manipulation hat glaube ich nicht ganz so geklappt."

Auf Douglas fragenden Blick hin sprach er weiter. „Ich war heute Mittag auch bei Hailey. Sie war immer noch ziemlich zugedröhnt von der Infusion. Aber sie hat was von Dracula gemurmelt und gefragt, ob ich auch ein Vampir wäre, bevor sie mich ausgelacht hat und meinte, dass ich es ja wohl nur zu einem Draculinchen gebracht hätte, weil ich so klein bin."

Seine Mutter beugte sich nach vorne. „Ha, da haben wir es! Dich hat sie also auch angepöbelt! Und offensichtlich hat sie schon mitbekommen, wo sie gelandet ist. Sagtest Du nicht, sie weiß nicht, was Du bist? So viel zum Thema ungefährlich. Himmel Doug. Nur weil wir Dir beigebracht haben, Dich um Schwächere zu kümmern, heißt das noch lange nicht, dass Du Dich irgendwelchen Pennern auf der Straße annehmen musst."

Der Blick mit dem Douglas sie darauf bedachte war mehr nachdenklich als böse. „Ich wäre Dir dankbar, wenn Du nicht so von ihr sprechen würdest. Sie ist keine Pennerin und …"

Das Auflachen seiner Mutter unterbrach ihn. „Richtig! Entschuldige. Als Pennerin hätte sie sich das ganze Edelstahlzeugs in ihrem Gesicht und was weiß ich noch wo, nicht leisten können. Ebenso wie die grässliche Farbe für Haare und den fürchterlichen Lack für die Nägel. Sonst müsste man ja davon ausgehen, dass sie alles geklaut hat. Meine Güte Douglas, wo hast Du bei der Frau Deine Augen gehabt?"

Bevor Douglas auffahren konnte, schaltete sich Tomás ein. „Isabel, mi peke[5], lass es mal für einen Moment gut sein. Ich denke das geht zu weit. Wir kennen sie schließlich nicht und normalerweise bist Du diejenige die alle zu etwas mehr Toleranz auffordert. Fass Dich mal an die eigene Nase."

Bei dem Blick, der ihn grade traf, konnte er sich hinterher noch auf eine Grundsatzdiskussion freuen. Aufseufzend wandte er sich zu Douglas um. „Wir werden uns nochmals um ihr Gedächtnis kümmern müssen. Wenn Du erlaubst, werde ich es versuchen. Wenn es allerdings tatsächlich nicht geht, sollten wir vielleicht in Erwägung ziehen, dass es eine Eme-biuri sein könnte."

Der kleine Aufschrei, der Isabel entfuhr, klang entsetzt und ihr Blick schien ‚alles nur das nicht' zu sagen. Tomás klang immer noch ruhig, aber jetzt bemerkte man eine leichte Ungeduld an ihm. „Jetzt sieh mich nicht so an. Die Möglichkeit besteht doch. Ich hab zwar keine Ahnung, woher die alle auf einmal kommen, aber die Möglichkeit besteht. Und selbst wenn Douglas sie wieder dorthin zurückbringt, wo sie hergekommen ist, besteht die Möglichkeit, dass einer aus der Familie sie irgendwann einmal trifft, wenn sie fértil ist, und es kann sein, dass wir ihr danach wiederbegegnen. Also solltest Du sie nicht von vornherein ablehnen."

Sein Blick streifte Douglas, der plötzlich recht griesgrämig dreinblickte. Aus diesem Blick konnte er dann wohl entnehmen, dass ihn die Vorstellung, ein anderer Etanaer könnte sich an sie binden, nicht begeisterte. Und das wiederum widersprach seiner vorigen Aussage, dass er sie wieder fortbrachte. In dem Fall war es sogar noch dringlicher, dass Isabel einen Gang zurückschaltete und ihre Aversionen abbaute. Als sie erneut auffahren wollte, brachte er sie mit einem scharfen Blick zum Schweigen.

„Douglas, ich denke, Du solltest sie so schnell wie möglich wieder von hier wegbringen. Fürs Erste ist ja wohl ihr Zustand stabil. Glücklicherweise scheint sie wenigstens nicht mal andeutungsweise zu ahnen, wo sie sich im Augenblick befindet. Ich denke, man kann sie jetzt in eine normale Klinik bringen und dort versorgen lassen oder – wenn Arslan oder Jack ihr okay geben – auch zu ihr nach Hause. Allerdings sollten wir uns vorher wie gesagt nochmals um ihre Erinnerungen kümmern." Er überlegte kurz. „Wie kommt sie auf Vampire? Ich meine, wenn Du sagst, dass sie nicht weiß, was Du bist, gehe ich davon aus, dass Du es ihr nicht gesagt hast. Aber woher weiß sie es dann?"

Fragend sah er seinen Sohn an. Der runzelte nachdenklich die Stirn. Dann zuckte er die Schultern. „Also, es könnte daran liegen, dass sie bei mir übernachtet hat und …"

Isabel konnte ein frustriertes Stöhnen nicht unterdrücken. Douglas fuhr auf. „Nicht was Du schon wieder denkst, verdammt noch mal. Es ging ihr beschissen. Sie wollte sich umbringen und ich hab sie davon abgehalten, okay? Und sie brauchte eine Schlafgelegenheit."

Ihr Sohn und sein Helferkomplex. Sie hatte es ja gewusst. Isabel verdrehte die Augen.

„Ich hab mich zu ihr gelegt, weil sie geweint hat und bin dabei eingeschlafen. Jedenfalls ist sie vor mir aufgewacht und na ja, ich hatte einen Traum und war etwas …" Seine Wangen röteten sich. Normalerweise besprach er so etwas schon seit über hundert Jahren nicht mehr mit seinen Eltern. Das war ja oberpeinlich.

Tomás grinste dagegen amüsiert, als er Douglas Unbehagen bemerkte. Abgesehen davon hatte sein Sohn gerade ein überaus aufschlussreiches Detail verraten. Etanaer schliefen nicht einfach so in Gegenwart von Menschen ein – auch in der heutigen Zeit nicht. Das wäre viel zu gefährlich. Dass Douglas zum ersten Mal seit Wiedererwachen seines Blutdurstes eingeschlafen war, noch dazu in Haileys Gegenwart, schien seinem Sohn bis jetzt nicht sonderlich aufgefallen zu sein. Aber es war ein sicheres Indiz für eine wie auch immer geartete Verbindung zwischen den beiden. Tomás musterte Douglas und sprach dann schnell weiter.

„Okay, in der Situation sind wir im Haus alle schon mal erwischt worden – so anormal ist das gar nicht." Wieder traf ihn ein giftiger Blick seiner Frau. „Was siehst Du mich so an, mi peke? Feuchte Träume sind das normalste der Welt. Sogar für einen Etanaer. Jetzt tu bitte nicht so, als ob Du das noch nicht mitbekommen oder gehört hättest."

Sich erhebend zog er Douglas mit hoch. „Komm mit, wir kümmern uns als Erstes um ihre Erinnerungen. Und dann sehen wir weiter."

Verschlafen blinzelnd drehte Alisha sich in ihrem Bett um. Was war das für ein Geräusch gewesen? Einen Moment horchte sie in die Dunkelheit. Kam León zurück? Mit dem Anflug eines Lächelns dachte sie an ihr heutiges Telefonat mit ihm. Eigentlich wollte er ja in Europa bleiben, aber anscheinend war er wieder schwach geworden und hatte sich hierher materialisiert. Aber jetzt war alles still. Nein, im Appartement war mit Sicherheit niemand außer ihr und Çem. Sie stand rasch auf und ging in sein Zimmer. Doch er schlief tief und fest.

Gerade als sie wieder ins Schlafzimmer zurückgehen wollte, hörte sie es wieder. Das Geräusch klang leicht schabend und kam eindeutig von der Eingangstür. Vielleicht stand jemand davor und hatte vorher geklopft. Sie warf einen raschen Blick auf ihre Armbanduhr.

Zwei Uhr morgens? Wer wollte denn um diese Zeit etwas von ihr? Nicht dass die Zeit an sich sonderlich ungewöhnlich war – hier im Haus war immer jemand wach. Aber jeder wusste, dass sie früh schlafen ging, wenn León nicht da war. Gähnend öffnete sie und sah sich Arslan gegenüber, der mit geschlossenen Augen am Türrahmen lehnte und offenbar eine Hand auf die Tür selbst gelegt hatte, bevor sie sie aufmachte. War er etwa eingeschlafen? Überrascht blinzelnd sah sie ihn an. Im Laufe des Tages hatte Leóns Neffe ja schon schlecht ausgesehen, aber jetzt übertraf er alles. Und offensichtlich hatte er etwas getrunken. Alisha bemühte sich nicht allzu tief zu atmen, weil sie sonst Gefahr lief, von dem was er ausdünstete, ebenfalls betrunken zu werden.

„Alles okay mit Dir? Was treibt Dich denn um diese Zeit hierher? León ist doch nicht da."

Arslan öffnete ein Auge. Abgesehen davon, dass die roten Äderchen darin deutlich sichtbar waren, leuchtete es strahlend blau. Und als er antwortete, konnte sie auch seine Fänge deutlich sehen. „Kann ich reinkommen?"

Obwohl das, was er sagte, durchaus wie eine Frage klang, war es ganz offenbar keine. Im selben Moment schon schob er die Tür mit einer Hand weiter auf und drängte sich an ihr vorbei ins Appartement. Er ging langsam und ziemlich torkelnd über den Flur. Mit einem Kopfschütteln schloss Alisha die Eingangstür und eilte ihm nach. „Sag mal, weißt Du eigentlich, wie spät es ist? Und überhaupt, wie bist Du denn drauf?"

Im selben Moment stützte sich Arslan mit einer Hand an der Wand ab und blieb stehen. Sie lief beinahe in ihn hinein. „Boah, Du stinkst wie eine Schnapsbrennerei. Mann! Komm mit in die Küche, ich mach Dir einen Kaffee, auch wenn ich eigentlich denke, dass Dir eine kalte Dusche und ein Bett eher weiterhelfen."

Arslan kicherte leise, als er ihr tapsend in die Küche folgte. „Kalte Dusche ist echt gut, aber das mit dem Bett können wir dann vergessen."

Die Wortwahl Arslans ihr gegenüber war so ungewöhnlich, dass sie ihm einen schnellen, prüfenden Blick zuwarf, während sie das Kaffeemehl für den Mokka in den Topf häufelte. Mit einem weiteren Blick auf Arslan verdoppelte sie die Menge lieber gleich noch mal. Dann griff sie nach oben, um aus dem Schrank dort eine Mokkatasse herunterzuholen. Bevor sie jedoch danach greifen konnte, spürte sie Arslan hinter sich treten, der ebenfalls nach den Tassen griff. Ihr Herzschlag beschleunigte sich, weil er viel zu nah bei ihr stand. Als sie erschrocken einatmete, wurde ihr bewusst, warum ein paar Stunden früher Halils Kommentar zu Arslans Spezialmischung so sarkastisch geklungen hatte. Von wegen Saunaaufguss.

„Arslan, setz Dich hin! Ich kriege das hier schon alleine hin. Los setz Dich an den Tisch!" Für einen Befehl klang ihre Stimme eindeutig zu zittrig. Und dummerweise bewegte sich Leóns Neffe keinen Millimeter weg von ihr. Im Gegenteil, sie hatte eher das Gefühl, dass er noch näher an sie heranrückte und seine Nase schnuppernd in ihrem Haar verbarg. Er stöhnte leise.

„Du riechst so gut." Wieder nahm er einen tiefen Atemzug. Mit einigem Entsetzen spürte sie seine linke Hand auf ihrem Bauch und wie er sie damit ganz nah an sich heranzog.

„Ähm, Großer, Du weißt aber schon, dass León und ich …"

Arslan brummte unwillig vor sich hin. „Ja, ich weiß es. Keine Sorge, ich will Dich nur kurz halten. Nur eine Sekunde. Gott, Dein Geruch …"

Kurz darauf hörte sie das gleiche Geräusch wie in der Sauna. Wobei hören war untertrieben. Sie spürte das vibrierende Brummen sehr deutlich. Das durfte ja wohl nicht wahr sein. Heizelement? Das war ebenfalls Arslan gewesen. Was zum Teufel war los mit diesem Idioten? Wenn jetzt durch Zufall León hier auftauchte, hatten sie ein riesiges Problem. Leider reagierte ihr Mann auf so etwas gar nicht gut. Deshalb versuchte sie, so viel Nachdruck als möglich in ihre Stimme zu legen. „Setz Dich jetzt sofort an den Tisch!"

Gleichzeitig stieß sie sich von der Arbeitsplatte ab, um ihn so vielleicht etwas von sich wegzuschieben. Ein Gefühl der Erleichterung durchströmte sie, als sie spürte, wie er tatsächlich auf Abstand ging und zum Tisch zurück trottete.

Sie bereitete den Mokka mit extra wenig Wasser zu, während sie ihn argwöhnisch betrachtete. Und schluckte unbehaglich, als sie bemerkte, wie er sie dabei nicht eine Sekunde aus den Augen ließ. Seine Augen leuchteten so blau wie noch nie und jeder seiner Muskeln schien angespannt. Fast so, als wollte er sich im nächsten Moment auf sie stürzen. Erst als sie ihn anzischte, dass er das lassen sollte, senkte er den Blick.

So hatte er sich ihr gegenüber nie verhalten und sie ging auch davon aus, dass er nicht wirklich sie meinte; dass ihn irgendetwas anderes plagte und er deshalb etwas neben sich war. Als sie zum Tisch ging und den Mokka neben ihm hinstellte, atmete er tief ein und aus. Seine deutlich sichtbaren Fänge jagten ihr einen Schauer über den Rücken. Rasch öffnete Alisha die Tür zur Dachterrasse. Die Nacht war kühl. Ein paar Stunden vorher hatte ein Gewitter über der Stadt getobt und noch konnte man den Regen riechen. Aber selbst der Geruch von Autoabgasen wäre ihr jetzt lieber als Arslans Fahne.

Ein leises Klirren lenkte ihre Aufmerksamkeit zum Tisch zurück. Arslan hatte den Mokka ohne Zucker in einem Zug gelehrt und eben die Tasse wieder abgestellt. Innerlich schüttelte sie sich bei dem Gedanken an den Kaffeesatz, von dem er ja auch einen ordentlichen Schluck abbekommen haben musste. Jedenfalls sah sie ihn mit seiner Zunge über seine Zähne fahren und leicht auf dem Kaffeesatz herum kauen. Kurz darauf stand er auf. Hastig verschränkte Alisha die Arme vor der Brust und trat einen Schritt zurück. Doch Arslan beachtete sie gar nicht. Er verließ die Küche und steuerte in Richtung Schlafzimmer. Unbehaglich dachte sie an seinen Spruch von vorher.

„Ähm, hallo??? Die Tür ist da vorne und Dein Appartement zwei Stockwerke tiefer. Würdest Du bitte …"

Völlig unbeirrt ging Arslan weiter. Allerdings nicht ins Schlafzimmer, sondern zu Çems Zimmer.

„Hey was soll das?" Eilig rannte sie an ihm vorbei und stellte sich vor die Tür. Ihre Hände stemmte sie gegen den Türrahmen. „Bist Du verrückt geworden, Du kannst doch nicht …"

Frustriert schrie sie leise auf, als er sie einfach hochhob und beiseitestellte. Ohne sie eines Blickes oder gar einer Erwiderung zu würdigen, betrat er Çems Zimmer und beugte sich über das Bettchen. Mit einem schiefen Lächeln nahm er den Jungen aus dem Gitterbettchen und setzte sich mit ihm in den Schaukelstuhl am Fenster.

Leise schimpfend kam Alisha ihm nach. „Was denkst Du Dir dabei? Leg Çem zurück. Er braucht seinen Schlaf, verdammt noch mal. Komm von mir aus morgen wieder, aber lass ihn jetzt schlafen."

Genauso gut hätte sie gegen die Wand sprechen können. Arslan reagierte gar nicht auf das, was sie sagte. Behutsam streichelte er mit seinem Zeigefinger über Çems Gesichtchen und blickte ihn eindringlich an. Als Alisha seinen Gesichtsausdruck wahrnahm, wurde sie ruhig. Er mochte vielleicht betrunken sein, aber Çem würde in seiner Gegenwart mit Sicherheit nichts passieren. Bestürzt nahm sie nach einer Weile wahr, dass er Tränen in den Augen hatte, während er auf Çem herabsah. Mit der freien Hand wischte er ungeduldig über seine Augen. Unvermittelt sah er sie an und wieder registrierte Alisha, dass seine Augen in diesem unnatürlichen Blau leuchteten. Außerdem wirkte er deutlich nüchterner als vorher.

Bei León bedeutete dieses Leuchten entweder Erregung, Wut oder Trauer. Jedenfalls ein sehr intensives Gefühl. Sie hörte ihn Luft holen und bemerkte, wie sich seine Nasenflügel leicht weiteten, als er nochmals genüsslich einatmete. Auch wenn es kaum möglich schien, seine Fangzähne verlängerten sich dabei nochmals. Hastig zog Alisha sich ans andere Ende des Raumes zurück und beobachtete ihn. Sein Blick senkte sich wieder auf Çem herab und Arslans Stimme war so leise, dass Alisha ihn beinahe nicht verstand.

„Er erinnert mich an meinen Sohn, weißt Du?"

Überrascht blinzelte Alisha. Sie hatte gar nicht gewusst, dass er überhaupt einen Sohn hatte. Genau genommen wusste sie so gut wie gar nichts über seine Vergangenheit. In dieser Familie wurde einem vieles erzählt – allerdings vorwiegend Dinge aus der aktuelleren Vergangenheit. Sein Sohn musste also schon älter sein. „Wie alt ist Dein Sohn?"

Wieder traf sie sein Blick.

„Er ist tot!"

Arslans Stimme klang auch nicht sonderlich lebendig, als er das sagte. Der Schmerz, der in ihm tobte, war so intensiv, dass Alisha ihn fast körperlich fühlte, weshalb sie am liebsten zu ihm gegangen wäre. Der Blick, mit dem er sie ansah, hinderte sie jedoch zunächst daran. Jedenfalls, bis er seinen Kopf auf die Lehne sinken ließ und die Augen schloss. Mit den Füßen setzte er den Schaukelstuhl in Bewegung und wippte leicht hin und her. Weil sie dachte, dass er zumindest leicht eingedöst war, stand sie nach einer Weile auf und griff nach einer leichten Wolldecke, um sie über ihn zu breiten. Doch sobald sie sich ihm langsam näherte, hörte sie ihn leise knurren.

„Du solltest besser ein bisschen Abstand zwischen Dich und mich bringen, Alisha."

Obwohl sich das, was er sagte, ziemlich streng anhörte, setzte sie ihren Weg unbeirrt fort. Als sie auch noch nach seinem Arm griff, fauchte Arslan sie leise an. „Alisha wirklich. Lass mich einfach noch eine Weile hier bei Çem sitzen. Aber Du selbst solltest besser nicht hier sein. Tu mir den Gefallen, bitte!"

So langsam machte sie sich richtig Sorgen um ihn. Sein Verhalten war so anders als sonst. Normalerweise strahlte er Fürsorge aus und vermittelte einem das Gefühl gut beschützt zu sein. Sie wusste, es war bodenloser Leichtsinn ihm in seiner jetzigen Stimmung näher zu kommen, dennoch konnte sie nicht anders. Er strahlte ein so intensives Gefühl der Einsamkeit aus, dass sie ihre Hand nicht wegnehmen und ihn auch nicht alleine lassen konnte. Irgendetwas quälte ihn fürchterlich.

Arslans Magen knurrte laut und deutlich. Ruckartig stand er auf und brachte Çem in sein Bettchen. Dann drehte er sich um und stürmte aus dem Zimmer den Flur entlang. Alisha rannte ihm nach und griff erneut nach seinem Arm.

„Arslan bitte. Was ist los mit Dir? Kann ich Dir irgendwie helfen?"

Das Angebot schien ihn nicht sehr zu begeistern, denn er versuchte, ihren Arm abzuschütteln und sie abzuwehren. So stark, dass sie stolperte und hinfiel. Da sie dabei unmittelbar vor ihm gewesen war, konnte er nicht mehr rechtzeitig bremsen und kam ebenfalls ins Straucheln. Alisha wurde die Luft aus den Lungen gepresst, als er auf ihr landete und das, obwohl er versuchte, seinen Sturz mit seinen langen Armen abzufangen, um sie nicht platt zu walzen.

„Tut mir leid, ich wollte nicht, dass Du … Bist Du okay?"

Da war er wieder der besorgte Ton, den sie von ihm kannte. Erleichtert atmete sie auf. Sie nickte mit dem Kopf und wartete darauf, dass er sich erhob. Als er sich nicht bewegte, drehte sie leicht den Kopf. Sie lag auf dem Bauch unter ihm und spürte seinen harten Körper direkt an ihrem Rücken. Insgeheim hoffte sie, dass das eine Stabtaschenlampe und nichts anderes in seiner Hose war.

„Beweg Dich nicht, bitte!"

Sein Tonfall klang gepresst und hatte etwas Flehendes an sich. Erneut stieg ihr der Geruch in die Nase, den sie schon in der Sauna wahrgenommen hatte. „Geh runter von mir, Arslan, sofort!"

Noch immer bewegte er sich keinen Millimeter. „Du sollst von mir runtergehen!" Ungeduldig zappelte sie herum, wurde jedoch sofort wieder hart auf den Boden gepresst.

„Halt still, verdammt noch mal!"

So langsam wurde sie sauer. „Ich halte still, sobald Du endlich von mir runter bist. Los jetzt, steh endlich auf!"

Dann schloss sie frustriert die Augen. Seine Stimme hatte den flehenden Unterton verloren. „Schade, dass Du so abgenommen hast, Alisha. Wenn Du mir gehören würdest, hätte ich darauf bestanden, dass Du jedes einzelne Gramm behältst."

Verdammt, das hörte sich nicht so an, als ob er bald aufstehen wollte. Sein Atem strich warm und feucht über sie. Oder war das etwa ... „Lass Deine Zunge von meinem Hals!" Ihre Stimme klang mittlerweile etwas hysterisch.

Wieder übertrug sich die Vibration seines Körpers auf sie. So mussten sich jemand anfühlen, der unter einem schnurrenden Tiger begraben war. „Ich kann nicht, Alisha. Lieg einfach still, dann ist es mit Sicherheit gleich vorbei. Du riechst so verdammt gut, lass mich nur einen kurzen Moment."

Erneut strich sein heißer Atem erneut über ihren Hals. Wieder versuchte sie, etwas mehr Platz zu bekommen und sich vom Boden zu stemmen. Oh Gott, sie spürte seine Zähne an ihrem Hals. Er würde sie doch wohl nicht allen Ernstes beißen?

„Arslan, bitte, Du machst mir Angst. Hör auf mit dem Schwachsinn. Das willst Du doch nicht wirklich. Bitte ..."

Zwar konnte sie spüren, wie er den Kopf zurückzog. Allerdings blieb er nach wie vor auf ihr liegen. „Du weißt überhaupt nichts von mir, nicht das Geringste. Und Du weißt nicht, was ich will. Wenn Du einmal das getan hättest, was man Dir sagt, wären wir jetzt nicht in dieser Situation."

Gab dieser Trottel ihr gerade die Schuld an dem Schlamassel hier? Er hatte ja wohl deutlich einen über den Durst getrunken und nicht sie. Und er war hier aufgetaucht und nicht sie bei ihm. Unwillkürlich zuckte ihr Kopf hoch und machte schmerzhaft Bekanntschaft mit seinem Kinn, weil er sich im gleichen Moment wieder tiefer über sie beugte. Arslan biss sich dabei auf die Zunge und fluchte unterdrückt.

„Halt verdammt noch mal endlich still. Sonst kann ich für nichts garantieren!"

Ein Tropfen seines Blutes fiel herab und landete in Alishas Mundwinkel, weil sie gerade den Kopf gedreht hatte. Unwillkürlich zuckte ihre Zunge hervor und sie leckte über ihren Mundwinkel. Im ersten Moment erschrak sie etwas, als sie merkte, was sie da gerade ableckte. Ihr war gar nicht bewusst gewesen, dass ... Aber er schmeckte verdammt gut. Nicht so gut wie León, aber immer noch verdammt gut. Arslan konnte ein Aufstöhnen nicht unterdrücken, als er ihre Zunge sah. Auch die nächsten Tropfen wurden schnell von ihr weggeleckt.

Aus dem Kinderzimmer drang Çems Stimme. Er weinte und vermutlich nicht erst seit gerade eben. Jedenfalls wurde er zunehmend lauter. Seine Stimme ließ Arslan förmlich erstarren, dessen Augen von Alishas Zunge zu ihrer Halsvene wanderten und der gerade ernsthaft dabei war sich in Schwierigkeiten zu bringen.

Himmel - was machte er hier? Das war Alisha! Seine Fangzähne zogen sich augenblicklich zurück. Er sprang ruckartig auf und zog sie so schnell vom Boden, dass ihre Füße kurzzeitig die Bodenhaftung verloren. Die Augen entsetzt aufgerissen, wich er von ihr zurück. „Ich ... es tut mir leid, ich wollte nicht ..."

Abrupt drehte er sich um und stürmte aus der Wohnung. Schlagartig völlig nüchtern. Alisha hörte noch, wie er die Treppe hinunter polterte, bevor sie mit zitternden Knien die Eingangstür schloss.

Als László wieder einmal erwachte, war er alleine im Zimmer. Allerdings war kurz zuvor noch jemand hier gewesen, denn er hörte noch die Tür zufallen. Aufmerksam sah er sich um. Dieses Zimmer hier lag definitiv nicht in der Villa. Wo zum Teufel war er? Sein Blick fiel auf ein Bild an der Wand. Es zeigte die Gran Esztergomi Bazilika[6]. Unwillkürlich schossen ihm die Tränen in die Augen. Es war so lange her, dass er sie gesehen hatte. Irgendwann in einem anderen Leben. Einer der seltenen Tage mit Erzsébet, die gut waren, an denen sie ihm etwas Gutes tat. In Form eines Ausflugs in diese Bazilika. Am liebsten wäre er nie mehr von dort weggegangen. Der Ort strahlte so etwas Friedliches aus. Genau wie das Zimmer hier. Er versuchte an etwas anderes zu denken, als ihm einfiel, wie Erzsébet den Ausflug beendet hatte. Als sie gingen, lagen sieben Leichen in der Bazilika.

Um diesen Bildern zu entgehen, erinnerte er sich lieber daran, wie er das letzte Mal erwachte. Einen sehr kurzen Augenblick nahm er an, dass sein Albtraum weiterging. Dass Erzsébet sich irgendeine neue perfide Art ausgedacht hatte, um ihm weiterhin zu quälen und zu foltern, wenngleich diese Folter gänzlich anders war, als alles was sie ihm je angetan hatte. Es wirkte alles so schrecklich normal, als er für einen Moment annahm, Tabea an seinem Bett stehen zu sehen. Ihren mitfühlenden Blick, der ebenso leicht über ihn glitt wie ihre zarten Hände. Doch dann merkte er, dass es nicht Tabea war und dass ihr Blick sich veränderte. Die Frau die Tabea so ähnlich war, wenngleich sie einige Jahre älter wirkte, sah ihn plötzlich etwas unbehaglich an.

Und dann war da noch die alte Frau gewesen. Er war ihr schon begegnet. Einige Male vorher, wenngleich er sich nicht erinnern konnte, wo das gewesen sein konnte. War sie in der Villa gewesen? In England? Oder zuhause in Ungarn? Nein, dort konnte es nicht gewesen sein, oder doch? Jedes Mal, wenn er sich an sie erinnerte, wirkte sie seltsam durchscheinend. Und sie sprach nie. Stattdessen spürte er sie hinter sich, wenn Erzsébet ihn quälte. Er fühlte ihr Lächeln, das ihn wärmte und beruhigte. Manchmal schmiegte er sich gegen ihre Hände. Sie nahmen ihm den Schmerz der Erinnerung an die Qualen, die seine Herrin ihm beschert hatte. In seiner seltsamen Erinnerung sah er ihre Tränen, als sie behutsam seinen Rücken pflegte, nachdem Erzsébet ihm die Haut in Streifen abgezogen hatte. Wann war das gewesen? Vor einem Jahr? Oder war es länger her? Aber das machte doch alles keinen Sinn. Die Frau war in der Realität nie dort gewesen. Aber wenn sie die Macht besaß, ihn in seinen Erinnerungen aufzusuchen, warum hatte sie ihn nicht vorher unterstützt.

Seine Augen saugten sich geradezu an dem Gemälde der Basilika fest. Wenn er sich nur lange genug auf das Bildnis konzentrierte, konnte er vielleicht in den schrecklichen Momenten mit Erzsébet davon zehren. Wie lange würde sie ihn wohl noch in Ruhe lassen? Erneut schlich sich die Erinnerung an Tabea in seine Gedanken. Seine letzte Erinnerung war, dass sie ihm sanft den schmerzenden Körper wusch, kurz bevor seine Herrin veranlasste, dass sie ihn im Treppenhaus in ihre sogenannte Vorratskammer hängen musste. Er erinnerte sich an ihren

Blick, mit dem sie sich bei ihm zu entschuldigen schien. Wofür? Sie war genauso hilflos gegenüber seiner Herrin wie er. Er hoffte, dass ihr nichts passiert war.

Einmal hatte er eines der Dienstmädchen zuhause in Ungarn beten sehen. Sie wirkte danach so erlöst, dass er neugierig fragte, was sie da machte. Sie lächelte ihn müde an und teilte ihm mit, dass sie ihren Gott gebeten hatte, sie aus dieser Hölle herauszuholen. Am Abend war sie tot. Da die Dienstmädchen im Haus wie die Fliegen starben, wenn sie die Wünsche seiner Herrin nicht richtig erfüllten, wusste er nicht, ob ihr Gott sehr mächtig war oder zu dem Zeitpunkt ihres Gebetes einfach etwas Besseres zu tun gehabt hatte, weshalb er ihre Bitte nicht erhörte. Wie betete man richtig? Er würde gerne für Tabea beten. Dafür, dass es ihr gut ging. Und dafür, dass die ruhige, friedliche Atmosphäre um ihn herum lange vorhielt. Die beiden Frauen – die alte und die, die Tabea so ähnlich sah – wirkten nicht so, als hätten sie viel Kontakt mit Erzsébet. Dafür fühlten sie sich eindeutig zu sicher.

Als er die Augen schließend seinen Blick von dem Gemälde abwandte, sah er für einen Moment Tabeas Bild vor sie. Nein, sie war unter ihm. Sie lag direkt unter ihm und um sie herum breitete sich langsam ihr Blut aus. Was war mit ihr passiert? Er wusste ganz genau, dass Erzsébet sie bestrafen wollte. Und er hatte sie schon so lange nicht mehr gesehen. Wenn er nur wüsste, was mit ihr geschehen war.

Wieder konzentrierte er sich auf das Gemälde. Wie lange er wohl schon hier war? War es vielleicht doch Tabea gewesen, die beim letzten Mal an seiner Seite stand. Als er unbewusst den Kopf leicht schüttelte, schoss der Schmerz durch seinen Körper. Sie konnte es einfach nicht sein. Es sei denn, er war schon viel länger hier, als er annahm.

Nach einer Weile schreckte er hoch. Er musste eingeschlafen sein, denn draußen war es bereits dunkel geworden. Ihm war unangenehm kalt und sein ganzer Körper schmerzte. Seine Muskeln waren zum Zerreißen angespannt und für einen Moment glaubte er, das grausame Lachen seiner Herrin zu hören. Gleich direkt vor der Tür des Zimmers, in dem er lag. Automatisch verkrampfte er sich noch mehr. Seine Augen irrten panisch im Raum herum. Ein Schrei wollte sich aus seiner Kehle lösen, doch seine Kiefer waren miteinander verdrahtet. Mit weit aufgerissenen Augen sah er, wie die Tür sich langsam öffnete. Das gesamte Bett fing an zu beben und man hörte ein metallisches Klirren, als ein Krampf seinen Körper quälte.

Die Frau, die Tabea so ähnlich sah, rannte zum Bett, nicht ohne vorher nach einem Arzt gerufen zu haben. Sie legte eine Hand auf seine Stirn und versuchte ihn zu beruhigen.

Erschöpft trat Aimée aus dem Flur ins Treppenhaus. Es war elf Uhr abends. Sie hatte viel länger gebraucht, als sie beabsichtigte. Dem Portier die letzten Schlüssel aushändigend, bedankte sie sich lächelnd für das Übergabeprotokoll. Mit einem lachenden und einem weinenden Auge lief sie eilig die Treppe hinunter und verließ das Haus, das für sechs Jahre ihr gemütliches Nest in sich geborgen hatte. In zwei Wochen würde sie in Oregon ihren neuen Job anfangen. Jetzt musste sie nur noch mit ihrem Wagen dorthin fahren und sich einrichten. Einen Moment blieb sie vor dem Haus stehen und sah es sich nochmals genau an. Dann wandte sie sich seufzend ab.

Das Kapitel Boston und Hal war damit abgeschlossen. Jetzt musste ihr Verstand nur noch ihrem Herz klarmachen, dass es sich da in eine dumme Verliebtheit verrannt hatte, aus der nie etwas hatte werden können. Und wenn sie daran dachte, wie idiotisch er sich zuletzt verhalten hatte, war das definitiv besser so.

Schnell ging sie zu ihrem vollgepackten Kleinwagen. Alles in Oregon wäre neu, bis auf die Dinge, die sie dort in ihr Auto gepackt hatte. Alte Erinnerungsstücke an ihre Familie, deren Gräber sie schweren Herzens vor Jahren im österreichischen Galtür zurückgelassen hatte, um hier in den Staaten neu anzufangen. Die Familie, die sie 1999 auf einen Schlag durch ein verheerendes Lawinenunglück verloren hatte. Auch nach all den Jahren krampfte sich ihr Herz bei der bloßen Erinnerung daran zusammen und Tränen stiegen ihr in die Augen. Hastig wischte sie über ihr Gesicht und näherte sich ihrem Auto.

„Hi, wo willst Du denn so spät noch hin?"

Erschrocken machte sie einen Satz zurück. „Hal? Was machst Du denn hier?"

Falls er jetzt nach dem PIN seines Handys oder etwas Ähnlichem fragte, bekäme sie einen Schreikrampf. Mit zitternden Fingern drückte sie auf ihren Autoschlüssel, um die Zentralverriegelung zu deaktivieren. Als sie ihre Hand schnell nach der Tür ausstreckte, spürte sie plötzlich Halils warme Finger auf ihren.

„Ist alles okay? Sag mal, weinst Du etwa?"

Seine Stimme klang besorgt. So besorgt hatte er in all den Jahren nicht mit ihr gesprochen. Warum fing er ausgerechnet jetzt damit an? Bevor sie es verhindern konnte, fingen ihre Unterlippe und ihr Kinn an zu zittern und ein ersticktes Schluchzen entschlüpfte ihr. Ohne dass sie sich dagegen wehren konnte, zog Halil sie in seine Arme und wiegte sie sanft hin und her.

„Hey, ganz ruhig, yavrum[7]. Was ist denn passiert?"

Statt einer Antwort weinte Aimée jedoch nur noch heftiger. Ihr ganzer Körper bebte und zitterte. Auch wenn das durchaus ein Zustand war, in dem er sie gern hätte; das Beben und Zittern bevorzugte er aber lieber ohne Tränen und wenn schon Tränen, dann welche des Glücks. Die Sturzbäche, die sich gerade aus ihren Augen ergossen, gehörten wohl eher in die Kategorie Verzweiflung. Ohne dass sie es richtig mitbekam, brachte er sie zu seinem Wagen und setzte sie hinein.

Eigentlich wusste er selbst nicht, warum er hergekommen war. Aimée hatte sehr deutlich gemacht, dass sie nichts von ihm wollte. Sein Erinnerung an ihr letztes Zusammentreffen hatte ihn geradezu mit den Worten ‚schwanger' und ‚lesbisch' malträtiert. Sein Verstand und Léon hatten ihm geraten, auf Abstand zu bleiben. Da er seinem eigenen Verstand jedoch nicht traute und Léon derzeit sowieso nicht der beste Ratgeber war, hatte er dem drängenden Gefühl, Aimée wiedersehen zu müssen, nachgegeben. Und darüber war er jetzt äußerst froh. Noch nie, in all den Jahren nicht, hatte er sie in einem derart aufgelösten Zustand gesehen. Wer immer dafür verantwortlich war, würde es mit ihm zu tun bekommen. Mit einem besorgten Seitenblick auf Aimée startete Halil den BMW und fuhr zu seinem privaten Haus am Louisburg Square. Die ganze Fahrt weinte seine sonst so unerschütterliche Assistentin. Seine Besorgnis wuchs. Wenn sie so weitermachte, würden die Aktien für Papiertaschentücher sprunghaft ansteigen, weil durch eine erhöhte Nachfrage die Umsatzerwartungen kräftig nach oben gingen.

An seinem Haus angekommen, stellte er das Auto in die Garage und trug Aimée anschließend nach drinnen. Noch immer war sie so mit Weinen beschäftigt, dass sie nichts dagegen machte. Auch wenn er dafür fast dankbar war, immerhin hatte er sich innerlich schon für eine Diskussion gewappnet, in der sie sich über sein Verhalten beschwerte, machte er sich langsam aber sicher richtig Sorgen um sie. War womöglich jemand gestorben? Oder ... der Schreck fuhr ihm in die Knie und für einen Moment wurde ihm übel. War sie ernsthaft krank und womöglich selbst dabei zu sterben? Das konnte sie dann gleich wieder vergessen, so viel war sicher. Er wollte sie als Blutwirtin haben, unbedingt! Und wenn er sie dafür einige Male mit seinem Blut so abfüllen musste, dass es ihr zu ihren hübschen Ohren wieder herauskam, würde er das verdammt noch mal tun.

Vorsichtig setzte er sie auf dem großen Sofa im Wohnzimmer ab und drückte ihr eine neue Packung Papiertaschentücher in die Hand. Himmel. Diese Frau sah sogar verheult aufregend aus. So was hatte er ja noch nie gesehen. Erst eine halbe Stunde, nachdem sie in seinem Haus angekommen waren, schien sie sich zu beruhigen. Und zu registrieren, wo sie gerade war. Immerhin hatte er sie schon früher ein paar Mal hierher mitgebracht oder herbestellt, wenn er zu bequem war, ins Büro zu fahren. Oder wenn er beruflich kleinere Gesellschaften und Geschäftsessen gegeben hatte.

Sich kurz entschuldigend erhob sich Aimée schnell und verschwand im Gästebad. Seinem guten Gehör entging nicht, dass sie wispernd mit sich schimpfte und sich eine dumme Gans nannte, weil sie so die Fassung verloren hatte. Dummerweise drehte sie danach das Wasser auf, um sich frisch zu machen. Er schlich näher an die Badezimmertür heran, in der Hoffnung mehr von dem aufzuschnappen, was sie sich fast tonlos flüsternd an den Kopf warf.

Vollkommen darauf bedacht, sich vorsichtig anzuschleichen und auf das zu horchen, was sie sagte, bekam er gar nicht richtig mit, wie sie das Wasser abstellte und die Tür öffnete. Sie schoss aus dem Bad heraus und prallte mit ihm zusammen. Die Augen entsetzt aufgerissen griff sie nach seinem Hemd und versuchte sich an ihm festzuhalten. Da er von dem Zusammenprall völlig überrascht wurde, kam auch er ins Stolpern und fiel mit ihr zusammen hin. Diese Frau schaffte es spielend, dass er keine einzigen seiner Fähigkeiten, die ihm normalerweise himmelweite Vorteile gegenüber Menschen verschafften, einsetzen konnte. Er kam sich vor wie der letzte Trottel, während sie gemeinsam auf dem Boden landeten. Eine seiner Hände fast schützend an ihren Hinterkopf gelegt, presste er ihren Kopf in seine Halsbeuge, während seine Stirn unsanft auf den Boden prallte. An ihrem hastigen Versuch, etwas Abstand zu bekommen, konnte er unschwer erkennen, dass ihr das nicht gefiel.

„Also, ich wusste ja, dass Du eine umwerfende Wirkung auf Frauen hast, aber ich hätte nie gedacht, dass das bei mir auch mal zum Tragen kommt."

Keine Reaktion. Hal lag völlig still auf ihr. Atmete er überhaupt? Sie versuchte, ihn von sich zu schieben. „Hal? Ist alles okay? Hal?"

Himmel, warum sagte er denn nichts. Hatte er sich womöglich verletzt. Erleichtert atmete sie auf, als er plötzlich den Kopf hob. Das war aber auch schon alles. Er starrte sie bloß an und atmete etwas gepresst. „Halloooo? Erde an Hal? Bist Du okay?"

Er nickte, seltsam abwesend. Und starrte sie weiterhin aus diesen blauen Augen an. Sie hätte nie gedacht, dass er so eitel sein könnte und farbige Kontaktlinsen benutzte. Aber so ein Blau gab es in natura definitiv nicht. Zwischenzeitlich hatte er die Hand unter ihrem Hinterkopf vorgezogen. Na endlich, wenn er sich schon mal mit beiden Händen abstützte, würde er ja hoffentlich gleich aufstehen. Aimée wartete etwa eine Minute und begann eine kleine Melodie zu summen. Es war eindeutig unangenehm, wie er sie so ansah und keinen Mucks von sich gab. Nach einer Weile hielt sie weder seinen Blick noch sein Gewicht länger aus. Sie hob den Kopf etwas an.

„Hal? Oder soll ich Lily sagen? Würdest Du jetzt bitte aufstehen? Weißt Du, mir hat das Muster Deines Parketts schon immer gefallen, aber ich finde es nicht so prickelnd, einfach so hier rumzuliegen. Es ist ziemlich hart. Könn…."

Da sein Gesicht näher kam, zuckte ihr Kopf automatisch zurück und knallte unsanft auf den Boden. Was sollte das jetzt wieder? „Aua verdammt. Ähm Lily: Aufstehen bedeutet, dass Du von mir runtergehst?"

Das letzte Wort kam nur noch flüsternd über ihre Lippen, die momentan nur noch einen Millimeter von seinen entfernt sein konnten. Schnell drehte sie ihren Kopf zur Seite. Sie würde sich jetzt definitiv nicht von ihm auf den Mund küssen lassen.

Mit einer Hand versuchte er ihren Kopf zurückzudrehen, indem er sie sanft an ihre Wange hob. Sie bockte unter ihm wie ein kleines Wildpferd und die Sache begann, ihm Spaß zu machen. Er beglückwünschte sich heimlich zu seinem Entschluss, sie zu seiner Blutwirtin zu machen und ging in Gedanken schon mal die Häuser durch, in denen er Blutwirtinnen für gewöhnlich unterbrachte. Wieder bockte sie unter ihm und versuchte ihn von sich zu schieben. Mit einem breiten Grinsen registrierte er, dass er mittlerweile zwischen ihren gespreizten Beinen lag.

Das war eine Stellung, die ihm gefiel. Leider konnte er sie nicht genießen, denn im nächsten Moment keuchte er schmerzerfüllt auf. Ihre Schenkel pressten sich an seine Seiten, gleich unterhalb seiner Rippen. Himmel, die Frau hatte ja einen Schenkeldruck drauf, dass er Probleme beim Atmen bekam. Er keuchte erneut und zog krampfhaft die Luft ein. Sich halb aufrichtend hielt er sich im nächsten Moment die Ohren zu. Aimée kreischte ohrenbetäubend laut. Wenn sie so weitermachte, war er innerhalb kürzester Zeit taub. Was war denn bloß in sie gefahren?

Verdammt: seine Fangzähne. Die Dinger waren ausgefahren und er hatte nichts getan, um sie so zu beeinflussen, dass sie sie nicht wahrnahm. Das war ihm ja noch nie passiert. Schnell versucht er das nachzuholen und legte ihr eine Hand an die Stirn, während er die andere unter ihren Rücken schob. Seine Stimme klang hart und bestimmt. „Du siehst meine Fangzähne nicht, Du hast sie nie gesehen und Du wirst sie nie sehen, entspann Dich. Es ist alles in bester Ordnung!"

Aimée verstummte abrupt, starrte ihn aber nach wie vor aus weit aufgerissenen Augen an. Sie hörte, was ihr Ex-Chef sagte, ihr wurde augenblicklich schwindelig und aus einem undefinierbaren Grund hatte sie den Eindruck, dass das nichts damit zu tun hatte, dass ihr Kopf unmittelbar zuvor schmerzhafte Bekanntschaft mit dem Boden schloss. Obwohl er gerade nichts mehr sagte, wirbelten Worte wie ein Echo in ihrem Kopf herum und verwirrten sie völlig. Vielleicht war es auch das Bild dieser grauenhaften Zähne, dass sie einfach nicht aus ihrem Verstand ausblenden konnte.

Langsam erhob er sich und half auch ihr auf die Beine. Da er überzeugt davon war, dass sie keinerlei Erinnerung an seine Fänge hatte, drehte sich Halil um, um vor ihr ins Wohnzimmer zu gehen. Gerade als er durch die Tür gehen wollte, gab sie ihm unerwartet einen so heftigen Stoß, dass er auf die Knie fiel. Gleichzeitig rannte sie in Richtung Eingangstür los. Sie riss die Tür auf und kreischte im nächsten Moment wieder laut auf, weil Halils rechte Hand klatschend auf der Tür landete und sie augenblicklich wieder zudrückte. Überrascht registrierte er, dass sie unter seinem Arm durch tauchte und über den Flur in Richtung der großen Schiebetür rannte, die in den Garten führte. Es wäre vielleicht besser gewesen, wenn er sie in eine richtige Trance versetzt hätte. Offenbar wirkten seine Bemühungen nicht so, wie sie sollten. Ihre Reaktion war überaus verwirrend und dürfte eigentlich nicht sein. Hastig legte er legte einen Zahn zu, um sie einzuholen. Womöglich rannte sie sonst in ihrer Panik noch durch die geschlossene Schiebetür.

Kurz vor der Schiebetür gelang es ihm, ihren Arm zu packen und er wirbelte sie zu sich herum. Was bewirkte, dass sie auf einmal völlig starr in seinem Arm lag. Wieder legte er schnell eine Hand an ihre Stirn und eine auf ihren Rücken. „Es ist alles in Ordnung, Du gehst jetzt ins Wohnzimmer und setzt Dich aufs Sofa. Es ist alles ok, alles normal, kein Grund zur Sorge."

Dann nahm er seine Hände von ihr und stand abwartend da. Sie bewegte sich keinen Millimeter. „Wohnzimmer? Da drüben? Husch, husch."

Erst als er seine Arme etwas anhob, setzte sie sich endlich in Bewegung. Er runzelte einen Moment die Stirn. Normalerweise fiel es ihm wesentlich leichter, jemandem seinen Willen schmackhaft zu machen. Er ließ nach auf seine alten

Tage, da war in nächster Zeit dringend Üben angesagt. Langsam folgte er ihr, die Augen auf den Boden gerichtet und innerlich mit sich hadernd, dass er so nachlässig gewesen war, was sie betraf. Aber wer rechnete denn auch mit so was.

Undeutlich nahm er wahr, wie etwas auf ihn zuflog, und wehrte die kleine Holzskulptur gerade noch mit einer Hand ab. Verwirrt schaute er das Teil an, das jetzt zerbrochen am Boden lag. Das hatte er zu seinem letzten Geburtstag von Aimée bekommen. Als er wieder etwas auf sich zufliegen sah, hob er erneut den Arm schützend vor sein Gesicht. Verdammt, wo hatte die Frau so werfen gelernt? Gerade griff sie nach einer großen Vase. Das reichte jetzt wirklich. Das Teil war 600 Jahre alt und stammte noch von seinem Goden[8]. Mit einem Satz war er bei ihr und nahm sie ihr schnell ab.

Wie eine Furie wehrte Aimée sich gegen seinen Klammergriff um ihre Hüfte. Sie kratzte und schlug nach ihm und scheute sich auch nicht davor zurück zuzubeißen.

„Was zum Geier ist denn in Dich gefahren? Jetzt beruhige Dich doch endlich, verdammt noch mal." Sein Kopf zuckte zurück, als er ihre Faust auf seine Nase zukommen sah. Auch wenn der Schlag unkontrolliert und ihre Faust lächerlich klein war, es schmerzte etwas, weil er nicht mehr weit genug wegkam. Frustriert schleuderte er sie auf das Sofa. Als er merkte, dass er aus der Nase blutete, wischte er es mit dem Daumen flüchtig weg und starrte ungläubig auf das Blut. Wie hatte sie denn das geschafft?

Aimée hatte zwischenzeitlich zwei drumsticks entdeckt, die er bei seinem letzten Besuch hier im Haus auf dem kleinen Tisch neben dem Sofa vergessen hatte. Aufspringend formte sie ein Kreuz daraus und hielt es ihm entgegen. „Weiche von mir!"

Genervt stemmte er die Hände in die Hüften. Trotz allem klang seine Stimme leicht amüsiert. „Was soll das, Aimée?"

Krampfhaft hielt sie ihr provisorisches Kreuz hoch. „Das ist ein Kreuz! Schon mal davon gehört." Ein rascher Blick auf ihr Provisorium verriet ihr, dass es etwas schief aussah und sie rückte es eilig zurecht. „So was hilft gegen Vampire."

Das hörte sich sogar in ihren eigenen Ohren völlig … hysterisch? … an. Aber die Beißer, die er vorher gezeigt hatte, waren ja wohl nicht normal. Schnell schloss sie die Augen, um sie gleich darauf wieder aufzureißen. Es gab keine Vampire, jedenfalls nicht im normalen Leben. Aber es gab auch keine Leute, die solche riesigen Zähne im Mund hatten. Oh Gott, er hatte sie Fangzähne genannt! Ihr Blick fiel auf seinen Hemdkragen. Heute Abend hatte er keine Krawatte an wie sonst im Büro und der Kragen stand etwas offen. Mit einem erschrockenen Keuchen sah sie das kleine goldene Kreuz an einer goldenen Kette. Sie sah das Ding nicht zum ersten mal an ihm. Es war ihr schon früher ein- oder zwei Mal aufgefallen. Ängstlich wimmerte sie auf und warf einen schnellen Blick auf die beiden drumsticks in ihren Händen. Das mit dem Kreuz konnte sie wohl vergessen. Zitternd nahm sie ihre Hände herunter. Zur Not konnte sie noch mit ihnen werfen. Oder vielleicht zustechen?

„Wieso trägst Du ein Kreuz? Normalerweise vertragt ihr doch so etwas nicht?"

Mit einem kleinen bitteren Lachen verdrehte Halil kurz die Augen. „Das wäre mir neu. Ich kann mir zwar vorstellen, dass irgendeine Geschichte oder ein Film Dich auf diese idiotische Idee bringt, aber ich muss Dich enttäuschen. Keiner von uns reagiert auf so was. Und …" er griff in seinen offenen Kragen „… dieses Kreuz hier ist ein Andenken an eine Person, die mir sehr wichtig war. Außerdem sieht es gut aus."

„An jeder Geschichte ist ja wohl ein wahrer Kern, warum sollte es nicht der mit dem Kreuz sein, auf das … Blutsauger reagieren. Du bist doch ein … Blutsauger?!?!!"

Beide Arme erhoben und ihr seine flachen Hände zeigend, setzte Halil sich auf das am weitesten von ihr entfernte Sofa. Dann wischte er sich nochmals mit dem Daumen das Blut aus seinem Gesicht. „Ja ich bin einer – momentan übrigens einer der blutet. Aber ich sauge dann und wann Blut. Sehr richtig. Abgesehen davon ist das mit dem Kreuz Schwachsinn. Warum sollten wir vor einem Symbol einer christlichen Kirche Angst haben. Wir gehören ihr ja nicht mal an."

Wütend kreischte Aimée auf. Hastig hob er seine Hände beruhigend an. „Ganz ruhig. Ich tu Dir schon nichts."

Er griff nach einem Kissen neben sich und warf es mit voller Wucht gegen die Wand, sodass es aufplatzte und die Füllung sich auf den Boden ergoss. „Wieso reagierst Du so? Wieso bist Du nicht in Trance, verdammt noch mal?" Seine Miene schwankte zwischen Verärgerung und Verwunderung. „Du solltest jetzt brav auf dem Sofa sitzen und Dich entspannt mit mir unterhalten! Und keine Fluchtgedanken hegen."

Vielleicht wirkte diese … Trance? … ja doch. Augenblicklich spürte Aimée wie ihre Beine nachgaben und sie auf das Sofa hinter sich sank. Ihr Herz klopfte allerdings nach wie vor bis zum Hals und ihre Hände zitterten unaufhörlich, was vielleicht aber daran lag, dass er ihre Gedanken erraten hatte. Alles in ihr schrie nach Flucht. „Es gibt doch keine Vampire! Was zum Teufel bist Du? Was ist mit Dir passiert? Und vor allem wann?"

Halils Stimme klang fast beleidigt. „Die Trance sollte auch beinhalten, dass Du keine solchen Fragen stellst!" Reflexartig duckte er sich, als ihm ein Drumstick entgegen flog.

„Keine Fragen????" Aimées Stimme überschlug sich fast. „Keine Fragen, wenn Du hier mit einem Gebiss wie ein Säbelzahntiger auftauchst? Keine Fragen, wenn Du Dich plötzlich nicht mehr wie ein Faultier, sondern schnell wie ein Gepard bewegst? Was soll ich denn Deiner Meinung nach sonst tun?"

‚*Aufhören so hysterisch rumzukreischen. Das klingt nicht sonderlich melodiös.*' Aber wenn er ihr das sagte, würde er vermutlich auch noch den anderen Drumstick abwehren müssen. Mit Schaudern dachte er daran, was noch alles an Wurfgeschossen um sie herum lag.

Die Schwester befestigte die letzten Elektroden an seinem Kopf und überprüfte dann nochmals das Gumminetz. Sie lächelte ihn beruhigend an und sprach in dieser fremden Sprache auf ihn ein. Einmal mehr bereute er, dass seine Familie alles getan hatte, ihn in schwarzmagischen Künsten zu unterweisen und nichts um irgendeine Fremdsprache in ihm zu fördern. Und seine Muttersprache war nicht wirklich verbreitet. Wobei – im Moment wäre es sowieso gänzlich unnütz, denn er konnte sowieso noch nicht sprechen. Noch immer war sein Kiefer verdrahtet. Und er war sich auch nicht sicher, ob er nach der letzten Aktion von Erzsébet bei der sie ihn in der Eingangshalle der Villa, in ihrer sogenannten Vorratskammer, aufhängen ließ, überhaupt noch sprechen konnte. Durch ihre Misshandlungen hatte er bereits vorher schon seit längerer Zeit Probleme, sich verständlich zu artikulieren.

Erneut versuchte die Krankenschwester ihm durch Zeichen verständlich zu machen, dass er die Augen schließen sollte, wenn sie ihn links am Arm berührte, und öffnen, wenn er sie rechts an seinem Arm fühlte. Außerdem sollte er anders atmen, wenn sie ihre Hand auf seinen Bauch legte. Das würde etwas schwierig werden, aber er konnte es versuchen. Immerhin atmete sie dabei mit offenem Mund, was in seiner momentanen Lage ein Ding der Unmöglichkeit war.

Morag lächelte ihn an. Der Mann war interessant. Sie war jahrelang bei einem Neurochirurgen der Familie tätig gewesen und hatte diese Tätigkeit fast vermisst, als sie zu ihrer Großtante gerufen wurde und ihretwegen zum Bostoner Familienzweig umgesiedelt war. Als Arslan sie um ihre Unterstützung in diesem Fall gebeten hatte, hatte sie deshalb mehr als freudig zugestimmt. Der Mann hier vor ihr war ein absolutes Wunder für sie. Die MRT-Aufnahmen hatten gezeigt, dass die Folterungen deutliche Spuren in seinem Hirn hinterlassen hatten. Rein medizinisch betrachtet müsste er lallend und vor sich hinsabbernd daliegen und nichts von seiner Umwelt mitbekommen.

Stattdessen traf sie gerade wieder ein sehr interessierter Blick und er nickte, zum Zeichen, dass er verstanden hatte. Da sie das Spiel in der Vergangenheit schon öfter gemacht hatten, wusste sie, dass er sie tatsächlich verstand. Wenngleich er immer längere Zeit brauchte, bis er wirklich reagierte. Sie war gespannt, was diesmal dabei herauskommen würde. Anfangs hatte sein Hirn wenig Aktivität gezeigt. Aber von Woche zu Woche steigerte sie sich. Wenn der Mann Glück hatte, konnte er tatsächlich irgendwann in momentan noch unbekannter Zukunft gehen, vielleicht sprechen und eventuell außerhalb eines Pflegeheims leben, ohne gewindelt und gefüttert zu werden.

Morag strich ihre schweißnassen Haare zurück. Heute war es unerklärlich heiß in diesem Raum. Sie gab dem Mann ein Zeichen und bedeutete ihm, gleich wiederzukommen. Er war ebenfalls schweißgebadet und würde einen Ventilator mit Sicherheit genauso willkommen heißen wie sie. Sie holte das Gerät aus einem der Wandschränke und schaltete es ein. Dann ging sie zur Steuerung der Klimaanlage, um sie zu überprüfen. Allerdings stellte sie dabei das gleiche fest, wie nur wenige Minuten zuvor. Sie lief auf Hochtouren und blies kalte Luft in den Raum, ohne dass dieser dadurch kühler wurde.

Arslan kam zu ihnen, begrüßte den Mann ernst und nickte ihr lächelnd dann zu. „Wie lange braucht ihr noch?"
Leicht verunsichert lachte Morag auf. „Wir haben noch gar nicht richtig angefangen. Heute ist irgendwie der Wurm drin. Mir fällt alles aus den Händen oder es fehlt plötzlich etwas von dem ich schwören könnte, dass es vorab da gelegen hat."
Arslan zuckte mit den Schultern. „Solche Tage gibt es, da sollte man sich eigentlich gleich wieder hinlegen und schlafen. Aber dreh mal die Klimaanlage auf, das ist ja die reinste Sauna hier."
Während er sprach, konnte Morag eine kleine Dampfwolke vor seinem Gesicht sehen. Das war eigentlich nicht möglich. Was bei allen Weisen Frauen ging hier vor?
Im selben Moment lenkte ein Geräusch ihre Aufmerksamkeit zum Arbeitstisch, auf dem das EEG-Gerät stand. Verblüfft blinzelte sie. Die Zeiger schlugen wie wild aus, obwohl das Gerät noch gar nicht eingeschaltet war. Auch Arslan blickte verwirrt auf das Bild, das sich ihnen bot. Der Mann lag mit geschlossenen Augen da, während eine Elektrodenverbindung nach der anderen sich löste. Im selben Moment, indem die letzte Verbindung sich löste, standen die Nadeln still.
Zumindest das Letzte wäre ja noch einigermaßen logisch erklärbar. Was jedoch nicht erklärbar war, dass vorher alle Wellen aufgezeichnet worden waren, obwohl sich bereits diverse Elektroden gelöst hatten und das Ding überhaupt nicht eingeschaltet war. Arslan trat vorsichtig zu dem Mann. Er überprüfte seine Augen, seine Atmung, seinen Puls. Offenbar schlief der Mann tief und fest. Oder hatte sich in sich selbst zurückgezogen. So sicher war er sich da im Moment nicht. Dann warf er einen schnellen Blick auf die nutzlose EEG-Aufzeichnung. Sie bestand eigentlich nur aus Artefakten und konnte definitiv nicht zur Diagnose herangezogen werden – vor allem wenn er an die Art dachte, wie sie zustande gekommen war.
„Mhmm sieht zwar interessant aus, aber ich denke, wir sollten das wiederholen. Ich brauche wohl nicht zu fragen, ob Du über irgendwas so sauer bist, dass Du …. Nein, entschuldige. Allein die Idee ist verrückt." Arslan verstummte mit einem unbehaglichen Gefühl.
Auch Morag war Beklommenheit anzusehen, während sie hilflos ihre Schultern hob. „Vielleicht sollten wir dieses Mal Klebe- oder Nadelelektroden nehmen."
Der Vorschlag war gar nicht so schlecht. Schon allein, weil der Mann weder durch Worte noch durch sanftes Rütteln an der Schulter wach zu bekommen war. Arslan arbeitete Hand in Hand mit Morag, die immer wieder ängstlich ihre Augen durch den Untersuchungsraum schweifen ließ. Das Unbehagen, das sie wellenartig ausstrahlte, verstärkte sich, als der Mann, kurz bevor alles vorbereitet war,

doch aufzuwachen begann. Sobald er ganz wach war, stellte sie sich neben ihn und erklärte ihm nochmals so gut es ging, was sie von ihm wollten. Während sie danach wie abgesprochen seine Arme oder seinen Bauch berührte und der Mann alles machte, was von ihm erwartet wurde, starrte Arslan frustriert auf die Nadeln, die die Hirnaktivität aufzeichnen sollten - es aber definitiv nicht taten.

„Morag, was immer hier auch gerade passiert ist, ich glaube das Ding ist hinüber." Er deutete auf die flachen Linien, die sich gleichmäßig über die mittlerweile vierte Seite zogen. „Ich seh zu, dass der Monteur kommt. Probieren wir es einfach morgen noch mal."

Gerade als er sich von seinem Hocker erhob, um Morag zu helfen, die Elektroden wieder abzunehmen, fingen die Nadeln an, über das Papier zu tanzen. Arslan schloss kurz die Augen. Aber als er sie öffnete, bot sich ihm genau dasselbe Bild wie unmittelbar zuvor. Die Nadeln zeichneten keine Hirnwellen auf - sie begannen, Worte zu bilden. Morag trat leise neben ihn. Auch sie wandte keinen Blick von dem Bild, das sich ihr bot.

„Was ist denn das für ein Gekritzel? Kannst Du das lesen?" Einen schnellen Blick über ihre Schulter werfend, fügte sie hinzu „meinst Du, er versucht so mit uns zu kommunizieren?"

Unwillig knurrend schüttelte Arslan sich kurz. Es war zwar ein ziemliches Gekraxel, aber es sandte ihm einen eisigen Schauer über den Rücken. Falls das wirklich ein Versuch sein sollte, mit ihnen zu kommunizieren, war es eindeutig einer, der ihm Gänsehaut verursachte. Er wandte sich zu dem Mann um, der die Augen geschlossen hatte und absolut ruhig da lag. Beim Ausatmen bildeten sich kleine Dampfwölkchen vor seiner Nase. Genau wie bei ihm und Morag. Der kleine Arbeitstisch, auf dem das EEG-Gerät stand, fing an zu vibrieren und klappernd fielen zwei Stifte nach unten, mit denen normalerweise Markierungen auf den Aufzeichnungen gesetzt wurden. Der Hocker schoss in eine Ecke des Raumes, als hätte er einen kräftigen Tritt bekommen.

Wispernd begann Morag Schutzzauber zu sprechen und malte eilig Symbole in die Luft. Um sie herum wurde ein leuchtend blaues Glühen sichtbar, an dessen Rändern man rötliche Blitze abprallen sah. Kurz darauf war ein fürchterliches Kreischen zu hören, das das blaue Glühen erschütterte und es durchsichtiger zu machen schien. Arslans Kopf ruckte zu dem Mann auf der Liege herum, der erneut seine Augen angsterfüllt aufriss. Er zitterte und zappelte am ganzen Körper. Arslan sah, wie er zu schreien versuchte und trat schnell zu ihm, um ihn zu beruhigen. Bevor er jedoch irgendwas tun konnte, wirbelte plötzlich ein Sammelsurium an Gegenständen durch den Raum. Zeitgleich beugten Morag und er sich über den Mann, um ihn zu schützen, falls Morags Schutzschild dem Sturm um sie herum nicht standhielt. Das Kreischen steigerte sich ohrenbetäubend laut und die Wände schienen förmlich zu glühen. Der Boden unter ihren Füßen wurde so heiß, dass keiner von ihnen einfach so ruhig stehen bleiben konnte.

Genauso plötzlich, wie der Spuk gekommen war, war er auch wieder vorüber. An seinem Blick konnte Morag erkennen, dass Arslan völlig erschüttert wirkte.

Hier war eindeutig Magie am Werk gewesen. Sie war allerdings genauso erschüttert wie er. Normalerweise erkannte sie einen Schwarzmagier auf den ersten Blick. Einfach weil ihre eigenen Schutz- und Bannformeln es ihr meldeten. Außer ihnen war aber nur der Mann auf der Liege im Raum und bei dem hatte sie noch nie das Geringste in dieser Hinsicht gespürt.

Als er sie jetzt aus großen Augen ansah, war sein Blick völlig anders, als der, den sie sonst kannte. Das Weiße seiner Augen war rot, als wären mehrere Äderchen geplatzt. Dadurch wirkte das Grau seiner Augen umso heller und die Pupille war nur noch stecknadelkopfgroß. Ein Kloß bildete sich in ihrer Kehle. Die Augen des Patienten waren im Normalfall nicht grau. Sie waren von einem tiefen, samtenen Braun. Ängstlich zog sie sich etwas zurück. Auch seine Gesichtszüge erschienen ihr verändert. Das Kinn wirkte runder und die Unterlippe voller. Und seine Kopfhaare waren im Normalfall nicht so lockig, dafür aber fülliger. Außerdem hatte er zu Beginn der Untersuchung eindeutig Bartstoppeln im Gesicht gehabt, von denen im Augenblick nicht das Geringste zu sehen war.

Morag wich einen weiteren Schritt zurück und zog Arslan mit sich, der ebenfalls wie erstarrt auf das Ding auf der Liege blickte. Unter der Decke begannen sich weibliche Formen abzuzeichnen, nur für den Bruchteil einer Sekunde. Sie zuckten erschrocken zusammen, als im nächsten Augenblick alle Neonröhren im Raum zersprangen und ein Splitterregen auf sie herabprasselte.

Der Lärm hatte einige seiner Cousins und Kollegen herbeigerufen, ebenso wie einige Weise Frauen, die hier Dienst taten. Als sie den Raum betraten, lag der Patient wieder ruhig auf seiner Liege. Er war völlig nassgeschwitzt und blutete aus seinem Mund.

Bei seinem Versuch zu schreien und sich zu wehren, waren die Verdrahtungen seines Kiefers aufgegangen und hatten ihn verletzt. Auch auf der leichten Decke begannen sich Blutflecken abzuzeichnen. Während der Mann gequält stöhnte, hob Arslan die Decke vorsichtig an. Das Krankenhaushemd des Mannes war zerfetzt. Unbehaglich legte Arslan den Kopf etwas zur Seite, um besser lesen zu können, was in die Bauchdecke des Mannes eingeritzt stand. Dabei wusste er es eigentlich schon. Immerhin sah es genauso aus, wie auf den Aufzeichnungen des EEG-Gerätes. Er holte keuchend Luft. Himmel, er hasste Albträume und das hier schien ein ganz hartnäckiger zu sein.

Die Männer hatten sich bis auf Halil überraschend schnell in der Bibliothek versammelt. Und zwar nicht nur die, die im Familienanwesen lebten. Es waren auch einige Mitglieder aus anderen Häusern in den Staaten, Europa, Asien und Australien da. Und alle schauten gleichermaßen entsetzt und angewidert auf die EEG-Aufzeichnung, die alles andere als das war. In all den Jahren, in denen Arslan und die anderen Ärzte der Familie dieses Diagnosemittel benutzten, war ihnen so etwas noch nicht untergekommen. Und jeder von ihnen würde ohne zu zögern darauf wetten, dass es ihren menschlichen Kollegen ebenso ging.

„Még nem vége. Megint jövök.⁹" Es war zwar kaum zu entziffern, aber es stand tatsächlich da. Und nicht nur dort, sondern auch in die Bauchdecke des Mannes geritzt, der in dem Pflegeheim langsam auf dem Weg der Besserung gewesen war.

Von Francesca wussten sie, dass der Mann vermutlich László hieß und aus Ungarn stammte. Und dass er über Jahre hinweg von Beth wie ein Stück Vieh behandelt und gequält worden war. Ebenso vermutete Francesca, dass er nicht unwesentlich dazu beigetragen hatte, dieses Monster am Leben zu erhalten. Morags Vermutung, dass es sich um einen Schwarzmagier handeln könnte, war ebenfalls von Francesca bestätigt worden. Sie hatte diesbezüglich bereits einige Grenz- und Bindezauber gewirkt. Aber offenbar war der Mann bereits dabei, irgendetwas in sich freizusetzen. Entweder er oder, Tomás schloss bei dem Gedanken daran kurz die Augen, die Worte waren gar nicht auf ihn bezogen sondern stammten von seiner Herrin.Diesen Gedanken würde er am liebsten nicht weiterverfolgen. Einige Familienmitglieder äußerten gerade den Vorschlag, den Mann zu töten. Wenn er tot war, würde vermutlich auch der Spuk aufhören. Aber da sie nicht sicher sein konnten, dass dies tatsächlich so war, wollte es Tomás lieber nicht auf einen Versuch ankommen lassen. Für eine Stunde lang flogen hitzige Argumente durch den Raum, der vor Spannung und Erregung knisterte und eisig knackte. Schließlich setzte sich die Gruppe um Tomás durch, die den Mann unter besondere Aufsicht stellen und weiter beobachten wollte.

Mit Schaudern erinnerte sich Tomás an das, was Igor, ein Cousin aus Irkutsk ihm einmal über Rasputin erzählt hatte. Und auch wenn manche der nahezu unglaublichen Geschichten um Rasputin und sonstige sich der Nekromantie widmenden Schwarzmagier völlig frei erfunden waren - wer wusste schon wie gut oder schlecht der Schwarzmagier, den sie da in ihrem Pflegeheim liegen hatten, war und ob er nicht tot mehr Schaden als lebendig anrichten konnte. Momentan hatten Francesca und Morag zusammen mit Deidre einige magische Schutzschilde aktiviert und er war in einen unterirdischen Raum verlegt worden, der über weitere Abschirmmechanismen verfügte. Außerdem wurde er jetzt vierundzwanzig Stunden am Tag videoüberwacht und niemand durfte mehr alleine zu ihm. Alle Gegenstände, die als Waffe umfunktioniert werden konnten, waren ebenfalls entfernt worden. Außerdem hatten sie vom russischen und afrikanischen Familienzweig weitere Weise Frauen angefordert, die ihnen gegen schwarzmagische Aktivitäten helfen würden. Blieb nur zu hoffen, dass seine Hirnschädigungen so weit ausgedehnt waren, dass er keinen allzugroßen Schaden mehr anrichten konnte, bevor sie endgültig beschlossen, was mit ihm zu tun war.

Verflucht noch mal: war denn hier niemand? „Hallo?"
Wieder keine Reaktion. Unbewusst spielte Hailey mit dem Piercing in ihrer Unterlippe. Super, wieso kam da niemand? Erneut versuchte, sie die

Hand aus der Schlaufe zu ziehen. Verdammt noch mal. Sie hatte es gewusst. Dieser perverse Spinner war doch nicht ganz so normal, wie es auf den ersten Blick schien.

„Halloooooooo!" Gespannt lauschte sie. Verdammt, verdammt, verdammt. Außer dem enervierenden Ticken einer Wanduhr war nichts zu hören. „Verdammte Scheiße, wieso hört mich denn niemand? Ist hier überhaupt jemand in diesem verfickten Edelknast?"

Die große Schiebetür öffnete sich langsam und eine hochgewachsene Frau mit den geilsten Locken, die sie je gesehen hatte, steckte den Kopf herein. „Ah hallo. Ich habe also doch richtig gehört. Wieder aufgewacht? Wie geht's?" Mit einem Lächeln trat die Frau an das Bett. „Hi, mein Name ist Carmen. Wie fühlst Du Dich?"

Ungeduldig zog und zerrte Hailey weiter an ihren Händen, die wie festgenagelt zu sein schienen. „Na fürs Erste wär es mir sehr recht, wenn diese Scheißdinger da weg wären und dann will ich verdammt noch mal wissen, wo ich hier gelandet bin. Wo zum Teufel treibt Doug sich herum?"

Ein ziemlich derber Fluch folgte und Carmen schloss etwas gequält die Augen. Isabel hatte schon etwas über die Ausdrucksweise der Frau im Bett erzählt. Offenbar hatte sie nicht untertrieben. „Um ehrlich zu sein, das kann ich gar nicht sagen. Er war vorher in einer Besprechung und ist jetzt unterwegs. Douglas müsste aber bald wieder im Haus sein. Und was die Bänder und den Rest betrifft, da hole ich am besten Arslan. Er ist der behandelnde Arzt. Der kann das glaube ich am besten erklären."

Kaum ausgesprochen drehte sich Carmen herum und verließ schnell das Zimmer. Im Hinausgehen warf ihr Hailey ein paar Schimpfworte hinterher und Carmen verdrehte ein weiteres Mal die Augen. Die Wortwahl jetzt konnte man nicht mehr auf den Blutrausch zurückführen.

Arzt? Dunkel keimte die Erinnerung an das Gefühl dieser grässlichen Bauchschmerzen in Hailey auf. Ihre Hand fuhr unbewusst über ihren Bauch. Was war mit ihrem Baby? Als die Schiebetür sich erneut öffnete, fiel ihr noch etwas ein. Ein noch viel unangenehmeres Gefühl als die Bauchschmerzen. Der Aufenthalt in Moloka'i. Die Realität, die sich rasend schnell um sie herum verwischte, das Gefühl, als ob sich alles in ihr verschob. Die Übelkeit und der Schwindel. Und dann blitzte das Bild einer glatzköpfigen Frau in ihr auf und das eines Mannes, der klein war aber groß wirkte. Während sie noch ihre Erinnerungen zusammensuchte, trat ein Mann an ihr Bett. Leider war es nicht Douglas. Also musste es der angekündigte Arzt sein.

„Sind Sie der Doc? Das wird aber auch Zeit. Können Sie mir vielleicht mal verraten, warum ich wie Gulliver auf Reisen festgezurrt hier liege."

Der Mann lächelte Carmen, die hinter ihm eingetreten war, an. „Na so schlimm ist es doch gar nicht, sie klingt doch fast normal."

Hallo, war sie etwa gar nicht hier? Die Blicke die die beiden wechselten schienen genau das anzudeuten. Hailey spürte ihre Magensäure hochkochen, als der Mann sich wieder halb zu ihr umwandte.

„Hey, mir ist ja klar, dass so ein Halbgott in Weiß mit so was Niedrigem wie mir nicht wirklich spricht. Aber verrät mir mal jemand, warum ich hier an dieses beschissene Bett gebunden bin?"

Carmens verdrehte Augen bedeuteten Arslan, dass sie ihn ja gewarnt hatte, was Haileys Wortschatz betraf. Er zuckte daraufhin lediglich die Schultern und lächelte Hailey an, während er einen Stuhl ans Bett zog. Bevor er sich hinsetzte, löste er jedoch die Bänder an ihren Hand- und Fußgelenken. Schnell und erleichtert rieb sie darüber und blickte ihn vorwurfsvoll an.

„Hi, ich bin Arslan, Ihr behandelnder Arzt. Douglas hat Sie zu uns gebracht, weil es Probleme gab."

Mit der Zunge an ihrem Piercing spielend nickte Hailey. „Erzähl mir was Neues. Wo zu Teufel ist Douglas jetzt? Und wieso bin ich an dieses beschissene Bett gefesselt?"

Mit verschränkten Armen lehnte sich Arslan etwas zurück. „Was die Fixierung betrifft: Die war zu Ihrer eigenen Sicherheit. Sie haben auf die Infusionen, die wir Ihnen verabreicht haben, sagen wir etwas empfindlich reagiert und es bestand die Gefahr, dass Sie sich ohne Fixierung selbst verletzen. Douglas erledigt gerade etwas - nehme ich mal an. Er wurde bereits informiert, dass Sie nach ihm gefragt haben. Aber im Moment kann ich noch nicht sagen, wann genau er wieder im Haus ist."

Unter seinem aufmerksamen Blick wurde ihr warm.

„Wie fühlen Sie sich? Haben Sie noch Schmerzen?" Das war zwar unwahrscheinlich, aber fragen konnte er ja mal.

Wieder strich sich Hailey unbewusst über ihren Bauch, während sie den Kopf schüttelte. Arslan entging diese Bewegung nicht. „Wussten Sie, dass Sie schwanger sind?"

Während er sie forschend musterte, nickte sie kurz. „Wollen Sie nicht wissen, was mit dem Baby ist?"

Ihr Blick irrte durch den Raum, als ginge sie das alles nichts an. Am liebsten würde er in sarkastischem Tonfall fragen, ob sie ihre Zunge verschluckt hatte. Aber momentan wirkte sie wie ein solches Häufchen Elend, dass sogar er Mitleid mit ihr bekam. „Sie brauchen sich im Moment keine Sorgen zu machen. Die Blutungen sind gestillt und ihr Zustand ist stabil. Haben Sie schon einen Gynäkologen, der sie während der Schwangerschaft betreut?"

Keine Reaktion, außer diesem Herumspielen an ihrem Piercing. „Wenn Sie uns die Adresse und den Namen geben, verständigen wir gerne den Vater des Kindes oder jemanden von ihrer Familie."

Sie schüttelte so vehement den Kopf, dass er überrascht zusammenzuckte. Okay. So wie es aussah, war sie mit dem Erzeuger wohl nicht mehr zusammen.

„Private Probleme?"

Ihr Kopf fuhr zu ihm herum. „Hey Du Wichser, Du kannst Dir Deinen gönnerhaften Tonfall sparen. Das geht Dich einen Scheißdreck an."

Ah, sie konnte tatsächlich noch sprechen. „Natürlich geht mich das nichts an. Aber es könnte vielleicht erklären, wie es zu Ihren Blutungen gekommen ist. Die Psyche spielt da eine entscheidende Rolle. Wenn …"

Wenn Blicke töten könnten, müsste er eigentlich postwendend zu Boden sinken.

„Wieso hast Du das gemacht? Warum hast Du es nicht einfach abgehen lassen?"

Mit zusammengekniffenen Augen beugte sich Arslan zu ihr. Er hatte sich eben sicher verhört. „Wie bitte?"

Ihre rechte Hand fuhr zu der Braunüle in ihrem Arm. Schnell griff er nach ihr. „Ich würde das nicht so einfach rausreißen."

Störrisch versuchte sie, seine Hand wegzuschieben. „Na und, das ist doch wohl meine Sache. Nimm Deine Griffel weg, Du Wichser!"

Okay, offenbar musste er etwas deutlicher werden. Arslan erhob sich und beugte sich schnell über sie. Die Hände links und rechts von ihr aufgestützt.

Erschrocken legte sie sich wieder flach hin und starrte ihn an. Seine Augen funkelten sie jetzt ebenfalls an. Von der Ruhe, die er eben noch ausgestrahlt hatte, war nichts mehr zu spüren. Seine Stimme klang zischend und leise und machte vielleicht deshalb mehr Eindruck, als wenn er sie angeschrien hätte. „Mag sein, dass es nicht meine Sache ist. Mag sein, dass Du im Moment ein Problem damit hast, dieses Kind in Dir drin zu akzeptieren. Mag sein, dass Du es wegmachen lässt. Aber solange Du hier bei mir in meiner Station liegst, werde ich alles tun, um dieses Kind in Dir zu retten. Hast Du mich verstanden?"

Was bildete sich dieser Lackaffe eigentlich ein? Niemand durfte so mit ihr reden. Und so ein dahergelaufener Weißkittel schon gar nicht. Wenn er glaubte, dass er sie einschüchtern konnte – pah, das hatten schon ganz andere ganz schnell aufgegeben. „Du trauriges Ergebnis einer glücklosen Beziehung zwischen einer Schmeißfliege und einer Küchenschabe: Gegen meinen Willen kannst Du ja wohl gar nichts machen. Ich will jetzt sofort hier raus, Du Scheißwichser!"

Von der Tür her war ein erstickter Ausruf zu hören. Arslan drehte den Kopf in diese Richtung und erblickte Douglas. „Na, wenn das kein Timing ist: Du kommst genau richtig, Kleiner. Vielleicht kannst Du ihr etwas Verstand einbläuen!" Er blickte nochmals auf Hailey. „Und ein paar Manieren würden ihr auch nicht schaden."

Leicht angewidert stieß er sich vom Bett ab. In ihren Familien gab es keine Abtreibungen. Im Gegenteil, man war froh über jeden Sohn, den man retten oder gesund auf die Welt bringen konnte. Jeder Verlust schmerzte. Und sie wollte dieses Kind loswerden. Es schien ihr nichts auszumachen, dass sie es beinahe verloren hatte. Und wenn er ihr Verhalten richtig deutete, lag ihr an ihrem eigenen Leben auch nicht wirklich viel. Das konnte er ja schon eher nachvollziehen. Aber sie hatte jetzt Verantwortung und sollte sich entsprechend verhalten.

„Hat Dich jemand vergewaltigt?"

Der Ton, in dem er diese Frage stellte, war so scharf, das Hailey automatisch und wahrheitsgemäß den Kopf schüttelte.

„Dann solltest Du verdammt noch mal die Verantwortung übernehmen. Die Beine hast Du ja schließlich auch breitgemacht!"

Er stürmte aus dem Zimmer, klopfte aber im Vorbeigehen noch auf Douglas Schulter. „Viel Spaß, mit dieser … dieser …, ach was, viel Spaß einfach. Bring sie bloß schnell weg von hier. Am besten in den arabischen Raum. Sie kann schon fluchen wie ein Kameltreiber."

Etwas verblüfft blickte Douglas Arslan hinterher. Was war denn in den gefahren? Der war doch sonst die Ruhe in Person. Offenbar hatte Hailey eine gewaltige Ladung Charme versprüht, auf die neben seiner Mutter auch Arslan negativ reagierte. Im Normalfall behütete er die Frauen, die sie ihm brachten, wie eine Glucke. Langsam schlenderte er zu Hailey. „Hi, wie geht es Dir?"

Ein missbilligender Blick streifte ihn. „Wie soll es mir schon gehen? Ich werde hier gegen meinen Willen von einem eingebildeten Weißkittel festgehalten, bin schwanger und kriege von diesem Volltrottel eben auch noch an den Kopf geworfen, dass ich Verantwortung übernehmen soll. Was bildet sich dieser hirnlose Penner eigentlich ein? In was für einem Scheißladen bin ich hier überhaupt gelandet?"

Douglas schnalzte mit der Zunge. „Hey, jetzt mal langsam. Das ist kein Scheißladen. Das ist der Ort, an dem Dir dieser hirnlose Penner ganz unbürokratisch geholfen hat, als es Dir dreckig ging und Du vor Schmerzen geheult hast."

Seine Stimme klang ruhig aber an seinen Augen konnte sie erkennen, dass er nicht ganz so ruhig war. Der Blick flackerte ziemlich.

„Ich will hier raus!"

Angesichts dieser Aufforderung, eine Bitte konnte man das wohl kaum nennen, schloss Douglas kurz die Augen. „Tatsächlich? Und wo willst Du hin?"

Für einen kleinen Moment wirkte sie tatsächlich verunsichert. „Was interessiert Dich das?"

Douglas platzierte seine Hüfte auf dem Bett und stützte sich wie Arslan eben links und rechts von ihr ab. Allerdings wirkte das bei ihm nicht einschüchternd, sondern eher so, als wollte er sie schützen.

„Na ja, Du hast mir meinen Urlaub verdorben, als Du da auf der Veranda zusammengeklappt bist. Da kann man schon mal so ein klein wenig Besorgnis entwickeln, finde ich."

Sie schwieg und spielte schon wieder mit ihrem Piercing. Dann wiederholte sie mit einem trotzigen Unterton in der Stimme ihre Aufforderung. „Ich will hier raus. Ihr könnt mich nicht gegen meinen Willen in diesem Scheißladen festhalten!"

Unwillig verzog Douglas sein Gesicht. „Nur noch mal so nebenbei bemerkt: Das ist kein SCHEISSLADEN. Und je eher Du mal nachdenkst, desto besser.

Hier hält Dich niemand fest. Falls Du Dich an Arslans Worte eben erinnerst, er hat mich aufgefordert, Dich schnellstens wegzubringen."

Nervös begann sie, an ihrer Unterlippe zu kauen. Offensichtlich behagte ihr sein etwas schärfer gewordener Tonfall überhaupt nicht. Dennoch fuhr er fort, wobei er mit dem Zeigefinger seiner linken Hand gegen ihre Nase tippte.

„Aber: Erstens hast Du keine Klamotten, außer meinem Hemd hier. Zweitens hab ich keine Ahnung, wo ich Dich hinbringen kann. Drittens hast Du soweit ich weiß keine Kohle. Falls es Dich jedoch beruhigt und dazu führt, dass Du ein kleines bisschen Dankbarkeit zeigst, für dass, was hier für Dich getan worden ist - nur so viel wie Dreck unter Deine superkurzen Fingernägel passt – Du kannst absolut und jederzeit gehen, wo immer Du hinwillst. Besser noch, ich bringe Dich persönlich da hin."

Etwas betroffen starrte Hailey auf seinen Finger. Dennoch klang ihre Stimme aufgebracht. „Pah, natürlich hab ich Klamotten. Ich bin ja wohl nicht nackt am Strand gewesen. Meine Sachen müssten ja wohl noch irgendwo sein."

Mit zusammengepressten Lippen und verschränkten Armen starrte sie ihn an. Sachen? Meinte sie etwa diese grässlichen schwarzen Fetzen. Na da hatte sie schlechte Karten. In den Teilen würde sie das Anwesen hier nicht verlassen. Erstens waren die noch auf Moloka'i und zweitens würde er die persönlich in den Müll befördern. Mit dem Zeug würde er freiwillig nicht mal den Fußboden wischen. „Die sind noch im Strandhaus."

Verstehend nickte Hailey. „Gut, dann will ich dahin zurück! Schnellstmöglich. Ich hab eh keine Kohle für den Nobelschuppen hier."

Sie starrte an ihm vorbei auf den Flachbildfernseher, der an der gegenüberliegenden Wand hing, bevor ihr Blick weiterwanderte zu einem ziemlich teuer aussehenden Gemälde. Granny hatte sie früher immer mit zu Ausstellungen genommen. Und am liebsten waren ihr die alten Meister gewesen. Das hier musste eine Kopie von einem uralten Meister sein.

Schnell lenkte sie ihren Blick wieder auf Douglas. Wer so etwas in einem Krankenzimmer aufhängte, hatte vermutlich Tagespreise die ihr Jahreseinkommen weit überstiegen. Scheiße, vermutlich war sie hier in einer Privatklinik gelandet und würde für den Rest ihres Lebens Schulden abarbeiten müssen. Douglas schien ihre Gedanken zu erraten.

„Herzchen, wir sind in New York. Ich finde es etwas übertrieben, wegen der Lumpen die Du getragen hast, nach Hawai'i zurückzufliegen. Aber mach Dir mal keine Sorgen. Ich besorge Dir ein paar neue Klamotten und bringe Dich dann zu Dir nach Hause – wo auch immer das sein mag. Und wegen der Behandlungskosten - die gehen aufs Haus."

Ihre Augen fielen ihr fast aus dem Kopf. „Aufs Haus? Was soll das denn? Scheiße, habt ihr etwa irgendwelche Versuche an mir gemacht. Ich schwöre Dir, ich …. Wie kommen wir nach New York? Wieso hast Du mich hierher gebracht? Und vor allem wie? Und wann?"

Sie holte tief Luft. Allerdings nicht, weil sie auf eine Antwort wartete, sondern weil sie noch mehr zu sagen hatte. „Und außerdem habe ich keine Lumpen getragen. Der Mantel allein hat dreißig Dollar gekostet. Fuck, ich will die Sachen zurück, verd…"

Sein Zeigefinger rutschte auf ihren Mund. „Du solltest wirklich an Deinem Wortschatz arbeiten. Das kann man auch anders ausdrücken! Abgesehen davon: Es wurden keine Versuche durchgeführt. Das ist Quatsch."

Hailey stemmte sich hoch. „Und das soll ich glauben? Ich schwöre Dir, ich mache euch die Hölle heiß, wenn ich feststelle, dass das nicht stimmt. Am besten bringst Du mir schnellstmöglich was zum Anziehen, und wenn wir tatsächlich in New York sind, bist Du mich schneller los, als ich danke sagen kann."

Seufzend erhob er sich von der Bettkante. „Okay, dann besorge ich jetzt was. Und Du überlegst Dir, wo ich Dich hinbringen soll. Hast Du hier Verwandte? Oder verrätst Du mir mal Deinen Nachnamen?"

Rückwärts bewegte er sich auf die Tür zu. Hailey sagte keinen Ton, sondern starrte ihn nur an. „Okay, das heißt wohl so viel wie nein? Ich bin in einer halben Stunde wieder da. Du kannst ja schon mal duschen. Ich schicke jemanden vorbei, der Dir die Infusion wegmacht, okay?"

Als er die Schiebetür schnell hinter sich schloss, sah er, dass das Kissen, das sie ihm nachgeworfen hatte, gerade zu Boden fiel. Je eher er sie hier raus brachte, desto besser.

Keiner von ihnen hatte sich groß bewegt, seit sie sich beide weit entfernt voneinander auf die Sofas gesetzt hatten. Und sie starrten sich gegenseitig an. Mittlerweile schon seit Stunden. Müde blinzelte Aimée. Am liebsten würde sie ihre Augen zumachen und schlafen. Aber das traute sie sich ehrlich gesagt nicht so wirklich. Obwohl sie den Verdacht hatte, dass sie absolut nichts machen konnte, wenn ihr ehemaliger Chef auf den Einfall kam, sie anzugreifen. Und auch wenn sie sein Äußeres wenige Stunden zuvor in Angst und Schrecken versetzt hatte, versuchte sie sich einzureden, dass er ihr eigentlich gar nichts tun wollte. Sonst säße sie jetzt ja wohl nicht mehr hier. Andererseits: was, wenn sie sich täuschte? Ob er seine Opfer aß? Aussaugte? Zerfetzte? Nein! Zumindest das Letzte war unwahrscheinlich. Seine Hände hatten schließlich völlig normal gewirkt. Aber, was immer er auch vorhatte, sie würde es ihm nicht leicht machen und einfach so ihre Augen schließen, auch wenn sie so todmüde war wie jetzt. Sie würde nicht so ohne Weiteres ihr Leben wegwerfen.

Seltsamerweise hatte sie Hal für alles gehalten. Für einen Casanova, zum Teil auf recht liebenswerte Art oberflächlich. Einen Spinner allererster Güte, ein Arbeitstier, einen guten Chef, einen Mann und zwar einen ziemlich virilen. Aber niemals für ein sadistisches Ungeheuer. Andererseits war das hier ja wohl eine Form von Sadismus. Er versetzte sie in Angst und Schrecken, indem er zu einem, einem, einem – nein sie weigerte sich einfach das Wort Vampir auch nur zu denken – wurde und dann saß er es einfach aus. Sie war sich absolut sicher, dass er zu ihr kommen würde, sobald ihre Augen zufielen und sie sich nicht mehr wehren konnte. Wenngleich sie eigentlich gar keine wirkliche Möglichkeit hatte, sich zu wehren.

Aber draußen wurde es endlich hell. Sie wusste ja nicht viel über Blutsauger, aber den einen oder anderen Film hatte sie auch schon gesehen. Sicher gab es welche, die gegen Kreuze immun waren, aber vor der Sonne und ihrem Licht hatten sie doch alle Angst, oder nicht? Sie musste sich fast ein erwartungsvolles Lächeln verkneifen, als sie einen Sonnenstrahl an seinem Unterarm entlangkriechen sah. Jetzt, jetzt war es gleich so weit, dass er weg musste.

Stirnrunzelnd stellte sie nach mehreren Minuten fest, dass sein gesamter Arm zwischenzeitlich von der schwachen Morgensonne beschienen wurde und er immer noch seelenruhig an seinem Platz saß und sie genauso interessiert musterte, wie sie ihn. Himmel, war denn gar nichts richtig, was sie über Vampire zu wissen glaubte? „Ähm, Hal? Die Sonne geht auf. Willst Du Dich nicht in Sicherheit bringen?"

Ihr Ex-Chef drehte den Kopf. Dann legte er genüsslich den Kopf in den Nacken. Sein kleines Stöhnen rief ein seltsames Gefühl der Sehnsucht in ihr wach. Sie musste völlig übergeschnappt sein. Statt sich Gedanken darüber zu machen, wie sie hier rauskam, malte sie sich gerade aus, was ihn sonst noch zu so einem Ton animieren könnte. Seine Stimme riss sie aus ihren Überlegungen.

„Ja schön, nicht. Ich liebe die Sonne. Aber Du hast recht. Heutzutage sollte man keine zu ausgedehnten Sonnenbäder mehr nehmen. Allerdings hätte ich nicht damit gerechnet, dass ausgerechnet Du Dir jetzt Sorgen um mich machst." Er runzelte kurz die Stirn. „Schade eigentlich, von der Sonne hier werden wir nicht viel haben. Sie haben bereits auf heute Vormittag Regen und Gewitter gemeldet."

Frustriert registrierte sie, dass er den Kopf in aller Seelenruhe zu ihr zurückdrehte und sie wieder genauso interessiert musterte wie zuvor. Der hatte wirklich ein Rad ab. Das hörte sich fast an wie Small Talk. Als ob sie sich Sorgen um ihn machte. Hahaha. Vielleicht wirkte die Sonne bei ihm nicht so, weil er sich noch nicht allzu lange in eine solche ... eine solche ... eine solche Kreatur verwandelt hatte. Oder aber ...

Krampfhaft überlegte sie. Wenn er gegen Kreuze und Sonne nicht empfindlich reagierte, konnte er ja wohl keiner dieser Blutsauger sein. Abgesehen davon, dass es die einfach nicht geben konnte, sprach auch dagegen, dass er für sein Leben gerne Knoblauch aß. Was gab es denn noch an Fantasygestalten? Werwölfe? Na ja, seine Arme waren nicht behaart und er hatte in den letzten sechs Jahren nie einen Bart getragen. Und verwandelten die sich nicht nur bei Vollmond? Was zurzeit ja wohl nicht war.

,*Du hast nur schlecht geträumt, es ist alles in Ordnung, alles Normal, ganz ruhig.*' Der Satz geisterte ihr schon die ganze Zeit durch den Kopf und ein paar Mal hatte sie beinahe erleichtert geseufzt und gedacht, dass er absolut stimmte. Hal war einfach Hal. Kein Säbelzahn in seinem Kiefer, langsam und gemütlich wie immer. Einfach ihr Ex-Chef. Doch jedes Mal wenn sie kurz davor war, ihn zu sich herzuwinken, schoss ihr ein anderer Gedanke durch den Kopf. ‚*Von wegen geträumt! Hal war nie langsam und gemütlich, der hat Dich immer an eine riesige Raubkatze erinnert. Aber an eine satte. Heute wirkt er eher hungrig.*'

Und seltsamerweise glaubte sie, als Echo auf diesen Gedanken Hals frustriertes Stöhnen zu hören. Hatte sie nicht einmal in so einem Film gesehen, wie einer dieser Blutsauger die Gedanken seiner Opfer beeinflusst hatte? Was, wenn das also gar nicht ihr Gedanke war? An der Stelle hörte sie ein lockendes ‚*aber natürlich war es Deiner*' .... Irgendwo in ihrem Unterbewusstsein stellte sie fest, dass sie den Blickkontakt mit ihm unterbrechen musste. Aber wenn sie ihn nicht ansah, konnte sie nicht sehen, wie er zum Angriff – was ihre Chancen auf Verteidigung gänzlich schmälerte. Und außerdem: Warum musste man immer dann zur Toilette, wenn man Angst hatte und es wirklich absolut unpraktisch war? Unbehaglich klemmte sie die Beine zusammen. Was ihm natürlich nicht entging.

„Aimée? Ich meine, wir können hier noch den ganzen Tag herumsitzen. Aber, was hältst Du davon, dass ich uns Kaffee mache und Du Dich zwischenzeitlich etwas frisch machst. Vielleicht musst Du ja auch mal auf die Toilette? Du rutschst immerhin schon seit fast einer Stunde unruhig hin und her."

Verblüfft blinzelte Aimée ein paar Mal. Sie müsste wirklich mal dringend wohin. Und außerdem war ihr Mund völlig ausgedörrt. Zögernd bewegte sie den Kopf auf und ab, worauf Hal sich sofort erhob und aus dem Wohnzimmer schlenderte. Wie ein einfacher, netter Gastgeber. Verwirrt sah sie ihm nach. Wenn sie gewusst hätte, wie einfach es war ihn abzulenken, hätte sie schon vor Stunden vorgegeben, dringend zur Toilette zu müssen. Er sah sich nicht einmal nach ihr um und ging schnurstracks in die Küche. Einfach so. Als hätten sie nicht bis eben ein stundenlanges Blickduell ausgefochten. Und deshalb hatte sie so lange gewartet und sich fast in die Hosen gemacht?

Schnell huschte sie über den Flur. Sie machte sich keine Illusionen, die Eingangstür konnte sie unmöglich erreichen. Außerdem musste sie jetzt wirklich absolut dringend wohin. Danach konnte sie sich immer noch überlegen, wie sie fliehen konnte. Während sie sich Minuten später allerdings das Gesicht an einem Gästehandtuch abtrocknete und in den Spiegel sah, verwünschte sie sich, weil sie nicht gleich auf den naheliegendsten Gedanken gekommen war - das Badezimmerfenster. Lautlos öffnete sie die Tür und warf einen vorsichtigen Blick in den Flur. Hal summte irgendeine Melodie vor sich hin, während er in der Küche herumwerkelte. Mit zusammengepressten Lippen zog sie sich wieder ins Bad zurück und verschloss die Tür. Dann schob sie schnell einen der beiden kleinen Hocker links und rechts des Waschbeckens unter das Fenster, kletterte darauf und schob das Fenster auf. Während sie nach oben turnte, fluchte sie flüsternd. Warum war dieses verflixte Ding auch fast an der Decke oben eingebaut? Unmittelbar darauf musste sie beinahe kichern. Jetzt zahlten sich alle Trainingsstunden aus, die sie seinetwegen absolviert hatte. Ohne die wäre sie niemals durch dieses Fenster gekommen. Sie hätte weder hindurchgepasst noch wäre sie überhaupt hinaufgekommen. Ihr Shirt blieb irgendwo hängen und wieder fluchte sie unterdrückt. Einen Moment hielt sie inne und lauschte gespannt. Die Beine baumelten schon außerhalb des Hauses. Als sie nichts hörte, stieß sie sich ab und sprang zu Boden.

So sah jedenfalls ihr Plan aus. Bevor ihre Füße jedoch Bodenkontakt hatten, spürte sie ein paar große Hände auf ihren Hüften. Nur mit großer Anstrengung konnte sie einen Aufschrei unterdrücken, als sie Hals Stimme direkt an ihrem Ohr hörte.

„Na, na, na! Wolltest Du mich etwa versetzen? Dabei habe ich mir extra Mühe mit Deinem Kaffee gegeben. Ich habe sogar ein paar Kekse für Dich ausgepackt. Aimée, Aimée, Du enttäuschst mich ganz schön, weißt Du das eigentlich?"

Langsam ließ er sie an sich hinabgleiten, nahm aber seine Hände nicht weg. Dann drehte er sie zu sich herum.

Schnell befeuchtete sie ihre trockenen Lippen. „Ähm, wenn Du mich gehen lässt … Ich meine, ich werde niemandem etwas verraten. Genau genommen würde mir das ja sowieso niemand glauben. Ich wäre Dir echt dankbar, wenn …"

Ihr Herz machte ein paar schnelle, schmerzhafte Schläge, als sie spürte, wie er näher kam und etwas in die Knie ging. Dabei musterte er sie aufmerksam.

„Weißt Du, mein Problem ist, dass Du Dich genau genommen an gar nichts erinnern dürftest, was Du an jemanden verraten könntest. Das kann jetzt an meinen etwas eingerosteten Fähigkeiten liegen oder daran, dass Du mental ein wenig stärker bist als alle andern. Beides bedeutet allerdings dummerweise, dass ich Dich nicht so einfach gehen lassen kann." Er lächelte sie fast entschuldigend an.

Alle Muskeln in ihrem Körper verkrampften sich. Hatte er ihr etwa gerade durch die Blume mitgeteilt, dass er sie umbringen musste? Ein Wimmern entschlüpfte ihr. Eins von der Sorte, die nur eine Deutung zu ließen. Ein panisches Wimmern. Erschrocken sah Hal sie an. „Keine Sorge, ich meine Dir passiert nichts. Ich bringe Dich jetzt zu jemandem, der da viel mehr auf dem Kasten hat als ich. Und wenn Du bei dem warst, haben wir ein Problem weniger und können uns wesentlich angenehmeren Dingen zuwenden."

Die Vorstellung von den angenehmeren Dingen ließ ihn lächeln und seine Fangzähne wachsen. Worauf Aimée ihre Augen bis zum Anschlag aufriss und noch lauter wimmerte. Schnell schloss er seine Lippen, konnte allerdings nicht verhindern, dass die Spitzen der Zähne noch herausragten. So sehr er sich auch bemühte, sie mental zu beruhigen, ihr Zittern hörte nicht auf. Und es verstärkte sich, als er sie ins Haus zurückbrachte und fragte, ob sie zuerst frühstücken wollte.

Er war die Höflichkeit in Person. Leider war ihre Frage, was er war, damit noch nicht beantwortet. Aber sie war mittlerweile so eingeschüchtert, dass sie diese Frage nicht nochmals laut stellte. Statt dessen fragte sie sich, wie er mitbekommen haben konnte, dass sie aus dem Fenster flüchten wollte. Und sie fragte sich, wie er so schnell auf diese Seite des Hauses gekommen war, dass er sie noch auffangen konnte, bevor sie überhaupt ihre Füße auf dem Boden hatte. Außerdem schwirrte nach wie vor die Frage durch ihren Kopf, was mit ihrem Ex-Chef passiert war. Die Verwandlung musste erst kürzlich vonstatten gegangen sein, denn nicht mal an ihrem letzten Arbeitstag hatte er diesbezüglich Anzeichen gezeigt. Ihre Finger zitterten etwas mehr, als sie sich an seine leuchtend blauen Augen an diesem Tag erinnerte. Vielleicht waren das ja gar keine farbigen Linsen, sondern Teil seiner seltsamen Verwandlung.

Als sie auf seine erneute Frage nach einem Frühstück heftig mit dem Kopf schüttelte, weil sie beim besten Willen in ihrem momentanen Zustand nichts herunter bekam, nickte er. Dann musterte er sie etwas besorgt. Wäre die Situation für Aimée nicht so ernst gewesen, hätte sie bei seinem Anblick garantiert einen Lachkrampf bekommen. So jedoch fragte sie sich zaghaft, was als Nächstes auf sie zukam.

„Also, yavrum, das wird jetzt nicht ganz einfach für Dich. Ich bringe Dich jetzt zu Tomás, der uns sicherlich weiterhelfen kann." Er fuhr kurz mit der Zunge über seine Lippen. „Dazu muss ich Dich in die Arme nehmen und gut festhalten."

Alarmiert runzelte Aimée die Stirn. Er glaubte doch wohl nicht ernsthaft, dass sie darauf hereinfiel. Vermutlich war es jetzt soweit, dass er sie biss. Und das alles unter dem Deckmäntelchen der Hilfsbereitschaft. Wie überaus passend, dass es draußen gerade begann, wie aus Eimern zu gießen. Der dunkle Himmel passte genau zu ihrer momentanen Situation, oder nicht?

„Und, also es kann sein, dass Dir etwas übel wird und schwindelig und auch Herzrasen soll völlig normal sein. Und ahm, na ja, es wird also etwas unangenehm für Dich beim ersten Mal, fürchte ich."

Seine ehemalige Assistentin straffte ihre Schultern und drückte ihr Kreuz durch. „Wieso sagst Du nicht einfach, dass Du jetzt zubeißen willst? Dass es jetzt vorbei ist mit den netten Tönen? Falls Du noch länger warten willst, solltest Du vielleicht wissen, dass ich kurz vor einem Herzinfarkt stehe!" Aufgebracht starrte sie ihn an und legte ihren Kopf zur Seite. „Willst Du lieber links oder rechts?" Ihr Kopf schwenkte nach links. „Oder brauchst Du dazu gar nicht den Hals. Vielleicht das Handgelenk, den Arm, die Brust?"

Ihr Ton klang aggressiv. Vermutlich hatte sie momentan so viel Adrenalin im Blut, dass ihm schlecht davon werden würde, aber der Vorschlag an sich klang äußerst verlockend für Halil. Mit einem Kopfschütteln versuchte er, sich zur Vernunft zu bringen. Jetzt hatte er so lange mit und neben ihr her gearbeitet, ohne sich einen Schluck zu genehmigen; jetzt kam es auf die halbe bis dreiviertel Stunde auch nicht mehr an. Auch wenn er zugegebenermaßen bis zu ihrem letzten Arbeitstag nie Lust verspürt hatte, sich an ihr zu bedienen.

Obwohl er es quasi angekündigt hatte, schrak Aimée zusammen, als sich seine Arme wie ein Schraubstock um sie herum legten. Sie spürte seine große Hand an ihrem Hinterkopf, die ihr Gesicht unerbittlich in seine Halsbeuge presste. Nur mühsam konnte sie einen panischen Schrei unterdrücken. Aber auch so spürte Hal ihren rasend schnellen Herzschlag und ihre Angst. Er flüsterte, dass alles in Ordnung kommen würde, bevor die Welt um sie herum sich in ein Kaleidoskop an Farben auflöste. Hal hatte zwar ihr Gesicht in seine Halsbeuge gepresst, aber sie sah mit einem Auge die farbigen Wirbel und fast augenblicklich wurde ihr speiübel und fürchterlich schwindelig. Gleichzeitig hatte sie das Gefühl, dass ihr Trommelfell gleich platzen musste, da ein unheimliches Rauschen und ein schriller Klingelton zu hören waren. Ihre Knie gaben nach und für einen Moment plagte sie das Gefühl, auseinandergerissen zu werden.

Trotz aller Panik versuchte sie, tief ein und auszuatmen. Ihre jahrelange Atemmeditation machte sich jetzt bezahlt. Eine Meditationsart, die sie nach dem Lawinenunglück mühsam gelernt hatte, um ihre daraus resultierenden Panikattacken in den Griff zu bekommen. Hal schien momentan ein Anker zu sein, und an dem hielt sie sich so fest, dass er schmerzerfüllt die Zähne zusammenbiss.

Dann herrschte plötzlich Ruhe und das Bild ihrer Umgebung klärte sich. Noch immer tief ein- und ausatmend weiteten sich ihre Augen verblüfft. Was zum …? Wo waren sie plötzlich gelandet? Gerade eben hatten sie sich noch in der Küche von Hals Villa in Boston befunden. Und dort waren sie jetzt mit Sicherheit nicht mehr. Sie befanden sich im Innenhof eines Gebäudekomplexes und statt der Vögel, die um Hals Villa ein lautstarkes Konzert gegeben hatten, hörte sie Verkehrslärm. Delirium – gab es ein blutarmutsbedingtes Delirium? Wenn ja, dann litt sie gerade mit Sicherheit daran. Krampfhaft schluckend versuchte sie sich von Hal zu lösen, der sie nach wie vor fest umschlungen hielt. Als er sie endlich losließ gaben ihre Knie automatisch nach und er fing sie auf, bevor sie endgültig zu Boden sacken konnte. So sehr sie sich auch darauf konzentrieren wollte, ihre Muskeln in den Beinen anzuspannen, es ging einfach nicht.

Kurz entschlossen nahm Halil sie erneut auf seine Arme und brachte sie ins Haus. Leichtfüßig rannte er die Stufen hinauf. Sein Ziel war das oberste Stockwerk, indem sein Onkel wohnte. Hoffentlich war er zuhause. Im zweiten Stock begegnete ihnen Arslan, der gerade mit ziemlich ärgerlichem Gesicht aus der Krankenstation stürmte.

Als er seinen Cousin entdeckte, blieb er aufstöhnend stehen. „Sag mir jetzt bitte nicht, dass Du Dir auch eine Frau ausgesucht hat, die als Erstes einen Arzt braucht. Was zum Geier ist los mit euch?"

Hal musterte ihm verblüfft. Was war dem denn über die Leber gelaufen? „Ich wollte eigentlich zu Tomás."

Eilig schob er sich an Arslan vorbei, wurde von diesem jedoch aufgehalten.

„Er hat gerade eine Besprechung und kann nicht gestört werden. So wie es aussieht ist die Sache mit Beth noch nicht ausgestanden. Ich glaube kaum, dass er vor heute Abend ansprechbar ist. Es sei denn …", sein Finger deutete auf Aimée, „… sie hat irgendetwas damit zu tun." Arslan runzelte ärgerlich die Stirn. „Was ich echt nicht hoffen will!"

Vor Schreck über das, was er eben hörte, ließ Halil Aimée fast fallen. Er griff gerade noch mit einem Arm nach ihr und hinderte sie so daran, völlig unelegant auf den Fußboden zu plumpsen. Dummerweise hielten ihre Beine ihrem Gewicht nach wie vor nicht stand.

„Wieso nicht vorbei? Beth ist doch tot. Wir haben sie doch selbst gesehen. Die war ja fast so schlimm verkohlt wie die Cookies, die Jasmin vor einer Woche für Nathan gebacken hat. So was überlebt keiner!"

Noch immer versuchte Aimée, ihre Panik mit Atemmeditation in den Griff zu bekommen. Der Name Tomás allein hatte noch keine weitere Panik ausgelöst. Als sie jedoch Arslan entdeckte, den sie bei verschiedenen Essen in Hals Villa schon gesehen hatte, erinnerte sie sich schlagartig an Tomás und dessen Frau hieß Isabel. Oh Gott, das wurde ja immer schlimmer. Gehörten die alle etwa zu einer Art Vampirclan? Wo war sie hier nur hingeraten? Womöglich war Hal doch nicht erst seit Kurzem so.

Jetzt erst schien Arslan zu registrieren, wer sie war. „Da hol mich doch ... Aimée???" Irritiert wanderte sein Blick von Aimée zu Hal und wieder zu ihr zurück. „Du hast Aimée hierher gebracht?" Sein Blick war prüfend, fast als wollte er eine erste Diagnose stellen. Dann jedoch schien ihm einzufallen, dass die beiden auf dem Weg zu Tomás gewesen waren. Er schüttelte kurz den Kopf. „Wollt ihr zwei auch eine Verbindungszeremonie?"

Halil zuckte zurück. Alles nur das nicht. Keine Verbindungszeremonie. Er wollte einfach eine Blutwirtin, mit der er sich ganz nebenbei auch noch ziemlich vergnügen konnte. Und die sollte nach Möglichkeit nicht mehr wissen, was er war. Sobald die Erinnerungsphase von der letzten Nacht bis eben zu dem Augenblick der Beeinflussung durch Tomás entsprechend manipuliert war, würde er sich selbst weiterhelfen können. So einen dummen Fehler wie heute Nacht würde er mit Sicherheit nicht nochmals machen. Aber deshalb brauchte man sich ja wohl nicht gleich verbinden. Auch wenn Aimée in den letzten Stunden Seiten von sich gezeigt hatte, die er nie hinter ihr vermutet hätte.

Die Kleider landeten auf einem der Stühle neben dem Bett. Suchend sah Douglas sich um. Wo war sie denn? Er spähte in das zu dem Zimmer gehörende Bad. Keine Hailey. Die Toilettentür war geschlossen. Er klopfte leicht gegen die Tür. „Hailey?"

Keine Reaktion. Wo zum Teufel war sie? Schnell drehte Doug sich um und verließ den Raum. Die Tür zu Francescas Zimmer stand offen. Er spähte hinein und runzelte die Stirn. Hailey saß neben dem Bett und unterhielt sich mit der Weisen Frau. Zögernd blieb Douglas stehen. Auch Alisha war mit Çem bei Francesca. Sie sagte gerade etwas, woraufhin alle drei Frauen leise lachten. Dann gab sie Hailey den Jungen, die ihn so selbstverständlich in die Arme nahm, als hätte sie täglich mit kleinen Kindern zu tun. Bei dem Anblick schnürte sich ihm die Kehle etwas zu.

Gleich darauf spürte er, dass seine Mutter neben ihn trat und ebenfalls neugierig in den Raum spähte. Allerdings schien ihr das, was sie sah, nicht sonderlich zu gefallen. Sie drückte sich hastig an ihm vorbei und öffnete die Schiebetür dabei etwas weiter. Ohne groß etwas zu sagen, stürmte sie auf Hailey zu und entriss ihr Cem. Wütend zischte sie etwas in Alishas Richtung. Allerdings bekam er nicht richtig mit, was das war, denn seine Konzentration galt dem schmerzlichen Ausdruck in Haileys Gesicht und vor allem in ihren Augen. Seine Mutter stürmte an ihm vorbei, Alisha im Schlepptau, die eine kleine Entschuldigung in den Raum hinter sich warf.

Douglas konnte ja verstehen, dass seine Mutter Hailey nicht mochte – er mochte ja auch nicht alle Leute, mit denen seine Mutter verkehrte. Aber die Reaktion eben war ja wohl deutlich übertrieben. Wütend sah er ihr nach. Darüber würden sie noch reden müssen. Er drehte den Kopf zurück, um nach Hailey zu sehen. Sie stand gerade neben Francescas Bett stand und verabschiedete sich leise. Gleich darauf drückte sie sich an ihm vorbei und huschte in ihr eigenes Zimmer zurück. Der leicht salzige Geruch der Tränen in ihren Augen, stieg ihm ihn die Nase. Nachdenklich ging er ihr nach.

„Ich hab Dir Kleider mitgebracht, sie liegen do…."

Angriffslustig fuhr sie zu ihm herum. Momentan war nichts mehr von der warmen weiblichen Ausstrahlung, die sie in Francescas Zimmer hatte, zu spüren.

„Ich sehe die verfickten Fetzen selbst. Denkst Du, ich bin blind?" Mit einem kurzen Blick auf die Wanduhr fuhr sie aggressiv fort. „Wow, Du hast Dich ja noch selbst übertroffen. Mir ist ja schon klar, dass ihr mich schnell loswerden wollt, aber so schnell? Ich hoffe, ich darf mich noch anziehen, bevor ihr mich rausschmeißt?"

Douglas schluckte trocken. Offenbar hatte sie vergessen, dass sie kurz vorher noch selbst gehen wollte und er nur ihrem Wunsch, schnellstmöglich Kleider zu besorgen, nachgekommen war. Momentan verschränkte sie die Arme vor ihrer mageren Brust und der Blick, den sie ihm jetzt zuwarf, war wirklich giftig. „Warum verpisst Du Dich nicht? Ich will mich anziehen. Glaubst Du, ich mach das vor Dir?"

Nein, das glaubte er eigentlich nicht. Aber falls sie das nicht wollte, konnte sie ja in das angrenzende Bad gehen. Schweigend ließ er sich auf einen der Stühle im Zimmer fallen und deutete mit der Hand wortlos auf die Badezimmertür. Momentan war sie so sauer, dass er lieber warten wollte, bis sie etwas herunterkam. Vielleicht ließ sie dann mit sich reden.

Aufgebracht schnappte sich Hailey kurz darauf das Bündel mit den frischen Kleidern und verschwand. Douglas spitze die Ohren. Sie fluchte in dem Badezimmer herum wie ein Bauarbeiter und benutzte ein paar Ausdrücke, die selbst er noch nicht kannte. Anscheinend fand sie Schiebetüren nur halb so lustig, da man sie nicht zuknallen konnte.

Ein Stockwerk weiter unten keifte Isabel Alisha aufgebracht an. „Was in aller Welt hast Du Dir dabei gedacht, Alisha? Ihr Çem einfach so zu geben!"

Es war das erste Mal, dass Isabel in diesem Ton mit ihr sprach und Alisha hatte keinen blassen Schimmer, was in sie gefahren war. „Was soll ich mir denn dabei gedacht haben? Mein Gott, sie hat ihn doch bloß gehalten! Ich weiß echt nicht, worüber Du Dich so künstlich aufregst."

Isabel stemmte die Hände in die Hüften und atmete ein paar Mal tief durch, bevor sie ihre Schwägerin anschrie. „Hast Du gerade eben künstlich gesagt? Er ist ein Etanaer!" Sie tippte mehrfach mit allen fünf Fingern gegen Alishas Stirn. „Was glaubst Du, was passiert, wenn sie ihn zu nah an ihre Vene hält? Mhm?"

Alisha lachte kurz ungläubig auf und lehnte sich dann gegen den Tisch, vor dem sie standen. „Jetzt mach mal halblang. Erstens hat er vor gerade einmal einer halben Stunde getrunken. Zweitens kann sonst jeder hier im Haus ihn in die Arme nehmen, ohne dass Du etwas dagegen hast. Drittens sieht sie in meinen Augen nicht gefährlich aus. Was also ist falsch daran, wenn Hailey ihn hält?"

Vorsichtig legte Isabel den schlafenden Çem auf den Tisch, bevor sie mit beiden Fäusten auf die Platte schlug. Augenblicklich wachte er auf und seine Augen waren neugierig auf sie gerichtet. „Ach, ihren Namen kennst Du also auch schon? Wie nett, womöglich hast Du sie schon zum Tee eingeladen?"

Bei ihrem sarkastischen Tonfall runzelte Alisha augenblicklich die Stirn. „Wen ich zu was einlade, geht ja wohl nur mich etwas an. Und überhaupt, warum sollte ich sie nicht nach ihrem Namen fragen? Du hast zwar sehr deutlich gemacht, dass Du sie nicht ausstehen kannst, aber mir gegenüber war sie freundlich und nett, warum also sollte ich sie angiften? Worum geht es hier jetzt eigentlich?"

Wieder versuchte Isabel, sich etwas zu beruhigen. „Es geht darum, dass sie keine von uns ist! Darum, dass sie nicht wissen soll, was wir sind! Tomás und Douglas mussten sich zu zweit um ihre Erinnerung kümmern und wir sind froh, dass es schließlich geklappt hat und sie jetzt offenkundig vergessen hat, dass Douglas etwas anders ist. Und dann kommst Du in Deiner Naivität daher und gibst ihr Çem einfach so? Der genau das ist, was Douglas und die anderen Männer hier im Haus sind? Denkst Du eigentlich ab und zu mal nach?"

Jetzt war Alisha richtig sauer. „Also um das klarzustellen: Gewöhn Dir diesen Ton mir gegenüber lieber nicht an, Isabel. Mag sein, dass Du hier deutlich mehr zu sagen hast als ich, aber deshalb brauchst Du mich nicht so angiften. Ich habe Dir bereits gesagt, dass Çem satt war und er zeigt seine Zähnchen momentan im satten Zustand noch nicht. Das müsstest Du eigentlich wissen, weil Du selbst drei Söhne großgezogen hast, auch wenn das schon eine Weile her ist. Außerdem hatte ich keinen blassen Schimmer, dass sie nicht wissen darf, was Douglas ist und es Probleme bei der Manipulation ihrer Erinnerungen gab. Solche Informationen behaltet ihr offensichtlich lieber für euch, denn ich glaube nicht, dass León oder die anderen davon wissen!"

Sie nahm Çem auf den Arm und drückte ihn an sich. „Aber abgesehen von all dem, glaube ich nicht, dass das Dein wirkliches Problem ist. Du kannst sie einfach nicht leiden! Mag ja sein, dass sie anders ist und Deinen Idealvorstellungen nicht entspricht. Aber Du bist einfach EIFERSÜCHTIG, weil Du merkst, dass Douglas eventuell eine Frau gefunden hat, an die er sich unter Umständen binden will und weil er Dich nicht vorher gefragt hat, ob sie Dir gefällt. Aber soll ich Dir was sagen? Sie muss nicht Dir gefallen, sondern ihm und zwar nur IHM!" Alisha stürmte aus dem Zimmer. Sie hätte Isabel nicht für so kleinlich gehalten.

Den Tränen nahe blieb Isabel zurück und legte sich die Hand vor den Mund. Bisher hatte sie Alishas Offenheit immer geschätzt. Aber den Vortrag eben hätte sie sich sparen können. Wütend und mit voller Wucht warf sie das Buch, das auf dem Tisch lag, an die Wand. Der Aufprall war so stark, dass es auseinanderfiel. Bestürzt lief sie zu den am Boden liegenden Einzelteilen. Mochte ja sein, dass Bücher heutzutage Massenartikel waren, die man an jeder Ecke bekam. Zu der Zeit, als sie geboren wurde, waren es Kostbarkeiten gewesen. Und die Tatsache, dass sie überhaupt lesen lernen durfte, ein Geschenk des Himmels. Sie sank auf die Knie und hob die Einzelteile mit Tränen in den Augen auf. Und alles nur wegen dieser unmöglichen Person!

Nach einigem Rumoren und etlichen Flüchen kam Hailey wieder aus dem Bad heraus. „Hast Du nichts Besseres gefunden? Das sieht ja wohl völlig assi aus." Anklagend sah sie ihn an.

Achselzuckend suchte Douglas nach den richtigen Worten. „Finde ich nicht – Du siehst … niedlich aus."

Gequält verdrehte Hailey die Augen und zog die Schuhe an, die er ihr hinhielt. „Niedlich? Das Zeug sieht aus, als hättest Du es einer Stripperin geklaut. Und diese Treter sind die reinsten Folterinstrumente. Beziehst Du Deine Modetipps aus dem Playboy? Scheiße, ich sehe ja so bunt wie die Spielecke bei McDonalds aus. Männer! Gab es nichts Schwarzes?"

Doch, aber das war ja gerade die Farbe gewesen, die er nicht wollte. Und so bunt war das Outfit, das er herausgesucht hatte, gar nicht; sie übertrieb maßlos. Das kräftige Rot des Shirts und der Hose stand ihr sogar ausgezeichnet und die ebenfalls roten Schuhe auch. Außerdem sah sogar ein Hungerhaken wie sie sexy darin aus.

„Komm, ich bring Dich hier weg."

Offenbar legte Hailey wenig Wert darauf, seine Hand zu halten, die er ihr entgegenstreckte. Sie schubste ihn aus dem Weg und lief einfach los.

„Hailey?"

Zähneknirschend blieb sie stehen. Ohne sich umzudrehen, blaffte sie über die Schulter in seine Richtung. „Was denn noch?"

„Wir müssen hier lang. Der Ausgang liegt in der Richtung."

Er sah, wie zarte Röte in ihre Wangen stieg und sie die Nase einen Tick höher nahm. Sich umdrehend übersah sie ein weiteres Mal seine Hand und setzte sich in die entgegengesetzte Richtung in Bewegung. Kurz überlegte Douglas, ob er den Wagen aus der Tiefgarage holen sollte. Aber genau genommen wollte er lieber mit ihr zu Fuß gehen, um die Zeit, die sie noch miteinander hatten zu genießen. Seiner Ansicht nach würde das sowieso viel zu wenig sein.

Bevor sie das Anwesen verließen, drückte er ihr noch einen dicken Umschlag in die Hand. „Hey, ich weiß ja, dass Du kein Geld hast und vermutlich auch keinen Job. Da drin ist eine kleine Starthilfe. Und wenn Du möchtest, könntest Du …"

Der Umschlag in seiner Hand sorgte dafür, dass Hailey eiskalt wurde. Seine Hand hatte keinerlei Ähnlichkeit mit der ihres Erzeugers. Trotzdem flimmerten schlagartig Bilder durch ihren Kopf, wie, wann und warum der ihr immer Geld in die Hand gedrückt hatte. Die Erinnerung daran sorgte dafür, dass ihre Stimme wie ein wütendes Fauchen klang. „Ich will kein Geld von Dir. Du hast mir schon genug geholfen."

Douglas sah sie lächelnd an, und wieder wurde sie von einer Flut unangenehmer Erinnerungen überrollt und hatte Mühe seinen Argumenten zu folgen, mit denen er sie dazu überreden wollte, den Umschlag samt Inhalt zu behalten. Damit er Ruhe gab und sie so vielleicht die Bilderflut in ihrem Kopf eindämmen konnte, griff sie nach einer Weile zögernd nach dem Geld. Allerdings strafte sie ihn danach mit absolutem Schweigen. Nach etwa zehn Minuten wurde Douglas zunehmend nervöser.

„Ähm, wo soll ich Dich denn jetzt eigentlich hinbringen?"

„Mach Dir darüber keine Gedanken, ich finde schon was."

Abrupt blieb Douglas stehen. Automatisch hielt auch sie an. „Hör mal, Du musst doch wissen, wo Du hinwillst. Zurück zu Deinen Gruftifreunden? Oder lieber woanders hin?"

Der Tritt gegen sein Schienbein traf ihn zeitlich mit dem Fausthieb auf seinen Oberarm. „Nenn sie nicht Grufties!"

Mit zusammengepressten Lippen und gerunzelter Stirn stakste Hailey weiter. Vielleicht hätte er doch ein paar flachere Schuhe aussuchen sollen und noch dazu solche, die vorne nicht ganz so spitz waren. „Wieso denn nicht?"

Als er sie eingeholt hatte, warf sie ihm einen genervten Seitenblick zu. Ihr Tonfall klang belehrend. „Weil es keine sind. Gruftie ist eher ein Schimpfwort. Noch aus der Zeit, als die Punks sich dahin gehend verändert haben." Ihre Stimme nahm einen hoheitsvollen Ton an. „Wir ziehen die Bezeichnung Gothics vor."

Douglas prustete los. Bei seinem Lachen ging Haileys Blutdruck automatisch nach oben. Dieser Mann machte sie wahnsinnig. „Wieso gackerst Du wie ein blödes Huhn?"

„Also das ist doch pure Wortspielerei. Bei Dir würde ich jederzeit Gruftie sagen, ohne es als Schimpfwort zu meinen."

Empört sah sie ihn an und er fühlte sich bei ihrem Blick zu einer Erklärung verpflichtet. Noch immer konnte er sich dabei ein leichtes Lachen nicht verkneifen.

„Na ja, Deine Ausdrucksweise. Ich kenne keinen Goth, der sich so anhört wie Du. Ich wette, Du warst einmal richtig in der Punkszene drin. Die weggemachten Tattoos sind doch aus der Zeit, oder? Und die Piercings zum Teil sicher auch. Hab ich recht? Außerdem, die Goths die ich kenne sind alle anders. Sie drücken sich anders aus. Sie achten mehr auf die Details. Sie sind …" Seine Hand fuhr kurz durch ihre Haare. „… etwas gepflegter und so weiter."

Unbehaglich schüttelte Hailey seine Hand ab. Ihre Punkerzeit war eines der Kapitel ihres Lebens, das sie lieber vergessen wollte. „Gepflegter? Wie viele kennst Du denn? Einen oder zwei? Und außerdem: Jetzt bin ich so, wie ich jetzt bin. Was früher war, ist doch egal. Und woher willst Du wissen, dass meine Freunde genauso sind wie ich?"

Statt zu antworten, stellte Douglas eine weitere Frage. „Wie bist Du in die Szene geraten?"

Stöhnend versuchte Hailey weiterzulaufen, wurde jedoch augenblicklich von ihm festgehalten. „Wieso interessierst Du Dich dafür? Das geht Dich gar nichts an!"

Noch immer ließ er sie nicht los und sie befürchtete fast, dass er das auch nicht tat, bevor sie ihm antwortete. „Also gut, Du nervige Pestbeule: wegen meines Stechers. Ich fand ihn total geil, als ich ihm zum ersten Mal begegnet bin und er einen auf Vampir gemacht hat. Zufrieden?"

„Dem Vater Deines Babys?" Douglas Zeigefinger deutete auf ihren Bauch. Es störte ihn gewaltig, dass sie von einem Spinner schwanger sein könnte, der nicht richtig für sie sorgte.

Wütend fauchte Hailey ihn an. „Nein. Einem anderen und jetzt nerv mich nicht."

Erneut gingen sie eine ganze Zeit lang schweigend nebeneinander her.

„Willst Du zu ihm zurück?" Die Frage war heraus, bevor er sie herunterschlucken konnte. Falls sie jetzt mit Ja antwortete, würde er sich diesen Loser vorknöpfen, damit sie nie wieder in eine Situation kam, in der sie sich umbringen wollte. Allerdings schüttelte Hailey nur wortlos den Kopf.

„Hailey, verdammt noch mal, Du musst doch wissen, wo Du hinwillst. Ich meine, wenn Du es nicht weißt, ich hätte da eine Wohnung, in der Du …." Sofort wurde ihm klar, dass er es falsch angepackt hatte.

„Ich will Deine verfickten Almosen nicht!"

„Hör zu, das ist kein Almosen. Es ist einfach eine kleine Starthilfe, sowohl das Appartement als auch das Geld. Das ist doch keine große Sache. Ich brauch gerade beides nicht und ich …"

Die Stimme von Hailey wurde ätzend und scharf. „Was denn, kein Almosen? Und gerade glaubte ich, so was wie einen Heiligenschein an Deinem Hinterkopf zu entdecken. Warte mal, wenn es kein Almosen ist, dann erwartest Du sicher was dafür. Soll ich raten oder verrätst Du es mir lieber selbst."

Nach ihrem Arm greifend, sandte Douglas ein paar beruhigende Gedanken in ihre Richtung. Ihrer keifenden Stimme nach kamen die allerdings nicht so bei ihr an, wie er sich das vorstellte.

„Weißt Du, warum ich Deine beschissene Kohle vorher nicht wollte und jetzt auf keinen Fall behalten werde? Genau deswegen. Niemand hilft einem einfach so. Auch Du nicht. Aber zu Deiner Information: Ich brauch weder Deine Kohle noch Deine Bude. Ich will einfach, dass Du aus meinem Leben verschwindest. Ich habe Dich nicht um Hilfe gebeten!"

Der Umschlag, den sie seit vorher in ihrer Hand hielt und der schon reichlich zerknittert war, wurde mitsamt ihrer Faust vor seine Brust gedonnert. „Nimm Dein Scheißgeld und geh dahin, wo Du hergekommen bist. Ich brauch Dich garantiert nicht!"

Frustriert schloss er kurz die Augen. „Hailey, Du bist schwanger. Du kannst nicht einfach so lostraben, ohne zu wissen, wo Du landest. Du hast jetzt Verantwortung."

Mit böse glitzernden Augen sah sie ihn an und wedelte mit dem Umschlag vor seinem Gesicht herum. „Du hast jetzt Verantwortung", äffte sie ihn nach. „Wie nett. Hab ich das? So wie Du? Fühlst Du Dich etwa für mich verantwortlich? Ich verrate Dir mal ein offenes Geheimnis: Das bist Du garantiert nicht. Und deshalb kannst Du Dir Deine Almosen sonst wohin stecken. Ich hab absolut keinen Bock darauf, Dir ein gutes Gefühl zu verschaffen. Deshalb ziehst Du die Show hier doch ab. Damit Du Dich gut fühlst."

Douglas öffnete den Mund, um ihr zu widersprechen, aber sie ließ ihn gar nicht zu Wort kommen. Ein paar Passanten blieben stehen und beobachteten Haileys aufgebrachten Vortrag neugierig.

„Weißt Du, ich blöde Kuh habe ja gedacht, dass Du bloß so ein Beachboy bist. Ich hab mich getäuscht. Du bist einer dieser schnöseligen Beachboys, der vermutlich noch nie im Leben auch nur einen Handschlag getan oder eine Stunde hart gearbeitet hat und stattdessen lieber seinen Alten auf der Tasche liegt. Sonst würdest Du garantiert nicht so großzügig mit Deinen beschissenen Vorschlägen kommen oder hättest mich auch niemals in diesen verfickten Nobelschuppen zu diesem Halbgott in Weiß gebracht. Vielleicht bin ich ja undankbar, aber so jemanden bezeichne ich als Zecke. Und Zecken finde ich zum Kotzen."

Mit den Zähnen knirschend beobachtete Douglas, wie sie sich den Zeigefinger in den Hals steckte und so tat, als ob sie sich übergeben müsste. Gleich darauf knallte sie ihm erneut die Faust mit dem Umschlag vor die Brust.

„Wenn man mit einem kleinen Silberlöffelchen im Mund geboren wird, kann das Leben ja ach so hart sein. Hab ich recht? Der Vorteil ist: Wenn man vor lauter Langeweile nicht mehr aus noch ein weiß, kann man immer noch großzügig werden, ohne dass es wehtut. Da draußen in der großen, weiten Welt läuft ja immer jemand rum, der Hilfe braucht. Obdachlose Schwangere etwa. Die müssen doch einfach unendlich dankbar sein, nicht wahr? Und das Schöne dabei ist: Man kann sich so richtig gut fühlen, wenn man mitbekommt, wie man denen ein richtiges mieses Gefühl macht. Weil man ihnen ja klar macht, was für elende Looser sie sind."

Der Vorwurf war einfach lächerlich, und obwohl er absolut nicht so dachte, schmerzte es Douglas fast körperlich, dass *SIE* ihm so eine Denkweise unterstellte. Und anscheinend war das noch nicht alles, was sie ihm zu diesem Thema sagen wollte.

„Aber weißt Du was? Mit Deinem ach so edlen Getue bist Du bei mir an der falschen Adresse. Ich hab nämlich beide Seiten kennengelernt. Ich kenne das Spiel also zur Genüge und habe absolut keinen Bock, ausgerechnet Dir ein gutes Gefühl bescheren zu wollen."

Nach ihrem Arm greifend, wollte Douglas sie unterbrechen. Sie war jedoch so in Rage, dass er es nicht schaffte, zu ihr durchzudringen. „Allerdings weißt Du, was mir gerade einfällt? Ich glaube, ich nehme die Kohle doch. Ich wette, sie reicht für eine Abtreibung. Und damit muss ich nicht mal zu so einem Pfuscher gehen. Damit kann ich mir bestimmt sogar einen richtigen Arzt leisten."

Um sie zur Vernunft zu bringen, griff er auch nach ihrem anderen Arm und schüttelte sie leicht. Doch es waren die Stimmen, die um sie herum laut wurden, die dafür sorgten, dass Hailey überrascht verstummte. Ihr leicht verblüffter Blick schien anzudeuten, dass ihr vorher gar nicht bewusst gewesen war, dass sie mittlerweile von einer kleinen Menschenmenge umringt wurden. Ein paar der Leute musterten sie besorgt, ein paar wütend und ein paar einfach nur neugierig. Douglas Stimme drang an ihr Ohr, als er sie erneut schüttelte. Er klang definitiv leicht sauer, was sie ihm angesichts ihrer Undankbarkeit nicht wirklich verdenken konnte, aber Typen wie er waren ihr einfach zuwider.

„Das ist doch nicht Dein Ernst. Ich hab doch gesehen, wie Du vorher Çem im Arm hattest. Das könntest Du doch nicht machen. Einfach so abtreiben. So bist Du nicht. Das glaub ich nicht!"

So? Das glaubte er also nicht. Sie würde ihm garantiert nicht sagen, dass Abtreibung schon immer ein absolutes No-go für sie gewesen war und er absolut richtig lag mit seiner Vermutung. Aber sie wollte ihn einfach los sein, und dazu war ihr im Moment jedes Mittel recht. Deshalb wurde ihre Stimme eiskalt, während sie sich aufgebracht von ihm löste.

„Wieso nicht? Bist Du etwa ein Experte, was mich betrifft. Douglas-Allmächtig? Darf ich mal lachen? Wieso glaubst Du, ausgerechnet ich könnte mich um ein Kind kümmern. Die glatzköpfige Aushilfsschlampe, die da vorher reinkam, hat doch gleich erkannt, dass ich dafür nichts tauge."

„Nenn meine Mutter nicht so. Und sie hat das nicht so gemeint, sie …."

Hailey kicherte böse. „Deine Mutter? Oder ist das Deine Stiefmutter? Hat Dein alter Herr sich eine junge Tusse gesucht, weil ihm seine Alte nicht mehr knackig genug war? Lass mich raten, ihr sagt euch jeden Tag tausend Mal, dass ihr euch unendlich lieb habt und eure süße kleine Welt ist rosarot und himmelblau und ganz, ganz heil. Wie passt Du da mit Deinem Spleen eigentlich rein? Aber vielleicht sind die anderen ja auch total normal und nur Du bist etwas daneben.

Nur mal so ein paar Reißzähne einsetzen, wenn es keiner sieht, wie krank ist das denn?"

Entsetzt sah Douglas sie an. Reißzähne? Diese Erinnerung dürfte sie doch gar nicht mehr haben? Als er sie erneut am Arm packen und schnellstmöglich zum Anwesen zurückbringen wollte, hörte er Nicos Stimme hinter sich. Automatisch drehte er sich halb zu ihm und winkte ihm zu. Dann drehte er sich schnell zu Hailey zurück. Und sah sich suchend um. Wo zum Teufel war sie so schnell abgeblieben? Er hatte sie doch nur eine Sekunde nicht beachtet. Krampfhaft versuchte er, sie in der Menge auszumachen.

Wieder ertappte er sich dabei, dass er um das Haus herumstrich, in dem die Krankenschwester wohnte. Und wieder musste er sich eingestehen, dass er sich seit einiger Zeit nicht normal verhielt. Weder Alisha gegenüber noch seinen eigenen Gewohnheiten und Vorlieben entsprechend. Witternd hob er die Nase. Nichts. Dabei hatten sie in der Klinik gesagt, dass sie derzeit nicht im Dienst war. Wo zum Teufel trieb sie sich herum? Arslan strengte sich etwas mehr an. Da er bereits von ihr getrunken hatte, konnte er sie finden. Auch wenn es sich etwas schwerer gestaltete, wenn er weiter von ihr entfernt war, so wie jetzt. Doch es war keine Frage, wie er sie finden würde, sondern lediglich wann. Konzentriert begann er, ihre Spur aufzunehmen. Er hatte Zeit, der Abend war gerade erst hereingebrochen. Arslan wusste selbst nicht warum, aber er wollte einfach wissen, ob es ihr gut ging. Oder besser noch: dass es ihr gut ging.

Ungefähr vier oder fünf Blocks von ihrer Wohnung entfernt, wurde ihr Geruch plötzlich stärker. Sie musste ganz in der Nähe sein. Wieder blieb Arslan kurz stehen, um sich zu orientieren. Der Geruch verstärkte sich, sie kam geradewegs auf ihn zu. Vielmehr rannte sie auf ihn zu. Und sie hatte Angst. Der Geruch brannte ihm wie Salmiak in der Nase und er schüttelte sich kurz angewidert. So stark hatte sie nicht einmal danach gerochen, als sie ängstlich wimmernd in der Tankstelle unter ihm lag. Shannon rannte geradewegs in ihn hinein und er schloss automatisch seine Arme um sie, um sie festzuhalten. Entsetzt registrierte er, dass sie blutete. Offenbar war sie geschlagen worden – so stark, dass die zarte Haut an ihrer Schläfe aufgeplatzt war.

Es war als würde sie gegen eine Mauer laufen und die Arme, die sie umspannten, fühlten sich an wie eine Zange. Dennoch fühlte sie sich augenblicklich seltsam beschützt. Während sie noch versuchte sich freizumachen, was ihr erstaunlich schwerfiel, hörte sie hinter sich die Schritte ihrer Verfolger. Es waren drei Männer. Ziemlich angetrunken und nicht sehr friedlich. Keine fünf Minuten vorher hatte sie sie das erste Mal bemerkt, als sie plötzlich nach ihr griffen. Vermutlich waren sie schon eine ganze Weile hinter ihr. Aber die erste Sitzung bei dem Psychologen, dessen Nummer sie von Diana erhalten hatte, hatte sie gedanklich beschäftigt. Und als sie sie bemerkte, war es zu spät. Die Männer hatten sie angerempelt, begrabscht und versucht, ihr die Handtasche zu entreißen. Einer hatte sie so fest ins Gesicht geschlagen, dass ihr Nacken schmerzte und die Gesichtshälfte brannte wie Feuer. Außerdem hatte sie eine Platzwunde, die heftig blutete. Nach einer kleinen Rangelei konnte sie sich losreißen und dabei sogar ihre Handtasche mitnehmen. Dummerweise konnte sie die Männer jedoch nicht wirklich abschütteln. Manchmal war es fast unheimlich, in einer so großen Stadt wie New York durch fast menschenleere Straßen zu laufen. Und die paar Leute, die unterwegs waren, drehten sich desinteressiert weg, als sie um Hilfe rief.

Arslan konnte spüren, wie sie in seinem Arm erstarrte und ihre halbherzigen Versuche, sich aus seiner Umarmung zu befreien, aufgab. Er bemerkte ihren schnellen Blick über ihre Schulter und ihr erschrockenes Luftholen. Als er aufblickte, sah er drei Männer. Und er fing ihre Gedanken auf, in denen sie sich ausmalten, was sie mit ihr anstellen wollten, wenn sie sie erst hatten. Augenblicklich kochte Wut in ihm hoch und er schob Shannon hinter sich. Um zu erreichen, was sie wollten, mussten sie erst einmal an ihm vorbei.

Die Drei blieben kurz stehen, um ihren Gegner abzuschätzen. Dem Grinsen nach, mit dem sie sich gegenseitig bedachten, hatten sie ihn trotz seiner Statur soeben von der Kategorie Gegner in die Kategorie Opfer verschoben. Arslan konnte durchaus nachvollziehen, warum sie Shannon Angst einjagten. Zwei Männer waren fast so groß wie er selbst und sahen aus wie wandelnde Werbeplakate für Proteinshakes und Wrestling. Aber aufgepumpte Muskeln waren seiner eigenen Erfahrung nach noch lange kein Garant für ausdauernde Stärke und vor allem für Verstand. Diese Männer wirkten jedoch zudem wie Straßenschläger von der übelsten Sorte. Die krumme Nase und die Beulen am linken Jochbein des Einen deuteten darauf hin, dass er bereits mehrfach in Prügeleien verwickelt gewesen war. Der Dritte war schlank und drahtig und etwa zwei Köpfe kleiner als die anderen. Offensichtlich hatte er zu viele Filme übers Kickboxen gesehen, denn er brachte sich sofort in die entsprechende Angriffsstellung. Nach einem weiteren Blick auf ihn korrigierte sich Arslan allerdings sofort - der Typ hatte nicht nur die Filme gesehen, sondern auch entsprechend geübt.

Drei gegen einen - das war etwas unfair, aber das konnten sie ja nicht wissen. Nicht dass er Angst vor ihnen hatte. Die Tatsache, dass sie zunächst nicht viel sprachen, bedeutete für ihn, dass sie so etwas öfter machten. Einen Moment spähte er nach oben. Der Himmel war bedeckt und es wurde bereits dunkel. Aber selbst wenn sie beim grellsten Tageslicht auf ihn losgegangen wären, hätte er einen entscheidenden Vorteil gehabt. Seine Wut. Darüber, dass sie es wagten, Shannon in Angst und Schrecken zu versetzen. Eigentlich hasste er Prügeleien. Er könnte sie mental so beeinflussen, dass sie glaubten, unter eine Straßenwalze geraten zu sein. Er könnte sie in die Knie zwingen, ohne einen Finger zu rühren. Aber er wollte nicht. In seiner jetzigen Stimmung kam die Angriffslust der Männer gerade recht.

Shannon hinter sich, zog er sich etwas von der Straße in eine schmale Gasse zwischen zwei Gebäuden zurück. Es stank nach Abfall und das leise Scharren von vielen kleinen Füßen verriet ihm, dass sich Ratten darin befanden. Sein scheinbarer Rückzug in eine Sackgasse wurde von den Männern mit einem dreckigen Grinsen quittiert. Ihren Gedanken konnte er entnehmen, dass sie Shannon und ihn für eine leichte Beute hielten. Aufgrund seiner Kleidung vermuteten sie Bargeld bei ihm und sie überlegten jeder für sich tatsächlich, wer von ihnen seinen Anzug und wer seine Schuhe bekam. Auch seine Uhr und sein Armband wurden mit gierigen Blicken angestiert, als er langsam die Hände zu Fäusten ballte und leicht anhob.

Die Stimme des Kleineren klang nach mindestens zwei Schachteln Zigaretten am Tag. „Hübsche Uhr hast Du da. Ich bin sicher, Du gibst sie mir gerne, nicht wahr?"

Eine Augenbraue in die Höhe ziehend stellte Arslan sich breitbeinig mit verschränkten Armen hin. „Die Uhr? Ich bin sicher, Du nimmst es mir nicht übel, wenn ich sie lieber behalte." Aus dem Augenwinkel bekam er mit, dass die Krankenschwester sich tiefer in die Gasse zurückzog.

Mit schräg gelegtem Kopf nickte der Mann seinen beiden Komplizen zu, die sich daraufhin an ihm vorbeischleichen wollten. Der Kleinste griff ihn direkt an. Um abschätzen zu können, was er drauf hatte, ließ Arslan ihn erst einmal gewähren. Eine Serie von Tritten und Hieben prasselte auf seine Arme, Beine und seinen Bauch. Und er ging kurz in die Knie, als der zweite Mann ihn von hinten angriff und seinen Arm mit einem Messer verletzte. Der Schnitt war nur oberflächlich und ritzte die Haut kaum an, weil er vorab von der Lederjacke und dem Hemd abgemildert wurde.

Wieder flammte Wut in ihm auf und ein böses Lächeln schlich sich in seine Mundwinkel, als er fühlte und roch, wie Shannon sich ein paar Meter weiter hinten ängstlich gegen die Häuserwand drückte. Wären die Männer nicht so angetrunken gewesen, hätten sie vielleicht jetzt bemerkt, dass sie gerade dabei waren, einen Fehler zu begehen. Da sie aber nicht nüchtern waren, entging ihnen dieser kleine Umstand und sie rückten erneut näher. Einer der Männer, die sich hinter Arslan befanden, hob eine Metallstange, die er neben einer der Mülltonnen gefunden hatte, auf und holte schwungvoll aus, um nach ihm zu schlagen. Arslan konnte in seinen Gedanken lesen, dass er das kleine Intermezzo mit ihm zwar in gewisser Weise genoss. Aber er brannte eher darauf, sich um die Frau zu kümmern, die irgendwo weiter hinten in der Gasse stand und sich ängstlich an die Wand presste. Wütend löste Arslan sich kurz auf, nur um unmittelbar vor dem Mann wieder aufzutauchen, der urplötzlich zu bemerken schien, in welcher Gefahr er sich befand. Sein Pech, dass es etwas zu spät war, um sich alles noch anders zu überlegen.

Shannon hatte das Gefühl, in einen wirklich schlechten Film geraten zu sein. Die Gasse, in der sie jetzt gelandet waren, war düster und stank nach Müll. Ihre

Verfolger schrien wild durcheinander. Von dem Mann, den sie gerade bearbeiteten, war nicht das Geringste zu hören. Das Klatschen der Tritte und Schläge, die sie austeilten, erfüllte zusammen mit ihrem Keuchen die Luft. Im Schein des Gewitters sah sie ein Messer aufblitzen und der Donner dröhnte in ihren Ohren. Außerdem waren sie alle innerhalb von Sekunden von dem einsetzenden Regen völlig durchnässt. Mit aufgerissenen Augen sah sie zu, wie einer ihrer Verfolger die Arme hob und mit einer Metallstange ausholte. Entsetzt brüllte Shannon auf, nur um gleich zu merken, dass sie besser ruhig geblieben wäre. Der Mann hatte sich nach ihr umgedreht und bekam das Metallrohr direkt an die Schläfe. Benommen ging er in die Knie. Der kleinere Angreifer nutzte die Gelegenheit, packte seine Schultern und kickte mit voller Wucht sein linkes Knie unter das Kinn des Mannes.

Panisch sah sich Shannon nach etwas um, mit dem sie sich eventuell verteidigen konnte. Ihre Verfolger würden im Handumdrehen mit dem Mann fertig sein, in den sie hineingerannt war und dann würden sie sich, da machte sie sich keinerlei Illusionen, um sie kümmern. Ein schmerzerfülltes Keuchen durchschnitt die Luft und sie bekam Schwierigkeiten beim Atmen. Oh Gott, womöglich brachten sie ihn gerade um. Warum? Sie lebte so lange schon hier und nie war etwas passiert. Im selben Moment wusste sie natürlich, dass das völliger Unsinn war. Jeden Tag passierte etwas. Das bekam sie im Krankenhaus ja mit. Und zwar wirklich an jedem Tag. Nur war sie bislang glücklicherweise davon verschont geblieben. Nicht mal ihre Handtasche oder ihren Rucksack hatte man versucht zu stehlen. Und jetzt würde nicht nur ihr etwas passieren, sondern auch dem Mann, der sich vorher schützend vor sie gestellt hatte.

Wieder hörte sie ein schmerzerfülltes Stöhnen. Einen Moment bildete sie sich ein das Krachen und Knacken brechender Knochen zu hören, gefolgt von einem weiteren Stöhnen. Sie presste die Hände fest auf die Ohren und sank in die Knie. Nach einer Waffe brauchte sie gar nicht zu suchen. Der Mann hatte nicht ausgesehen wie ein Weichling. Und er hatte sich durchtrainiert angefühlt. Und war sehr groß. Aber gegen die Drei hatte er keine Chance. Wimmernd kniff sie die Augen fester zusammen. Durch ihre Hände hindurch konnte sie noch immer einzelne Stimmen und Kampfgeräusche hören. So sehr sie auch versuchte nichts mitzubekommen, so sehr hörte sie, wie eine Serie von Faustschlägen ausgeteilt wurde. Es hörte sich an, als ob jemand auf einen nassen Sandsack eindrosch.

Das Stöhnen und Schreien verklang zu einem schmerzerfüllten Keuchen und Wimmern. Entsetzt riss sie die Augen auf. Wenn die mit dem Mann fertig waren, würden sie zu ihr kommen. Ängstlich versuchte sie, sich zwischen zwei Mülltonnen zurückzuziehen. Sie krabbelte auf allen Vieren. Hinter ihr flog etwas durch die Gasse und landete krachend ein paar Meter weiter hinten in einem Stapel von Holzpaletten. Sie verschränkte die Arme über ihrem Kopf und versuchte sich so klein als möglich zu machen. Bei dem Versuch ihr angstvolles Wimmern zu unterdrücken, biss sie sich ihre Lippen blutig.

Ein lautes Krachen war zu hören, als ob etwas Schweres umgeworfen worden und gegen einen der Müllcontainer gefallen wäre. Gleich darauf noch mal. Dann war einen Moment Ruhe, bevor es sich so anhörte, als ob etwas in den Palettenstapel geworfen wurde. Kurz darauf ertönte das gleiche Geräusch. Oh Gott, was hatten sie nur mit dem Mann gemacht? Verzweifelt versuchte sie, nicht zu atmen. Vielleicht würden sie gehen, wenn sie sie nicht gleich fanden. Erschrocken nahm sie wahr, wie ein Paar Schuhe direkt im Blickfeld ihrer starr auf den Boden gerichteten Augen auftauchte. Die Schuhe waren sauber. O Gott, sie hatten ihm seine Schuhe geklaut und einer von ihnen hatte sie gleich angezogen. Wäre sie noch gläubig, wäre spätestens jetzt der richtige Zeitpunkt für ein Stoßgebet. Allerdings hatte sie das schon vor Jahren aufgegeben. Und auf die Schnelle fiel ihr nichts ein.

Ihr Entsetzen steigerte sich fast ins Unermessliche, als Hände nach ihr griffen. Obwohl sie sich wie gelähmt fühlte, registrierte sie irgendwo in ihrem Unterbewusstsein, dass dieser Griff sanft war. Sie wurde hochgehoben - einfach so. Jemand sprach auf sie ein. Die Stimme klang beruhigend, geradezu hypnotisch. Mit dieser Stimme konnte man alles verkaufen. Sie war warm, weich, kraftvoll. Sogar wenn sie fluchte, wie gerade im Augenblick. So deftig fluchte, dass sogar der Teufel rote Ohren bekäme, sollte er das hören. Noch immer hatte sie beide Augen fest zusammengekniffen. Sie spürte etwas Feuchtes an ihrem Mund. Jemand wischte das Blut von ihren Lippen. Ein leises Stöhnen war zu hören, wieder fühlte sie ein sanftes Streichen an ihrer Unterlippe. Dann an ihrer Schläfe. Langsam begann sich ihr Verstand zu klären. Das war kein angefeuchtetes Tuch. Das war … eine Zunge???? Dieser Jemand leckte sie ab. Entsetzt riss sie die Augen auf.

Sofort wurde ihr Blick minutenlang von intensiv blauen Augen gefangen genommen und sie schluckte krampfhaft. So sehr sie sich auch abwenden oder zumindest die Augen wieder schließen wollte, es ging nicht. Dafür spürte sie, wie sie einige Zeit später langsam wieder auf den Boden gestellt wurde und wie sich zwei sehr warme Hände behutsam auf ihre Wangen legten. Wieder ertönte die warme, weiche Stimme.

„Ist alles in Ordnung? Hast Du Schmerzen?"

Abrupt hob Shannon ihre Hand und ihre Finger fuhren an ihre Schläfe. An die Stelle, an der sie vorher geblutet hatte. Aber da war nichts außer einer Unebenheit. Verblüfft betrachtete sie ihre Finger und schüttelte dann stumm den Kopf. Sie war sich sicher, im Moment keinen Ton herauszubringen. Abgesehen davon plagte sie gerade ein ganz anderes Problem. Diese blauen Augen und dieses Armband würde sie so schnell nicht mehr vergessen.

„Ich habe nichts gesehen, ich erinnere mich an nichts, bitte, ich …"

Besänftigend strich Arslan über ihre Haare. „Hey, es ist alles in Ordnung. Diese Typen können Dir nichts mehr tun. Du bist in Sicherheit."

„Bitte, ich weiß wirklich nichts mehr von der Frau. Ich kann niemandem etwas sagen …"

„Welcher Frau?"

Erschrocken schlug Shannon die Hand vor den Mund. „Nichts, ich weiß nichts mehr. Bitte, darf ich jetzt gehen?" Wie hatte sie nur so dumm sein, können und die Frau erwähnen. Da wirkte ja ihr ‚*ich weiß von nichts*' nicht gerade glaubwürdig.

„Ich denke, ich bringe Dich erst einmal weg von hier. Du hast einen Schock und bist außerdem völlig durchnässt."

Die Erleichterung, die sie bei diesem Satz durchströmte war, immens. Sie würden aus dieser Gasse hinausgehen. Vielleicht konnte sie ja fliehen. Als sie jedoch einen Schritt nach vorne machte, griff der Mann nach ihr. Und dieser Griff war fest und unnachgiebig. Sie versuchte seinem Blick auszuweichen und sah überall hin, nur nicht zu ihm. Es beruhigte sie nicht sonderlich, als sie registrierte, dass die drei Männer im hinteren Teil der Gasse lagen. Die sahen alle nicht besonders gut aus. Ihre Kleider waren teilweise zerrissen und sie bluteten aus unterschiedlichen Wunden. Alle drei bewegten sich nur wenig, stöhnten aber hin und wieder schmerzerfüllt.

Arslan deutete ihren panischen Blick falsch. „Die können Dir nichts tun im Moment und ich bin sicher, sie werden Dir überhaupt nichts mehr tun. Du brauchst keine Angst haben."

Sein Lächeln sollte sie eigentlich beruhigen. Aber er konnte riechen, dass sie noch mehr Angst bekam. Irgendetwas lief hier falsch. Vorsichtig versuchte er ihre Gedanken zu lesen und schüttelte gleich darauf verwirrt den Kopf. Geheimdienst? Mafia? Söldner? Was zum Teufel glaubte sie, für wen er arbeitete? Offenbar war ihr der Schlag an die Schläfe vorher nicht bekommen. Er sollte sie wirklich schleunigst von hier wegbringen. Mit seinen langen Armen umklammerte er sie fest. „Schließ die Augen, das macht es etwas einfacher."

Statt zu tun, was er sagte, riss sie die Augen jedoch noch weiter auf. Krampfhaft holte sie Luft. Um sie herum verschwamm alles und sie hatte das Gefühl durch die Luft zu wirbeln. Sie versuchte erneut Atem zu holen, aber es war, als wäre sie plötzlich in ein Vakuum geraten - da war nichts. Übelkeit machte sich schlagartig in ihr breit und ihr Herz begann ungleichmäßig zu schlagen. Entsetzt sah sie in das Farbengewirr um sich. Er war dabei, sie umzubringen. Würgte er sie? Das musste es sein. Verrückterweise fiel ihr im gleichen Moment auf, dass seine Arme nach wie vor warm um sie geschlungen waren und ihr Kopf sich in seiner Halsbeuge befand. Und wenn man erwürgt wurde, konnte man bestimmt nicht so klar denken. Dann wurde alles dunkel um sie.

Das Nächste, was sie wahrnahm, war der vertraute Geruch ihrer Wohnung. Wie zum Teufel war sie hierher gekommen? Der Mann nahm langsam seine Arme herunter und strich erneut behutsam über ihre Haare. Aufmerksam musterte er sie. „Alles okay? Schwindel? Übelkeit? Herzrasen?"

Zögerlich nickte Shannon. Gleich darauf spürte sie, wie sie zu ihrem Futon getragen und sanft wieder abgesetzt wurde.

„Am besten tief durchatmen. Möchtest Du Dich hinlegen?"

Verwirrt schüttelte sie den Kopf, sank aber im gleichen Moment wegen ihrer einfach nachgebenden Knie auf die Matratze. Der Fremde, Arslan?, ging in ihre kleine Küche und kam nach einiger Zeit mit einem Glas wieder. Sie konnte sich gar nicht daran erinnern, Wein im Haus zu haben. Noch dazu Roten. So was mochte sie einfach nicht. Er drückte ihr das Glas an die Lippen und empfahl ihr zu trinken. Gehorsam nahm sie einen Schluck. Wider Erwarten schmeckte es. Sehr gut sogar und sie trank in gierigen Schlucken. Es schmeckte so gut, dass sie das Glas förmlich ausleckte. Himmel, was war das für ein Zeug? Rotwein konnte es doch nicht sein, denn dazu war es zu dickflüssig gewesen. Eher ein Likör, aber so was hatte sie auch nicht im Haus. Plötzlich merkte sie, wie die Erschöpfung der letzten Wochen von ihr abfiel. Genau genommen fühlte sie sich im Moment, als könnte sie ohne Weiteres Bäume ausreißen. Okay, frisch gepflanzte Bäumchen vielleicht, aber Shannon merkte eine deutliche Verbesserung.

Ihr Retter stand mittlerweile an die Wand gelehnt und betrachtete sie mit verschränkten Armen. Schweigend, abwartend, viel zu groß – seine Statur ließ den Raum zusammenschrumpfen. Vergeblich versuchte sie, sich zu beruhigen. Vielleicht hatte sie sich ja getäuscht und die Sache mit der Frau war ganz harmlos gewesen. Immerhin hatte er sie hierher gebracht und ihr absolut nichts getan – nur geholfen. Unsicher lächelte sie in seine Richtung.

Zumindest so lange, bis sie merkte, dass er zu ihr ans Bett gekommen war, ohne das sie es merkte. Shannon versuchte ans andere Ende zu flüchten, wurde jedoch sofort von ihm festgehalten. Viel zu lange Arme legten sich wie ein Schraubstock um ihren Oberkörper und der Fremde drückte sie schwer atmend an sich. Sie spürte seinen feuchten, warmen Atem an ihrem Hals und ihr Adrenalinspiegel schnellte nach oben. Das war nicht gut. Absolut nicht gut. Sie sollte zusehen, dass sie hier herauskam und doch … Statt zu flüchten, hielt sie einfach nahezu atemlos still. Himmel, musste er so in ihr Ohr atmen. Es war sinnverwirrend und jagte ihr gleichzeitig Angst ein. Doch er hielt sie einfach nur fest. Dummerweise konnte sie das, was ihr durch den Kopf ging, nicht aussprechen. Das ‚*loslassen, sofort, verschwinde, lass mich in Ruhe*' wollte einfach nicht über ihre Lippen kommen.

Nur wenige Momente später merkte Shannon, dass sie auf dem Bauch lag, ohne zu wissen, wie es dazu gekommen war. Sie nahm ihre Umgebung nur noch verschwommen wahr und eine tiefe Müdigkeit überkam sie. Oh Gott, in dem Glas musste irgendwas gewesen sein, was sie betäubte. Obwohl Panik in ihr hochkochte, konnte sie sich nicht bewegen. Undeutlich spürte sie wie ein Kissen unter ihren Bauch geschoben wurde. In diesem Moment regte sich dunkel eine Erinnerung in ihr. An ein warmes Gefühl, das sich langsam zu einer unglaublichen Hitze steigerte und sie erwartete in ihrer Benommenheit fast, dass es wieder einsetzte. Doch nichts geschah.

Seit wie vielen Stunden war er in diesem neuen Zimmer. Oder hatten sie nur das Gemälde mit der Basilika entfernt? Nein, das andere Zimmer hatte ein Fenster nach Osten hinaus gehabt. Der Raum, in dem er jetzt lag verfügte über keine Fenster. Und die Tür sah auch anders aus. Massiver. Einen Moment bekam er Probleme beim Atmen. Wo war er hier gelandet?

Außerdem konnte er nur mit den Händen und Füßen leicht wackeln und nicht einmal den Kopf drehen. Von der Stirn bis zu seinen Sprunggelenken spürte er Bänder. Verdammt noch mal, er war völlig fixiert. An Stirn, Hals, Brustkorb, Hüften, oberhalb von Knie und Ellbogen und den Gelenken seiner Hände und Füße. Warum? Seine Kieferknochen und sein ganzer Mund schmerzten und der ganze Bereich fühlte sich wund an. Was zum Teufel war passiert? Vorsichtig versuchte er, seinen Mund zu öffnen. Es war schmerzhaft, aber es ging. Offenbar waren die Drähte entfernt worden. Die Haut auf seinem Bauch brannte wie Feuer und er würde zu gerne wissen, was damit passiert war. Aber zum einen war er so festgebunden, dass er nicht einmal den Kopf heben konnte und zum anderen war er bis zum Hals zugedeckt.

Nach einer Weile musste er wieder eingeschlafen sein, denn als László das nächste Mal die Augen öffnete, befanden sich zwei weitere Personen im Raum. Sehr kräftige Männer. Eine Schwester kam gerade durch die Tür und brachte einen Brei und bedeutete ihm, dass sie ihn füttern wollte. Die beiden Männer mühsam im Auge behaltend nickte er und schluckte brav einen Löffel nach dem anderen. Er hasste Brei. Aber er hatte solchen Hunger, dass er einfach alles gegessen hätte. Und solche Schmerzen, dass er dankbar war, nicht kauen zu müssen. Sobald er gegessen hatte, verließ die Schwester wieder den Raum. Es war eine, die er noch nicht kannte. Warum hatte sie nichts zu ihm gesagt? Die anderen hatten doch immer mit ihm gesprochen. Auch die beiden Männer schwiegen nur und sahen ihn aufmerksam an.

Mühsam räusperte er sich. Sein Ungarisch hörte sich nach der ganzen Zeit und all seinen Verletzungen schrecklich an und er brauchte viele Versuche, bis er einen Satz verständlich ausgesprochen hatte. Die Männer hatten ihn lediglich die ganze Zeit betrachtet - wie ein besonders interessantes Insekt unter dem Mikroskop.

„Beszélitek a nyelvemet?"

Sándor und György sahen ihn nach wie vor nur an. Und ob sie seine Sprache sprachen, aber das würden sie ihm gerade noch auf die Nase binden. Die beiden waren extra aus Ungarn angereist, als sie von dem New Yorker Problem gehört hatten. Zwar sprachen die meisten Etanaer im Haus auch ungarisch. Aber die beiden hatten Erzsébet sehr gut gekannt. Gleiches galt auch für den Ur-Ur-Ur-Ur-Ur-Ur-Ur-Ur-Großvater von László, der - wie sie damals schon vermutet hatten - mit dafür gesorgt hatte, dass Erzsébet die Einmauerung deutlich länger überlebte, als allgemein angenommen wurde. Leider hatten sie sich damals nicht gegen die anderen durchsetzen können. Wäre es nach ihnen gegangen, wäre die Blutgräfin nicht in ihrem Schlafgemach eingemauert, sondern getötet, geviertielt und verbrannt worden. Schon allein, weil ein Teil ihrer damaligen Blutwirtinnen ihre Mädchen an die Mordgier dieser Frau verloren hatten. Dummerweise kümmerten sie sich, nachdem sich trotz der Todesnachricht erste Zweifel in ihnen regten, nicht ernsthaft genug um die Sache. Das änderte aber alles nichts daran, dass sie in László sofort einen Nachkommen der bekanntesten ungarischen Schwarzmagierfamilie erkannt hatten. Trotz der Veränderungen, die die durch Beth erlittenen Verletzungen nach sich zogen.

Wortlos verließen die beiden das Zimmer. Sándor malte sich in Gedanken schon Arten aus, wie er diesen László foltern könnte. Als Beth vor ein paar Jahren aus der Versenkung aufgetaucht war, war sein Sohn Zóltan aller Voraussicht nach eines ihrer ersten Opfer gewesen. Er konnte es nicht fassen, aber wie ihre Recherchen ergaben, hatte sich Beth jahrhundertelang versteckt gehalten. Lászlós Familie hatte sie mit Blut und einer für sie lebensnotwendigen Essenz versorgt und im Lauf der Zeit auch mit Unmengen von jungen Mädchen, die sie quälen und misshandeln konnte. Vor zwei Jahren war etwas geschehen und Beth aus Ungarn verschwunden.

Sobald er herausgefunden hatte, dass dieser Mann tot keine größere Gefahr darstellte als lebendig, würde er diesen Magier mit Sicherheit töten. Wenn es nach ihm ginge, wäre er bereits nicht mehr am Leben. Aber vielleicht hatte Tomás recht und sie benötigten ihn noch. Für den Fall, dass Erzsébet tatsächlich nicht tot zu bekommen war. Hinter der dicken Eisentür konnten sie die Schreie und Flüche von László hören, der sie verfluchte und beschimpfte, weil sie ihn einfach so zurückließen.

Tomás blies seine Wangen auf. ‚*Tja ich fürchte Halil, das war ein Schlag ins Wasser. Aimées Erinnerungen lassen sich nicht manipulieren. Noch nicht mal von mir. Tut mir leid. Ihr könnt es gerne noch bei Francesca versuchen, aber ich glaube nicht, dass es viel bringt.*'

Als Halil die an ihn gerichteten Gedanken auffing, senkte er nickend den Kopf und atmete frustriert aus. Fast entschuldigend lächelte Tomás gerade Aimée an. Er hatte die Assistentin seines Neffen immer geschätzt und gewusst, dass sie stark war. Dass sie allerdings mental so stark war, hätte er nicht gedacht. Er hob leicht die Nase. Es war zwar unwahrscheinlich, schon wieder einer Eme-biuri zu begegnen, aber wer wusste schon, was das Schicksal für einen bereithielt. Nochmals holte er tief Luft. Nein, er konnte momentan nichts in dieser Richtung feststellen. Was allerdings nicht allzu viel heißen musste. Halil wäre nicht der erste Etanaer, der lange Zeit eine Eme-biuri in unmittelbarer Nähe hatte und dann plötzlich feststellte, was sie wirklich war. Und so wie Halil ihm die Sache geschildert hatte, kam das in Aimées Fall durchaus in Betracht – auch wenn sein Neffe selbst das vielleicht gar nicht so wahrhaben wollte.

Nervös wippte Aimée mit einem Bein. Zum vermutlich hundertsten Mal überprüfte sie ihre Fingernägel und strich sich ihre Haare hinter die Ohren. Wie lange saßen sie schon hier? Eineinhalb Stunden? Der Raum war zwar schön und von Gemütlichkeit, Behagen und Ruhe erfüllt, aber es war etwas nervtötend hier zu sitzen und nichtssagende Konversation über das Wetter und irgendwelche Kinofilme mit sehr langen Pausen dazwischen zu betreiben. Hal und Tomás hatten sich mehrmals ausführlich gemustert. Einmal hatte sie das verschwommene Gefühl, dass Tomás ihr gegenübersaß und ihren Kopf zwischen den Händen hielt, während er sie aus grünleuchtenden Augen anstarrte. Träumte sie jetzt schon am helllichten Tag?

Außerdem schlichen die beiden wie ein paar Raubkatzen um sie herum. Beide waren mehrfach auf sie zugetreten und berührten sie wie zufällig zwischen ihren Schultern und an ihrer Schläfe. Das war das einzig angenehme der letzten Stunden gewesen, einfach weil sie wunderbar warme Hände hatten. Der weitaus unangenehmere Nebeneffekt war allerdings, dass ihre Muskeln sich aus ihrem Bewusstsein verabschiedet hatten. Mehrmals wollte sie aufspringen, aber da ging rein gar nichts. Ansonsten passierte jedoch nicht viel und sie fragte sich ernsthaft, was sie hier sollte. Ein paar Mal drängte sich ihr der Eindruck auf, fremde Stimmen in ihrem Kopf zu hören. Na ja, so fremd nun auch nicht. Immerhin klangen sie so wie die von Tomás und Hal. Seltsamerweise verstummten sie schlagartig, sobald sie einen dieser Namen dachte. Der mangelnde Schlaf musste sich bemerkbar machen. Genau – was sollte es sonst sein. So eine Art Halluzination, hervorgerufen durch zu wenig Schlaf. Denn sogar diese Stimmen waren total verrückt. Während sie einerseits immer wieder versicherten, dass alles in Ordnung und völlig normal war, flüsterten sie ihr andererseits immer wieder Vampir und Fangzähne zu. Und jedes Mal, wenn eins dieser Worte fiel, tauchte sofort das Bild von Hal mit dem Gebiss eines Säbelzahntigers vor ihrem geistigen Augen auf. Und dieses Bild war ziemlich gruselig. Wobei sie Hal damit eigentlich nicht mal hässlich fand. Es wirkte fast ein bisschen sexy. Nach diesem Gedanken hallte in ihrem Kopf ein unterdrücktes Lachen. Gleich darauf geisterte dann wieder dieser Satz ‚*es ist alles in Ordnung, es war nur ein Traum*' durch ihren Kopf.

Normalerweise war sie es gewohnt, sich auf ihre Gesprächspartner zu konzentrieren. Heute jedoch ließ sie ihre Gedanken permanent zu Blumenwiesen, Wellen an einem Strand oder singenden Vögeln abschweifen. Ja, sie hatte sogar die Muster des Teppichs aufmerksam in Gedanken nachgemalt um die Stimmen zu ignorieren – was nur bedingt geklappt hatte. Dummerweise war mit jeder Minute die vergangen war Hals Gesicht länger geworden. Als Tomás plötzlich nach einer etwas längeren Pause wieder etwas sagte, schreckte Aimée leicht zusammen.

„Du weißt, was Du zu tun hast. Wenn ihr euch entschieden habt, sagt mir bitte Bescheid, dann leite ich zur Not weitere Maßnahmen ein."

Aha, das klang etwas kryptisch und sie hatte keine Ahnung, wovon er sprach, aber offensichtlich galt das auch eher Hal als ihr, denn sie sah ihren ehemaligen Chef nicken. Sein Gesichtsausdruck lag irgendwo zwischen nicht ganz erfreut und völlig frustriert. Gerade erhob er sich und kam auf sie zu. Vielleicht lag es daran, dass er ziemlich in Gedanken versunken war, vielleicht war er wegen des recht seltsamen Gesprächsverlaufs frustriert. Jedenfalls griff er etwas unsanft nach ihr.

‚Ich bringe Dich jetzt zu jemandem, der da viel mehr auf dem Kasten hat als ich. Und wenn Du bei dem warst, haben wir ein Problem weniger.' Pah, so hatte er sich doch einige Zeit vorher ausgedrückt, oder nicht? Jedenfalls hatte er jetzt das *PROBLEM* bei Tomás noch nicht mal *ANGESPROCHEN*. So ein Weichei!

„Aua, das tut weh. Ein einfaches ‚komm mit' tut es in meinem Fall auch, Lily."

Ebenso wütend wie vergeblich versuchte sie, sich freizumachen. Hörte sie da gerade ein unterdrücktes Lachen. Aimée warf einen schnellen Blick zu Tomás. Der stand ruhig an seinem Schreibtisch. Sein Gesicht sah todernst aus, von ihm konnte es also nicht kommen. Oder doch? Obwohl sein Gesicht so aussah, als ob er nicht mal im Traum daran dachte zu lachen, hatte sie den Eindruck, dass er sich innerlich räusperte, um so ein weiteres Lachen zu unterdrücken. Was hatte sie denn gesagt, dass ihn so amüsierte? Zwinkerte er ihr gerade zu, während er ein paar Papiere in die Hand nahm. Oder bildete sie sich das genau wie das Lachen ein?

„Bis heute Abend dann." Amüsiert und nachdenklich sah Tomás zu, wie sein Neffe und Aimée Richtung Tür gingen. Diese kleine Assistentin war wirklich eine absolute Überraschung. Seiner Meinung nach würde Halil mit Aimée noch seine helle Freude haben, falls er sich nicht dazu entschloss, sie bei einem anderen Familienzweig unterzubringen.

Nachdem sie ihn Lily nannte, war Halils Laune auf einem Tiefpunkt. Ein dummer, klitzekleiner Fehler und sein schöner Plan von ein paar Jahren mit Aimée, als nichts ahnender Blutwirtin an seiner Seite, war passé. Kreuzdonnerwetter noch mal. Warum hatte er nicht vorher aufgepasst?

Statt den Griff um ihren Oberarm zu lockern, verließ Halil mit großen Schritten das Appartement und jagte die Treppe hinunter in sein eigenes. Er war so neben der Spur, dass er gar nicht mitbekam, dass Aimée mehrfach stolperte und immer wieder fast hinfiel. Ihre stellenweise giftigen Kommentare prallten an ihm ab und nur unbewusst registrierte er, dass sie etwas von blauen Flecken murmelte. In seinem eigenen Wohnzimmer angekommen, stieß er sie auf das große Sofa. Sein nächster Weg führte ihn zu einem kleinen Schrank, wo er sich einen doppelten Whiskey eingoss und in einem Zug in sich hineinschüttete.

Unbehaglich sah Aimée ihn an. Noch immer konnte sie seine Gemütslage nicht wirklich einschätzen. Allerdings vermutete sie nach wie vor, dass sie irgendwo zwischen stinksauer und frustriert lag. Aber musste er das unbedingt an ihr auslassen. Die Stelle, an der er vorher ihr Handgelenk umklammert hatte, pochte wie verrückt und das würde sie ihm noch unter die Nase binden. Allerdings wirkte er gerade wie ein Pulverfass, das jeden Moment hochgehen konnte und sie wollte lieber noch etwas warten, bevor sie ihn auf sein unmögliches Verhalten hinwies. Mit großen Augen verfolgte sie, wie er durch den Raum tigerte und sich nach einer Weile mit in die Hüften gestemmten Händen vor ihr aufbaute, bevor er sich auf den massiven Couchtisch fallen ließ und nach ihren Händen griff. Er atmete mehrmals durch die Nase tief ein und aus und starrte noch für einige Minuten auf den Boden, bevor er plötzlich den Kopf hob und sie einmal mehr mit diesen intensiv leuchtenden, blauen Augen konfrontierte. Seine Mundpartie wirkte voller und sie sah die Spitzen seiner Eckzähne zwischen den Lippen auftauchen. Allerdings wirkte er im Moment nicht wirklich bedrohlich, sondern eher mitleiderregend.

„Wir haben ein Problem!"

Na so was, wenn er ihr das jetzt nicht gerade explizit gesagt hätte, wäre sie nie darauf gekommen. Allerdings schätzte sie die Sache eher so ein, dass ihr Problem weitaus größer war als seines. Immerhin ging es hier um ihr Leben.

„Ähm, also wie Du weißt, bin ich etwas anders als die anderen."

Etwas? Das war gelinde gesagt stark untertrieben. So etwas wie ihn, hatte sie noch nie getroffen.

„Und da ich davon ausgehe, dass Du eins und eins gut zusammenzählen kannst, weißt Du glaube ich auch schon, dass ein paar andere auch noch etwas anders sind oder sein könnten."

Mit zur Seite gedrehtem Kopf musterte sie ihn aus dem Augenwinkel, bis er weitersprach. Aimées Zunge klebte an ihrem Gaumen und ihre Knie zitterten unaufhörlich. Trotzdem versuchte sie sich so entspannt wie möglich zu geben.

„Tja also, ich habe Dich hierher gebracht, weil ich davon ausgegangen bin, dass wir Deine Erinnerung beeinflussen können." Er fuhr kurz mit der Zunge über seine Zähne. „Das war ein Fehler, denn jetzt weißt Du, dass es da außer mir noch ein paar andere geben muss und Du weißt, wie sie heißen. Deshalb kann ich Dich nicht einfach so gehen lassen."

Ein unbehagliches Gefühl durchzuckte sie bei seinen Worten und sie wandte automatisch nicht nur ihren Blick, sondern auch ihren Kopf völlig in seine Richtung. Wieso sprach er nicht weiter? Als sie das Schweigen nicht länger aushielt, unterbreitete sie ihm einen Vorschlag, der in ihrem Kopf Gestalt angenommen hatte. Ihre Stimme klang etwas eingerostet und der Vorschlag war auch nicht wirklich gut, aber sie konnte es ja wenigstens versuchen.

„Tja, abgesehen davon, dass mir vermutlich eh keiner glauben würde, wenn ich mit einer völlig abstrusen Geschichte über Männer mit Säbelzahngebiss im Fernsehen auftreten würde – wie wäre es mit einer Verschwiegenheitserklärung? Ich meine, ich könnte es Dir schriftlich geben und Du weißt, dass ich meine Versprechen halte. So gut müsstest Du mich doch kennen."

Gedankenverloren strich Hal über ihre Hände. „Ja, irgendwie würde ich persönlich Dir da schon vertrauen. Aber Tomás weiß mittlerweile ja auch von Dir. Er hat hier einiges zu sagen und er würde sich damit nicht abspeisen lassen."

Ruckartig entzog sie ihm ihre Hände. In den Filmen über die Mafia und sonstige Verbrechersyndikate, die sie für ihr Leben gerne ansah, hieß das für gewöhnlich, dass jemand sterben musste. War Hal gerade dabei, ihr auf eine lächerlich schonende Art beizubringen, dass er sie umbringen wollte?

Halil runzelte die Stirn, als er plötzlich, obwohl er sich gar nicht darauf konzentrierte, glasklare Gedanken von ihr empfing. Statt erleichtert darüber zu sein, schockierte ihn das, was sie dachte.

„NEIN!" Hals Stimme klang sehr bestimmt und gleichzeitig doch fast wie ein entsetzter Aufschrei. Bloß, wegen was schrie er? Sie hatte doch nur etwas gedacht und nicht gesagt, oder?

„Nein, Du brauchst diesbezüglich keine Angst zu haben. So was machen wir nicht! Also nicht, wenn es sich verhindern lässt. Wir ... wir können Dich einfach nur nicht gehen lassen. Du kannst nicht einfach zurück in Dein altes Leben. Quasi wie bei einem Zeugenschutzprogramm, nur dass wir uns damit schützen."

Aimée nickte, als würde sie alles verstehen. In Wirklichkeit herrschte aber ein riesiges Durcheinander in ihrem Kopf. Hieß das jetzt, dass sie versteckt wurde? Irgendwo weitab von jemandem? Das Bild einer nasskalten Zelle geisterte durch ihren Kopf.

Sobald er sich erhob, wünschte Aimée sich fast, dass Hal sitzen geblieben wäre. Wieso musste er so groß sein? Erleichtert registrierte sie, dass er seine Runden durch das Wohnzimmer fortsetzte. Abstand war etwas sehr verlockendes. Je weiter er weg war, desto besser.

„Es gibt da verschiedene Möglichkeiten. In allen wirst Du unter die Aufsicht von einem von uns gestellt." Kaum hatte er den Satz ausgesprochen, verkrampfte sich sein Magen. Die Vorstellung, dass ein anderer Etanaer von ihr trinken und sich danach mit ihr vergnügen würde, ging ihm wirklich gegen den Strich. Vielleicht würde sich einer der verheirateten Etanaer bereit erklären. Allerdings – er warf einen schnellen Blick auf Aimée – das würde vermutlich Ärger mit der entsprechenden Partnerin geben. Denn einmal trinken musste der Mann ja tatsächlich von ihr und danach ...

„Das kann bei einem anderen Familienzweig, wenn Du möchtest, auch in einem anderen Land sein. Oder hier im Haus." Er schluckte und sah sie fest an. „Dann allerdings unter meiner eigenen Aufsicht!"

Der Gedanke war verlockend. Er könnte sie so lange als Blutwirtin und Freundin hier behalten, wie es ging und die Möglichkeit eines anderen Familienzweiges blieb dann immer noch offen. Und offenbar schien das, was er sagte, sie zu beruhigen. Mittlerweile war ihr Blick eher neugierig als ängstlich.

„Und was beinhaltet dieses unter Aufsicht genau?" Sie sah Hal an seiner Unterlippe knabbern und es dauerte eine Weile, bis er antwortete. Offensichtlich wägte er ab, was er ihr wann genau sagte.

„Also, Du kannst Dich mehr oder weniger frei bewegen. Allerdings musst Du wie gesagt Deine Vergangenheit abschreiben. Wir brauchen die Namen und Adressen aller Leute, mit denen Du Kontakt hältst. Wenn wir sicher sind, dass Du vertrauenswürdig bist, kannst Du auch längere Zeit außerhalb des Anwesens sein – beispielsweise einen Urlaub machen oder Ähnliches."

Aimée runzelte die Stirn. ‚Wenn wir sicher sind, dass Du vertrauenswürdig bist?' Wie wollten sie denn im Ernstfall nachprüfen, dass sie während eines solchen Freigangs – Urlaub war das ihrer Meinung nach nicht – nicht fliehen würde?

„Daran solltest Du nicht mal im Traum denken!"

Erschrocken sah sie ihn an.

„Fliehen. Wie Du gerade gemerkt haben dürftest: Ich kann Deine Gedanken lesen, wenn ich will." Okay, das war nicht wirklich sicher, aber das würde er ihr garantiert nicht auf die Nase binden. Zumindest nicht jetzt. Andererseits ihr Blick schien förmlich darum zu betteln, dass er diese Feststellung entschärfte und bevor er sich auf die Zunge beißen konnte, rutschte es ihm heraus.

„Zumindest einen Teil davon. Nicht alles. Aber es gibt da noch etwas anderes, was dazu beiträgt, dass ich Dich jederzeit finden kann."

Mit der kleinen anschließenden Pause strapazierte er ihre Nerven wirklich. Die waren ja schon wegen der Gedankenleserei reichlich überbeansprucht. Wirklich wundern konnte sie sich darüber nicht. Himmel, warum stimmte denn ausgerechnet das? Warum nicht die Sache mit Kreuz, Sonne oder Knoblauch. Ausgerechnet Gedankenlesen! Obwohl es sie eher ängstigen sollte – Himmel, wie lange las er schon in ihren Gedanken? – merkte sie gerade, dass es sie eher nervte. Sie würde sich schleunigst eine Zensurmöglichkeit überlegen müssen. Das Letzte, was sie wollte, war, dass er in ihrem Gehirn herumstöberte und mitbekam, dass sie in ihn v…. STOPP, womöglich bekam er es gerade mit. Unsicher blinzelte sie in seine Richtung an. Glücklicherweise schien Halil gerade so in Gedanken versunken, wegen dem was er ihr noch sagen wollte, dass er auf diesen einen kleinen Gedanken nicht weiter achtete.

„Also meine Zähne hier …" Er deutete mit seinem Zeigefinger auf seinen leicht ausgefahrenen Eckzahn. „… sind nicht nur Deko, wie Du Dir denken kannst. Deine, ähm, Gedanken bezüglich Vampiren und so, sind gar nicht so weit hergeholt."

Da sie laut Luft holte, hob er beschwichtigend die Hand.

„Keine Sorge. Wir saugen niemanden aus und töten auch nicht dafür, da brauchst Du keine Angst haben. Aber wir brauchen regelmäßig Blut zum Überleben. Und das werde ich mir – wenn Du hierbleibst – in nächster Zeit von Dir holen. Um ehrlich zu sein, sobald Du ja sagst, das erste Mal. Und durch das Blut gibt es dann eine Verbindung zwischen uns, mit der ich Dich überall finden kann."

Obwohl ihn die Vorstellung daran mit einer gewissen Vorfreude erfüllte, fühlte er sich etwas unbehaglich und er räusperte sich leicht verlegen. „Da gibt es aber noch einen weiteren Aspekt, der damit verbunden ist. Also, ahm, ich weiß nicht, wie ich das sagen soll, aber …."

Wieder legte er eine enervierende, kleine Pause ein. Das war ja mal was Neues. Ihr wortgewandter, schlagfertiger Chef sprachlos? Bevor sie sich weiter darüber wundern konnte, fuhr er jedoch fort.

„Also um es kurz zu machen: Wir werden Sex haben, wenn ich von Dir trinke. Das ist einfach so ein biologischer Nebenaspekt. Frag mich nicht warum. Ich kann es Dir nicht wirklich erklären. Das ist einfach so."

Sex mit einem Toten? Nur über ihre Leiche! Sie war doch nicht nekrophil. Aber umbringen würde er sie ja wohl nicht, wenn er oder einer der anderen von ihr trank.

„So ein Quatsch!"

Seine Stimme klang empört. Oh verflixt, an diese Gedankenleserei musste sie sich wirklich erst gewöhnen. Andererseits, er war ja selbst schuld. Was musste er sie auch gegen ihren Willen festhalten.

„Wir sind nicht tot! Sehe ich vielleicht so aus?"

So aufmerksam sie ihn auch musterte, sie konnte keinen Hinweis auf Leblosigkeit an ihm entdecken. Im Gegenteil: Er strotze geradezu vor Vitalität und Lebenskraft. Und Tote waren ja wohl eher blass, grau, farblos? Und wenn sie sich richtig erinnerte, hatte sie auch seinen Herzschlag gespürt, als er sie in dieses Haus gebracht hatte. Erleichtert atmete sie aus. Offensichtlich durfte sie wirklich nicht alles glauben, was in einschlägigen Filmen gezeigt wurde. Immerhin vertrug er auch Sonnenlicht, Kreuze und Knoblauch. Aber die Sache mit dem Trinken und dem Sex warf ein ganz neues Licht auf seine vielen Freundinnen. Himmel, Hal musste ja permanent Hunger haben. Und den wollte er in nächster Zeit an ihr stillen? Dann wäre sie vielleicht doch schneller tot, als ihr lieb sein konnte.

„Hörst Du mir zu? Wir sind nicht tot!"

Das klang so sauer, dass sie sich einen giftigen Kommentar nicht verkneifen konnte. „Nein, natürlich nicht. Soweit ich weiß sind Vampire untot. Oder liege ich da falsch?"

Ballte er gerade die Fäuste? Sein Tonfall klang gleich darauf jedoch nicht mehr sauer, sondern nur noch genervt.

„Untot! So ein blödes Wort. Was bitte soll das denn ausdrücken? Untot – ist doch eigentlich das Gegenteil von tot. Und damit wäre ja wohl alles, was auf diesem Planeten herumläuft, oder kriecht untot. Aber das würdest Du ohne Weiteres als lebendig einstufen. Wieso mich nicht? Weil ich Fänge habe?"

„Weil Du ein Blutsauger bist?"

Hal holte tief Luft, um zu antworten. Heraus kam allerdings erst einmal nichts. Stattdessen biss er seine Zähne fest zusammen und atmete mehrmals tief durch. Komisch eigentlich – bis vor Kurzem wirkte er immer so ausgeglichen. Seit sie wusste, dass er … na ja anders war … schien er sich pausenlos selbst beruhigen zu müssen.

„Sinnlos, Dir das ausreden zu wollen."

Klang seine Stimme gerade mutlos? Irgendwie schon und Aimée bekam augenblicklich ein schlechtes Gewissen. Das allerdings verflog sofort, als er weitersprach.

„Tja, das Ganze hat vielleicht für Dich auch ein paar positive Aspekte."

Er lächelte schief und schien sich wieder etwas beruhigt zu haben.

„Ich denke an die Sache mit dem Blut wirst Du Dich bald gewöhnen und ich kenne keine Frau, die sich über Sex mit einem von uns beschwert hat."

Das klang nicht nur, als ob er sich beruhigt hätte. Das hörte sich in ihren Ohren absolut überheblich an. Wenn er sich in einen selbstgefälligen Idioten verwandelte, verlor er in ihren Augen einiges an Charme.

„Jetzt sieh mich nicht so an. Es ist nun mal so. Wir haben einiges an Erfahrung und wissen die auch einzusetzen. Es hat sich wirklich noch *KEINE* beschwert!"

Wie zufällig landete sein Arm auf der Sofalehne, während er sich neben sie fallen ließ. „Okay, da sind noch ein paar andere Dinge. Zum einen wirst Du nicht mehr zu arbeiten brauchen. Die Kosten für Deinen Lebensunterhalt übernehmen selbstverständlich wir."

Unwillig schnaubte Aimée vor sich hin. *Wie überaus großzügig. Du darfst draußen in der normalen Welt nicht mehr leben, also freu Dich über das, was wir Dir geben.* Und dafür sollte sie womöglich noch dankbar sein.

„Und Du wirst, in der Zeit, die Du bei mir bleibst, garantiert lange Zeit nicht älter. Ich möchte in diesem Fall, dass Du hin und wieder auch von meinem Blut nimmst."

An der Stelle spitzte sie die Ohren. Sein Blut nehmen? So was würde sie nicht mal tun, wenn es ihr ewiges Leben bescherte. Als sie auffahren wollte, legte er seine Hand auf ihre Schulter.

„Keine Sorge, das ist halb so eklig, wie es sich anhört. Hab ich mir jedenfalls sagen lassen." Wieder lächelte er leicht schief. Er räusperte sich und setzte sich aufrechter hin.

„Für den Fall, dass Du in einen anderen Familienzweig willst, kann ich Dir das natürlich nicht garantieren. Zum einen kann es sein, dass derjenige, dessen Aufsicht Du dann unterstellt bist, nur ein einziges Mal von Dir trinkt, damit er Dich im Ernstfall finden kann. Dafür bekommst Du dann auch mit Sicherheit sein Blut nicht. Wenn Du nicht mit dem Blut versorgt wirst, wirst Du ganz normal altern und irgendwann sterben. Tja, das wäre es im Großen und Ganzen fürs Erste."

Er nickte ein paar Mal mit zusammengepressten Lippen und musterte sie dann aufmerksam. „Und?"

Verblüfft drehte sie sich zu ihm um. Was erwartete er? Dass sie sich freudestrahlend in seine Arme warf? Zu allem ja und Amen sagte? Jubelte, weil er sie aus ihrer Welt gerissen hatte? Und am besten alles noch gleich und sofort?

„Was und?"

Das selbstgefällige Grinsen war in sein Gesicht zurückgekehrt. Und außerdem wirkte er eindeutig wie ein Kind unter dem Weihnachtsbaum, dass sein größtes Geschenk auspacken durfte. Dieser arrogante Mistkerl, was erwartete er eigentlich von ihr?

Da sie eine Frau war und keine Frau alt werden wollte – zumindest nicht die, die er kannte, würde sie sich natürlich für ihn entscheiden. Warum also machte sie es so spannend? Und er hatte ihr ja schon quasi garantiert, dass sie für sehr lange Zeit nicht altern würde. Sein Grinsen verlor etwas an Breite, als sie nach fünf Minuten immer noch schwieg. Und es ließ nach zehn Minuten noch etwas mehr nach. Nach einer viertel Stunde war es ganz verschwunden und hatte einer etwas ratlosen Miene Platz gemacht.

„Ähm, willst Du nicht antworten? Ich meine, allzu viele Möglichkeiten gibt es ja zugegebenermaßen nicht. Aber wie wäre es mit Ja – ich bleibe hier bei Dir. Oder nein – ich will lieber in einen anderen Familienzweig."

Wäre die Situation für sie nicht so ernst gewesen, hätte sie bei seinem Gesichtsausdruck glatt einen Lachkrampf bekommen. So jedoch schüttelte sie unwillig seine warmen Hände ab. Was völlig vergeblich war, denn er legte sie sofort wieder an die gleichen Stellen zurück.

„So ein Unsinn. Gerade weil es nur zwei Antworten gibt, kann ich nicht einfach so antworten. Leuchtet Dir das nicht ein? Ich muss nachdenken."

Verstehend nickte Hal. „Gut, ja, das klingt logisch." Er schwieg eine Minute. „Wie lange brauchst Du noch?"

Ihren Augen, die sich kurz verdrehten, konnte er entnehmen, dass seine Frage eben nicht nach ihrem Geschmack war.

„Na ja, Du hast bestimmt schon eine halbe Stunde überlegt. Wie lange brauchst Du denn noch?"

Sie sah ihn an, als wäre er nicht ganz bei Trost. „Halloooo? Schon vergessen, es geht hier um mein Leben. Da wird doch wohl eine etwas längere Bedenkpause erlaubt sein!"

Schnell bewegte sie ihren Kopf hin und her, um seine Hände abzuschütteln. „Ich weiß noch nicht mal, ob ich Dir morgen Bescheid sagen kann, verdammt noch mal."

Mit gerunzelter Stirn sah er sie an, während er auf seiner Unterlippe herumkaute. „Also, da gibt es noch ein Problem. Tomás erwartet unsere Antwort heute Abend. Wenn Du die Entscheidung nicht treffen möchtest, kann ich das gerne für Dich tun – dann bleibst Du hier. Aber wie gesagt, Tomás erwartet noch heute Abend eine Antwort. Zufälligerweise findet in Providence eine Party statt und wir gehen da alle hin. Wenn klar ist, dass … Du … nicht … hierbleiben willst …" Er spuckte die einzelnen Wörter fast aus. „… dann … wird … Tomás … die Gelegenheit nutzen und … die ungebundenen … Etanaer anderer … Familienzweige fragen, ob sie …." Unwillig schüttelte er den Kopf. „Ob sie Dich übernehmen."

Ein Kissen prallte gegen seine Schläfe.

„Ohhhhhhhhhhhh, was glaubt ihr eigentlich, wer ihr seid? Du kannst Deinem heiß geliebten Tomás ausrichten, dass ich mich heute Abend vielleicht entscheiden werde, nachdem ich mir diese UNGEBUNDENEN ETADingsbums da genauer angesehen habe! Ich kaufe keine Katze im Sack, vor allem, wenn ich sowieso keine wirkliche Alternative habe."

Das Kissen prallte erneut gegen seinen Kopf.

„Und jetzt wäre ich gerne alleine!" Sie warf sich gegen die Sofalehne und verschränkte abwehrend die Arme vor der Brust.

„Hör mal, ich glaube kaum, das Tomás damit einverstanden ist. Er hat mir gesagt, dass er ..."

Mit zusammengebissenen Zähnen sah sie ihn wütend an. Ihre Nasenlöcher waren leicht geweitet und sie sah aus, als ob sie kurz vor einem Schreikrampf stünde. Vielleicht war hier ein taktischer Rückzug angesagt. Und außerdem hatte er ja wegen Tomás etwas geflunkert. Er wollte einfach wissen, dass sie sich für ihn entschied, bevor sie auf diese Party da heute Abend gingen. Schließlich wusste er, wie die Männer seiner Familie auf Frauen wirkten.

Als Nathan in Douglas Arbeitszimmer trat, saß der vor dem Rechner und sah verträumt eine Aufzeichnungen der Krankenstation an. Wie alle Gemeinschaftsräume wurde auch die Krankenstation videoüberwacht. Irgendwann vor einer Ewigkeit war Tomás mal auf diesen Einfall gekommen und jetzt war Douglas sogar dankbar dafür, auch wenn bis heute niemand so richtig verstand, warum er das wollte.

Angeblich – so Tomás - wollte er sicherstellen, dass falls mal ein Mensch der sonst nichts mit der Familie zu schaffen hatte, im Rahmen einer Einladung im Haus war, überwacht werden konnte. Etwa, damit er nichts mitgehen ließ. Oder um zu prüfen, ob er sich Notizen machte, die die Familie in Schwierigkeiten bringen konnten. Oder vielleicht auch, um nachträglich sicherzustellen, dass er nichts davon mitbekam, mitten in einer Schar Etanaer gelandet zu sein und falls doch, damit er sein Gehirn entsprechend nachbearbeitet werden konnte. Nun ja, Douglas Ansicht nach war das alles absoluter Blödsinn.

Denn abgesehen davon, dass normalerweise normale Menschen gar nicht erst ins Anwesen kamen – sie landeten höchstens als Besucher in einer der Stadtwohnungen des entsprechenden Familienmitgliedes, kamen noch nicht mal normale Lieferanten weiter als bis zum Innenhof. Alle Hausangestellten waren Zirkelmitglieder. Restlos alle.

Sollte - was man in 100 Jahren locker an einem Finger abzählen konnte - sich doch jemand ins Haus verirren war die Überwachungsanlage auch überflüssig. Denn dann überwachte einer oder mehrere von ihnen jeden Schritt dieser Person persönlich.

Trotzdem war er froh über die unsinnige Anweisung seines Vaters. Denn wenn man dem Umstand, dass bislang noch *NIEMAND* von ihnen sich hinterher eine solche Aufzeichnung angesehen hatte, einmal völlig unbeachtet ließ, hatte er jetzt Bildmaterial von Hailey ohne Ende. Himmel, sie war wirklich schrecklich mager. Wie ein Kind in ihr wachsen und Platz haben sollte, war ihm ein völliges Rätsel. Sie schien sich ja nicht mal selbst richtig versorgen zu können.

Doch obwohl sie absolut nicht sein Typ war – weder äußerlich noch vom Charakter her, konnte er nicht anders tun, als auf den Bildschirm starren und sich ausmalen, wie ein eventuelles Wiedersehen ablaufen konnte. Was er an ihr fand, war ihm absolut schleierhaft. Klar, er half anderen gerne, wenn sie in Schwierigkeiten waren. Und irgendetwas sagte ihm, das Hailey ein Synonym für Schwierigkeiten war. Schon allein ihr Wortschatz brachte sie vermutlich öfter in heikle Situationen, als er schlucken musste.

Doch wenn er ehrlich mit sich selbst war, musste er sich auch eingestehen, dass seine Sehnsucht sie wiederzusehen absolut nichts mit seinem Helfersyndrom zu tun hatte. Das dürfte eher an dem Gefühl liegen, das er mit ihr in seinem Arm auf Moloka'i empfand. Und der Verwirrung darüber, dass er neben ihr eingeschlafen war. Diese Tatsache entsetzte ihn einerseits. So unvorsichtig war er in seinem ganzen Leben nicht gewesen. Er hatte den wichtigsten Grundsatz vergessen, den es im Bezug auf den Umgang mit reinrassigen Menschen zu vergessen gab. Bodenloser Leichtsinn war eine schmeichelhafte und völlig unzutreffende Beschreibung für sein Verhalten. Trotzdem konnte er das Gefühl nicht vergessen, als er sie auf Moloka'i in den Armen hielt und einschlief. Das musste man sich mal vorstellen. Seit sein Bluthunger vor 120 Jahren wieder erwacht war, hatte er nicht mehr geschlafen. NIE. 120 Jahre kam er sich vor wie aufgezogen. Rastlos. Alle hatten ihm prophezeit, dass der Schlaf oder vielmehr die Lust zu Schlafen irgendwann von selbst wieder kommen würde. Schon allein aus lauter Langeweile. Aber bisher hatte er dieses Bedürfnis nie verspürt. Nur in der Nacht, in der er mit ihr im Arm eingeschlafen war. Abgesehen davon, dass es bodenloser Leichtsinn war, würde er es am liebsten gleich wieder machen. Es hatte sie so … friedlich angefühlt.

Seufzend vergrößerte er den Ausschnitt einer Aufnahme. Wow, diese Augen waren echt der Hammer. Wieso sie so etwas Schönes so grauenvoll schwarz-grau schminken konnte und diese Schönheit damit glatt erschlug, war ihm absolut schleierhaft. Und obwohl er ihrer Haltung, ihrem Körper und genau diesen wunderschönen Augen deutlich ansehen konnte, dass sie mehr als einmal in die Hölle geblickt hatte, war darin etwas so Unschuldiges, dass er prompt eine Gänsehaut bekam. Außerdem meldeten sich seine Fänge erneut und er rutschte unruhig auf seinem Stuhl umher.

Douglas blickte kaum auf, als er flüchtig Hallo sagte. Nathan ging zu ihm und setzte sich wortlos neben ihn. Eigentlich wollte er nur eine Kleinigkeit überprüfen lassen, aber das hatte Zeit. Offenbar war das, was Douglas gerade machte, wichtig, denn normalerweise wandte er sich sofort jedem zu, den Bleistift quer in den Mund geklemmt, die Haare zerzaust. Gut, der Bleistift und die Haare waren auch jetzt so, nur Douglas starrte konzentriert auf den Bildschirm und gab gleichzeitig einen Druckbefehl ein. Der Drucker neben Nathan begann, in schwindelerregender Geschwindigkeit Blätter auszuspucken. Neugierig nahm er einen Stapel heraus. Auf allen Seiten das Gleiche. War das nicht dieses gerupfte Huhn über, das Isabel sich so fürchterlich aufgeregt hatte, als es in der Krankenstation lag?

Noch immer konzentriert auf den Bildschirm rechts von sich starrend, begannen Douglas Finger über die Tastatur zu sausen. Offenbar verfasste er eine Rundmail.

„Probleme?"

Kurz verharrten Douglas Finger über der Tastatur und er blickte ihn an. „Wie man es nimmt. Tomás Gehirnwäsche hat genauso wenig funktioniert wie meine. Sie weiß nach wie vor, was sie auf Moloka'i gesehen hat. Idiotischerweise ist mir das erst aufgefallen, als sie einfach so verschwunden ist."

Interessiert beugte sich Nathan vor. „Was meinst Du mit verschwunden."

Douglas erzählte ihm kurz, wie er sie aus den Augen verloren hatte, als er sie vom Anwesen fortbrachte und von ihrem Gespräch kurz zuvor, vielmehr von dem, was sie ihm als Letztes sagte. Frustriert stieß Douglas die Luft aus.

„Jedenfalls habe ich keinen blassen Schimmer, wo ich sie finden kann und ich habe keine Ahnung, ob sie jetzt weiß, wo wir wohnen, ob sie uns finden kann, wenn sie das will und so weiter. Aber ich würde es ungern auf einen Versuch ankommen lassen. Wie ich Vater kenne, wird er uns wieder alle umziehen lassen, falls sie einfach so vor der Tür auftaucht."

Das Bündel ausgedruckter Bilder in der Hand haltend sah Nathan ihn an. „Wo willst Du die verteilen?"

„Ich hab mir gedacht, ich verteil sie in der Szene. Irgendeiner wird sie ja wohl kennen. Sie hat mir heute Vormittag noch erzählt, dass sie aus New York ist. Und per mail will ich alle von uns in New York informieren. Vielleicht sieht sie jemand und kann mir einen Tipp geben. Ich würde die Sache gerne so schnell wie möglich in Ordnung bringen."

Nach einer viertel Stunde saß Nathan immer noch ruhig neben Douglas. Zwischenzeitlich hatte Douglas verschiedene Aufzeichnungen von videoüberwachten Stationen und Plätzen abgerufen und ließ ein Programm darüber laufen, um Haileys Bild abzugleichen. Die Mail schien er vorerst vergessen zu haben. Ein weiterer Suchlauf durchforstete die Datenbank der hiesigen Polizei. Vielleicht gab es ja eine Akte über sie. Douglas Fuß wippte die ganze Zeit unruhig auf und ab.

„Weißt Du, was ich mich die ganze Zeit frage?" Er warf einen schnellen Blick zu Nathan. „Wieso ist es uns nicht aufgefallen, dass ihre Erinnerung an meine Zähne noch da ist? Ich verstehe das echt nicht. Nicht mal Tomás hat was gemerkt."

„Na ja, es ist vielleicht ein bisschen weit hergeholt, aber wenn ich mir so überlege, was sie am Schluss zu Dir gesagt hat, gibt es dafür eventuell ja eine ganz einfache Erklärung. Sie ist in der Szene unterwegs. Hast Du nicht vorher gesagt, dass ihr Ex auch so ein Spinner ist? Vielleicht hält sie Dich nur für so einen Möchtegernvampir und hatte daran nie einen Zweifel. Also sind Deine Beißerchen nichts Ungewöhnliches für sie. Zumal sie sie nicht in einer Stresssituation gesehen hat. Wenn Du mich fragst, dürfte sie keine Gefahr für uns darstellen. Für die sind Vampire so normal wie ihre Klamotten. Oder jedenfalls Leute, die sich als Vampire verkleiden. Warum sonst sollte sie zu Dir sagen, dass Du die Reißzähne eingesetzt hast, als es keiner gesehen hat."

Mhm, Douglas legte die Stirn in Falten, das könnte eine Erklärung sein. Langsam ließ er sich gegen die Stuhllehne sinken und atmete etwas erleichtert aus. Nathan hatte vollkommen recht. Sie hatte keinerlei Angst ihm gegenüber gezeigt, als sie seine Zähne wahrnahm. Vielmehr hätte er ihren Gesichtsausdruck als neugierig bis interessiert beschrieben. Und genau genommen hatte sie die Dematerialisation auch nie erwähnt. Statt dessen wunderte sie sich nur, plötzlich in New York gelandet zu sein. Was aber eher nebensächlich für sie zu sein schien, denn sie hatte nur einmal danach gefragt und dann nichts mehr davon erwähnt.

„Alter, Du bist die Rettung für mein schlechtes Gewissen. Ich glaube das völlig übertriebene Verhalten meiner Mutter wegen Hailey hat auf mich abgefärbt." Sein Zeigefinger auf der Löschtaste ließ Buchstaben für Buchstaben verschwinden. Douglas atmete erleichtert aus und starrte kurz auf das leere Eingabefeld. Dann schloss er das Programm. „Ich bin ein Idiot. Irgendwie setzt mein logisches Denken aus, wenn ich auch nur ihren Namen denke."

„Ach ne. Setzt es tatsächlich aus oder rutscht es ein paar Etagen tiefer?"

Spielerisch boxte Douglas ihn in die Seite, worauf er so tat, als würde er schwer getroffen vom Hocker fallen.

„Hey, unterstell mir nicht das, was Dir bei Jasmin passiert ist." Kaum ausgesprochen runzelte er die Stirn und sah Nathan nachdenklich nach, der sich gerade mit einem fröhlichen Winken von ihm verabschiedete. „Oder vielleicht ist mir doch genau das Gleiche wie Dir passiert?"

Schon fast an der Tür drehte sich Nathan sich nochmals um. „Was meinst Du, Kleiner? Kann ich Dir irgendwie helfen? Ich meine, Deinen Höhlenmenschenrat habe ich freundlicherweise vor gar nicht allzu langer Zeit ja auch bekommen."

Douglas runzelte die Stirn noch weiter. Wenn er so weitermachte, würden seine Augenbrauen gleich direkt über dem Kinn hängen.

„Hailey." Er spuckte den Namen fast aus. Seine Stimme hörte sich völlig verunsichert an. „Es ist verrückt. Ich kenne sie nicht. Sie ist völlig anders als die Frauen, die ich sonst so kenne. Sie ist viel zu mager und sieht fürchterlich aus mit dem ganzen Metall in ihrem Gesicht und …", er schüttelte sich kurz, „… an einigen anderen Stellen. Und von Manieren braucht man im Zusammenhang mit ihr gar nicht zu sprechen. Sie hat einfach keine, glaube ich."

Ein ungläubiges Grinsen flirrte kurz über sein Gesicht. „Aber ich krieg sie nicht aus dem Kopf. Die Vorstellung, dass sie jetzt irgendwo da draußen ist und womöglich ihr Baby abtreiben lässt oder nicht weiß, wo sie hin soll, macht mich völlig verrückt."

Nathans rechte Hand landete auf seiner Schulter. Er hatte umgedreht und war postwendend zurückgekommen. „Mann, Kleiner, Dich hat es erwischt, was? Blödes Gefühl, oder?"

Douglas nickte bedeutungsschwer. „Dabei sieht sie aus wie ein gerupftes Huhn. Die ist gar nicht mein Typ. Aber sie hat so was Verletzliches."

An der Stelle hätte Nathan beinahe gelacht. Carmen hatte ihm von dem Vorfall in der Krankenstation erzählt und ein paar der Ausdrücke wiedergegeben, die Hailey ihr hinterher gerufen hatte. Verletzlich? Na ja, es kam vielleicht auf den Blickwinkel an. Aber er hätte seinen Hintern darauf verwetten können, dass lediglich Douglas sie so sah. Isabel hatte sie ihm jedenfalls als absolut unmöglich, frech, obszön und impertinent beschrieben. Seiner Meinung nach kam Douglas derzeitige Flamme in Isabels Beliebtheitsscala gleich nach Hämorrhoiden, Kakerlaken und verstopften Toiletten. Falls Douglas sie tatsächlich wiedertraf, wäre es vermutlich am besten, dies weitab vom Familienanwesen zu tun.

„Es bricht mir echt fast das Herz, Dich so zu sehen."

Heroisch verbiss er sich das Kichern, das in seiner Kehle aufstieg. So leid ihm Douglas auch tat, so komisch sah er aus, als er ihn jetzt ansah und hektisch auf einem der zahlreichen Stifte im Büro hier herumkaute, bevor er sich ein Marshmallow an die Nase hob und gierig daran schnupperte. Vielleicht war er ja auf Diät und hatte sich verboten, das pappige Zeug in den Mund zu nehmen. Das würde erklären, warum er das rosarote Ding in seinen Fingern fast genauso sehnsüchtig ansah, wie vorher die Aufzeichnungen mit Hailey.

„Vorschlag: Wir schnappen jetzt die Bilder hier." Nathan wedelte mit einem Stapel der frisch gedruckten Fotos herum. „Und ziehen in die Stadt. Die nächsten …", ein kleiner Blick auf die Uhr, „… vier Stunden können wir sie suchen. Falls wir sie finden, bringen wir sie in Dein oder mein Haus hier in der Stadt und beauftragen eine der Weisen Frauen auf sie aufzupassen. Im Gegenzug kommst Du heute Abend mit nach Providence und wir feiern mal wieder so richtig, damit Du auf ein paar andere Gedanken kommst. Und falls Dein Gefühl für diese Hailey morgen immer noch so ist wie heute und wir sie bis dahin noch nicht haben, gehen wir wieder zusammen in die Stadt und durchsuchen die gesamte Szene nach ihr. Und wir geben erst auf, wenn wir sie finden. Vielleicht hilft uns ja einer der anderen noch dabei."

Abwartend sah er seinen Großcousin an. Der schien ihn gar nicht richtig gehört zu haben. „Hallo Erde an Douglas? Hörst Du mich. Ist in dem Marshmallow was versteckt, von dem ich nichts weiß oder warum starrst Du das Ding so an?"

Erst als er Douglas einen Schlag auf die Schulter versetzte, schreckte dieser hoch. Nathan wiederholte sein Angebot langsam.

„Na was sagst Du dazu?" Mit schräg gelegtem Kopf nickte Nathan sich selbst zu. Douglas war bereits dabei in seine Turnschuhe zu schlüpfen und war gleich darauf im Flur. Er hatte noch nie gesehen, dass der Kleine sich so schnell bewegte. Bevor er selbst jedoch ebenfalls den Raum verlassen konnte, hielt Douglas ihn auf.

„Erinnerst Du Dich daran, dass wir in der Nacht von Nicos Verbindung mit Denise herumgewitzelt haben, wie unsere Traumfrau sein soll?"

Bei seinem ernsten Ton glitt Nathans Blick automatisch zu dem Marshmallow in Douglas linker Hand. Es war ihm ein Rätsel, was sein Großcousin an dem Zeug fand – er selbst fand es einfach widerlich. Douglas allerdings ... soweit er sich erinnerte, hatte der damals in besagtem Gespräch reichlich angeheitert lautstark verkündet, dass seine Traumfrau weder schön, noch reich, noch gut sein müsste, solange sie nur Marshmallows mochte. Anschließend erklärte er, dass er sich ernsthaft überlege, schwul zu werden, da H. Allen Durkee und Fred L. Mower ja leider Männer wären. Aber wer so etwas grandioses wie Marshmallow Fluff herstellte, wäre anbetungswürdig und ein entsprechendes Abweichen von der Norm wert. Damals hatten sich alle halb krankgelacht und es nicht weiter ernst genommen.

„Aha, Hailey liebt also Marshmallows?"

Offenbar hatte es Douglas noch schwerer erwischt, als es den Anschein hatte. Konnte man das schon als nicht mehr ganz zurechnungsfähig bezeichnen? Vorsichtig ging er etwas in die Knie, um ins Gesicht dieses Spinners sehen zu können. Der starrte auf das mittlerweile nicht mehr ganz so schweinchenrosa Ding in seiner Hand.

„Nein." Sein Gesichtsausdruck war so gequält, dass es schon wieder lustig aussah. „Viel schlimmer. Sie riecht nach Fluff. Sie dünstet es förmlich aus jeder Pore aus. Ich musste so an mich halten, sie nicht anzuknabbern. Echt, so sehr musste ich noch nie an mich halten – ich würde mir diesen mageren Hungerhaken am liebsten unter die Nase binden."

Wie um es zu bekräftigen, nickte Douglas mehrmals und drehte sich dann blitzschnell um. Nathan musste sich anstrengen, ihn einzuholen.

Nach vier Stunden gingen sie zum Anwesen zurück und zogen sich für die Party am Abend um. Douglas war nicht wirklich scharf darauf, dort aufzutauchen. Viel lieber hätte er weitergesucht. Zwar wussten sie jetzt, wie sie hieß und wo sie bis vor Kurzem gewohnt hatte, aber von ihr fehlte nach wie vor jede Spur. Bloß gut, dass Nathan versprochen hatte, ihm auch weiter bei der Suche zu helfen.

L achend ließ Aimée sich auf einen Stuhl fallen und winkte ab, als sich ein weiterer Etanaer auf sie zubewegte und zum Tanzen aufforderte. Sie brauchte wenigstens eine kurze Pause. Wow, die verstanden es wirklich zu feiern. Vermutlich würde sie ihre Füße noch in vier Wochen spüren.

Ein kurzer Seitenblick auf ihren ehemaligen Chef und ihre gute Laune wurde etwas getrübt. Er sah aus wie drei Tage Regenwetter und sagte seit Stunden kein Wort mehr. Also, jedenfalls nicht zu ihr. Was vielleicht daran lag, dass sie die meiste Zeit tanzte. Aber hier her zu kommen war seine Idee gewesen. Nach dem Gespräch am Vormittag war sie absolut nicht in Partylaune. Und schon gar nicht nach einer, bei der sie sich entscheiden musste, wer künftig über ihren Kopf hinweg bestimmte, wo sie sich aufhielt und wo nicht. Außerdem hatte sie sowieso nichts zum Anziehen. Sie musste Hal gegen Mittag mindestens vier Mal einen Wink mit einem immer größeren Zaunpfahl geben, bis er das begriff. Als dieses Problem endlich in sein Bewusstsein rückte, wollte er eigentlich schon losfahren – auf ihren besonderen Wunsch hatte er sich für ein Auto entschieden. Wie er so schnell ein solches Kleid und die passenden Schuhe besorgte, war ihr ein absolutes Rätsel. Außerdem veranlasste er nebenbei, dass ihr Gepäck aus Boston herbeigeschafft wurde – leider war es noch nicht da, als sie aufbrachen. Das Kleid – oder vielleicht sollte sie Robe sagen? – war von Versace, schulterfrei, trägerlos und so eng, dass noch nicht mal Unterwäsche darunter Platz hatte. Was nicht weiter tragisch war, denn dummerweise hatte Hal vergessen, welche zu besorgen. Ungewohnt war es allerdings schon. Das einzig Unschöne war der große blaue Fleck an ihrem Handgelenk, den ihr Hals Klammergriff am Vormittag eingebracht hatte.

    Schade eigentlich, dass man die ebenfalls von Versace stammenden Abendsandalen darunter nicht wirklich sehen konnte. Sie schlüpfte kurz heraus und bewegte ihre Zehen etwas. Und seufzte. Das Kleid und die Schuhe waren seine und nicht ihre Idee gewesen und trotzdem sah er sie total entsetzt an, als sie aus dem Ankleidezimmer kam, und fluchte wie ein Hafenarbeiter. Bis zu dem Zeitpunkt hatte sie sich eigentlich wirklich schön darin gefunden. Zumal ihr auch die Hochsteckfrisur und das Make-up perfekt gelungen war. Und was machte Hal? Er blaffte sie an, sie solle im Ankleidezimmer bleiben, bis er wieder zurückkam. Was er auch postwendend machte - mit dem größten Seidentuch, das sie je gesehen hatte. Genau genommen konnte sie sich in das Ding von oben bis unten einwickeln und seinem Blick konnte sie entnehmen, dass er genau das wollte. Pustekuchen. Nicht mit ihr. Noch vor ein paar Monaten hatte sie diese Art von Kleid sehnsüchtig im Schaufenster betrachtet und bezweifelt, je hineinzupassen. Sie wäre völlig übergeschnappt, wenn sie es mit diesem Tuch ruinierte. Also hatte sie es in Providence angekommen einem der Bediensteten in die Hand gedrückt und war so in den Saal gegangen. Seither hatte sich Hals Laune zusehend verschlechtert und gipfelte in dem Satz, den er ihr eben ins Ohr sagte.

    Unwillkürlich seufzte sie. Die Band spielte gerade ihren Lieblingssong. Aber statt zu tanzen, wie sie es eigentlich vorgehabt hatte, saß sie hier und ärgerte sich wieder einmal über Hal. Der sich schlimmer als ein Eunuch aufführte. Jeder Schritt, jede Bewegung, ja fast jeder Atemzug wurde seit ihrer Ankunft aufmerksam von ihm verfolgt. Sie hätte sich blendend amüsieren können. Und das, obwohl sie annahm oder besser gesagt wusste, dass zwei Drittel der hier Anwesenden so veranlagt waren wie er. Verdammt noch mal, das war die erste richtige Party seit Jahren. Die Stimmung war bombig und dieser Douglas konnte tanzen wie ein Gott und der Typ mit dem fast unaussprechlichen Namen Ab-dal-Quadir musste dann der Göttervater sein. Und flirten konnte der ...

Doch im gleichen Maß, wie ihre eigene Laune stieg, verfinsterte sich Hals Gesicht. Seit Stunden hatte er keinen Ton mehr gesagt – bis eben. Und das Einzige, was er herausbekam, war, dass es Zeit wurde, zu gehen und er sie jetzt hier wegbringen würde? Aimée legte den Kopf schief und starrte ihn aufgebracht an. Hatte er das gerade eben tatsächlich gesagt? Gerade erhob er sich und reichte ihr seine Hand.

„Komm, ich bringe Dich zurück."

Aha, sie hatte sich offenbar doch nicht verhört und an seiner Haltung konnte sie erkennen, dass er das sehr ernst meinte. Statt jedoch aufzustehen, lehnte sie sich entspannt zurück.

„Los komm schon, ich bringe Dich …"

Das wurde ja immer besser. Er besaß tatsächlich die Frechheit, auch noch etwas genervt zu klingen. Je eher sie damit begann, sich durchzusetzen, desto besser. Sie würde sich diesen Ton keine Sekunde mehr gefallen lassen. „Das habe ich durchaus verstanden, Lily. Aber ich würde gerne noch bleiben."

Halil fuhr sich kurz durch seine Haare und biss schnell die Zähne zusammen. Wenn er jetzt ärgerlich hochfuhr, stellte sie sich womöglich noch vollkommen stur. Aber wenn sie ihn noch einmal Lily nannte, ging er durch die Decke.

„Du bist völlig erschöpft und ich denke, es ist das Beste, wenn ich Dich jetzt zurückbringe und Du Dich etwas ausruhst. Du erwartest ein Kind verdammt noch mal. In diesem Zustand lasse ich Dich garantiert nicht alleine zurück und fahren schon gar nicht, das sind fast 200 Meilen."

Fassungslos starrte sie ihn an. Genauso fassungslos starrte er zurück. Was vermutlich bedeutete, dass er gerade ihren Gedanken gelesen und dadurch herausgefunden hatte, dass die Schwangerschaft eine Lüge war. Sein Blick änderte sich. Er sah richtiggehend verletzt aus. „Du bist gar nicht schwanger?"

Fast zeitgleich sprach Aimée das aus, was ihr sonst noch durch den Kopf ging. „Du lässt mich nicht? Also Lily, nur mal so fürs Protokoll: Es wird Dich vielleicht etwas hart treffen, was ich Dir gleich sage. Aber Du hast keine Autorität über mich. Ist Dir das eigentlich klar? Ich soll mir doch hier einen Mann aussuchen, bei dem ich bleibe, schon vergessen?"

Wenn er die Zähne noch mehr zusammenbiss, würde garantiert einer abbrechen, aber das Risiko ging er ein. Er verkniff sich einen giftigen Kommentar. Was ihm zunehmend schwerer fiel, als sie weitersprach. Sie hatte ihn angelogen. Sie bekam gar kein Kind und sie stellte sich sturer an als sämtliche Maultiere, denen er in seinem Leben begegnet war.

„Sieh mal Lily, ich kann Dich ja sogar einigermaßen verstehen. Immerhin bist Du sehr lange Zeit mein Boss gewesen und ich nehme jetzt einfach mal an, dass Du das noch so gewohnt bist, dass Du nicht einfach von heute auf morgen damit aufhören kannst. Aber nochmals: Du hast keine Autorität über mich und ich nehme von Dir keine Befehle mehr entgegen. Ich habe gekündigt, falls Du Dich erinnerst!"

Daran brauchte sie ihn nun wirklich nicht zu erinnern. Damit hatte diese ganze Misere ja angefangen. Ohne ihre verdammte Kündigung hätte es diesen verdammten letzten Arbeitstag nicht gegeben. Ohne den hätte er sie nie als Blutwirtin in Erwägung gezogen und ohne das wäre er nicht hier und würde den Schwanz einziehen, nur weil er sich Sorgen machte, dass sie sich für einen anderen entschied. Er holte tief Luft.

„Okay, formulieren wir es anders: Darf ich Dich bitte nach Hause bringen?"

Jetzt sah sie ihn verblüfft an. Das waren ja ganz neue Töne. „Herzlichen Dank, aber Douglas oder einer der anderen nimmt mich bestimmt gerne mit zurück." Sie ignorierte sein wütendes Knurren. „Darüber hinaus ist aber das, was Du Zuhause nennst, momentan nur gezwungenermaßen meins. Und ich möchte definitiv noch nicht dort hin zurück!"

„*DU* wirst nicht ohne mich hierbleiben!"

Wurde es hier drin gerade kälter? Der Eindruck drängte sich Aimée jedenfalls auf. Bei jedem seiner Worte spürte sie ihre Gänsehaut mehr und sie rieb sich fröstelnd über ihre Arme. „Ach und warum nicht?"

In seinem ganzen Leben war ihm noch kein so störrisches Weib begegnet wie Aimée. Halil schloss kurz die Augen. Sie strapazierte seine Geduld wirklich. Und dafür bekam er als Ausgleich noch nicht mal einen Schluck. Warum in aller Welt tat er sich das an? Die Augenbrauen seiner ehemaligen Assistentin gingen bei dem, was er ihr entgegenknurrte in die Höhe.

„Ist Dir vielleicht schon mal aufgefallen, dass der Fetzen den Du trägst, eine Zumutung ist? Jeder, der mit Dir getanzt hat, bekam Probleme in seiner Hose. Jeder!"

Wieso lachte sie jetzt so ungläubig? Dieses kleine Detail konnte ihr doch gar nicht entgangen sein. Glücklicherweise hörte sie auf, sobald seine Nase gegen ihre stieß, sonst hätte er für nichts mehr garantieren können. „Ich habe genau gesehen, wie die anderen Dich gemustert haben. Also hör gefälligst auf, so zu lachen!"

Hatte sie schon immer so spöttisch ausgesehen, wenn sie den einen Mundwinkel so verzog.

„Soso, Du hast es genau gesehen? Ich finde ja, die haben sich mir gegenüber ganz normal verhalten. Höflich, zuvorkommend, perfekt!"

„Normal?" Er knurrte wütend. „Du findest es normal, wenn all die Typen, die mit Dir beim Tanzen in Berührung kommen, scharf auf Dich werden?"

„Also – ich weiß ja nicht, was Du gesehen zu haben glaubst, aber könnte es sein, dass Du eine Brille brauchst?"

Ein Grummeln war die Antwort und man konnte es höchstens als ‚Nein' werten.

„Ein Optiker könnte Dir da bestimmt weiterhelfen, weil ich glaube definitiv, dass Du eine brauchst. Aber möglicherweise bist Du ja zu eitel für so was. Andererseits – vielleicht wäre eine normale Brille bei Deinem speziellen Sehfehler gar nicht ausreichend." Ihre Stimme wurde boshaft. „Da wäre dann schon eher ein Glasbaustein vonnöten. Aber mit dem hättest Du dann wenigstens den absoluten Durchblick und würdest keine so unsinnigen Behauptungen aufstellen."

Die blauen Augen leuchteten einen Tick intensiver und er ging nicht wirklich auf das ein, was sie ihm gerade gesagt hatte. Da sie immer noch Nase an Nase hingen, fing Aimée fast an zu schielen. Vielleicht lag es aber auch nur an dem, was Halil ihr jetzt noch entgegen knurrte.

„Muss ich mir Sorgen machen, was Du unter diesem Fetzen anhast?"

Wenn sie noch mehr Abstand zu ihm suchte, würde sie mitsamt ihrem Stuhl umkippen. Und wenn sie die Augenbrauen weiter so nach oben zog, bekam sie womöglich Krämpfe darin. Ihre Stimme wurde noch spöttischer. „Sagtest Du eben tatsächlich Fetzen? Darf ich Dich erinnern, dass Du diesen ‚Fetzen' selbst besorgt hast?"

Na und? Nur weil er es besorgte, hieß das ja noch lange nicht, dass sie das Ding auch anziehen musste. Sie weigerte sich doch bei allem, was er vorschlug, grundsätzlich erst mal – jedenfalls seit er sie ins Anwesen mitgenommen hatte. Nur bei diesem Kleid entdeckte sie plötzlich ihre Fügsamkeit? Das war ja lachhaft. Und vor allem war das noch lange keine Entschuldigung, dass sie den Schal nicht bei sich behalten hatte. „Ich will wissen, was Du darunter trägst?"

Jetzt lachte sie ihn doch tatsächlich aus. Sobald sie zurück waren, würde er ein ernstes Wort mit ihr reden müssen. Sie nahm ihn ganz offenbar nicht ernst.

„Kann es sein, dass Du vom Thema Unterwäsche etwas besessen bist?"

„Nicht von Unterwäsche an sich!" Hal schnaubte wütend. „Aber kann es sein, dass sie bei Dir fehlt?"

Wieder lachte sie ihn aus, bevor sie noch spöttischer antwortete. „Lily, also bitte, darüber werde ich bestimmt nicht mit Dir reden. Schon gar nicht hier." Sie stöhnte leise, als er nach ihrer Schulter griff.

„Dann wird es Zeit, dass wir gehen, findest Du nicht auch? Du sagst mir jetzt aber trotzdem sofort, was Du darunter anhast!"

Hochmütig schaute sie ihn an. „Ich denke nicht im Traum daran."

Als er die Augen zusammenkniff und erneut knurrte, bekam ihr Blick einen boshaften Glanz.

„Aber falls es Dir irgendwie weiterhilft: Du hast dieses Kleid und die Schuhe besorgt, Wäsche war nicht dabei!"

Der Cousin, der sich gerade näherte, um Aimée zum Tanzen aufzufordern, wurde mit einem giftigen Blick von ihm bedacht und suchte schleunigst das Weite. Halil atmete mehrmals tief durch, um nicht zu explodieren. Erst als er sicher war, nicht augenblicklich loszuschreien, öffnete er seinen Mund wieder.

„Aimée, ich bitte Dich: Tu mir den Gefallen, bitte. Du bist müde, ich bin auch etwas k. o. von der Anreise, dieser kleinen Feier und unseren ebenso permanenten wie unnützen Diskussionen. Und ich werde mich garantiert erst ausruhen können, wenn ich weiß, dass Du sicher zuhause angekommen bist. Also, hab wenigstens Mitleid mit mir und lass mich Dich nach Hause bringen."

Den letzten Satz hatte er zwischen zusammengebissenen Zähnen herausgepresst. Dummerweise saß sie immer noch mit verschränkten Armen vor ihm und machte keine Anstalten, sich zu bewegen.

„Ich habe erstens nicht darum gebeten, hierher gebracht zu werden. Die Party war eure Idee, schon vergessen? Und abgesehen davon: Ich bin nicht müde."

„Natürlich bist Du das. Deine Augen glänzen und Du bist grade völlig k. o. auf den Stuhl gefallen." Und abgesehen davon war es auch völlig egal. Er würde sie in diesem Aufzug garantiert nicht hier alleine lassen und er musste dringend hier weg.

Aimées Kopf fiel nach vorne und sie berührte mit der Stirn mehrmals die Tischplatte. Dann richtete sie sich stocksteif auf und sprach langsam, wie zu einem kleinen Kind. „Glänzende Augen deuten auch auf Freude, freudige Erregung, Lust und Ähnliches hin. Und der Umstand, dass ich k. o. auf den Stuhl gefallen bin, wie Du es ausdrückst, heißt nichts anderes, als dass mich der schnelle Tanz eben etwas aus der Puste gebracht hat. Dieser Abdel-dingsda hat es echt drauf. Also hör auf für mich zu denken und such Dir jemanden, mit dem Du Dich selbst amüsieren kannst. Und da Dir das vermutlich nicht gelingt: Such Dir jemand, mit dem Du Deine schlechte Laune ausleben kannst. Ich BLEIBE!"

Im selben Moment trat ein weiterer seiner Cousins an ihren Tisch. „Darf ich bitten?"

Die Hand, die Baptiste schon nach Aimée ausgestreckt hatte, wurde grob nach unten gedrückt und Hal fauchte den jungen Etanaer mit ausgefahrenen Zähnen an. „Sie tanzt nicht!"

Baptiste hob seine Hände und lächelte Aimée entschuldigend an, während er langsam einen Schritt zurücktrat. „Je suis trés désolé, Halil. Ich wollte nicht stören."

Damit trat er den Rückzug an. Gleich darauf war er in der Menge verschwunden und holte sich Carmen zum Tanzen. Aimée ballte ihre Fäuste und schlug auf den Tisch, bevor sie sich vor Hal aufbaute.

„Was glaubst Du eigentlich, wer Du bist?"

Ziemlich sauer knurrte er sie an. „Ich brauch es nicht zu glauben: Zufälligerweise weiß ich es!"

Ihre Augen funkelten wütend. Gut, sie wollte es offenbar nicht anders. Er griff nach ihr und zog sie unsanft eng an sich.

„Lily, wag es ja nicht …."

Hätte sie vielleicht seinen Namen und nicht dieses dämliche Lily benutzt, hätte er sich eventuell noch davon abhalten lassen. So jedoch griff er in ihren Nacken und drückte ihren Kopf fest in seine Halsbeuge, während er sie noch enger an sich zog. Das Auto konnte er auch später noch holen. Es war sowieso eine saublöde Idee gewesen, ihrem Wunsch zu entsprechen und mit dem Wagen hierher zu kommen.

„LILY! Mir wird schlecht, wenn Du das machst. Lass das gefälligst!"

Als die Umgebung um sie herum zu wirbeln begann, schloss sie schnell die Augen. An den Tipp von Carmen konnte sie sich noch erinnern. Dennoch wurde ihr sofort schwindelig und leicht übel.

Minuten später waren sie im Innenhof in Tribeca. Halil gab ihr gar nicht die Möglichkeit gleich weiter zu zetern. Bevor sie sich auch nur andeutungsweise erholen konnte, zog er sie bereits die Treppe hinauf zu seinem Appartement. Es war ein Fehler gewesen, sie auf diese Party mitzunehmen. Er hatte sie als seine Blutwirtin vorgesehen verdammt noch mal. Und er hatte den Fehler gemacht, das den anderen mehrmals deutlich zu sagen. Da er aber in der Vergangenheit seine Blutwirtinnen ohne Weiteres mit den anderen geteilt hatte, hatten die sich schon mal die Fangzähne geleckt und Aimées Venen hungrig gemustert. Und im Gegensatz zu sonst war ihm beim Anblick ihrer gierig leuchtenden Augen die Galle hochgekommen. Gut, keiner der Männer der Familie hätte zugebissen, ohne vorher explizit um Erlaubnis zu fragen. Aber hätte einer von ihnen etwas gesagt, wäre er hochgegangen wie eine Rakete. Aimée gehörte ihm, ihm alleine.

Entsetzt blieb er stehen und rekapitulierte den letzten Gedanken nochmals. So hatte er noch nie über eine Blutwirtin gedacht. Und schon gar nicht über so eine, von der er noch gar nicht getrunken hatte.

Die blau leuchtenden Augen zusammengekniffen musterte er Aimée. Böse, wie sie fand. Was sie etwas zurückschrecken ließ und dafür sorgte, dass das, was sie gerade sagen wollte, nicht über ihre Lippen kam. Nervös kaute sie auf ihrer Unterlippe und versuchte ihm ihren Arm zu entziehen. Er knurrte sie leise an und stapfte weiter. Himmel, so wie es aussah, hatte er verdammt schlechte Laune. Und die hatte sich den ganzen Abend über verschlechtert. Wenn sie nur wüsste, warum. Erst schleppte er sie gegen ihren Willen zu dieser Party. Und als sie sich wider Erwarten blendend amüsierte, brachte er sie hierher zurück. Stolpernd rannte sie ihm hinterher. Musste er so große Schritte machen? Gleich darauf prallte sie gegen ihn, als er erneut stehen blieb und die Tür zu seinem Appartement öffnete.

Was er wohl jetzt vorhatte? Sie war sich sicher, dass er ihr nichts tun würde, aber das Streiten mit ihm machte definitiv mehr Spaß, wenn er dabei immer dieses leichte Lächeln im Mundwinkel hatte und nicht so sauer war wie jetzt eben im Moment. Er zog sie wortlos in den Flur und schob sie in Richtung ihres Zimmers weiter. Automatisch stemmte sie die Füße in den Boden, was allerdings angesichts seiner Kraft wenig Wirkung zeigte. Er öffnete ihre Schlafzimmertür und schob sie durch, bevor er die Tür sofort wieder zuzog. War sie ein kleines Kind, das man so einfach zur Strafe in sein Zimmer verbannte? Und vor allem zur Strafe für was? Ärgerlich drehte sie sich um und drehte den Türknauf. Dann rüttelte sie daran. Das durfte ja wohl nicht wahr sein. Er hatte sie tatsächlich eingeschlossen. Ihre flachen Hände klatschten mehrmals gegen die Tür, während sie wütend seinen Namen rief.

„Hal?! Mach sofort die verdammte Tür auf. Was bildest Du Dir ein? Du kannst mich hier doch nicht einfach einschließen. Hal? Haal? Haaal? Haaaaaaaaaalllll!?!?!"

Nachdem sie eine gefühlte Ewigkeit auf die Tür eingetrommelt hatte, ließ sie sich kraftlos dagegen fallen und lauschte. Ging er gerade an der Tür vorbei?

„Hal? Das ist doch lächerlich, ich …."

So, wie es sich anhörte, fiel die Eingangstür ins Schloss. Frustriert schlug sie mit der Faust mit voller Wucht gegen die Tür. Und ging augenblicklich schmerzerfüllt aufstöhnend in die Knie. Entweder hatte sie zu fest gegen die Tür geschlagen oder einen falschen Winkel erwischt. Jedenfalls fühlte sich ihr Handgelenk gar nicht gut an.

„Dieser verfluchte Mistkerl. Sobald er die Tür aufmacht, werde ich …. Oh, verdammt tut das weh."

Wütend drehte Aimée sich um und stapfte in Richtung Bett. Auf dem Weg dahin ging sie ein weiteres Mal mit einem Aufschrei halb in die Knie, weil sich das Kleid im Absatz verfangen hatte. Beim Versuch ihn zu befreien, knickte ihr anderer Knöchel schmerzhaft um. Augenblicklich schoss ein Gefühl der Kälte durch ihr Bein und sie spürte ein unangenehmes Kribbeln.

„Verdammt, verdammt, verdammt."

Nachdem sie sich auf den Hintern fallen ließ, zog sie beide Schuhe aus und krabbelte auf allen Vieren ins Bad. Tränen der Wut und der Schmerzen liefen über ihre Wangen. Sie mied den Blick in den Spiegel, nachdem sie sich am Waschbecken hochgezogen hatte. Ihr Handgelenk pochte und das Pochen ließ auch nach einigen Minuten nicht nach, obwohl sie eiskaltes Wasser darüber laufen ließ. Außerdem war es ziemlich blau. Fast noch dunkler als das andere mit dem blauen Fleck von Hal. Das konnte ja heiter werden. Und ihr Fuß tat mittlerweile so weh, dass sie kaum noch darauf stehen konnte.

Dennoch verließ sie nach einiger Zeit das Bad und durchstreifte ärgerlich das riesige Schlafzimmer. Und ihre Wut über Halils Verhalten wuchs mit jedem humpelnden, schmerzerfüllten Schritt. Sie kam sich selbst wie ein keifendes Marktweib vor. Aber erstens hörten ihr sowieso nur die Wände zu und zweitens konnte sie sich so wenigstens etwas abreagieren. Beispielsweise in dem sie das Bett anschrie.

„Ist das Luxus? Du bist mit Seidenbettwäsche bezogen. Aber für ein Telefon hier drin hat es nicht gereicht, oder wie darf ich verstehen, dass genau das hier drin fehlt und ich nicht mal telefonisch Hilfe rufen kann?"

Der Spiegel über der zertrümmerten Kommode bekam auch gleich etwas von ihrem Monolog ab. „Und die Haushälterin ist vermutlich auch nur halbtags da, um Dich blank zu polieren. Ich sehe und höre jetzt nämlich nichts von ihr."

Der Blumenvase auf einem kleinen Tisch ging es weniger gut. Während sie sich wünschte, Halils Hals unter ihren Fingern zu spüren, hob sie sie vom Tisch und warf sie gegen die riesige Tür. Allem anderen, was in die Finger ihrer unverletzten Hand kam und nicht niet- und nagelfest war, ging es genauso. Innerhalb kurzer Zeit sah das Zimmer aus wie ein Schlachtfeld.

„Was bildet sich dieser ... dieser ... dieser Lackaffe eigentlich ein? Falls er glaubt, dass ich bei ihm bleibe, hat er sich geschnitten. Da bin ich ja lieber der Aufsicht – pah, allein schon das Wort! Wie ich dieses Wort hasse! – eines Yeti unterstellt, als seiner. Was glaubt der Mistkerl denn, in welchem Jahrhundert wir leben? Da sind sie ja vermutlich in der Steinzeit moderner gewesen."

Nach einiger Zeit ließ sie sich entnervt auf das Bett fallen. Himmel, sie war todmüde und hatte keine Ahnung, wie lange sie hier drin noch gefangen war. Aber sie würde mit Sicherheit nicht hier im Haus bleiben. Alles war besser als das. Und sie war so naiv und dumm gewesen, sich ausgerechnet in einen Idioten der Sonderklasse zu verlieben. So viel Dummheit tat ja fast schon weh.

Ein Blick auf den Nachttischwecker verriet, dass es vier Uhr morgens war. Vielleicht sollte sie ein wenig schlafen. Immerhin war sie seit ... mühsam rechnete sie nach. Zwei Nächte ohne Schlaf erschwerten die Rechnerei ziemlich, und bevor sie zu einem Ergebnis kam, fielen ihre Augen zu. Sie würde sich nur für einen klitzekleinen Moment ausruhen. Nur eine Sekunde.

Die Gedanken schossen wirr durch Lászlós Kopf. Er wusste nicht, was er genau dachte, aber er wusste, dass es Formeln waren. Magische Formeln. Nur hatte er keine Ahnung, was sie bedeuten sollten. Einerseits war ihm schlecht, andererseits fühlte er sich, als ob er Bäume ausreißen könnte. Momentan war er alleine. Das Letzte, woran er sich erinnern konnte, war der verächtliche Blick der beiden Männer gewesen. Warum verachteten sie ihn?

Völlig untypisch für sich stellte er fest, dass ihn ihre Verachtung wütend machte. Es passierte nicht wirklich zum ersten Mal. Seit er mit verdrahtetem Kiefer das erste Mal längere Zeit wach geblieben war, hatte er diese Wut ungefähr drei bis vier Mal verspürt und jedes Mal war es ihm hinterher nicht sehr gut gegangen. Als er über sich selbst den Kopf schütteln wollte, bemerkte er augenblicklich, dass das nicht ging. Noch immer war er von oben bis unten festgezurrt. Die angenehme Wärme, die ihn bis dahin umgeben hatte, begann schlagartig einer glühenden Hitze Platz zu machen. Und mit der Hitze steigerte sich die Wut in ihm ins Unermessliche. Er erstickte fast daran. Warum zum Teufel banden sie ihn hier fest?

‚A te kezedben van hogy kiszabadítsz bennünket! Du hast es in der Hand Dich zu befreien.'

Hektisch huschten seine Augen durch sein begrenztes Blickfeld. Hatte er das gedacht oder hatte SIE es geflüstert. Es war die Stimme seiner Herrin. Aber abgesehen davon: Hatte sie gerade auch englisch mit ihm gesprochen? Das hatte sie noch nie getan. Vielleicht hatte er es sich ja nur eingebildet, denn eigentlich konnte er diese Sprache nicht. Doch eben hatte er den Satz verstanden. Jedes Wort.

‚Gyere észhez. Komm zur Besinnung. Ideje leszsz. Es wird Zeit.'

Ein Lachen geisterte durch seinen Kopf. Der Raum wurde noch kälter und sein Atem kondensierte vor seinen Lippen. Und dann hörte er es wieder, ihre Stimme, die in seiner Muttersprache flüsterte und gleichzeitig ihre Stimme, die so sprach wie alle hier im Haus. Beides hörte sich schrecklich an und verstärkten das Kältegefühl in ihm.

‚*Du kannst es tun. Te tudod csinálni. Warum zögerst Du? Miért habozolsz?*'

Lászlós Zittern verstärkte sich und das lag nur zum Teil an der glühenden Hitze im Raum. Der größte Teil kam eindeutig aus Angst vor seiner Herrin. Er spürte ihre Anwesenheit fast körperlich und sein Blick huschte nach wie vor hektisch umher so weit er sehen konnte. Ein Wirrwarr an Worten folgte, die er teils verstand, teils nicht. László runzelte gequält die Stirn.

Sein Unterbewusstsein begann erneut Formelfragmente auszuspucken. Tief vergrabenes, uraltes Wissen. Doch dieses Mal machten sie weitaus mehr Sinn als noch gerade eben. Er versuchte, seine Gedanken zu ordnen und bevor er wusste, was er machte, bewegten sich seine Lippen wie von selbst. Die erste richtige Formel ging allerdings völlig daneben. Was er daran merkte, dass die Stahlbänder um ihn herum so heiß wurden, dass es wehtat. Er fing an zu schreien und versuchte sich herauszuwinden, was völlig unmöglich war. Die Bänder schnitten in seine Haut und der Raum wurde erfüllt von dem Geruch nach verbranntem Fleisch. Erzsébets boshaftes Lachen erfüllte den Raum.

Unbewusst nahm er wahr, wie die schwere Tür geöffnet wurde und vier Personen den Raum betraten. Zwei Weise Frauen und zwei Etanaer kamen schleunigst zu ihm. Während eine der Weisen Frauen Schutzformeln sprach, schlich sich einer der Etanaer in seinen Verstand und blockte jeden zusammenhängenden Gedanken. Als seine Fesseln sich etwas abgekühlt hatten, lösten sie die Stahlbänder, versorgten seine Wunden und fixierten ihn erneut.

Panisch versuchte er, sie anzusprechen. Sein Ungarisch war stellenweise altmodisch, denn seine Familie hatte ihn stets von allen anderen abgetrennt großgezogen. Er hatte nie etwas anderes gesehen als seine Eltern, seinen Großvater, die Labore und magische Formeln. Und dann war Erzsébet gekommen.

Zeit seines Lebens war er gefangen gewesen, bis er soweit war, dass er Erzsébet vorgestellt wurde. Da war er dann nicht nur gefangen gewesen, sondern auch gebrochen worden. Sein Großvater hatte ihn geschlagen, wenn er nicht ordentlich arbeitete und lernte. Doch nichts hatte ihn auf die Grausamkeiten vorbereitet, die mit Erzsébet Einzug in sein Leben gehalten hatte. Nachdem er das erste Mal nach seiner letzten Erinnerung an die Villa aufgewacht war, hatte er tatsächlich angenommen, dass sein Albtraum endlich ein Ende hatte.

Mit Tränen der Verzweiflung in den Augen stellte er jetzt erneut fest, dass er nach wie vor darin gefangen war. In seinem Kopf hörte er das sadistische Lachen seiner Herrin und seine Bauchdecke brannte. Wenn er sich konzentrierte, konnte er fühlen, was dort geschrieben stand. ‚*Még nem vége. Megint jövök.*' Sein Albtraum war noch lange nicht vorbei. Erzsébet hatte jahrhundertelang einen Weg gefunden zu überleben, warum sollte sie ausgerechnet jetzt tot sein.

Als die alte Frau, die seit einiger Zeit nicht mehr kam, ihm diese Nachricht in seinen Träumen und seinen Erinnerungen vermittelte, wollte er ihr das unbedingt glauben. Tief in sich war er froh gewesen, dass es vorbei war. Aber sie hatte gelogen. Seine Herrin war nach wie vor hier – ganz nah bei ihm. Und sie sorgte dafür, dass er das nie vergaß. Sie würde ihn weiterquälen und foltern. Vielleicht würde sie ihm ein paar schöne Momente und Belohnungen bescheren, aber sie würde ihn noch mehr quälen. Einfach weil es ihr Spaß machte und sie die Macht dazu besaß.

In seiner Kindheit hatte er immer geglaubt, die gruseligen Geschichten, die sein Vater und sein Großvater ihm erzählten, seien nichts als Märchen. Erfunden, ausgedachte Hirngespinste. Doch als er älter wurde und erste Formeln wirken lernte, begann er zu begreifen, dass in den Märchen ein Quäntchen Wahrheit steckte. Und dann stand er IHR eines Tages tatsächlich gegenüber. Allerdings sah sie völlig anders aus, als er sie sich aufgrund aller Erzählungen ausgemalt hatte. Nach diesen Erzählungen war sie uralt, halb vermodert und sah grässlich aus. Seinem Großvater war es jedoch gelungen, eine Formel für einen Trank zu entwickeln, mit dem sie ihr früheres Aussehen wiedererlangte. Sein Großvater war der Erste gewesen, der es geschafft hatte, sie nicht nur am Leben zu halten, sondern ihr auch ihre frühere Schönheit zurückzugeben. Der Allererste. Alle seine Vorfahren hatten lediglich vollbracht, dass sie in der ganzen Zeit überlebte. Sie hatten sie mit Opfern versorgt und sich als Dank ebenfalls mit den Mädchen oder dem was von ihnen übrig war vergnügen dürfen. Ihre Motivation war der Erfindungsreichtum von Erzsébets Quälereien gewesen. Im Gegenzug hatten sie ihre Herrin mit einem magischen Trank versorgt, der sie am Leben hielt. Dummerweise konnte sie damit keinen Schritt vor ihr Verließ wagen. Doch das änderte sich, mit dem magischen Trank, den sein Großvater kreierte.

Doch die Dankbarkeit, die sein Großvater für den Trank erwartete, der ihr ihr Aussehen zurückgab, war nichts als eine Illusion. Und genauso vergänglich wie ihre wiedererlangte Schönheit. Wollte sie ihr Aussehen bewahren, war sie mehr denn je von ihrem Magús[10] abhängig. Allein das machte sie unberechenbar. Darüber hinaus sah sich seine Herrin jedoch auch plötzlich einer Welt gegenüber, die völlig anders war, als alles was sie bis dahin gekannt hatte. Jahrhundertelang war für sie die Zeit in ihrem unterirdischen Verlies mehr oder weniger stehen geblieben. Ihr erstes Auto, ihr erstes Flugzeug, das Telefon, alles erschreckte sie zu Tode. Sieben lange Jahre hatte sie seinen Großvater benutzt und gequält und er hatte sich freudig benutzen und quälen lassen und ihr die moderne Welt gezeigt. Er war ihr mit allen Sinnen verfallen. Und ihm selbst, László, erging es nicht anders. Ein Blick in ihre blutroten Augen, eine Nacht mit ihr, als er gerade fünfzehn wurde, und er war ihr hörig.

Und dann kam jener Tag, an dem sein wahrer Albtraum begann. Bis dahin hatte er nur einen Bruchteil ihrer Brutalität und Perversion kennengelernt. Er hatte romantische Gedanken für sie gehegt. Von ewiger gemeinsamer Unsterblichkeit. An dem Tag, an dem sie seinen Großvater in einem Wutanfall gegen eine Steinmauer schleuderte und umbrachte, rückte dieser romantische Unsinn in weite Ferne. Und die Entfernung vergrößerte sich, als eine Woche später seinem Vater das gleiche Schicksal blühte, weil er ihr nicht helfen konnte.

Dummerweise hatte ihn sein Großvater nur in einen Bruchteil seiner Formeln und Tränke eingeweiht, bevor er starb. Schließlich war sein Vater ja als Nachfolger vorgesehen. Für ihn selbst wäre ja noch lange Zeit gewesen. Alles was er besaß waren Erinnerungen, an Momente, in denen er seinem Großvater neugierig über die Schulter gespäht hatte. Doch er wusste weder das Rezept für ihr Überleben noch das für ihr Aussehen, zumal er für letzteres Etanaerblut benötigte, das schwer zu beschaffen war. Und ebenso wenig kannte er die letzte Formel richtig, die sein Großvater kreiert hatte. Die Rezeptur für einen Trank, mit dem sie neue Elevinnen schaffen konnte. Er hatte ihn in fast nichts eingeweiht. László besaß die eine oder andere undeutliche Erinnerung an verschwommene Träume von einer Höhle, einem Buch und Kanopen, die untrennbar an Erzsébet gebunden waren. Doch es war nichts Greifbares. Hätte nicht durch einen Zufall ein Etanaer ihren Weg gekreuzt, dessen Blut ähnliche Eigenschaften wie der Trank für ihre Schönheit aufzuweisen schien, hätte sie ihn vermutlich damals ebenfalls umgebracht. Was vielleicht das Beste gewesen wäre.

All sein Wissen musste er sich mühsam und alleine in den letzten zweieinhalb Jahren aneignen. Zweieinhalb schmerzerfüllte Jahre. War es tatsächlich nur eine so kurze Zeitspanne gewesen? Als er sich vor gar nicht allzu langer Zeit hier im Haus in einem Spiegel gesehen hatte, war er fürchterlich erschrocken. Das konnte nicht er sein. Das Haar war schlohweiß, das Gesicht voller Falten, die Augen uralt, der Körper verkrüppelt und vernarbt, kaum noch Zähne im Mund. Er bäumte sich innerlich auf. Hatte er in zweieinhalb Jahren zu viel Tod und Verderben gesehen oder war mehr Zeit vergangen? Wenn tatsächlich nur zweieinhalb Jahre vergangen waren, war er nicht älter als zweiundzwanzig. Dabei sah er aus wie ein alter Mann.

Während Arslan frustriert ins Familienanwesen schlich nachdem er stundenlang durch die Stadt gelaufen war, stapfte sein Cousin völlig geladen heraus. Beide waren so in Gedanken versunken, dass sie prompt zusammenstießen.

„Was machst Du denn hier? Ich dachte ihr seid heute alle in Providence."

Frustriert winkte Halil ab. „Nein, ich bin schon zurück."

Bevor er weiterlaufen konnte, hielt Arslan ihn fest. „Hey sag mal, hast Du Lust was trinken zu gehen? Ich könnte grade ein wenig Gesellschaft brauchen."

„Geht mir genauso – also liebend gerne." Halil stieß seine Antwort so knurrend hervor, dass sie fast nicht zu verstehen war. „Ich brauche auch dringend was zu trinken und ein bisschen weibliche, warme, anschmiegsame Gesellschaft!"

Arslans Augenbrauen stießen fast an seinen Haaransatz, als er Halil musterte. „Wo hast Du Aimée gelassen? Die hing doch heute Morgen recht anschmiegsam in Deinem Arm?"

Halil schüttelte den Kopf und verzog das Gesicht. Seine Stimme war erneut nur ein unwilliges Knurren. „Hör mir bloß mit *DER* auf. Anschmiegsam – dass ich nicht lache! Falls Dir irgendwelche grauen Haare an mir auffallen, die habe ich ihr zu verdanken. Diese Frau ist einfach unmöglich. Und wenn Du mir einen Gefallen tun willst, dann erwähnst Du ihren Namen wenigstens heute Abend nicht mehr. Was hältst Du vom Radisson Lexington?"

„Die Bar im Hotel an der Kreuzung Lexington und East 48.? Die über zwei Etagen?" Sein Cousin nickte. „Klingt gut. Ich ziehe mich nur schnell um." Schon fast im Haus drehte er sich wieder um. „Ach ja, ich hab heute Vormittag von Deidre gehört, dass ein Paket von Juan bei Dir angekommen ist. Er wollte mir eine Schachtel Behike mitschicken. Ich weiß zwar, dass er sie gut verpackt, aber wenn die noch lange so herumliegen, kann ich sie vermutlich in die Mülltonne treten. Macht es Dir was aus, sie mir noch kurz zu holen, während ich dusche und mich umziehe? Du kriegst auch ein paar ab."

Normalerweise sprang sein Cousin immer darauf an und hatte seine Zigarre schneller angezündet, als er Behike sagen konnte. Heute jedoch winkte er nur müde ab. „Ach das Paket, das habe ich total vergessen. Ich glaube, ich habe es im Gästezimmer abgestellt. Du kannst es Dir selbst holen. Ich geh schon mal vor." Er blies frustriert die Luft aus und machte sich mit einem kleinen Winken auf den Weg.

Achselzuckend betrat Arslan das Anwesen. Sein Magen knurrte lang und laut. Vielleicht war es ganz gut, wenn Halil heute Abend noch einen kleinen Imbiss für sich suchte. Er teilte eigentlich immer. Und auch wenn die Frauen nicht unbedingt nach seinem eigenen Geschmack waren und die Jagd vorher fehlte – es wäre mal wieder schön, ohne Magenknurren einzuschlafen.

Über sich selbst den Kopf schüttelnd stieg er die Treppe hinauf. Dabei hatte er Shannons Hals direkt vor sich gehabt. Er hätte sich bloß bedienen brauchen. Und was machte er? Statt seine Fänge in ihre Vene zu versenken, löste er sie aus seinem Klammergriff, legte sie hin, deckte sie brav zu und versetzte sie in eine noch tiefere Trance, damit sie nach dem Überfall besser schlief und sich beim Aufwachen nicht mehr daran erinnerte. Weil er sich Sorgen um sie machte!

Er war definitiv neben der Spur, denn als er so über sie gebeugt stand und fürsorglich zudeckte, hörte, spürte und sah er ihren Puls am Hals. Er roch ihr Blut und wollte sich gerade einen Schluck genehmigen. Mit der einen Hand öffnete er gedankenverloren schon mal seine Hose, während seine andere die Decke wieder von ihr zog und fast schon automatisch ein Kissen unter ihren Bauch stopfte. Im nächsten Augenblick fuhr er zu Tode erschrocken zurück. Für einen Bruchteil einer Sekunde glaubte er Meryems Stimme zu hören, die ihm scharf ‚*lass das, nicht so, schämst Du Dich nicht*' zuzischte. Oder war es Shannons Stimme gewesen. Daraufhin hatte er schleunigst das Weite gesucht. Erst als er nach seinen stundenlangen Streifzug durch die Stadt wieder fast in Tribeca war, fiel ihm auf, dass der Knopf seiner Hose noch offen stand.

Bevor er duschen ging, würde er jedenfalls erst mal die Zigarren vor dem Austrocknen retten. Die Dinger hätten schon längst in seinem Humidor liegen sollen. Er ging in Halils Appartement und zum Gästezimmer. Seine Nase machte schmerzhaft Bekanntschaft mit der verschlossenen Tür, weil er automatisch vortrat, als er den Türknauf drehte. Vor sich hinknurrend drehte er den Schlüssel, der in der Tür steckte, und betrat den Raum. Kopfschüttelnd betrachtete er das Chaos, das hier herrschte. Wie es schien, hatte Halil seine schlechte Laune ausgelebt, denn er sah einige Sachen auf dem Boden herumliegen, die dort garantiert nicht hingehörten. Das Paket stand jedoch unversehrt neben der Tür zum Badezimmer in einer Ecke des Raumes. Schnell ging er hin und hob es auf. Er würde es in seinem Appartement öffnen und den Rest später zu Halil zurückbringen.

Schon fast im Hinausgehen bemerkte er Aimée. Und das eigentlich auch nur, weil sie im Schlaf leicht stöhnte. Neugierig ging er zum Bett. Wow – bei allen Heiligen: In dem Kleid sah sie absolut scharf aus. Trotz der fürchterlichen Augenringe und einer fast schon totenähnlichen Blässe. Er schluckte krampfhaft. Sein Magen meldete sich augenblicklich zu Wort und seine Fangzähne verlängerten sich unwillkürlich.

Wieder hörte er sie leise stöhnen. Er runzelte die Stirn und holte schnüffelnd Luft. Offensichtlich hatte sie Schmerzen. Selbst in der Dunkelheit konnte er erkennen, dass ihr Handgelenk samt der Hand stark geschwollen und verfärbt war. Was zum Teufel war denn mit der passiert? Hatte sie einen Unfall gehabt? Auch das rechte Handgelenk wies Hämatome auf. Die sahen aber eher so aus, als ob jemand zu hart nach ihr gegriffen hatte.

Er hasste es, wenn man Frauen körperlich so weh tat. Eine leise Stimme in ihm flüsterte boshaft, dass er daran denken sollte, wie er die Frauen von denen er sich nährte, behandelte. Besorgt beugte er sich über sie. Sanft griff er nach ihrem Kopf und bewegte ihn vorsichtig hin und her. Ihr Nacken war offenbar okay. Gut. Und die Ringe unter den Augen waren tatsächlich erschöpfungsbedingt und stammten nicht von Faustschlägen. Sie bewegte sich leicht und das Kleid verrutschte etwas nach oben. Er wollte es eben wieder zurechtrücken, als ihm eine weitere Verletzung auffiel. Stirnrunzelnd stellte er fest, dass auch ihr Knöchel geschwollen und der Bluterguss riesig war. Unterdrückt fluchend tastete er ihre Beine auf der Suche nach weiteren Verletzungen ab. Wer zum Teufel hatte ihr das angetan? Doch wohl hoffentlich nicht Halil! Sah das Zimmer deshalb so aus?

Ein paar Straßen weiter blieb Halil plötzlich so abrupt stehen, dass der Mann der hinter ihm ging, prompt in ihn hineinrannte. Er achtete gar nicht auf die Schimpftirade, die dieser Typ losließ. Denn dummerweise sah er gerade glasklar die Szene in der Sauna vor Augen. Der Moment, als sein Cousin wie ein Riesenkater schnurrend mit einer ebenso riesigen Erektion neben ihm auf der Bank lag. Bis jetzt hatte er ihn nicht weiter auf dieses Thema angesprochen – was er aber noch tun würde, denn er fand Arslans Verhalten gegenüber León ziemlich daneben.

Aber in seinem Bestreben schnell vom Anwesen und damit von Aimée wegzukommen, hatte er ihn direkt in sein Gästezimmer geschickt, damit er sich diese dämlichen Zigarren holen konnte? In das Zimmer, in dem er selbst Aimée eingesperrt hatte. Wenn sein Cousin seit Neuestem keinen Respekt mehr vor verheirateten Frauen hatte, wie würde er sich Aimée gegenüber verhalten? Zumal er sie bereits heute Vormittag angesehen hatte wie ein leckeres Steak. Und er hatte seinen Magen knurren hören. So knurrte der definitiv nicht, wenn er bloß normalen Hunger hatte. Halil machte auf dem Absatz kehrt und löste sich trotz einiger Leute buchstäblich in Luft auf.

Langsam tauchte Aimée aus ihrem Schlaf auf. Irgendjemand fingerte an ihr herum. Gerade fühlte sie eine warme Hand über ihren linken Knöchel gleiten. Falls Halil glaubte, einfach nach seinen Vorstellungen weitermachen zu können, konnte er sich auf etwas gefasst machen. Vorsichtig tastend suchte sie nach dem Lichtschalter. In dem Augenblick, als sie das Licht einschaltete und Arslan mit seinen ausgefahrenen Fangzähnen über ihre Beine tasten sah, tauchte Halil im Gästezimmer auf. Das bekam sie allerdings nur am Rande mit. Angesichts Arslans deutlich sichtbarer Fänge begann Aimée, wie am Spieß zu schreien. Die Schreie klangen in ihren eigenen Ohren schrill. Doch obwohl sie sich selbst wunderte, weil sie keine wirkliche Angst fühlte, konnte sie nicht damit aufhören.

Halil hörte ihren Schrei und rastete aus. Vor allem, weil ihm auch im selben Moment die Schwellungen und blauen Flecke auffielen. Unzusammenhängend schossen ihm darüber hinaus die Flirtversuche und die zum Teil recht offene Anmache der anderen auf der Party in Providence und Aimées Reaktion darauf durch den Kopf. Und der Umstand, dass sie ihn selbst eiskalt abblitzen ließ. Vor allem aber fiel ihm Arslans Verhalten in den letzten Tagen ein. Und jetzt hatte sich dieser Scheißkerl auch noch offensichtlich gegen ihren Willen an Aimée herangemacht und ihr dabei wehgetan. Ohne weiter nachzudenken, packte er seinen Cousin grob am Kragen seiner Jacke und riss ihn zurück. Seine Wut wurde noch weiter angestachelt, als er bemerkte, wie Aimée immer noch schreiend ans Kopfende des Bettes rutschte und sich ein Kissen vors Gesicht hielt.

Wild mit Armen und Beinen rudernd, versuchte Arslan das Gleichgewicht nicht zu verlieren. Schon im nächsten Moment krachte er allerdings gegen eine Kommode, die laut knirschend nachgab und unter seinem Gewicht und der Wucht des Aufpralls in ihre Einzelteile zerfiel. Überrascht keuchend versuchte er, zu Atem zu kommen. Bevor ihm das richtig gelang, wurde er erneut hochgerissen und Richtung Badezimmer geworfen. Er landete schmerzhaft und fast kopfüber auf dem Marmorboden und schlitterte sich abrollend noch knapp zwei Meter über die glatte Fläche.

„Hey, was zum …" Nicht einmal den Satz konnte er beenden, denn Halil riss ihn erneut hoch. Sein Gesicht war eine wütende Fratze und die Fangzähne hatten ihre volle Länge erreicht. Bevor Arslan die Arme hochreißen konnte, hatte er schon Halils Faust im Gesicht und sah einen Moment Sterne, welche von farbigen Punkten, die einen erneuten Fausthieb begleiteten, abgelöst wurden. Sein rechter Fangzahn, der die volle Wucht beider Schläge abbekommen hatte, pochte augenblicklich wie verrückt. Wenn er seiner Zunge glauben schenken durfte, wackelte er.

Halb benommen fühlte er, wie er hochgehoben wurde und erneut durch die Luft flog. Ächzend stieß er die Luft aus, als sein Rücken hart gegen die gefliese Wand prallte. Mit einem Knirschen gaben die Fliesen nach und bröckelten von der Wand. Als er fast k. o. nach unten rutschte, blieb er mit einem Arm an der Armatur hängen und öffnete dadurch den Zulauf der Wanne. Der andere Arm landete gefühllos auf dem Mechanismus, der den Abfluss der Wanne verschloss. Sein Kopf lehnte unnatürlich abgeknickt an der Wand, sein Hintern lag am Boden der riesigen Wanne und seine Beine baumelten irgendwo außerhalb, wobei sein rechtes Knie schmerzhaft verdreht war. Innerhalb einer Minute, in der Halil schwer atmend vor der Wanne stand und ihn anbrüllte und immer wieder schüttelte, fühlte Arslan benommen, wie die Wanne sich zusehends mit kaltem Wasser füllte. Und er verstand kein Wort von dem, was sein Cousin brüllte. Er drehte den Kopf etwas. Oder kam das Brüllen aus dem Wasserhahn? In seinen Ohren setzte ein hoher Klingelton ein und er bekam kaum noch etwas um sich herum mit.

Mühsam atmend kämpfte er mit seinem Brechreiz. Sein linker Arm war völlig taub. Irgendwo in seinem Unterbewusstsein registrierte er, dass es die Schulter jetzt schon zum vierten Mal innerhalb relativ kurzer Zeit erwischt hatte. Erst hatte Alejandro ihm die Schulter ausgerenkt, als er glaubte, dass er etwas von Carmen wollte. Dann hatte León sein Schulterblatt gebrochen, als er ihn wegen Alisha an die Wand warf. Der Typ in der Tankstelle hatte ihm einen Steckschuss verpasst, als er schützend über Shannon lag und Halil eben hatte auch irgendwas damit gemacht, denn momentan fühlte er in seinem Arm absolut nichts, während die Schulter Schmerzen bis in die Haarspitzen ausstrahlte.

Dank des kalten Wassers klärte sich langsam das Bild vor seinen Augen und er hörte auch einzelne Brocken von dem, was sein Cousin brüllte. Kraftlos versuchte er aus der Wanne zu kommen, was wegen des ganzen Wassers erschwert wurde. Er tastete mit einer Hand nach der Armatur und stellte mühsam das Wasser ab. Gerade brüllte Halil ihn wieder an und packte ihn am Kragen. Er wollte wissen, was er sich dabei gedacht hatte. Wobei ? So sehr er versuchte, sich zu erinnern, er hatte gerade die Schlägerei mit den drei Typen in der Gasse vor Augen. Das musste ihn mehr geschwächt haben, als er gedacht hatte. Und er hatte bereits viel zu lange nicht mehr richtig getrunken.

„Lass mich!" Das war das Einzige, was er heiser und sehr undeutlich hervorbrachte. Im selben Moment krachte erneut Halils Faust in sein Gesicht, so stark, dass sein rechter Fangzahn sich endgültig verabschiedete.

„Wie war das?" Halils Augen traten fast aus den Höhlen und die Ader an seiner Stirn schwoll bedenklich an. „Hieß das gerade LECK MICH???? Ich soll Dich lecken, Du Scheißkerl?"

Wieder krachte seine Faust in das Gesicht seines Cousins, der zwischenzeitlich eine ziemlich ungesunde Farbe angenommen hatte. „Was glaubst Du eigentlich, wer Du bist?" Er packte Arslan mit beiden Händen an seinem zerfetzten Hemdkragen und zerrte ihn nach vorne. Sein Cousin wehrte sich nur leicht. Offenbar hatte der Scheißkerl ein schlechtes Gewissen. Erneut zog er an ihm und schüttelte ihn durch. Arslans Oberkörper rutschte weiter in die Wanne.

„Machst Dich an Alisha heran während León nicht da ist! Machst Dich an meine Aimée heran, weil Du mich außer Haus glaubst? Und noch dazu gegen ihren Willen! An wen von den Frauen im Haus hast Du Dich denn noch herangeworfen?" Wütend drehte er ihn halb herum und drückte seinen Kopf unter Wasser. „Es gibt REGELN! Du verdammter Mistkerl!"

Arslan riss den Mund auf und versuchte Luft zu holen, bekam jedoch nur einen Schwall Wasser hinein. Würgend und hustend versuchte er seinen Kopf aus dem Wasser zu bekommen. Kurz riss Halil ihn hoch, drückte ihn aber gleich wieder unerbittlich unter Wasser. Wieder schluckte er Wasser, als er panisch Luft holen wollte. Er versuchte sich auf einem Arm hochzustemmen, im anderen hatte er einfach keine Kraft. Seine Nase machte schmerzhaft Bekanntschaft mit dem Wannenboden und er schrie unter Wasser auf, als sich Halil offenbar plötzlich mit seinem ganzen Gewicht auf ihn fallen ließ.

Ebenfalls reichlich durchnässt richtete sich Halil mit einem dumpfen Ächzen wieder auf und zog Arslan aus dem Wasser. Während der keuchend hustete und würgte, fasste er selbst sich verblüfft an den Hinterkopf. Als er die Hand nach vorne nahm, sah er etwas Blut daran. Und er spürte eine Delle. Was zum Teufel sollte das? Er stemmte sich hoch und zog Arslan dabei weiter aus der Wanne. Verblüfft starrte er auf ihn herab. Der hatte ihm den Schlag nicht verpasst. Noch nicht mal einen Tritt konnte er ihm verpassen. Dazu war sein Cousin im Moment gar nicht in der Lage. Doch wie zum Geier kam er an die Delle? Im selben Moment registrierte er, dass Aimée hysterisch kreischte.

„HÖR AUF! Du bringst ihn ja um. Lass das!"

Er drehte sich zu ihr um und bemerkte das Seitenteil der zerbrochenen Kommode zu ihren Füßen. „Hast Du etwa damit nach mir geschlagen?" Seine Stimme hörte sich völlig verblüfft an. „Bist Du wahnsinnig? Wieso machst Du so was?"

Langsam humpelnd wich Aimée vor ihm zurück und hob abwehrend die Hände. Oh Gott, wo war sie hier gelandet? Hal war gefährlich. Warum war ihr das vorher nie aufgefallen? Er erhob sich gerade vom Wannenrand und ließ

Arslan achtlos zu Boden fallen, der immer noch würgte und hustete und sich nur langsam aufrichtete. Obwohl sie sich weigerte zu glauben, dass Halil ihr etwas tun würde, ging sie vorsichtshalber etwas weiter zurück.

„Keinen Schritt näher, oder ich schreie!" Atemlos fiel ihr ein, dass ihn diese Drohung sicher zu Tode erschreckte. Und falls das nicht wirkte, konnte er sich immer noch darüber totlachen. Sie wich weiter zurück, als er unbeirrt auf sie zukam.

„Wieso hast Du das eben gemacht?"

Himmel, bei dieser Frage war er offenbar genauso hartnäckig, wie bei der nach ihrer Haarfarbe. Statt so schnell als möglich zu fliehen, blieb sie wütend stehen. „Du hättest ihn beinahe umgebracht!"

Ihre vorwurfsvolle Stimme brachte ihn schon wieder in Rage. „Na und!" Er deutete anklagend auf Arslan. „Erstens ist das bei DEM gar nicht so einfach und zweitens …" Seine andere Hand deutete auf sie. „… sieh Dich doch an. Er hat Dir WEHGETAN!"

Sich halb umdrehend spuckte er auf Arslan, der gerade auf die Knie gekommen war und jetzt mit einem giftigen Blick auf ihn sein Gesicht abwischte. Sprechen konnte er noch immer nicht.

„Hätte ich zusehen sollen, wie er was wirklich Schlimmes tut? Wäre Dir das lieber gewesen? Stehst Du auf die harte Nummer?" Mit in die Hüfte gestemmten Händen stand Halil zwischen Arslan und Aimée.

„Er hat mir nichts getan!"

Wütend starrte Halil Aimée an. Falls Arslan nicht das gelungen war, worin er selbst kläglich versagt hatte – nämlich ihre Gedanken zu beeinflussen – besaß sie doch tatsächlich die Abgebrühtheit, zu sagen, dass Arslan ihr nichts getan hatte. Klar, das konnte jeder auf den ersten Blick sehen, dass das nichts war.

„Und warum hast Du dann geschrien wie am Spieß? Doch wohl, weil er sich an Dir vergriffen hat. Der wollte Dir an die Wäsche und das hat Dir offensichtlich nicht gefallen! Weshalb sonst sollte der Raum hier geradezu nach Angst stinken?"

„Wovon zum Teufel redest Du – Du kommst in den Raum und drehst sofort durch und …" Verwirrt verstummte sie, weil sie merkte, dass Arslan zeitgleich zu sprechen begonnen hatte.

„Ich wollte ihr nicht an die Wäsche. Wenn Du das glaubst, spinnst Du völlig." Langsam kam Arslan auf die Beine. Seine Stimme klang völlig heiser und war neben Aimées aufgebrachtem Einwurf fast nicht zu hören. „Und das mit der Gewalt brauchst Du grade noch sagen. Bist Du wahnsinnig? Sorgst dafür, dass sie grün und blau ist, schließt sie ein – und mir wirfst Du vor, dass ich mich an ihr vergreife. Tickst Du noch richtig?"

Sofort wandte Halil sich ihm vollständig zu und baute sich direkt vor seiner Nase auf. Die immer noch blutete und schmerzte von der Bekanntschaft, die sie kurz zuvor überraschenderweise mit dem Wannenboden geschlossen hatte.

„Wie war das? Du solltest besser ganz still sein, sonst raste ich wirklich aus! Ausgerechnet Du Scheißkerl, der sich plötzlich einen Dreck um die Regeln im Haus kümmert, ausgerechnet Du machst mir einen Vorwurf wegen eines blauen Fleckes? Ich bin nicht stolz darauf, dass ich sie heute Morgen so gepackt habe, aber ansonsten habe ICH ihr nichts getan! Und jetzt geh mir aus den Augen!"

„Mit dem größten Vergnügen." Arslan schob sich halb an seinem Cousin vorbei, blieb dann jedoch stehen. „Traust Du mir das wirklich zu?"

Halils Rechte zuckte automatisch vor und stieß ihn etwas von sich. „Glaubst Du, ich bin blöd? Die Tür war vorher verschlossen!"

Fassungslos schüttelte Arslan den Kopf. „Richtig die Tür war zu. Und wenn Du das weißt, gehe ich davon aus, dass Du Aimée eingeschlossen hast. Du hast mich aber auch hier rein geschickt. Ich hab Aimée im ersten Moment gar nicht bemerkt. Ich war schon fast wieder draußen, als sie im Schlaf gestöhnt hat, Du Idiot. Und das war kein wohliges Stöhnen. Deshalb bin ich zu ihr. Ich wollte nach ihr sehen."

Arslans Stimme wurde noch etwas knurriger und leiser. „Aber selbst wenn Du ihr das nicht angetan hast, was ich momentan schwer glauben kann, ist es ja wohl der Gipfel, dass Du sie hier so liegen lässt. *Tu mir einen Gefallen und erwähn sie heute nicht mehr. Diese Frau ist unmöglich.*' Das waren glaube ich Deine Worte. Was hat Dich so wütend gemacht, dass Du sie so behandelst? Und nicht nur das – auch noch liegen lässt und einsperrst. Zu Deiner Info, ihre Hand ist vermutlich gebrochen und ihre Bänder am Fuß sind eventuell auch ab. Deine Aimée??? Ich will gar nicht wissen, wie Du Frauen behandelst, die Du nicht als Dein Eigentum betrachtest."

Erbittert starrten sie sich an, als wollten sie sich gleich wieder aufeinander stürzen.

„Führ Dich doch nicht auf wie der letzte Samariter. Ich kenn doch Deine Vorlieben. Wer von uns beiden jagt denn Frauen? Hä? Wer von uns beiden nimmt sie sich denn und macht sich aus dem Staub, nachdem er sie benutzt hat? Das bist ja wohl Du." Halil schnaubte wütend. „Glaubst Du, es macht Dich besser, nur weil Du ihnen gnädigerweise die Erinnerung daran nimmst? Bei mir können sie sich wenigstens an ein paar schöne Momente erinnern. Und ich würde einer Frau NIE bewusst wehtun, dazu mag ich sie reihum im Gegensatz zu Dir viel zu sehr!"

Höhnisch lachte Arslan auf. „Toll, dann war das heute Abend womöglich unbewusst, wo Du doch immer so sehr darauf bedacht bist, ihnen ein paar schöne Momente zu spendieren." Anklagend deutete er auf Aimée. „Sind das schöne Momente, wenn Du ihre Knochen brichst? Wie ist es passiert? Wollte sie womöglich weglaufen? Falls Du sie festgehalten hast – ist das dann keine Jagd? Ich kann mich jedenfalls nicht daran erinnern, dass irgendeine Frau schon mal so ausgesehen hat, nachdem ICH bei ihr war!"

Wie bei einem Tennismatch ruckte Aimées Kopf hin und her. Sie hatte schon mehrfach versucht, sich einzumischen. Leider schien keiner der beiden sie bewusst wahrzunehmen oder zu hören. Sie beachteten sie einfach gar nicht. Auf den Gedanken wegzulaufen, kam sie nicht. Dabei wäre jetzt mit Sicherheit die beste Gelegenheit dazu. Doch momentan wollte sie nur, dass die beiden Männer zu streiten aufhörten. Vorsichtig bückte sie sich und hob das Seitenteil der Kommode wieder hoch. Mit so viel Kraft wie möglich warf sie es an die Wand. Okay, das war nicht viel, aber dank der Fliesen war das Geräusch so laut, dass beide zu ihr herumfuhren.

„Was zum …" Halil starrte sie an, als würde er sie zum ersten Mal sehen und Arslans Miene ließ auf einen ähnlichen Gedanken schließen.

„Euren überraschten Miene entnehme ich, dass ihr völlig vergessen habt, dass ich auch noch anwesend bin. Tut mir ja leid, euch ausgerechnet jetzt daran erinnern zu müssen - aber ihr benehmt euch wie die letzten Idioten!"

In der Pause nach ihren Worten hätte man vermutlich eine auf den Boden fallende Feder fallen hören können. Die beiden Männer musterten sie überrascht und sahen sich dann kurz betreten an. Aimée nutzte ihre momentane Sprachlosigkeit und redete einfach weiter. „Zu eurer Information: Es ist zwar peinlich, aber ich bin selbst daran schuld." Unbestimmt hob sie kurz ihr Bein und ihren Arm. „Weil ich wütend war …", sie deutete anklagend auf Halil, worauf der sofort ein schuldbewusstes Gesicht machte, „… dass Du mich hier einfach so eingeschlossen hast!"

Als Arslan sich kurz räusperte, sah sie ihn giftig an. „Ob Du es glaubst oder nicht, aber Halil kann nichts dafür. Das mit der Hand ist versehentlich passiert, als ich nach seiner dämlichen Schließaktion gegen die Tür geboxt habe. Und auf dem Weg zum Bett habe ich mir den Fuß verknackst. Ich war so wütend auf diesen, diesen …" Mit einem frustrierten Mittelding aus Knurren und Aufschrei unterbrach sich Aimée, nur um gleich wieder an Arslan gewandt fortzufahren.

„Und wenn Du mich geweckt hättest, anstatt nur so über mir zu stehen, hätte ich auch nicht geschrien. Himmel, was sollte ich denn denken? Du fummelst wortlos im Dunkeln an mir rum …"

„Ich hab nicht gefummelt, ich habe …"

Ohne ihn aussprechen zu lassen, keifte Aimée unbeirrt weiter. „Woher bitte soll ich das wissen. Immerhin hast Du geknurrt und …"

„Das war mein Magen. Es tut mir …"

„Das ist mir so was von egal, was das war. Was bitte hätte ich denken sollen? Du hast geknurrt, hattest Deine Finger auf mir. Und als es mir gelang, Licht zu machen, musste ich auch noch sehen, dass Du auch noch Zähne wie ein … ein …." Sie schüttelte sich unbehaglich. „Egal. Es war idiotisch mich damit untersuchen zu wollen, ohne einen Ton zu sagen. Für euch mag das normal sein – FÜR MICH NICHT!"

Ihr Blick irrte zurück zu Halil, der wütend knurrte, sobald sie ihn daran erinnerte, dass Arslan sie angefasst hatte. „Und Du Idiot, Du hättest Dich nicht aufführen müssen wie ein Wahnsinniger. Bist Du Dir eigentlich im Klaren, was Du da getan hast?"

Unter ihrem Blick fühlte er sich wie ein kleiner Junge. Arslan konnte sich bei ihrem Tonfall und dem, was sie sagte, ein kleines schadenfrohes Grinsen nicht verkneifen. Halil sah gerade so schuldbewusst aus, dass er fast Mitleid mit ihm bekam.

„Du zerlegst mit ihm ein paar Möbel und das halbe Bad hier. Du ertränkst ihn beinahe. Du schlägst ihn so, dass er schlimmer aussieht als Stallone in einem seiner Boxfilme. Und wunderst Dich, dass ich versuche Dich zu stoppen? Wer von uns ist denn hier wahnsinnig???"

Erschöpft humpelte sie zur Badewanne. Mit einem leichten Ekel nahm sie ein Handtuch und wischte ein paar Tropfen Blut und einen verdammt langen … Zahn? … weg. Sie hatte noch nie Blut sehen können und ihr wurde augenblicklich leicht übel. Dann setzte sie sich behutsam auf den Wannenrand.

„Hast Du Schmerzen?"

Die Frage kam zeitgleich von den beiden Männern, die plötzlich sehr besorgt vor ihr standen. Ungnädig fuhr sie sie an. „Natürlich habe ich Schmerzen."

Halil wandte sich an Arslan. „Ist die Hand wirklich gebrochen?"

Sein Cousin nickte. „Du solltest ihr was von Deinem Blut geben. Das könnte fürs Erste nicht schaden."

Entsetzt fuhren beide zu Aimée herum, die mit einem leisen Laut und verdrehten Augen vom Wannenrand zu Boden gesunken war. Halils Stimme klang augenblicklich völlig panisch. „Was ist mir ihr?"

Arslan beugte sich über sie. „Nichts, jetzt beruhige Dich wieder. Sie ist bloß …"

Halil riss ihn zurück. „Wenn Du von ihr getrunken hast, ich schwöre Dir, ich …"

Mit einem wütenden Knurren machte Arslan sich von seinem Cousin frei. „Himmel: ICH HABE IHR NICHTS GETAN! Kapiert. Und keine Sorge – ich werde ihr auch nichts tun. Sie ist übermüdet und zwar völlig. Sie hat eine gebrochene Hand, vielleicht hat auch das Handgelenk selbst was abbekommen und ihr Knöchel dürfte auch verletzt sein. Aber ansonsten geht es ihr gut – jedenfalls soweit ich das momentan beurteilen kann. Warum bringst Du sie nicht einfach in die Krankenstation und ich seh sie mir genauer an."

„Ach ja? Womöglich so genau wie Alisha?"

Vom wütenden Zischen seines Cousins überrascht, drehte Arslan, der sich schon auf dem Weg aus dem Bad befand, wieder um. „Was hat die denn jetzt damit zu tun?"

Unbehaglich fragte er sich einen Moment, ob Halil ihn nachts aus Leóns Appartement hatte kommen sehen. Dem Schnauben nach, das Halil eben von sich gab, könnte man fast meinen, dass er genau darauf anspielte. Sofort fühlte Arslan eine unangenehme Hitze in sich aufsteigen.

„Mann, glaubst Du tatsächlich allen Ernstes, dass keiner mitbekommt, wie spitz Du auf sie bist?"

Nervös schüttelte Arslan den Kopf. „Das bin ich doch gar nicht. Was redest Du denn für einen Blödsinn?"

Mit einem bösen kleinen Auflachen erinnerte ihn sein Cousin an den Vorfall in der Sauna. An nichts anderes. Anscheinend hatte er also nichts gesehen und offenbar hatte Alisha ihm gegenüber auch nichts von seinem nächtlichen Besuch erwähnt. Und hoffentlich auch niemand anderem gegenüber.

„Okay, Du kannst Aimée gerne auf die Krankenstation bringen. Und Du kannst auch gerne dabei bleiben, wenn ich sie untersuche und behandle. Aber genauso gerne kannst Du ihr einfach von Deinem Blut etwas abgeben. Ich denke bei der Vorstellung daran ist sie eben einfach ohnmächtig geworden."

Ein schneller Blick traf Aimée, die sich gerade wieder regte. „Sie ist soweit okay, nur müde und na ja, die Hand und der Fuß eben." Arslan atmete tief ein und aus. „Wenn ich es mir recht überlege – bring sie lieber zu Ben oder Jack oder sonst wem. Deinetwegen habe ich nämlich grade einen Fangzahn verloren und kein Gefühl in meinem linken Arm. Ich bin hungrig, ich bin k. o. und ich bin immer noch leicht sauer auf Dich. Also bring sie lieber woanders hin und lass mich in Ruhe."

Schon fast aus dem Bad drehte er sich nochmals zu Halil herum. „Und tu uns allen noch einen Gefallen. Da an der Sache absolut nichts dran ist, wäre ich Dir dankbar, wenn Du Deine saublöden Bemerkungen wegen Alisha in Zukunft für Dich behältst. Womöglich kriegt León sonst noch was mit und das könnte dann Ärger für sie geben, der völlig unbegründet ist."

Wieder fühlte sie seinen musternden Blick auf sich. Sie sah, wie er mit sich rang und mehrmals nervös die Finger aneinanderlegte.

„´ören Sie ´ailey …" Er unterbrach sich kurz räuspernd. „Isch würde I´nön die Stellö wirklisch gernö gebbön. Schon allein, weil Sie Eveloons Enkölin sind, ünd sie sehr großö Stücke auf Sie ge´alten ´at. Aber es tüt mir leid …" Sein Gesicht legte sich in bekümmerte Falten. „So wie Sie jetst auftrettön ge´t das bedauerlischerweise nischt."

Hailey atmete tief durch, während er sie mit einem Blick musterte, den sie selbst für gewöhnlich Maden und Würmern vorbehielt. Sein falscher Akzent trieb sie in den Wahnsinn. Dabei hätte sie schwören können, dass er nie eine Sekunde in Frankreich oder in einem französischsprachigen Raum verbracht hatte. Allein wie er Eveline, den Namen ihrer Großmutter, aussprach. Sie musste sich mühsam beherrschen, nicht die Augen zu verdrehen. Als sie zu Beginn des Gespräches bei seinem Akzent automatisch in Französisch antwortete, blickte er sie entsetzt an. Dabei wollte sie eigentlich nur höflich sein. „Cherie – wir sind ´ier en l'Amérique. Es ist ünsörö Flicht üns in diesör Sprachö sü üntér´alten, n'est-ce pas?"

Gerade wanderte sein Blick ein weiteres Mal über ihren Körper und sie fühlte sich wie ein besonders scheußliches Objekt unter dem Mikroskop.

„Könntän Sie sisch vorstellön, i´r Äußeres etwas sü …", formulierte er vorsichtig, „… sü verändörn. Etwas ansüpassön?"

Halb erwartete er eine wüste Pöbelei. Schließlich kannte er Leute wie Hailey. Wenn er nicht so viel von ihrer Großmutter gehalten hätte, wäre er nie auf den Gedanken gekommen, sie tatsächlich zu empfangen, nachdem sie nach ihrem Anruf plötzlich höchstpersönlich in der Eingangstür stand. Aber in Anbetracht der alten Zeiten hatte er ein Auge zugedrückt. Momentan fragte er sich, ob es richtig gewesen war.

Wider Erwarten pöbelte ihn Hailey jedoch nicht an. Dass lag momentan allerdings nur daran, dass sie verzweifelt versuchte, seine schein-französischangehauchte Sprache in ihrem Kopf in ein akzeptables Etwas zu verwandeln. Jetzt verstand sie auch die kryptischen Worte, die dieser Pierre ihr zugeflüstert hatte, während er sie in das Büro führte. Offenbar stand sie mit diesem Problem nicht alleine da. Und offenbar gab es eine Möglichkeit, in einer Unterhaltung mit ihm nicht wahnsinnig zu werden. Wenn sie sich an das hielt, was Pierre ihr empfohlen hatte, wenn sie sich nur stark genug konzentrierte, konnte sie diesen grässlichen ‚Dialekt' in normale Sprache verwandeln. Sie durfte ihm dabei nur nicht auf den Mund sehen. Der sah einfach geradezu grotesk aus, weil er sie damit an einen Fisch erinnerte. Sie musste sich nur auf seine Augen konzentrieren, dann rückte das Meiste in einen erträglichen Hintergrund. Wenn er ‚nischt', ‚sisch' oder ‚misch' sagte, klang es sogar ganz niedlich - versuchte sie sich jedenfalls einzureden.

„Selbstverständlich. Was erwarten Sie denn genau?"

Mit dieser Frage verblüffte sie ihn offenbar. Sein Gesicht drückte Unglauben und den Verdacht aus, dass sie ihn auf den Arm nehmen wollte.

„Bien, diese Piercings müssen währönd der Arbeiszeit natürlisch weg, n'est-ce pas?"

Es war Schwerstarbeit. Aber sie schaffte es. Solange sie nicht auf seinen Mund sah, konnte sie ihn einwandfrei verstehen. Seine Finger wedelten unbestimmt in der Luft und lenkten sie beinahe wieder ab.

„Und nun ja, diese ganze schwarze Farbe ist en puis zu viel. Verstehen Sie misch nischt falsch. Sie steht Ihnen ganz ausgezeichnet."

Er krümmte sich innerlich bei dieser Lüge und Hailey sich bei dem Versuch, seine grässliche Variante eines an sich wunderschönen Akzents zu verstehen.

„Aber sie ist … trés tristesse und unsere Kundinnen – nun ja … Wir tragen im Studio einheitliche Kleidung. Wenn es Ihnen recht ist, können Sie zunächst als Mädchen für alles bei uns beginnen. So fangen die Meisten an, die nischt eine entspreschende Ausbildung genossen haben. Ihre Uniform wird daher erst einmal apricotfarben sein. Und wenn Sie tatsäschlich daran interessiert sind, sich hochzuarbeiten, dann können Sie in einem halben bis dreiviertel Jahr einige Fortbildungskurse absolvieren, damit Sie auch unsere Kundinnen irgendwann bedienen können. Ach ja – es wäre schön, wenn Sie zukünftig auf den schwarzen

Nagellack und diese Art von Make-up verzischten und sisch für Ihre Haare einen etwas natürlicheren Look aussuchen könnten."

Erneut machte er eine kurze Pause. Hatte er ihr gerade tatsächlich eine Stelle angeboten? War er von allen guten Geistern verlassen? So musste es eindeutig sein, denn er wollte ihr tatsächlich noch mehr sagen. Es schmerzte ihn fast körperlich den Rest zu sagen, aber er hatte schließlich Kunden, die bei ihrem Aussehen womöglich verschreckt davonspringen konnten.

„Da Sie mir Ihre prekäre finanzielle Situation geschildert haben, können Sie gerne auf unsere Praktikantinnen im Haus zurückgreifen. Das würde Sie dann nischts kosten. Das übernimmt das Haus."

Angesichts seiner Großzügigkeit musste er selbst schluckte. Im Normalfall konnten sich die Angestellten im Studio diesen Luxus nicht leisten. Aber die guten alten Zeiten machten selbst einen Kerl wie ihn weich und ihre Großmutter war ja auch ein besonderer Mensch gewesen. Ein verdammt heißer Feger. Sie hatte ihm das Herz gebrochen, aber er würde noch immer alles für sie tun. Und immerhin kam diese Hailey ja eigentlich aus gutem Hause. Er fragte sich im Stillen, wie jemand mit ihrem sozialen Hintergrund in eine solche Szene abrutschen konnte. Lächelnd erhob er sich. Dieses Gespräch dauerte schon viel zu lange.

„Wenn Sie damit einverstanden sind, übergebe ich Sie jetzt an Trixie. Sie ist eine unserer Praktikantinnen und ich bin sicher, Sie werden sisch einig, was ihre Haarfarbe und den Rest betrifft."

Ihr neuer Chef rannte förmlich zur Tür und sie lief ihm eilig nach. Als er plötzlich stehen blieb, prallte sie prompt gegen ihn, was leider ihre Konzentration in nichts auflöste und sie hörte wieder seinen grässlichen, völlig falschen Dialekt.

„Ach ja, was ´alten Sie vön Chantal?" Ihre Verwirrung bemerkend verzog er kurz das Gesicht und fuhr dann fort. „Wir müssön üns noch einön Namön für Sie überleggön, cherie."

Sein Kopf fiel so abrupt nach hinten, dass sie dachte, er wäre im Stehen ohnmächtig geworden. Gleich darauf lächelte er sie jedoch wieder zähnefletschend an.

„Was ´altön sie von ,Chantal'? Oder vielleischt ,Justine'?"

Er klimperte mit seinen Wimpern. Zum ersten Mal fiel Hailey auf, dass er die Dinger angeklebt hatte, den ein Streifen begann, sich zu lösen. „Ähm, was ist denn an Hailey schlecht?"

Theatralisch wedelte ihr Chef mit den Armen. Durch die Bewegung ähnelte er einem balzenden Erpel. „Rien, cherie, rien. Abör es ´ört sisch so …" Sein Tonfall wurde noch näselnder. „… lendlisch, provensiell, ´interwäldlerisch an." Er lächelte wieder, wurde jedoch gleich darauf sehr ernst, als Hailey ihm versicherte, dass ihre Granny diesen Namen mit Bedacht für sie ausgesucht hatte. „Oh, die gute Eveloon – Gott ´ab sie selisch."

Hailey bemühte sich um Ruhe. Gerade runzelte er etwas betrübt die Stirn.

„Nün ja, isch denkö, sie ´atte wirklisch gute Gründö, sie so sü nennön."

Innerlich knirschte er etwas mit den Zähnen. Hailey klang ja nicht wirklich schlecht und wenn Eveline den Namen herausgesucht hatte … Andererseits: Er tat ihr ja schon einen immensen posthumen Gefallen, indem er ihre Enkelin einstellte. Kurz entschlossen klatschte er in die Hände. „Isch weiß, die gute Eveloon ´at I´rön Namön mit Bedacht ausgesücht - abör, wir ´abön ´ier allö Künstlernamön. Also – was ´alten Sie von Chantal? Der passt gans ausgeseichnöt zu I´nön, finde isch."

Ohne ihre Antwort abzuwarten, sprach er weiter. „Sobald Sie dann fertisch sind, melden Sie sisch bei Noelle. Sie teilt Ihnön dann die Arbeit zü ünd Sie können gleich anfangön."

Aha, damit war sie offenbar neu getauft. Chantal? Das wurde ja immer schlimmer. Dabei hatte ihre Granny ihren Namen durchaus mit Bedacht gewählt – ihre Eltern waren damals viel zu beschäftigt, als dass sie sich um solche Kleinigkeiten kümmern konnten. Aber na gut, in Anbetracht ihrer neuen Verantwortung …

Höflich die Tür aufhaltend brachte er sie zu einer Frau, die genauso strahlend lächelte, wie der Rest der Belegschaft. Vermutlich wurde diese Grimasse frühmorgens vor Dienstbeginn mit Sprühpflaster oder Ähnlichem in ihrem Gesicht fixiert. Oder es war eine Art Tätowierung. So ein Lächeln war doch nicht normal. Ob sie künftig auch so durch die Gegend laufen musste?

Flüsternd unterhielt sich ihr neuer Chef – er hatte sie gebeten ihn Jean-Luc zu nennen, obwohl sie eigentlich von ihrer Großmutter her noch wusste, dass er einfach nur Peter Mose Koslowski hieß – mit dieser Trixie und deutete in ihre Richtung lächelnd auf sie. Überhaupt. Hier drin gab es kein lautes Wort. Alles war leise und fast flüsternd. Hatte sie seit Neuestem was mit ihren Ohren? Das war vielleicht enervierend. Aber da sie sich nun einmal zu diesem Entschluss durchgerungen hatte, würde sie die Zähne zusammenbeißen und die Sache durchstehen.

Nachdem sie sich am Vortag von Douglas getrennt hatte und in der Menge verschwunden war, hatte sie einige Zeit zum Nachdenken gehabt. Sie setzte sich in einen kleinen Park und sah ein paar spielenden Kindern zu. Sie gab es ungern vor sich selbst zu – aber sowohl Douglas als auch dieser Arzt hatten vollkommen recht. Sie hatte Verantwortung und sie konnte es auch nicht über sich bringen, einfach so abzutreiben. Das hatte sie sowieso nur so dahergesagt, weil sie das Geschwätz der beiden nervte.

Lächelnd legte sie eine Hand auf ihren flachen Bauch und beobachtete eine Weile eine junge Mutter mit ihrem Baby. Nach ein paar Stunden erhob sie sich und machte sich auf den Weg zu ein paar Bekannten. In der Hoffnung, dort die Nacht verbringen zu können. Was auch der Fall war. Und Morty war sogar so nett gewesen, zu ihrer alten Wohnung zu fahren und nachzufragen, ob noch ein paar ihrer Sachen dort waren. Eigentlich hatte sie ja damit gerechnet, dass ihr Vermieter alles rausgeworfen hatte, aber River wohnte anscheinend noch dort. Sie hatte keinen blassen Schimmer, wie er die Miete aufgetrieben hatte, aber es war ihr auch völlig egal. Dieses Kapitel war abgeschlossen. Jedenfalls verfügte sie seit gestern Abend wenigstens wieder über ein paar Kleider.

Heute Morgen hatte sie sich in zweitschönstes Outfit geworfen und sich dramatisch geschminkt. Ihr schönster Rock war ja nun leider auf Hawai'i und sie würde ihn vermutlich nie wiedersehen. Stirnrunzelnd versuchte sie sich daran zu erinnern, wo zum Geier diese Klinik gewesen war. Himmel, sie war doch mit Douglas zu Fuß von dort weggegangen. Aber der Standort des Hauses lag wie in tiefem Nebel verborgen. Und jeder Versuch sich zu erinnern wurde mit stechenden Kopfschmerzen begleitet. Seltsam. Normalerweise war ihre Fähigkeit sich Orte zu merken ihre herausragendste Eigenschaft und jetzt das.

Jedenfalls hatte sie ihren ganzen Mut zusammengenommen und einen ehemaligen Lover ihrer Granny angerufen. Den Zettel mit seiner Nummer hatte sie seit ewigen Zeiten und er war bei den Sachen, die Morty aus ihrer alten Wohnung holte. Er schlummerte, seit sie Granny mitteilte nach New York gehen zu wollen, in einem kleinen Kästchen, das sie vor Jahren von ihr geschenkt bekommen hatte. Bisher hatte sie von der Telefonnummer keinen Gebrauch gemacht und sich so durchgeschlagen. Heute Morgen hatte sie das Kästchen jedoch versehentlich zu Boden geworfen, als sie es aus einem der drei Müllsäcke holte, in denen Morty ihre Sachen aus ihrer alten Wohnung gerettet hatte. Es ging dabei auf und unter all dem Krimskrams darin leuchtete der pinkfarbene Zettel wie ein Leuchtfeuer in der Nacht. Fast als würde Granny noch aus dem Jenseits versuchen, sie zu lenken und ihr zu helfen. Also wählte sie mit klopfendem Herzen die bereits reichlich verblasste und mit Kaffeeflecken verunstaltete Nummer auf dem pinkfarbenen Zettel.

Nach einem kurzen Geplänkel, in dem sie Koslowski die bedauerliche Mitteilung von Grannys Tod machte, bat sie ihn schließlich schnell um ein Vorstellungsgespräch bevor ihr Mut sie verließ. Das Wort Verantwortung kreiste dabei permanent durch ihren Kopf. Sie würde ihrem Kind materiell keine solche Sicherheit bieten können, wie sie sie gehabt hatte. Bei Gott, das nicht. Aber materielle Sicherheit war leider und glücklicherweise nicht alles, was ein Kind brauchte. Sie würde ihm auch Stabilität und Liebe geben. Etwas, was sie nur durch ihre Granny erfahren hatte. Ihre Eltern waren als Erzieher eine Katastrophe, beide hatten mehr als eine Leiche im Keller und ihr Vater war …, nein daran wollte sie lieber absolut nicht mehr denken.

Ein Kind großzuziehen setzte bei aller Liebe ein geregeltes Einkommen voraus. Granny hatte immer vom Besitzer einer Kette von Schönheitssalons geschwärmt. Sie nahm sich in Erinnerung an sie und wegen ihrer Verantwortung für das wachsende Baby in ihrem Bauch vor, jeden Job zu machen, der ihr dort eventuell angeboten wurde. Hauptsache, sie bekam Arbeit. Sie war nicht wirklich dumm. Aber sie hatte nie das College besucht, nie einen Beruf gelernt, nie längere Zeit für eine Firma gearbeitet. Und alles nur, weil sie immer auf der

Suche war und sich beweisen musste, dass sie gegen alles und jeden selbst durchbeißen konnte. Es wurde Zeit, dass sie erwachsen wurde.

Das Erwachsenwerden schloss auch die Suche nach einer Wohnung ein. Dank der großzügigen Spende von Douglas konnte sie sich ein kleines möbliertes Appartement leisten. Es war nichts Besonderes und wenn das Baby erst da war, würde sie sich etwas anderes suchen müssen. Immerhin waren die Kakerlaken in der Kochnische größer als ihr Baby es vermutlich an seinem ersten Tag nach der Geburt wäre. Aber da es billig war, musste es für den Anfang genügen. Sie kaufte ein paar Sicherheitsschlösser, damit sie die Tür damit verstärken konnte, und brachte sie kurz vor ihrem Vorstellungstermin noch an.

Und jetzt saß sie hier. Ihr Drang davonzulaufen wurde von Minute zu Minute stärker, als sie sah, wie ihre Haare Strähne für Strähne gekürzt wurden. Sie hatte sie seit sieben Jahren nicht mehr schneiden lassen. Und jetzt fielen sie einfach so einer Schere zum Opfer. Die wenigen verbliebenen Haare waren einige Zeit später von einer unappetitlich gefärbten Masse und etlichen Streifen Alufolie bedeckt.

Ihre Nägel wurden entlackt und mit einer Feile bearbeitet und anschließend klebte man ihr Kunstnägel auf. Igitt. Sie fragte sich insgeheim, ob sie die Nacht damit überstehen konnte, ohne sich versehentlich zu erdolchen. So lange Krallen hatte sie noch nie besessen. Konnte man sich damit überhaupt waschen, ohne ein Blutbad anzurichten? Erleichtert registrierte sie, dass Trixie einen großen Teil der Kunstnägel abknipste, sodass eine erträgliche Länge herauskam. Anschließend strich sie irgendein Zeugs drauf, das unter eine UV-Lampe härtete.

Zwei weitere fleißige Hände entfernten gerade vorsichtig das letzte Piercing. Dann wurde ihr Gesicht einer Reinigung unterzogen. Super. Die Tusse redete auf sie ein, als ob sie noch nie einen Waschlappen gesehen und sich nie richtig gewaschen hätte. Am liebsten würde sie aufspringen und hinauslaufen. Ach was laufen: RENNEN! Tief durchatmend betete sie im Stillen ihr neues Mantra herunter. ‚*DU HAST VERANTWORTUNG.*‘

Nach einer Weile wurde die braunrötliche Pampe von ihren Haaren gespült. Nach dem Waschen wurde ihr Kopf mal in die eine und dann in die andere Richtung gezerrt, während ihre Haare geföhnt wurden. Das machte dieser Pierre. So wie er herumgurrte und stöhnte, konnte man meinen, er bekäme gleich einen Orgasmus. Und alles nur, weil er ihre Haare bearbeiten durfte. Vielleicht hätte sie doch lieber einen anderen Job suchen sollen. Immerhin huschten jetzt zwei Leute um sie herum, die sie schminkten. Herrgott noch mal, das bekam sie ja wohl auch alleine hin.

Als sie fertig geschminkt war, wurde sie so schnell vom Stuhl gezerrt, dass sie noch nicht einmal den allerflüchtigsten Blick in den Spiegel werfen konnte. Und das, obwohl hier wirklich jede Menge davon herumhingen. Statt dessen wurde sie in eine Umkleide verfrachtet und in dieses grässlich apritcotfarbene Ungetüm gesteckt. Eine schmal geschnittene Bluse, es konnte auch ein Kleid sein, denn es endete in der Mitte ihrer Oberschenkel, mit langen Ärmeln und einem kleinen Stehkragen im chinesischen Stil mit einer ganz dezenten Drachenstickerei. Gott sei Dank durfte sie drunter ebenfalls apricotfarbene Leggins tragen. Hilfe. Sogar die Flip-Flops waren apricotfarben mit kleinen Perlen und Blüten. Allerdings musste sie zugeben, dass ihre – wie sollte es anders sein – apricotfarben lackierten Zehennägeln in den Dingern gar nicht so schlecht aussahen. Wäre nur der eine nicht so krumm, mit dem sie gegen den Stein am Strand gestoßen war.

Sobald sie angezogen war, ratterte diese Noelle eine ganze Liste von Pflichten herunter, die sie ab jetzt täglich zu erledigen hatte. Sie trabte ihr hinterher und hörte aufmerksam zu. Noelle drückte ihr verschiedene Utensilien in die Hand und Hailey machte einen Schritt zur Seite. Beinahe wäre sie mit jemandem zusammengestoßen.

Himmel, war diese Irre neben ihr denn blind oder machte die das absichtlich? Machte sie einen Schritt nach links, bewegte sie sie parallel dazu. Trat sie nach rechts, standen sie sich wieder unmittelbar gegenüber. Vielleicht fand sie das ja ganz lustig, Hailey ging es gewaltig auf die Nerven. Gerade als sie ihr sagte, dass sie jetzt links vorbei gehen würde, fing Noelle, die sie die ganze Zeit etwas pikiert beobachtet hatte, schallend an zu lachen.

Fassungslos starrte Hailey erst sie und dann die Frau sich gegenüber an. Zögernd streckte sie die Hand aus und berührte die glatte Spiegelfläche. Heiliges Kanonenrohr. Sie hatte sich selbst nicht erkannt. Aus dem Spiegel starrte ihr eine junge, gut aussehende Frau entgegen, deren Gesicht fast nur aus Augen bestand und vom kümmerlichen Rest in Form ihres mageren Körpers ablenkte. Zumindest ihr Kopf sah so aus, wie sie es sich immer erträumt hatte. Und sogar der Rest gefiel ihr überraschend gut. Wenn in den Leggins auch ihre Beine so knochig herauskamen, wie sie wirklich waren. Wie hatten die das geschafft? Eine kleine Träne kullerte über ihre Wange und Noelle, die sie schallend ausgelacht hatte, legte ihr fast liebevoll die Arme um die Schultern.

„Hi Cinderella. Du siehst wunderschön aus, weißt Du das? Und jetzt hüschhüsch an die Arbeit, bevör die böse Stiefmütter Jean-Lüc dahinterkommt, das wir nischts tün."

Das Telefon klingelte seit bestimmt fünf Minuten ununterbrochen. Deidre hob müde den Kopf. Sie war heute Morgen eine der Letzten gewesen, die von der Party aus Providence zurückkam. Und sie hatte bis zum Schluss durchgetanzt und sich prächtig amüsiert. Es konnte eigentlich nur ein Notfall sein, wenn jemand so vehement das Telefon klingeln ließ. Ihr Arm tastete sich unter dem Kopfkissen hervor, dass sie kurz vorher über ihren Kopf gelegt hatte, um das Klingeln auszusperren. Mist. Mit dem Ausschlafen wurde das heute wohl nichts. Mit einem Auge schielte sie auf ihre Uhr. Sieben Uhr morgens. Sie hatte gerade mal eine halbe Stunde geschlafen. Als sie den Hörer endlich richtig herum am Ohr hatte, brummelte sie ein verschlafenes „guten Morgen".

Während sie beinahe wieder einschlief, hörte sie Arslan zu, der sie bat in die Krankenstation zu kommen. Danach starrte sie den Hörer an. Das blöde Ding schwieg – ihr Quasi-Chef hatte schon längst wieder aufgelegt. Offenbar gab es keine weiteren Informationen. Seufzend schwang sie die Beine aus dem Bett und krabbelte unter die kalte Dusche. Vielleicht würde sie das wach machen. Was allerdings nicht wirklich gelang. Ihre Augen waren zwar jetzt offen und die Gänsehaut würde sie vermutlich morgen noch zieren, aber ihr Verstand hinkte immer noch meilenweit hinterher.

Gähnend öffnete sie die Tür der Krankenstation und rief leise nach Arslan, während sie über den Flur schlurfte. Ein Arm winkte kurz aus einem der hinteren Räume. Sein Büro? Hatte sie irgendetwas falsch verstanden? War das vielleicht doch kein Notfall. Dann sollte er sich besser eine gute Erklärung dafür einfallen lassen, warum er sie so eilig in die Krankenstation holte, obwohl er wusste, dass sie von der Party noch völlig k. o. war.

Nachdem sie den Raum betreten hatte, musste er allerdings nicht viel erklären. Er sah eindeutig selbst wie ein Notfall aus. Sein Gesicht war verschwollen und verfärbt und er hielt den linken Arm eng an den Körper gepresst. Und wenn sie genau hinsah, war seine Nase gebrochen. Jedenfalls verlief oben an der Nasenwurzel eine blutige Querlinie. Und er schien Schmerzen zu haben, denn seine Fangzähne waren ausgefahren. Als sie vorsichtig zu ihm trat – ihr Leben mit Etanaern hatte ihr gezeigt, dass Verletzte mit Vorsicht zu genießen waren – korrigierte sie sich was die Fangzähne betraf. Zumindest was die Stückzahl anging. Offensichtlich hatte er heute Nacht, bei was auch immer, einen davon eingebüßt.

Himmel. Ausgerechnet Arslan? Sie hatte ihn mehrmals in Aktion erlebt und er hatte nie den kürzeren gezogen. Wer immer ihn jetzt so lädiert hatte, musste entweder ziemliche Verstärkung oder eine tierische Wut gehabt haben. Seine Kleider sahen zerrissen aus und sie hörte schon aus drei Metern Entfernung seinen Magen knurren. Was sie veranlasste, sofort stehen zu bleiben.

„Ich brauche Deine Hilfe."

Obwohl er sie äußerst hungrig musterte, rührte er sich nicht von seinem Stuhl.

„Könntest Du etwas spenden?"

Fast automatisch nickte sie. Er hatte sie in all den Jahren noch nicht um Hilfe gebeten. Sie war sich nicht mal sicher, ob er überhaupt schon mal auf die Spende einer Weisen Frau zurückgegriffen hatte. „Reicht ein halber Liter?"

Arslan fuhr mit der Zunge zu der Stelle, die sonst einen prächtigen Fangzahn zeigte und nickte. Es war nicht weiter schlimm, dass der ausgefallen war – er würde nachwachsen. Allerdings konnte das eine kleine Weile brauchen. Ein oder zwei Wochen etwa, soweit sie wusste. Gerade setzte Arslan seinen Kaffeebecher ab und erhob sich ächzend. Deidre runzelte die Stirn. „Du solltest in Deinem Zustand nicht so viel Kaffee trinken. Der dehydriert. Und so wie Du gerade beisammen bist …"

Kraftlos winkte Arslan ab. „Das passt schon. Wenn das stimmen würde, wäre ich bei meinem derzeitigen Konsum schon längst zu Staub zerfallen."

Sich mühsam streckend, verzog er schmerzerfüllt das Gesicht. Auch wenn sie deutlich schneller heilten als normale Menschen, Halil hatte ihn so zugerichtet, dass selbst er eine Weile brauchen würde, um wieder fit zu werden. Und er verfluchte sich im Stillen, dass er so unregelmäßig trank. Dadurch hatte sich eine erste Heilung bereits verzögert. Wieder geisterte Shannons Bild durch seine Gedanken und die Vorstellung sich eine richtige Blutwirtin für einen längeren Zeitraum zu suchen, hatte seit dem kleinen Zusammenstoß mit seinem Cousin an verlockender Bedeutung gewonnen. Vielleicht sollte er Shannon …?

Auch wenn er nach einer Spende von ihr gefragt hatte, warf ihm Deidre einige vorsichtige Seitenblicke zu, während sie in den Verbandsraum eilte, um die Schläuche und Nadeln zusammen zu suchen. Sie stellte sich auf die Zehenspitzen. Verflucht, seit wann war das Zeug so weit oben eingeräumt. Ohne dass sie es unterdrücken konnte, wallte Nervosität in ihr hoch, als sie spürte, wie Arslan dicht hinter sie trat und nach oben griff.

Eigentlich hatte sie ihn noch in seinem Büro gewähnt und nicht bemerkt, wie nahe er ihr war. Sie hörte ihn Luft holen und gepresst ausatmen. Und er schnurrte wie ein Straßenkater. „Ähm, Arslan, könntest Du mir bitte etwas Luft zum Atmen lassen?"

Flüchtig nahm sie seinen warmen Atem an ihrem Hals wahr, bevor sie merkte, dass er sich zurückzog. Erleichtert atmete sie aus. Himmel, das war Arslan, kein Tier. Und sie lebte ihr ganzes Leben mit Etanaern zusammen. Das waren alles keine Tiere. Sie hatten Verstand. Sie wusste, dass er ihr nichts tun würde. Warum also zitterte sie wie Espenlaub, als sie alles was sie eingesammelt hatte, auf einen kleinen Tisch warf? Und sie war offensichtlich nicht die Einzige, die nervös war. Auch Arslans Hände zitterten wie bei einem Morphinsüchtigen, als er versuchte, die Nadel in ihre Vene zu stoßen. Er brauchte vier Anläufe – und das obwohl er so etwas sonst blind und vermutlich sogar ohne Weiteres mit den Füßen erledigen konnte. Mit zusammengebissenen Zähnen sah Deidre ihm zu. Himmel, der letzte Versuch tat ziemlich weh. Morgen würde ihr Arm bestimmt an der Stelle grün und blau sein. Sie seufzte erleichtert auf, als sie merkte, dass die Hohlnadel sicher platziert war. Ihm schien es ebenso zu gehen.

Allerdings reichte seine Energie im Moment nicht mehr aus, um sich selbst entsprechend vorzubereiten und mit einem kleinen Zögern erledigte Deidre das für ihn. Bis sie endlich den Verbindungshahn aufdrehen konnte, standen Schweißperlen auf seiner Stirn. Und sie war sich im Moment absolut nicht sicher, ob er wegen seiner Schmerzen so schwitzte oder von dem Versuch, ihr nicht in den Hals zu beißen. Jedenfalls ließ er sie nicht aus den Augen und verfolgte hungrig jede ihrer Bewegungen. Im Moment spürte sie an mindestens achtzig Stellen in ihrem Körper einen Puls und sie wusste, dass er das ebenfalls spürte und roch.

Langsam beruhigten sich seine Atemzüge und er lag still auf der etwas tiefer eingestellten Liege. Deidre schloss erleichtert die Augen. Mit jedem Milliliter Blut der aus ihr herausfloss merkte sie jedoch ihre Müdigkeit. Wenn sie nicht aufpasste, schliefen sie beide ein und das wäre dann vermutlich ihr Ende, weil keiner den Hahn der Verbindungsleitung zudrehen konnte.

Sie hätten noch jemand dazubitten sollen. Krampfhaft hielt Deidre die Augen auf. Arslan hatte seine bereits erschöpft geschlossen. Von ihm war in der Hinsicht offensichtlich keine Hilfe zu erwarten. Nach einer Weile schreckte sie hoch, weil sie den Eindruck hatte, Francesca zu hören, die nach ihr rief. Entsetzt bemerkte sie, dass nicht viel gefehlt hätte und sie wäre richtig eingeschlafen. Erschöpft drehte sie das kleine Absperrventil zu und ließ sich zurückfallen. Dabei fiel ihr auf, dass sich Arslans Atem wieder veränderte.

Während sie mühsam damit kämpfte wach zu bleiben, merkte sie, wie er sich mit leuchtenden Augen aufsetzte. Verdammt, das war ein Zeichen für Hunger und Erregung. Brauchte er etwa noch mehr? Er wandte sich zu ihr um. Der einzelne Fangzahn blitzte kurz auf und sie sah, wie er sich über die Lippen leckte und gierig in ihre Richtung schnüffelte. Vor ihren Augen begannen sich die Schwellungen und Verfärbungen zurückzubilden und er bewegte vorsichtig seinen Arm.

Zu müde, um irgendetwas unternehmen zu können, starrte sie ihn ängstlich an, als er sich von der Liege erhob und sich über sie beugte.

„Keine Angst, Dir passiert nichts, Kleines. Ich bringe Dich bloß in Dein Appartement."

Das Schnurren hüllte sie ein und ohne dass sie es verhindern konnte, fielen ihr die Augen zu. Irgendwo tief in ihrem Unterbewusstsein schrie sie laut NEIN. Das hier war nicht richtig. Wortlos betete sie einen Schutzzauber und hoffte, dass er wirkte. Sie hatte ein Gelübde abgelegt und die Etanaer auch. Er durfte ihr nichts tun. Doch sie konnte die Augen einfach nicht öffnen. Vage bekam sie mit, dass sie kurz danach auf ihrem Bett in ihrer Wohnung abgelegt wurde.

Hastig deckte er sie mit ihrer Bettdecke zu und zog das Kissen unter ihrem Bauch wieder hervor. Angewidert von sich selbst warf er es auf den Boden. Sich abrupt aufrichtend beschimpfte er sich im Stillen mit allen Ausdrücken, die ihm so einfielen. Was war verdammt noch mal in ihn gefahren? Himmel, so etwas war ihm noch nie passiert. Und von einer Infusion war auch noch keiner seiner männlichen Patienten scharf geworden. Aber er hatte Probleme damit, sich zu beherrschen um nicht über Deidre herzufallen. Immer wieder sagte er sich ihren Namen vor. Sie war eine Weise Frau und tabu, einfach tabu. Aber ihr Hals sah so verlockend aus. Himmel, sie hatte schon gespendet. Noch mehr von ihr zu nehmen brachte sie in Gefahr.

Keuchend wurde ihm bewusst, dass sein Mund erneut gefährlich nahe an ihrer Halsvene war. Mit einer ruckartigen Bewegung richtete er sich wieder auf. Außerdem durfte er gar nicht mehr von ihr nehmen. Sie war eine Weise Frau und verdammt noch mal tabu. Wenn sie nicht freiwillig spendete, war ihr Blut verboten. Auch wenn ihm auffiel, wie gut sie roch und wie sie gebaut war. TABU!!!! Beide Hände vor seinen Mund geschlagen, verließ er rückwärts den Raum und ihr Appartement.

Dann stürmte er im Laufschritt in sein Appartement und riss sich seine Kleider vom Leib. Er hatte er einen grauenhaften Geschmack im Mund. Irgendetwas Blumiges. Benutzte Deidre Parfum? Aber seit wann nahm er so etwas so extrem über die Mundschleimhäute wahr? Er versuchte tief zu atmen, um den Würgereiz loszuwerden. Während er danach hastig Zahnpasta auf seine Bürste drückte, fuhr er mit seiner Zunge über die Zähne, die sich zudem ungewohnt rau anfühlten. Himmel schmeckte das scheußlich. Glücklicherweise ließ der Geschmack langsam nach, während er seine Zähne schrubbte wie ein Verrückter. Danach stellte sich unter die eiskalte Dusche.

Sein Fangzahn pochte und pochte. Die Stelle, an der normalerweise der andere Fangzahn war, begann dank seiner Schrubberei eben zu bluten und pochte fast noch mehr. Und nicht nur seine Zähne. Nicht mal das eiskalte Wasser konnte seine Erektion bekämpfen. Er versuchte an Meryem zu denken und begann sich zu streicheln. Doch statt dadurch Erleichterung zu finden, wurde seine Lust permanent größer und größer. Mit einem Arm hielt er sich krampfhaft an der Armatur fest, um sich davon abzuhalten, zu Deidre zurückzugehen.

Beim Gedanken an sie stellte sich erneut der blumige Geschmack in seinem Mund ein und er musste kurz und heftig würgen. Seiner Erektion tat das keinen Abbruch. Er war so steif, dass es schon schmerzte. Erst mit Shannons Bild vor Augen kam er schließlich zu einem fast schon verzweifelten Höhepunkt. Er hatte eine Ewigkeit gebraucht. Und er fühlte sich kein bisschen besser, nur schrecklich leer und allein.

Mit blauen Lippen ging er anschließend nackt und tropfend in seinen Trauerraum. Er fror bis in die Fingerspitzen und setzte sich mit klappernden Zähnen auf den Boden. Eine Gänsehaut überzog seinen gesamten Körper. Arslan brauchte mehrere Anläufe, bis er das Bild seiner Frau betrachten konnte. Es beruhigte ihn allerdings nicht, sie anzustarren. Der Ausdruck ihrer lachenden Augen erschien ihm heute verächtlich zu sein und er senkte beschämt den Kopf. Lange Zeit saß er so da. Sein Magen knurrte noch immer lang und anhaltend.

Wider Erwarten machte ihr die Arbeit Spaß. Alle Bedenken wurden von der offenen, fröhlichen Art der Angestellten beiseite gewischt, die sie ohne irgendwelche dummen Kommentare in ihrer Mitte aufnahmen. Das Lächeln wurde ihnen wohl doch nicht morgens, gleich nachdem sie das Gebäude betraten, ins Gesicht getackert - es schien tatsächlich echt zu sein. Und auch wenn sie nur Haare zusammenkehrte, Wickler, Kämme und Bürsten reinigte, pausenlos Fläschchen auffüllte und Tuben ersetzte und Tonnen von Handtüchern in eine große Waschmaschine packte, bevor sie sie in den Trockner stopfte und hinterher zusammenfaltete – die Arbeit füllte sie aus.

Morgens wurde sie in aller Eile von einer kichernden Trixie geschminkt und Pierre machte sich erneut verzückt über ihre gesträhnten Bob her, bevor sie in ihr Törtchen-Outfit, wie sie es insgeheim nannte, stieg. Noelle hatte sie überredet, vorgestern und gestern nach ihrer Schicht und heute in ihrer Frühstückspause einen kleinen Abstecher in das hauseigene Solarium zu machen. Genau genommen kam die Anregung von Jean-Luc, wie sie ihr flüsternd erzählte. Er hatte Angst die Kunden könnten sie in ihrem blassen apricotfarbenen Outfit versehentlich für eine Leiche halten. Seither war sie nicht mehr ganz so leichenblass. Was erfreulicherweise am Solarium und nicht an dieser absolut blöden Bemerkung ihres Chefs lag. Ihre Wangen leuchteten nur kurzzeitig nach dieser Bemerkung in einem unvorteilhaften Rot, das sich etwas mit dem Törtchen-Outfit biss. Ihr gesamter Körper war allerdings durch den Aufenthalt im Solarium bereits leicht gebräunt. Eigentlich hätte sie ja nie gedacht, dass das so schnell ging. Seltsamerweise machte es ihr danach noch mehr Spaß an wirklich jedem der zahlreichen Spiegel vorbeizugehen. Immer wieder musterte sie ungläubig die Gestalt, die ihr daraus entgegenblickte. Das konnte nicht sie sein.

Jean-Luc, alias Peter Mose Koslowski, hatte verzückt die Augen verdreht. Ihm war es wie ihr ergangen. Er hatte sie schlicht nicht wiedererkannt und sich ernsthaft gefragt, wann er denn dieses hübsche, kleine Käferchen eingestellt hatte. Keine Stunde später rief er sie in sein Büro und erklärte ihr, dass sie diese Arbeit unmöglich auf Dauer machen und sie die Idee mit der Weiterbildung in einem halben bis dreiviertel Jahr getrost vergessen konnte.

Um eine normale Atmung bemüht, saß Hailey verkrampft vor ihm. Sie hätte es wissen sollen. So etwas passierte in Märchen. Vielleicht noch in Hollywood. Aber im richtigen Leben? Dennoch bedankte sie sich artig, Koslowski für die Chance, die er ihr geboten hatte, und entschuldigte sich, obwohl sie selbst nicht wusste warum, für ihr Versagen – wie auch immer das aussehen mochte. In ihrem Kopf kreiste das Wort VERANTWORTUNG wie ein kleines Damoklesschwert herum. Dann erhob sie sich schon mal vorsorglich. Sie würde lieber gleich gehen, als darauf zu warten, dass er ihr auch noch die Gründe für den Rauswurf nannte. Einfach weil sie sich nicht sicher war, ob das Mantra und Grannys gute Erziehung tatsächlich über ihr Temperament und ihre mit der Zeit ziemlich mies gewordenen Manieren über die überraschend große Enttäuschung wegen der schnellen Kündigung siegen konnten.

Etwas verwirrt registrierte sie seine entsetzte Miene, mit der er sich für seine Körperfülle überraschend schnell aus seinem Ledersessel erhob und auf sie zustürzte. Er griff nach ihren Händen und tätschelte sie väterlich. „Aber, aber, cherie. Wollen Sie etwa schon die Flinte ins Korn werfen. Um die Wahrheit zu sagen, isch habe mir gestern schon gedacht, dass Sie für Ihre momentane Arbeit viel zu talentiert sind. Immerhin war Ihr Augenmake-up zwar etwas ungewöhnlisch aber außerordentlisch kunstvoll."

Sein Lächeln hatte etwas von einem freundlichen Haifisch. „Sehen Sie, isch denke Sie sollten Ihre Kreativität in etwas Produktives verwandeln und einen Teil

Ihrer Freizeit bereits jetzt für die Ausbildung verwenden und nicht erst in einem halben Jahr. Isch habe mir erlaubt, Sie für den nächsten Kurs in Kosmetik anzumelden."

Sein Lächeln erinnerte sie jetzt wirklich an den Hai Frankie aus dem Trickfilm ‚Große Haie, kleine Fische', den irgendeiner ihrer Bekannten als Poster an der Küchentür hängen hatte. Oder war es der vegetarische Hai aus ‚Findet Nemo'? Egal, schnell konzentrierte sie sich auf den Wortschwall, den ihr Chef gerade weiter ausspuckte.

„Die nächsten zwölf Wochenenden werden trés arbeitsreich sein fürschte isch. Die sind mit dem Kurs verplant. Und isch möschte, dass Sie morgens so weiterarbeiten wie bisher und sisch mittags an Giselles Seite begeben." Giselle hieß in Wirklichkeit Gertrud, aber der Name passte laut Jean-Luc nicht in seinen Schönheitstempel.

„Nun aber husch-husch an die Arbeit. Zeit ist schließlich Geld und das sollen die Kundinnen reischlisch bei uns lassen, n'est-ce pas?"

Er lächelte wieder. Das wirkte bei ihm echt gruselig.

„Ninette wird Ihnen die Unterlagen für die Schulungen spätestens morgen geben. Und nun vite, vite, schwingen Sie den Besen."

Wenigstens klang das Ninette ganz nett, auch wenn die Frau Clarice hieß und aussah wie ein Matrone von der Heilsarmee. Aber bereits gestern hatte Hailey bemerkt, dass die Frau ein Herz aus Gold hatte.

Obwohl die Arbeit Spaß machte, kämpfte sich Hailey mehr oder weniger durch den Tag. Der Vormittag war ja ganz nett gewesen. Der Nachmittag bescherte ihr jedoch einen steifen Nacken, weil sie die ganze Zeit Giselle über die Schulter schaute. Abends durfte sie zwei Stunden länger bleiben und Giselle ließ sie an Trixie herumwerkeln. Ihrer Meinung nach konnte Hailey ein wenig praktische Erfahrung vor Kursbeginn nicht schaden. Und Trixie ließ sich gerne verwöhnen, wenngleich es damit am ersten Abend noch etwas mangelte.

Doch der Tag hatte nicht nur Positives gebracht. Es gab zwei, drei Wehmutstropfen. Der Erste war gestern Abend die Reaktion von Morty und den anderen gewesen. Die hatten die Hände über dem Kopf zusammengeschlagen, als sie in normalen Jeans und einem einfachen Shirt, das sie sich in einem Anflug von Größenwahn auf dem Nachhauseweg gegönnt hatte, bei ihnen aufgetaucht war. Die Kommentare waren so giftig und gemein gewesen, dass sie relativ schnell wieder gegangen war. Keiner von ihren Bekannten hatte gefragt, wo sie hin wollte. Dafür hatten sie ihr hämisch hinterher gerufen, dass ihr Hawai'i wohl in den Kopf gestiegen war. Mit Tränen in den Augen war sie aus dem Haus gestürmt. Dort würden sie keine zehn Pferde mehr hinbekommen.

Der Besuch in ihrem Lieblingsclub war genauso frustrierend gewesen. Zwar hatte sie da ihre gewohnten Klamotten getragen, aber mit ihrem fröhlich rotblondbraun-gesträhnten Kopf fiel sie auf wie eine Leuchtrakete in der Nacht. Vielleicht auch, weil sie es nicht übers Herz gebracht hatte, Trixies Make-up zu zerstören und sich geheimnisvoll bleich zu schminken. Obwohl sie anfangs mit großem Hallo begrüßt worden war, hatte sie sich zunehmend unwohler gefühlt. Waren ihre Freunde tatsächlich schon immer so sprachlos gewesen? Sie saßen meist schweigend am Tisch und bewegten sich kaum. Irgendwann war River auftaucht. Er hatte sie überrascht angesehen und kurz mit seinen falschen Zähnen angefaucht – völlig idiotisch.

Nachdem sie ihn eine halbe Stunde aufmerksam gemustert und ihm noch aufmerksamer zugehört hatte, wollte sie nur noch eins: WEG! Wieso war ihr vorher nie aufgefallen, dass er in etwa den Intelligenzquotienten von einem Pfund Magerquark hatte? Warum war ihr nie aufgefallen, wie affektiert er in seinen Haaren herumfummelte und sie nach hinten warf? Warum hatte sie es früher geil gefunden, wenn er sie mit seinen Händen mit den spitz zugefeilten, schwarz lackierten Fingernägeln begrabschte?

Heute fand sie ihn einfach eklig, richtig eklig. Seine Klamotten rochen moderig und feucht. Und er selbst irgendwie säuerlich. Und die Wortlosigkeit, die sie früher immer für völlig durchgeistigte Nachdenklichkeit gehalten hatte – River hatte einfach nichts zu sagen, außer kryptisch formulierten Versen, die sowieso keiner verstand, vermutlich nicht mal er.

G egen acht Uhr abends versammelte sich die Familie um den Tisch in der Gemeinschaftsküche. Sogar Halil und Aimée kamen, obwohl Halil davon ausging, dass ihm einige zum Teil unangenehme Fragen zu Aimée gestellt wurden und ihm graute ehrlich gesagt vor dem Moment, wenn er Arslan wiedersah. Er war nicht gut im Entschuldigen. Aber Aimée hatte ihm noch in der Nacht den Kopf gewaschen. Und auch wenn er sich mehrfach sagte, dass Arslan womöglich vorher etwas mit ihren Erinnerungen gemacht haben konnte, wusste er zeitgleich, dass das nicht der Fall war. Er wollte es eigentlich auch gar nicht glauben. Aber wenn er es nicht glaubte, war wie gesagt eine Entschuldigung fällig und er hatte den gesamten Tag überlegt, was er sagen konnte. Bis jetzt war ihm noch nichts Brauchbares eingefallen, dementsprechend nervös war er.

Wie erwartet schwirrten die ersten Fragen Aimée betreffend durch die Luft – noch bevor irgendjemand Platz genommen hatte. Keiner sprach sie im Moment laut aus, aber das war ja auch nicht nötig. Sowohl Tomás als auch die anderen löcherten ihn gedanklich. Einmal wollten sie wissen, ob er und Aimée sich schon entschieden hatten, wie es weiterging – was zumindest von ihrer Seite aus nicht der Fall war. Er selbst würde sie am liebsten so lange in seinem Gästezimmer einsperren, bis sie zur Vernunft kam und sich für ihn entschied. Zum anderen fragten sie aber auch nachdrücklich nach den blauen Flecken, dem Salbenverband der Hand und der etwas humpelnden Gangart. Stur blockte er erst mal alles ab.

Schließlich wurde es Nathan zu bunt und er wandte sich direkt an Aimée, während er ihr höflich den Stuhl zurechtrückte. Vielleicht war sie gesprächiger als Halil, der ihn gerade finster musterte. „Hattet ihr auf dem Nachhauseweg einen kleinen Unfall? Bist Du okay?" Sein prüfender Blick glitt über sie.

Nach einem kurzen Räuspern und einem schnellen Blick zu Halil nickte sie. „Mhm – und ich fürchte es war ein ziemlich dummer Unfall. Ich bin mit dem Absatz am Saum meines Kleides hängen geblieben und umgeknickt. Na ja, und die Tür war meiner Hand im Weg und sie war stärker." Sie atmete kurz aus. Das stimmte jetzt zwar zeitlich nicht ganz, aber das brauchte ja niemand zu wissen. Hoffentlich las grade niemand ihre Gedanken. „Aber es ist halb so schlimm. Arslan hat zwar vermutet, dass die Hand gebrochen ist und die Verletzung am Knöchel auch schlimmer ist - aber Halil hat mich zu einem anderen Arzt gebracht. Der hat mir ein Schmerzmittel gegeben – und so wie es aussieht, hat Arslan sich getäuscht, weil jetzt gerade spüre ich fast nichts mehr und so lange hält das Schmerzmittel bestimmt nicht an. Und die Hand kann ich auch schon ganz gut bewegen." Sie wedelte etwas damit herum. „Vermutlich ist sie doch nur verstaucht."

Augenblicklich ging Tomás linke Augenbraue nach oben. Das klang ja interessant. ‚Schmerzmittel, anderer Arzt?' Halils Blick traf ihn zeitgleich mit seiner gedanklichen Antwort. ‚Ben hat ihr etwas von meinem Blut gegeben.'

Mit einem überraschten Seitenblick auf Deidre bemerkte Tomás, wie diese zusammenzuckte, als Arslans Name genannt wurde und sich danach betont aufrecht hinsetzte. Noch eine Überraschung? Er schnupperte kurz. Roch er da eine leichte Angst an ihr? Genüsslich auf seinem Lachs herumkauend nahm er sich vor, nachher ein paar Worte mit ihr zu wechseln. Seine Neugier war geweckt. Zumal gerade Arslan den Raum betrat und sich ihre Reaktion wiederholte.

Sein Neffe sah kurz in die Runde und begrüßte alle. Recht oberflächlich, nicht einmal Isabel bekam heute eine Umarmung. Und er mied den Blickkontakt mit Aimée, Alisha und Deidre. Oha, gab es da etwa ein Problem, von dem er wissen sollte? Die Gabel mit einer kleinen karamellisierten Kartoffel stoppte unmittelbar vor seinem Mund und er legte sie nach kurzem Zögern wieder ab.

Wie sah Arslan denn aus? Es war zwar kaum noch wahrnehmbar, aber offenbar hatte er eine Tracht Prügel erhalten und keine kleine. Isabel stieß ihn leicht in die Seite und schüttelte unmerklich den Kopf. Nachdenklich nahm er die Gabel wieder auf. Seine Frau hatte recht. Seit Jahrhunderten galt die Regel, dass Probleme egal welcher Art bei gemeinsamen Essen ausgeklammert wurden. Sonst würden sie vermutlich nie dazu kommen, eine ungestörte Mahlzeit einzunehmen.

Dennoch entging ihm Aimées überraschter Ausdruck nicht, als sie Arslan neugierig musterte. Ein Wirrwarr an Gedanken schoss durch ihren Kopf. Neugierig, wie er war, las er alle.

‚Wie geht das denn? Der sah heute Nacht, als Halil mit ihm fertig war, doch aus wie ein Boxer, der nach der ersten Runde k. o. ist und aus Sturheit erst in der 12. aufgibt? Eigentlich hatte sein Gesicht doch Ähnlichkeit mit einem rohen Hacksteak. Und wieso kann der seinen Arm einfach so bewegen und wo sind die ganzen Blutergüsse und Prellungen?'

Mit großen Augen wandte sie sich an Halil. Der schüttelte allerdings nur kaum merklich den Kopf und murmelte etwas wie „ich erklär es Dir später".

Wollten die alle verarschen? Eine gebrochene Hand durch einen Sturz, den sie abfangen wollte, war ja noch einigermaßen plausibel. Aber warum bitte fragte sie sich dann, wieso Arslan nach dem, was Halil in der vergangenen Nacht getan hatte, so normal aussah. Er zerbiss seine Kartoffel und dachte nach. Hier ging irgendeine Information völlig an ihm vorbei. So etwas hasste er wie die Pest.

Sicher es gab Dinge, die man lieber unter sich ausmachte. Aber offensichtlich waren ja nicht nur Halil und Arslan in die Sache verwickelt. Und warum zum Teufel musterte Alisha seinen Neffen immer wieder mehr als besorgt, während der jedem ihrer Blicke beharrlich auswich? Was lief denn zwischen den beiden? Sein Blick wanderte zu León. Der spürte zwar ganz offensichtlich auch die unterschwellige Spannung, saß jedoch mehr oder weniger entspannt Arslan gegenüber und unterhielt sich zwanglos mit ihm. Trotzdem sah Arslan aus, wie das personifizierte schlechte Gewissen.

Einen Moment wurde er von Deidres Duft abgelenkt. Je mehr Frauen im Haus waren, desto schlimmer wurden leider auch die Ablenkungen – so angenehm sie auch waren. Er seufzte lautlos und schob schnell ein Stück Lachs an seinen Fangzähnen vorbei, die sich bei dem zitrusartigen Geruch ihrer nahenden Fertilität bemerkbar machten. Lecker, das passte heute sogar zu ihrem Essen. Fisch und Zitrone. Zeit seines Lebens hatte er diese Eigenschaft seiner Rasse gleichermaßen geliebt wie gehasst. Gedankenverloren kauend warf er einen schnellen Blick in die Runde.

Als er merkte, wie die Männer unruhig hin und her rutschten, überlegte er schnell mit einem Stirnrunzeln, ob er eine Anweisung dahin gehend herausgeben sollte, dass fertile Frauen zumindest nicht mehr an gemeinsamen Mahlzeiten teilnehmen durften? Für den Saunabereich hatte er auf Halils Bitte hin diese Woche eine solche Instruktion bereits erteilt. Immerhin tummelten sich hier im Haus mittlerweile so viele Frauen, dass alle Etanaer sowieso dauernd mehr oder weniger stark erregt waren. Das war für die Gebundenen unter ihnen schon schwer genug. Himmel war er froh, dass er Isabel hatte. Und beim Essen saß man einfach viel zu dicht aufeinander. Schnell steckte er sich eine weitere Kartoffel in den Mund.

Verdammt, Messer, Gabel und Fangzähne – auch in all den Jahrhunderten fand er Letztere in Kombination mit den ersten beiden Gegenständen absolut unpraktisch. Und allen Männern hier am Tisch ging es vermutlich ebenso. Er musterte sie kurz und legte innerlich stöhnend seine Gabel auf seinen Teller. Viel zu tief in seine Gedanken verstrickt, hatte er gerade eben mit seinem linken Fangzahn die Silbergabel richtig fies erwischt und er fuhr schnell mit seiner Zunge über die Seite seines Zahns. Himmel, schmerzempfindliche Zähne waren ja schon schlimm, aber schmerzempfindliche Fangzähne konnten die Hölle sein.

Irgendwo in seinem Kopf machte es klick und sein Blick schoss perplex zu Arslan zurück. Der unangenehme Schmerz in seinem Zahn rückte augenblicklich in den Hintergrund. Was war dass denn? Hatte er das gerade richtig gesehen? Fehlte ihm etwa ein Fangzahn? Ja ganz eindeutig.

Die Erfahrung seines Lebens hatte ihn gelehrt, dass es besser war, auf bestimmte Alarmsignale zu achten, bevor aus den an sich kleinen Signalen große Probleme wurden. Und momentan leuchteten diese Signale überall hier im Raum. Das verdarb ihm echt den Appetit. Fast wehmütig blickte er auf den Rest Lachs auf seinem Teller herab. Aber seine Neugier war mittlerweile so groß, dass er den garantiert nicht mehr herunter bekam. Isabel warf ihm prüfende Seitenblicke zu und lächelte beruhigend.

Seine Frau hatte gut lachen. Sie hatte ihr derzeitiges Ziel ja erreicht und diese Hailey erfolgreich aus dem Haus verjagt. An der Stelle fiel ihm auf, dass sein jüngster Sohn heute erstaunlich wortkarg war. Gestern auf der Party hatte er eigentlich ganz entspannt gewirkt und bis zum Schluss mit gefeiert. Heute wirkte er in sich gekehrt und nachdenklich. Nathan versuchte immer wieder, ihn aufzuheitern. Er fing einen Gedanken auf, in dem er Douglas riet, sich seinem Vater anzuvertrauen. Gespannt wartete er auf die Antwort seines Sohnes. Die auch prompt kam, begleitet von einem unsicheren Lächeln in seine Richtung.

‚Nein, nein, ich krieg das schon hin. Außerdem bin ich mittlerweile völlig überzeugt davon, dass Du mit Deiner Idee recht hast. Sie erinnert sich, weil sie tatsächlich davon ausgeht, dass ich keiner bin.'

Er würde mit Douglas reden müssen. Die Lektion ‚wie sperre ich bestimmte Leute aus meinen Gedankengängen aus' hatten Nathan und sein Sohn ganz offenbar geschwänzt oder nicht geübt. Glück für ihn selbst, Pech für Douglas. Mit beiden Händen auf die Tischplatte schlagend, erhob Tomás sich ruckartig.

„Okay, das ist genug für heute. Seid mir nicht böse aber ich platze vor Neugier. Erst mal will ich Dich, Dich, Dich und euch beide in der Bibliothek sprechen und zwar jetzt sofort." Sein Zeigefinger deutete nacheinander auf León, Arslan, Halil, Aimée und Alisha.

„Und wenn wir miteinander fertig sind, will ich wissen, was ihr beiden für ein Geheimnis miteinander teilt, von dem ich nichts wissen soll." Er sah seinen Sohn und Nathan an. Isabel griff nach seinem Arm.

„Nicht jetzt, mi peke. Du kannst gerne mitkommen. Aber ich platze, wenn ich nicht augenblicklich erfahre, was hier vor sich geht."

Es sah seltsam aus, wie der Kleinste von allen mit diesen paar Worten und einem herrischen Winken mit dem Kopf die drei größten Etanaer und zwei ihrer Frauen in seine Bibliothek schickte. Vor allem, da man zumindest zwei der drei Männer ihr Unbehagen deutlich anmerken konnte. Dennoch widersetzte sich ihm niemand.

Arslan warf Halil im Hinausgehen einen giftigen Blick zu. Seine Gedanken bohrten sich in seinen Cousin und er blockte alles außerhalb an. „Ich hoffe für Dich, dass Du die Klappe gehalten hast!"

Dann drückte er sich an ihm vorbei und stürmte frustriert und mit großen Schritten in die Bibliothek. Mit einigem Schaudern dachte er an Tomás Fähigkeit hinter alles zu kommen, was ihn wirklich interessierte. Gott sei Dank war wenigstens Francesca noch etwas angeschlagen und er würde sie mit Sicherheit nicht zur Unterstützung holen. Nervös kaute Arslan auf seiner Unterlippe. Mist, Tomás brauchte Francesca Hilfe doch überhaupt nicht. Denn, selbst wenn er es schaffte, Tomás aus seinen Gedanken rauszuhalten. Alisha würde es mit Sicherheit nicht schaffen. Und León würde es live mitbekommen. Ihm war klar, dass er Scheiße gebaut hatte und ihm war auch klar gewesen, dass er für die Sache mit Alisha und Deidre noch Ärger bekommen würde. Aber Himmel noch mal musste denn alles auf einmal kommen? Seine eigene Verwirrtheit, Halils Wut und jetzt gleich auch noch Leóns berechtigter Zorn.

Gedanklich ging er schon mal die Weisen Frauen durch, die er hinterher um Hilfe bitten konnte. Und lachte sich selbst aus. Als ob ihm eine Weise Frau nach der Sache mit Deidre helfen würde. Wenn die den Mund aufmachte, dann … Verdammt noch mal, er würde sich ja mit Anstand noch nicht mal richtig wehren können. Immerhin hatte er wirklich etwas Dummes mit Alisha vorgehabt. Dass er das nicht im Voraus geplant hatte, war dabei nebensächlich. Schnell schloss er seine Augen und riss sie gleich wieder auf. Und offenbar hatte León seit seiner Rückkehr aus Europa noch nicht von Alisha getrunken, sonst wüsste er, dass sie sein Blut in sich hatte, auch wenn es nur eine minimale Menge war. Gott sei Dank war Deidre jetzt gleich nicht mit von der Partie. Wenn die noch wegen heute Morgen etwas sagen würde ….

Unbehaglich bewegte er seinen Kopf und rollte seine linke Schulter vor und zurück. Wieso hatte er sich auch in letzter Zeit nicht mehr richtig unter Kontrolle? Er hatte ihr Angst eingejagt. Selbst heute Abend saß sie noch wie ein verschrecktes Mäuschen am Tisch. Er konnte es riechen. Dabei war das das Letzte gewesen, was er wollte. Verdammt noch mal sie war doch genauso tabu wie Alisha oder eine der anderen Frauen im Haus. Und außerdem hatte sie ihm geholfen. Wo waren seine verdammten Grundsätze geblieben?

Ihm wurde eiskalt, als er mitbekam, dass Tomás Deidre telefonisch bat, doch auch in die Bibliothek zu kommen. Heute war kein guter Tag für ihn – so viel stand fest.

Zwei Paar Hände strichen sanft über seinen Körper – es fühlte sich angenehm an, wenngleich es stellenweise schmerzte. László brauchte einen Moment, bis er begriff, dass er wieder einmal gewaschen wurde. Er öffnete mühsam die Augen. Sein Kopf ruckte automatisch zurück, als er den Lappen auf seinen Mund zukommen sah – allerdings weniger wegen des Tuches als mehr wegen der Frau, die es in der Hand hielt.

Tabea? Er brauchte eine Weile, bis er diesen Namen flüsterte. Die Frau reagierte nur mit einem leichten, beruhigenden Lächeln. Wieder flüsterte er den Namen. „Meg tudtok érteni?"

Mitleid mischte sich in ihren Blick. Offenbar hatte sie seine Frage, ob sie ihn verstanden, nicht verstanden. Wusste sie, dass er Tabea sehen wollte? Wusste sie, dass er sich Sorgen um Tabea machte? Wurde auch die Frau hier von Erzsébet gequält? Andererseits sah sie nicht so aus. Sie wirkte jung und gesund – fast heiter und gelassen, als hätte sie nie etwas Schreckliches erlebt. Und sie verstand ihn eindeutig nicht! Krampfhaft versuchte er sich an ihren Namen zu erinnern, sie hatte sich ihm vorgestellt. Es hatte damals eine Weile gebraucht, bis er begriff, aber er wusste, dass sie ihm ihren Namen genannt hatte. Seine Augen wurden feucht als sie jeder ihrer Bewegungen folgten. Sie war so anmutig, so schön, so jung.

Entsetzt fiel ihm sein eigenes Aussehen ein und er ließ den Kopf ganz in die Kissen fallen, den er zuvor leicht erhoben hatte. Wie sie ihn wohl sah? Was sie in ihm wohl sah? Als er seine Augen schloss, durchzuckte ihn ein anderer Gedanke. Er hatte seinen Kopf bewegen können. Kraftlos versuchte er, ein Bein aufzustellen und einen Arm leicht zu bewegen. Es ging. Zwar nicht sehr gut, aber es ging. Sie hatten die Fesseln offenbar gelöst. Die verbrannten Stellen schmerzten noch, aber es war auszuhalten. Wenn er sich nur nicht so verdammt schwach fühlen würde.

Nach dem Waschen verbanden sie seine Wunden neu. Dann begannen Morag und Cleo, die ihr heute mit dem alten Mann half, mit den physiotherapeutischen Übungen die Arslan vor einiger Zeit angeordnet hatte. Dadurch, dass der Mann so lange lag, schwanden seine Muskeln rapide und die mussten dringend wieder aufgebaut werden. Zumal er sich bereits vor dem Aufenthalt hier in einem äußerst schlechten körperlichen Zustand befand. Ausnahmsweise war er heute bei Bewusstsein, während sie die Übungen mit ihm machten.

Ein Grund mehr, ihm immer wieder besorgte Blicke zuzuwerfen. Solange der Raum so temperiert blieb, wie er jetzt war, fühlte sie sich absolut sicher. Und wenn er sie so ansah, wie er es eben getan hatte, auch. Sie konnte seine Verzweiflung und stummen Hilfeschreie förmlich fühlen. Wenn sie es richtig verstanden hatte, hielt er sie für jemand anderen. Der Arme.

Morag stimmte Francesca völlig zu. Der Magier hier war nicht durch und durch böse. Irgendwo in ihm gab es einen guten Kern. Aber leider war es nicht nachvollziehbar, wann seine andere Seite zum Vorschein kam. Sicher war nur, dass es dann in dem jeweiligen Raum eiskalt wurde. Gerade eben strich ein glühender Lufthauch über ihren Rücken und sie zuckte unwillkürlich zusammen. Auch Cleo merkte offenbar den Temperaturunterschied. Schnell erneuerten sie gemeinsam eine Schutzformel, während sie unmerklich Sándor zunickte, der sich sofort in die Gedanken des Magiers einschaltete und diese blockierte. Die Luft im Raum wurde fast augenblicklich wieder normal warm.

Mit der Hitze hatte er sofort wieder Panik und Wut verspürt. Und er hatte am Blick der beiden Frauen gemerkt, dass auch sie eine Veränderung der Stimmung registrierten. Erleichterung durchfuhr ihn, als er merkte, dass sie etwas machten und die Panik und Wut in ihm spürbar nachließ und die Raumtemperatur sofort wieder anstieg. Das waren keine normalen Frauen! Magie – sie kannten sich mit Magie aus! Voller Erleichterung stieß er einige unartikulierte Laute aus. Die, die er von den Untersuchungen her kannte, strich beruhigend über seinen Arm und lächelte ihn wieder an. Jetzt fiel ihm auch ihr Name ein. Morag, sie hieß Morag und sie half ihm, sie schützte ihn!

Eben fuhr sie fort, sein Bein zu strecken und zu beugen. Vor Erleichterung hätte er schreien können. Sie konnten ihm gegen Erzsébet helfen. Vielleicht war die doch zu schwach, um zurückzukommen. Er war so froh, so unsagbar froh.

Sein Blick wanderte zu der zweiten Frau. Sie wirkte sehr jung und ihre Figur war fast knabenhaft. Schlank, zierlich. Nur die Andeutung einer Brust. Gierig glitten seine Augen wie von selbst über ihren Körper. Solange man nicht in ihre Augen sah, konnte man glatt annehmen, dass sie nicht älter als vierzehn oder fünfzehn Jahre war. Unbewusst leckte er über seine Lippen.

Gerade traten zwei Männer neben sie. Er wusste nicht woher, aber er wusste, dass es Etanaer waren. Das wurde ja immer besser. Gleichzeitig meldete sich ein schreckliches, nagendes Hungergefühl. Ein metallischer Geschmack verbreitete sich in seinem Mund und er brauchte einen Moment bis er begriff, dass er sich auf die Zunge gebissen hatte. Er schluckte hungrig, gleichzeitig hoffte er, dass die Blutung nicht zu schnell aufhörte. Er brauchte mehr davon, viel mehr.

Verschwommen nahm László wahr, wie die knabenhafte Frau die Augen aufriss und auf ihn herunterstarrte. Sie öffnete den Mund und sagte etwas, aber er konnte es nicht verstehen. Er hörte nur ein Rauschen und hatte den Eindruck, sich aus dem Raum zu entfernen. Momentan sah er die ganze Szene von oben. Auch die Männer wirkten völlig überrascht und erstarrten dann mitten in der Bewegung.

Wieso verdammt noch mal starrten sie so auf diese jämmerliche Gestalt in dem Bett, deren Zunge gerade über völlig ausgedörrte Lippen leckte, bevor sich ein abgrundtief böses Lächeln in einen Mundwinkel schlich. Gefiel ihnen, was sie sahen? Neugierig registrierte er ein reißendes Gefühl in seiner Brust, das sich langsam über seinen gesamten Körper ausbreitete. Es fühlte sich fast so an wie damals, als seine Herrin ihm die Haut am Rücken abgezogen hatte. Nur war es sehr viel intensiver. Fast als würde etwas aus ihm herausgerissen. Und doch war dieser grässliche Schmerz jetzt seltsam entfernt, irgendwo unter ihm. Seine Augen glitten über die vier Personen, die um das Bett standen. Nein, eigentlich sahen sie eher entsetzt aus. Entsetzt und gelähmt.

Morag spürte schlagartig wieder einen Temperaturunterschied. Viel gravierender als beim ersten Mal und sie fühlte sich völlig erstarrt. Egal wie sehr sie sich anstrengte, sie konnte sich bis auf ihre Augen nicht bewegen. Entsetzen machte sich in ihr breit, als sie bemerkte, dass es Sándor und György genauso erging und offenbar auch Cleo. Ihre Augen weiteten sich noch mehr als sie zu dem Mann im Bett zurückglitten und bemerkte, wie die Luft um ihn herum zu flirren begann. Im Raum war ein statisches Rauschen und Knistern zu hören und die Temperatur stieg an.

Ein angstvolles Wimmern kämpfte sich aus ihrer Kehle, als sie merkte, wie die Haare des Mannes lockiger und länger wurden und das Kinn runder. Die jetzt hellgrauen Augen bekamen stecknadelkopfgroße rote Pupillen. Das Weiß der Augäpfel wurde blutrot. Und sie waren gierig auf Cleo gerichtet.

Wäre es ihr möglich gewesen zu blinzeln, hätte sie es jetzt getan. Einfach um sich zu überzeugen, ob ihr ihre Fantasie nicht ein Trugbild vorgaukelte. Es schien als ob sich eine zweite Gestalt aus dem alten Mann löste, eine Frau. Durchscheinend, flirrend, aber deutlich sichtbar. Ihre klauenartigen Finger waren nach Cleo ausgestreckt. Und ihr Kopf näherte sich Cleos Hand. Oh mein Gott, ihre Blick ruckte zurück zu dem Mann. Unwillkürlich formte sich ein Gedanke in ihr. Sie hatte nicht die Kraft ihn auszusprechen. Aber in Gedanken schrie sie ihn laut heraus. ‚László NICHT!'

Wie aus weiter Ferne hörte er seinen Namen und wusste seltsamerweise sofort, dass Morag ihn rief. Er sah sich selbst in dem Bett liegen, aber irgendwie war er das nicht. Das reißende Gefühl in seinem Brustkorb ließ etwas nach. Morag war in Gefahr. Er brauchte einen Moment, bis er erkannte, dass seine Herrin hier war und etwas vorhatte. Er wusste nicht was genau, aber es hatte offenbar mit der zweiten Frau zu tun. Krampfhaft versuchte er, zu dem Körper in dem Bett zurückzukommen. Es schmerzte, als er hineinschlüpfte – fast so als wäre seine sterbliche Hülle in den Sekunden, die er sie verlassen hatte, geschrumpft. Keuchend holte er Luft, als er es endlich geschafft hatte. Er sah die flirrende Gestalt seiner Herrin, sie hatte etwas mit dieser zweiten Frau vor. Wieder spürte er Wut in sich hochkochen. Doch etwas war anders als sonst. Er musste, nein er wollte dringend helfen. Überraschend leicht gelang es ihm, sein linkes Bein anzuheben und es der Frau mit voller Wucht vor die Brust zu stoßen. Sie flog an die Wand hinter ihr. Und er hörte seine Herrin wütend kreischen. Wieder spürte er dieses reißende Gefühl in sich – viel schlimmer als je zuvor - und er registrierte entsetzt, dass sie sich mit ihm verband.

Morag nahm wahr, dass Cleo durch die Luft flog. Der Tritt und der Aufprall hatten bestimmt dafür gesorgt, dass ein paar Rippen gebrochen waren, aber irgendwie war der Spuk dadurch schlagartig vorbei. Morag merkte, wie sie wieder Gewalt über ihre Arme und Beine bekam, und bückte sich schnell, um nach Cleo zu sehen. Sie atmete schwer und hatte ganz offensichtlich Schmerzen. Sándor hob sie hoch, während er György gedanklich befahl, den Magier wieder zu fixieren.

Dessen Blick war panisch auf Morag gerichtet. Er brabbelte auf Ungarisch vor sich hin, kaum verständlich. Fast hörte es sich an wie: „Es tut mir leid, es tut mir leid, es tut mir leid. Bitte lasst mich nicht mit ihr alleine, helft mir." Aber das bildete sie sich sicherlich ein.

Lászlós Blick wandte sich Sándor zu. Der Tonfall seiner heiseren Stimme wurde flehend. „Segitsetek. Ne hagyatok vele egyedül."[11]

Als die Vier rasch den Raum verließen, um Cleo zu versorgen, steigerte sich seine Brabbelei zu einem hilflosen Schreien, dass durch die geschlossene Tür und die Flure zu hallen schien, bis es sich auf ein einzelnes, restlos heiseres Wort reduzierte: „Nem!"[12] Außer Sándor und György verstand ihn jedoch niemand.

Das Schweigen in der Bibliothek dehnte sich unangenehm aus. Die Luft knisterte vor unterdrückter Spannung. Tomás überlegte flüchtig, wie viel Zeit seit Deidres Ankunft und seiner Frage, was hier gespielt wurde, wohl vergangen war. Eine viertel Stunde, eine halbe? Leider hatte bisher niemand wirklich auf seine Frage reagiert. Weder verbal noch mental und bislang hatten sowohl Halil als auch Arslan seinem Versuch, Kontrolle über ihre Erinnerungen und Gedanken zu übernehmen, widerstanden. Mittlerweile sahen die beiden allerdings etwas blass aus und es hatten sich Schweißperlen auf ihrer Stirn gebildet. Halil biss gerade die Zähne zusammen, als Tomás mit einem Lächeln seine Bemühungen verstärkte.

Dabei arbeitete er erst seit etwa fünf Minuten auf diese Weise. Normalerweise zog er es vor, wenn seine Leute ihm freiwillig erzählten, was er wissen wollte. Sein Lächeln verstärkte sich, seine sehenswerten Fangzähne verlängerten sich, seine Augen leuchteten etwas mehr, als er sich entspannt zurücklehnte und noch mal einen Tick mehr versuchte, ihre Gedankenbarrieren zu durchbrechen. Arslan und Halil sahen zwischenzeitlich aus, wie zwei Verdurstende in der Wüste. Schweißüberströmt, bleich und mit einer gleichzeitigen ungesunden Röte im Gesicht, verbissen. Vermutlich würde er nicht mehr lange brauchen. Immerhin bekamen sie schon Kopfschmerzen und massierten sich immer wieder verstohlen die Schläfen.

Alishas Blick huschte zwischen den drei Männern hin und her. Offenbar ging hier irgend so ein Gedankending vor sich. León stand völlig ruhig da, offenbar wurde er da außen vor gelassen. Sein Blick war jedoch neugierig und sehr gespannt auf Halil und Arslan gerichtet. Aimée und Deidre standen ebenfalls reichlich angespannt neben ihr. Ihre Hand ruckte an ihre Schläfe, ein Gefühl der Wärme machte sich gerade darin breit. Nicht unbedingt unangenehm, aber keinesfalls normal. Was zum …?

Tomás! Der Name fiel ihr augenblicklich ein. Genauso hatte es sich angefühlt, als er und Francesca sich in Boston kurz um sie gekümmert hatten und in der Fahrt in dem Mercedes, als sie auf dem Weg zu ihrer leider ausgebrannten Wohnung waren. Sie fuhr zu ihm herum. „Lass das!" Augenblicklich stellte sie sich eine blühende Wiese vor.

Verblüfft wandte sich ihr Schwager zu ihr um. Wie bei allen guten Geistern hatte sie mitbekommen, dass er gerade entschieden hatte, sich ihr zuzuwenden? Immerhin hatte er weiterhin die beiden Männer im Visier behalten. Mit erhobener Augenbraue musterte er sie. Offenbar verfügte Alisha über Qualitäten, die er an ihr noch gar nicht entdeckt hatte. Bisher konnte er sich doch mühelos bei ihr ein- und ausklinken. Seine Stirn runzelte sich kurz. Oder etwa nicht?

Er neigte den Kopf etwas mehr zur Seite und musterte sie ausführlich. Arslan wiederum konnte den Blick weder von ihr noch von ihm richtig lösen. Er bekam es zwar nur aus dem Augenwinkel mit, aber so viel war sicher: Sein Neffe hatte was ausgefressen. Der sah ja geradezu panisch aus. Was offenbar auch León gerade auffiel.

Dessen Stimme hatte sich zu einem wütenden Knurren verzerrt. „Wasss sssum Teufel läuft da zwisssen euch beiden?"

Ein Blick in seine leuchtenden Augen und auf die ausgefahrenen Fangzähne und jeder konnte erkennen, dass er in diesem Moment bereits eine gewisse Befürchtung hegte. Ach Du heiliges Kanonenrohr, alles bloß das nicht. Vorsorglich erhob sich Tomás von seinem Drehstuhl.

In diesem Augenblick presste Arslan ein „es tut mir wirklich leid" hervor und Alisha rief ein vehementes „nichts, was soll da laufen" aus. Verdächtiger ging es kaum. Und Halil legte kurz die linke Hand über seinen Mund. Dadurch fühlten sich sowohl León als auch sein Bruder in ihrem ersten Verdacht augenblicklich bestätigt. Immerhin gab es zumindest etwas, das Halil bereits wusste. Im Raum wurde es unangenehm kalt, während León dampfte wie ein Heizkessel und sich unerbittlich in Richtung Arslan bewegte, der abwehrend die Hände hob und einen weiteren Schritt zurück machte, sodass er endgültig mit dem Rücken an der Wand stand. Hatte Halil Arslan so zugerichtet, weil er dahinter gekommen war, dass sein Neffe und seine Schwägerin etwas miteinander angefangen hatten? Tomás positionierte sich vorsichtshalber zwischen seinem Bruder und seinem Neffen. Auch wenn er Leóns Reaktion durchaus verstehen konnte, es half niemandem, wenn er Arslan vor den Augen seiner Frau zerlegte.

Und dieser Trottel stand auch noch mit herabhängenden Schultern und flach erhobenen Händen an der Wand. Das schlechte Gewissen in Person. Der würde sich garantiert nicht wehren. Schnell stoppte er León, indem er seinem Bruder die Hand auf die Brust legte. In dieser kleinen Geste lag so viel Kraft, dass sich zwischen den einzelnen Parkettelementen unter seinen Füßen breite Fugen bildeten, als León sich abmühte weiterzugehen. Tomás ganze Hand verfärbte sich weiß, so sehr spannte er sich an. Ein wütender Blick traf ihn.

¡Quítate de mi vissssta! Lasssssss mich vorbei!"

Halil stellte sich vorsorglich neben Tomás.

„Sollten wir die Frauen nicht besser ..."

Sein Kopf deutete kurz in Richtung Tür. Tomás nickte und bellte einen Befehl in den Raum.

„Geht jetzt besser zurück zu den anderen, schnell!"

War das der gleiche León, der gleiche Tomás, der keine Stunde zuvor am Tisch fröhlich mit den anderen zusammensaß? Aimée starrte zu Alisha und Deidre und die beiden starrten zu ihr zurück. Ihr Verdacht in ein Rudel Höhlenmenschen geraten zu sein, verstärkte sich augenblicklich. Oder vielleicht doch eher Höhlentiere? Und sie würde nicht zulassen, dass – was auch immer er tatsächlich getan haben mochte – diesem Arslan jetzt nochmals das Gleiche passierte wie letzte Nacht. Und irgendwie hatte sie den Eindruck, dass die beiden anderen Frauen ebenso dachten. Mit verschränkten Armen drückten sie sich hastig an den drei Männern vorbei und stellten sich vor Arslan.

„Falsche Richtung - ich habe gesagt, ihr sollt hier verschwinden. Vamos!"

Tomás Stimme war leise und sie verstand ihn fast nicht. Aber das war sowieso nebensächlich. Sie hatte nicht vor, zu gehen. Wenigstens stand Halil diesmal vor Arslan und schien diesen León aufhalten zu wollen. Irgendwie beruhigend. Immerhin hatte sie ihn in der vergangenen Nacht in Aktion erlebt und mitbekommen, als er wie eine Rakete hoch ging. Ein kurzer Blick auf Tomás beruhigte sie jedoch keinesfalls. Sie hatte so ihre Zweifel, dass dieses schmächtige, zierliche Kerlchen viel ausrichten konnte.

Etwas panisch bemerkte sie, wie Leóns Hände zwischen Halils und Tomás Schultern auftauchten und er versuchte, sie auseinanderzudrücken. Krampfhaft schluckend fiel ihr ein, dass er sich ja nur aufzulösen und wieder aufzutauchen brauchte und zwar direkt vor Arslan. Da konnten hundert Leute dazwischen stehen, so konnte er sie einfach umgehen. Andererseits, das könnte Arslan dann ja auch machen. Zu Deidre gewandt flüsterte sie leise.

„Wieso löst er sich nicht einfach auf?"

Deidres Blick schien zu sagen *,super, bring ihn auch noch auf den dummen Gedanken.'* Ihre geflüsterte Antwort sagte jedoch etwas anderes. „Keine Sorge, das geht hier im Gebäude nicht. In die Wände sind Schutzmechanismen eingebaut. Eine Materialisation kann nur im Innenhof außerhalb des Gebäudes erfolgen. Im Haus selbst funktioniert das nicht."

Im gleichen Moment schüttelte Deidre über sich selbst den Kopf. Das Flüstern konnte sie sich sparen. Die Männer im Raum hörten so gut, dass sie vermutlich vor dem Haus stehen konnten und es, sofern sie Wert darauf legten, trotzdem so gut verstanden wie im Rahmen einer normalen Unterhaltung.

Gleich darauf merkte sie, wie Aimée einen Schritt näher an Arslan heranrückte. Eigentlich lächerlich, weil sie gegen León sowieso nichts ausrichten konnten, aber Deidre machte es ihr postwendend mit Alisha zusammen nach. Alle drei fuhren erschrocken zusammen, als hinter ihnen auf einmal die völlig ruhige Stimme von Arslan erklang.

„Hört mal, ich danke euch dafür, dass ihr euch so mutig vor mich stellt, aber es wäre wirklich besser, wenn ihr jetzt alle drei geht. Tut mir den Gefallen, bitte."

Alisha wandte sich zu ihm um. „Und lassen Dich alleine hier zurück? Nur über meine Leiche."

León brüllte bei ihrer Antwort wütend auf und drückte jetzt schlagartig so stark zu, dass Halil und Tomás etwa zwei Meter nach außen gedrückt wurden. Erschrocken sah Aimée auf den Boden. Das Parkett war ja völlig hinüber. Es wurde nicht verkratzt – es löste sich buchstäblich auf. Schwer atmend stand er einen Sekundenbruchteil später direkt vor ihnen.

„Sssag dassssss dasss nicht wahr issst!"

Erschrocken hielt Aimée sich die Ohren zu. Himmel, der hatte ja eine Stimme wie Donnerhall. Seine großen Hände umklammerten augenblicklich Alishas Hüften und hoben sie nach oben, sodass ihre Nasen sich berührten.

„Sssag dasss ich mich irre!" Seine Stimmlage fiel um weitere zwei bis drei Oktaven, legte dafür aber etliche Dezibel zu. Zwischenzeitlich knurrte er unaufhörlich. „Sssag esss!"

Aimées Knie wurden butterweich und sie zitterte wie Espenlaub. An Alishas Stelle hätte sie spätestens jetzt in die Hosen gemacht. Tomás griff nach dem Arm seines Bruders und versuchte ihn etwas zurückzuziehen. Mit einer leicht aussehenden Bewegung schüttelte der ihn jedoch nur ab wie eine lästige Fliege. Zum ersten Mal fragte Tomás sich verunsichert, ob er León heute im Ernstfall aufhalten konnte.

„Deidre, hol die anderen, mach schnell."

Glücklicherweise schien Deidre aufzugehen, dass es dumm war, seiner Aufforderung nicht nachzukommen, denn sie stürzte augenblicklich aus der Bibliothek und er hörte sie draußen laut nach Douglas und den anderen rufen.

„Lass bitte Alisha und Aimée hier raus. Bitte. Das ist doch eine Sache zwischen Dir und mir. Bitte. Sie kann doch …"

León durchbohrte Arslan fast mit seinem Blick. „¡Calla esa boca![13]"

Dann drehte er seinen Kopf zu Alisha zurück und schüttelte sie durch. „Sssag esss!"

Aimée fasste es nicht, aber Alisha sah überhaupt nicht verängstigt aus, sondern blickte genauso wütend zurück.

„Es ist nicht wahr und Du irrst Dich. Und jetzt beruhige Dich und komm wieder auf den Boden der Tatsachen. ICH LIEBE DICH!"

Mit einem frustrierten Aufschrei warf León sie durch die Luft, sodass sie auf das Sofa am anderen Ende des Raumes fiel.

Langsam wandte er sich Arslan zu. Mit seinem linken Arm schubste er Aimée außer Reichweite. Und alles, obwohl Tomás und Halil an ihm hingen wie Kletten und ihn zu bändigen versuchten. „¡Te voy a partir la cara![14]"

Während Aimée noch versuchte ihr Gleichgewicht wiederzufinden, rannte Alisha bereits zu den Männern zurück. Sie fiel auf die Knie, krabbelte zwischen Leóns Beinen hindurch und richtete sich blitzschnell wieder auf, obwohl Arslan und ihr Mann zeitgleich und sich zumindest darin offenbar völlig einig versuchten, sie beiseitezuschieben. Erleichtert registrierte Aimée, dass zwischenzeitlich weitere Familienangehörige in der Tür auftauchten und sich ebenfalls in Richtung León in Bewegung setzten. Dort wurde es jedoch schlagartig ruhig und alle standen völlig still. Dann bemerkte sie verblüfft, wie Alisha ein Blickduell mit ihrem Mann ausfocht und dieser tonlos fragte. „Wie war dasss eben?"

Alisha schluckte kurz und hob ihr Kinn noch etwas höher. „Du weißt, dass ich Dich liebe. Und zwar nur Dich! Ich sage es Dir jetzt noch genau ein einziges Mal: Du irrst Dich vollkommen! Zwischen Arslan und mir ist nichts und da war auch nichts. Also gibt es keinen Grund für Dich, so auszurasten. Aber, da Du möchtest, dass ich es wiederhole: Wenn Du ihm ein Haar krümmst, bin ich die längste Zeit Deine Frau gewesen."

Momentan war es so still in der Bibliothek, dass man eine auf einen Teppich fallende Stecknadel hätte hören können. Sogar das atemlose Keuchen der Männer wirkte seltsam lautlos. Völlig perplex beobachtete Aimée, wie Tomás und Halil Alishas Mann zu einem Sessel führten und hineinschubsten. Er nickte mehrmals.

„¡Ahora caigo![15]"

Aimée starrte ihn an wie ein UFO. War die kreidebleiche Gestalt mit der heiseren Stimme mit dem Mann identisch, der sich kurz vorher wie ein Verrückter aufgeführt hatte und sich kaum bändigen ließ? Jetzt saß er wie ein Häufchen Elend in dem Sessel und raufte sich die Haare. Und alles nur, weil seine Frau drohte, ihn zu verlassen? Wow! So eifersüchtig, wie er reagiert hatte, war sie eher davon ausgegangen, dass er kurz davor stand, seine Frau und diesen Arslan zu erwürgen. Und all die Aggression fiel durch ein paar Sätze zusammen? Vermutlich hatte er vorher irgendwas in ihren Gedanken gelesen. Aber hallo, was konnte das denn gewesen sein?

Mit einer Handbewegung und einem leisen Flüstern veranlasste Tomás, dass die anderen die Bibliothek wieder verließen. Die danach wieder so voll oder so leer war – je nachdem wie man es sah – wie vor ihrem hektischen Auftauchen. Deidre lehnte neben der geschlossenen Tür und wechselte unsichere Blicke mit Arslan. Alisha hatte sich zwischenzeitlich auf die Lehne des Sessels gesetzt, in dem ihr Mann saß. Halil gesellte sich zu Aimée. Mehrmals versuchte Alisha, nach Leóns Hand zu greifen. Allerdings entzog er sie ihr augenblicklich wieder. Mittlerweile schien ihre Wut wie ein Kartenhaus zusammengefallen zu sein und sie schien recht verzweifelt.

„Du bildest Dir das ein. Glaub mir doch bitte, da ist nichts."

Er schnaubte kurz und entzog ihr erneut seine Hand. „Lasssssss mich in Ruhe."

Eine Träne kullerte über ihre Wange. Als sie wieder nach ihm griff, knurrte er sie an, dass sie ihre Lügen für sich behalten könne. Aimée hörte ihr ersticktes Keuchen und wäre am liebsten zu ihr gegangen, um sie zu umarmen. Aber Halil hielt sie zurück. Stattdessen trat Arslan vor.

„Hör mal León. Sie kann wirklich nichts dafür. Wenn hier jemand Schuld hat, dann ich."

Alisha sah ihn an und schüttelte den Kopf. Doch er beachtete sie nicht weiter.

„Hörst Du? Sie hat absolut nichts getan. Also lass es nicht an ihr aus."

Der Blick, den León ihm von unten her zuwarf, war gruselig, wie Aimée fand. Und sein Knurren klang genauso Furcht einflößend.

„Dann verrate Du mir doch mal, wiessso ich glaube, dassssss Halil mehr weissssss als ich!"

Mit jedem Wort war seine Stimme lauter geworden und er hatte sich bereits wieder halb aus dem Sessel erhoben. Sein Bruder war leise neben ihn getreten und drückte ihn in den Sessel zurück.

„Ich glaube, das würde ich auch gerne wissen." Er wandte sich halb um. „Halil?"

Aimée bemerkte, wie ihr Ex-Boss neben ihr unruhig wurde und sich kurz räusperte.

„Also, es war nicht wirklich was."

Der wütende Blick wandte sich von Arslan ab und durchbohrte Halil. „Verarsssen kann ich mich ssselbst."

Seine beiden Neffen wechselten einen Blick. Tief durchatmend antwortete Arslan. „In Ordnung. Könnten die Frauen bitte vorher hier raus?"

Sofort fuhr Alisha hoch. „Ich denke nicht daran, Dich das hier alleine durchstehen zu lassen. Wir haben nichts getan!"

Man sah Arslan an, dass er mit sich rang. „Bitte Alisha, tu einfach, worum ich bitte. Es ist einfach so, dass ich das lieber ohne euch besprechen würde …"

Ein verächtliches Lachen erklang aus Leóns Sessel. „Esss issst ja toll, dasssssss Du Dich so edelmütig vor sie ssstellssst, aber eure Lügen werden nicht bessssser, wenn Du ssie alleine erzählssst. Hasssst Du keine Angssst, dassssss sie sich hinterher verplappert?"

Aufgebracht stellte sich Alisha zwischen ihn und ihren Mann. Ihre Augen funkelten wütend. „¡No soy una mentirosa! La verdad me jode un poco que tengas dudas sobre mi!^{16}"

Alle Männer bis auf León zogen die Augenbrauen nach oben. Wann hatte Alisha denn so spanisch gelernt? Mit in die Hüften gestemmten Händen und gesenktem Kopf stand Arslan da. Dann erzählte er kopfschüttelnd von dem Vorfall in der Sauna. Kurz überlegte er, ob er türkisch sprechen sollte – spanisch schied aus, weil Alisha grade bewiesen hatte, dass sie da nicht ganz unkundig war. Letztlich ließ er es aber. Er schämte sich vor Alisha und fragte sich, wie er ihr je wieder in die Augen sehen sollte. Da León auf die Geschichte in der Sauna relativ gelassen reagierte, wenn man von den Rissen, die seine Finger in den Armlehnen des Sessels hinterließen, absah, hängte er übergangslos den Vorfall neulich Nacht, als er Alisha aufgesucht hatte, daran. Mit zusammengekniffenen Augen erwähnte er auch kurz, dass Alisha dabei zufälligerweise mit seinem Blut in Kontakt gekommen war.

Leóns Blick wanderte zu Halil. „Und Du hassst davon gewusssssst und mir nichtsss davon gesssagt." Fassungslos schüttelte er den Kopf. Bevor er sich verächtlich zu Arslan und Alisha umwandte. „Und Du willsst mir nach wie vor sssagen, dass da nichtsss isst oder war?"

Tomás baute sich vor Arslan auf. „Du hast heute Nacht Zeit Deine Sachen zu packen und zu verschwinden. In diesem Haus bist Du nicht mehr willkommen."

Arslan kaute auf seiner Unterlippe und nickte zustimmend. Seine Stimme war fast tonlos, als er erwiderte, dass es so wohl am besten wäre.

Als Alisha den Mund aufmachte, fuhr Tomás sie zischend an. „¡No admito peros!"

Seine Anweisung schien sie allerdings nicht sonderlich zu stören. Sie stemmte die Hände in die Hüften und stieß alle drei Männer an. „Seid ihr jetzt völlig verrückt geworden? Ihr …"

Aimée hatte keine Ahnung was es bedeutete, aber Tomás wiederholte seinen letzten Satz etwas lauter und klang dabei ziemlich sauer. Frierend umschlang sie ihren Oberkörper mit ihren Armen. Hier drin war es saukalt.

„Es ist mir, egal ob Du eine Widerrede duldest oder nicht!" Alishas Stimme hob sich ebenfalls. „Ihr seid ja wohl völlig von der Rolle, oder? Wegen dieser Lappalie jagst Du Arslan aus dem Haus? Habt ihr schon vergessen, was er alles für euch und eure Frauen getan hat? Habt ihr vergessen, dass er der Sohn eures Bruders ist?"

In der eintretenden Stille konnte man von der Eingangstür ein leises Klatschen hören. Tomás blickte auf und nahm überrascht zur Kenntnis, dass Ahásveros in der Tür stand. Ein weiterer Blick traf Isabel, die hinter dem Familienältesten stand. Ihr Blick schien zu sagen, dass sie es für notwendig befunden hatte, ihn herbeizurufen.

Ahásveros schlenderte zum Schreibtisch, nachdem er alle flüchtig begrüßt hatte. Dort legte er seine Füße gemütlich auf die Tischplatte, nachdem er sich in den Drehstuhl fallen ließ. Dabei kaute er lässig auf einem Zahnstocher herum. Offenbar hatte ihn Isabels Anruf beim Essen erreicht. Sogar die Serviette steckte noch in seinem Kragen. Gerade nahm er sie herunter und legte sie auf den Tisch. Neugierig musterte er alle.

„Jetzt verratet mir doch bitte, warum ich mein Steak halb liegen lassen musste, um hierher zu eilen." Er schnalzte kurz mit der Zunge. „Alishas Ausführungen eben klangen ja schon recht interessant."

Augenblicklich platzten, außer Arslan, mit der Geschichte heraus. Sie sprachen wild durcheinander. Nur einmal fuhr Arslan kurz auf und warf etwas ein. Augenblicklich wollte ihm León wieder an den Kragen gehen. Als er dabei Alisha unsanft beiseite stieß, erstarrte er mitten in der Bewegung. Genau wie Halil, Arslan und Tomás. Keiner der Männer konnte sich mehr bewegen – bis auf Ahásveros. Die Szene wirkte geradezu eingefroren. Und Ahásveros Tonfall klang auch nicht gerade warm.

„Ich bin ja vielleicht ein bisschen altmodisch …" Er nahm seine Beine vom Tisch, stand auf und half Alisha dabei vom Boden aufzustehen und musterte sie besorgt. „Hast Du Dir wehgetan? … Aber ich habe erstens gelernt, dass man etwas rücksichtsvoller mit Frauen umgeht."

Im Hintergrund war Isabels leises, fast ungläubig klingendes Lachen zu hören, was ihr einen scharfen Blick des Familienältesten einbrachte.

„Was? Das habe ich wirklich gelernt!"

Mit einem Seufzen ließ er sich wieder auf den Stuhl hinter dem Schreibtisch fallen und drehte sich ein paar Mal. Die Männer konnten nach wie vor keinen Finger rühren und noch nicht mal blinzeln.

„Und zweitens habe ich gelernt, dass es besser ist, Frauen ab und zu zuzuhören, bevor man zuschlägt! Also ...", er sah kurz zu den Männern, „... geduldet euch noch einen Moment. Alisha? Verrätst Du mir, warum Du Arslan so vehement verteidigst?"

Lächelnd und sichtbar ungeduldig wartete er auf ihre Antwort. Die er auch prompt bekam. Alisha war ziemlich erleichtert, weil hier offenbar jemand auf ihre Meinung Wert legte.

„Arslan hat nicht mehr getan als andere hier im Haus."

Ein Knurren aus Leóns Richtung ließ sie zu ihm herumfahren.

„Du mein Lieber kannst ganz ruhig sein, genau wie Tomás."

Dessen unwilliges Brummen war Leóns Knurren unmittelbar gefolgt.

„Ihr seid keinen Deut besser. Ich habe heute Abend beim Essen zwischen euch am Tisch gesessen, schon vergessen? Deidre kommt anscheinend in eine fruchtbare Phase und ihr habt auf sie reagiert, genauso wie Ahásveros auf sie reagieren würde oder jeder andere Etanaer. Ihr könnt doch gar nicht anders. Beklagen wir Frauen uns darüber, dass ihr alle fruchtbaren Frauen angafft und bei dem Anblick beinahe sabbert? Was glaubt ihr, wie wir uns dabei fühlen? Aber nein, wir dürfen ja nicht eifersüchtig werden, schließlich könnt ihr ja gar nicht anders. Ihr armen, armen Jungs. Seid nicht böse, aber für mich klingt das wie eine schöne Ausrede. Und wenn ihr schon nicht anders könnt, wieso jagt ihr Arslan aus dem Haus? Nur weil er diese Reaktion für einen kleinen Moment nicht im Griff hatte?"

Ihr Blick brannte unangenehm in Leóns Nacken.

„Er hat mir verdammt noch mal nicht das Geringste getan. Er ist rechtzeitig zur Besinnung gekommen. Und ich bin sicher, dass er das jederzeit wieder tun wird. Ich fühle mich sicher bei ihm und bin froh, dass es ihn gibt. Trotz seiner unwillkürlichen Reaktion."

Der Familienälteste nickte vage. „Klingt gut. Aber Du warst in der Sauna doch gar nicht fertil. Das war doch Rachel, oder?"

„Richtig, in der Sauna war es Rachel. Aber woher wollt ihr wissen, dass er tatsächlich meinetwegen ...", vage deutete sie auf seine Mitte, „... ihr wisst schon .... Und im Appartement - meine Güte, er hat einfach einen riesigen Hunger. Seid doch mal ehrlich. Sein Magen knurrt schon seit Wochen so laut, dass alle im Haus kaum schlafen können." Gut, das war etwas übertrieben, aber jeder hatte es schließlich schon mitbekommen. „Oder nehmen wir doch einfach Dich, Ahásveros."

Überrascht zog er seine Augenbrauen hoch und legte er seinen rechten Zeigefinger fragend an seine Brust.

„Ja Dich - ich kann mich noch gut an Deinen Blick bei Çems Taufe erinnern, nachdem Du von seinem Blut genommen hast und dabei genau wie Arslan – wie ich übrigens erst vorher absolut zufällig aus eurer kindischen ich-will-zuerst-erzählen-Geschichte gegenüber Ahásveros erfahren habe – meinen Geschmack auf die Zunge bekommen hast. Meine Güte, glaubst Du tatsächlich, ich habe nicht gemerkt, dass Du - genau wie er - ...", ihr Finger deutete fast anklagend auf Tomás, „... plötzlich scharf auf mich geworden bist? Kann ich jetzt auch darauf bestehen, dass ihr das Anwesen verlasst? Ach nein, ich bin ja nur eine Frau und das hier ist reine Männersache, habe ich recht? Also los, sag Du es mir León, müssen Ahásveros und Tomás hier weg, weil sie scharf auf mich geworden sind?"

Unbehaglich musterte Ahásveros kurz seine Fingernägel. Er war nicht wirklich stolz auf die Reaktionen seines Körpers. Und er konnte es ja schlecht ableugnen, wenn sie ihn schon mit der Nase darauf stieß. „Ähm, gut, ich denke Deine Argumentation reicht fürs Erste. Danke."

Prüfend musterte er Aimée und ihren Verband, bevor sein Blick zwischen Halil und Arslan hin- und her schoss.

„Und was gab es zwischen euch? Abgesehen davon, dass Du den Vorfall in der Sauna beobachtet hast?"

Stotternd stieß Aimée ein Nichts hervor, was allerdings zunächst nicht weiter beachtet wurde.

„Wie hast Du Deinen Fangzahn verloren?"

Die Frage schoss förmlich auf Arslan zu. Da er den Mund nicht öffnen konnte, presste er seine Antwort zwischen zusammengebissenen Zähnen hervor. „Halil hat gedacht, dass ich mich an Aimée vergriffen habe."

Mit hochgezogenen Augenbrauen schlich Ahásveros mittlerweile um Halil herum. „Interessant. Und warum hast Du das angenommen? Wegen der Sache in der Sauna?" Er winkte Aimée zu sich heran. „Kindchen, ist an der Sache was dran?"

Sein Arm legte sich schwer auf ihre Schulter. Aimée schüttelte vehement den Kopf. „Nein, und das weiß er auch. Arslan wollte mir bloß wegen der Verletzungen helfen." Bevor der Familienälteste fragen konnte, fuhr sie fort. „Für die im Übrigen weder Halil noch Arslan etwas können. Das habe ich idiotischerweise selbst geschafft." Ahásveros nickte langsam.

Sein Blick schoss zu Deidre, die prompt leicht zusammenzuckte. „Ah, ich sehe schon, ich habe die unterschwelligen Spannungen richtig gedeutet." Ahásveros Blick bohrte sich in sie. „Was ist Dir passiert?"

Kopfschütteln. „N-n-nichts!"

Mit schräg gelegtem Kopf betrachtete er sie. Seine bis dahin meist sanft klingende Stimme wurde scharf. „Ich mag es nicht angelogen zu werden! Also? Was ist mit Dir passiert?"

Sich zu ihrer vollen Größe aufrichtend wiederholte Deidre ihre Antwort. Dieses Mal klang ihre Stimme fest. „Es ist nichts passiert. Ich habe Arslan Blut gespendet und er hat mich danach in meine Wohnung gebracht."

Mit gerunzelter Stirn beobachtete der Familienälteste den Ausdruck in Arslans Augen. Das wirkte ziemlich schuldbewusst. „Sie ist eine Weise Frau, was hast Du mir ihr gemacht? Du weißt, dass sie tabu sind!" Jetzt klang seine Stimme donnernd.

Umso leiser klang Deidres Einwurf. „Er hatte einfach Hunger, schrecklichen Hunger. Aber er hat mir nichts getan. Ich gebe zu, ich hatte etwas Angst, dass die Situation ausufern könnte, aber er hat absolut nichts gemacht. Er hatte sich im Griff und ich habe zudem eine Schutzformel gesprochen. Die war nach dem Aufwachen noch intakt. Er hat sie nicht durchbrochen."

Fauchend fuhr Ahásveros zu ihr herum. Verflixt, das hätte sie vielleicht jetzt nicht unbedingt sagen sollen.

„Wieso hast Du eine Schutzformel gegen ihn verwendet? Was zum Teufel hat er getan?" Den letzten Satz brüllte er heraus.

Deidre ballte die Fäuste und sah Arslan fast entschuldigend an. Dann funkelte sie Ahásveros an. Der begann gerade, ungeniert in ihrem Kopf zu wühlen.

„Hör auf meine Gedanken lesen zu wollen, Ahásveros. Ich bin eine Weise Frau, wie Du selbst bemerkt hast. Du hast nicht das Recht dazu, wenn ich Dir die Erlaubnis nicht erteile. Und ich erteile sie Dir nicht! Aber ob Du es glaubst oder nicht: ER.HAT.NICHTS.GETAN. ABSOLUT.NICHTS! Er war nach der Schlägerei mit Halil schwer verletzt und sah einfach fürchterlich aus. Das Blut, das ich gespendet habe, hat gerade mal für die erste Heilung gereicht. Es war nur ein Tropfen auf einem heißen Stein und Alisha hat vollkommen recht. Arslan hat seit längerer Zeit Hunger. Großen Hunger und der wird nicht kleiner, wenn er so verprügelt wird, wie Halil das gemacht hat. Ich wollte einfach kein Risiko eingehen. Das ist alles."

Der Familienälteste löste den Bindezauber, den er gewirkt hatte. Erleichtert gingen die Männer etwas auseinander. Tomás und León hatten noch immer eine ziemliche Wut auf Arslan. Die noch gewachsen war, als auch noch Deidre mit ihrer Geschichte herausrückte. Die Zweifel an Deidres Worten waren ihnen allen deutlich anzusehen. Aber natürlich hatte sie vollkommen recht. Die Gedanken Weiser Frauen waren ebenso verboten wie ihr Blut und ihre Körper, sofern sie alles nicht freiwillig gaben. Arslan musste ja völlig verrückt geworden sein, war ihm denn gar nichts mehr heilig? Weise Frauen waren absolut tabu. Dieses Wissen sogen alle Etanaer heutzutage quasi schon mit der Muttermilch auf. Und der Umstand, dass Deidre sich genötigt sah, eine Schutzformel zu wirken, bedeutete, dass sie ernsthaft Angst bekommen haben musste, dass Arslan sich ohne Einwilligung in ihr verbiss und sich an ihr vergriff.

Grübelnd saß Ahásveros am Schreibtisch. „Ich fürchte, Tomás, Arslan hat ein Problem, dass sich nicht einfach dadurch löst, indem Du ihn von hier wegjagst. Das ist Dir doch klar, oder?"

Sein Blick glitt fast bedauernd über Arslan. „Dir ist wohl hoffentlich noch in Erinnerung, wie wir früher so ein Problem gelöst haben."

Mit zusammengebissenen Zähnen nickte Arslan. Seine Antwort klang etwas heiser. „Klar. Was immer ihr entscheidet, ist in Ordnung und ich werde mich fügen."

Es war schon seit Jahrhunderten nicht mehr vorgekommen. Aber er konnte sich noch gut an das erinnern, was Boris oder einer der anderen ihm damals erzählten.

In diesem Moment schrie Isabel auf, die bis dahin ruhig an der Tür gewartet hatte. „Das könnt ihr nicht tun! Deidre hat versichert, dass er nichts gemacht hat."

Alarmiert richtete Alisha sich auf. „Was genau habt ihr denn vor?"

Isabel trat weiter in den Raum hinein. „Das werdet ihr nicht tun! Das könnt ihr nicht tun! Das lasse ich nicht zu."

Der scharfe Tonfall sorgte dafür, dass Tomás blass wurde. Ihm schwante bereits jetzt, was auf ihn zukommen würde, sollte Ahásveros ihre Einwände einfach so beiseite wischen. Und Ahásveros leicht gönnerhafter Tonfall, mit dem er seine Frau gerade ansprach, half nicht unbedingt weiter.

„Isabel, bei allem Respekt: Ich glaube nicht, dass Du da ein Mitspracherecht hast. Das ist eine Sache unter uns Etanaern. Also, warum nimmst Du nicht einfach die drei Frauen hier und ihr geht nach unten, trinkt einen Tee oder macht sonst etwas von dem, was Frauen so machen."

Mit funkelnden Augen blickte Isabel ihn unverwandt an, ohne sich zu rühren. Alisha trat an ihre Seite. „Was haben sie mit ihm vor, Isabel, sag es mir."

Ruhig mischte sich Arslan ein. „Hey ihr beiden. Ich weiß zu schätzen, wie ihr euch für mich einsetzt, aber … bitte, tut, was Ahásveros sagt." Er wandte sich Alisha zu. „Es ist wirklich okay. Sie wenden nur sehr alte Gesetze an, aber es hat alles seine Ordnung. Bitte geht jetzt."

Mit seinem Blick versuchte er Isabel dazu zu bringen zu schweigen und zu gehen. Doch sie beachtete ihn gar nicht. Ihr Blick durchbohrte Ahásveros fast. Die Tonlosigkeit ihrer Stimme alarmierte Aimée, Alisha und Deidre gleichermaßen, wie das was sie sagte.

„Sie wollen ihn töten."

Besorgt beugte sich Morag über Cleo. Sie hatte mehrere Rippenbrüche erlitten und jeder Atemzug war ganz offenbar eine Qual. Überraschenderweise begann sie jedoch, sobald die Infusion mit dem Schmerzmittel zu wirken begann, sofort den Magier gegen Györgys wüste Beschimpfungen verteidigen. Die waren klar und deutlich durch die Tür ihres Krankenzimmers zu hören. Gerade eben wiederholte sie wie ein Automat ihre Argumente gegenüber Morag und Sándor.

„Überlegt doch mal: Der ganze Spuk hat aufgehört, sobald er nach mir getreten hat. Und vor allem, das vorher war doch gar nicht er. Ich hab mir doch nicht eingebildet, dass sich da eine Gestalt von ihm gelöst hat."

Ein kleiner Husten plagte sie und sie verzog augenblicklich schmerzerfüllt ihr Gesicht. Nach einer Weile sprach sie leise weiter.

„Er selbst ist nicht gefährlich. Und ich schwöre Dir, wenn Du ihm was tust, dann …" Anscheinend fiel ihr nicht ein, was sie dann machen würde, denn sie schwieg kurz. „Er ist ein alter Mann, krank, ein Krüppel. Man muss ihn schützen."

„Was muss denn noch passieren, damit ihr endlich aufwacht?" Sándor schnaubte unwillig. Damit Cleo sich nicht zu sehr aufregte, winkte Morag leicht ab. Doch Sándor war nicht aufzuhalten. „Und die Sache mit dem alten Mann … Er sieht vielleicht alt aus, aber er ist es nicht."

Ungläubig sahen die beiden Frauen ihn an.

„Seht mich nicht so an. Unsere Recherchen haben ergeben, dass er gerade mal 22 Jahre alt sein kann. Laut Kirchenregister ist er der Sohn von Tihamér und Csilla Szántó und der Enkel von Kerestély Szántó. Er wurde am 15. Mai 1985 in aller Stille geboren."

Gespannt warteten die beiden Weisen Frauen darauf, dass er weitersprach. Ihre Geduld wurde etwas strapaziert, weil Sándor sich erst beruhigen musste. Alles, was dieses Thema betraf, war förmlich ein rotes Tuch für ihn. Nach einigen Minuten hatte er sich wieder im Griff und sprach weiter.

„Ahm, also wir gehen davon aus, dass jeder der Erstgeborenen dieser Familie seit Jahrhunderten in schwarzmagischen Künsten ausgebildet wurde. Denn das Muster wiederholte sich pausenlos. Ich nehme an, ihr wisst schon, dass Erzsébet ein Monster war?"

Morag nickte schnell. „Soweit ich weiß, wurde sie zur Strafe in ihrem Schloss eingemauert und ist dort 1614 verstorben."

Erneut schnaubte Sándor verächtlich und musste an sich halten, nicht loszubrüllen. „Verstorben? Das wäre ein absoluter Traum. Erzsébet ist im Laufe der Zeit öfter bei Hofe angezeigt worden, aber die haben bis Dezember 1610 damit gewartet, den damaligen Palatin von Ungarn mit ihrer Arretierung zu beauftragen. Im anschließenden Prozess wurden dann auch ihre Diener und Dienerinnen zu Aussagen gezwungen. Teilweise unter Folter."

Er schüttelte den Kopf. Trotz aller Versuche sich zu beherrschen, wurde seine Stimme aggressiver und lauter. „Aber dieses Monster war ja adelig – mit dem Königshaus verbunden. Deshalb gab es nie ein formelles Urteil, stattdessen mauerte man sie in ihrer Burg Čachtice ein. Mit den anderen machte man kurzen Prozess. Sie wurden hingerichtet - verbrannt und so weiter. Tja, und dann war da noch Kata …"

Er verstummte kurz. „Katharina Beneczky, die war einige Jahre lang als Wäscherin für die Blutgräfin tätig. Soweit ich weiß, hat sie sich nicht in der gleichen Weise wie andere Dienerinnen an den Morden und Folterungen beteiligt.

Allerdings hat sie in Erzsébets Namen regelmäßig Leichen verschwinden lassen. Angeblich hat sie zumindest so etwas wie Mitgefühl gehabt und diverse eingesperrte Opfer mit Nahrungsmitteln versorgt. Nachdem sie aber den Rest stillschweigend duldete, hat man sie mit einer Gefängnisstrafe belegt.

Nur – unsere Nachforschungen haben ergeben, dass nicht sie, sondern eine andere an ihrer Stelle eingesperrt wurde. Die fand man relativ schnell erschlagen in der Gemeinschaftszelle. Wir können es nicht mit Sicherheit sagen, aber wir vermuten, dass diese Kata den neuen Magier für Erzsébet besorgt hat. Und jetzt ratet mal, wie der hieß?"

Kaum hörbar flüsterte Cleo den Namen Szántó, worauf Sándor bedeutungsschwer nickte. „Richtig, sie war selbst eine geborene Szántó." Sándor spuckte den Namen förmlich aus.

„Offiziell starb dieses Monster Erzsébet am 21. August 1614. Sie wurde angeblich gegen zwei Uhr morgens von einem Diener tot aufgefunden und in der Kirche zu Csejte beigesetzt. Offiziell. Wie wir herausbekommen haben, wurde sie jedoch bereits zwei Tage vorher aus der Burg geholt und ins Bükk-Gebirge im Norden Ungarns gebracht. Dorthin wo sich Szántós aufhielt und alles für sie vorbereitet hatte. Da oben gibt es gegenwärtig über 1.000 bekannte Höhlen und wer weiß wie viele unbekannte. In einem Teil dieses Höhlensystems hat sie bis vor etwa acht oder neun Jahren gehaust."

Tief durchatmend schüttelte sich Sándor, allerdings gelang es ihm nicht, die Bilder loszuwerden, die sich ihm bei seiner Suche nach Informationen über Erzsébet geboten hatten. „Die haben ihr Mädchen gebracht. Das müssen Tausende gewesen sein. Wisst ihr, was in vier Jahrhunderten zusammenkommt? Die Höhlen waren mit Knochen aufgefüllt. Wir haben alles eingeäschert und tagelang nichts anderes gemacht." Er lachte heiser und freudlos.

„Seine Vorfahren haben dafür gesorgt, dass sie überlebt hat. Wir haben immer überlegt, wie sie das geschafft haben. Aber glaubt ihr tatsächlich, dass der Spuk da vorher von ungefähr kam? Wenn ihr mich fragt, dann hat dieses Monster das nicht zum ersten Mal gemacht. Irgendein schwarzmagischer Trick, bei dem ihre Seele einen Zwischenwirt nutzt, um zu überleben.

Allerdings muss der Großvater von dem Typ hier im Haus vor etwa acht oder neun Jahren wirklich etwas Neues entwickelt haben. Denn da tauchte sie plötzlich wieder auf der Bildfläche auf. Schlagartig. Kurz zuvor waren ein paar von uns verschwunden. Und ich könnte meinen Hintern darauf verwetten, dass die verschwundenen Etanaer ganz wesentlich zu ihrem Auftauchen beigetragen haben, auch wenn sie das mit Sicherheit nicht wollten. Bis vor etwa zweieinhalb, drei Jahren war es allerdings noch relativ ruhig um sie."

Er knirschte mit den Zähnen. „Mein Sohn verschwand. Damals habe ich mir nicht viel Gedanken gemacht. Er ist viel herumgezogen in der Zeit und war oft jahrelang nicht zuhause. Erst als er sich nicht wie verabredet gemeldet hat, sind wir hellhörig geworden. Und als uns die Nachricht von hier erreichte, haben wir in Ungarn recherchiert. Vor etwa zweieinhalb vielleicht auch drei Jahren muss der alte Szántós gestorben sein. Und da ging der Horror richtig los. Erzsébet zog mordend und folternd durch Ungarn, Deutschland, Portugal, Frankreich und England. Von da führte uns die Spur direkt in die Staaten nach Boston."

Sein Blick glitt unruhig hin und her und er knetete seine großen Hände. „Ich habe ihre Überreste in der Villa rauchen sehen. Wir haben die Toten dort gesehen und gedacht, es ist vorbei. Und jetzt das. Sag mir also nicht, dass der Mann nicht gefährlich ist. Solange sie auf welche Art auch immer in ihm steckt, ist er eine Gefahr, weil sie offenbar jederzeit die Kontrolle über ihn übernehmen kann. Und wie sich heute gezeigt hat, kann sie all unsere Vorkehrungen offenbar aushebeln. Sieh Dir Deine Hand an, Cleo. Das sieht aus wie ein Gebissabdruck!"

Leichenblass fuhr Aimée zu Halil herum. „Das könnt ihr nicht machen!" Mit gerunzelter Stirn schüttelte ihr Ex-Chef nur den Kopf, um ihr klarzumachen, dass sie sich nicht einmischen sollte.

Auch Deidre stellte sich zu Isabel und Alisha. „Ich betone nochmals ausdrücklich, dass er mir nichts getan hat. Es besteht kein Grund, diese Maßnahme zu ergreifen."

Ahásveros winkte mit einer Hand ab. Stolz aufgerichtet teilte er Deidre mit, dass er an ihrer Erklärung seine Zweifel hegte. Dann wandte er sich Isabel und den beiden anderen Frauen zu.

„Und euch geht das einfach nichts an. Er hat Grenzen überschritten – nicht nur eine. Er ist unberechenbar und wird damit zu einer Gefahr und das können wir nicht zulassen. Ich dulde keine Widerrede."

Trotz seines völlig einschüchternden Äußeren trat Isabel dicht vor ihn.

„Ich sage nochmals, ich lasse es nicht zu!" Ihre Stimme sank zu einem Zischen herab, welches nur noch für die Etanaer im Raum verständlich war. „Wie Du Dich vielleicht erinnerst, habe ich es bereits einmal nicht zugelassen."

Tomás schloss die Augen, als er diesen Satz hörte. Damals hatte er sie beinahe verloren. Das wollte er nicht noch mal erleben. Panik machte sich in ihm breit, als sie tonlos fortfuhr. „Lass es mich jetzt nicht bereuen, dass ich meine Ehe und mein Leben aufs Spiel gesetzt habe, um ausgerechnet Dich zu retten."

Ahásveros zuckte zurück, als ob eine Schlange ihn gebissen hatte. „Das, das war etwas völlig anderes!"

Unerbittlich starrte Isabel ihn an. Obwohl sie ihm nur bis zur Mitte der Brust ging, hatte er das Gefühl zu schrumpfen. Dieser Blick konnte einem ja durch Mark und Bein gehen. Das letzte Mal, dass er ihn gesehen hatte, war als er es ihr gegenüber an der nötigen Achtung und dem Respekt fehlen ließ und Tomás, nachdem er Kenntnis davon bekam, ihn - Alter hin oder her – umbringen wollte und es auch beinahe getan hätte. Und zwar im Einverständnis mit dem damaligen Familienoberhaupt. Nur Isabels beherztes Eingreifen hatte ihn damals gerettet. Er räusperte sich kurz.

„Du weißt, dass ich Dich achte, aber ich werde …"

Isabel wandte sich ruckartig zu ihrem Mann um. Ahásveros verstummte sofort.

„Sorg dafür, dass er nichts sagt, was er nicht wieder zurücknehmen kann. Sorg dafür, dass er diese Entscheidung nochmals gut überdenkt. Für den Fall, dass Arslan etwas geschieht, ziehe ich mich zurück. Ich sage mich los von Dir, ich werde kein Blut mehr von Dir nehmen und wir werden uns nicht wiedersehen."

Die Worte hallten noch in Tomás nach, der mit leichenblassem Gesicht wie erstarrt dastand, als sie sich auf dem Absatz umdrehte und aus dem Zimmer rauschte, nachdem sie Arslan noch einmal liebevoll umarmt hatte.

Alisha war immer klar gewesen, dass es einen Grund hatte, warum sie mit Isabel so gut auskam. Ihre Grundsätze. Darin waren sie sich unheimlich ähnlich. Sie wandte sich an León.

„Es wäre besser, Du unterstützt Tomás bei seinen Bemühungen. Ich bin mir zwar sicher, dass es Dir weniger ausmacht, wenn ich weg bin, weil Du ja offensichtlich nach wie vor davon ausgehst, dass ich Dich in irgendeiner Art und Weise betrogen habe. Aber falls Arslan etwas passiert, solltest Du Dir eine andere Mutter für Çem suchen."

Für einen Moment hatte León das Gefühl, dass ihm eine überdimensionierte Faust in den Magen donnerte. Sie wollte ihren Sohn für Arslan opfern? Ihre Ehe? Ihr Leben?

„Falls ihm was passiert, begleite ich Isabel, wo auch immer sie hingehen mag. Das bedeutet, dass wir beide uns ebenfalls nicht wiedersehen werden."

Mit Tränen in den Augen wandte sie sich zu Arslan um. Sie umarmte ihn fest und küsste ihn auf beide Wangen. „Ich weiß, dass Du mir nie etwas tun würdest. Du bist nicht so."

Dann rannte sie schnell aus dem Raum.

Unbehaglich sah sich Ahásveros um. Glücklicherweise war keine andere Ehefrau im Raum. Mit aufgeblasenen Wangen musterte er León und Tomás. Aimées Stimme ließ ihn herumfahren. Probte diese Fremde jetzt auch den Aufstand? Was war sie? Eine Blutwirtin? Eine Geliebte?

„Falls ihm etwas passiert, könnt ihr mich auch vergessen."

Ahásveros unterbrach sie donnernd. „SCHWEIG!"

Doch obwohl sowohl seine Stimme als auch seine Haltung und sein Gesichtsausdruck Aimée gehörigen Respekt einjagten, sprach sie unbeirrt, wenn auch mit einem deutlichen Zittern in der Stimme, weiter. Überrascht ließ Ahásveros sie gewähren.

„Da ich nicht einfach so gehen kann, wie ich will, bringe ich mich lieber um, als bei jemandem wie euch zu leben. Mann, wir leben im 21. Jahrhundert! Wenn man euch so zuhört, könnte man gerade meinen im Höhlenmenschenzeitalter gelandet zu sein. Mag ja sein, dass ihr alte Regeln und Bräuche habt, aber das geht zu weit. Mit Mördern kann und will ich nicht leben und ich werde einen Weg finden, meinem Leben ein Ende zu setzen. Da mache ich nicht mit."

Halil streckte sofort die Hand nach ihr aus.

„Fass mich nicht an!"

Die Tür gab ein lautes Geräusch von sich, dass alle verbliebenen Personen im Raum zusammenzucken ließ. Halil starrte darauf. Aimée war die einzige Frau, die er kannte, die eine zweiflügelige Schiebetür zuknallen konnte.

Die Augenbrauen hochgezogen wandte sich Ahásveros an Deidre. „Hast Du vielleicht auch noch etwas dazu zusagen?"

Seinem Tonfall war zu entnehmen, dass er davon ausging oder vielmehr hoffte, dass es nicht so war. Einen Moment senkte sich Schweigen über den Raum. Dann ging Deidre zu Arslan. Sie legte ihre Hand auf seinen Rücken und lächelte ihn leicht an. Das Lächeln verblasste, sobald sie sich den anderen Männern zuwandte. Die eisige Ruhe in ihrer Stimme konnte einem Angst einjagen.

„Solltet ihr eure Entscheidung nicht überdenken, werde ich Francesca aufsuchen und mein Gelübde auflösen. Ich werde meinen Zirkel verlassen. An dem Tag, an dem ihr ihn tötet, seid ihr für mich gestorben. Und ich werde jedem Zirkelmitglied mitteilen, das Du Ahásveros ohne Einladung in meinen Gedanken schnüffeln wolltest. Ich bin sicher, das wird sie sehr interessieren, da Du damit genau genommen auch das Tabu gebrochen hast."

Mit ernstem Gesicht sah sie einen nach dem anderen an, dann verließ sie leise den Raum. Kaum war sie draußen, wirbelten einige Gegenstände durch die Luft. Die einzige Art, die Ahásveros auf die Schnelle einfiel, um seinem Unmut Luft zu machen. Diese kleine Hexe drohte doch tatsächlich ihren Zirkel zu verlassen? Sie drohte ihm, weil er dafür sorgte, dass die Übergriffe Arslans geahndet wurden? Was glaubte dieses kleine Biest, wer sie war? Die Gegenstände wirbelten schneller durch den Raum. Eine Flasche Black Pearl jagte an ihm vorbei und er griff schnell danach. Ärger war ja gut und schön, aber so ein kostbarer Tropfen musste nicht vergeudet werden. Vorsichtig stellte er die Flasche auf den Schreibtisch. Ein paar andere Dinge trafen wie durch Zufall Arslan, während alle übrigen geradezu unnatürliche Bogen um ihn selbst, Halil, León und Tomás schlugen.

Wieso zum Teufel hatten die ihre Frauen nicht besser im Griff? So aufmüpfig war ihm Alisha bei der Verbindungszeremonie gar nicht vorgekommen. Aber der Blick, den sie León eben zugeworfen hatte, ließ einem ja die Eier in der Hose verschrumpeln wie Dörrobst in der Sonne. Und Deidre. Den Zirkel verlassen, ha! Isabel war ebenfalls ein wirkliches Problem. Er wusste, dass sie knallhart ihr Ultimatum gestellt hatte und auch einhalten würde. Schließlich hatte sie es schon einmal getan. Lediglich bei dieser Aimée hatte er Zweifel, ob sie ihre Drohung einfach so wahr machen würde. Offensichtlich war sie nichts als eine Frau – mit niemandem verbunden.

Mit einem wütenden Aufschrei warf er den Schreibtisch um. Was ihm einen giftigen Blick von Tomás einbrachte, immerhin stammte das Möbelstück aus dem 17. Jahrhundert. Eine der auffälligen gedrehten Säulen zersplitterte etwas unter seinen Fingern. Und das, obwohl sie wie etwa sechsundneunzig Prozent des

Schreibtisches aus massiver Eiche bestand. Dummerweise landete die darauf stehende Flasche Black Pearl jetzt doch noch zersplitternd auf dem Boden, genau neben einer zweiten Flasche, die ihm vorher gar nicht aufgefallen war. Sein Unmut steigerte sich noch etwas. Er war sich nicht sicher, ob es seine Wut alleine war oder die von Tomás oder vielleicht von allen zusammen. Jedenfalls zersprangen alle Leuchtmittel im Raum. Ebenso wie alle Glasgegenstände, bis auf die Fenster. Innerhalb von Sekunden war der gesamte Raum mit einer Eisschicht bezogen. Sein Atem gefror fast an seinen Lippen und er bekam augenblicklich Halsschmerzen.

„Hat einer von euch vielleicht einen Vorschlag, wie wir aus dieser Scheiße wieder herauskommen?"

Sich etwas Blut aus dem Gesicht wischend, stand Arslan ruhig da. Einer der herumwirbelnden Gegenstände hatte seine Wange aufgeschlitzt, als er nicht mehr rechtzeitig ausweichen konnte.

„Ihr könnt ihnen ja sagen, dass ich das Land verlassen habe."

Leóns Gesichtsausdruck spiegelte das wieder, was die übrigen Männer dachten. Und Arslan konnte gleich nochmals über seine Wange wischen, denn ein Buch flog treffsicher aus Leóns Richtung an seinen Kopf. Keine der Frauen würde ihnen das abnehmen.

„Gut, ich kann ihnen ja selbst sagen, dass ich das Land verlasse. Vielleicht glauben sie es ja dann."

Ein gemeinschaftliches, frustriertes Stöhnen war die einzige Reaktion, begleitet von einem abfälligen Abwinken in seine Richtung.

Seine Frau würde ihm kein Wort glauben und sie wäre in dem Moment die längste Zeit seine Frau gewesen. Aber Ahásveros hatte natürlich recht. Es gab Regeln und von denen hatte Arslan einige verletzt. Er war eine Gefahr, weil er sich offenbar nicht im Griff hatte. Andererseits, Isabel hatte ihn und den damaligen Familienältesten bereits einmal in die Knie gezwungen. Und da hatte sie keine Unterstützung von einer anderen Frau gehabt, geschweige denn von drei Stück. Und er wusste, wie viel seine Schwiegertochter Rachel von Isabel hielt. Womöglich würde die sich ihnen trotz ihrer Gefühle für Samuel anschließen. Sein Blick glitt über León. Der war zwar sauer, aber auch er würde mit Sicherheit dafür sorgen, dass Alisha im Haus blieb. Hoffte er jedenfalls. Tomás stöhnte innerlich. Was nützte ihr Alter, ihre Kraft, ihre Ausdauer und alles andere, wenn sie vor dem Willen ihrer Frauen in die Knie gingen.

Ahásveros schien das Gleiche zu denken. „Seid mir nicht böse, aber wir können die Zusammenarbeit mit den Zirkeln nicht von euren Frauen abhängig machen. Es tut mir leid, aber wenn ihr sie nicht im Griff habt, dann …"

Die Wut die Tomás wegen der gesamten Situation in sich fühlte, äußerte sich dadurch, dass er Ahásveros nach diesem Satz an die Kehle ging. Mochte ja sein, dass Arslan Fehler gemacht hatte, aber Deidre hatte versichert, dass er ihr nichts getan hatte. Und das wollte er nach Isabels Drohung einfach glauben. Nein, das war eindeutig die falsche Wortwahl. Er MUSSTE es glauben, denn ein Leben ohne sie war nicht vorstellbar. Für den Rest konnte man eine Lösung finden.

„Darf ich Dich daran erinnern, dass es eine dieser Frauen war, die wir nicht im Griff haben, die Dir vor langer Zeit Deinen Hintern gerettet hat?"

Zumindest besaß der Älteste den Anstand, einen Moment beschämt den Blick zu senken.

„Das war eine andere Situation. Sie war keine Weise Frau, sie war …."

Tomás riss ihn, seine Hüften packend, so nach oben, dass seine Zehenspitzen in der Luft baumelten.

„Sie ist meine Frau! Und sie war damals meine Frau! Wenn sie sich damals zurückgehalten hätte, wärst Du heute nicht mehr da. Also beschwer nicht ausgerechnet Du Dich darüber, dass wir sie nicht im Griff haben."

In diesem Augenblick gesellten sich León und Halil zu ihnen. Sie zogen Tomás vorsichtig zurück, der Ahásveros wenig sanft über den umgekippten Schreibtisch warf. Noch immer war der Raum von eisiger Kälte erfüllt. Dann bewegte er seinen Kopf hin und her. Sein Genick knackte dabei fürchterlich.

„Wir könnten es vielleicht machen, wie bei Dir damals."

Die drei anderen Männer blickten neugierig. Zwar hatten sie immer gewusst, dass damals etwas Gravierendes vorgefallen sein musste. Bis eben hatte jedoch keiner eine Ahnung davon gehabt, dass sich ausgerechnet der heutige Familienälteste irgendwie an Isabel vergriffen hatte. Allerdings glaubte sich Arslan dunkel daran zu erinnern, dass Ahásveros damals einige Auflagen erfüllen musste und einige Zeit aus dem Land verbannt wurde. So wie es aussah, konnte er also doch schon mal seine Sachen packen.

„Abgesehen davon sollten wir vielleicht unsere Entscheidung von Deidres Einstellung abhängig machen." Halils Stimme schwankte etwas.

Überrascht sah ihn der Familienälteste an. Es würde vielleicht einigen Ärger geben, wenn sie den Zirkel wegen der Sache mit Arslan verließ, aber damit konnte man zur Not fertig werden. Der Blick von Tomás bedeutete jedoch vermutlich, dass dem soeben kam, worauf Halil wirklich hinauswollte.

„Also ich kann mich ja täuschen, aber ihre Drohung klang verdammt echt."

Unbehaglich schluckend wies er die anderen darauf hin, dass dem Ältesten ja das gleiche Schicksal wie Arslan drohen konnte, der daraufhin mitten in der Bewegung erstarrte. Sein Gesicht nahm einen ungesunden Rotton an. Verdammt, das hatte er ja noch gar nicht berücksichtigt. Ahásveros kaute auf seiner Unterlippe. Er hing an seinem Leben und das war damit verbunden, dass er genau wie alle anderen die seit Jahrhunderten geltenden Verträge einhielt. Und dazu gehörte das Beachten verschiedener Regeln. Wenn Deidre ihre Drohung wahr machte, konnte er also durchaus sein eigenes Todesurteil gleich mit unterschreiben.

Abgesehen davon, dass diese Regel reichlich antiquiert war - verdammt, wer hatte denn eine so bescheuerte Regel aufgestellt, dass die Gedanken der Weisen Frauen tabu waren, während er wusste, dass er die Gabe besaß, genau diese Gedanken zu lesen. Und jeder Tabubruch mit dem Tod bestraft wurde. So etwas wäre ihm als Verhandlungspartner garantiert nicht passiert.

Und wie hatte er in seinem Eifer, die Sache schnellstmöglich zu Ende zu bringen, um zurück zu seiner fast fruchtbaren Frau zu eilen, so übers Ziel hinausschießen können. Falls er weiter so an seiner Unterlippe nagte, wäre die in spätestens fünf Minuten nur noch halb so voll, aber Ahásveros konnte nicht damit aufhören. Es war nicht sonderlich gut für seine Autorität, aber wenn er es sich nicht ernsthaft mit den Männern hier verscherzen wollte, war es vielleicht besser etwas zurückzurudern. Außerdem: Er hing wirklich und absolut an seinem Leben.

Also nickte er langsam. „Ja, vielleicht könnten wir es tatsächlich so ähnlich wie damals machen. Wobei - das mit dem Bann fällt ja erst mal weg. Ich glaube nicht, dass eure Frauen sich davon überzeugen lassen, dass es ihm gut geht, wenn sie ihn nicht sehen."

Mit zusammengekniffenen Augen mischte sich León ein. „Es gibt heutzutage Telefon. Von mir aus kann er jeden Tag anrufen, aber ich dulde nicht, dass er sich ihr in den nächsten hundert Jahren auch nur einen Millimeter nähert."

Halil klopfte ihm besänftigend auf die Schulter und machte beinahe Bekanntschaft mit Leóns Fangzähnen, als der wütend nach ihm schnappte.

„Deine Aimée wollte er ja wohl nicht wirklich anknabbern – im Gegensatz zu Alisha. Woher sollen wir wissen, dass er nicht gerade mal wieder hungrig ist, wenn sie sich in seiner unmittelbaren Umgebung befinden? Willst Du bei Aimée das Risiko eingehen? Ich nicht!"

Mit einem Ruck richtete Tomás den Schreibtisch wieder auf und tastete vorsichtig über die Beschädigungen. „Träum weiter León. Deine Alisha ist genauso stur wie Isabel. Ich habe nicht vor, die nächsten hundert Jahre damit zu verbringen meiner Frau sehnsüchtig hinterherzusehen, wie sie alleine ins Bett geht. Du etwa?" Als sein Bruder in Richtung ihres Neffen stürmen wollte, hielt er ihn mit einem wütenden Blick auf. „Denk nach, verdammt noch mal."

Doch León ließ sich nicht aufhalten. „Ich will seine verdammten Fangzähne nicht in ihrer Nähe wissen. Ist das so schwer zu verstehen? Versetz Dich doch einmal in meine Lage. Wenn es nach mir geht, können wir ihn gerne entmannen." Seinem Blick nach malte er sich gerade verschiedene Methoden aus. „Dann wüsste ich wenigstens, dass er nur seine Zähne in sie versenkt! Aber falls er sie beißt, ich schwöre, ich bringe ihn um."

Sein Neffe verzog keine Miene und stand nur reglos da. Sogar als er ihm erneut seine Faust vor den Brustkorb donnerte.

Über die Schulter antwortete Halil stellvertretend für die anderen, während er einen der umgestürzten Sessel aufrichtete. „Hör auf, verdammt noch mal, León. Du redest völligen Müll. Auch wenn er da unten keine Haare hat; ich glaube kaum, dass Du Alisha überzeugen kannst, ihm bei einer Entmannung kein Haar zu krümmen. Und wenn Du ihn umbringst, hast Du das gleiche Problem. Ich denke, Du willst sie nicht wirklich verlieren. Immerhin seid ihr noch kein Jahr verbunden. Und ich hab Dein Gesicht gesehen, als sie ihre Drohung ausgesprochen hat."

Dann fuhr er etwas leiser und zögerlicher fort. „Mir ist klar, dass er gerade eine Gefahr für die Frauen ist, aber was, wenn wir dafür sorgen, dass er satt ist? Ständig satt, meine ich. Über eine dauerhafte Blutwirtin, von der er vor Zeugen trinkt oder durch eine Frau, an die er sich bindet."

Nach diesem Einwand entstand eine kleine Pause, in der die Raumtemperatur sich etwas normalisierte. Ahásveros legte den Kopf schief. Der Vorschlag war zwar meilenweit von der sonstigen Problemlösung entfernt, aber nun ja, die Zeiten änderten sich dann und wann. Entschlossen straffte er die Schultern. Das Lächeln, das er meist im Gesicht hatte und ihm das Image des netten Onkels im Riesenformat bescherte, kehrte zurück.

„Okay, ich sage es ungern, aber es ist die einzige Möglichkeit. Zumindest auf die Schnelle. Du León wirst, wenn Du Deine Frau behalten willst – wovon ich ausgehe – Deinen Neffen in Deiner Nähe ertragen müssen. Das Gleiche gilt für euch beide." Er nickte Tomás und Halil zu.

Dann drehte er sich zu Arslan herum. „Und Du, Kleiner, hast genau drei Monate Zeit, um Deinen Hunger etwas in den Griff zu bekommen. In dieser Zeit stelle ich Dir meinen Sohn Aineas zur Seite. Du wirst in seiner Gegenwart trinken. Verstanden? Und zwar mindestens einmal die Woche. In drei Monaten wirst Du wohl eine Frau gefunden haben, an die Du Dich für mindestens 200 Jahre bindest."

Als Arslan auffahren wollte, lähmte Ahásveros vorsorglich seine Muskeln. „Keine Widerrede. Mir ist klar, dass 200 Jahre mit der falschen Frau die Hölle sein können. Deshalb gebe ich Dir drei Monate Zeit. Beim dritten Vollmond jedoch wird hier im Haus Deine Verbindungszeremonie stattfinden. Entweder Du suchst Dir bis dahin eine Frau oder …" Nach kurzem Nachdenken erhellte sich sein Gesicht. Er verstärkte den Zauber, den er über Arslan gelegt hatte, sodass er vorübergehend nicht einmal mehr sprechen konnte. „… oder ich verbinde Dich mit Brianna. Noah hat mir erzählt, dass Ben sich diesbezüglich weigert und er deshalb aber noch lange keine Lust hat, bei jeder ihrer fruchtbaren Phasen mit irgendwelchen Revierkämpfen in seinem Haus leben zu müssen."

Der Ausdruck in Arslans Augen wechselte von frustriert zu entsetzt. Mit einem kleinen boshaften Lächeln nahm Ahásveros das zur Kenntnis. „Ja genau so machen wir es. Du und Ben - ihr habt euch doch bestimmt schon über … Noahs Vorstellungen … unterhalten? Ihr kommt doch so gut miteinander aus, oder nicht? Wollte er nicht sogar deswegen für eine Weile hierher kommen? Irgendetwas habe ich diesbezüglich gehört."

Ahásveros schaffte es tatsächlich, etwas betrübt auszusehen. Dabei genoss er die Situation eindeutig. Er hatte keineswegs vor, Brianna für einen solchen Zeitraum an Arslan zu binden. Aber das würde er ihm gerade noch auf die Nase binden. Allerdings war sie als Blutwirtin zu gebrauchen. Sie würde garantiert zustimmen. Sie war vor Wochen mit der Bitte an ihn herangetreten, auf Limeri[17] leben zu dürfen. Bisher hatte er ihr Ansinnen abgelehnt. Für den Fall einer Zustimmung könnte er ihr daher anbieten, nach den drei Monaten auf Limeri leben zu dürfen. Und da würde sie mit Sicherheit sofort zustimmen. Nur, dass es garantiert nicht mehr dazu kommen würde. Als er letztens in Noahs Anwesen war, waren ihm einige Kleinigkeiten aufgefallen. Brianna und Ben wussten es selbst noch nicht, aber die beiden passten einfach perfekt zueinander. Er konnte Noah durchaus verstehen, dass er die attraktive Witwe für seinen Sohn haben wollte.

Einen Moment rieb er sich mit Daumen und Zeigefinger über Nasenwurzel und Augen. „Wenn ich es mir recht überlege, werde ich sie gleich heute noch fragen, ob sie sich als Blutwirtin zur Verfügung stellt. Da es sich ja eventuell nur um einen begrenzten Zeitraum handelt – als Blutwirtin meine ich – nimmt sie vielleicht sogar an." Er legte kurz die Hand vor die Augen. „Und wer weiß, vielleicht findest Du ja sogar Gefallen an ihr." Die Hand von den Augen nehmend nickte er langsam. „Oder Du sagst gleich jetzt ja, dann findet die Zeremonie schon früher statt und Deine 200 Jahre sind früher um." Wieder lächelte er boshaft und gab sich gleich selbst die Antwort. „Nein? Ah, ich sehe schon, Du willst die Katze nicht im Sack kaufen. Aber glaub mir, Brianna ist gar nicht so übel. Okay. Ich denke so wird es gehen."

Er wandte sich um, als ob er aus dem Raum schlendern wollte, kam jedoch nach einer weiteren Drehung sofort wieder zurück und ließ seine Hand schwer auf Arslans Schulter fallen.

„Wenn ich es mir genau überlege: Ich stelle Dir nicht Aineas, sondern Ben an die Seite. Der wollte ja sowieso hierher und er hat ja mehr als einmal erwähnt, dass ihm Brianna völlig gleichgültig ist."

Kurz rieb er seine Handflächen aneinander. Er sah sehr zufrieden mit sich aus und Arslan hätte liebend gerne die Augen geschlossen, um diesem selbstzufriedenen Ausdruck zu entgehen. Dieser alte Fuchs. Er wollte Noahs Wunsch, Brianna mit Ben zu verbinden, auf Biegen und Brechen durchsetzen und hoffte darauf, dass Ben irgendwie spätestens dann in die Gänge kam, wenn er Arslan dabei beobachtete, wie er von ihr trank und wusste, was danach unweigerlich passieren würde. Und wenn Ben ausrastete und ihm dadurch, wie durch ein Wunder etwas passierte, war er fein heraus und das Problem Arslan los.

Gerade verschwand das Lächeln aus Ahásveros Gesicht schlagartig. Der Ausdruck seiner Augen war stechend und eiskalt.

„Beim dritten Vollmond, denk dran. Du kannst vielleicht Brianna abwenden, wenn Du selbst eine Frau findest. Aber Du wirst die Verbindung nicht abwenden, verstanden? Ansonsten könnte es passieren, dass Du in drei, vier Monaten oder so einen bedauerlichen Unfall erleidest. Und glaub mir, ich werde das Risiko eingehen, mir den Zorn des Zirkels zuzuziehen. Und ich werde bis dahin eine Lösung gefunden haben, mit denen ich sie überzeugen kann, dass dieser Unfall nichts mit dem Vorfall heute zu tun hat!"

Er wandte sich zu den anderen um. „Die Probleme, die daraus vielleicht mit euren Frauen entstehen, müsst ihr selbst lösen." Er löste den Bindezauber so schnell, dass Arslans Beine nachgaben und er zu Boden fiel wie eine Marionette, der man alle Fäden durchtrennt hatte. „Vergiss nicht, dritter Vollmond!"

Damit schlenderte er mit sich und der Welt zufrieden aus dem Raum. Man musste nur lange genug nachdenken, dann gab es immer eine Lösung.

Mehr oder weniger nervös saßen Douglas und Nathan in der großen Gemeinschaftsküche zusammen und warteten darauf, dass sie in die Bibliothek gerufen wurden. Als Deidre ihre Namen brüllte, waren die beiden zunächst davon ausgegangen, dass jetzt sie an der Reihe waren. Allerdings waren sie ziemlich irritiert, als Deidre im nächsten Atemzug auch noch die anderen herbeirief und zwar mit einiger Panik in der Stimme. Alarmiert sprangen sie auf und rasten los. In dem Moment, in dem sie ihre kreidebleiche Miene sahen, mit der sie alle am Eingang des Flurs zur Bibliothek erwartete, befürchteten sie schon das Schlimmste. Und die deutlich greifbare Spannung im Raum sprach ebenfalls Bände.

Allerdings nicht sehr lange, denn besagte Spannung fiel innerhalb einer Sekunde in sich zusammen, und Douglas und Nathan wurden wie die anderen Neuankömmlinge bis auf Isabel ebenso schnell wieder hinauskomplimentiert, wie sie herbeigerufen worden waren. Genauso schlau wie vorher und keineswegs beruhigt. Denn erstens war die Befragung durch seinen Vater nur aufgeschoben und würde später garantiert noch stattfinden. Zweitens ging aber in dem Raum definitiv etwas vor sich, was noch irgendetwas Größeres nach sich zog. Die Luft fühlte sich seltsam unheilsschwanger an.

Jedenfalls brachten ihn keine zehn Pferde aus dem Flur vor der Bibliothek. Kurz darauf rannte seine Mutter an ihm vorbei und er hörte sie telefonieren. Verdammt, er hatte nicht aufgepasst und dadurch nicht mitbekommen, mit wem sie gerade sprach. Aber sie bat eindringlich darum, dass er schnellstmöglich zu ihnen kam. Was zum Teufel war da drinnen los.

„Yaya, was …"

Isabel starrte ihn an und er unterbrach sich. Sie wirkte selbst ziemlich verwirrt. „Douglas, bitte, ich bin gerade mit Dir hierher gekommen. Und Dein Vater hat sich mehr als vage ausgedrückt. Aber hattest Du in den letzten Tagen den Eindruck, dass da was zwischen Alisha und Arslan läuft?"

„Wer kommt denn auf so einen Quatsch?"

Isabel nickte. „Eben, das frage ich mich auch. Aber León scheint es aus irgendeinem Grund anzunehmen." Ihre Stirn runzelte sich. „Und vor allem: Selbst wenn, was haben dann Halil, Deidre und diese Aimée damit zu tun. Ich meine, die kam doch erst gestern ins Haus."

Sie sprach nicht weiter, denn am Ende des Flurs tauchte eine Bedienstete auf, mit Ahásveros im Schlepptau. Douglas musterte ihn verblüfft. Wenn seine Mutter eben Ahásveros angerufen hatte, gab es da drin wirklich ein ernsthaftes Problem.

Aber Untreue? Er hatte so seine Zweifel. Jeder konnte auf Anhieb sehen, wie Alisha zu León stand. Und wären die Wohnungen zu den Gemeinschaftsbereichen oder anderen Wohnungen hin nicht so verdammt gut schallisoliert, könnte es vermutlich auch jeder hören. Andererseits: León war nur kurze Zeit nach der Verbindungszeremonie zu einem Auftrag in Europa aufgebrochen. War er jede Nacht zurückgekehrt? Nervös fuhr er mit der Zunge über seine Zähne. Wenn die beiden tatsächlich was miteinander hatten, war Arslan im günstigsten Fall die längste Zeit Bewohner dieses Anwesens gewesen. Mist.

Ahásveros verschwand mit seiner Mutter in der Bibliothek und die erste Tür schloss sich hinter ihnen. Eine kleine Ewigkeit später kam seine Mutter mit glasigen Augen wieder heraus. Man konnte auf Anhieb erkennen, dass sie sich über etwas fürchterlich aufgeregt und noch lange nicht beruhigt hatte. Als er ihr nachrief und einige Schritte neben ihr her tappte, reagierte sie überhaupt nicht auf ihn. Völlig in Gedanken versunken, schimpfte sie unentwegt vor sich hin. In ihrem Appartement angekommen, knallte sie ihm die Tür direkt vor der Nase zu. Er konnte den Kopf gerade noch zurückziehen, sonst wäre sie garantiert platt gewesen. Okay, so wie es aussah, wollte sie erst mal alleine sein. Gut. Er war gespannt, wie die anderen sich verhielten, wenn sie herauskamen, und bewegte sich schleunigst zur Gemeinschaftsbibliothek zurück.

Dort bekam er gerade noch mit, wie Alisha ihn tränenüberströmt beiseite stieß, sich erstickt dafür entschuldigte und anscheinend ebenfalls auf den Weg in ihr Appartement machte. Mhm, aus der würde er mit Sicherheit auch nichts herausbekommen.

Fast vor den großen Schiebetüren angekommen, stieß er dann mit Aimée zusammen. Er griff nach ihr, aber sie machte sich mit einem entsetzten Ausdruck im Gesicht panisch von ihm frei und murmelte permanent etwas wie ‚ich fasse es nicht, alles Mörder'. Aber da musste er sich einfach verhört haben. Während er ihr noch nachblickte, öffnete sich die Tür bereits wieder und Deidre kam heraus. Leichenblass und offenbar auch ziemlich erschüttert.

Douglas stellte sich vor sie und hielt sie so auf – für einen Augenblick. Sie sah ihn an und eine Träne kullerte über ihre Wange. Himmel, was war hier los?

„Was ist passiert? Sag nicht, dass Arslan und Alisha etwas miteinander haben."

Deidres Kopf bewegte sich unbestimmt hin und her. Die Tränen flossen etwas stärker.

„Oh verdammt, es stimmt? Hat man sie verbannt?"

Kein Wunder, dass seine Mutter so durch den Wind war, sie mochte Alisha schließlich unheimlich und auch Arslan stand sie ziemlich nahe. Immerhin hatte er ihn und seine beiden Brüder auf die Welt geholt.

Dann allerdings registrierte er, dass Deidre den Kopf etwas schüttelte und noch mehr heulte. Etwas ratlos zog er sie an sich und streichelte vorsichtig über ihren Rücken. Ein krampfhaftes Schluchzen löste sich aus ihrer Kehle.

Augenblicklich spürte er einen dicken Kloß in seinem Hals. Es war also noch schlimmer.

„Die haben doch wohl nicht die alten Gesetze wieder ausgekramt und die beiden zum Tod verurteilt? Das ist doch finsterstes Mittelalter, das können sie doch nicht machen."

Aber dann hätte doch Alisha diesen Raum nicht mehr alleine verlassen können, oder? Seine Knie wurden etwas weich, als Deidre lauter weinte. Allerdings - war das ein ‚Nein' gewesen, was sie da gerade hervorgepresst hatte? Schnell ging er etwas auf Abstand und leicht in die Knie, um ihr ins Gesicht sehen zu können.

„Hast Du gerade ‚Nein' gesagt? Himmel, wieso jagst Du mir dann so einen Schrecken ein und heulst so. Lass Dir doch nicht alles aus der Nase ziehen. Du weißt doch, wie neugierig ich bin. Ich sterbe fast, wenn ich nicht weiß, was Sache ist."

Sein Versuch, einen kleinen Scherz anzubringen, misslang kläglich. Vielleicht weil er von Natur aus nicht wirklich neugierig war. Normalerweise vertrat er immer die Ansicht, dass die Leute um ihn herum ihn schon informierten, wenn sie es für richtig hielten. Heute allerdings war an seiner Bemerkung tatsächlich etwas dran. Immerhin konnte er ein verzweifeltes Weinen von einem erleichterten Weinen unterscheiden. Und Deidre war definitiv eher verzweifelt als erleichtert. Vorsichtig schüttelte er sie.

„Jetzt sag schon, bitte."

„Arslan – Ahásveros hat ihn gefragt, ob er sich erinnert, wie sie früher …"

Doch ein Todesurteil? Aber warum dann nur Arslan, wenn Alisha da mit drin hing. Himmel, wieso kramte der Familienälteste so ein Gesetz heraus, wegen eines dämlichen Seitensprungs. Gut, er hätte an Leóns Stelle Arslan ungespitzt in den Boden geschlagen und dabei nicht garantieren können, dass der seinen eifersüchtigen Wutanfall überlebte, aber die alten Gesetze? Das bedeutete Enthauptung und Verbrennung und nur die nötigsten Zeremonien für den Übergang ins Licht. Und das in der heutigen Zeit. Das war ja wohl völlig daneben. Und was zum Geier hatten sie mit Alisha vor. Die Frage brannte ihm so auf der Zunge, dass er sie sofort stellte. Deidre sah ihn an, als hätte sie keine Ahnung, wovon er sprach.

„Alisha? Der passiert nichts, zumindest nicht vom Familienrat aus. Die haben nichts miteinander. Gott sei Dank."

Vor Überraschung ließ Douglas sie los.

„Willst Du mir jetzt sagen, die bemühen den Alten hierher, weil Arslan sich an Aimée vergriffen hat? War das jetzt doch er, der sie verletzt hat – ich denke sie hat sich selbst wehgetan? Fordert Halil etwa für eine normale Frau die alten Gesetze? Das ist ja wohl ein Witz oder."

Deidres Schluchzen wurde schlagartig lauter. „Nein, die beiden haben auch nicht wirklich was damit zu tun."

Jetzt wurde Douglas bleich. Eins und eins konnte er auch zusammenzählen, und auch ihm war heute Abend aufgefallen, wie Deidre und Arslan sich einander gegenüber verhielten. Aber wenn der Verdacht, der sich ihm jetzt aufdrängte, stimmte, warum heulte Deidre dann und warum die anderen Frauen einschließlich seiner Mutter auch?

„Sag nicht, dass er ein Tabu gebrochen und sich an Dir vergriffen hat."

War Arslan denn von allen guten Geistern verlassen? Aber es war die einzig logische Erklärung, weshalb Ahásveros die alten Gesetzen bemühen wollte.

In Deidres Verzweiflung mischte sich Wut. Mit zusammengeballten Fäusten schob sie sich an ihm vorbei.

„Jetzt tu Du nicht auch noch so entrüstet. Er hat nichts getan. Ich versteh bloß nicht, wieso das keiner glaubt. Weder Alisha, noch Aimée, noch mir. Nichts, absolut nichts, was er getan hat, rechtfertigt so ein Urteil!" Ein erneuter Tränenstrom floss über ihre Wangen. Ihre Stimme sank zu einem Flüstern herab. „Warum glaubt uns denn keiner?" Damit machte sie sich endgültig von ihm los und lief an ihm vorbei.

Etwas zaghaft bewegte sich Douglas auf die großen Schiebetüren der Bibliothek zu. Erst nach mehrmaligem Klopfen wurde die Tür von innen geöffnet. Allerdings war es aber wohl keine Reaktion auf sein Klopfen. Vielmehr war Ahásveros dabei, den Raum zu verlassen. Er rieb sich die Hände und sah sehr zufrieden aus. Über seine Schulter konnte Douglas Arslan in der Nähe der Tür stehen sehen, etwas bleich, etwas zerschrammt, aber in einem Stück. Gut, sie hatten den ersten Teil des Urteils ganz offensichtlich noch nicht vollstreckt. Vielleicht konnte man ja noch etwas machen.

Ihn anlächelnd klopfte Ahásveros auf seine Schulter. „Hallo Douglas, schön Dich zu sehen. Wie geht es Dir?"

Small Talk nach einer Verurteilung. Mit gerunzelter Stirn begrüßte Douglas ihn ehrerbietig.

„Nun mal nicht so förmlich, Kleiner. Erzähl schon, wie geht es Dir?"

Der schwere Arm des alten Griechen landete auf seiner Schulter.

„Weißt Du was, ich könnte jetzt einen Schluck vertragen." Kurz blickte er zurück in die Bibliothek. „Und ich fürchte fast, der gute Cognac Deines Vaters ist einem kleinen Unfall zum Opfer gefallen. Aber ihr habt doch bestimmt noch etwas anderes im Haus. Mhm?"

Douglas schielte kurz an ihm vorbei in die Bibliothek. Die beiden Flaschen Black Pearl, die er seinem Vater letzte Woche noch geschenkt hatte, lagen zertrümmert am Boden und er konnte den Geruch des Cognacs wahrnehmen. Eigentlich waren sie ja für die Sammlung seines Vaters vorgesehen gewesen. Mit zusammengezogenen Augenbrauen sah er auf den feuchten Fleck, den der Weinbrand auf dem handgeknüpften Nain hinterlassen hatte, den sein Vater sich vor 600 Jahren zu seinem Geburtstag gewünscht hatte. Der Umstand, dass sein Vater so ruhig im Raum stand, ließ darauf schließen, dass auch er von dem was dort drinnen vorgefallen war, etwas durch den Wind war. Und auch León und Halil wirkten reichlich betäubt.

Ahásveros zog leicht an seinem Arm. „Was ist jetzt, habt ihr noch was da?"

Während er hinter seinem Goden hertappte, nickte er. „Klar, ähm, ich kann Dir zwar keinen Black Pearl mehr anbieten, aber soweit ich weiß, habe ich noch eine Flasche Louis XIII in meinem Appartement."

Der Familienälteste beglückwünschte ihn zu seinem guten Geschmack und zerrte ihn hinter sich her. Es wirkte fast so, als wollte er vor irgendwas flüchten. Fragte sich nur vor was.

In seinem Appartement angekommen, tigerte sein Goden unruhig hin und her. Bewusst langsam suchte Douglas nach dem Cognac. Eigentlich brauchte er ja nicht suchen, er stand schließlich dort, wo das Zeug immer stand. Allerdings würde er ihn nicht so einfach rausrücken. So viel stand fest. Erst wollte er wissen, was hier los war und fragte Ahásveros wie nebenbei über die Schulter danach. Das Lächeln schien im Gesicht des Ältesten festgefroren zu sein. Er presste gerade die Zähne zusammen, als er ihm mitteilte, dass er diesbezüglich wohl besser seinen Vater fragen sollte. Douglas wandte sich zu ihm um. „Ich will bloß wissen, was mit Arslan passiert. Mehr nicht."

Der Älteste könnte glatt Schauspieler werden, sein leicht verständnisloser Blick wirkte ziemlich echt; bestärkte Douglas jedoch in seiner Vermutung, dass da drin etwas Größeres schiefgelaufen sein musste.

„Arslan? Was soll mit dem sein? Abgesehen davon, dass er beim dritten Vollmond eine Verbindung eingeht, ist mit dem nichts weiter. Was meinst Du?"

Hastig nahm er Douglas das Glas aus der Hand. Ohne den Cognac anzuwärmen, leerte er es in einem Zug. Danach setzte er sich unverzüglich Richtung Treppenhaus in Bewegung.

„Also – ich muss dann mal wieder. War nett mit Dir zu plaudern."

Bevor Douglas zu einer Entgegnung ansetzen konnte, war Ahásveros mitsamt dem Glas verschwunden. Und er selbst neugieriger denn je? Mit wem zum Teufel wollte sich Arslan denn verbinden?

Den Kopf in die Hände gestützt saß Aimée auf der Bettkante in dem Schlafzimmer, das Halil ihr nach der Ankunft hier im Haus zugeteilt hatte. Die Worte ‚Steinzeit', ‚finsterstes Mittelalter' und ‚vorsintflutlich' schossen ihr in schöner Regelmäßigkeit durch den Kopf. Zaghaft versuchte sie, sich immer wieder Hal als Chef vorzustellen. Liebenswert oberflächlich, von ihr aus auch gerne machohaft doof, alles war besser als der Begriff Mörder, der in ihrem Hinterkopf hing, wie eine Spinne in einem überdimensionierten Netz.

Das in der vergangen Nacht konnte sie mit einiger Fantasie vielleicht noch als Affekttat bezeichnen. Sie hatte auf dieser Party gemerkt, dass er eifersüchtig war. Ein Umstand, der ihr einerseits schmeichelte, ihr aber in dieser Dimension Respekt einjagte. Und in einem Anfall von Eifersucht waren schon viele Dummheiten gemacht worden. Ohne, dass sie es merkte, begann sie an ihren Fingernägeln zu kauen. Das Gel darauf knackte bereits nach kurzer Zeit unangenehm und sie sah angewidert auf ihren Mittelfinger. Da war eine ganze Schicht abgebrochen, verflixt. Kaum hatte sie den Brocken in den Mülleimer befördert, musste sie sich auf dem Rückweg zum Bett erneut dabei ertappen, wie sie ihren Zeigefingernagel knackte. Krampfhaft versuchte sie, sich zu beruhigen. Dennoch stiegen ihr in kurzer Zeit Tränen in die Augen.

Es war eine dumme Idee gewesen, hierher in dieses Appartement zurückzukehren. Aber sie hatte nach diesem grässlichen Vorfall in der Bibliothek einen Moment für sich gebraucht – außerdem waren Alisha und Isabel so schnell verschwunden, dass sie keine Ahnung hatte, wo ihm Gebäude sie sich jetzt aufhielten. Vielleicht hatten sie das Haus ja auch verlassen.

Einen Moment erinnerte sie sich überdeutlich an den Gesichtsausdruck von Tomás, als Isabel ihn ansprach – kurz bevor sie die Bibliothek verließ. Sein Blick war absolut panisch gewesen. Der wollte seine Frau mit Sicherheit nicht verlieren. Diesen Satz sagte sie sich einige Male vor. Tomás würde sich ganz sicher dafür einsetzen, dass Arslan nichts getan wurde. Nichts getan ... Allein der Gedanke, dass jemand ganz locker so mal nebenbei einen geplanten Mord verkündete, sandte ihr eisige Schauer über den Rücken. In ihren heiß geliebten Mafiafilmen mochte das ja zum Teil richtig sexy wirken. In der Realität sah es aber ganz anders aus. Gut vielleicht wussten diese Männer etwas über Arslan, was ihr völlig entging. Aber eine solche Reaktion?!?

Ehrlich gesagt hatte sie keinen blassen Schimmer, warum sich der Mann der zuletzt gekommen war – wie hieß er doch gleich? Ahásveros? Was für ein seltsamer Name das war. Egal. Jedenfalls hatte sie keinen blassen Schimmer, was der mit seinem blöden Tabu meinte. Oder mit den Weisen Frauen. Waren das nicht Hexen? Aber die sahen ja wohl nicht aus wie Deidre, die könnte eher als Engel durchgehen.

Aber dieses Tabu war wohl bedeutsamer als eine angenommene Vergewaltigung, als ein angenommener Ehebruch – oder was immer Arslan von den anderen vorgeworfen wurde. Sie hatte auch keinen blassen Schimmer ob stimmte, was Alisha und Arslan da so von sich gaben oder ob sie nur ihre Haut irgendwie retten wollten. Vielleicht hatten die beiden ja tatsächlich was miteinander. Aber das war definitiv alles nicht so schlimm gewesen, wie dieser angebliche Tabubruch. Wenn sie das richtig mitbekommen hatte, gab es ja wohl nichts Schlimmeres. Mord wegen eines Regelverstoßes. Hysterisch schluchzte sie auf.

Und überlegte sich im nächsten Moment, wie sie sich selbst das Leben nehmen konnte. Sie konnte kein Blut sehen – aufgeschnittene Pulsadern entfielen also schon mal. Außerdem hatte sie Angst vor Schmerzen. Vergiften mit Schlaf- oder Schmerzmitteln? Super, wo sollte sie die hernehmen? Ein beherzter Sprung auf die Straße? Möglichst kopfüber? Wenn sie das überlebte, war sie womöglich gelähmt und immer noch hier gefangen. Aufhängen? Ihre Stirn legte sich in Falten. Die Variante war ebenfalls nicht wirklich prickelnd. Sich mit einem Etanaer richtig fies anlegen? Na ja. Ohne Schmerzen ging das wohl auch nicht ab.

Nichts mehr essen? Dauerte viel zu lange. Wenn sie ihn umbrachten, wollte sie keine Sekunde länger mit diesen … diesen … diesen rachsüchtigen Mördern verbringen. Keine Einzige!

Die Tür öffnete sich lautlos und einer davon kam gerade zur Tür rein. Böse sah sie ihn an. Und dazu noch ausgerechnet der, von dem sie vor nicht gar zu langer Zeit gedacht hatte, dass sie geradezu unsterblich in ihn verliebt war. Ach was verliebt. Verliebtsein war ja bloß vorübergehend. Für den hätte sie echt alles getan. Er ließ sich neben sie aufs Bett fallen und legte seufzend einen Arm um ihre Schulter. Als er sie an seine breite Brust ziehen wollte, machte sie sich wütend frei.

„Fass mich nicht an!"

Prompt ließ er den Arm fallen. Demotiviert hatte ihn ihr giftiger Einwurf allerdings nicht. So gerne er auch auf dieses absolut unerfreuliche Gespräch in der Bibliothek heute verzichtet hätte – es bot ihm gleichzeitig eine Lösung für sein persönliches Problem. Dennoch zögerte er, damit herauszurücken und zog seine Oberlippe zwischen die Zähne. Aimée würdigte ihn keines Blickes, rannte aber auch nicht weg. Das war doch immerhin schon mal ein gutes Zeichen. Ihre Stimme klang ziemlich brüchig.

„Und ist er schon tot? Ich hoffe, ihr seid stolz auf euch. Hat es wenigstens Spaß gemacht?" Innerlich wünschte sie ihm Warzen, die Beulenpest und einen Tripper auf Lebenszeit an den Hals. Vor allem als sie spürte, wie sein Arm sich wieder um ihre Schulter wand und sich dieses Mal nicht abschütteln ließ.

„Ich konnte doch nicht zulassen, dass Du Dich umbringst."

Aimée verdrehte die Augen und rutschte nach unten weg. Während sie unelegant auf den Boden plumpste, äffte sie ihn nach.

„Ich konnte doch nicht zulassen, dass Du Dich umbringst. Blablabla. Sag bloß, die haben ausgerechnet auf Dich gehört." Ihn schräg von unten anstarrend keifte sie weiter. „Weißt Du, es gibt Geschichten die kann man glauben oder auch nicht. Etwa die vom Weihnachtsmann oder die von Dornröschen oder auch Deine." Sie knirschte kurz mit den Zähnen, bevor sie gehässig weitersprach. „Die ersten beiden klingen für mich sehr glaubwürdig. Das kann ich von Deiner nicht gerade behaupten. Wahrscheinlich wurde er schon in Stücke gerissen, bevor die Tür hinter mir ganz zu war. Hast Du Dich auch daran beteiligt? Bin ich froh, dass Du ein leidenschaftlicher Koch bist, da kann ich wenigstens davon ausgehen, dass es ein scharfes Messer gibt!"

Ohne dass er es verhindern konnte, zuckte er bei dem Satz zusammen. Die Vorstellung sie blutüberströmt irgendwo zu finden, machte ihn kurzzeitig benommen. Er schüttelte den Kopf, um dieses grauenerregende Bild loszuwerden. „Komm wieder runter. Was denkst Du von uns? Arslan wurde kein Haar gekrümmt. Wenn Du willst, können wir gerne gemeinsam zu ihm gehen."

Ihr Blick zeigte ihm deutlich, dass sie schwer an seinem Verstand zweifelte.

„Und es kränkt mich etwas, yavrum, dass Du einfach davon ausgehst, dass ich nichts ausrichten kann. Ehrlich gesagt war es mein Vorschlag, der seinen Hintern gerettet hat. Dafür könntest Du ruhig etwas mehr Dankbarkeit zeigen."

Jetzt richtete sie sich neugierig auf. Es kränkte ihn wirklich, dass sie ihm so wenig zutraute. Es war ja tatsächlich sein Vorschlag von der Zwangsdiät gewesen und sein Hinweis auf Deidres Drohung, die zum momentanen Stand der Dinge geführt hatte. Und was machte sie? Sah ihn neugierig, aber deutlich zweifelnd an - toll.

„Oh bitte, so viel Enthusiasmus hätte ich ja niemals von Dir erwartet, Aimée. Du machst mich ja ganz verlegen." Er legte theatralisch die Hand auf sein Herz. „Vielleicht …"

War jetzt der richtige Zeitpunkt, sie dazu zu bewegen, an seiner Seite zu bleiben? Dafür gab es ja vermutlich keinen wirklich richtigen Zeitpunkt. Aber zumindest einen relativ guten. Verdammt, er würde es jetzt einfach versuchen. Rasch setzte er eine betrübte Miene auf.

„Weißt Du, er ist nach wie vor nicht in Sicherheit. Er hat jetzt erst einmal eine Art Probezeit, bevor wir eine endgültige Entscheidung treffen."

Eine wohldosierte Pause folgte, in der er sah, wie sie nachdenklich den Kopf zur Seite neigte und die Stirn runzelte. Ihr Mund sah fast wieder aus wie ein Kussmund. Himmel, wusste sie eigentlich, was sie ihm damit antat? Fast augenblicklich spürte er seine Hose enger werden und seine Fangzähne pochen. Schnell legte er die Hand vor den Mund.

Sie dagegen öffnete ihren kurz und schloss ihn gleich wieder, dann sah sie ihn an. „Wirst Du bei dieser … endgültigen … Entscheidung auch mit von der Partie sein?"

Halil nickte langsam, die Augenbrauen nach oben gezogen.

Ihre Zungenspitze tauchte zwischen ihren Lippen auf. „Und Du wirst Dich wieder für ihn …", ihr Kopf ging leicht zur Seite geneigt nach unten, ihr Blick wurde fragend, „… einsetzen?"

Als er unbestimmt mit den Achseln zuckte, runzelte sie die Stirn und sah ihn durchdringend an.

„Warum sagst Du nichts? Du wirst Dich doch für ihn einsetzen, oder etwa nicht? Ich meine, warum solltest Du sonst heute einen Vorschlag unterbreiten, der ihm vorübergehend das Leben rettet?"

Eigentlich kam er sich ja ziemlich mies vor, aber er holte tief Luft und versuchte ein richtiges Pokerface aufzusetzen. Das war bei jemandem wie ihm, der von Natur aus mit einem Grinsen im Gesicht zur Welt gekommen war, etwas schwierig, aber er schaffte es vermutlich ganz gut. Aimée sah jedenfalls reichlich verunsichert aus.

„Na ja … weißt Du, ich kann wie gesagt den Gedanken nicht ertragen, dass Du mit meinen Messern in der Küche liebäugelst. Die habe ich extra fertigen lassen. Die sind von Hand geschmiedet und waren nicht ganz billig, wie Du Dir vorstellen kannst. Und Du kannst mir glauben. Ich habe sie wirklich nur für die Küche und nicht für Suizidkandidaten fertigen lassen."

Aimée atmete deutlich wahrnehmbar aus. Dann sprach sie langsam, wie mit einem kleinen Kind.

„Hal …"

Super, sie benutzte die Kurzform seines Namens und nicht dieses dämliche Lily, offenbar ging ihr auf, dass sie damit weiterkam.

„Versteh mich nicht falsch, aber was bringt Dich zu der Annahme, dass ich nach dieser … Probezeit … anders über Deine Messer denke?"

Sich kurz an der Schulter kratzend, sah sie Halil abwartend an. Verflixt, was hatte er eigentlich früher an ihrer logischen Denkweise gefunden.

„Ähm, das ist richtig. Aber weißt Du, vielleicht bist Du in ein, zwei Monaten schon nicht mehr hier. Womöglich bist Du da in einem anderen Familienzweig. Wer weiß, ob Tomás Deine Abreise nicht sehr bald anordnet." Er zögerte kurz und musste sich daran hindern, sich nicht auf die Zunge zu beißen, um den Mist den er hier verzapfte tatsächlich zu sagen. „Da sind das dann nicht meine Messer."

Hoffentlich fiel das Lächeln jetzt so aus, wie er sich das vorstellte. Leicht diabolisch. Ihrem Gesichtsausdruck nach war es eher sehr diabolisch. Und das kleine, kraftlose „Oh" das sie hervorbrachte, bestärkte ihn in dieser Annahme. Schnell versuchte er, ihr eine Alternative zu bieten.

„Allerdings …."

Ihr Blick huschte neugierig über ihn.

„Allerdings könnte ich mir vorstellen, dass meine Entscheidung oder mein entsprechender Vorschlag zur Rettung Arslans sehr positiv ausfällt, wenn …"

Wieder legte er eine kunstvolle Pause ein. Sie richtete sich auf ihre Knie auf und drehte sich zu ihm herum. Ihre Hände landeten auf seinen Oberschenkeln und sie drängte ihn fast atemlos, weiterzusprechen. Er kam sich jetzt wirklich mies vor. Und eine Sekunde fragte er sich, was zum Teufel sie an Arslan fand, dass sie sich so vehement für seinen Cousin einsetzte. Dann allerdings fiel sein Blick in ihren Ausschnitt und das Bild, das sich ihm bot, brachte ihn vorübergehend völlig aus dem Konzept.

Mittlerweile fragte sie zum dritten Mal, was sich hinter dem ‚wenn' verbarg. Erst als sie mit den Fingern vor seinem Gesicht herumfuchtelte, erwachte er aus seiner Benommenheit.

„Ähm, ach so, wenn Du sagen wir mal über meinen Vorschlag von gestern Morgen noch mal … sagen wir wohlwollend? … nachdenkst, könnte das durchaus einen positiven Effekt auf meinen Beitrag bei der endgültigen Entscheidung haben. Und Tomás könnte Dich nicht so einfach abschieben. Also das jetzt nur, damit Du natürlich verfolgen kannst, wie das mit Arslan weitergeht."

Die freudige Erwartung in ihrem Gesicht ließ etwas nach. Vorschlag? Wohlwollend nachdenken? Sie ließ sich auf ihre Fersen zurückfallen und verschränkte die Arme vor der Brust. Ihre Stimme war mehr als spöttisch.

„Nur damit wir nicht aneinander vorbeireden: Meinst Du, ich soll wohlwollend nachdenken oder muss ich mich ‚wohlwollend' für Dich und ein Leben an Deiner Seite entscheiden?"

Halil nickte langsam. „Ich sehe, wir verstehen uns."

Ihre Stimme wurde noch einen Tick spöttischer. „Und lass mich raten – ich soll gleich wohlwollend für Dich entscheiden, damit Du bald in den Genuss meiner Entscheidung kommst. Schon allein, damit Du Deine wohlwollende Argumentation für die endgültige Entscheidung lange genug überdenken kannst. Habe ich recht."

So wie sie das formulierte, hörte es sich nicht sehr nett an. Und ihm war ja auch klar, dass seine Vorgehensweise mehr als egoistisch war. Aber musste sie ihn deshalb ansehen wie einen Haufen Mist? Sie hatte doch früher mal ganz gern mit ihm zusammengearbeitet. Sie hatten doch früher mal ganz gut miteinander reden können. Und sie musste doch sehen, dass die materielle Seite positiv und auch nicht ganz von der Hand zu weisen war. Seine Zunge fuhr über die Spitze seines Fangzahns.

„Na ja." Das kleine letzte Wort wurde schrecklich lange gedehnt. „Wie Du das natürlich formulierst, liegt ganz bei Dir. Aber ich fand es nur fair, dass Du weißt, wie ich darüber denke."

Er wand sich innerlich. So dachte er eigentlich ganz und gar nicht. Er wollte sie an seiner Seite, aber nicht gezwungenermaßen. Das musste ja einfach die Hölle werden. Diese Frau war störrischer als jedes Maultier, wenn ihr etwas nicht passte. Aber die Vorstellung, dass sie fortging, war einfach … angsteinflößend? Er musste hier raus – dringend.

Die Ereignisse der letzten beiden Tage saßen ihr definitiv in den Knochen. Aimée schielte mit einem Auge ins Bad. Glücklicherweise war Halil vor wenigen Minuten gegangen. Er musste irgendetwas erledigen. Dummerweise wusste sie aber nicht, wann er wieder auftauchte.

Die Erleichterung, die sie verspürte, als er ihr berichtete, dass Arslan mit dem Leben davon kam, war immens. Dabei kannte sie den Typen nicht mal richtig. Die paar Mal die sie ihm begegnet war, fand sie ihn nett, intelligent, hilfsbereit, gut aussehend … aber das war auch schon alles. Und heute hatte sie doch tatsächlich ernsthaft in Erwägung gezogen, sich umzubringen, falls ihm was passierte. Allein bei dem Gedanken daran fingen ihre Knie im Nachhinein wieder heftig an zu zittern und sie presste sich schnell die Hand auf den Mund, um nicht hysterisch loszuheulen.

Sehnsüchtig schielte sie erneut durch die offene Tür ins Badezimmer. Die Wanne dort sah sehr verlockend aus, zumal der in der vergangenen Nacht entstandene Schaden bereits wieder beseitigt war. Manchmal war es echt praktisch, Geld zu haben. Sie selbst musste immer Ewigkeiten auf Handwerker warten, und wenn die dann kamen, dauerte es eine weitere Ewigkeit, bis alles erledigt war. Und hier schnippte Halil, etwas übertrieben ausgedrückt, mit dem Finger und schon wurde so etwas erledigt. Langsam erhob sie sich von ihrem Platz und ging ins Bad. Ja, so ein richtiges Vollbad war jetzt genau das, was sie brauchte.

Nachdem auch nach dem dritten Klopfen keine Reaktion erfolgte, drückte Halil die Tür zum Gästezimmer auf. Es war leer. Er schlenderte langsam Richtung Badezimmer und rief leise ihren Namen – keine Reaktion. Aber wenn er das richtig sah, brannten da drinnen Kerzen. Leise schob er die nicht ganz geschlossene Tür etwas weiter auf. Mhm, an so einen Empfang könnte er sich glatt gewöhnen. Aimée lag mit geschlossenen Augen in der Wanne, die Wangen gerötet, den Körper komplett in Wasser und Schaum versenkt. Wenn sie nicht aufpasste, ertrank sie. Irgendwie wirkte sie viel zu klein für die Wanne. Er konnte unmöglich zulassen, dass sie darin unterging. Vorsichtig setzte er sich auf den Wannenrand, um seine Schuhe auszuziehen. Bevor er sie jedoch leise abstellen konnte, fiel ihm einer aus der Hand. Das Geräusch weckte sie natürlich auf. Überrascht sah sie ihn an. Wenigstens einen kurzen Moment lang, dann wirkte ihr Blick eher alarmiert.

„Darf ich fragen, was Du da machst?"

Seine Finger verharrten über dem dritten Knopf seines Hemdes. „Ähm, ja also, ich ziehe mich aus?"

Verstehend nickte sie. „Das ist mir durchaus klar. Was mich etwas verwirrt ist das warum."

Halil grinste leicht. „Na ja, ich weiß nicht, wie Du das für gewöhnlich machst." Er tat so, als ob er um den Schaum in der Wanne herum sehen wollte. „Vielleicht badest Du ja angezogen. Aber ich persönlich ziehe mich dazu immer aus."

Jetzt war ihr Blick nicht mehr alarmiert, sondern eher wütend. Und ihre Stimme nur noch ein Zischen. „Wie ich bade, geht Dich nichts an. Aber behalte Deine Kleider besser mal an."

Um ihm zu zeigen, dass sie keinen Wert auf seine Gesellschaft legte, schloss sie die Augen. Allerdings lag sie sehr angespannt im Wasser. Immerhin hörte sie ihn nicht weggehen. Stattdessen … Er besaß tatsächlich die Frechheit und stieg in die Wanne. Empört riss sie ihre Augen wieder auf und blinzelte verblüfft. Halil war komplett angezogen. Was wurde das denn jetzt?

„Was soll das? Bist Du verrückt?"

Ihr Ex-Boss setzte sich bequem hin und sie sah seine langen Beine neben sich auftauchen. Es wäre genug Platz, um links und rechts von ihr noch einen halben Meter Abstand zu lassen. Aber er musste ja sofort auf Tuchfühlung gehen. Verdammt.

„Bist Du jetzt völlig übergeschnappt? Was soll das?"

Halil legte den Kopf an und seine langen Arme auf den Wannenrand. Er rekelte sich etwas und antwortete dann ziemlich träge. „Puh, kein Wunder, dass Du eingeschlafen bist. Hier drin könnte man ja Hummer kochen. Ähm, aber um auf Deine Frage zurückzukommen: Ich bin hier rein gestiegen, weil Du eingeschlafen bist. Ich konnte Dich doch unmöglich ertrinken lassen. Und ich weiß gar nicht, was Du hast. Ich habe meine Kleider immer noch an."

Sein kleiner Scherz kam nicht wirklich bei ihr an. Das konnte er spätestens an ihrem gebrummten „ich habe mehrere Schwimmerabzeichen" erkennen. Und an ihren verschränkten Armen. Schade, dass in der Wanne so viel Schaum war. Außerdem war sie völlig angespannt. Schnell nahm er seine Arme vom Rand.

„Weißt Du eigentlich, dass Du absolutes Glück hast?"

Sie sah ihn nicht besonders begeistert an.

„Ja, ehrlich. Ich bin nicht nur gut darin, Dich vor dem Ertrinken zu bewahren. Nein – die Frauen genießen es außerdem total, wenn ich ihnen die Füße massiere. Soll ich?"

Ohne ihre Antwort abzuwarten, griff er nach ihrem linken Bein und hob es an. Panisch riss Aimée ihre Arme auseinander und klammerte sich am Rand fest.

„Bist Du wahnsinnig? Erst willst Du mich vorm Ertrinken bewahren und dann ziehst Du mich unter Wasser? Außerdem interessiert es mich nicht im Geringsten, was andere Frauen an DIR tollfinden."

Ein Schaumklecks zierte ihre Nasenspitze. Ansonsten war ihre Reaktion total hysterisch, fand Halil.

„Keine Sorge." Spitzbübisch grinste er sie an. „Ich hätte Dich schon gerettet."

Eigentlich wollte Aimée loszetern, weil er ihren Fuß nach wie vor festhielt. Aber eigentlich fühlte sich das verdammt gut an, was er da machte. Sie stöhnte wohlig auf. Was dafür sorgte, dass Halils Lächeln zu einer siegessicheren Miene wechselte. Da sie die Augen bereits wieder geschlossen hatte, bekam sie das jedoch nicht mit. Halil rutschte etwas nach vorne und schob sie ans andere Ende der Wanne. Konnte der Mann hellsehen? Herrlich, jetzt konnte sie sich anlehnen und genießen. Er machte das wirklich gut.

Vor ein paar Wochen wäre das der absolute Traum gewesen. Jetzt hatte sie ein schlechtes Gewissen, weil sie es so genoss. Nachdem er ihren linken Fuß eine Zeit lang schweigend bearbeitet hatte, griff er nach ihrem rechten und verwöhnte sie weiter. Wenn er so weitermachte, würde sie schnurren wie eine Katze oder stöhnen wie eine Weltmeisterin. Gott, fühlte sich das gut an.

Ihre Augen öffneten sich alarmiert, als sie spürte, wie seine Hände ihre Beine leicht spreizten und sie sie plötzlich seitlich an ihren Beinen entlang gleiten fühlte. „Wa-wa-was wird das jetzt?"

Unschuldig sah er sie an. „Ich massiere Deine Füße."

Ah ja? Wie es schien, hatte er in Biologie gefehlt. „Sieh mal Hal, die Füße sind das, was unten an den Beinen ist." Vorsichtig wackelte sie mit ihrem linken Fuß.

Halil grinste wieder. „Na ja, das kommt auf das Land an."

Was sollte denn jetzt die blöde Bemerkung. Auf ihren zweifelnden Blick hin, nickte er um seinen letzten Satz zu bekräftigen.

„Ehrlich. Du kommst doch aus Europa, oder vielmehr der Schweiz, oder?"

Nein, kam sie nicht, aber das hatte sie ihm früher schon mehrfach erklärt. Allerdings war die Schweiz nicht allzu weit von Österreich entfernt. Stattdessen klärte sie ihn lieber darüber auf, dass die Füße dort die gleiche Definition genossen wie in den Staaten. Er nickte leicht, ließ sich aber nicht stören, ihre Beine weiter zu massieren. Auch wenn es sich verdammt gut anfühlte, er kam langsam in für sie gefährliche Regionen. Etwas resoluter forderte sie ihn deshalb auf, sich auf ihre Füße zu konzentrieren oder aufzuhören. Mittlerweile war er auf die Knie gegangen, ließ sich aber nicht davon abhalten, dort weiterzumachen, wo sie gerade versuchte, ihn zu stoppen.

„Ja, in der Schweiz vielleicht. Warst Du schon mal in Deutschland? Das liegt doch gleich daneben."

Langsam ging ihr wirklich die Geduld aus. „Ja, ich war in Deutschland. Und ich kann Dir versichern, die Leute dort haben auch nur ganz normale Füße. Das andere nennt man auch dort Knie, Ober- oder Unterschenkel, aber nicht Füße!"

Halil lachte leise und ließ sich nicht aufhalten. Mittlerweile schob er seine großen Hände unter ihre Pobacken. Ihre Versuche, ihn von sich zu schieben, waren ziemlich wirkungslos.

„Um weiter auf Deutschland einzugehen …" Er massierte sie vorsichtig. „Da gibt es verschiedene Bundesländer …"

Ihr erstickter Protest wurde genauso wenig beachtet, wie alles davor.

„Und eines davon ist Baden-Württemberg." Jetzt sah er sie triumphierend an. „Und der schwäbische Fuß geht von der Hüfte, bis zu den Zehenspitzen. Wusstest Du das nicht?"

Entnervt sah sie ihn an. Seine Hände packten etwas fester zu.

„Meinst Du, die würden bei großzügiger Auslegung dieser Definition sagen, dass ich jetzt gerade Deine Ferse massiere?"

Mit aufgerissenen Augen zweifelte sie ernsthaft an seinem Verstand. Und teilte ihm das sehr deutlich mit. Etwas enttäuscht, zog er die Hände unter ihr hervor.

„Du kannst einem aber auch jeden Spaß verderben, weißt Du das?"

Wieder versuchte sie, ihn von sich zu schieben. Himmel, musste er gleich eine Tonne wiegen. Was hatte sie sich eigentlich dabei gedacht, sich in einen solchen Berg von Mensch zu verlieben. Entsetzt hielt sie inne. Hatte er jetzt gerade ihre Gedanken gelesen? Bitte nicht. Als sie ihn jedoch musterte, hatte sie den Verdacht, dass er momentan seine Aufmerksamkeit definitiv auf etwas anderes als ihre Gedanken gerichtet hatte. Er starrte wie hypnotisiert auf ihren Oberkörper, der sich langsam aber sicher aus dem Schaum heraus kristallisierte. Ärgerlich holte sie tief Luft, versuchte sich jedoch dabei so tief als möglich ins Wasser zurückzuziehen.

Enttäuscht sah er sie an. „Wie gesagt, jeden Spaß!" Ein abgrundtiefer Seufzer folgte. „Hast Du Dich eigentlich schon entschieden? Ob Du hierbleibst, meine ich."

Langsam glitt er ans andere Ende der Wanne zurück. Etwas erleichtert atmete Aimée aus und schüttelte vage den Kopf. „Um ehrlich zu sein, ich möchte da ungern in Vorkasse gehen. Ähm, also, ich bin erst dann bereit, wenn ich wirklich sicher bin, dass Arslan nichts getan wird."

Besorgt beobachtete sie die Ader an seiner Schläfe. Die erschien eigentlich nur, wenn er wütend wurde. So viel hatte sie in der Zwischenzeit schon mitbekommen. Früher war ihr das Ding nie aufgefallen.

„Und wie stellst Du Dir unser Zusammenleben bis dahin vor?"

Klang das sauer? Falls ja, war er selbst schuld. Nach dem ganzen Theater erwartete er ja hoffentlich nicht, dass sie jubelnd zustimmte.

„Na ja, ich dachte so wie Brüderchen und Schwesterchen?"

Mit einem kaum merklichen Lächeln in den Mundwinkeln sah sie zu ihm. Auf seine Frage, ob sie das ernst meinte, nickte sie jedoch ziemlich nachdrücklich.

„Gut, dann solltest Du Dir ernsthafte Gedanken zum Thema Inzest machen, Schwesterchen, denn ich werde mit Sicherheit nicht monatelang wie ein Mönch leben."

Abrupt stand sie auf. Halil stöhnte innerlich. Warum musste sie auch ein Schaumbad aussuchen? Konnte sie kein Ölbad nehmen? Dann wären jetzt garantiert nicht alle sehenswerten Stellen mit Schaum bedeckt, verdammt noch mal. Wortlos stieg sie aus der Wanne und wickelte sich gleichzeitig in ein viel zu großes Badelaken. Während er sie nicht aus den Augen ließ und beobachtete, wie sie sich mit einem zweiten Handtuch abtrocknete, machte er sich gedanklich eine Notiz, seine Haushälterin anzuweisen, in ihrem Bad künftig nur noch Gästehandtücher zu platzieren. Er erhob sich ebenfalls. Das Wasser tropfte von seinen nassen Kleidern, als er sein Hemd aufzuknöpfen begann.

„Gibst Du mir bitte auch ein Handtuch?"

Während er noch mit seinen Knöpfen kämpfte, nahm er undeutlich wahr, wie etwas auf ihn zuflog und im Wasser landete. Seine Reaktion war auch schon mal besser gewesen. Sie verließ das Bad, als er das Tuch aus der Wanne hob und auswrang. Erst als er es richtig in Händen hielt und ihren Geruch darin wahrnahm, wurde ihm bewusst, dass es das Tuch sein musste, das nur Augenblicke vorher um ihren Körper gewickelt war. Schnell sah er auf und seufzte enttäuscht. Verflixt, sie war wirklich schnell. Er konnte gerade noch beobachten, wie sie ihren Morgenmantel verschloss.

Gerade als sie sich an ihr Bett setzte, wachte Francesca auf. Trotz ihrer Müdigkeit merkte sie sofort, dass Deidre geweint hatte. Einen Moment fragte sie sich ängstlich, ob etwas mit dem Magier vorgefallen war, seit sie hier lag. Deidre hatte sie zuletzt bei ihren Behandlungen unterstützt, aber sie hatte ihn immer misstrauisch betrachtet. Halb erwartend, dass er etwas machte, womit keiner rechnete. Oder vielleicht doch, immerhin wussten sie alle mittlerweile, dass er ein Schwarzmagier war und sich ihre eigene Vermutung dahin gehend durch den Vorfall, von dem Morag ihr berichtete, traurigerweise bestätigt hatte.

„Ist alles in Ordnung, Kleines?"

Die Stimme ihrer Zirkelmeisterin war brüchig. Mühsam nickte Deidre. Sie wollte sie jetzt nicht mit ihren Sorgen belasten, aber sie brauchte ihre Nähe. Ihre Ruhe. Ihre Sanftheit. Dummerweise hatte sie vergessen oder eher verdrängt, dass Francesca heute Morgen ebenfalls auf der Krankenstation lag. Und auch wenn sie vermutlich nicht alles mitbekommen hatte, sie hatte erstens Ohren wie ein Luchs und zweitens einen zwar durch einen Schlaganfall leicht beeinträchtigten Verstand, aber der war immer noch schärfer als der manch anderer Zeitgenossen. Einschließlich ihres eigenen.

„Kleines, ich frage es ungern, aber gibt es etwas, das Du mir sagen möchtest?"

Wortlos schüttelte sie den Kopf. Es war ein Fehler gewesen, hierher zu kommen. Denn im Gegensatz zu den Etanaern konnten die Weisen Frauen untereinander versuchen, die Gedanken der anderen zu lesen und mussten dafür nicht einmal um Erlaubnis bitten. Da in der Regel keine etwas zu verbergen hatte, war das auch nicht nötig. Am erschrockenen Aufkeuchen der alten Frau merkte sie, dass sie bereits dabei war. Eine Träne kullerte über ihre Wange. Jetzt war ihr Einsatz für Arslan und die Drohung den anderen gegenüber völlig wertlos. Innerhalb einer halben Minute hatte Francesca alles herausgefunden, was sie wissen musste, und atmete schwer. Ihre kleine faltige Hand fasste nach dem Bedienteil des Bettes und sie drückte auf den Knopf, der das Kopfteil des Bettes nach oben brachte. Dann rutschte sie etwas auf der Matratze herum und lächelte nach einer Weile Deidre aufmunternd zu, die mittlerweile tränenüberströmt vor ihr saß.

„Herzchen, keine Sorge – von mir erfährt niemand etwas, wenn Du das nicht willst. Ich finde diese Regeln teilweise reichlich verstaubt, aber ein paar von uns halten daran ebenso starrsinnig fest, wie ein paar der Etanaer. Wenn Du möchtest, können wir das, was passiert ist, ganz tief in Dir verschließen, sodass auch sonst niemand herankommt. Einzige Ausnahme, Du willst Deine Drohung wahr machen, wenn sie tun, was sie angekündigt haben."

Ihre Hand deutete wortlos auf die Karaffe mit Wasser und Deidre goss etwas in ein Glas, welches sie ihr reichte. Durstig trank sie es leer. Ihr Arm fiel relativ kraftlos zurück, als Deidre ihr das Glas wieder abnahm und gleich wieder füllte.

„Nein, nein, Liebes, das reicht erst mal." Sie räusperte sich kurz. „Was Deinen Schutzzauber betrifft. Der konnte gar nicht wirken. Aber nicht weil er zu schwach war. Glaub mir, Du hast keinen Grund an Deinen Fähigkeiten zu zweifeln! Allerdings - ich konnte von hier spüren, dass er falsch war. Du hast die ganze Station geschützt, aber nicht den Ort, an den er Dich gebracht hat, und auch nicht Dich selbst. Es war einfach die falsche Formel." Sie runzelte kurz die Stirn. „So etwas kann vorkommen. Du warst doch übermüdet. Ich hatte von hier aus alle Hände voll zu tun."

Mit einem Stirnrunzeln betrachtete sie ihre noch immer etwas gelähmte Seite. „Na ja, sagen wir eine Hand und eine Hirnhälfte. Jedenfalls habe ich getan, was ich konnte, um Dich wach zu halten. Das war echt anstrengend. Leider habe ich kurzzeitig die Kontrolle verloren. Der Zeit nach hast Du aber deutlich mehr als einen halben Liter gespendet. Also kein Wunder, dass Du Dir die richtige Formel nicht eingefallen ist. Glaub mir, ich weiß absolut, wovon ich spreche."

Sie lächelte schief. Noch immer hing ein Mundwinkel nach ihrem Schlaganfall leicht nach unten, ebenso eines ihre Augenlider. „Weißt Du, einen Moment habe ich wirklich gedacht, er hat Dich gebissen und keine Spende im herkömmlichen Sinn genommen. Das hat mich kurzzeitig echt wütend gemacht. Ich habe versucht, Morag herbeizurufen. Aber wie ich später erfahren habe, war sie im Pflegeheim. Und sonst war auch niemand erreichbar, der uns hätte hier helfen können." Sie zögerte kurz. „Was vielleicht ganz gut war, wenn ich es mir so recht überlege. Jedenfalls dauerte es eine ganze Weile, bis ich die Schläuche und den Absperrhahn in Deinen Gedanken bemerkte. Aufgrund des Geruches bin ich absolut davon ausgegangen, dass er Dich gebissen hat."

Fassungslos schüttelte sie den Kopf. „Hast Du das schon mal in der Form erlebt? So hat doch noch keiner von ihnen reagiert, oder? Ich spende schon lange nicht mehr selbst, aber so etwas habe ich nie erlebt und nie gehört – bis heute."

Deidre hatte zwischenzeitlich aufgehört zu weinen und saß mit aufeinandergelegten Händen an ihrer Seite. Zärtlich tätschelte Francesca sie.

„Kleines, bitte, mach Dir keine Gedanken. Das heute Morgen war eine Ausnahme. Das hat absolut nichts mit Deinen Fähigkeiten zu tun. Du wirst in Zukunft vorsichtiger sein, keine Frage. Keine Spenden mehr in übermüdetem Zustand und vor allem keine ohne jemand, der im Notfall einschreitet."

Ihre Hand packte etwas fester zu. Die Gedanken die Deidre durch den Kopf schossen drehten sich schon wieder im Kreis. „Sag mal, hörst Du mir überhaupt zu? Hör auf an Deinen Fähigkeiten zu zweifeln sage ich. Die sind nach wie vor da und sehr stark. Und Deine Zweifel in dieser Richtung völlig unbegründet. Ich glaube, Du bist eine gute und würdige Nachfolgerin für mich."

Abwehrend schüttelte Deidre den Kopf.

„Glaub mir, ich habe Deine Formel hier in der Station erlebt. Es hat eine Ewigkeit gedauert, bis jemand an mein Bett kam, obwohl ich alles getan habe, um sie aufzuheben." Wieder runzelte sie kurz die Stirn. „Ich werde wirklich alt und lasse nach, eigentlich hätte ich das viel früher schaffen müssen. Aber egal. Zweifle nicht an Dir. Und auch nicht an ihm. Diese Zähne können einem Angst einjagen. Und die Frauen unseres Zirkels, nun ja, die wenigsten von uns interessieren sich für körperliche Aspekte, deshalb kann so ein erregter Etanaer einem schon Angst einjagen. Das heißt aber nicht, dass er das jemals wieder macht."

Tief Luft holend nickte Deidre. „Ich habe keine wirkliche Angst vor ihm. Er tut mir eher leid. Es ist für alle in letzter Zeit sichtbar gewesen, wie er sich quält und Du weißt, dass er sich viel zu unregelmäßig nährt. Aber was mich wirklich verrückt macht, ist, dass ich nicht weiß ob er … Ich meine, ich war so weggetreten, dass ….." Ihre Stimme wurde immer leiser.

Mit völlig ernstem Gesicht sah ihre Lehrmeisterin sie aufmerksam an. „Ähm, nun ja, das lässt sich ja leicht herausfinden."

Überrascht blickte Deidre auf. „Aha – und wie?"

Jetzt wirkte Francesca fast verschmitzt. „Hat er heute auf Dich einen sehr unruhigen Eindruck gemacht? Sich gekratzt, oder Ähnliches? Waren da irgendwelche Flecken auf der Haut?"

Verständnislos schüttelte Deidre den Kopf. „Er stand stellenweise so ruhig da, dass man ihn für eine Statue hätte halten können, warum?"

Mit einem weiteren verschmitzten Lächeln tätschelte Francesca wieder ihre Hände. „Dann ist nichts passiert, Kleines. Sobald er sich wirklich an Dir vergriffen hätte, wäre er von oben bis unten mit Pusteln übersät gewesen und hätte sich permanent gekratzt. Und zwar überall."

Ein Kichern entschlüpfte ihr bei Deidres fragender Miene. „Weißt Du, vor sehr vielen Jahren, hat eine unserer Schwestern einmal, wie soll ich sagen, eine Liaison mit einem Etanaer begonnen." Das Lächeln verschwand kurz. „Bedauerlicherweise hat er in ihr lediglich eine Blutwirtin gesehen. Eine überaus willige Blutwirtin, aber eben auch nur das, was Irina sehr, sehr wütend gemacht hat." Kopfschüttelnd fuhr sie fort. „Du kannst sie nicht kennen, die Sache spielte sich, soweit ich weiß etwa um 1750 ab und Irina ist lange, lange tot."

Nachdenklich hielt sie einen Moment inne. „Sie regte sich über seine Art von Mal zu Mal mehr auf. Zumal sie nicht seine einzige Blutwirtin war." Wieder kicherte sie. „Irgendwann ging es ihr so gegen den Strich, dass sie eine Formel wirken wollte, die zu einer vorübergehenden Beeinträchtigung seiner Manneskraft führen sollte. Und zwar immer dann, wenn er sich einer anderen als ihr zuwenden wollte – sowohl was das Nähren als auch was die körperliche Seite betraf und das für ganze 500 Jahre."

Bei ihrem nächsten Kichern fiel Deidre mit ein. Die Geschichte kannte sie, hatte sie jedoch immer für ein Märchen gehalten. „Statt eines Höhepunktes bekam er am ganzen Körper quittegelbe Pusteln mit einem pinkfarbenen Punkt darin und konnte nicht aufhören sich zu kratzen, sobald er beim Anblick einer Frau erregt reagierte. Und das hielt eine ganze Woche an. Richtig?"

Francesca kreischte lachend. Es hörte sich bereits sehr erstickt an. „Nicht ganz, das wichtigste Detail hast Du vergessen. Vor den Punkten kam noch etwas anderes: Um seine Fangzähne ringelten sich Ranken aus klitzekleinen Astern, weißen Narzissen und Irisblüten. Jeweils eine Irisblüte war auf der Spitze der Fangzähne." Ihr Lachen wurde noch atemloser. „Und die Asternblüte an der Spitze seines besten Stücks sollten wir auch nicht vergessen! Irina kannte die Blumensprache[18] sehr gut."

Einen Moment lachten beide haltlos. Dann wurde Deidre wieder ernst, während sie sich ein paar Lachtränen aus dem Gesicht wischte.

„Aber das ist doch nur eine lustige Geschichte, Francesca."

Die alte Frau stieß ein Keuchen aus und klopfte sich atemlos lachend auf den Oberschenkel. „Nein, ist es nicht! Erinnerst Du Dich an Kolya?"

Ungläubig sah sie ihre Lehrmeisterin an. Vielleicht wurde ihre Zirkelmeisterin doch langsam wunderlich. „Francesca, der ist doch einfach nur schwul, er steht doch gar nicht auf Frauen …"

Francesca gackerte weiter, wie ein junges Mädchen. „Ja, natürlich steht der nicht auf Frauen. Das hat er sich spätestens dann abgewöhnt, als der Zauber auch nach Irinas Tod nicht gebrochen war. Und glaub mir, keine unserer Schwestern löst diesen Spruch. Glaubst Du tatsächlich, die Evolution bringt über Jahrtausende nur heterosexuelle Etanaer heraus und dann mutiert einer davon auf einmal und interessiert sich nur noch für Männer?"

Immer noch ungläubig lachte Deidre mit. Francescas Hand griff fest nach ihrer.

„Du glaubst mir immer noch nicht, oder? Hol mir den Spiegel." Sie deutete auf ihr Nachtschränkchen. „Na los, hol ihn mir."

Schnell öffnete Deidre die Schublade und nahm den in Seide gehüllten Spiegel heraus. Sie übergab das verschnürte Päckchen an Francesca, die es öffnete und eine Formel sprach. Sie musste mehrmals beginnen, weil sie immer wieder loskicherte. Nach einer Weile kreischte sie auf und bedeutete Deidre, einen Blick in den Spiegel zu werfen. Es dauerte weniger als eine Sekunde, dann lachte Deidre lauthals los und Francesca fiel abermals ein. Das Gelächter war vermutlich im ganzen Haus zu hören. Das Bild Kolyas, das sich in dem Spiegel bot, war so grotesk, dass sie eine halbe Stunde weiterlachten und erst aufhörten, als Francesca ernsthaft Atemnot bekam. Völlig erschöpft lagen beide auf dem Krankenbett und kicherten dennoch immer mal wieder los.

„Glaubst Du mir jetzt? So ein Bild vergisst man nicht. Wenn er sich an Dir vergriffen hätte, hätte er so ausgesehen."

Ein Hustenanfall schüttelte die alte Frau und es dauerte eine Weile, bis sie normal atmen konnte. Arslan trat durch die Tür und betrachtete sie besorgt.

„Alles in Ordnung? Braucht ihr Hilfe?"

Bei seinem Anblick lachten die beiden Frauen erneut los und er suchte nach einer Weile, ohne eine Antwort erhalten zu haben, irritiert sein Büro auf. Kaum war er außer Sicht, schlug Francesca die Hand vor den Mund. Schlagartig todernst.

„Oh mein Gott, ich werde wirklich alt."

Deidre betrachtete sie verwirrt. Das hatte jetzt aber schrecklich ernst geklungen. Und ihre Augen hatte sie auch unnatürlich weit aufgerissen. Außerdem wiederholte sie immer wieder „Oh mein Gott, oh mein Gott." Besorgt setzte sich Deidre auf.

„Was ist denn los?"

„Ich habe unter Umständen einen neuen demnächst schwulen Etanaer geschaffen, fürchte ich."

Ein weiterer verwirrter Blick traf sie.

„Die Formel. Ich weiß nicht mehr ob ich die ursprüngliche oder die abgewandelte Formel verwendet habe, in der lediglich Dein Name eingesetzt ist. Und ich kenne zwar beide Formen dieser Formel und habe eine davon heute Morgen garantiert auf die Schnelle gewirkt …"

Zerknirscht blickte sie auf. „Mir ist auf die Schnelle wirklich keine andere eingefallen. Aber …"

Ihre Augen weiteten sich entsetzt. „… ich habe keine Ahnung wie man den Vorgang bewusst umkehrt. Und ich kenne auch niemand, der das weiß."

Ohne es verhindern zu können, lachte sie erneut los. Deidre fiel automatisch mit ein. Doch diesmal war es kein fröhliches Lachen mehr, es ähnelte mehr einem hysterischen Lachkrampf.

Einige Zeit, nachdem die beiden Frauen ihn in den Griff bekommen hatten, ging Deidre leise aus dem Raum. Francesca schlief mittlerweile tief und fest. Mit etwas zögernden Schritten ging sie zu Arslans Arbeitszimmer und klopfte leise an den Türrahmen. Arslan schreckte hoch, als hätte er irgendwo eine Sprungfeder eingebaut. Sobald er sie erkannte, lächelte er etwas unsicher und forderte sie mit einer Kopfbewegung auf, einzutreten.

Während sie in den Raum ging, sah sie ihn nervös mit einem Bein wippen und an seiner Unterlippe kauen. So wie es aussah, wollte er etwas loswerden und Deidre wartete einen Moment stumm, was er zu sagen hatte.

„Ich, es tut mir wirklich leid wegen heute Morgen und ich wollte Dich nicht …"

Es war ungewöhnlich ihn so zögerlich sprechen zu hören. Normalerweise kannte sie ihn wortgewandt, immer zu einem Scherz aufgelegt oder auch mal recht unwirsch, aber nie zögerlich.

„Ich wollte mich auf alle Fälle bedanken, dass Du mich nicht, also ich meine …"

Wieder unterbrach er sich. Deidre ließ sich auf den Drehstuhl neben ihm fallen und griff nach seiner Hand.

„Hey, es gibt keinen Grund Dich zu bedanken und keinen Dich zu entschuldigen. Du warst verletzt und Du warst hungrig. In Anbetracht dessen ist die Sache mehr als glimpflich abgelaufen. Also sollten wir das Ganze vergessen."

Aufmerksam musterte sie ihn. „Hat Ahásveros eine Entscheidung getroffen? Ich meine, hat er seine Entscheidung revidiert?"

Erleichtert sank sie in sich zusammen, als sie ihn nicken sah. Dann stand sie auf und umarmte ihn fest. Beide erstarrten, als sein Magen augenblicklich laut und deutlich knurrte und Deidre machte sich eilig von ihm los. Das Magenknurren endete so schnell, wie es angefangen hatte. Dafür wechselte Arslan die Farbe. Und zwar gründlich. Sein ansonsten so gesunder Teint wurde leicht grünlich und er versuchte krampfhaft, tief ein- und auszuatmen. Offenbar war ihm fürchterlich schlecht – vermutlich vor Hunger. Der war offensichtlich zwischenzeitlich so groß, dass ihm beim Gedanken an Blut schon ein heftiger Würgereiz überkam. Schnell griff sie nach dem Papierkorb und hielt ihm diesen hin, bevor sie seinen Kopf nach unten drückte. Er keuchte und würgte weiter, übergeben musste er sich jedoch nicht.

Nach einer Weile spürte sie, wie er gegen ihre Hand drückte und nach oben wollte. Nach wie vor sah er leicht grünlich aus, aber das Würgen hatte nachgelassen.

„Soll ich Morag oder eine der anderen für Dich fragen, ob sie etwas spenden?"

Schnell schüttelte er den Kopf. „Nein, das Risiko will ich heute lieber nicht eingehen, wer weiß, was sonst dabei herauskommt. Wenn ich an heute Morgen denke … Ich hab schon eine Bestellung in der Blutbank aufgegeben, die müsste in spätestens einer halben Stunde da sein."

Erschöpft versuchte er, zu lächeln. Allerdings mit zusammengepressten Lippen, sodass es eher eine Grimasse wurde.

Streng sah sie ihn an. „Jetzt komm mal wieder runter. Dir ist schlecht vor Hunger, verdammt noch mal. Und es sind ein paar von uns im Haus. Eine spendet Dir bestimmt etwas. Das ist frischer als das Zeug aus der Blutbank."

Vehement schüttelte Arslan den Kopf. Noch immer hatte er diesen fürchterlich blumigen Geschmack im Mund. Der war widerlich – ekelerregend süß und abartig. Schnell fuhr er mit der Zunge über seine wieder leicht rauen Zähne.

„Arslan, jetzt komm endlich zur Vernunft." Deidre griff nach seinem Arm.

„Nein, wirklich – es geht schon mit dem Warten. Die Übelkeit grade eben liegt an Deinem Parfum. Es ist irgendwie zu blumig für mich. Das ist alles. Hör mal, das mit heute Morgen, tut mir wirklich leid. Ich weiß nicht, was da über mich gekommen ist …"

Als Deidre sich zu ihm nach vorne beugte, hob sich sein Magen. Hastig sprang er auf und rannte mit der vor den Mund geschlagenen Hand an ihr vorbei. Sie hörte ihn in den Waschraum laufen und folgte ihm leise. Arslan stand tief über das Waschbecken gebeugt und spülte sich mehrfach den Mund aus. Neugierig spähte sie auf seinen Unterarm. Er hatte die Ärmel seines Hemdes hochgekrempelt. Erleichtert atmete sie auf, als sie sah, dass dort keine einzige Pustel zu sehen war. Dennoch, die Formel schien zu wirken. Hatte er eben nicht etwas von Parfum gebrummt, bevor er aus dem Raum gestürzt war? Blumig? Gedankenverloren verließ sie die Krankenstation. Vielleicht war es besser, wenn sie mal einen genaueren Blick in Francescas Grimoire warf. Oder vielmehr auf die beiden Formeln, die Francesca vorher angesprochen hatte. Und dann ein wenig Recherchen betrieb …

Tief in Gedanken bezüglich des Vorfalls in der Bibliothek versunken betrat Tomás das Appartement. Er sah gerade noch, wie eine der Bediensteten mit einem Stapel Bettwäsche im hinteren Gästezimmer verschwand, und knirschte augenblicklich mit den Zähnen. Ein paar Mal tief durchatmend versuchte er, sich etwas zu beruhigen. Selma, die Bedienstete, kam kurz darauf wieder aus dem Gästezimmer und lief mit einem Gruß und gesenktem Kopf an ihm vorbei. Man konnte ihr ansehen, dass sie liebend gerne das Appartement verließ. Offenbar hatte Isabel ihr gesagt, dass sie Feierabend machen konnte.

Mit der Zungenspitze kurz über seine obere Zahnreihe fahrend stellte er fest, dass seine Fangzähne sich auf ein erträgliches Maß zurückgezogen hatten. Er und sein Bruder hatten nach Ahásveros Entscheidung noch eine längere Diskussion gehabt. León war zwischendurch soweit gewesen, Alisha und Çem zu nehmen und das Familienanwesen zu verlassen. Nur die Befürchtung, dass sie dann ebenfalls ihre Drohung wahr machen könnte, weil sie annahm, dass Arslan etwas geschah, ließ ihn die Sache nochmals überdenken. Störrische Weiber. Wo zum Teufel kam man hin, wenn man die Regeln nicht mehr beachtete?

Isabel trat in den Flur und musterte ihn kurz. Dann hob sie ihr Kinn etwas an und ging ins Wohnzimmer, ohne ihn weiter zu beachten. Leise folgte er ihr und beobachtete schweigend, wie sie Alishas Nummer wählte und sich erkundigte, wie es ihr ging.

Es war ihm schon immer ein Rätsel gewesen, wie Frauen eine einzige Frage in ein ewig langes Gespräch packen konnten. Jedenfalls dauerte es eine viertel Stunde, bis seine Frau den Hörer wieder weglegte. Dabei wurde ihm bewusst, dass er noch gut weggekommen war. Es gab Gespräche, die dauerten Stunden! Noch heute würde er die Erfinder des Telefons am liebsten dafür zur Verantwortung ziehen. Andererseits ... diese Erfindung hatte ja durchaus auch Vorteile – er dachte dabei an einige längere, sehr befriedigende Gespräche, die er selbst mit seiner Frau geführt hatte.

Als sie an ihm vorbei aus dem Zimmer laufen wollte, hielt er sie leicht fest. Stumm erwiderte sie seinen Blick.

„Möchtest Du nicht wissen, wie es gelaufen ist? Wie Ahásveros entschieden hat?"

Wieder erwiderte sie nur wortlos seinen Blick. Er hasste es, wenn sie ihn vielsagend anschwieg. Und unter diesem Blick konnte man nur klein werden!

„Ahásveros hat sein Urteil revidiert. Arslan geschieht nichts."

Interesse leuchtete in ihrem Blick auf.

„Er bekommt eine Zwangsdiät. Er muss vor Zeugen trinken. Jede Woche die nächsten drei Monate, damit er endlich mal satt ist."

Isabel nickte, damit konnte sie leben – allerdings fragte sie sich, wo ihr Neffe auf die Schnelle eine passende Frau hernehmen sollte. Immerhin mussten die beiden ja eine Weile miteinander auskommen. Tomás Kinn ruckte etwas nach oben.

„Und wir – also León und ich – haben entschieden, dass er im Anwesen bleiben kann."

Das klang in Isabels Ohren sehr gut, aber auch sehr gönnerhaft.

„Und von wem trinkt er? Wurde da schon jemand ins Auge gefasst? Oder sind es mehrere?"

Die Frage war berechtigt. Allerdings grauste es ihm schon davor zu antworten, denn er kannte seine Frau. „Brianna. Ahásveros will Brianna fragen."

Augenblicklich zogen sich ihre Brauen zusammen. „Und wer soll der Zeuge sein?"

Bens Name kam sehr leise über seine Lippen und Isabel lachte bitter auf.

„Na, da kann er ja zwei Fliegen mit einer Klappe schlagen – der gute Ahásveros. Täusche ich mich, oder verfolgt er damit nicht nur den Gedanken, Arslan satt zu bekommen. Und Du sagst, ihm geschieht nichts. Pah! Ihr seid so verlogen. Du weißt schließlich selbst, wie Ben zu Brianna steht. Er mag sie sehr, auch wenn er sich selbst nicht mit ihr verbinden will. Glaubst Du, er steht da seelenruhig daneben?"

Unbehaglich senkte Tomás den Kopf. Vermutlich hatte seine Frau recht.

„Falls wider Erwarten nichts passiert – was geschieht nach drei Monaten? So eine Zwangsdiät sättigt zwar vermutlich, aber sie reicht ja wohl nicht für den Rest seines Lebens, oder?"

Mit einem Fangzahn ritzte er leicht über seine Unterlippe. „Nein. Ahásveros verlangt zusätzlich, dass er sich eine Partnerin sucht. Von heute an gerechnet findet am dritten Vollmond die entsprechende Verbindungszeremonie statt. Es sei denn, Arslan findet vorher jemanden."

Verstehend nickte Isabel. Na glücklicherweise schien er Brianna wenigstens nicht wirklich in eine Verbindung mit Arslan zwingen zu wollen.

Tomás zog sie etwas näher an sich. Seine Finger fuhren langsam über die Kontur ihres Gesichts. „Hör mal, es ist halb fünf. Hast Du heute noch irgendetwas vor? Ich meine, wir könnten doch …"

„Selma hat bereits das Bett im Gästezimmer bezogen."

Müde lehnte er seine Stirn an Isabel. „Mi peke, warum soll ich denn da schlafen? Arslan passiert nichts. Er …"

Mit einem Ruck zog Isabel den Kopf zurück. „Ich habe das Bett dort für mich beziehen lassen. Ich werde dort schlafen."

Wütend fuhr er auf. „Dazu besteht doch keine Veranlassung mehr. Ihm passiert nichts!"

Isabel befreite sich aus seinem Griff. „Tatsächlich – also so sicher klingt das für mich noch lange nicht. Aber davon mal ganz abgesehen - Alisha hat mir erzählt, dass Du ihn aus dem Haus jagen wolltest. Obwohl sie gesagt hat, dass nichts passiert ist. Wie konntest Du das tun?"

Bei ihrem anklagenden Blick biss er kurz und fest die Zähne zusammen. Dann schoss seine Antwort förmlich aus ihm heraus. „Was zum Teufel hätte ich denn Deiner Meinung nach tun sollen? Arslan hat sich momentan nicht im Griff. Sein Hunger macht ihn unberechenbar. León war kurz davor auszurasten. Und die beiden wollen uns weismachen, dass nichts war! Trotz des Vorfalls in der Sauna! Trotz seines nächtlichen Besuchs bei ihr! Trotz der Tatsache, dass sie etwas von seinem Blut intus hat! Hat sie Dir das wenigstens auch erzählt? Es tut mir ja fürchterlich leid, aber es ist glaubhafter, wenn Bush erklärt, dass er die Reinkarnation von Jesus ist."

Die Raumtemperatur war etwas gefallen und Isabel zog fröstelnd die Schultern hoch. Ihre glitzernden Augen warfen ihm jedoch einen brennenden Blick zu. „Weißt Du, Alisha hat vorher etwas gesagt, was völlig richtig ist und was mir selbst schon lange Zeit gewaltig gegen den Strich geht." Sie richtete sich gerade auf. „Ihr schiebt immer bei jeder sich bietenden Gelegenheit eure Veranlagung vor. Und wir müssen da stillschweigend zusehen."

Automatisch zogen sich Tomás Augenbrauen zusammen.

„Aber soll ich Dir mal ein Geheimnis verraten? Wir sind gar nicht so verschieden. Wir mögen vielleicht nicht eure tollen Nasen haben, aber auch wir reagieren auf Gerüche und auch wir können beim Anblick eines gut aussehenden Mannes schon mal erregt werden. Das heißt aber noch lange nicht, dass wir diesen Regungen nachgeben. Ein kleines bisschen Vertrauen von eurer Seite aus wäre da sehr nett. Wir vertrauen schließlich auch darauf, dass unsere Männer fruchtbare Frauen zwar riechen aber nicht bei der nächsten Gelegenheit flachlegen. Stattdessen unterstellt ihr uns, dass wir sofort alles mitmachen, was ein ungebundener Etanaer von uns will. Weißt Du was? Ich finde das nicht sehr schmeichelhaft."

Ihr Mann schnaubte kurz und wütend auf. Hatte er gerade richtig gehört? „Isabel, wie lange lebst Du jetzt bei der Familie beziehungsweise bei mir? Lass mich nachrechnen. 1475 bist Du aus dem Kloster raus. Jetzt haben wir 2007. Das macht summa summarum schlappe 532 Jahre. Und die waren größtenteils ziemlich friedlich für uns beide. Seit Alisha letztes Jahr aufgetaucht ist, regst Du Dich plötzlich über Dinge auf, die früher eine Selbstverständlichkeit für Dich waren. Und jetzt gehst Du so weit, dass Du wegen so einer Albernheit aus unserem gemeinsamen Schlafzimmer raus willst?"

Er stemmte seine Hände in die Seiten. Minutenlang sahen sie sich in die Augen. Die von Tomás wirkten wütend, die seiner Frau eher trotzig, wie er fand. Ihre Stimme klang jedoch nach wie vor fest, als sie ihm antwortete.

„Du willst es gar nicht verstehen, oder? Das ist keine Albernheit. Das ist ein grundsätzliches Problem! Arslan hat Hunger und war wegen eurer viel zitierten Veranlagung erregt. Meine Güte, er hat etwas geblutet und Alisha hat was abbekommen. Wohlgemerkt abbekommen. Sie hat nicht aus einer geöffneten Vene getrunken. Abbekommen! Deshalb haben die beiden immer noch nicht ihren Verstand verloren. Wenn er ihr sein Blut in einem Notfall gegeben hätte, hättest Du ihn ja auch nicht davongejagt – ebenso wenig wie León. Also was soll dieses ganze Theater. Das León idiotischerweise durchdreht, wenn er denkt, dass die beiden was haben, mag ja wenn man es sehr großzügig betrachtet okay sein, aber dass Du so reagierst … Er hat unseren Söhnen und Pete auf die Welt geholfen. Er hat mir schon viele Male geholfen und Deinen Schwiegertöchtern auch. Er hat so viel Gutes getan und das ist plötzlich alles nichts mehr wert – nur wegen eines idiotischen Verdachts?"

Ein wenig verständnisvoller Blick ihres Mannes traf sie, bevor er zu Boden sah. „Sag mal, hörst Du Dir eigentlich zu? Gerade weil ich ihn schätze, wollte ich ihn wegschicken. Hätte ich zusehen sollen, wie León über ihn herfällt? Womöglich noch vor den Augen von Alisha? Du weißt, wie wir sind, Isabel. Ich …"

Seine Frau unterbrach ihn sofort. Ihre Stimme klang kalt und abweisend. „Ja, verdammt noch mal. Ich weiß es. Na und. León hätte man irgendwie in den Griff bekommen können. Aber nur, weil ihr in der Vergangenheit so wart, heißt das doch wohl noch lange nicht, dass ihr nicht auch etwas dazu lernen könnt. Ihr passt euch doch sonst auch mit allem dem jeweiligen Zeitraum an. Ich meine, ihr seid uns doch so überlegen in allem, warum denn nicht auch mal bei so was? Wieso kannst Du nicht einmal dem vertrauen, was Dir Alisha erzählt? Ist das zu viel verlangt?"

An der kurzzeitig fallenden Raumtemperatur konnte sie merken, dass er sich bereits wieder aufregte. Als er antwortete klang seine Stimme gepresst. „Weil … wer nichts zu verbergen hat, blockiert seine Gedanken nicht. Und Alisha hat genau das getan. Und zwar sehr vehement und seltsamerweise auch sehr erfolgreich, als ich versucht habe, ihre Gedanken zu lesen."

Mit einem ungläubigen Auflachen fuhr Isabel herum und stapfte in Richtung Gästezimmer. „Ich fasse es nicht!"

Als sie unmittelbar vor der Tür stand, drehte sie sich noch einmal zu ihm um. „Weißt Du was? Nicht jeder will, dass man seine Gedanken liest. Dich wurmt doch bloß, dass Du nicht alles, aber auch wirklich alles unter Kontrolle hast. Soll ich Dir was verraten? Die Zeit an Deiner Seite und das Wissen der Weisen Frauen im Haus haben glücklicherweise dafür gesorgt, dass ich einen großen Teil meiner Gedanken ebenfalls mit schöner Regelmäßigkeit vor Dir abschirme. Nicht weil ich etwas zu verbergen habe sondern einfach, weil ich ein wenig Privatsphäre brauche.

Und dieses Wissen habe ich Alisha weitergegeben, ebenso wie an andere Frauen, die im Laufe der Zeit ins Haus kamen. Für euch mag das ganz normal sein, in den Köpfen anderer Leute herumzuwühlen. Für uns ist es das deshalb noch lange nicht. PRIVATSPHÄRE. Schon mal davon gehört? Das ist etwas sehr Kostbares. Und es ist nicht euer Grundrecht, anderen diese kleine Kostbarkeit zu rauben. Unsere Gedanken gehören uns und ihr müsst sie nicht lesen. Ihr wollt sie lesen, damit ihr entsprechend handeln und euren Willen durchsetzen könnt." Fassungslos schüttelte sie den Kopf. „Wie würdest Du Dich denn im umgekehrten Fall fühlen."

Wieder schnaubte Tomás. „Isabel, bitte, das ist doch wohl rein hypothetisch, dazu seid ihr gar nicht in der Lage."

Abfällig winkend lachte er sie doch tatsächlich aus. Isabel traute ihren Augen nicht. Wütend schoss sie auf ihn zu und bohrte ihm ihren Zeigefinger in seinen Brustkorb.

„Zu Deiner Information, Du überheblicher, eingebildeter Idiot: Wir können, wenn wir es drauf anlegen, nicht nur unsere Gedanken versuchen zu verbergen, wir können teilweise auch eure Gedanken lesen und euch unsere Gedanken übermitteln. Wir sind vielleicht nicht perfekt darin, aber wir können es grundsätzlich auch! Und zwar so geschickt, dass offenbar keiner von euch in all der Zeit etwas davon mitbekommen hat!"

Wieder lachte Tomás, der Gedanke war einfach zu … lächerlich. Es gab kein anderes Wort dafür.

„Lach ruhig. Aber damit Du es weißt – seit Jahrhunderten sorgen die Weisen Frauen dafür, dass wir es lernen. Und wie Du weißt, verbringen wir zum Teil sehr viel Zeit mit ihnen."

Ihr Blick war so verdammt ernst, dass Tomás ein unbehagliches Gefühl bekam.

„Nicht nur ihr seid in der Lage, Abkommen zu treffen, wir dummen Menschenfrauen können zumindest das genauso gut. Und sie haben uns einiges beigebracht, was wir mit ihrer Unterstützung freudig an neue weibliche Familienmitglieder weitergeben. Wir können es vielleicht nicht so perfekt wie ihr, aber wir können es. Weißt Du, wann wir es einsetzen? IM NOTFALL! Und zwar nur dann oder wenn einer uns darum bittet. Nicht weil wir Kontrolle ausüben wollen. Und weißt Du warum? Weil wir wissen, dass man die Privatsphäre anderer respektieren muss!"

Ihr prüfender Blick überzog ihn von oben bis unten und zurück. „In Momenten wie diesen frage ich mich echt, was ich an so einem vorsintflutlichen Macho wie Dir finde. Was sind wir eigentlich für euch?"

Das war der Moment, in dem Tomás sehr unbehaglich schluckte. Die Lippen seiner Frau hatten sich bei den beiden letzten Sätzen absolut nicht bewegt. Und die Flut an Gedanken, die sie hinterherschickte, zeigte ihm sehr deutlich, dass sie seine Gedanken gerade erfolgreich las. Und das wirklich Schreckliche für ihn war, dass keiner seiner Versuche eilig einen mentalen Schutzwall zu errichten, unter ihrem gnadenlosen Blick erfolgreich war.

Mit einem beinahe verächtlichen Lächeln wandte sie sich schließlich ab. Auf dem Weg zum Gästezimmer rief sie ihm über die Schulter noch einen letzten Satz zu. „Ach ja, und sie haben uns übrigens nicht nur diese Fähigkeit beigebracht und trainiert – also überleg Dir bitte in Zukunft sorgfältig, was Du machst oder sagst."

Tomás schluckte mühsam. Himmel, wie lange besaß sie diese Fähigkeit schon? Und wie konnte es passieren, dass er in all der Zeit nie etwas davon mitbekommen hatte? Oder nicht wahrhaben wollte?

Unruhig wand László sich hin und er. Er war erneut fixiert worden. Diesmal allerdings zu seinem eigenen Schutz. Denn während sich Morag noch bei Cleo aufhielt, versuchte er sich nach dem Vorfall die Pulsadern aufzubeißen. Morag war zu Tode erschrocken, als sie zurückkam und ihn in seinem Blut liegen sah, mit blutverschmiertem Mund. Es kostete sie einiges an

Überredungskunst, Sándor und György davon zu überzeugen, mit ihr den Raum zu betreten und den Mann im Bett zu versorgen und zu fixieren.

Ein Schauer durchfuhr Morag, die ihn durch einen venezianischen Spiegel betrachtete. Er sah so verletzlich aus. Und doch war er eine Bedrohung. Als sie ihn vorher verbanden und fixierten, brabbelte er wirr vor sich hin. Plötzlich sah er sie an, ganz klar. Und die Augen sprachen weitaus deutlicher aus, worum er sie bat, als die Flut Worte, die über seine Lippen kam. György hatte mit gerunzelter Stirn zugehört und ihr übersetzt, dass László sie darum bat, ihn zu töten. Wusste er, dass er eine Bedrohung war, und wollte sein Leben deshalb beenden? Oder sprach in diesem Fall jemand anderer aus ihm. Es gab schwarzmagische Formeln, die den Geist einer bereits verstorbenen Person auf jemand anderen übergehen lassen konnten, beispielsweise auf den, der den Wirt, den der Geist bis dahin bewohnte, umbrachte. Und dass er nicht alleine in diesem schwer misshandelten Körper steckte, hatten sie heute eindrucksvoll gesehen.

Wieder wand sich László, soweit die Stahlbänder das zuließen. Er stöhnte heiser und sprach undeutlich und schnell vor sich hin. Morags Blick glitt nach oben. Die Kamera zeichnete wie immer alles auf. Die letzten Auswertungen durch György und Sándor hatten ergeben, dass es sich um Formeln handeln musste. Glücklicherweise passierte danach in der Regel nichts. Entweder war er insgesamt noch zu schwach, um sie wirklich zu wirken, oder es handelte sich nur um Formelfragmente.

Im nächsten Augenblick wurde er völlig ruhig. Das sah fast genauso gespenstisch aus, wie seine vorige Unruhe. Und im Raum nebenan schien es kälter zu werden. Jedenfalls bildeten sich kleine Atemwolken vor seinem Gesicht. Blindlings tastete sie zum Telefon und rief Deidre an. Sie würde ihre und Francescas Hilfe brauchen – alleine traute sie sich nicht weiterzumachen. Glücklicherweise konnte Deidre dank Sándors und Györgys Hilfe innerhalb von Sekunden hier sein. Ebenso wie Francesca, die trotz ihres Schlaganfalls ebenfalls vor Ort und nicht nur aus der Entfernung dabei sein wollte.

Als die beiden Frauen kurze Zeit später zu ihr in den Raum kamen, atmete sie erleichtert auf. Sie sprachen nicht viel miteinander, denn bereits am Morgen hatten sie ihr Vorgehen für so einen Fall besprochen. Der einzige Weg, ihm Erleichterung zu verschaffen und der einzige Weg herauszufinden, was immer ihn auch quälte, war eine Begleitung in eine Traumwelt, lange vor seiner Geburt. Vielleicht bekamen sie auch irgendwie heraus, wie sie diese Gefahr ausschalten konnten. György und Sándor, die sich ebenfalls im Raum befanden, würden als Anker dienen, damit sie wieder in die wirkliche Welt zurückfanden. Aufmunternd lächelte Morag die beiden an. Sie waren gegen ihren Plan. Aber sie hatten auch keinen anderen Vorschlag unterbreitet.

Die Temperatur im Raum nebenan schien sich wieder normalisiert zu haben, dafür wand sich László abermals hin und her und stöhnte im Schlaf. Die drei Weisen Frauen griffen sich an den Händen und sprachen gemeinsam mehrere Schutzformeln. Morag entzündete Räucherwerk, Deidre malte Schutzsymbole in die Luft, Francesca sammelte Energie. Dann verwendeten sie erneut gemeinsam eine uralte Formel aus Morags Grimoire. Daraufhin schien sich das Zimmer um sie kurz ins Unermessliche auszudehnen. So weit, dass irgendwann die Wände verschwanden. Es wurde dunkel und war vermutlich sehr kalt. Denn obwohl sie nicht froren, sahen sie doch ihren Atem kondensieren. Irgendwo im Hintergrund hörten sie eine dumpfe Stimme, der sie nachgingen.

László bemerkte sofort, dass sein Traum dieses Mal anders war. Er war nicht alleine. Bei allem, was er sah, wusste er drei aufmerksame Beobachterinnen hinter sich. Er konnte nicht genau sagen, warum er davon ausging, dass es drei der Weisen Frauen waren, die ihn für gewöhnlich pflegten, aber er wusste es. Und sie waren hier, um ihm zu helfen.

Einen Moment wehrte sich sein physischer Körper stärker gegen die Fesseln. Er hörte abrupt damit auf, als er durch eine Art Tunnel fiel. Weiter und weiter. Seine Fallgeschwindigkeit war so groß, dass die Konturen um ihn herum zu einem farbigen Flirren wurden. Die Farben verblassten und ein dunkles, dumpfes Grau war um ihn herum.

Dann befand er sich in einer großen Höhle mit unzähligen Tropfsteinen und einigen sehr ebenen Felsplatten. Die Größte sah aus wie ein Altar, auf dem tiefe Rillen verliefen, die ein verschlungenes Muster bildeten. Er selbst war hinter einem großen Felsen verborgen. Der eigentlich gar nicht zu existieren schien, denn als er seine Hand darauf legen wollte, griff er hindurch. Ein Blick über seine Schulter sagte ihm, dass die drei Frauen nach wie vor hinter ihm waren, auch wenn er sie gar nicht sehen konnte. Die Höhle war kalt und feucht, aber sie strahlten eine wohltuende Wärme aus. Besonders an seinem Rücken. Es fühlte sich fast an, als ob eine warme, weiche Hand darauf lag. Eine Hand, die ihn hielt, bewahrte, beschützte. Ein Geräusch vor dem Felsen lenkte seine Aufmerksamkeit dorthin.

Im ersten Moment zuckte er zusammen. Seine Herrin stand dort. In sehr altertümlicher Kleidung. Sein Verdacht, in der Vergangenheit gelandet zu sein, bestätigte sich damit, auch wenn er nicht wusste, wie weit er zurückgegangen war. Ihr Oberkörper war in eine weiße Seidenbluse mit einem großen Kragen und bauschigen Ärmeln gehüllt. Darüber sah er ein blutrotes, eng geschnürtes Mieder. Der ebenfalls blutrote Rock war bodenlang und sie trug eine weiße, mit Spitzen eingesäumte Schürze darüber. Um ihren Hals war eine mehrsträngige Kette aus kleineren weißen und größeren schwarzen Perlen geschlungen, die bis zum Rockbund herunterhing. An ihrer rechten Hand prangte ein großer Ring. Zumindest den kannte er, denn er hatte ihn mehrfach schmerzhaft gespürt, wenn sie ihn misshandelte. Die langen dunklen Haare mit vielen grauen Strähnen trug sie geflochten und aufgesteckt. Er konnte nicht erkennen, wie alt sie zu diesem Zeitpunkt war, aber ihre Haut sah grau und fleckig aus. Die Ringe unter ihren Augen waren dunkel und ihr Gesichtsausdruck erschöpft. Ihre Stimme klang jedoch so boshaft klar wie immer.

Ein Mann sagte etwas zu ihr. Als László zu ihm sah, weiteten sich seine Augen vor Überraschung. Der Mann sah fast aus wie sein Großvater, wenngleich er es nicht sein konnte. Auch er trug altmodische Kleidung. Sein weißes Leinenhemd besaß einen großen Spitzenkragen und Fechtmanschetten, die ebenfalls mit Spitzen verziert waren. Sein Großvater hatte Zeit seines Lebens schlichte Kleidung ohne jeden Schnörkel getragen. Der Mann hier war eine einzige Verzierung. Über dem Hemd trug er ein dunkelblaues Wams mit ausgestellten Schoßteilen. Seine hellblaue, seidig glänzende Hose endete knapp unterhalb der Knie. Auch sie war mit Schleifen, von den Säumen herabhängenden Spitzen und einer Schärpe verziert und wurde vermutlich wegen des weiten Schnittes an den Knien mit Bändern zusammengehalten. Vielleicht wurden von den Bändern aber auch seine farbigen Seidenstrümpfe gehalten. Auch die Schuhe waren mit Spitzenrosetten verziert. Unter einem breitkrempigen Filzhut quollen lange dunkle Locken hervor. Die herabhängende Straußenfeder des Hutes verdeckte immer wieder kurzzeitig das Gesicht des Mannes.

„Es hat lange gedauert, Magús."

Der Tonfall seiner Herrin war herrisch und nörgelnd, entlockte dem Mann jedoch nur ein leichtes Lächeln.

„Euer Wunsch, meine Gebieterin, war auch nicht ganz alltäglich. Ich habe zahlreiche Studien betreiben müssen."

Es schien keinerlei Unbehagen in ihm auszulösen, als Erzsébet um ihn herumstrich.

„Und er hat dabei ganz gut von meinem Geld gelebt, wie ich sehe."

Zwischenzeitlich hatte sie ihn mehrmals umrundet.

„Haben sich meine Ausgaben wenigstens gelohnt?"

Sein Vorfahr nickte und lächelte. Und dann bemerkte László, dass der Mann und seine Herrin nicht alleine waren, obwohl man auf den ersten Blick niemanden sonst erblicken konnte. Erst als er mit Erzsébet sprach und dabei verschiedene Namen nannte, begannen sich die dazugehörigen Körper aus dem Hintergrund herauszumaterialisieren. Heinrich Cornelius Agrippa von Nettesheim, Albertus Magnus, John Dee, Johannes Trithemius und zuletzt Georg Faust.[19]

Dunkel erinnerte László sich aus seiner Lehrzeit noch an diese Namen. Sie alle hatten sich mehr oder weniger mit Magie und dabei auf die eine oder andere Art auch mit Nekromantie beschäftigt. Ihre Gestalten blieben sonderbar verschwommen, nicht wirklich greifbar. Die, ohne dass sie von seinem Vorfahr vorgestellt wurden, daraufhin neben ihnen auftauchenden weiteren Gestalten waren noch durchsichtiger. Und sie waren sehr groß. Es sah fast so aus, als ob sein Vorfahr sie gar nicht wahrnahm. Sie wirkten fast … dämonisch. Die Luft wurde eiskalt und die ganze Szenerie in unwirkliches, blaugraues Licht getaucht. Ein Tafel lag auf der größten Steinplatte. Sie war aus Ton und in ihr waren Zeichen eingeritzt. Sie schien uralt zu sein.

Auch Erzsébet schien die verschwommenen Gestalten der Dämonen nicht wirklich wahrzunehmen. Sie erteilte herrische Anweisungen. Daraufhin erschien eine Frau unbestimmten Alters. Sie ging leicht gebückt und ihre Finger waren von Arthritis verkrümmt. Seine Herrin sprach sie mit dem Namen Kata an und erteilte auch ihr einige Befehle. Kurz darauf wurde ein junges Mädchen von ihr hereingebracht. Obwohl er es in der Zeit in Erzsébets Haushalt oft genug mitbekommen hatte - László musste sich abwenden, bei dem was seine Herrin mit ihr anstellte. Es mussten Stunden vergangen sein, als ihre heiseren Schreie endlich verklangen und sie wie ein Stück Müll weggeworfen wurde. Und nicht nur ihm war es so ergangen. Auch die Magier hatten sich allesamt abgewandt und teilweise die Ohren zugehalten. Lediglich sein Vorfahr und die Dämonen sahen aufmerksam zu.

Danach setzte sich seine Herrin entspannt auf einen der Felsen und hörte den Männern zu. Ihr Kleid war blutverschmiert, ebenso wie ihr Gesicht. Sein offensichtlich sprachbegabter Vorfahr übersetzte, als wäre unmittelbar zuvor gar nichts geschehen. Dank dieser Übersetzung konnte er aufmerksam verfolgen, was die Magier seiner Herrin vorschlugen. Er sah die Gier in ihren Augen leuchten, als sie begriff, was ihr da geboten wurde.

Kurze Zeit später lag sie auf einer Felsplatte, während die Männer sie umringten. Weitere Gestalten tauchten nebelhaft verschwommen in der Höhle auf, deren Temperatur weiter herabsank. Neue Eiskristalle bildeten sich an den Wänden, irgendwo im Hintergrund fielen laut krachend ein paar der Stalaktiten von der Decke. Die Gestalten in der Höhle standen eng um seine Herrin gedrängt und einen Moment wollte er aus seinem Versteck stürzen, um ihr zu helfen. Gleichzeitig wusste er tief in sich, dass es besser war, den Kontakt zu der Hand auf seinem Rücken nicht zu unterbrechen. Das hier war die Vergangenheit und nicht zu ändern. Der Gedanke tauchte nebelhaft in seinem Kopf auf.

Kurze Zeit später fing Erzsébet laut an zu kreischen. Der Stein unter ihr schimmerte plötzlich, als bestünde er aus flüssigem Silber. Was nicht sein konnte, denn seine Herrin lag flach ausgestreckt darauf. Er sah, wie die Hände der durchsichtigen Gestalten mehrfach durch sie hindurchglitten, dann wiederum zerrten sie an ihr, denn ihr Körper bäumte sich mehrfach auf, ihre Beine zappelten und zitterten.

Während ein tosendes Murmeln einsetzte, stand plötzlich einer der Magier hinter ihr und hielt ihren Kopf in seinen Händen. Schrill und laut hallten ihre Schreie von den Wänden wieder und etliche der Tropfsteine lösten sich daraufhin von der Decke. Einer, er war fast so stark wie ihr Oberschenkel, durchbohrte ihr beinahe den Brustkorb. Er drang direkt unterhalb des Rippenbogens in sie ein und nagelte sie förmlich auf die Steinplatte. Ihr Kreischen endete daraufhin abrupt und wich einem atemlosen Keuchen. Die Gestalten um sie herum waren zurückgewichen. Jedenfalls die Magier. Die, die wie Dämonen aussahen, hielten den Körper seiner Herrin fest. Sein Vorfahr stand abwartend neben ihr. Er hielt ein Tongefäß in der einen und einen Deckel in der anderen Hand. Leise wehte ein

Gesang durch die Höhle, der sich zunehmend steigerte und doch nicht wirklich zu hören war. Das Flüstern setzte erneut ein. Tief in sich wusste László, dass er die Formeln kannte. Gidim. Das Wort war in ihm und erfüllte ihn. Immer wieder. Er kannte dieses Wort, aber ihm fiel die Bedeutung nicht ein.

Dann sah er, wie sich etwas aus Erzsébet zu lösen begann. Einem grauen Schatten gleich. Obwohl er die Kälte in der mit Eis überzogenen Höhle nicht wirklich spürte, fröstelte er in diesem Moment. Sein Vorfahr fing den grauen Schatten in dem Gefäß und verschloss es. Dann stellte er es behutsam neben Erzsébet auf die Steinplatte. Fast liebvoll strich er über ihr Gesicht, während die Gesänge und das Flüstern sich in ein tosendes, gleichmäßiges Rauschen verwandelten. Mit einem Dolch öffnete er danach Erzsébets Brustkorb und entnahm ihr Herz, welches er in ein weiteres Tongefäß steckte, das ebenfalls auf der Steinplatte Platz fand. Sein Verstand weigerte sich zu glauben, was er sah – aber seine Herrin verfolgte auch ohne Herz aufmerksam das geschehen um sie herum.

Starr vor Entsetzen und mit großen Augen beobachtete László, wie der Körper seiner Herrin sich augenblicklich zu verändern begann. Der geöffnete Brustkorb schloss sich vor seinen Augen. Unmittelbar darauf schrumpfte, vertrocknete, verdorrte Erzsébet. Kata die sich bis jetzt im Hintergrund gehalten hatte, stieß eigentümliche Klagelaute aus und kam hervor, um sich an Erzsébet Seite zu stellen. Kaum war sie dort, stieß ihr sein Vorfahr einen Dolch in die Brust. Mitten ins Herz. Sie sackte augenblicklich zusammen. Als er den Dolch hervorzog, sank sie auf die Steinplatte, auf dem seine Herrin lag. Ihr Blut lief über den Stein.

Lászlós Entsetzen steigerte sich, als er hinter dem Felsen versteckt beobachtete, wie die verdorrte Gestalt seiner Herrin das Blut förmlich zu absorbieren schien. Ihr Schädel drehte sich zu der alten Frau hin. Fast sah es aus, als ob sie diese am Hals küsste. Eine Weile blieb sie so liegen. Dann jedoch drehte sie den Kopf in seine Richtung. Es sah aus, als ob sie sich die Lippen leckte – allerdings hatte sie keine mehr. Ihre Zähne waren blutverschmiert und gebleckt und er sah, dass zwei davon länger waren als die übrigen. Die grauen Augen glitzerten böse.

Schnell schloss László seine Augen und zog sich automatisch tiefer hinter den Felsen zurück. Sie konnte ihn bestimmt nicht sehen. Doch als er die Augen wieder öffnete, war der Felsen fort. Ihre knochigen, skelettartigen Finger deuteten in seine Richtung. Er hörte ihr boshaftes Lachen und sie schrie ihm mit einer viel zu tiefen Stimme, die niemals ihr gehören konnte, etwas zu. Panik machte sich in ihm breit und so brauchte er eine Weile, bis er begriff, was sie schrie. „Még nem vége. Megint jövök."

Seine Zähne klapperten vor Entsetzen und sein Bauch brannte wieder, wie an dem Tag der Untersuchung. Jäh erschollen die Stimmen der drei Frauen hinter ihm. Er fühlte sich abrupt zurückgerissen und schrie aus Leibeskräften. Verschwommen sah er, wie sein Vorfahr eilig die Höhle verließ.

Erschöpft sanken die drei Frauen in dem Raum neben Lászlós Zimmer in sich zusammen. Das Entsetzen über das, was sie in der Höhle beobachtet hatten, war ihnen noch anzusehen. Francesca war schweißüberströmt und einen Moment fragte sich Morag, ob es nicht ein Fehler gewesen war, ihren ohnehin schon geschwächten Körper mit dieser Strapaze noch zusätzlich zu belasten. Zumal es noch nicht vorbei war.

Halb fünf Uhr morgens. Nathan, der mit Jasmin gerade in ihr gemeinsames Appartement gehen wollte, öffnete die Eingangstür des Anwesens, als es dort Sturm klingelte. Jasmin sah, wie er etwas entgegennahm und den Empfang quittierte. Kurz darauf hallte seine perplexe Stimme durch die Eingangshalle.

„Wer zum Geier hat hier Fast Food bestellt, noch dazu um diese Uhrzeit? Bitte abholen."

Mit einem leicht angewiderten Blick auf das Paket, das er weit von sich hielt, schüttelte er sich. Igitt, wer im Haus brachte so einen Fraß runter? Erneut brüllte er durch die Eingangshalle.

„Hier ist eine Fast-Food-Lieferung angekommen. Holt die mal bitte jemand ab, bevor sie schlecht wird?"

Jasmin zog fragend die Augenbrauen hoch, als sie das Paket genauer in Augenschein nahm. Fast Food? Ah ja. Erneut kam keine Reaktion auf seine Rufe. Entweder waren die anderen taub oder schwer beschäftigt. Seit der Sache in der Bibliothek waren sowieso alle durch den Wind. Das Gerücht von Arslans demnächst anstehender Verbindung hatte sich dank Douglas schon wie ein Lauffeuer verbreitet.

Die Stirn runzelnd fragte sich Nathan, mit wem sein Großcousin eine Verbindung eingehen wollte. Er kam jedoch selbst mit der größten Anstrengung nicht darauf. Weshalb sich hartnäckig der Verdacht bei ihm hielt, dass Arslan mit wem auch immer eine Art Zwangsehe eingehen musste. Der Vorfall in der Bibliothek war also keinesfalls so klein, wie Halil den anderen weismachen wollte. Tomás und León saßen noch einige Zeit danach in der Bibliothek zusammen und gingen dann schnurstracks in ihre Appartements. Auch die dabei gewesenen Frauen zogen sich unmittelbar danach zurück und waren seither nicht wieder aufgetaucht. Wie er das hasste. Da passierte etwas Gravierendes im Haus und man erfuhr einfach nichts. Nicht das Geringste, bis dann Douglas die Bombe platzen ließ, dass demnächst Arslans Verbindungszeremonie stattfand.

Langsam stieg er die Treppe hoch zur Krankenstation. Vielleicht war die Bestellung von dort ausgelöst worden. Soweit er wusste, hatte Deidre heute Nachtdienst. Leise rief er ihren Namen. Schließlich musste er Francesca oder eine der anderen Patientinnen in der Krankenstation nicht unbedingt wecken. Allerdings kam auf den leisen Ruf auch von Deidre keine Reaktion. Oder war Morag hier? Doch auch auf ihren Namen hin kam keine Reaktion und er stand immer noch mit dem seiner Meinung nach gruseligen Paket im Flur - Fast Food, also wirklich.

Nach einer Weile steckte jedoch Arslan seinen Kopf zur Tür seines Arbeitszimmers am Ende des Flures heraus. Was machte denn der noch hier?
„Hi Großer. Im Haus hat jemand Fast Food bestellt und ich suche immer noch den Empfänger. Weißt Du, wer das war?"
Auch Arslan schielte mit einigem Widerwillen auf das Paket. „Ähm, ja klar, das kannst Du hierlassen, das waren wir."
Überrascht zog Nathan die Augenbrauen hoch. „Ist jemand verletzt oder so?"
Doch sein Großcousin schüttelte nur den Kopf. „Nein, nein, keine Sorge, hier ist alles okay."
Ein prüfender Blick in sein Gesicht und jeder konnte sehen, dass dem nicht so war. Arslan war unnatürlich bleich, hatte dunkle Ringe unter den Augen, sein Magen knurrte unaufhörlich und überhaupt wirkte er ziemlich fertig.
„Sag mal, kann ich Dir irgendwie helfen? Brauchst Du irgendwas?"
Müde lächelte Arslan ihn an. „Nein, wirklich, es ist soweit alles in Ordnung. Ich gehe gleich schlafen. Alles ist bestens."
„Ich hab gehört, Du verbindest Dich demnächst? Du alter Geheimniskrämer. Wer ist denn die Glückliche? Kenn ich sie schon?"
Jetzt senkte Arslan schnell den Kopf und starrte auf das Paket. „Lass uns bitte ein anderes Mal darüber reden. Ich lege das hier mal in den Kühlschrank, bevor es kaputtgeht und dann lege ich mich eine Weile hin. Ich …."
Verstehend klopfte Nathan ihm auf die Schultern. „Ist schon klar, Großer, Du kannst grade nicht drüber reden. Aber Du weißt, wo Du mich findest, wenn Du es möchtest."
Rückwärts ging er aus der Krankenstation. Seine Vermutung mit der Zwangsverbindung stimmte also, darauf könnte er seinen Hintern verwetten. Tief in Gedanken versunken schnappte er sich die vor der Krankenstation wartende Jasmin und verschwand mit ihr dorthin, wo er eigentlich schon viel länger sein wollte. Es war herrlich verbunden zu sein, noch dazu mit einer Frau, die man selbst ausgesucht hatte – jedenfalls mehr oder weniger.

Währenddessen öffnete Arslan die Kühlbox und starrte auf das Entnahmedatum des ersten Beutels und gleich darauf auf alle anderen. Der Gedanke, der ihm dabei durch den Kopf schoss, war so verlockend, dass er prompt mit einem Auge zu dem Wandschrank mit Infusionsbesteck schielte. Über sich selbst entsetzt, sah er sich nur eine halbe Minute später die nötigen Utensilien herausnehmen. Das Blut war alt genug, eine tödliche Vergiftung hervorzurufen, wenn er es direkt über die Vene zu sich nahm.
Mit einem lächerlichen Beutel könnte er zwei Fliegen mit einer Klappe schlagen. Es wäre ganz einfach. Zum einen wäre die Familie sowohl das Problem als auch die Gefahr, die er im Moment darstellte, los. Zum anderen hätte er dieses elende Gefühlschaos hinter sich. Momentan wusste er einfach nicht mehr, wo oben oder unten war.

Gleich darauf schüttelte er den Kopf und packte die Sachen hastig in den Schrank zurück. Dieser Gedanke war so abartig, dass er ihn besser schnell vergaß. Feige. Er hatte Verantwortung, auch wenn er keine eigene Frau und Söhne vorweisen konnte. Auch wenn er sich gerade noch so jämmerlich und einsam fühlte, auch wenn er noch so wütend auf sich und seine Umgebung war und Dinge machte und dachte, die für ihn selbst absolut nicht nachvollziehbar waren – er konnte sich nicht einfach so billig davonstehlen. Außerdem schoss ihm die Krankenschwester durch den Kopf. Und der Gedanke an sie sorgte für ein Gefühl von Wärme. Nicht sehr ausgeprägt, aber doch so, dass er verwirrt über sein Brustbein strich.

Bevor er die zehn Beutel vor sich aufstapelte, starrte er eine Weile angewidert darauf. Sein Magen knurrte erneut und zeigte ihm ganz deutlich, dass ihm gar nichts anderes übrig blieb, wenn er nicht zu einer Bombe werden wollte, deren Zeitzünder sich selbsttätig aktivierte. Irgendwann würde der Hunger so groß sein, dass er sich nicht mehr darum scherte, wen er angriff. Irgendwann würde der reine Überlebensinstinkt die Kontrolle übernehmen.

Er konnte es sich nicht erklären, was plötzlich mit ihm los war, aber bereits jetzt merkte er immer neue Veränderungen an sich. Seine Sehkraft ließ minimal nach, seine Bewegungen waren nicht mehr ganz so schnell, seine Koordination nicht mehr ganz so perfekt. Er hatte Schwierigkeiten beim Denken. Seine mentalen Fähigkeiten schienen sich in Nichts aufzulösen. Und seit Neuestem auch noch die schreckliche Übelkeit und das pelzige Gefühl auf seinen Zähnen, von diesem widerlich blumigen Geschmack in seinem Mund ganz zu schweigen.

Der war absolut abartig und er konnte sich nicht erklären, wo das herkam. Bisher war noch niemand zu ihm gekommen, der von einem ähnlichen Problem geplagt wurde. Es konnte eigentlich auch kein Indiz für seinen Überlebensinstinkt sein. Aber was sollte es sonst sein? Auch wenn das genau genommen gar nicht sein konnte. Er nährte sich zwar nicht gerade regel- oder übermäßig. Aber er nährte sich. Wieso machte sich sein Instinkt so bemerkbar?

Wenn er Pech hatte und ihn zu lange unterdrückte, überlebte er eventuell trotzdem nicht, wenn dieser dann die Kontrolle über ihn übernahm. Einfach weil der Zerfall in seinem Körper dann nicht mehr aufzuhalten war. Das wäre nicht weiter wild. Auch wenn er sich trotz des überaus verlockenden Gedankens daran nicht wirklich selbst umbringen wollte – wenn es passierte, passierte es eben. Weitaus schlimmer fand er die Vorstellung dabei eventuell jemanden mitzureißen, der ihm nahestand.

Nein, der Hunger, der in ihm nagte und bohrte, war ein überaus deutliches Indiz dafür, dass er dringend etwas machen musste. Die Idee mit dieser Zwangszeremonie war nicht wirklich toll, aber sie war eine Möglichkeit. Die Idee mit der Zwangsdiät begeisterte ihn auch nicht, aber selbst das war besser, als durchzudrehen. Sogar diese verdammten Blutbeutel vor ihm waren besser als das.

Mittlerweile war sein Hunger so groß, dass das Knurren richtig fies schmerzte. Sein ganzer Körper verkrampfte sich dabei. Ein besonders schwerer

Krampf ließ ihn trotz schrecklichem Ekel nach der Schere greifen und eine Verpackung öffnen. Arslan versuchte flach zu atmen, als er seinen Fangzahn in das erste Päckchen steckte, und verfluchte seine Biologie.

Der Schöpfer seiner Rasse hatte entweder einen sehr fragwürdigen Humor. Oder aber er war ein verflixter Stümper, der bei seiner Schöpfung keinen Gedanken daran verschwendete, dass es irgendwann einmal so etwas praktisches wie Blutkonserven geben könnte. Und es war einfach abartig, welche Kraft er aufwenden musste, um einen winzigen Schluck von dem Zeug aus dem Beutel zu bekommen. Warum war eigentlich noch niemand aus seiner Familie auf den Einfall gekommen, eine Maschine zu entwickeln, die einen Blutkreislauf simulierte? Quasi einen künstlichen Puls für Blutkonserven. Im Normalfall drückte der Puls ihnen das Blut in die Zähne. Ein leichter Zug und Schluck für Schluck landete die benötigte Nahrung in ihrem Blutmagen. In dem Beutel pulsierte nichts und er musste ziehen wie an einer schlecht gestopften Zigarette.

Leider funktionierte sein Geruchssinn im Gegensatz zu allem anderen noch recht gut. Das, was seiner Nase da aus dem Beutel entgegenströmte, war einfach abartig. Widerlich. Schal. Fad. Seltsamerweise trotzdem ziemlich metallisch und vor allem ziemlich verdorben. Und der Geschmack – na ja. Bei dem Geruch konnte er ja gar nicht gut sein. Dennoch zwang er sich nach einer Weile, nach dem zweiten Beutel zu greifen und ihn zu leeren. Jetzt war das Knurren in seinem Magen etwas weniger geworden, der Schmerz dabei blieb jedoch nach wie vor. Also öffnete er zwei weitere Beutel.

Während er sie leerte, konnte er plötzlich mit Alisha mitfühlen. Sie hatte vor einiger Zeit beim Essen von einem ihrer mehr oder weniger erfolglosen Diätversuche berichtet. Bei dem Gedanken daran musste er fast lachen und vergaß vorübergehend sogar den widerlichen Geschmack des Blutes, das er gerade zu sich nahm. Jedenfalls hatte Alisha mit einer absolut sehenswerten Mimik von ihrer Popcorndiät erzählt, bei der sie Popcorn bis zum abwinken essen durfte. Allerdings nur das. Noch jetzt sah er ihre Gesten vor sich. Die eine Hand so haltend, als ob sie sich ein Stück Popcorn in den Mund schieben wollte. Dabei flüsterte sie immer wieder flehentlich ‚Hunger, Hunger'. Ihre andere Hand drückte die Hand mit dem Popcorn immer wieder weg, wobei sie befehlend ‚nein - Du bist satt, pappsatt, noch einen Bissen und Du übergibst Dich' murmelte. Zur Erklärung hatte sie vorher noch hinzugefügt, dass es sich dabei um das erste Popcorn des zweiten Tages handelte. Am Vortag hatte sie sich genau 100 Gramm davon gegönnt und nicht mehr hinunter bekommen. Das Zeug war weder gezuckert noch gesalzen.

Mühsam versuchte er, sich an die übrige Unterhaltung an diesem Abend zu erinnern. Dadurch schaffte er es tatsächlich, zwei weitere Beutel zu leeren. Danach war ihm fürchterlich schlecht. Die Konserven lagen wie in Mayonnaise eingelegte Pflastersteine in seinem Blutmagen. Und wenn er etwas hasste, dann war es Mayonnaise. Satt war er deswegen allerdings noch lange nicht und sein Magen grummelte nach wie vor. Beim Ansetzen des siebten Beutels musste er würgen.

Da er sich bei den letzten beiden Beuteln reichlich Zeit gelassen hatte, begann sich der Rest bereits langsam zu erwärmen. Das Zeug war gekühlt schon fast ungenießbar. In Zimmertemperatur schmeckte es wie ein paar alte, zwei Wochen am Stück getragene Socken. Ekelhaft! Dennoch würgte er den siebten Beutel hinunter.

Die übrigen Beutel landeten danach schnell im Kühlschrank. Tief durchatmend versuchte er seinen Magen zu überreden, das Zeug unten zu behalten. Immer wieder schüttelte er sich angewidert. Nach einer Weile ließ der Brechreiz endlich etwas nach und er warf die leeren Beutel in den Müll. Mit schweißnasser Stirn schlich er müde in sein Appartement und legte sich angezogen aufs Bett. Eigentlich saß er mehr. Flach liegen konnte er wegen der fürchterlichen Übelkeit immer noch nicht. Dennoch schlief er nach einer Weile ein und träumte ein Wirrwarr an wenig verständlichen Bildern von Deidre, Shannon und seiner Frau Meryem. Und irgendwie, wenig greifbar, geisterte auch Brianna durch seine Träume.

Völlig verspannt und kein bisschen ausgeruht erwachte er ein paar Stunden später. Er fühlte sich regelrecht verkatert und hatte einen widerlich blumigen Geschmack im Mund. Frustriert ging er mit leise knurrendem Magen ins Bad und putzte sich die Zähne.

Sieben Bedienstete waren notwendig, um Briannas Gepäck ins Familienanwesen zu schaffen. Sieben! Ben schüttelte fassungslos den Kopf. Offenbar konnte es Brianna gar nicht erwarten, endlich von seiner Familie wegzukommen. Zwar reagierte sie auf Ahásveros Anfrage im ersten Moment nicht wirklich begeistert. Nachdem dieser sie jedoch in einem Gespräch unter vier Augen nochmals bearbeitete, stürmte sie in ihr Appartement und begann mit dem Packen.

Tja, und jetzt war er hier. Sein schönes Vorhaben, vor Noahs Plänen bezüglich einer Verbindung zwischen ihm und Brianna, zu Tomás Familienzweig zu flüchten, war von Ahásveros ziemlich vereitelt worden. Immerhin hatte sein eigener Plan nicht vorgesehen, Brianna bei seiner Ankunft mitzubringen. Noch dazu mit Gepäck, das sieben Bedienstete fast zusammenbrechen ließ. Dabei waren die vier Koffer, die er gerade ins Haus schleppte noch gar nicht mitgerechnet.

Im Innenhof wurden sie sehr herzlich von Isabel begrüßt, die Brianna mit Tränen in den Augen für ihre Unterstützung dankte. Wenn sie so weitermachte, würde Brianna in der Mitte auseinanderbrechen. Oder keine Luft mehr bekommen. Jedenfalls dauerte es eine ganze Weile bis Isabel ihren Klammergriff um Brianna löste. Glücklicherweise fiel die Umarmung bei ihm schon weniger fest aus. Dann griff sie nach Briannas Hand und führte sie in eines der Gästeappartements.

„Wow, hier hat sich ja einiges verändert." Brianna sah sich aufmerksam im Wohnzimmer um.

„Ja, das haben wir Alisha zu verdanken. Sie bedauert es übrigens sehr, gerade nicht hier sein zu können. Auch sie ist Dir für Deine Unterstützung sehr, sehr dankbar. Allerdings konnte sie den Termin mit einem der Lieferanten nicht mehr verschieben. Alisha gestaltet gerade mehr oder weniger das ganze Haus um. Ich denke Du wirst sie mögen."

Briannas Blick glitt durch den Raum. Das Nussbaumparkett war frisch abgezogen und teilweise von einem hellgrauen Teppich bedeckt. Die Wände in Zartgelb gestrichen. Die Möbel wirkten leichtfüßig. Das letzte Mal, als sie hier gewesen war, hatte das von Fréderic bevorzugte dunkelblau und dunkelrot im gesamten Gemeinschaftsbereich des Hauses vorgeherrscht – einschließlich der Gästeappartements. Fréderic liebte Samtvorhänge. Und die setzte er überall ein. Dadurch wirkte alles edel aber auch ziemlich antiquiert. Jetzt waren die Fenster von transparenten Vorhangstreifen in einem lichten Gelb bedeckt, die man offenbar je nach Bedarf leicht und einzeln auf Schienen verschieben konnte. Eine Wand wurde komplett von einem Regal eingenommen. Der darin befindliche Flachbildschirm konnte vollständig hinter Glasschiebetüren verschwinden, die auch den Durchgang zum Nachbarzimmer verdecken konnten.

Jetzt eben ließen die Türen den Durchgang offen, durch den man in eines der Schlafzimmer gelangen konnte. Es war ganz in Weiß gehalten und wirkte ziemlich frisch. Im ganzen Raum waren unterschiedliche Möbelstile zu finden, die trotzdem miteinander harmonierten. Die Brauntöne des Holzbodens und gleichfarbige Teile der Wandverkleidung setzten Akzente, genau wie die limonengrünen Bettwäsche, deren Farbe sich in den Raffrollos wiederholte.

Abrupt drehte sich Isabel ganz zu Brianna um und griff nochmals fest nach ihrer Hand. „Ich weiß nicht, warum Du es machst, aber wirklich, wir sind Dir unendlich dankbar. Der Gedanke das Arslan im anderen Fall … Du hast echt was gut bei Alisha, Deidre, Aimée und mir."

Das Lächeln, das Brianna daraufhin aufsetzte war etwas gezwungen. Und sie ging nicht wirklich auf das ein, was Isabel ihr sagen wollte. Stattdessen stürzte sie sich auf den Namen, der ihr noch nichts sagte.

„Wer ist Aimée?"

Mit einem kleinen Lachen erzählte ihr Isabel von ihr. Und davon, dass Halil sich in ihrer Gegenwart manchmal etwas seltsam aufführte. Ihrer Meinung nach mochte Halil so oft als möglich laut und deutlich sagen, dass sie seine Blutwirtin war, sie glaubte es ihm nicht ganz. Erstens wusste sie von Aimée, dass er noch keinen Schluck von ihr getrunken hatte und zweitens benahm sich kein Etanaer bei einer Blutwirtin so. Dieses Benehmen fiel eher unter die Rubrik: Finger weg, die gehört mir! Auch wenn sich Halil das im Moment noch nicht wirklich eingestehen wollte oder zumindest Schwierigkeiten hatte, es den anderen gegenüber zuzugeben.

„Soll alles ausgepackt werden?" Isabel zeigte flüchtig auf die Koffer. „Oder sollen wir einen Teil Deines Gepäcks in den Speicher schaffen lassen?"

Brianna biss sich kurz auf die Lippen. Der Speicher klang nicht sehr verlockend. Speicher bedeutete Vorrat, längerer Aufenthalt, was auch immer. Allerdings hatte sie wirklich alle Sachen aus Noahs Anwesen mitgenommen. Dahin würden sie so ohne Weiteres keine zehn Pferde mehr bringen. Und die ganzen Wintersachen wollte sie nicht auspacken lassen. Außerdem war das Gästeappartement so groß, dass ein Teil des Gepäcks vorläufig dort abgestellt werden konnte. Am liebsten würde sie gar nichts auspacken.

Also, sie freute sich natürlich, Isabel und die anderen wiederzusehen und auch einige Zeit mit ihnen zu verbringen. Der wirkliche Grund ihres Hierseins bereitete ihr jedoch einiges Unbehagen. Sicher Arslan war gut aussehend, humorvoll und geistreich. Sie mochte ihn ziemlich – so war es immer gewesen. Aber wenn Ahásveros ihr nicht die verlockende Option in Aussicht gestellt hätte, nach den drei Monaten als Blutwirtin eine freie Entscheidung für ihre Zukunft treffen zu können, hätte sie niemals zugestimmt. Die Alternative wäre dann eine Zwangsehe mit Arslan gewesen. Oder mit Ben. Auch den mochte sie ziemlich – aber sie hasste den Gedanken, sich verbinden zu *MÜSSEN*!

In solchen Momenten bedauerte sie es, bei den Etanaern gelandet zu sein. Sicher, dort ging es einem gut, man wurde versorgt, konnte die Dinge tun, die einem Spaß machten. Und sie hatte mit ihrem Mann eine herrliche Zeit erleben dürfen. Jedenfalls anfangs. Aber jetzt? Jetzt war sie auch bei der großzügigsten Betrachtung eine Gefangene. Sie musste bei ihnen bleiben, bis sie irgendwann einmal starb. Was vermutlich nicht lange dauern würde, in Anbetracht dessen, dass ihr Alterungsprozess bereits beschleunigt wieder eingesetzt hatte.

Sie war noch sehr jung gewesen, als sie sich an ihren Mann band. Gerade mal sechzehn. Vierundsechzig Jahre lang steckte ihr erwachsen gewordener Verstand im Körper eines Teenagers. Seit Sean 2001 ums Leben gekommen war, hatte sie kein etanaeisches Blut mehr zu sich genommen. Vor zwei Jahren hatte daraufhin der beschleunigte Alterungsprozess eingesetzt und sie war seitdem äußerlich mindestens zwanzig Jahre gealtert.

Es war schwerer als sie gedacht hatte, plötzlich mit grauen Haaren und ein paar Falten fertig werden zu müssen. Und dennoch ging es ihr eigentlich viel zu langsam. Sie wollte sich definitiv nicht mehr verbinden. Also – was blieb ihr anderes übrig, als auf Ahásveros völlig absurden Vorschlag einzugehen. Drei Monate Blutwirtin gegen Freiheit – gut vermeintliche Freiheit. Sie würde in seinem Familienzweig unterkommen, er hatte bereits viele Frauen bei sich aufgenommen, die ihre Männer verloren hatten. Sein Familienzweig lebte auf einer wunderschönen Insel. Und er hatte keine ungebundenen Etanaer. Jedenfalls keine, deren Bluthunger wieder erwacht war. Damit war er eigentlich der einzige Familienzweig, zu dem sie ohne weitere Probleme gehen konnte. Leider war seine Insel genau deshalb auch ziemlich überlaufen. Es gab mehr Frauen, als er aufnehmen konnte. Und im Normalfall wäre sie dort nie untergekommen.

Zögernd sah sie sich im Raum um. Es blieb ihr gar nichts anderes übrig. Sie musste einen Teil der Kleidung auspacken. Und den Rest, na ja, vielleicht war der

Speicher doch keine so schlechte Idee. Und sobald sie damit fertig war, würde sie zu Arslan gehen, um die Sache mit ihm zu besprechen. Sie hoffte, dass er ihre Bitte verstand und mitmachte, genau wie Ben. Wenn die beiden sich stur stellten, hatte sie ein neues Problem. Aber darüber würde sie nachdenken, wenn es so weit war. Sie zwang sich zu einem weiteren Lächeln und begann nach einer Weile sich etwas ungezwungener mit Isabel zu unterhalten. Dabei überlegte sie permanent, wie sie Arslan ihre Bitte vortragen sollte.

Stunden später war es dann endlich so weit.

Höflich öffnete ihr Arslan die Tür zu seinem Appartement. Es sah ganz anders aus, als das, in dem sie die nächsten Wochen verbringen würde. Neugierig sah sie sich um. Und überlegte immer noch krampfhaft, wie sie die Sache angehen sollte. Ben trat hinter ihr ein und schloss dann die Eingangstür. Obwohl davon fast nichts zu hören war, klang das Geräusch in Briannas Ohren doch wie ein Kanonenschuss. Tief durchatmend folgte sie Arslan, der zwischenzeitlich zum Wohnzimmer vorausgegangen war und sie mit einer Handbewegung aufforderte einzutreten. Der Raum schien förmlich zu schrumpfen, als er nach ihr hereinkam und es wurde noch schlimmer, als Ben sich dazu gesellte.

Bevor sie es sich noch anders überlegen konnte, fing sie augenblicklich an zu sprechen, nachdem sie auf einem der Sofas Platz genommen hatte. Arslan setzte sich ihr gegenüber und Ben warf sich links von ihr mehr oder weniger über einen der Sessel.

„Also, ich weiß nicht, was euch Ahásveros gesagt hat, warum ich zugestimmt habe bei dieser etwas ungewöhnlichen Diät mitzumachen. Aber gleich vorab – es geschieht, wie vermutlich auch bei Dir Arslan, nicht ganz freiwillig." Sie räusperte sich kurz und musterte Arslans angespannte Miene. Ben saß völlig ruhig da, allerdings verriet auch sein Blick eine gewisse Unruhe.

„Also um es kurz zu machen. Ich habe ein Problem." Fast hypnotisch wurde ihr Blick von Bens langen Fingern angezogen, die unruhig auf seine Schenkel zu trommeln begannen. „Keine Sorge, ich mache die Blutwirtin. Die drei Monate halte ich es schon durch. Und da Du so regelmäßig trinken musst, weiß ich auch, dass ich in der Zeit von Dir etwas Blut bekommen werde. Das ist nicht das Problem. Das ist eher …"

Jetzt rutschte Ben unruhig hin und her. Das Thema war ihm unangenehm, das konnte man deutlich sehen.

„Ich kann so was nicht vor Publikum. Es tut mir leid. Aber nachdem ich lange genug mit einem von euch verbunden war, weiß ich, dass der Übergang vom Trinken zum Rest relativ fließend ist. Deshalb kann ich auch nicht vor Zeugen stillhalten, wenn Du – na ja eben trinkst."

Arslan nickte verstehend, Ben stand auf und tigerte unruhig durch den Raum. Dann blieb er vor ihr stehen und starrte auf sie herab.

„Das ist ja gut und schön, aber Du hast eine Vereinbarung mit Ahásveros getroffen. Hast Du vielleicht einen Vorschlag, was wir da tun sollen?"

Arslan zupfte an seinem Arm und zog ihn neben sich aufs Sofa. Bens Stimme klang peinlich berührt, als er fortfuhr. „Verdammt noch mal Brianna, ich muss dem Alten Bericht erstatten."

„Das ist mir schon klar, aber das kannst Du ja tun. Arslan kann ja von mir trinken und mir ist völlig klar, was sonst noch damit verbunden ist. Das ist okay."

Okay? Ehrlich gesagt riss sie die Vorstellung nicht wirklich vom Hocker - aber richtig abgeschreckt war sie auch nicht davon. Arslan sah gut aus und in Anbetracht seines Alters hatte er vermutlich auch einige gute Techniken drauf. Ihre Stirn runzelte sich kurz. Das hoffte sie jedenfalls. Und es war eine ganze Weile her, dass sie mit einem Mann zusammen gewesen war. Bevor ihre Gedanken zu weit abschweifen konnten, sprach sie schnell weiter.

„Aber es geht einfach nicht vor Zeugen. Meine Güte, das wäre ja fast so was wie ein Dreier – das kann ich nicht und das kann auch keiner von mir verlangen. Noch nicht mal Ahásveros! Trotzdem tut er es – warum auch immer."

Wieder stockte sie kurz. „Wir müssen da eine Lösung finden. Von mir aus kannst Du ja nebenan sitzen und warten, bis wir wieder rauskommen. Und von mir aus kannst Du Dir da gerne noch jemand dazu holen. Aber der Deal platzt, wenn Du tatsächlich verlangst, dass ich das in Deiner Gegenwart tun soll. Entschuldige bitte, aber Du bist fast so was wie ein Bruder für mich."

Das war das wirklich Abartige daran und sie konnte sich das einfach nicht vorstellen – und wollte es auch definitiv nicht. Ben nickte. Doch sein Blick wirkte nicht besonders verstehend.

„Na super, und warum sagst Du so was nicht Ahásveros direkt? Dann hätte er einen anderen zum Zeugen bestimmen können. Glaubst Du, ich bin scharf darauf, zu sehen, wie ihr …." Mit einer Hand wedelte er vage zwischen ihr und Arslan hin und her. „Glaub mir, das bin ich absolut nicht. Aber, so wie ich den Alten kenne, will der bestimmt das eine oder andere Detail."

Genervt verdrehte Brianna die Augen. „Hast Du denn gar keine Fantasie? Außerdem wie gesagt, Du kannst ja von mir aus direkt im Zimmer nebenan warten, falls Dir das irgendwie weiterhilft."

Hilfe suchend sah sie zu Arslan, der zustimmend nickte. „Von mir aus gerne. Ich weiß zwar nicht, was das bringen soll, wenn Brianna vorschlägt, dass noch jemand dabei sein kann, aber wenn Du willst, kannst Du ja noch Deidre oder auch Isabel oder Alisha dazu rufen. Die anderen Frauen im Haus sind nicht eingeweiht, aber die Drei wissen Bescheid – ebenso wie Halil, León und Tomás, aber na ja die Drei …" Das was ihm gerade durch den Kopf schoss, sprach er lieber nicht aus.

Sein Zögern bemerkend sah Ben ihn strafend an. „Arslan, ich weiß nicht, was Du wirklich für einen Bock geschossen hast, aber die Strafe ist echt zu hart. Und zwar für uns alle Drei. Wenn wir die Sache hier hinter uns haben, bist Du uns beiden einen riesigen Gefallen schuldig, ist Dir das eigentlich klar?"

Sein Cousin nickte. „Ehrenwort und ihr könnt diesen Gefallen auch jederzeit einlösen. Bloß, lasst es uns endlich hinter uns bringen." Nervös strich er mit seinen Händen über seine Oberschenkel. „Ich bin genauso wenig begeistert von Ahásveros Vorschlag. Aber wie es scheint, kommen ja sowohl Brianna als auch ich um den Kernpunkt nicht herum – das Nähren. Aber glaub mir, Briannas Vorschlag klingt nicht nur für sie, sondern auch für mich ziemlich verlockend. Lasst es uns doch einfach so machen. Denk Dir irgendwelche Details für Ahásveros aus, während Du wartest. Ich bin auch absolut nicht scharf darauf, Dich unmittelbar neben mir zu wissen, womöglich noch auf der Matratze."

An der Stelle war ein Knurren aus Bens Richtung zu hören, was Arslan in seinem Verdacht bestärkte, dass Ahásveros ihn mit Bedacht ausgesucht hatte. Das konnte ja heiter werden. Aber da er nicht drum herum kam ... „Wenn wir es gleich heute Abend machen, haben wir bis nächste Woche Ruhe."

Nach einem kurzen Blickwechsel nickten Brianna und Ben.

„Wo machen wir es?" Brianna sah ihn fragend an. „Willst Du es hier in Deinem Appartement machen, oder lieber woanders."

Arslan zuckte zuerst die Achseln, meinte dann jedoch, dass er lieber in eins der Gästeappartements gehen würde. Sofort erhob sich Brianna vom Sofa und streckte ihre Hände nach den beiden Männern aus. „Na kommt, je eher wir anfangen, desto schneller sind wir fertig. Gehen wir in das Appartement, in dem ich untergebracht worden bin, allerdings ins zweite Schlafzimmer, okay?"

Ihre jetzt fast ruhige Bereitschaft machte Arslan etwas nervös. Das hier war völlig falsch. Es war nicht fair, wie sie dazu genötigt wurde und abgesehen davon, wollte er nichts von ihr. Selbst in seinen Augen gaben Ben und Brianna ein perfektes Paar ab. Es war ihm ein Rätsel, wieso ihnen das nicht selbst auffiel. Wie konnte Brianna so ruhig ja zu allem sagen. Er selbst würde am liebsten schreiend davonlaufen. Die Vorstellung nach dem Nähren mit ihr .... Nein, das war einfach ein Ding der Unmöglichkeit.

Gerade als sie das Gästeappartement betraten, ging Deidre dort vorbei. Bis jetzt war ihr nicht eingefallen, wie sie ihre Bitte vorbringen konnte. Sie wollte auf keinen Fall dabei sein, wenn Arslan über Brianna herfiel. Andererseits wollte sie liebend gerne wissen, ob ihn wieder die Übelkeit überkam. Damit bekam sie dann heraus, welche der beiden Formeln Francesca gewirkt hatte. Die, bei der Arslan nur allergisch reagierte, wenn er sich an ihr selbst vergriff oder die, bei der er auf alle Frauen allergisch war.

Glücklicherweise ließ sich ihr Vorhaben leichter in die Tat umsetzen, als sie zuvor annahm. Ben wirkte geradezu erleichtert, als er sie sah, und bat sie mit hineinzukommen. Sie hatte zwar keine Ahnung, was er genau von ihr wollte, aber sie war zumindest schon mal in der Wohnung, in der es passieren würde. Vielleicht konnte sie ja in dem Moment, wenn es zur Sache ging, mal ins Bad oder so. Dann bekäme sie quasi live mit, wie Arslan hereinstürzte und über dem Waschbecken oder Klo hing oder eben auch nicht. Während sie mit Ben ins Wohnzimmer ging, verschwanden Arslan und Brianna jedoch in einem der drei Schlafzimmer. Fragend sah sie Ben an, der sie darüber aufklärte, dass er aus

Rücksicht auf Brianna und ihre Gefühle alles lieber nur indirekt bezeugen würde. Im gleichen Atemzug bat er sie, Ahásveros nichts davon zu erzählen. Als ob sie so etwas tun würde. Sie war immer noch wütend auf den obersten Etanaer, der ein ihrer Meinung nach völlig überzogenes Urteil gesprochen hatte, auch wenn er seine ursprüngliche Entscheidung glücklicherweise revidierte.

Etwas unbehaglich war sowohl Brianna als auch Arslan zumute, als er die Schlafzimmertür hinter ihnen verschloss. Wie zwei unreife Teenager saßen sie ein paar Minuten auf dem großen Bett nebeneinander.

„Ähm, Arslan, was ich noch sagen wollte, ich küsse Dich nicht auf den Mund, okay? Und es gibt auch keine Spielereien oder so, einfach nur eine normale Stellung, bis der größte Druck bei Dir weg ist. Ja?"

Er nickte und murmelte irgendetwas. Es klang wie „soll mir recht sein", aber ganz sicher war sie sich nicht. Dann spürte sie seine große Hand in ihrem Nacken und fühlte seinen warmen Atem an ihrem Hals. Sein Magen knurrte und fast augenblicklich kam ein leichtes Stöhnen über seine Lippen.

Deidre hatte eine Flasche Wein aus einem der Schränke geholt und geöffnet und sich und Ben etwas davon eingegossen. Jetzt saß sie mehr oder weniger entspannt auf dem Sofa und beobachtete Ben aufmerksam. Dafür, dass ihm Brianna als Frau egal war, war er recht unruhig. Ein böser Verdacht schoss durch ihren Kopf.

„Sag mal Ben, Du und Brianna, ihr habt doch nichts miteinander. Oder?"

Seine Antwort kam etwas verzögert, klang aber ziemlich fest. Nur dummerweise nicht allzu überzeugend. „Nein, QUATSCH. So ein Unsinn. Ich bin wie ein Bruder für sie und sie ist auch mehr so was wie eine Schwester für mich." Sein Blick irrte gerade wieder Richtung Flur. „Was meinst Du, wie lange sie brauchen? Wie lange sind sie da jetzt schon drin?" Hastig sah er auf die Uhr. Er schüttelte den Arm etwas und hob ihn dann an sein Ohr.

Interessant. „Ähm, sie sind etwa fünf Minuten drin. Ich denke, etwas länger wird es schon dauern, Ben."

Unruhig sprang Ben auf und lief durch das Wohnzimmer. Neugierig verschob er eine der großen Schiebetüren und warf einen Blick in das dahinterliegende Schlafzimmer. Hier schlief Brianna offenbar. Ein seltsames Engegefühl machte sich in seinem Hals breit, als er einen roten Spitzenbody über einer Stuhllehne hängen sah. Er schob seine Fäuste in seine Hosentaschen.

„Die sind ziemlich leise. Meinst Du, die haben sich heimlich aus dem Staub gemacht? Vielleicht sollte ich besser mal nachsehen?"

Bei dieser Bemerkung huschte Deidre im ersten Moment ein Grinsen übers Gesicht. Von wegen Schwester. Dann jedoch ging ihr auf, was er gesagt hatte und sie sprang hastig auf. „NEIN – STOPP. Ich glaube das ist keine so gute Idee."

Schnell legte sie eine Hand auf seine Brust, damit er das Wohnzimmer nicht verließ und zwei Zimmer weiter hereinplatzte. Darauf hatte Ahásveros vermutlich gebaut. Darauf, dass Ben durchdrehte und mit Arslan eine Dummheit anstellte, damit er das Problem Arslan doch auf die ursprünglich angedachte Art und Weise löste. Sie war sich absolut sicher, dass der älteste Etanaer bereits mehr über die Gefühle Bens wusste, als Ben selbst. Vorsichtshalber wirkte sie eine Formel, damit er die Wohnzimmertür nicht durchqueren konnte.

Zum vermutlich fünften Mal zog Arslan sich wieder von ihr zurück. Verunsichert betrachtete sie ihn. Eigentlich hatte Ahásveros ihr ja erzählt, dass Arslan vor Hunger fast verrückt wurde und genau genommen hatte sie seinen Magen schon knurren hören. Aber warum bediente er sich dann nicht? Unsicher räusperte sie sich. „Ähm, ist alles in Ordnung mit Dir? Stimmt irgendwas nicht?"

Arslan schluckte schwer. „Kann … kann es sein, dass Du ein ziemlich blumiges Parfum benutzt?"

Verblüfft sah sie ihn an. „Nein, also um die Wahrheit zu sagen, ich habe heute Abend gar keins benutzt. Sean mochte das nicht, wenn er sich genährt hat und ich dachte, bei Dir ist das vielleicht genauso. Deshalb habe ich darauf verzichtet."

Mit einem leisen Stöhnen setzte er sich wieder gerade hin. Himmel, das wurde echt langsam unheimlich. Ihm war schon wieder speiübel und sein Fangzahn schoss hervor, zog sich eilig zurück und schoss wieder vor. Und fühlte sich rau und pelzig an. Besorgt lag Briannas Hand auf seinem Rücken.

„Kann ich Dir irgendwie helfen?"

Arslan schüttelte den Kopf und ging schnell ins angrenzende Bad um sich den Mund auszuspülen. Verwirrt ging Brianna ihm nach. An den Türrahmen gelehnt beobachtete sie ihn, wie er anschließend Wasser in seine Hände laufen ließ und gierig daraus trank. Mit ihm stimmte etwas ganz und gar nicht. Hatte er deshalb so großen Hunger? Weil er nicht mehr trinken konnte, weniger, weil er nicht wollte? „Hast Du das schon länger?"

Wieder schüttelte er nur den Kopf. Etwas kraftlos ließ er sich auf den Badewannenrand fallen und atmete ein paar Mal tief durch. Ihre Stimme klang sanft.

„Und was machen wir jetzt?" Mit schräg gelegtem Kopf sah sie ihn an.

Arslan zuckte auf ihre Frage mit seinen breiten Schultern. „Zu den anderen rausgehen und sagen, dass es nicht geklappt hat."

Vehement schüttelte Brianna den Kopf und setzte sich neben ihn. „Das werden wir nicht tun. Wie machst Du das sonst mit dem Trinken? Ich meine, wovon hast Du Dich in letzter Zeit ernährt? Wie lange hast Du schon nichts mehr getrunken – oder soll ich sagen trinken können?"

Aufmerksam musterte sie ihn. Abgesehen davon, dass ihm schlecht zu sein schien, hätte sie schwören können, dass das noch gar nicht so lange her war. „Sag schon."

Arslan verzog unbehaglich den Mund etwas und rieb kreisend über seinen Magen. „Es ist nicht so schlimm. Das geht erst seit Kurzem so. Allerdings habe ich davor schon länger nicht wirklich ausreichend getrunken – dummerweise.

Gestern nach Ahásveros Besuch habe ich mir vorsichtshalber sieben Blutkonserven gegönnt. Also so schlimm ist es mit dem Hunger im Moment nicht."

Verstehend nickte Brianna. „Über die Zähne oder über die Vene."

Sein kraftloses ‚getrunken' und die Art, wie er sich schüttelte, sagte so einiges aus. Wusste er eigentlich, dass er ein miserabler Lügner war. Dafür, dass es nicht so schlimm war und erst seit Kurzem so ging, war es erstaunlich, dass er sieben Konserven runterbrachte. Das Zeug schmeckte keinem Etanaer wirklich und jeder den sie kannte, gab nach zwei oder drei Beuteln auf. Sieben deutete auf einen riesigen Hunger hin.

„Okay, dann hör mir jetzt gut zu." Mit einiger Kraftanstrengung drehte sie seinen Oberkörper zu sich herum und zwang ihn, ihr in die Augen zusehen. „Wir werden nicht da raus gehen und sagen, dass es nicht geklappt hat!"

Als er den Kopf schütteln wollte, hielt sie ihn mit beiden Händen fest. „Wir werden das nicht tun, okay!" Ihre Hände zwangen ihn zu einem Nicken.

Unwillig machte er seinen Kopf frei und versuchte aufzustehen. Allerdings hielt sie ihn überraschend kräftig fest.

„Brianna, bitte, Ben kann auch eins und ein zusammenzählen. Wenn wir jetzt da rausgehen - Du noch nicht mal einen kleinen Fleck am Hals hast und na ja … Ich meine, der weiß doch sowieso gleich, dass nichts gelaufen ist."

Mit hochgezogenen Augenbrauen sah sie ihn an. Erneut umrahmten ihre Hände sein Gesicht. „Ihr Typen habt echt absolut keine Fantasie, oder? Wir werden jetzt in das Schlafzimmer gehen und denen da draußen die Nummer unseres Lebens vorspielen. Kurz bevor wir rausgehen, bohrst Du eben Deinen Zahn in meine Vene, muss ja nicht tief sein. Im Normalfall ist doch sowieso innerhalb kurzer Zeit nichts mehr zu sehen. Und wenn wir es machen, kurz bevor wir durch die Tür gehen, sieht es aus, als hättest Du mich richtig gebissen."

Mit zur Seite geneigtem Kopf sah sie ihn an und lächelte aufmunternd. Er wirkte von ihrem Vorschlag nicht sehr begeistert. „Also bitte, Arslan. Stöhnen kannst Du ja wohl, oder? Und das Bett so anstoßen, dass das Kopfteil gegen die Wand knallt sicher auch."

Noch immer sah er sie nicht sehr überzeugt an und sie runzelte etwas ungeduldig die Stirn. „Natürlich kannst Du das, meine Güte, Du kannst es doch zumindest mal versuchen. Und in einer Woche probieren wir es einfach noch mal. Für den Fall, dass es da auch nicht geht, ziehen wir die gleiche Nummer ab und Du musst einfach auf weitere Blutkonserven zurückgreifen. Aber wir werden denen nicht sagen, dass hier drin nichts gelaufen ist." Das konnte sie einfach nicht zulassen.

Ihre Hände von seinem Gesicht ziehend fragte er leise, warum sie das für ihn machte. Brianna lachte kurz und fast bitter auf. „Wer sagt denn, dass ich das für Dich mache? Überschätz Deinen Charme mal nicht. Glaub mir, ich habe meine eigenen Gründe. Und ich bin sehr interessiert daran, dass Ahásveros glaubt, seinen Willen wieder einmal durchsetzen zu können. Und jetzt komm."

Abermals tigerte Ben durch das Wohnzimmer. Die Zeiger seiner Uhr krochen vor sich hin und er hatte wiederholt Deidres Arm gehoben, um einen Blick auf ihre Uhr werfen zu können.

„Also wir sollten da drüben echt mal einen Blick reinwerfen, denke ich!" Beim Versuch, die Tür zu passieren, geschah es erneut. Seine Schritte, egal wie groß sie waren, brachten ihn nicht vorwärts. Im Gegenteil, das Gefühl dass die Fluchtpunkte im Raum sich veränderten wurde übermächtig und die Tür schien sich mit jedem Schritt zu entfernen. Wütend fauchte er Deidre an. „Lass mich hier gefälligst raus!"

Genauso gut hätte er die Wand anschreien können. Deidre machte keinen Mucks. Falls sie plante, so weiterzumachen, würde er ihr den Hals umdrehen. Er fuhr zu ihr herum. „Lass mich endlich hier raus. Das da drüben geht schon viel zu lange. Und es ist viel zu ruhig. Mann, der saugt sie womöglich leer. So lange trinkt keiner von uns. Und so ruhig, wie es ist, muss er noch trinken, ich ..."

Etwa zeitgleich zog und schob Arslan am Bett, während Brianna anfing, wie in einem schlechten Film zu stöhnen und zu schreien. Frustriert legte er kurz die Stirn auf die Matratze. Er kam sich so schrecklich albern vor. Das hier war ... so peinlich, dass hoffentlich nie jemand davon erfuhr. Dennoch verstärkte er seine Bewegungen etwas. Etwas zu sehr, denn ein paar Putzstücke rieselten herab und Brianna fing an zu lachen und er konnte sich nicht beherrschen und lachte automatisch mit. Gleich darauf machte sie jedoch mit dem weiter, was sie davor getan hatte. Und er fiel irgendwann ein.

Die Weise Frau neigte den Kopf zur Seite und deutete mit der Hand in Richtung Tür. Allerdings schien sie ihn keinesfalls hinauslassen zu wollen. Vielmehr wollte sie ihn auf ein rhythmisch klingendes Geräusch aufmerksam machen und auf ein ziemlich kehliges Stöhnen. Beides steigerte sich gerade in Tempo und Lautstärke. Knallte da das Kopfteil eines Bettes gegen die Wand? Ben schluckte krampfhaft. Er hatte keine Ahnung warum, aber das Geräusch war definitiv schlimmer als die Stille. Seine Kehle war mit einem Schlag völlig ausgedörrt und die Stimme klang fassungslos. „Was zum Geier machen die da?"

Leise war Deidre neben ihn getreten. Fast fürsorglich legte sie ihm einen Arm um die Taille. Ihr Gesichtsausdruck war völlig ernst. „Ben, kennst Du die Geschichte von den Bienchen und den Blümchen?"

Ihre nicht ganz ernst gemeinte Bemerkung brachte ihr einen wütenden Blick ein und Ben reagierte auch nicht so, wie sie sich das gewünscht hätte – ruhig. Stattdessen hob er den Arm, warf das Bücherregal, neben dem er gerade stand, um und riss gleich im Anschluss einen Teil der Gardinen mitsamt den Schienen herunter. Seine Fangzähne zeigten sich und er atmete nur mühsam.

„Danke, dass Du die Formel aufrecht erhältst. Kannst Du das die nächsten paar Mal auch machen? Ich weiß sonst nicht, ob er oder ich die Sache überlebt."

Seine gelben Augen leuchteten intensiv. „Lenk mich ab, lenk mich bitte schnell ab …"

Das war zum verrückt werden. Seit er in der Gemeinschaftsküche aufgetaucht war, in der Carmen, Rachel und Aimée gerade eine gemeinsame Mahlzeit zubereiteten, ließ Hal sie nicht aus den Augen. Die ungezwungene Unterhaltung, die keine halbe Stunde vorher stattfand, hatte sich völlig verflüchtigt. Dabei wäre es interessant gewesen, weiterzusprechen – sie saugte die Details über Halil auf wie ein Schwamm. Irgendwie schien er gleich und doch völlig anders zu sein, als sie ihn kannte. Der Halil, der ihr hier beschrieben wurde, hatte sehr viel mehr Tiefgang als ihr Chef. Nur leider: Das Gespräch ging jetzt sofort in eine andere Richtung.

Und zwar nur, weil ihr Ex-Chef sie mit Stielaugen beobachtete. Schleunigst konzentrierte sie sich darauf, ihn aus ihrem Bewusstsein zu verdrängen. Das, was sie eben über ihn erfahren hatte, machte ihn noch liebenswerter. Obwohl: Anscheinend log er auch wie gedruckt, ohne rot zu werden. Gerade kurz bevor Hal hereinkam, verriet Carmen ihr beispielsweise, dass es zwar durchaus üblich war, dass die Männer nach ihrer kleinen besonderen Mahlzeit – meine Güte, wie konnte eine so junge Frau so eine Wortwahl haben? – sexuell recht aktiv wurden. Gleichzeitig verriet sie ihr aber auch, dass das bei ihr selbst und Alejandro am Anfang überhaupt nicht so war. Genau genommen schliefen die beiden erst unmittelbar vor ihrer Hochzeit miteinander und da trank er schon wochenlang von ihr.

Zuerst war sie von dieser Mitteilung völlig überrascht. Zum einen, weil Hal ihr gesagt hatte, dass es Hand in Hand ging, sobald er etwas von ihrem Blut zu sich nahm. Zum anderen war sie aber auch verwundert darüber, dass ein so junges Paar sich so lange Zeit ließ. Himmel, wo gab es denn so etwas heute noch? Allerdings - als sie kurz darauf die Gründe für die entstandene Verzögerung erfuhr, konnte sie durchaus nachvollziehen, warum es so lange gedauert hatte.

Aber wie man es auch drehte und wendete, Hal hatte sie belogen. Es war durchaus nicht absolut zwingend – von wegen Veranlagung. Sie hatte jetzt definitiv ein gutes Argument, wenn er wieder auf die Sache zu sprechen kam. Von ihr aus konnte er ihr Blut haben – auch wenn sie noch nicht den leisesten Schimmer hatte, wie so etwas ging. Und wenn sie ehrlich war, wollte sie sich das im Moment auch nicht vorstellen. Aber wenn sie schon einen Vorschuss zahlen musste, dann lieber so. Ein Knurren ließ sie einen Blick über die Schulter werfen. Hal saß völlig entspannt am Tisch, beobachtete sie allerdings nach wie vor mit Argusaugen. Wenn sie seine Blickrichtung richtig einschätzte, hatten sich seine Augen gerade an ihrem Hintern festgesaugt. Männer!

Während sie sich wieder umdrehte und weiter Gemüse klein schnitt, erkundigte sie sich bei den beiden anderen Frauen, ob es denn die Möglichkeit gab, ein Fitnessstudio zu besuchen. Die letzten paar Tage hatte sie keinen Sport gemacht und das fehlte ihr ziemlich. Mittlerweile fühlte sie sich völlig unausgeglichen.

Nachdem Rachel ihr in den höchsten Tönen von dem Fitnessraum im Gemeinschaftsbereich vorschwärmte, erzählte Carmen von Alisha, die den anderen seit etwa zwei Wochen Bauchtanz beibrachte. Was in Aimées Ohren sehr spannend klang und sie auf jeden Fall versuchen wollte.

Wieder hörte sie das Knurren. Carmen riet Hal über die Schulter, sich ein Brot zu machen, da das Essen noch mindestens eine Stunde brauchte. Kam das Knurren etwa von seinem Magen? Dabei hatte er mittags eine Riesenportion Nudelsalat verdrückt und keine Stunde hinterher zwei Portionen Tiramisu. Wie hielt der Mann bloß seine Figur?

Ohne weiter auf ihn zu achten, arbeitete sie lachend und sich leise unterhaltend mit den beiden Frauen weiter. Und sie gab sich die größte Mühe ihren Ex-Chef vollkommen zu ignorieren. Auch während des anschließenden Essens.

Eine Stunde nach dem Essen stand er in seinem Wohnzimmer vor ihr. Seine Hosentaschen beulten sich aus, weil er seine zusammengeballten Hände so tief es ging darin versenkte. Er fühlte sich frustriert, genervt, hungrig, erregt. Und seine lästigen Fänge hatten ihr das natürlich längst verraten. Bisher war es nie ein Problem für ihn gewesen, seinen Bluthunger zu stillen. Er nährte sich so regelmäßig, dass er diesbezüglich nie Magenknurren bekam. NIE! Und deshalb konnte er sich bis vor sehr kurzer Zeit auch erfolgreich einreden, nie in eine Situation zu kommen, die der Arslans vergleichbar war. Und jetzt?

Seit Aimée unter seinem Dach wohnte, knurrte ihm der Magen, sobald er nur ihren Namen dachte. Er sah sie durchs Haus laufen und sein Magen grummelte. Er spitzte nachts die Ohren, wenn sie sich schlafen legte, und sobald er das Knistern der Bettdecke hörte, rumpelte es in seinem Bauch, als ob er seit Jahrhunderten nichts zu sich genommen hatte. Ihr Lachen bescherte ihm das Gefühl ein bodenloses Loch anstelle eines Magens in seinem Innern zu haben und ihr Geruch – dafür gab es keine Steigerung mehr. Seine Fangzähne waren permanent ausgefahren. Nichts lenkte ihn ab – kein normales Essen, kein Alkohol, kein Sport, nichts.

Abgesehen davon war er permanent erregt. Gut, wenn er ehrlich war, war das ein normaler Zustand bei ihm. Insoweit war er es durchaus gewöhnt. Nur, seit er erwachsen geworden war, pflegte er ein sehr erfülltes Sexualleben. Nach dem Tod seiner Frau hatte er getrauert, klar. Um ehrlich zu sein, machte ihn der Schmerz darüber damals fast verrückt. Bis er herausfand, dass es ein probates Mittel gab, wenigstens einen Teil der Leere in ihm auszufüllen. Mit anderen Frauen. Die bedeuteten ihm zwar nichts, aber sie weckten wenigstens vorübergehend ein Gefühl der Wärme in ihm. Bis vor Kurzem hatte er das vollkommen okay gefunden. Vor allem, da er so auch die Möglichkeit hatte, immer satt zu sein, weil er regelmäßig trank – wozu sollte man sich an eine Blutwirtin halten, wenn man mehrere haben konnte.

Und jetzt? Jeden Tag brach er für zwei Stunden oder so aus dem Haus aus. Er hatte es versucht, wirklich versucht, aber keine Frau hatte ihn irgendwie zu mehr gereizt, als zu einem kleinen Drink – an der Bar nicht an ihrem Hals. Allein die Vorstellung war grässlich. Aimées Bild schoss ihm dabei permanent durch den Kopf. Das Bild, wie sie in seinem Büro stand und ihm die Unterschriftenmappe vor die Füße warf und anschließend noch danach trat. Die Haare gelöst, die Wangen gerötet, die Bluse ... Tief Luft holend, schob er das Bild schnell beiseite. Was ein Fehler war, denn dafür sah er sie in der Badewanne vor sich, als er ihre Füße massierte.

Und als wäre das alles noch nicht genug, fühlte er seit Neuestem ein unbändiges Gefühl der Eifersucht. Mehr als zwei Stunden außer Haus hielt er gar nicht aus. Er musste zurück und sich überzeugen, dass sie in seinem Appartement oder zumindest im Haus war. Ihn plagte zum einen die Angst von ihr verlassen zu werden und zum anderen, dass sie zwar blieb, aber sich für einen anderen entschied. Bei Makawee war er niemals von so einem Gefühl geplagt worden. Was vermutlich auch daran lag, dass damals einfach kein anderer Etanaer auf den Gedanken gekommen wäre, sich an ihr zu vergreifen. Sie war allen unheimlich. Als Tochter eines Medizinmannes hatte sie so einiges drauf und konnte damit bei Bedarf ohne seine Hilfe jeden in die Flucht schlagen. Aber bei Makawee wusste er auch immer und jederzeit, dass er der einzige Mann war, den sie wollte. Bei Aimée dagegen? Manchmal lächelte sie ihn an und er war sich sicher, dass sie etwas für ihn empfand. In der nächsten Sekunde war sie dann eiskalt wie ein Fisch und schlängelte sich verbal davon.

Und die Art und Weise wie sie seine Onkel und Cousins hier im Haus betrachtete, brachte ihn zur Weißglut. Besonders Arslan schien es ihr angetan zu haben. Und auch wenn er bei dem mittlerweile den Eindruck hatte, dass er absolut kein Interesse für sie spürte, traute er Aimée durchaus zu, sich an ihn heranzumachen. Und welcher halbwegs normale Mann sollte ihr widerstehen? Mittlerweile war er so paranoid, dass er allen Etanaern im Haus unterstellte, ihre Fänge in sie vergraben zu haben. Dabei hatte er Blutwirtinnen früher ohne einen Hauch von Zweifel mit allen und jedem geteilt. Das war nie ein Problem. Und sie war doch nur eine Blutwirtin, oder? Die ganze Situation war Folter, pure Folter. Und total unfair.

Fast böse starrte er auf sie herab. Da saß sie. Die Unschuld in Person. Noch immer glaubte er, sich verhört zu haben. Sie bot ihm allen Ernstes an, ihm von ihrem Blut zu geben? Und sagte ihm zeitgleich, dass er den Rest vergessen könnte, bis sie sicher war, dass Arslan nichts passierte? Was glaubte sie, was er war? Ein Asket? Oder vielleicht ein asketischer Eunuch? Er hatte ihr doch bereits mehrmals klar und deutlich gesagt, dass Trinken alleine nicht ging. Am liebsten hätte er ihr ja sogar gesagt, dass auch Sex ohne Trinken nicht ging, aber das würde sie ihm vermutlich noch weniger abnehmen. Dabei hatte er, was seine erste Behauptung betraf, ja noch nicht mal gelogen. Verdammt noch mal, warum redete sie nicht einfach mit den anderen Frauen im Haus, wenn sie ihm nicht glaubte.

Nachdem sie, von seinem Blick keineswegs beunruhigt, nur zurückstarrte, ohne eine Gefühlsregung zu zeigen, versuchte er sie erneut zu überzeugen. Während er noch sprach, ging ihm auf, wie wenig überzeugend seine Argumente klangen. Was hieß Argumente? Er hatte ja nur ein einziges: Veranlagung! Sie dagegen hatte Dutzende von Gegenargumenten bereit. Wann zum Teufel hatte sie die alle gefunden? Das war ja nicht zum Aushalten. Als sie ihm ihre neueste Begründung mitteilte, nahm er sich vor Carmen einmal zu etwas mehr Diskretion zu veranlassen. Das würde ihm zwar jetzt nicht mehr helfen, aber vielleicht künftigen Männern im Haus. Wie hatte diese dumme Nuss Aimée nur sagen können, dass Alejandro wochenlang widerstehen konnte? Wie konnte sie nur? Super, damit war sein einziges Argument zwar nicht völlig ausgehebelt aber ziemlich abgeschwächt. Immerhin gab es einen von ihnen, der offenbar beim Trinken die Gewalt über seinen Paarungstrieb behielt. Mit einem Ohr nahm er auf, dass sie ihn gerade auf Kolya hinwies. Woher zum Geier wusste sie von dem? Er würde Carmen nicht nur zu mehr Diskretion veranlassen, er würde ihr die Zunge abschneiden, wenn sie so weitermachte.

„Der zählt nicht."

„Natürlich zählt er. Er …"

Hal starrte noch grimmiger auf sie herunter. „Himmel, der Typ ist stockschwul. Der zählt nicht!"

Für einen Moment war sie tatsächlich sprachlos. Er nutzte die entstehende Pause gleich. „Ihm passiert genau das gleiche, wenn er sich an einem Mann bedient. Also zählt er absolut nicht. Und was Alejandro betrifft …" Hal ließ sich neben sie aufs Sofa fallen. „Was ihn betrifft, das zählt eigentlich auch nicht. Er und Carmen waren in einer besonderen Situation. Das kann man ja wohl überhaupt nicht mit uns vergleichen. Die beiden haben was verdammt Schlimmes erlebt, da kann man Alejandro ja wohl keinen Vorwurf machen, wenn er keinen hoch…."

Aimée schüttelte den Kopf. „Ich mache ihm ja auch keinen Vorwurf. Ich sage lediglich, dass der Sex hinterher nicht zwingend erforderlich ist, und führe als Beispiel Alejandro und Kolya an, der übrigens wohl zählt. Wenn er eine Frau beißt, schläft er nicht mit ihr. Warum auch immer."

Ein triumphierender Blick streifte ihn. Seinen Einwurf, dass Kolya keine Frauen biss, überhörte sie geflissentlich.

„Und deshalb, herzallerliebste Lily, deshalb werde ich alles, was zum Trinken dazukommt, erst nachdem ich sicher bin, dass Arslan wirklich nichts passiert, zulassen. Und wenn das drei Monate dauert, dauert es eben drei Monate. Meine Güte. Das wirst Du ja wohl aushalten. Ich hab immerhin schon über sechs Jahre mit keinem …" Erschrocken verstummte sie. Das musste sie ihm ja jetzt nicht unbedingt auf die Nase binden.

Eigentlich ärgerte es ihn ziemlich, weil sie ihn schon wieder Lily nannte, andererseits …. Hatte sie ihm grade eben mehr oder weniger unfreiwillig mitgeteilt, dass sie bereits seit sechs Jahren keinen Sex mehr hatte? Unweigerlich schlich sich ein breites Grinsen in sein Gesicht. Das hörte er jetzt aus welchen Gründen auch immer unheimlich gerne. Er strich leicht mit dem Zeigefinger über ihr Gesicht.

„Lass das!"

Er grinste etwas mehr. Sie sah ja richtig betreten aus. Womöglich versuchte sie das Ganze ja nur hinauszuzögern, weil sie etwas aus der Übung war. Was allerdings ein Ding der Unmöglichkeit war – sowohl das Hinauszögern als auch das aus der Übung sein. So etwas verlernte man niemals.

„Hör auf so zu grinsen und nimm Deinen Finger aus meinem Gesicht!"

Er kam ihrer Aufforderung sofort nach, als sie aufstehen wollte. Allerdings nur, um sie mit der Hand festzuhalten und auf das Sofa zurückzudrücken.

„Mhm, Aimée, also wenn es Dir peinlich ist, weil es schon soooo lange bei Dir her ist …"

Ein bitterböser Blick streifte ihn.

„Wir können es ja langsam angehen lassen, aber je länger Du wartest, desto schwieriger wird es, das ist Dir doch klar, oder?"

Abwartend senkte er seine Augen etwas. Die Bluse, die sie heute anhatte, stand ihr wirklich ausgezeichnet.

„Vergiss es, und hör auf mir in meinen Ausschnitt zu starren." Davon wurde ihr nämlich zusehends wärmer. Was er allerdings nicht unbedingt wissen musste. Eilig stand sie auf. Sie musste hier raus, so schnell wie möglich. In seiner Gegenwart und vor allem wenn er sie so ansah, konnte sie nicht klar denken. Ständig huschten ihr ihre Tagträumereien von früher durch den Kopf und sie hoffte permanent, dass er nichts davon mitbekam.

Fast an der Tür rief er ihr etwas zu, was sie augenblicklich zum stehen bleiben veranlasste. „Du hast bis heute Abend Zeit zum Überlegen."

Okay, damit schoss er jetzt vielleicht ein Eigentor und zog den Kürzeren. Aber er konnte einfach nicht mehr anders. Er war auch nur ein Mann. „Entweder wir tasten uns in den nächsten drei Monaten wenigstens langsam an die Sache ran oder Arslan …"

Also, das Herantasten würde sich auf einen Abend beschränken, da war er sich absolut sicher und das Ende des Satzes ließ er bewusst offen. Natürlich würde er sich für ihn einsetzen, aber das würde er ihr definitiv nicht auf die Nase binden. Er konnte keine drei Monate warten, das war einfach nicht fair. Und ihren eben geflüsterten Vorschlag vom Kauf einer aufblasbaren Gummipuppe überhörte er geflissentlich.

Stattdessen erhob er sich blitzschnell, raste zu ihr und nahm ihr den Kalenderstein aus den Händen. Diese Frau besaß die fatale Angewohnheit mit allem, was ihr in die Hände kam zu werfen, sobald ihr danach war. Egal wie groß, schwer oder wertvoll der entsprechende Gegenstand war. Daran würden sie wirklich arbeiten müssen. Einfach weil es im Haus viel zu viele Dinge gab, die unersetzlich waren – schon aufgrund ihres Alters.

Momentan wäre ihrem Jähzorn beinahe ein Kalenderstein der Azteken zum Opfer gefallen. Oder vielmehr die Nachbildung eines Kalendersteins. Er hatte sie selbst im 17. Jahrhundert unweit von Tenochtitlán in Mexiko gefunden. Jenem Ort, an dem Montezuma II, der letzte Herrscher der Azteken, 1520 durch die Spanier den Tod fand. Nicht nur die Menschen von heute verstanden sich darauf, Nachbildungen zu reproduzieren. Auch die Azteken bekamen das verdammt gut hin. Das Original war aus Tuff, hatte einen Durchmesser von fast vier Metern und wog über zwanzig Tonnen. Und hätte, wäre es in seinem Besitz, wenigstens den Vorteil, dass sie es nicht werfen könnte. Was auf seine Nachbildung hier leider nicht zutraf. Die wog zwar immerhin noch knapp 15 Pfund und hatte einen Durchmesser von etwa 30 Zentimetern, aber in ihrer momentanen Gemütslage traute er ihr alles zu.

Unwillig funkelte sie ihn an. „Was passiert sonst?"

Ruhig stellte er die Skulptur wieder ab und zuckte dann leicht mit den Schultern. „Das überlasse ich ganz Deiner Fantasie. Es ist Deine Entscheidung."

Mit gerunzelter Stirn beobachtete er, wie sie mühsam versuchte sich etwas zu beherrschen. Wenn sie so weitermachte, würde sie noch hyperventilieren. Vorsichtig lächelnd schob er sich an ihr vorbei und verließ leise das Appartement.

Hoffentlich hatte er jetzt nicht gerade einen Fehler gemacht …

Fortsetzung folgt in:

Etanas Söhne

Ω

Teil 2
Arslan, Halil & Douglas
Band 4: Erlösung

Ω

Teil 3
Benedict, Damiano & Sándor
Band 5: Lähmende Angst
Band 6: Hoffnung

Ω

Teil 4
Tomás, Samuel & Nicodemus
Band 7: Gefahr
Band 8: Überleben

Ω

Bereits erschienen:

Ω

Teil 1
León, Alejandro & Nathan
Band 1: Tödliche Bedrohung & Band 2: Glaube

Leseprobe

**Etanas Söhne
Teil 2
Arslan, Halil & Douglas
Band 4 – Erlösung**

Wütend zischte ihn Hailey an. „Dann solltest Du mal besser nach oben gehen und Deine MUTTER von ihrem Stecher herunterziehen. Und bei der Gelegenheit kannst Du ihn auch gleich aus dem Haus jagen – oder Du pflanzt Palmen. Wenn Du Glück hast, sind sie groß genug, bevor Dein Vater was mitbekommt und er kann dann an ihnen hochklettern."

„Hailey, also um ehrlich zu sein … Das dort oben sind meine Eltern. Du solltest meinen Vater also möglichst nicht als Stecher bezeichnen."

Die Stille, die gleich darauf ausbreitete, war immens. So immens, dass er richtig zusammenzuckte, als Hailey endlich etwas sagte.

„Deine Eltern? Tatsächlich? Lass mich raten: Du wurdest adoptiert?"

Douglas schüttelte den Kopf.

„Deine Eltern haben seit dem Kindergarten ein Abo beim Schönheitschirurgen?"

Wieder ein Kopfschütteln.

„Okay, verarschen kann ich mich selbst. Die Leute da oben sind ja wohl nur minimal älter als Du und ich. Soweit ich weiß, kommt es leider immer mal wieder vor, dass Kinder ein Baby bekommen, aber bei sehr kleinen Kindern geht das nicht. Das hat was mit Biologie zu tun, aber da scheinst Du in der Schule gefehlt zu haben. Wann hat Deine Mutter Dich denn auf die Welt gebracht? Mit drei, vier Jahren? Oder war sie jünger? Dem Aussehen nach kann sie dabei eigentlich ja noch nicht mal ihre embryonale Phase hinter sich gelassen haben."

Offenbar wusste er nicht, was für einen Blödsinn er ihr noch erzählen sollte, denn wieder schüttelte Douglas nur den Kopf.

„Nein? Na bitte - also, für wie blöd hältst Du mich?"

Um genau zu sein, für überhaupt nicht blöd. Eher für sagenhaft appetitlich, wie sie da so vor ihm stand. Aufgebracht, immer noch viel zu dünn und flach für seinen Geschmack, aber wirklich richtig appetitlich. Und dass, wo er widerspenstige Frauen sonst mied wie die Pest. Warum sollte er sich mit ihnen herumärgern, wenn der Großteil der Frauen sehr bereitwillig auf seine Wünsche einging. Hailey hatte sich bestimmt schon mit der Hebamme gestritten, als sie auf die Welt gekommen war.

Dennoch ertappte er sich dabei, sie beißen zu wollen. Dabei war er pappsatt. Erst gestern hatte er sich bei einer Blutwirtin bedient. Aber er wollte wissen, wie sie schmeckte. Er wollte wissen, wie sie sich in ihm anfühlte. Die zaghaften Rundungen, die sie sich seit ihrer letzten Begegnung zugelegt hatte, taten ein Übriges, auch wenn sie immer noch viel zu schmal war. Schnell presste er die Lippen aufeinander, damit seine Zähne ihn nicht verrieten.

Wütend wirbelte Hailey herum und stapfte Richtung Tür. Hastig sprang er auf und setzte ihr nach. Während er sie vorsichtig zu sich herumdrehte, wollte er etwas sagen, um sie zu beruhigen. Seine Zähne hatte er in diesem Moment völlig vergessen. Doch statt erschrocken aufzuschreien, reagierte sie auch jetzt genauso cool wie damals in seiner Strandhütte.

„Himmel, Douglas, lass den Scheiß. Ich gebe ja zu, ich war mal auf dem Trip, dass ich es ganz schön aufregend fand, wenn einer auf Vampir gemacht hat. Aber die Zeit ist für mich vorbei. Und weißt Du was? Heute finde ich es nur infantil. Also tu mir einen Gefallen und nimm die Dinger raus."

Schnell schloss Douglas den Mund. Dennoch konnte er nicht verhindern, dass die Spitzen noch zwischen seinen Lippen hervor lugten. Haileys Stimme nahm einen Tonfall an, von dem er annahm, dass sie ihn kleinen Kindern und Minderbemittelten vorbehielt.

„Douglas. Okay, wenn Du noch in der Phase bist, ist das völlig in Ordnung. Und ich gebe ja zu, sie sehen verdammt echt bei Dir aus. Aber ich steh da nicht mehr drauf. Tust Du mir jetzt den Gefallen und nimmst sie heraus?"

Er brummelte nur etwas mit zusammengepressten Lippen. Die Augen genervt nach oben verdreht stand sie kopfschüttelnd vor ihm.

„Das war leider sehr, sehr undeutlich. Also - jetzt mach schon. Wie Du siehst, bin ich weder erschrocken noch angetörnt. Ich hab das wirklich hinter mir. Nimm sie endlich raus. Mann, Du bist doch kein kleines Kind mehr."

Seine Lippen gingen etwas auf. Allerdings hielt er die Zähne nach wie vor fest zusammengebissen, als er „das geht nicht" sagte. Hailey trat dicht vor ihn und starrte ihn angriffslustig an.

„MACH. DEN. MUND. AUF!!! Sofort!!!"

Zögernd nahm er seine Zähne etwas auseinander. Hailey langte nach oben und griff mit ihrer linken Hand nach seinem linken Fangzahn. Das fühlte sich nicht sehr sanft an, und er fühlte es dummerweise nicht nur an seinem Zahn. Als sich in seinem Mund nichts rührte, hob sie auch ihre rechte Hand. Mit gerunzelter Stirn zog sie an beiden Fangzähnen, was ihn beinahe in die Knie gehen ließ. Es tat nicht weh, reizte ihn jedoch sehr stark, weil er die Berührung viel weiter unten weitaus intensiver spürte. Resolut stupste sie gegen seinen Oberkiefer.

„Mund ganz aufmachen, aber schnell."

Sobald er ihrer Aufforderung nachkam und den Mund ganz öffnete, verlängerten sich seine Fänge automatisch. Neugierig starrte sie darauf.

„Geil, solche Teile hab ich ja noch nie gesehen. Die müssen ja ein Schweinegeld gekostet haben. Wo kriegt man DIE denn?"

Wenn man im Evolutionslotto gewonnen hat, aber wie sollte er ihr das in einem Satz begreiflich machen? Immer noch spielten ihre Finger neugierig an seinen Zähnen herum. Gerade eben konnte er den Puls ihres Zeigefingers an seinem Fangzahn spüren und ihm wurde vor Erregung fast schwarz vor Augen. Schnell faltete er seine Hände vor seinem Reißverschluss. Wenn sie nur einen kleinen Schritt näher trat, würde er sie durch die Hose aufspießen können und sich garantiert eine gepfefferte Ohrfeige einhandeln.

„Ahm, gibt es da irgend so einen Verschlussmechanismus, so wie bei teuren Gebissen. Irgendwas, wo das einrastet. Oder sind die etwa implantiert? Die Dinger sitzen ja bombenfest. Nein, das kann ja auch nicht sein. Sonst müsste man sie ja immer sehen. Wow, also die sind ja so was von hammergeil."

Offenbar fand sie nicht das Geringste dabei, mit den Fingern in seinem Mund herumzufuhrwerken. Vorsichtig zog er den Kopf etwas zurück. Bevor noch das Dümmste passieren konnte, was eben dabei passieren konnte. Douglas wusste genau, dass er sich nicht mehr unter Kontrolle hätte, sobald er einen Tropfen ihres Blutes abbekäme. Dazu war er im Moment schon viel zu erregt. Und die Chance, dass sie sich an einem seiner Fänge verletzte, während sie so unbedarft damit herumspielte, war ziemlich groß. Verdammt, er hätte seine Klappe gar nicht erst aufmachen dürfen. Gerade als er fast aus der Reichweite ihrer Finger war, passierte es.

„Aua, ich glaub ich bin an einem Draht oder so was hängen geblieben."

Augenblicklich schoss ihm das Wasser in den Mund und er leckte sich hungrig über die Lippen. Von wegen Draht. Seine Stimme klang heiser und fast tonlos, als er sie wider besseres Wissen aufforderte, ihm ihren Finger zu zeigen. Noch immer völlig arglos hielt sie ihm den Zeigefinger unter die Nase.

„Das ist nicht weiter wild. Bloß ein Kratzer, denke ich."

Nur undeutlich drang ihre Stimme an sein Ohr. Der Geruch direkt vor seiner Nase machte ihn fast wahnsinnig und er schob sie wie ferngesteuert gegen die Wand. Dort nahm er ihren Finger sanft in den Mund.

„Was wird das denn jetzt. Heile-heile-Segen für Erwachsene oder was?" In ihrer Stimme schwang ein kleines Lachen mit.

Statt mit seiner Zunge über die kleine Wunde zu fahren, um sie zu verschließen, drückte er seinen linken Fangzahn nochmals leicht dagegen.

„Aua, was soll das denn, ich … bist Du wahnsinnig … gib mir sofort meinen Finger zurück, Du perverser Irrer. Hör auf daran zu saugen. LASS. DASS!!!!"

Anhang

In Teil 1 - 4 erwähnte Etanaer/Adoptivsöhne

Ahásveros: Familienoberhaupt u. Priester aller Etanaer, Sohn v. Baliich u. Esther, Bruder v. Noah, * 1.843 v. Chr. in Akkad, seit 840 v. Chr. in zweiter Ehe m. Thalia verbunden, 15 Söhne.
Alejandro: Cousin v. Tomás u. León, Sohn v. Xaveria u. Bonifacio, * 1502 in Cordoba, seit 2007 m. Carmen verbunden, kein Sohn.
Arslan: Neffe v. Tomás u. León, Sohn v. Ekaterina u. Honorius, *1312 in Istanbul, in erster Ehe m. Meryem verbunden verwitwet, Vater v. zwei Söhnen (Murat u. ungetauft), die zusammen m. seiner Frau 1509 bei dem Erdbeben das Istanbul erschütterte umkamen. Seit 2007 in zweiter Ehe m. Shannon verbunden.
Benedict: Neffe v. Tomás u. León, Sohn v. Lilith u. Noah, *1802 in London, seit 2007 m. Brianna verbunden, kein Sohn.
Çem: Adoptivsohn v. León u. Alisha, *2007 in New York. Sohn v. Robert (Etanaer) u. Violet.
Damiano: Cousin v. Tomás u. León, Bruder v. Nathan, Sohn v. Natalja u. Adrien, *1620 in St. Petersburg, seit 2007 m. Solveig verbunden, kein Sohn, Adoptivvater v. Felicitas.
Douglas: Sohn v. Tomás u. Isabel, Neffe v. León, *1854 in Boston, seit 2007 m. Hailey verbunden, kein Sohn, Adoptivvater v. Eveline.
Halil: Sohn v. Ataiganoi u. Konstantin, Neffe v. Tomás u. León, *1495 in der Türkei, in erster Ehe m. Makawee verbunden, verwitwet, Vater v. zwei Söhnen (Te-gle-ha u. Maxwell), die zusammen m. seiner Frau 1840 im amerikanischen Bürgerkrieg ums Leben kamen. Seit 2007 in zweiter Ehe m. Aimée verbunden.
León: Halbbruder v. Tomás, Sohn v. Tomás Mutter Merópi u. dessen Onkel Mesilim, * 511 in einem entlegenen Dorf auf der Iberischen Halbinsel, in erster Ehe m. Margaret verbunden, seit 1692 verwitwet, seit 2007 in zweiter Ehe m. Alisha verbunden. Adoptivvater v. Çem.
Nathan: Sohn v. Natalja u. Adrien, Cousin v. Tomás u. León, * 1712 auf Teneriffa, seit 2007 m. Jasmin verbunden, kein Sohn.
Nicodemus: Sohn v. Tomás u. Isabel, Neffe v. León, * 1799 in Boston, seit 1941 m. Denise verbunden, seit 2007 verwitwet, ein Sohn (Pete), der 2007 starb, seit 2008 in zweiter Ehe m. Jade verbunden.
Noah: a) Vater v. Benedict u. Sean, Ehemann v. Lilith, Bruder v. Ahásveros, Sohn v. Baliich u. Esther, *643 v. Chr. b) Adoptivsohn v. Samuel u. Rachel, genaues Geburtsdatum u. genauer Geburtsort unbekannt. Noah wird m. max. zwei Wochen im Februar 2008 in Chicago gefunden.
Samuel: Sohn v. Tomás u. Isabel, Neffe v. León, *1712 in Jerusalem, seit 1943 m. Rachel verbunden, kein Sohn. Adoptivvater v. Noah u. Noelle.

Sándor: Cousin v. Tomás u. León, Sohn v. Sandrine u. Miguel, *1392 in Budapest, in erster Ehe verbunden m. Mitsuko verbunden, seit 1998 verwitwet, ein Sohn (Zóltan) der 2001 verstarb. Seit 2007 in zweiter Ehe m. Cara verbunden.
Tomás: Familienoberhaupt des Gesamtfamilienzweiges USA, Sohn v. Merópi u. Ahab (Bruder des Baliich), *191 v. Chr. in einem entlegenen Dorf auf der Iberischen Halbinsel. In erster Ehe m. Kaliope (†) verbunden, sechs Söhnen aus dieser Verbindung. Seit dem 14. Jahrhundert m. Isabel verbunden, drei Söhne.
Ferner: Boris, Jack, Kolya, Pete, Sean

In Teil 1 - 4 erwähnte Frauen/Eme-biuri/Mädchen:

Aimée: 2. Ehefrau v. Halil.
Alisha: 2. Ehefrau v. León, Adoptivmutter v. Çem.
Aziza: Schwägerin v. Sándor, Frau v. Milán.
Brianna: 1. Ehefrau v. Benedict, Witwe v. Sean.
Cara: 2. Ehefrau v. Sándor, Schwester v. Shannon.
Carmen: 1. Ehefrau v. Alejandro.
Eveline: Tochter v. Hailey, Adoptivtochter v. Douglas. *2007 in New York.
Felicitas: Tochter v. Solveig, Adoptivtochter v. Damiano. *2004 in Italien.
Hailey: 1. Ehefrau v. Douglas, Mutter v. Eveline.
Isabel: 2. Ehefrau v. Tomás, Mutter v. Douglas, Nico u. Samuel.
Jade: 2. Ehefrau v. Nico.
Jasmin: 1. Ehefrau v. Nathan.
Noelle: Adoptivtochter v. Samuel u. Rachel, genaues Geburtsdatum u. genauer Geburtsort unbekannt. Noelle wird im Februar 2008 in Chicago gefunden u. auf etwa drei oder vier Jahre geschätzt.
Rachel: 1. Ehefrau v. Samuel. Mutter v. Rebecca(†), Adoptivmutter v. Noah u. Noelle.
Shannon: 2. Ehefrau v. Arslan. Adoptivmutter v. Noah u. Noelle.
Solveig: 1. Ehefrau v. Damiano, Mutter v. Felicitas.
Thalia: 1. Ehefrau v. Ahásveros, Mutter v. 15 Söhnen.

In Teil 1 - 4 erwähnte Weise Frauen:

Francesca, Deidre, Cleo, Erin, Irina, Morag

In Teil 1 - 4 erwähnte weitere Personen:

Erzsébet (Untote aus Alejandros Vergangenheit), László (Magier u. Sohn v. Erzsébet), Tabea (Dienerin v. Erzsébet, Halbschwester v. Deidre)

In Teil 1 - 4 erwähnte Götter:

AN: Auch Anu. Himmelsgott, einer der drei zentralen Haupt-Götter der Shumerer - in dieser Geschichte der oberste Gott. Der Name ist das shumerische Wort f. 'Himmel' oder auch 'oben'. Als sich Himmel u. Erde voneinander trennten wurde er zum Beherrscher des Himmels. Über ihn ist relativ wenig bekannt, in den

Überlieferungen steht er meist hinter seinen bedeutenderen Kindern zurück. Wenn er beschrieben wird, findet man die Beschreibung eines mürrischen, unfreundlichen, eher menschenfeindlichen Gottes.

BĒLET-SĒRI: Ursprünglich shumerische Muttergöttin Dingir.Geštinanna. Beinamen 'Herrin der Steppe'. In der akkadischen Religion verschmolz sie m. der Unterweltschreiberin NIN.GEŠTIN.AN.NA u. der shumerischen Göttin zur akkadischen Bēlet-sēri. Gemahlin des An-Sohnes Martu. Sie tritt in der Unterwelt als Buchführerin auf u. hält das Schicksal aller Lebenden fest. In meiner Geschichte macht sie An auf Erzsébet aufmerksam.

EN-ERI-GAL: Totengott der Shumerer auch Nergal genannt, Beinamen 'Herr der Unterwelt'. Dies war zuvor seine Gattin Ereškigal - eine der Urgöttinnen. In meiner Geschichte ist er der Gegenspieler En-Kis u. möchte die v. ihm geschaffenen Etanaer vernichten. Zu diesem Zweck erschafft er Erzsébet.

EN-KI: Gott der Erde u. des Wassers (Ki steht im shumerischen f. Erde), dritter zentraler Hauptgott der Shumerer. Beinamen 'Herr der List' oder auch Herr v. Eridu', Gott der Weisheit u. des Wissens, Gott der Geheimnisse, Schöpfer der Menschen - u. in dieser Geschichte - der Etanaer. Vater der ebenfalls erwähnten Ninnuah.

EREŠKIGAL: Gattin En-Eri-Gals, ehemalige Göttin der Unterwelt, ehemalige Totengöttin, Göttin der Wiedergeburt. In meiner Geschichte sorgt ihre Freundschaft m. En-Ki dafür, dass En-Eri-Gal eifersüchtig wird u. sich an En-Ki rächen will.

IŠTAR bzw. Dingir.IŠTAR: Auch Ischtar. Mesopotamische Himmelsgöttin, auch Göttin der Liebe, des Krieges u. der Fruchtbarkeit. Sie verkörpert den Planeten Venus. Tochter des Mondgottes Šin. Sowohl in der Mythologie als auch in meiner Geschichte schickt sie Etana den Traum, das Kraut des Gebärens aus ihrem Haus zu holen, damit er u. seine Frau Kinder haben können.

ŠAMAŠ: Shumerischer (akkadischer, babylonischer) Gott der Sonne, des Wahrsagens u. der Gerechtigkeit. Entspricht dem älteren Gott Utu der Shumerer. Sohn des Mondgottes Šin. Sowohl in der Mythologie als auch in meiner Geschichte schickt er Etana den Traum, der diesen dazu bringt, auf die Schwingen des Adlers zu klettern, um Ištars Haus zu erreichen.

NUT: Ägyptische Himmelsgöttin, Göttin des ägyptischen Totenkultes.

Erklärungen & Übersetzungen zu Band 3

1: Eme-biuri - steht in meiner Geschichte f. besonders geeignete Frauen f. Etanaer. Den Begriff habe ich aus den beiden altaischen Worten eme (Frau) u. biuri (eins, gesamt) zusammengesetzt.

2: Guan-Eden/Ken-Gir - Vor ca. 6000 Jahren existierte eine Hochkultur im Gebiet des heutigen Südiraks (damaligen Mesopotamien), die die Entwicklung aller späteren Kulturen stark beeinflusst hat. Die bekannten Begriffe Shumer u. Shumerer wurden aus Šumeru, der akkadischen Bezeichnung f. Land u. Leute, abgeleitet. Nach der Wiederentdeckung der shumerischen Schrift u. Sprache wird diese Bezeichnung seit dem 19. Jahrhundert allgemein verwendet, während Ken-Gir, der shumerische Eigenname des Landes, eher unbekannt ist.

3: Galla & Gidim & 12 Gestalten/Dämonenwächter - **Galla** = Unterweltsdämon der Shumerer. (Dämonen)Wächter der Unterwelt, die f. den shumerischen Gott der Unterwelt arbeiten. Verschiedene griechische Schriftsteller übernahmen den Dämon in der Namensform Gella u. in der Bedeutung einer kinderraubenden Spukgestalt. **Gidim** = shumerischer Geist eines nicht bestatteten Toten, der auf der Erde wandelt u. den Lebenden Schaden zufügt. Die **12** ist die Zahl des shumerischen Unterwelts-/Totengottes En-Eri-Gal.

4: Yaya - spanisch = Koseform f. Mutter

5: mi peke - spanisch = sinngemäß etwa 'meine Kleine'

6: Gran Esztergomi Bazilika - Die Basilika in Estergom ist die größte Kirche Ungarns u. eine der größten Kirchenbauten in ganz Europa.

7: yavrum - türkisch = sinngemäß etwa 'mein Schatz', meine Süße'

8: Goden - Normalerweise sind Goden heidnische Priester, die sowohl männlich als auch weiblich sein konnten. In meiner Geschichte stehen sie f. den Begriff Pate, Beschützer, Erzieher.

9: Még nem vége. Megint jövök. - ungarisch = sinngemäß etwa: Es ist noch nicht vorbei. Ich komme wieder.

10: Magús - ungarisch = Magier

11: Segitsetek. Ne hagyatok vele egyedül. – ungarisch = Helft mir. Lasst mich nicht m. ihr allein.

12: nem – ungarisch = nein

13: calla esa boca - spanisch = sinngemäß etwa: Halts Maul!

14: te voy a partir la cara - spanisch = sinngemäß etwa: Ich schlag Dir den Schädel ein!

15: ahora caigo - spanisch = sinngemäß etwa: Jetzt verstehe ich.

16: ¡No soy una mentirosa! La verdad me jode un poco que tengas dudas sobre mi! - spanisch = sinngemäß etwa: Ich bin keine Lügnerin. Um ehrlich zu sein, ärgert es mich, dass Du da Zweifel an mir hast.

17: Limeri - griechisch = übersetzt etwa ‚Zufluchtsort', imaginärer Name f. eine kleine Privatinsel in der Ägäis. Erster Zufluchts- u. Sterbeort der Witwen der Etanaer. Ausbildungsort der Zirkel der Weisen Frauen. Wohnsitz v. Ahásveros u. Thalia.

18: Blumensprache - Code aus dem Zeitalter der Romantik (18. Jahrh.) zur Übermittlung v. Gefühlen. Alles, was man sagen wollte, aber nicht wagte oder durfte, weil beispielsweise eine Person verheiratet war, wurde in diese Sprache übersetzt. Hier dürfte wohl die Redensart 'sich blumig ausdrücken' ihren Ursprung haben. Die erwähnten Blumen hatten in der Blumensprache der Romantik folgende Bedeutung:

weiße Narzisse = Bewunderung: Ich vermisse Dich, sehne mich nach Dir.
Aber auch: Meine Liebe zu Dir ist aussichtslos.

Iris = Ich werde um Dich kämpfen.
Aster = Du bist mir nicht treu.

19: Diverse Magier - Agrippa bis Faust - Weiße u. Schwarze Magie unterscheiden sich an u. f. sich kaum – wohl aber die Menschen, die sie betreiben. Nur ein halbes Jahrhundert u. weiter in unserer Geschichte zurück gehend war der Beruf des Schwarzmagiers durchaus nichts Ungewöhnliches. Viele Menschen verdienten sich ihren Lebensunterhalt m. Dingen wie Teufelsaustreibungen, Wahrsagerei o. Wunderheilungen. Darüber hinaus waren Alchemie u. Astrologie beim Adel hoch angesehen. Schwarzmagier wurden – im Gegensatz zu Hexen u. Hexern – f. das, was sie machten, nicht v. der Inquisition verfolgt, obwohl ihr Tun genau genommen der katholischen Heilslehre widersprach. Vielleicht weil sich auch viele Kirchenleute m. diesem Thema beschäftigten? Wer weiß. Jedenfalls verurteilte die Kirche eher die Art u. Weise der Vermarktung als das eigentliche Angebot. Doch zurück zu den genannten Magiern.
Diese hatten laut diversen Quellen m. Nekromantie – also dem Beschwören u. Wiederbeleben v. Toten zu tun. Auf vier möchte ich kurz näher eingehen. Ein neugieriger Leser des privaten Zauberbuches v. *Agrippa v. Nettesheim* etwa soll genau dabei gestorben sein. Da man wegen so etwas durchaus in den Verdacht kommen konnte, sich m. teuflischen Mächten zu beschäftigen, soll Agrippa den Mann wiederbelebt, eine Zeit über den Mark wandeln lassen u. letzlich i. d. Öffentlichkeit an einem Anfall sterben lassen haben. **Albertus Magnus** muss seiner Zeit weit voraus gewesen sein, denn ihm wird nachgesagt, einen künstlichen Menschen gebaut zu haben. Oder nehmen wir **Georg Faust**. Als Schwarzmagier war ihm weder Aeromantie, Astrologie, Chiromantie, Hydromantie noch Pyromantie fremd. u. auch in nekromantischen Bereich wird Faust einiges nachgesagt, der übrigens bisweilen fälschlicherweise als Johann Faust geführt wird. Ob die Weinreben, die er vor einer Studentenschar auf einem Tisch wachsen ließ, bzw. der Wein, der sodann aus eben diesem Tisch sprudelte, Kopfschmerzen verursacht hat, ist nicht überliefert. Genauso wenig ist mir bekannt, ob er einen Sattel auf das Fass legte, auf dem er ein anderes Mal aus einem Weinkeller geritten sein soll. Jedenfalls soll er Luther einen gehörigen Schrecken eingejagt haben, als er m. einem breiten Heugespann eine überaus schmale Gasse passierte, die bereits einem Menschen Probleme bescheren konnte. Doch – Schreck hin oder her – Luther war so geistesgegenwärtig, den Spuk dadurch zu beenden, das Gespann in seine tatsächliche Gestalt zurückzuverwandeln (zwei Hähne m. einem Strohhalm im Schnabel). Ob durch Magie oder Gebete ist mir nicht bekannt. Nekromantische Bezüge weist eine weitere Legende auf, in der Faust neben Helena v. Troja weitere Gestalten der griechischen Mythologie erscheinen ließ. *Thrithemius* galt eigentlich eher als Weißmagier. Dennoch geriet auch er in den Verdacht, sich m. Nekromantie zu beschäftigen, weil er angeblich die verstorbene Gattin v. Kaisers Maximilian lebendig vor diesem erscheinen ließ.

Über tredition

Der tredition Verlag wurde 2007 in Hamburg gegründet und ermöglicht Autoren das Publizieren von e-Books, audio-Books und print-Books. Autoren veröffentlichen ihre Bücher selbständig oder auf Wunsch mit der Unterstützung von tredition. print-Books sind in allen Buchhandlungen sowie bei Online-Händlern gedruckter Bücher erhältlich. e-Books und audio-Books können auf Wunsch der Autoren neben dem tredition Web-Shop auch bei weiteren führenden Online-Portalen zum Verkauf angeboten werden.

Auf www.tredition.de veröffentlichen Autoren in wenigen leichten Schritten ihr Buch. Zusätzlich bieten zahlreiche Literatur-Partner (das sind Lektoren, Übersetzer, Hörbuchsprecher und Illustratoren) ihre Dienstleistung an, um Manuskripte zu verbessern oder die Vielfalt zu erhöhen. Autoren können dieses Angebot nutzen und vereinbaren unabhängig von tredition mit Literatur-Partnern ihre Zusammenarbeit und partizipieren gemeinsam am Erfolg des Buches.